dtv
premium

Luo Lingyuan

Die Sterne von Shenzhen

Roman

Deutscher Taschenbuch Verlag

Von Luo Lingyuan
ist im Deutschen Taschenbuch Verlag erschienen:
Du fliegst jetzt für meinen Sohn aus
dem fünften Stock! (24451)
Die chinesische Delegation (24565)
Nachtschwimmen im Rhein (24629)

FSC
Mix
Produktgruppe aus vorbildlich
bewirtschafteten Wäldern und
anderen kontrollierten Herkünften

Zert.-Nr. GFA-COC-1278
www.fsc.org

Originalausgabe
Dezember 2008
Deutscher Taschenbuch Verlag GmbH & Co. KG,
München
www.dtv.de

Umschlagkonzept: Balk & Brumshagen
Umschlagfoto: jupiterimages
Satz: Greiner & Reichel, Köln
Gesetzt aus der Sabon 10,75/13,5'
Druck und Bindung: CPI – Ebner & Spiegel, Ulm
Gedruckt auf säurefreiem, chlorfrei gebleichtem Papier
Printed in Germany · ISBN 978-3-423-24689-7

Inhalt

Der vorliegende Roman beruht auf freier Erfindung. Jede Ähnlichkeit mit lebenden oder toten Personen wäre rein zufällig.

I

Wenn sie den Mund aufmacht, regnet es Rosenblätter vom Himmel

Im Bankettsaal des Hotels *Yangguang* herrscht Hochbetrieb. Auf dem großen Bildschirm an der Stirnseite des Saals strahlt in dezentem Blau der Name *Tenglong*. Darunter das Firmenlogo: ein emporsteigender, blau-silberner Drache. Alle Plätze im Saal sind besetzt, nur der runde Tisch ganz vorn in der Mitte ist noch frei.

Heißer Tee und kalte Vorspeisen werden serviert. An vierzig Tischen sitzen vierhundert Chinesen und unterhalten sich lautstark. Bei dieser Größenordnung ist es kein Wunder, dass der Saal einem brodelnden Kessel gleicht. Alle Gäste sind Angestellte von *Tenglong*, und die meisten von ihnen sind auffällig jung. Sie sehen aus, als kämen sie frisch von der Uni.

Während sie Sojabohnen und Seequallen essen, betritt eine Gruppe von Männern in dunklen Anzügen und Frauen in Schneiderkostümen den Raum und geht zielstrebig auf den reservierten Tisch zu. Die Frauen sind allerdings die Minderheit unter den Männern. Die Türen schließen sich lautlos hinter ihnen.

Die Angestellten sind still geworden, sie legen die Ess-Stäbchen nieder und wischen sich hastig den Mund. Als sich die Neuankömmlinge vor dem Bildschirm aufbauen, erheben die Angestellten sich von den Plätzen und klatschen. Vor ihnen stehen die wichtigsten Männer und Frauen der Firma. In ihrer Mitte Dai Xingkong, der Gründer und Generaldirektor von *Tenglong*, der Arbeitgeber der Anwesenden. Eine Videokamera filmt ihn und wirft sein Ebenbild in Übergröße auf den Plasmaschirm hinter ihm, sodass man ihn auch in den hinteren Reihen gut sehen kann.

Dai ist ein schlanker, feingliedriger junger Mann mit einem schmalen, intelligenten Gesicht. Hinter der breiten Brille sieht er nicht wie ein Unternehmer, sondern selbst fast noch wie ein Student aus.

Ein Mann mit schulterlangem Haar kommt von der Seite, stellt sich zwischen das Management und die Angestellten und macht eine Geste, die an die eines Dirigenten erinnert. Im Hintergrund drückt jemand auf eine Taste, und es ertönt die Betriebshymne: *Tenglong steigt gen Himmel.* Das Drachenlied wird sie von den Mitarbeitern genannt.

Der Mann mit dem schulterlangen Haar gibt ein weiteres Zeichen. Die Anwesenden blicken feierlich geradeaus und singen alle laut mit:

Ein starker Wind verweht die Wolken,
die Erde birst, der Drache steigt gen Himmel.
Wir, die Drachenkinder, ein Herz und eine Seele,
singen wie aus einer Kehle:
Wir fliegen durch Sturm und Gewitter,
Wir vollbringen himmlische Wunder!

Nachdem die Hymne verklungen ist, macht die Managerriege zwei Schritte zurück. Dai Xingkong dagegen tritt vor und stellt sich hinter das Rednerpult. Erneut bricht im Saal Beifall aus. Der junge Mann lächelt und gibt seinen Angestellten das Zeichen, sich wieder zu setzen.

»Liebe Kollegen, liebe Freunde«, sagt er ins Mikrofon. Seine Stimme klingt ein wenig zart, doch die Worte sind klar und verständlich. »Aus dem ganzen Land sind wir heute zusammengekommen, um ein erfolgreiches Jahr abzuschließen und den Beginn des Jahres 1997 gemeinsam zu feiern.«

Dai macht eine kurze Pause, und seine Angestellten füllen sie mit Applaus.

»Wir haben Grund, uns zu freuen: Wir haben im vergangenen Jahr den weitaus besten Umsatz seit der Gründung der Firma erzielt.«

Begeisterter Beifall rauscht durch den Saal.

Der Generaldirektor geht in seiner Neujahrsansprache schnell ins Detail. Der Betrieb sei deshalb erfolgreich, weil alle Abteilungen hervorragende Arbeit geleistet hätten. Forschung und Design, Produktion, Marketing und Verkauf, Presseabteilung und Werkssicherheit ... Alle Abteilungen werden einzeln gelobt. Besondere Erwähnung finden die Mitarbeiter in den Filialen in anderen Provinzen, die heute nicht mitfeiern können.

Wenn er auf die Produkte der Firma zu sprechen kommt, redet Dai einmal von Softwareprogrammen, einmal von traditioneller chinesischer Medizin, was aber niemand erstaunt. Denn alle wissen: *Tenglong* ist auf zwei höchst unterschiedlichen Geschäftsfeldern tätig. Mit dem einen Bein steht die Firma im Gesundheitswesen, mit dem anderen im Computergeschäft. Insgesamt hat *Tenglong* mehr als fünfzig Produkte am Markt. Auch wenn Computer und Gesundheit auf den ersten Blick nicht so recht zueinanderzupassen scheinen, Tatsache ist: Die Firma floriert. Dai Xingkong ist raketengleich in den Himmel gestiegen und wird als einer der reichsten Privatunternehmer der VR China gehandelt. Unter den Festlands-Chinesen setzt ihn *Forbes* auf Platz 18.

Doch Dai weiß genau, wem er seinen Reichtum verdankt. Deshalb ruft er jetzt einzelne Mitarbeiter zu sich auf die Bühne und lobt ihre Leistungen. Kaum betritt einer der Helden die Bühne, geht eine hübsche junge Frau in einem roten geschlitzten chinesischen Kleid auf ihn zu, steckt ihm eine rote Seidenblume an die Brust und führt ihn zu Dai.

Als Dai auf den sechsten Helden, genauer gesagt, auf die sechste Heldin, zu sprechen kommt, wirft er einen bedeutungsvollen Blick in die Richtung, wo die Handelsvertreter der Firma so sitzen.

»Unser neues Vertriebskonzept *Vom Mitarbeiter zum Millio-*

när ist ein Riesenerfolg. Besonders unsere Vertreter im Bereich Medizin sind so fleißig und kreativ bei der Arbeit, dass sie den gesamten Umsatz des Vorjahres bereits in den ersten drei Monaten 1996 erreicht hatten. Ich freue mich daher, dass unsere besten Außendienstmitarbeiter heute zu uns nach Shenzhen gekommen sind, um mit uns zusammen zu feiern.« Der Generaldirektor schaut zu einigen Tischen auf der linken Seite hinüber und macht eine huldigende Handbewegung. Die Vertreter, die gemeint sind, stehen auf und verneigen sich leicht. Der Rest schaut zu ihnen hinüber und klatscht. Es dauert einen Augenblick, bis die Aufgestandenen sich wieder gesetzt haben.

»Eine von Ihnen hat dieses Jahr durch ihre herausragenden Leistungen über zweihunderttausend Yuan Provisionen verdient«, verkündet der zierliche Mann. »Sie ist tatsächlich auf dem besten Weg, zu unserer ersten Außendienst-Millionärin zu werden. Ich bitte Jian Roula aus Anhui zu mir auf die Bühne.« Der Generaldirektor macht eine Handbewegung, als wäre er ein Zauberer und wollte den Mond an den Himmel zaubern. Erneut drehen sich alle Köpfe in die Richtung, in die er gezeigt hat.

Im mittleren Bereich des Saals erhebt sich eine junge Frau in einem Abendkleid und geht, von Applaus und Jubelrufen begleitet, nach vorne. Sie hat eine ruhige, sanfte Art, sich zu bewegen, als wäre sie gerade dem Wasser entstiegen. Und wie sie sich wendet und leicht in verschiedene Richtungen verbeugt, das erinnert an den Tanz einer Weidenrute im Wind. Auch ihr steckt die Assistentin eine granatapfelgroße rote Seidenblume an das kurze Jäckchen.

An einem anderen runden Tisch auf der rechten Seite des Saals sitzen die Mitarbeiter der Software-Entwicklung im Kreis. Unter ihnen sind nur zwei Frauen, die eine mit dicker Brille, die andere mit grauen, blutleeren Lippen. Aber die Männer haben ohnehin nur Augen für Roula.

»Mensch! Die verdient ja viermal so viel wie wir«, sagt Li Bing nicht ohne Neid, während seine Hände klatschen. »Aber das ist ja kein Wunder. Mit so einem Gesicht kann man nicht nur den *Gehirnmarschall* zum Knüller machen, da kann man den Leuten alles andrehen.«

Der *Gehirnmarschall* ist ein chinesischer Kräutersirup, der dem menschlichen Gehirn gute Nährstoffe liefern soll. Seit ihn *Tenglong* vor einem Jahr auf den Markt gebracht hat, bricht der *Gehirnmarschall* einen Verkaufsrekord nach dem anderen. Millionen von Ein-Kind-Familien, die natürlich alle Wunder von ihrem Nachwuchs erwarten, greifen eifrig nach dem bräunlich-goldenen Saft. Wenn es nicht die Mutter ist, die ihrem Sohn das Wundermittel einflößt, dann ist es die Großmutter. So wurde der *Gehirnmarshall* zu einem der erfolgreichsten Einzelprodukte der Welt, auch wenn er außerhalb Chinas vollkommen unbekannt blieb. Einige Wochen lang stand er sogar auf Platz eins der chinesischen Bestsellerliste.

»Ich habe gehört, die Zunge ist das wirkliche Wunder an dieser Frau«, flüstert Chen Bairu. »Wenn sie den Mund aufmacht, regnet es Rosenblätter vom Himmel.«

»Klasse. Wollen mal sehen, ob wir heute auch so einen Rosenregen abkriegen, was?« Der Jüngere zwinkert dem Älteren spitzbübisch zu.

»Hüte dich, kleiner Bing. Die wunderbare Zunge kann wohl auch Blitz, Hagel und Donner herbeirufen.«

Aber Li hört seinem Kollegen schon gar nicht mehr zu. Auf der Bühne hat die junge Frau ihr langes Haar mit einer koketten Bewegung nach hinten geworfen und zeigt jetzt ihr ganzes Gesicht. Aber dieser Anblick währt nur kurz. Dann gleiten die Haare wieder nach vorn und verhüllen den größten Teil ihrer Züge. Dennoch hat der kurze Augenblick genügt, um Lis Aufmerksamkeit völlig in Anspruch zu nehmen. Er starrt die Frau im Scheinwerferlicht an, als ob sie von einem anderen Stern wäre.

Roula streckt die Hände in die Höhe und absolviert eine graziöse Verbeugung. Ihre Bewegungen verraten, dass sie eine routinierte Schauspielerin ist. Als sie sich für die Anerkennung bedankt und verspricht, in Zukunft noch mehr für den aufsteigenden Drachen zu tun, brandet ihr neuer Beifall entgegen. Alle wissen, sie ist die Heldin der Helden, der Star unter den Angestellten. Sie ist jetzt schon eine Legende, und man ahnt, bei dieser schönen Frau wird es noch viele Überraschungen geben. Denn sie hat etwas Lebhaftes, Unberechenbares, fast Wildes an sich, das sich nie zufriedengeben wird mit der Realität.

Nachdem die Helden, in der einen Hand die glänzenden Drachen, in der anderen die zusammengerollten Anerkennungsschreiben und die roten Tütchen mit Bargeld, die Bühne wieder verlassen haben und zu ihren Plätzen zurückgekehrt sind, geht Dai zu den Aussichten für das kommende Jahr über. »Wir heißen Tenglong, also *aufsteigender Drache*. Das waren und sind wir. Vor fünf Jahren waren wir noch ganz unbekannt, heute zählen wir zu den fünfzig stärksten Unternehmen des Landes.« Seine Augen leuchten bis in den letzten Winkel des Saals und seine Worte erfüllen die Mitarbeiter mit Stolz.

»Dieses Tempo wollen wir auch in Zukunft beibehalten. Unser neuer Fünfjahrplan sieht vor, das Unternehmen zu einem internationalen Konzern auszubauen. In zehn Jahren wollen wir so stark sein wie Sony und Bayer zusammen. Das bedeutet, wir werden uns von nun an auch entsprechend präsentieren«, sagt Dai.

Er hebt die Hand. Wieder eilen zwei junge Frauen in bis zur Hüfte geschlitzten Kleidern herbei und enthüllen den übermannshohen, phallischen Turmbau, der bisher fast unbeachtet in einer Ecke der Bühne gestanden hat, auf den sich jetzt aber sämtliche Scheinwerfer richten. Mit feierlichen Gesten ziehen sie das leuchtend rote, glänzende Tuch weg.

Ein Hochhausmodell kommt zum Vorschein. Die Fassade glänzt so strahlend blau, als hätte man ein Stück Himmel hineingeschmolzen. Auf dem Dach stehen zwei Drachen aus Kupfer und bilden eine riesige Hohlkugel. Es ist ein futuristischer Anblick, der die Herzen der Zuschauer schneller schlagen lässt.

Auf dem Bildschirm erscheint der Name eines renommierten

kanadischen Architekten. Dann wird das Modell eingeblendet. Stockwerk für Stockwerk gleitet eine Kamera an der schlanken Nadel des Bauwerks empor, vom Erdgeschoss bis zur Mobilfunkantenne in hundertachtzig Metern Höhe. Ein geheimnisvolles blaues Licht dringt aus dem Inneren des virtuellen Modells und bringt es zum Leuchten wie einen riesigen blauen Kristall. Niemand zweifelt, dass dieser funkelnde Edelstein magische Kräfte besitzt.

Als das Bauwerk in langsamer Drehung gezeigt wird, scheint die Zauberkraft schon zu wirken. In der Mitte des Turms windet sich ein riesiger silberner Drache aus der Glasfassade und steigt am Gebäude empor. Diese fliegende Aluminium-Skulptur, die sich über sechs Etagen erstreckt, macht das Bauwerk sofort unvergesslich.

»Unser neuer Firmensitz an der Futian-Straße wird eines der modernsten Hochhäuser Chinas sein. Vor zwei Wochen haben wir mit dem Bau begonnen. In einem Jahr wird die Hauptverwaltung dort einziehen können. Dann gehen wir in Hongkong an die Börse und gründen Niederlassungen in den USA, in England, Deutschland und Frankreich. Damit wollen wir der Welt zeigen: Wir Chinesen sind aufgestanden und gehen auf die Welt zu.«

Tosender Beifall. Glänzende Augen verwandeln den Saal in ein glitzerndes Meer. Dais Worte lassen die Wangen erglühen, als hätten die Zuhörer zugleich eine Kriegs- und eine Liebeserklärung erhalten. Wäre der Saal nicht stabil gebaut, müsste man fürchten, dass die Wände vom donnernden Beifall gesprengt werden.

Wie zur Belohnung für die Begeisterung erhalten die Angestellten jetzt kleine Geschenke. Zwei hübsche junge Frauen tragen eine große goldene Kugel herein. Als Dai die Kugel öffnet und Dutzende kleinere Kugeln darin zum Vorschein kommen, brechen die Gäste in Jubel aus. Viele kennen die Kugeln noch vom letzten Jahr. Damals waren leckere Süßigkeiten darin versteckt, in einigen aber gab es noch ein Überraschungsgeschenk.

Dieses Jahr sind immer noch Bonbons drin, aber die Überraschungsgeschenke sind sehr viel großzügiger als im Vorjahr. Es soll Kugeln geben, in denen kleine goldene Ringe mit Drachen, winzige Weinschalen mit goldenen Fischlein oder silberne Anhänger mit den Schriftzeichen »Glück« oder »Liebe« versteckt sind. »Je mehr Erfolg der Betrieb hat, desto mehr revanchiert er sich bei euch«, sagt Dai und fordert alle zum Feiern auf.

Nun verteilen die Mitglieder der Geschäftsleitung, acht Männer und zwei Frauen, die bislang nur die stumme Kulisse gespielt haben, die Kugeln unter den Gästen. Als sie den Inhalt quer durch den Saal werfen und einen bunten Regen von Süßigkeiten und Geschenken herabrieseln lassen, entsteht große Aufregung. Alle strecken die Hand aus oder springen auf, um eine oder mehrere Kugeln zu fangen. Es ist, als wären sie alle zu Kindern geworden, die mit ihrer Familie das Frühlingsfest feiern.

Nur Li Bing hat mal wieder etwas zu meckern. »Ach, ja«, sagt er und steckt unzufrieden ein buntes Bonbon in die Tasche. »Manche Leute kriegen Geschenke, und ich kriege bloß saure Drops. Ich wette, unser Generaldirektor hätte bestimmt einen goldenen Ring und ein goldenes Herz mit ›Viel Liebe‹ gekriegt.«

»Da brauchst du dir keine Gedanken zu machen«, erwidert Bairu. »Einen goldenen Ring braucht er nicht. Er ist schon verheiratet. Und seine Frau soll wirklich ein saurer Drops sein.«

Nach dem Bonbonregen öffnen sich die Türen und eine Schar von Kellnern strömt mit dampfenden Speisen, Wein und Bier aus der Küche herein. Über den Bildschirm läuft nun die Webseite von *Tenglong* mit leiser Musik. Einmal ist der Generaldirektor beim Handschlag mit dem Bürgermeister von Shenzhen zu sehen, einmal eine staatliche Auszeichnung für die Produkte der Firma. Obwohl das chinesische Internet noch ganz neu ist, wirkt die Webseite sehr professionell. Doch die Gäste schauen schon längst nicht mehr hin, sondern konzentrieren sich ganz auf die köstlichen Speisen. Immer wieder ertönen Jubelrufe, wenn etwas Neues gebracht wird.

Als der erste Hunger gestillt ist, gerät der Saal in Bewegung. Viele stehen auf, ein Glas Wein oder Bier in der Hand, und wandern von Tisch zu Tisch, um alten Freunden ein gutes neues Jahr zu wünschen oder neue Kollegen kennenzulernen. Die Mitglieder der Geschäftsleitung schlendern mal hierhin, mal dorthin, und auch der Generaldirektor macht einen Rundgang.

Li Bing und Chen Bairu nutzen die Gelegenheit und wechseln schnell zu Roula hinüber. Diese zeigt sich geschmeichelt und schenkt ihnen ein Lächeln, was die beiden noch mehr entzückt. Doch der Flirt dauert nicht lange. Andere Kollegen, die auch mit der Heldin anstoßen wollen, strömen herbei und drängen die beiden Programmierer zur Seite. Es ist nicht zu übersehen, dass die schöne Roula ein echter Magnet ist.

Generaldirektor Dai beehrt gerade den dritten Tisch mit seinem Besuch, als der Forschungsleiter Gu Wen ihn am Ärmel zupft. Er winkt mit dem Mobiltelefon in der Hand und zieht seinen Chef aus dem Saal. Er ist genauso alt, aber deutlich kleiner als Dai und hat seine stachligen Haare nach oben gebürstet, um etwas größer zu wirken. Das betont allerdings nur seine Pausbacken. Auf dem Korridor ist es leiser. »Eine Neuigkeit aus unserem Laboratorium«, lächelt Gu voller Stolz und drückt dem Generaldirektor das Handy ans Ohr.

»Guten Abend, Generaldirektor«, brüllt eine aufgeregte männliche Stimme. »Wir haben's geschafft! Der Bruder unseres Gehirnmarschalls ist geboren!« Es ist der Pharmakologe Zhang Xiaonian. Er gehört zu den treibenden Kräften der Firma. Im Hintergrund rufen ein paar Männerstimmen im Chor: »Wir haben's geschafft!«

Wie ein warmer Strom durchflutet den jungen Unternehmer die Freude, und seine freie Hand schwingt in die Höhe. Seit drei Monaten kämpft die Firma um die Geburt des *Gehirnpräsidenten.* Aber ständig gab es Probleme. Und jetzt, mit einem *Schwupp!* ist das Produkt plötzlich fertig.

»Donnerwetter! Der Gehirnpräsident hat sich den besten

Zeitpunkt für seine Geburt ausgesucht! Wie habt ihr das hingekriegt?«

»Mit Fleiß und Intelligenz, wie du es uns immer beigebracht hast«, sagt Zhang am anderen Ende der Leitung. »Das Problem mit der schwarzen Farbe ist endlich vom Tisch. Jetzt ist der Sirup genau so, wie wir ihn haben wollten: wie flüssiger Bernstein.«

»Lang lebe der Gehirnpräsident!«, hört Dai den Männerchor rufen.

»Sag mal, wie viele Leute sind eigentlich noch im Labor?«, fragt er ins Handy.

»Ach, Sie wissen ja, abends ist es hier immer recht dünn besetzt. Heute ist es natürlich noch leerer als sonst. Aber wir sind immer noch genug Leute, um Ihnen das goldene Baby gleich bringen zu können. Ich habe schon ein paar Mitarbeiter auf den Weg zu Ihnen geschickt.«

Dai bedankt sich und gibt dann seinem Forschungsleiter das Handy zurück. Irgendwie ist ihm unbehaglich bei dieser Geschichte. Er erinnert sich noch allzu gut, wie es vor einigen Jahren beim letzten Experiment für den *Gehirnmarschall* war. Damals waren alle im Kesselraum versammelt, um auf das Ergebnis zu warten: Nicht nur der Forschungsleiter und der Pharmakologe, sondern auch Dai, sein jüngerer Bruder Buddha und sogar Howard. Damals waren sie wirklich noch eine kleine Familie, heute ist alles viel unpersönlicher und abstrakter geworden. Aber das ist wohl der Preis des Erfolgs.

»Jetzt haben wir noch einen Grund mehr zu feiern, Generaldirektor«, lächelt Gu Wen. Dabei dehnt sich sein Mund wie eine Gummiwurst. Man merkt sofort: Das ist ein Kerl, der sich für schlauer hält als die anderen.

Aber Dai lässt sich kein Lächeln entlocken. »Du hast die Neuigkeit zurückgehalten«, sagt er mit ruhiger Stimme. Gus Lächeln verschwindet und die Gummiwurst wird zur Schnute. Der Forschungsleiter setzt zu einer Verteidigungsrede an. Aber Dai klopft ihm beruhigend auf die Schulter und geht noch ein paar Schritte weiter weg von der Tür, damit die hin- und hereilenden Kellner nichts hören. »Ich weiß, dass du mir eine besondere Freude zum Neujahr schenken willst. Ich freue mich auch ungeheuer«, versichert der Generaldirektor. »Nun sag schon, wann ihr das geschafft habt.«

»So ungefähr vor zwei Wochen«, sagt der Mann mit den Wurstlippen trotzig.

Zwei Wochen! Dabei hat Gu die Entwicklung mit seinen Führungsfehlern ohnehin schon endlos verzögert. Hätte Dai den Kurs seines Forschungsleiters nicht korrigiert, wäre der *Gehirnpräsident* wahrscheinlich immer noch nicht produktionsreif. Und jetzt, wo das Produkt fertig ist, lässt der dicke Gu wieder zwei Wochen verstreichen. Dai zwingt sich zu einem Lächeln. Die Neujahrsfeier lässt er sich nicht verderben.

»Da war ich gerade in Peking, nicht wahr?«

»Ja, Chef.«

»Schon gut. Aber von nun an möchte ich immer sofort informiert werden, sowohl bei guten als auch bei schlechten Nachrichten, ist das klar?«, sagt der Unternehmer mit gehobener Stimme. Er wartet, bis der Forschungsleiter stumm nickt, dann klopft er ihm zur Versöhnung leicht auf die Schulter. Mit einer Handbewegung gibt er Gu zu verstehen, dass sie besser zu den anderen zurückkehren sollten.

Gu wirft dem Rücken seines Chefs einen stechenden Blick zu. Er hatte eigentlich gehofft, die Erfolgsmeldung würde Dai dazu bewegen, sein Lieblingsprojekt, das Forschungsprogramm »Audiovisuelle Welt« zu genehmigen, denn er ist fest überzeugt, dass die Zukunft der Firma in der Softwareentwicklung liegt und nicht bei diesen blöden Kräutern und Säften. Aber Dai zögert bei der Entwicklung von Softwareprogrammen. Er findet, es sei noch nicht abzusehen, welche Geräte und welche Systeme in Zukunft im Vordergrund stehen werden. Gu hat die Neuigkeit über den *Gehirnpräsidenten* extra für heute zurückgehalten, weil er hoffte, Dai damit fröhlich zu stimmen und eine Zusage für sein neues Projekt zu erhalten. Aber mit einem aus Bambus geflochtenen Korb kann man kein Wasser holen. Gu muss feststellen, dass er Dais Misstrauen geweckt hat. »Werden Sie die Neuigkeit jetzt bekannt geben?«, fragt er mit unterdrückter Unzufriedenheit, und trabt eilig hinter dem Chef her.

»Das machen wir gemeinsam«, sagt Dai. »Ich verkünde das neue Produkt, und du erzählst ein wenig von seiner Entstehung.«

»Da Sie uns ohnehin durchschaut haben, will ich Ihnen nichts mehr verheimlichen. Ich habe schon ein paar Probefläschchen in meinem Dienstwagen. Soll ich sie holen?«

Dai grinst. »Ja, bitte. Und bring mir heute noch den Ordner mit den wichtigsten Daten. Wir müssen zusehen, dass wir der Presse bald eine rührende Geschichte über die Geburt des neuen Produkts liefern.«

Die Vorstellung des *Gehirnpräsidenten* bringt die Neujahrsfeier noch einmal richtig auf Touren. Begeistert werden die goldverzierten Fläschchen bejubelt. Natürlich wird der Generaldirektor als erster zur Probe gebeten. Die zufriedene Miene, die er nach einem Schluck der bernsteinfarbenen Flüssigkeit zeigt, lässt die anwesenden Mitglieder der Forschungsabteilung einen Freudenschrei ausstoßen.

Da der *Gehirnpräsident* genau wie sein Vorgänger ein reines Naturprodukt ist und keinerlei Nebenwirkungen haben soll, wollen ihn die Mitarbeiter im Saal jetzt ebenfalls kosten. Doch die wenigen Fläschchen, die Gu mitgebracht hat, reichen nicht einmal für einen Tisch. Es wird angeordnet, dass die Anwesenden an den Proben nur riechen dürfen. Anschließend sind sie gleich weiterzureichen.

Als eines der hübschen Fläschchen bei Li Bing ankommt, hält er sich den Sirup drei-, viermal an die Nase und macht den Eindruck, als könnte er sich gar nicht mehr davon trennen. Erst auf Drängeln seines Tischnachbarn macht er Anstalten, die kostbare Probe weiterzureichen, aber im letzten Augenblick zieht er sie wieder zurück, setzt sie an den Mund und nimmt einen kräftigen Schluck aus der Flasche.

»He, was soll das?«, rufen die anderen. Aber Li kümmert sich gar nicht darum. Er schluckt und schluckt, und als er die Augen wieder aufmacht, tastet er an seinem Kopf herum, als wäre dieser ihm völlig fremd.

»Komisch«, sagt er mit großen runden Augen. »Mein Kopf ist plötzlich so *offen*. Ich kann ihn gar nicht mehr zukriegen.«

Die anderen lachen. Denn dass der Sirup angeblich gegen Gehirnverstopfung gut ist, darüber hat Forschungsleiter Gu Wen sich in seiner großen Rede gerade des Langen und Breiten geäußert. »Li Bing«, sagt Chen Bairu, »ehe du hier Gehirndurchfall kriegst, solltest du schleunigst an deinen Arbeitsplatz rennen. Vielleicht schaffst du's ja heute noch, ein Programm zu schreiben, mit dem man sämtliche chinesischen Gebrauchsanleitungen auf Knopfdruck ins Englische, Deutsche und Russische übersetzen kann. Dann stehst du nächstes Jahr auch als Held auf der Bühne!«

»He, wieso soll ich noch die Sklavenarbeit verrichten?«, erwidert Li. »Ihr habt gesehen, Generaldirektor Dai hat den Zaubertrank als Erster bekommen, dann ich. Also ist er der Gehirnpräsident. Ich habe zwar ein kleineres Gehirn als der Chef, aber für den Vize-Gehirnpräsidenten genügt es.« Li zeigt mit dem Finger auf seinen Freund und nimmt den typischen, bestimmenden Ton eines Kaders an: »Bairu, du darfst heute Nacht ins Büro gehen und die gewünschte Software entwickeln.« Am Tisch bricht Gelächter aus, und Dai Xingkong hat einen weiteren Spitznamen weg: der Gehirnpräsident.

Im Tumult der Geselligkeit ist Roula von ihrem Platz aufgestanden und schlendert mal zu diesem, mal zu jenem Tisch, um mit Kollegen ein paar Worte zu wechseln. Aber während sie mit ihnen redet, streift ihr Blick immer wieder zu jenem Tisch, wo jetzt Dai wieder sitzt. Augenblicklich scheint er in ein Gespräch mit zwei seiner engsten Vertrauten vertieft.

Nach einer Weile steht einer der Männer auf und wechselt zu einem anderen Tisch. Roula hält die Gelegenheit für günstig und segelt mit einem schelmischen Lächeln zu Dai. »Also wirklich, Herr Dai! Heute Morgen bei dem kleinen Empfang in Ihrem Büro haben Sie uns nicht mal ahnen lassen, dass wir heute schon das neue Starprodukt zu Gesicht kriegen werden«, sagt sie kokett und bringt die Blume an ihrem Busen zum Zittern. »Hüten Sie Ihre Geheimnisse alle so gut?«

»Ah, die neue Herausforderung kommt Ihnen gewiss gerade recht«, sagt Dai und versucht, Schwung in seine Stimme zu legen. »Sie sehen ganz zauberhaft aus.«

»Das ist der warme Frühlingswind Ihrer Ideen, der uns verändert«, sagt Roula und neigt den Kopf. »Sie bringen uns alle zum Blühen.«

Der Mann neben Dai ist Sheng Howard, die Nummer zwei im Betrieb und Dais bester Freund. Sie kennen sich schon von der Uni in Kanton. Ihn stört es seit langem, dass Dai keine Frau hat, die sich um ihn kümmert. Er macht sich Sorgen um seinen Freund. Seit Suo Lanni, seine Frau aus Henan, ihn vor fünf Jahren verlassen hat, weil sie glaubte, er sei ein Versager, hat Dai ein unruhiges Junggesellenleben geführt, das seiner Gesundheit nach Ansicht von Howard nicht guttut. Roula ist eine intelligente Frau. Sie wäre eine gute Partnerin für seinen Freund. Bei diesem Gedanken steht Howard auf, sagt, er müsse ein paar Kollegen gratulieren, und überlässt der jungen Frau seinen Platz.

Roula setzt sich dicht neben den Chef und erkundigt sich nach den Plänen für den *Gehirnpräsidenten*. Dai kommt die Frage ganz gelegen. Mit kurzen Sätzen skizziert er seine Strategie für das neue Produkt. Roula scheint sehr begeistert zu sein und hängt fast an Dais Lippen. Einmal lacht sie so laut und entzückt, dass die Kollegen am Nebentisch aufschauen und einen verwunderten Blick auf Dai werfen. Dass ihr Arbeitgeber auch Frauen zu amüsieren versteht, ist ihnen bisher nicht aufgefallen. In der Firma gilt er als Arbeitstiger, den Frauen kaum interessieren. Sogar von einer gewissen Scheu ist die Rede.

Die kleine Unterhaltung dauert denn auch nicht lange. Zwei Männer in dunklen Anzügen bahnen sich einen Weg durch die Menge und kommen zielstrebig auf Dai zu. Der eine ist Howard, der eben noch neben Dai gesessen hat. Der andere ist Dai Xingyang, der jüngere Bruder von Dai und Verwaltungschef von *Tenglong*. Wegen seines sanften, fast rätselhaften Lächelns wird er meist »Buddha« genannt. Dai und Buddha haben dieselben Eltern und sind auch gleich groß, aber im Körperbau sind sie völlig verschieden. Im Gegensatz zu seinem vier Jahre älteren Bruder hat Buddha breite Schultern und kräftige Fäuste.

Er beugt sich zu seinem Bruder hinunter und flüstert ihm etwas ins Ohr. Sein Gesicht lässt vermuten, dass etwas Unangenehmes passiert ist.

Der Generaldirektor entschuldigt sich bei Roula und verlässt mit den beiden Männern den Saal. Sie ziehen sich in ein kleines Nebenzimmer zurück und schließen die Tür hinter sich. Auf dem Tisch stehen ein paar leckere kalte Speisen bereit, doch niemand rührt sie an.

»Also, was ist passiert?«, fragt Dai mit ernstem Gesicht.

»Sie haben einen von unseren Männern fast totgeschlagen«, sagt Buddha und lässt seine Faust auf den Tisch krachen.

»Jetzt werd' mal ein bisschen genauer«, sagt Howard. »Die Einzelheiten sind wichtig.«

Langsam, von Wut und Erregung geschüttelt, erzählt Buddha, was er gerade gehört hat. Heute Nachmittag, kurz vor Einbruch der Dämmerung, hat einer von *Tenglong*s Vertretern in Yichang, einer großen Kreisstadt in der Provinz Hubei, über eintausend Kilometer von Shenzhen entfernt, auf dem Platz des Volkes einen verdächtigen Lastwagen entdeckt. Auf der Ladefläche standen zwei Männer und haben den Passanten bekannte Medikamente zu Schleuderpreisen verkauft. Der Vertreter alarmiert per Handy zwei Männer von Buddha Dai, die sich schon seit Wochen in dieser Gegend aufhalten, um die Filialen der Firma zu kontrollieren und den Markt zu beobachten.

Die beiden Männer fahren zum Markt, kaufen eine Packung *Gehirnmarschall* von den fliegenden Händlern und stellen bald fest: Das Produkt ist gefälscht. Die Verpackung sieht der des Originals täuschend ähnlich, aber es fehlen bestimmte Sicherheitsmerkmale. Wie viele Packungen der Fälschung schon verkauft worden sind, lässt sich schwer feststellen, aber als Buddhas Männer erscheinen, ist der Lastwagen nur noch halb voll.

Buddhas Männer alarmieren die Polizei, aber die Beamten erklären, sie hätten während der Neujahrstage zu viel zu tun, um sich um solche Lappalien zu kümmern. Man könne ja in drei, vier Stunden mal eine Streife vorbeischicken.

Vier Stunden! Da sind die fliegenden Händler längst weg, das ist klar. Außerdem ist es dann endgültig dunkel. Buddhas Männer sind jung wie die Kälber und kennen noch keine Angst. Sie beschließen, auf eigene Faust vorzugehen.

In einem dunklen Winkel legen sie amtlich aussehende rote Armbinden an, auf die sie »Stadtverwaltung« geschrieben haben. Dann gehen sie auf einen der Händler los, halten ihn fest und werfen ihm lauthals Betrug und Mithilfe bei einer Produktfälschung vor.

Sofort sind sie von Schaulustigen umgeben. »Du kommst mit zur Polizei«, rufen die Männer von Buddha Dai und wollen den Gefangenen wegzerren.

Aber da stürmen die anderen Schwarzhändler wie eine Schar Raben herbei und schlagen mit Fäusten und Knüppeln auf Buddha Dais Männer ein. Der eine kann gerade noch flüchten, der andere bleibt bewusstlos am Boden liegen. Als sein Kollege im Schutz der Dunkelheit zum Ort der Auseinandersetzung zurückkehrt, um nach ihm zu suchen, ist der Lastwagen samt den Verkäufern verschwunden. Zum Glück geben einige der übrigen Händler dem Mann die richtigen Hinweise, sodass er den Kollegen bald findet. Der Verletzte wird ins Krankenhaus eingeliefert. Seine Platzwunden im Gesicht und am Hinterkopf müssen genäht werden.

Es ist das erste Mal, dass ein *Tenglong*-Mitarbeiter von Gegnern absichtlich verletzt worden ist. Dai runzelt die Stirn, steckt sich eine Zigarette an und überlegt.

»Wir sollten keine direkte Auseinandersetzung mit Fälscherbanden mehr suchen, jedenfalls nicht, wenn wir zahlenmäßig unterlegen sind«, sagt er zu seinem jüngeren Bruder. »Bring den Kollegen unser Bedauern zum Ausdruck und zahl den beiden eine Prämie für ihre Tapferkeit aus. Aber nicht zu viel. Ihr Leichtsinn darf nicht belohnt werden, sonst sind bald noch mehr Leute im Krankenhaus.«

Dann wendet er sich an Howard. »Die Verbraucher müssen vor diesen Fälschungen gewarnt werden.«

»Du meinst, ich soll eine Pressemitteilung rausgeben?« Howard trägt einen Scheitel im schwarzen Haar und wirkt sehr elegant. Wer ihn zum ersten Mal sieht, könnte meinen, da stünde ein Mann, der in Oxford gewesen ist. Tatsächlich hat er zwei Semester in Bristol studiert. Seit er zurück ist, trägt er den Spitznamen »Gentleman« mit sich herum. Gegenwärtig ist seine wichtigste Aufgabe der Bau der neuen Firmenzentrale. Die Pressearbeit macht er nur nebenbei.

»Nein, keine Pressemitteilung der Firma. Die beiden Opfer sollen die Medien informieren. Der Überfall ist interessant genug für einen Bericht.«

»Gut. Ich werde das arrangieren«, sagt Howard und steckt sich ebenfalls eine Zigarette zwischen die Lippen. »Aber das ist natürlich nur eine lokale Story. Überregionale Medien werden nicht anbeißen.«

»Du kannst sie ja mit ein paar zusätzlichen Informationen füttern. Ruf ein paar Leute an, erzähl ihnen von der Geschichte«, sagt Dai.

»Wie wäre es, wenn wir selbst eine Warnung vor Fälschungen als Werbespot bringen?«, sagt Buddha.

»Das ist ein alter Hut, das machen fast alle Hersteller«, sagt Dai.

»Aber was sollen wir unternehmen, um diese Fälscher zu

stoppen?«, fragt Buddha. »Wir können doch nicht zulassen, dass diese Parasiten uns aussaugen?«

»Ach, lass uns morgen darüber reden«, sagt Dai. »Heute Abend wollen wir feiern.«

Im großen Saal geht es nach dem Essen immer noch äußerst vergnügt zu. Die Bühne ist hell erleuchtet. Gerade sind ein paar Sketche aufgeführt worden, und jetzt kündigt der Conferencier einen neuen Höhepunkt an: den *Tenglong*-Gesangswettbewerb.

Dabei sollen die schönste Stimme und das Lied des Betriebs für das neue Jahr ausgewählt werden. Roula, die Siegerin des Vorjahrs, hat die Ehre, den Karaoke-Wettbewerb zu eröffnen. Sie geht auf die Bühne, verbeugt sich und haucht ein zärtliches Lied ins Mikrofon. »Zwischen Abend- und Morgendämmerung«, singt sie. Die Zuschauer sind begeistert und rufen *»Hao, hao, hao«* – gut, gut! Man fragt sich, wo Roula das Singen gelernt hat, denn es sind nicht nur ihre Stimme und ihre Erscheinung, was alle bezaubert, sondern man spürt auch eine echte Begabung und Kunst. Sie könnte auch an der Oper Karriere machen, sagt mehr als einer.

Als Dai, Howard und Buddha in den Saal zurückkehren, hören sie gerade noch das Ende von Roulas Lied. Auch sie klatschen mit. Howard geht auf sie zu, als sie von der Bühne herunterkommt, gratuliert ihr und führt sie zu Dai. Da er vorhin das Gespräch gestört hat, möchte er die Unhöflichkeit wiedergutmachen.

Dai lehnt an der holzgetäfelten Wand und betrachtet das Treiben. Als er Roula kommen sieht, nickt er, sagt aber nichts. Beide schauen eine Weile wortlos dem Gesangswettbewerb zu, als wüssten sie nicht mehr, worüber sie vorhin gesprochen haben.

»Shenzhens Bar, betörende Nacht« trällert ein Mitarbeiter aus der Buchhaltung gerade, und gibt Roula damit ein Stichwort. Sie sei jetzt schon zum dritten Mal in der Stadt, sagt sie, habe aber nie Zeit gehabt, sich irgendwas anzusehen. Ob ihr Dai nicht ein paar Sehenswürdigkeiten empfehlen könne.

»Tja, da gibt es einiges«, sagt Dai nach einigem Überlegen. »Die chinesisch-britische Straße zum Beispiel. Sie liegt zur Hälfte in Shenzhen und zur Hälfte in Hongkong. Oder Sie können auf die Aussichtsplattform des National-Trade-Plaza fahren und lassen sich von den Lichtern zu Ihren Füßen schwindlig machen. Wissen Sie, es will noch keiner glauben, aber eines Tages wird man sich die Augen reiben und sagen: *Wow*, Shenzhen hat mehr Wolkenkratzer als New York und London zusammen!«

»Klingt verlockend«, sagt Roula ein bisschen zögernd. Wie zufällig streift die Blume an ihrem Busen seine halb erhobene Hand. »Aber ich werde warten, bis unsere neue Firmenzentrale gebaut ist. Dann will ich mit unserem eigenen Fahrstuhl in den Himmel steigen und einen Blick auf die Stadt werfen.«

»Gut«, lächelt Dai. Er wird immer gesprächiger. »Was noch zu empfehlen ist, ist der Dameisha-Strand. Jetzt im Januar ist da wenig los. Sie haben den Himmel und das Südmeer für sich allein. Und Sie können die Füße ins warme Wasser tauchen und Hongkong am anderen Ufer betrachten.«

»Hm … das klingt nach Romantik. Haben Sie dort schöne Stunden verbracht?«

»Nein, eigentlich nicht«, muss Dai zugeben. »Ich war noch nie da.«

»Wirklich?« Roulas Augen werden vor Überraschung ganz groß. »In all den Jahren, seit Sie *Tenglong* gegründet haben, haben Sie so wenig Zeit für Romantik gefunden?«

Das Gespräch ist Dai peinlich. »Tja, so ist das Leben. Gründet man eine Firma, ist man auch gleich mit ihr verheiratet. Man hat keine freie Minute mehr«, versucht er zu scherzen.

Roula sieht ihm jetzt voll ins Gesicht. Zuneigung und Abenteuerlust stehen in ihren Augen. »Wenn das so ist«, sagt sie, »darf ich Ihnen vielleicht etwas schenken, was Sie eine kurze Weile von der Arbeit ablenkt?«

Während der Mann noch überlegt, ob er sie richtig verstanden hat, haucht sie ihm ihren warmen Atem ins Ohr. »Mein Zimmer liegt nur zehn Etagen hoch über dem Saal. Wir können gleich hochfahren und das Geschenk auspacken.«

Dai versucht das Thema zu wechseln und richtet den Blick auf die Bühne. »Das Lied da passt gut zu *Tenglong*, nicht wahr? Es wirkt bestimmt anspornend. Meinen Sie nicht?«

Roula tut so, als hätte sie alles andere gewollt, als ihn auf ihr Zimmer zu locken. »Wissen Sie, ich habe wirklich etwas für Sie«, sagt sie plötzlich ganz sachlich. »Die Kollegen aus Anhui haben es mir mitgegeben. Ich habe es vorhin ganz vergessen, als ich heruntergekommen bin.« Das ist nicht mal gelogen. Roula erinnert sich noch gut an den Stapel zerknautschter Zehn-Yuan-Scheine, die sie bei den Mitarbeitern der Niederlassung in Hefei eingesammelt hat, um das Geschenk für Dai kaufen zu können.

Dai ist verwirrt. Er ist zwar auf seinen guten Ruf bedacht, aber dass Roula jetzt plötzlich so kühl wird, enttäuscht ihn. »Vielleicht bringen Sie es morgen zu mir ins Büro?«, sagt er leise.

»Vielleicht.« Roula wendet sich ab, nickt Dai höflich zu und wendet sich einem Tisch zu, an dem sie begeistert begrüßt wird.

Der Gesangswettbewerb geht allmählich zu Ende. Immer länger muss der Conferencier warten, bis sich wieder jemand bereitfindet, zu ihm auf die Bühne zu kommen, und die Beiträge der inzwischen leicht angetrunkenen Mitarbeiter werden nicht besser. Roula hat ihre Position als beste Sängerin vom Vorjahr mühelos verteidigen können und erhält einen vergoldeten Vogel mit weit geöffnetem Schnabel als Preis. Ein Preis für das beste Firmenlied wird in diesem Jahr nicht vergeben.

Nach dem Gesangswettbewerb, dem traditionellen Höhepunkt der Veranstaltung, sind die ersten Mitarbeiter nach Hause gegangen. Aber die meisten bleiben im Saal, und manche beginnen zu tanzen. Andere gehen in den Korridor und ins Foyer, um zu flirten und sich zu unterhalten. Überall wird getrunken und gelacht, die Stimmung ist nach wie vor prächtig.

Dai macht seine letzte Runde durch den Saal. Hier und da bleibt er kurz stehen, klopft dem einen auf die Schulter, flüstert dem anderen etwas Glückverheißendes ins Ohr, nimmt den Ordner entgegen, den der Forschungschef Gu ihm überreicht und gibt Gentleman Howard ein paar Anweisungen. Schließlich findet er, dass seine Anwesenheit nicht mehr nötig ist, und macht sich auf den Weg zu seinem Wagen. Vor dem Schlafengehen will er noch die Unterlagen über den *Gehirnpräsidenten* studieren. Morgen soll darüber entschieden werden, wann die Kampagne zur Markteinführung des neuen Hoffnungsträgers erfolgt.

Als Dai gedankenverloren an den Palmen vorbeigeht, die in der Mitte der Hotelhalle unter der Glaskuppel stehen, löst sich eine Gestalt aus dem Schatten der Bäume und kommt ihm mit einem Lächeln entgegen. Zu seiner Überraschung erkennt er Jian Roula. Die rote Blume an ihrer Brust ist verschwunden. Sie macht den Eindruck, als hätte sie nicht bloß Limonade getrunken. Oder ist das nur vorgetäuscht?

»Schön, dass Sie jetzt frei sind, Herr Dai. Also, fahren wir zu mir hoch? Ich meine, zu Ihren Geschenken?«

Dai sieht sich hastig in der Hotelhalle um und sucht nach einer überzeugenden Ausrede, aber die anwesenden Angestellten haben diskret den Blick abgewendet, und Roula lässt ihn gar nicht zu Wort kommen. Sie hakt sich bei ihm ein und zieht ihn in Richtung der Fahrstühle. »Ein Mann wie Sie wird doch heute nicht geizig sein und die federleichte Bitte seiner treuesten Mitarbeiterin ausschlagen? Kommen Sie mit.«

Dai will es sich mit ihr nicht verderben, außerdem hat auch er einige Gläser *xiangbin,* Obstwein mit Fanta, getrunken und seine Widerstandskräfte sind deutlich erlahmt. »Gut. Fünf Minuten habe ich noch«, sagt er und geht mit ihr zum Fahrstuhl. Dort löst er sich geschickt von Roulas Arm, zeigt sich aber nicht weniger gut gelaunt als sie und faselt sogar einige Komplimente zusammen, was er bei Frauen sonst nie tut.

Im zwölften Stock angekommen, überlässt ihm Roula den Vortritt in das Hotelzimmer. Sie folgt ihm und schließt die Tür hinter sich, dann tastet sie blindlings im Dunkeln herum. »Wissen Sie vielleicht, wo der Lichtschalter ist? Ich hab mich noch nicht an das Zimmer gewöhnt.«

»Machen Sie die Tür wieder auf, dann sehen Sie gleich, wo der Schalter ist«, rät Dai. Er steht im Dunkeln und bewegt sich nicht.

Roula stößt ein nervöses Lachen hervor. »Hm, ich muss wohl ein Glas zu viel getrunken haben, dass ich mich so vor Ihnen blamiere. Ich werde die Stehlampe anmachen.« Sie macht zwei Schritte ins Zimmer hinein, dann bleibt sie mit dem Absatz im Teppich hängen und stolpert. Dai lässt den Ordner fallen und fängt sie in letzter Sekunde noch auf. Er spürt ihren weichen Rücken in seinen Händen, und um nicht selbst mit zu Boden gerissen zu werden, stellt er sie vorsichtig auf die Füße. Er will sich gerade von ihr entfernen, da spürt er, wie Roulas Arme sich um seinen Hals schlingen und ihr Körper sich an ihn presst. Schon hat ihr Mund seine Lippen gefunden und saugt sich daran fest. Dai gerät für einen Augenblick außer Atem. Er versucht sich zu befreien, aber Roula umschlingt ihn noch fester. Minutenlang hört man nichts als ihr heftiges Atmen.

Plötzlich wird die Stille von den ersten Takten des Drachenliedes zerrissen. Dai löst sich mit einer raschen Bewegung von Roula und klappt sein silbernes Handy auf. Seine Augen haben sich jetzt an die Dunkelheit gewöhnt und können die Möbelstücke erkennen. Während er sich meldet, schiebt er sich langsam ins Zimmer und schaltet die Wandlampen ein. »Toll, dass du es geschafft hast, einen weiteren intelligenten Kopf für uns zu gewinnen«, ruft Howard aufgeregt aus dem Telefon. »Hat er bei DreiAcht schon gekündigt?«

DreiAcht ist der schärfste Konkurrent von *Tenglong*, und Dai ist tatsächlich stolz darauf, dort einen führenden Kopf abgeworben zu haben. Aber im Moment möchte er nun wirklich nicht darüber reden.

Hinter ihm macht Roula das helle Licht wieder aus und knipst stattdessen die Nachttischlampe neben dem Bett an. Dai tritt beiseite und dreht ihr den Rücken zu. Doch im nächsten Moment wird er von hinten umfasst. Zwei zarte Hände öffnen geschickt seinen Gürtel und schieben sich in seine Hose. Dai ist wie vom Donner gerührt und weiß nicht, was er tun soll. Nur das Sprechen hat er noch einigermaßen im Griff. »Du weißt, im neuen Jahr wollen wir stark expandieren. Ich dachte, Yi Shanwang ist eine gute Ergänzung für die Geschäftsleitung ... Nein, ich hab keine Zahnschmerzen ... Aber ich habe gerade etwas zu tun. Wir reden morgen darüber. *Zhai jian!*«

Dai klappt hastig das Handy zu und hüstelt, um die leisen Geräusche, die an seinem Körper entstehen, nicht hören zu müssen. Sein Kopf sagt, er müsse das Zimmer sofort verlassen. Wenn die Gerüchte über sie stimmen, muss Roula ein Dutzend Liebhaber haben. In diese Reihe von Männern will er auf keinen Fall einrücken. Aber seine Beine sind wie festgewurzelt und lassen sich vom Kopf nicht kommandieren. Roula hat sich vor ihm hingekniet und küsst seinen mageren Bauch. Ihr Atem wird laut und lustvoll, ihre Haarspitzen streicheln ihm über die Schenkel, ihr Gesicht gleitet immer tiefer an ihm herunter. Seine Hose hängt ihm bereits um die Knöchel.

Als ihn ihre Lippen umfassen, hört er eine Stimme in seinem Kopf: »Weiter, weiter, noch mehr!« Da er lange keine weibliche Berührung mehr zugelassen hat, spürt er jetzt jeden Kuss umso stärker. Seine Brust wird so groß und so heiß, als wäre die Sonne darin gefangen. Er spürt, wie sie anschwillt und immer höher hinaufsteigt. Um nicht an die Decke gehoben zu werden, drückt er sich an die Wand, keucht und krümmt sich, bis er schließlich vor Roula kapituliert.

»Gefällt dir mein Geschenk?«, fragt sie zärtlich, als sie ineinander verschlungen im Bett liegen.

Nachdem das Feuer in seinen Gliedern erloschen ist, fühlt Dai sich kühl und angenehm kraftlos. Die ganze Zeit haben sie kein Wort miteinander gewechselt. Jetzt bringt die weibliche Stimme ihn rasch zurück in die Realität. Er hat sich gehen lassen. Sie hat ihn sich genommen wie ein Bonbon. Und der Gedanke an ihre zahllosen möglichen Liebhaber sitzt wie eine dicke Kartoffel in seinem Gehirn und wird immer größer und kälter. Er fürchtet, dass ihm gleich schlecht wird. Dai rückt ein wenig von der nackten Frau weg und sucht nach seiner Brille. Die hat sie ihm abgenommen und auf den Nachttisch gelegt.

»Wir benehmen uns wie die Kinder …«, sagt er, als das dicke Horngestell wieder sicher auf seiner Nase ruht.

Sie streichelt seine nackten Beine und schließt die Augen. Er spürt, wie seine Lust von ihren Fingern erneut geweckt wird. Aber diesmal will er ihr zuvorkommen. Er springt mit einem Ruck aus dem Bett auf. »Ich habe noch zu arbeiten. Ich muss jetzt nach Hause …«

Sie hört das Rascheln seiner Kleider im Dunkeln.

»Du willst jetzt schon gehen, mein Kaiser?« Die Freude in Roulas Stimme verschwindet. »Ich habe allen gefallen, nur dir nicht.« Aber dann steht sie auf, macht das Licht an und hilft ihm, die verrutschte Krawatte wieder geradezurücken, als wären sie ein vertrautes Paar.

»Aber nein«, beruhigt sie Dai, weicht ihr aber aus und lässt sich keine weitere Hilfe gefallen. »Du bist entzückend. Aber ich bin noch verheiratet. Ich möchte niemanden in Verlegenheit bringen.«

»Du lebst schon seit Jahren nicht mehr bei deiner Frau. Das wissen doch alle in der Firma«, sagt Roula.

Dai streicht mit rotem Kopf seinen Anzug glatt, hebt wie ein fliegender Falke den Ordner vom Boden auf und flüchtet zur Tür. Mit dem Griff in der Hand dreht er sich noch einmal um. »Ich hoffe, wir sind weiter gute Kollegen«, sagt er mit verlegener Stimme. »Wenn du mich sprechen möchtest, melde dich morgen in meinem Büro.«

Roula folgt Dai bis zur Tür und bleibt dort nackt und unglücklich stehen, während er den Korridor hinunterrennt. Sie beißt sich auf die Lippen, bis ihr schwarz vor Augen wird und sie zu Boden sinkt. Und das Geschenk von den Mitarbeitern aus Anhui?

Das würde sie am liebsten gleich aus dem Fenster schmeißen.

2

Sand und Gestein

Am nächsten Tag hat Dai viel zu tun. Kaum hat er seinen Computer hochgefahren und die neuesten Absatzzahlen studiert, kommen schon die ersten Mitarbeiter, die Anweisungen oder Unterschriften von ihm verlangen. Dann zitiert er die Geschäftsführung und die Marketingleitung zu sich, um die Markteinführung des *Gehirnpräsidenten* in die Wege zu leiten. Nach zwei Stunden steht die Kampagne in ihren Grundzügen fest, und Dai gönnt sich ein paar Schlucke Tee.

Dann tritt Howard mit ernstem Gesicht zur Tür herein und sagt: »Es gibt ein kleines Problem auf der Baustelle.« Ein paar Minuten später sitzen die beiden Freunde in Howards Jaguar und fahren in die neue Stadt, die westlich des alten Zentrums entsteht.

Auf der Jiabin-Straße ist viel Betrieb. Überall leuchtet und lärmt es. Die Läden sind gut besucht. Die Menschen sind auffällig jung, als gäbe es in der Stadt kaum alte Leute. Auch im Januar ist es angenehm warm, und die Passanten sind dem Wetter entsprechend gekleidet. Bei den zahlreichen jungen Frauen sieht man dünne Kleider, ja sogar nackte Arme und Beine.

Doch Dai und Howard sind mit anderen Dingen beschäftigt. Auf dem breiten, achtspurigen Binhe Boulevard, der links und rechts von hohen Palmen gesäumt ist, kann Howard so richtig aufdrehen, biegt aber bald nach rechts ab und hält an der Futian-Straße vor einer dröhnenden Baustelle. Unweit von hier soll nach dem Willen der Stadtväter in den nächsten Jahren das neue Zentrum entstehen, mit breiten Alleen und riesigen, hohen

Gebäuden. Jetzt kann der Blick noch weit schweifen. Im Norden sieht man eine geschwungene Hügelkette, im Süden ahnt man die Bucht von Shenzhen im Dunst. Wer etwas gelten will, muss hier dabei sein. Auch die Firmenzentrale von *Tenglong* wird hier in den Himmel ragen.

Aber momentan ist nur ein riesiges, eckiges Loch in der Erde zu sehen. Dai und Howard steigen aus dem Wagen, setzen dunkle Brillen auf und gehen über den von gleißender Sonne erfüllten Bauplatz. Schon kommt ihnen der Polier entgegen.

Nachdem die beiden Herren mit Helm und Gummistiefeln versorgt sind, führt der Mann sie über eine eiserne Leiter hinab in die Grube. Der Bagger, der eben noch heulend geschaufelt und die Luft mit Staub und Abgas gemischt hat, verstummt augenblicklich.

Die Männer durchqueren die Grube und bleiben vor einer hohen Wand stehen, die der Bagger aus der Erde geschaufelt hat. Es fällt auf, wie ungleichmäßig sie ist. Die eine Hälfte besteht aus grauem Kies und Sand, die andere aus dunklen Felsen. In der Mitte sieht man eine gezackte Trennlinie.

Dai hebt die Hand und berührt das vor ihm liegende Erdreich. Die linke Seite bröckelt sofort. Die rechte Seite widersteht dem Druck seiner Finger. Sie ist hart wie Fels.

Sie gehen zur anderen Seite und stellen dort das gleiche Phänomen fest. »Es scheint, dass sich vor langer Zeit zwei große tektonische Platten an dieser Stelle getroffen haben«, sagt Howard. »Kräfte aus dem Erdinneren haben sie übereinandergeschoben. Bis vor einigen Jahrtausenden lag diese Gegend noch unter dem Südmeer. Die Fluten haben alles mit Sedimenten bedeckt, deswegen ist uns beim Kauf der Nutzungsrechte nichts aufgefallen, weil die Bruchstelle tief unter einer Schicht von Sand, Kies und Erde begraben ist.«

Was die Entdeckung bedeutet, ist klar: Die linke Seite des Fundaments muss erheblich verstärkt werden, damit das Gebäude nicht umkippt. Auf der rechten Seite dagegen kommt der Bagger nicht weiter. Bohrmaschinen und Dynamit müssen her, um den Felsen wegzusprengen und dem Fundament die nötige Tiefe zu geben.

Sie klettern aus der Grube und bleiben eine Weile am Rand der Baustelle stehen und rauchen. Howard, der schon 1992 bei der Gründung der Firma dabei war und seither die rechte Hand Dais ist, kennt seinen Freund nur zu gut: Wenn er schwere Entscheidungen treffen muss, macht Dai besonders lange Züge und stößt den Rauch heftig aus.

»Die Arbeiten werden etwa drei Monate länger in Anspruch nehmen«, bricht Howard das Schweigen. »Und für die neuen Fundamente brauchen wir natürlich viel mehr Stahl und Beton als geplant.«

»Bisher sind wir immer der Liebling des Schicksals gewesen, aber jetzt scheint es uns necken zu wollen«, sagt Dai, als sie wieder im Auto sitzen. Er macht eine übertrieben theatralische Geste, um den Ernst der Situation herunterzuspielen. Was die Bearbeitung der Fundamente an zusätzlichen Mitteln verschlingen wird, kann die Firma verkraften. Aber dass die Bauarbeiten mit solchen Überraschungen anfangen, das behagt ihm ganz und gar nicht. Ist es womöglich ein schlechtes Omen, dass ausgerecht auf seinem Grundstück zwei tektonische Platten zusammenstoßen?

»Die Alternative wäre, wir kaufen bei der Regierung das Nutzungsrecht für ein neues Grundstück und geben das alte zurück«, erklärt Howard, als hätte er Dais Gedanken erraten.

Wie kann man nur auf so eine dumme Idee kommen? Dai wirft seinem Baubeauftragten einen vorwurfsvollen Blick zu. Sie haben alle Hebel in Bewegung gesetzt, um an diesem zentralen Platz bauen zu dürfen. Der Preis für das Nutzungsrecht war nicht gering. Dann die Anmeldung beim Katasteramt, die Genehmigung für den Bauplan, die Genehmigung vom Arbeitsamt und vom Umweltschutzamt … Mindestens dreißig rote Stempel hat Howard gesammelt, bis das Projekt allmählich ins Rollen gekommen ist. Ein Rückzug würde nicht nur Geld- und Zeitverlust bedeuten. Man würde sie auslachen.

Wenn man auf einem Tiger reitet, fällt das Absteigen schwer. Dieser bekannte Spruch schießt Dai durch den Kopf. Er zögert mit einer Antwort. Aber bevor er den Mund aufmacht, klingelt sein Handy. Er meldet sich knapp: »Ja, was ist?«

Nach zwei Minuten klappt er das Telefon wieder zu und lacht: Die Stadtregierung hat ihn zu einem der besten Unternehmer der Stadt auserkoren. Der Preis: eine Eigentumswohnung am Dufthonigsee, ein Auto der Marke Santana und eine Prämie von sechshunderttausend Yuan! Die Entscheidung sei eben bei einer Sondersitzung des Stadtrats gefallen, hat ihm der Sekretär des Wirtschaftsreferenten gesagt.

»Du bist und bleibst nun einmal ein Glückskind!«, sagt Howard. Zum ersten Mal vergisst er seine Rolle als Gentleman und strahlt. »Vortrefflich! Nachdem du von den Pekingern ausgezeichnet worden bist, hab ich dir gleich gesagt: Die werden dich noch mit Auszeichnungen zuschütten. Hab ich recht gehabt, oder nicht?« Er schüttelt lachend den Kopf, als wäre er selbst der Preisträger. Dann kommt der Spötter wieder zum Vorschein: »Hm, überwältigend ist die Prämie nicht, wenn man bedenkt, was wir an Steuern bezahlt haben. Aber wir wollen die Wirkung deines neuen Titels nicht unterschätzen. Das neue Jahr fängt gut an.«

Diese Worte fegen Dais Bedenken endgültig beiseite. Er wirft seine halb gerauchte, noch brennende Zigarette aus dem offenen Fenster des Wagens. »Ach, egal, was es kostet! Wir bauen weiter!«

Howard hebt seine Hand, und Dai schlägt klatschend dagegen. Die beiden Freunde sind sich wieder mal einig.

»Red mit dem Architekten und sag ihm, er soll ein neues Konzept für die Fundamente erarbeiten und die Statik noch einmal sorgfältig prüfen. Zahl ihm ein bisschen mehr, damit es schnell geht. Diese Ausländer sind immer so langsam.«

Am Mittag lässt sich Dai zum »Rosental« fahren, um sich mit einem Geschäftsmann zu treffen. Das »Rosental« ist ein Massagesalon, wo man sich die Füße waschen und den Nacken massieren lässt. Solche Orte dienen der Entspannung und sind auch gut fürs Geschäft. Tatsächlich hat Dai einen guten Tag und kann eine große Bestellung mitnehmen, als er gewaschen, massiert und geklopft in die Firma zurückkehrt.

Da der Betrieb zum Neujahrsfest eine Woche zumachen wird, muss jetzt umso mehr produziert werden, und Dai wird für alles und jedes gebraucht. Seine Tür geht auf und zu, sein Telefon klingelt ununterbrochen.

Den Vorfall von gestern Nacht hat er längst verdrängt, und doch ist ihm den ganzen Tag, als warte er noch auf etwas. Hatte man ihm nicht etwas versprochen? Ein Geschenk aus Anhui?

Am späten Nachmittag, gegen fünf, kommt sein jüngerer Bruder zu ihm ins Büro. »Buddha« Dai ist immer noch sehr niedergeschlagen wegen des Überfalls auf die beiden Angestellten in Yichang.

Dai bittet ihn in seine Sitzecke und lässt grünen Tee, getrocknete Früchte und Erdnüsse kommen, um den Bruder ein bisschen aufzuheitern. Solcher Luxus ist nicht selbstverständlich für die beiden Brüder.

Als sie noch Kinder waren und in Anhui wohnten, mussten sie oft um ihr Essen kämpfen. Noch heute erinnert Buddha sich an eine Szene aus ihrer gemeinsamen Jugend. Es war Ende der 70er-Jahre. Eines Tages waren die Brüder im Laden der Kommune gewesen und hatten Reis, Mehl und Bohnen gekauft, die halbe Monatsration der Familie, und trugen den Einkauf in einem großen Eimer nach Hause. An einem Abhang lauerte eine fünfköpfige Bande jugendlicher Taugenichtse auf sie und wollte ihre Fäuste an ihnen erproben.

Der ältere Dai war damals noch dünner als jetzt, dünn wie eine Weidenrute, sagte man. An einer Schlägerei war er nicht interessiert, aber verprügeln ließ er sich auch nicht. Er sprang im Zickzack und wehrte sich heftig. Ein 17-Jähriger, der Anführer der Gegner, fiel auf den Hinterkopf und wurde wütend.

Er stand schäumend auf und stieß den Eimer mit den Einkäufen um. Die beiden Brüder wollten nicht mit leeren Händen nach Hause gehen, sonst hätte die Familie wochenlang hungern müssen. Sie sammelten die Einkäufe wieder ein und traten mit den Füßen, um sich zu wehren.

Als die Angreifer merkten, dass sie den älteren Dai nicht recht zu fassen kriegten, sammelten sie sich um den jüngeren und schlugen zu viert auf ihn ein. »Buddha« war damals gerade erst zwölf und hatte noch nicht so breite Schultern wie jetzt. Doch er war genauso tapfer wie sein Bruder und schlug heftig um sich.

Dennoch spürte er, dass er bald zu Boden gehen würde. In diesem Augenblick warf sein Bruder ein halbes Pfund Mehl in den ringenden Haufen und brachte damit den Kampf zum Erliegen. Während sich die Feinde noch schimpfend die Augen rieben, stieß der ältere Dai sie einzeln den Abhang hinunter. Dann warf er eine Handvoll Bohnen hinter ihnen her, sodass sie keinen Halt fanden, sondern immer weiter den Hügel hinunterrollten.

Als die Gruppe am Fuß des Hügels angekommen war und sich rächen wollte, hatte Dai auf dem steilen Hang Steine gesammelt und eine kleine Pyramide daraus gebaut. Auch der Kleinere hatte fleißig Steine zusammengetragen und neben seinem Bruder eine zweite Pyramide errichtet.

»Wenn ihr raufkommt, kriegt ihr die Steine zu spüren«, warnte der ältere Dai und tat so, als wollte er die angekündigte Waffe mit einem Tritt zum Einsatz bringen.

Die Bande hatte ohnehin schon zerschrammte Arme und zerrissene Hosen. Wenn sie jetzt nicht nur gegen die Bohnen, sondern gegen Steine ankämpfen müssten, würde es ihnen noch schlimmer ergehen. Sie beschimpften die Brüder als Feiglinge, schworen schreckliche Rache – und rannten davon.

Seither hält Buddha seinen älteren Bruder für eine Reinkarnation von Zhuge Liang, dem bekannten Strategen und Kaiserberater. Er würde nie wieder Angst haben. Sein Bruder stand für ihn ein, und er würde jederzeit für ihn kämpfen.

Buddhas Gedanken schwenken von der Erinnerung an die glorreiche Vergangenheit in die prekäre Gegenwart. Was sollen sie gegen die Produktpiraten bloß unternehmen? Ein solcher Zusammenstoß kann sich jederzeit wiederholen.

»Haben wir keinen Draht zur Polizei in Hubei?«, will Dai wissen.

»Ach, die Leute in Hubei sind hinterlistig und unzuverlässig wie die Banditen. Die Polizei dort hat uns schon mehrmals im Stich gelassen und wird uns auch in Zukunft nicht helfen«, seufzt Buddha. »Aber die eigentliche Pest sind die Fälscher. Die sind wie die Ratten. Sobald ein Produkt ein Erfolg ist, kommen sie aus ihren Löchern und stürzen sich auf die Marke. Hast du eine totgeschlagen, schlüpfen tausend neue aus der Erde.«

Aber Dai will keine Zeit mit Jammern verbringen. »Wir werden eine neue Taktik entwickeln. Wir müssen den Fälscher ausfindig machen und ihn vor Gericht bringen. Die Verkäufer, der Lastwagenfahrer, das sind alles nur seine Handlanger. Wenn die Polizei sie erwischt, heuert der Kopf der Bande im Nu neue Leute an, und alles geht weiter.«

Die schwarzen Brauen des jüngeren Bruders zucken ein paarmal, dann seufzt er. »Das kann Jahre dauern, bis wir den finden, und selbst wenn wir ihn anzeigen, nützt es uns gar nichts. Die örtlichen Behörden nehmen die großen Produktpiraten doch immer in Schutz, weil sie in ihrer Gemeinde mehr Steuern als wir zahlen. Außerdem schaffen sie Arbeitsplätze. Die Behörden helfen uns nicht. Unser Konkurrent DreiAcht hat einmal einen großen Fälscher erwischt und ihn bei der Polizei angezeigt. Was passiert? Die Polizei heuchelt große Empörung, nimmt ihn fest und steckt ihn ins Gefängnis. Aber ein paar Tage später ist er wieder auf freiem Fuß. Er schließt seine alte Firma, macht ein paar Meter weiter unter dem Namen seiner Frau eine neue Fabrik auf, und die Fälschungen gehen weiter.«

»Auch wenn es eine Sisyphusarbeit ist«, sagt Dai. »Wir müssen diesen Verbrechern das Handwerk legen. Wir haben doch schon einmal Fälschungen in dieser Gegend beobachtet. Erinnerst du dich? Da war die Vorgehensweise doch ziemlich ähnlich: ein Lastwagen im Dunkeln auf einem belebten Platz, ein paar junge Verkäufer, die sich jederzeit in Schläger verwandeln können. Und sie hatten alle einen Hunan-Akzent …« Dai schaut seinem jüngeren Bruder ins Auge. »Könnte es nicht sein, dass hinter beiden Fällen derselbe Hersteller steckt?«

Buddha schlägt sich mit der Hand an den Kopf. »Wieso ist mir das nicht gleich aufgefallen? Du hast völlig recht: Es ist möglich, dass sie zusammengehören.«

Jetzt ist Dai in seinem Element. »Wir müssen das ganz professionell machen. Wir bauen eine neue Abteilung auf. Du stellst ein paar handfeste, ehrliche Leute ein. Vielleicht Sportler oder ehemalige Polizisten, aber Leute mit Köpfchen. Besonders die Gegend an der Grenze von Hubei und Hunan müssen wir genau im Auge behalten. Wenn wir wieder so einem Lastwagen begegnen, sollen unsere Leute den Fahrer in aller Stille verfolgen, bis wir das Lagerhaus der Fälscher aufgespürt haben. Ist das machbar?«

Buddha kratzt sich am Hinterkopf: »Wir sollen die Gangster nicht stoppen?«

»Doch. Aber wir müssen eine Doppelstrategie anwenden: Die Fälschungen stoppen, die Fahrer verfolgen.«

Buddha nickt, wirkt aber nicht überzeugt. Er nimmt die Stäbchen zwischen die Finger und befördert ein paar Erdnüsse in seinen Mund. Aber er ist immer noch so angespannt, dass er gar nicht weiß, worauf er da herumkaut.

»Lass die neue Fälschung so schnell wie möglich vom Labor prüfen, dann wissen wir nämlich gleich, ob sie von demselben Kerl stammt oder nicht. Ein Mistkäfer dreht immer dieselbe Scheiße.«

»Ja. Gute Idee.« Buddha Dai lächelt. Jetzt schmecken ihm seine Erdnüsse.

Am Abend hat Howard einen wichtigen Gast, den Vizepolizeipräsidenten und Chef des Ordnungsamtes der Stadt. Der Beamte ist zuständig für die Verhütung und Bekämpfung von Bränden und die Sicherheitskontrolle am Bau. Er hat erhebliche Befugnisse und ist sich seiner Macht bewusst, aber trotzdem ist er ein durchaus umgänglicher, geradezu liebenswürdiger Mann. Von Eingeweihten wird er gern »Blumennase« genannt, weil er ein kulinarischer und erotischer Feinschmecker ist. Howard hat für das Treffen das Restaurant »Himmel und Erde« gewählt, wo die Meeresfrüchte besonders frisch sind.

Howards Einladung ist nicht ganz uneigennützig. Seit er weiß, dass die Fundamente für die neue Zentrale zum Teil in den Fels gesprengt werden müssen, sucht er nach einer raschen, unkomplizierten Lösung für sein Problem.

»Ich brauche Dynamit«, sagt er zu »Blumennase«, als die Kellner gerade die Haifischflossensuppe gebracht haben. Howard kennt seinen Gast schon seit Jahren. Die beiden Männer hatten viel miteinander zu tun, als Howard die jetzige Firmenzentrale von *Tenglong* an der Jiabin-Straße gebaut hat, ein unscheinbares, achtstöckiges Gebäude, das inzwischen schon ziemlich schäbig aussieht. Seither sind sie im regelmäßigen Kontakt.

»Donnerwetter«, lacht der Polizist. »Seit wann sind Sie Anarchist?«

Howard lacht pflichtschuldigst. »Anarchisten sind wir Chinesen doch alle, nicht wahr?«

Der Polizist nickt. Und ehe er in die üblichen Klagen über undisziplinierte Autofahrer ausbrechen kann, erzählt Howard ihm rasch von den Problemen im Untergrund der neuen *Tenglong*-Zentrale.

»Wollen Sie das Grundstück zurückgeben?«, fragt »Blumennase« sofort.

»Nein, nein«, sagt Howard geschmeidig. »Ich brauche nur etwas Dynamit, wie gesagt.«

Blumennase ist beruhigt. »Wir wollen sehen, was wir tun können«, sagt er friedfertig, und Howard weiß, dass die Sache geklärt ist.

Um seinen Gast zu belohnen, schlägt er vor, eine neu eröffnete Karaoke-Bar zu besuchen, die »Blumennase« erwähnt hat. Dass es dabei nicht nur um schöne Lieder geht, weiß Howard genau. Er kennt seinen Gast, und es ist ihm längst zu Ohren gekommen, dass seine Lust auf Frauen noch größer ist als seine Sangesfreude. Beides lässt sich im Dämmerlicht der Bar befriedigen.

Sie brauchen nicht weit zu fahren. Das »Tausendundeine Nacht« hat seine Separees im orientalischen Stil eingerichtet. Howard bestellt zwei Mädchen in das Einzelzimmer, die sie beim Gesang begleiten und unterhalten sollen. Kaum sind die hübschen Begleitdamen in ihren kurzen Röcken erschienen, lässt sich der Beamte auf dem Sofa von ihnen einrahmen und fordert sie auf, Liebeslieder mit ihm zu singen.

Howard betrachtet die an den Wänden abgebildeten Haremsdamen mit freiem Bauch, hat aber nur wenig Lust auf die gekaufte Nähe zum anderen Geschlecht. Trotzdem schäkert er mit den Mädchen und singt auch mit, als ihn »Blumennase« beglückt dazu auffordert.

Ab und zu bestellt er eine neue Runde Getränke und beobachtet zufrieden, dass »Blumennase« sich wohlfühlt. Um das Wohlbefinden seines Gastes zu steigern, macht er dem Beamten viele Komplimente zu seiner Gesangskunst und singt auch mit ihm im Duett. Als die Stimmung des Vizepolizeipräsidenten dem Höhepunkt nahe ist und er die hübschen Mädchen zum Tanzen auffordert, zieht sich Howard behutsam zurück. Unter einem Vorwand verlässt er das Zimmer und kehrt nicht mehr zurück. Er weiß, die Mädchen werden fast alle Wünsche seines Gastes erfüllen.

Dai hat einen langen Arbeitstag im Büro hinter sich, als er gegen zehn Uhr abends am »Neuen Litschigarten« aus seinem Dienstwagen steigt und den Chauffeur in den Feierabend entlässt. Er ist mit dem Tag zufrieden. Aber er weiß, dass er sich heute nicht gerade viel bewegt hat, deswegen ist er schon vor dem Eingang des Wohnviertels ausgestiegen und will ein paar Schritte im Park machen.

Kaum ist sein Auto weg, tritt eine junge Frau aus dem Schatten vor dem vergitterten Eingang und kommt auf ihn zu. Ihre schöne Figur lenkt Dais Blick auf sich, ohne dass er sie erkennt. Erst als er zum zweiten Mal hinschaut, bleibt er abrupt stehen. »Roula? Hast du auf mich gewartet? Wieso bist du nicht tagsüber zu mir ins Büro gekommen?«

»Ich dachte, du könntest mich vermissen, wenn ich morgen zurückfliege. Deswegen bin ich jetzt hier«, sagt Roula keck.

Dai geht ein paar Schritte an der Mauer entlang und stellt sich in den Schatten, um sich der Beobachtung durch die Wachmänner am Eingang zu entziehen. »Ich hoffe, die Reise nach Shenzhen hat dir gefallen«, sagt er mit ausgesuchter Höflichkeit, als wolle er sich verabschieden. »War dein Tag schön?«

»Hervorragend. Erst haben wir die Produktion und die Abfüllanlage besichtigt, dann hatten wir zwei Sitzungen mit dem Marketing. Die Kollegen waren alle sehr nett.« Roula wechselt von einem Bein auf das andere und lässt den Kopf hängen. »Willst du mich gar nicht hereinbitten? Ich warte schon ziemlich lange. Die Beine hab ich mir in den Bauch gestanden!«

»Meine Wohnung ist chaotisch. Die Aufwartefrau ist über die Feiertage nach Hause gefahren. Ich möchte dir den Anblick lieber ersparen«, sagt Dai. »Wir können ja spazieren gehen, wenn du möchtest.«

Roula bewegt ihren Arm und eine Plastiktüte kommt hinter ihrem Rücken zum Vorschein. »Ich hab was zu essen für uns dabei. Weißt du, jedes Mal, wenn ich dich sehe, denke ich, du bist viel zu mager.« Dann fügt sie neckend hinzu: »Du willst mir die Tüte bestimmt abnehmen, wenn wir spazieren gehen, nicht wahr?«

So viel weibliche Fürsorge erweicht den allzu vorsichtigen jungen Mann. »Gut. Gehen wir zu mir.« Er nimmt die Tüte und führt Roula durch den gut bewachten Eingang des »Neuen Litschigartens«. Ein junger Portier und Sicherheitsmann in Uniform sitzt in seinem Häuschen und beobachtet alles wortlos durch das große Fenster. Genauer gesagt, er schaut Roula nach, so wie Männer einer schönen Frau eben nachschauen.

»Ich habe gehört, du bist im Jahr des Tigers geboren«, sagt Roula. »Aber so von der Seite siehst du aus wie ein niedliches Tigerchen, das man am liebsten mit sich nach Haus tragen möchte.«

»So, so. Demnächst bin ich wohl nur noch das Schnurrhaar vom Tiger.« Dai lacht vergnügt. Es erstaunt ihn, wie schnell sie seine Stimmung zu ändern vermag. Eben erschien sie ihm noch wie eine Bedrohung, jetzt fühlt er sich geschmeichelt. Er wirft einen unauffälligen Seitenblick auf ihr Profil und sieht, dass sie im Licht der Laternen noch schöner ist als gestern im Ballsaal. Unter einem geöffneten gelben Regenmantel trägt sie ein jadegrünes Kleid, das bei jedem Schritt geheimnisvoll flüstert wie Schilf im Wind. Wenn sie ihn anschaut, hat er das Gefühl, von einem wärmenden Strahl der Frühlingssonne getroffen zu werden. Ja, das ist Roula, ein wärmender Sonnenstrahl. Bei diesem Gedanken atmet er tief ein. Die Nachtluft ist angenehm.

In den modernen Hochhäusern des »Neuen Litschigartens« mit seinen gepflegten Parkanlagen wohnen die neuen Reichen und Einflussreichen. Dai bewohnt allein eine geräumige Vier-Zimmer-Wohnung in der achtzehnten Etage mit Ausblick nach Süden. Als Roula das 90 Quadratmeter große Wohnzimmer betritt, fragt sie, ob er zu Hause oft Tanzveranstaltungen abhalte.

»Nein. Aber Konferenzen mit dem Management kommen gelegentlich vor«, antwortet Dai und geht in die Küche. Das Zimmer ist wenig möbliert, macht aber einen noblen Eindruck. Roula studiert die Kalligraphien, die Landkarten und die wenigen Fotos, die an der Wand hängen. Ob er sich an Maos schlichter Behausung in Yan'an ein Beispiel genommen hat? fragt sie. Kleinbürger hängen sich die Große Mauer oder fliegende Kraniche an ihre Wohnzimmerwände. Tatkräftige Männer dagegen brauchen nur Kalligraphien und Landkarten, um ihre Fantasie zu beflügeln. »Weißt du, was dich von Mao unterscheidet?«, fragt sie.

»Nein«, brummt er aus der Küche.

»Mao«, sagt sie und tritt von hinten an ihn heran, »Mao hat sein Leben lang nur jene Macht angehimmelt, die aus den Gewehrläufen kommt. Du eroberst die Welt per Mausklick und ohne Gewalt.«

Dai schüttelt den Kopf. Ideen hat diese Frau! »Nun, was hast du uns mitgebracht?«, fragt er und beginnt die Plastiktüte zu leeren, die Roula ihm in die Hand gedrückt hat. Shrimps, Paprikaschoten und anderes Gemüse kommen zum Vorschein. Sogar eine Packung Reis ist dabei, was Dai ein wenig erstaunt. Denn in welchem Haushalt fehlt schon Reis? Als er die Packung sieht, wird ihm klar, dass es sich um den besten Reis des Landes handelt. Er stammt aus der Bergregion von Yunnan und besitzt einen himmlischen Duft. Früher wurde er extra für die Kaiserfamilie angebaut.

»Sehr gut«, sagt er und fängt ganz selbstverständlich an, den Reis zu kochen und das Gemüse zu schnipseln. Roula betrachtet ihn lächelnd.

»Hätte gar nicht gedacht, dass du kochen kannst«, sagt sie.

»Ach, man lernt so manches, wenn man der Älteste in der Familie ist«, sagt Dai. »Ich habe oft für meinen Bruder und mich gekocht, wenn unsere Eltern von morgens bis abends auf den Feldern geschuftet haben.«

Der Reis ist gar, und das Gemüse geschmort. Plötzlich, als er die Sachen schon auf den Tisch gestellt hat und eben zu essen beginnen will, sagt Dai: »Sag mal, haben wir gar kein Fleisch?«

Roula lächelt, dann zaubert sie eine bunte Packung aus ihrer Ledertasche hervor. »Das Geschenk der Mitarbeiter aus deiner Heimat«, sagt sie.

Verblüfft macht er die Schachtel auf. »Cao-Cao-Huhn aus Hefei. Mensch, wie lange habe ich das nicht mehr gegessen!« Dais Reserviertheit ist völlig verflogen. Er freut sich wie ein Kind, beginnt sofort die Packung zu öffnen und schnuppert. Er hat seit Stunden nichts mehr zu sich genommen, er hat es einfach vergessen, zu essen oder zu trinken, aber jetzt, wo ihm der vertraute Duft in die Nase steigt, läuft ihm das Wasser im Mund zusammen.

Während Dai das Huhn in die Hand nimmt, eine Keule abreißt und hemmungslos darauf herumkaut, betrachtet Roula ihn mit Genugtuung. »Iss nur. Es ist alles für dich. Du bist weit weg von der Heimat. Ich bin demnächst wieder zu Hause.« Sie nimmt sich Reis und Gemüse und pickt mit den Stäbchen darin herum, während sie ihn beobachtet.

Dai hat jetzt ein Stück Brust in der Hand. Und je länger er isst, desto gesprächiger wird er. »Ich erinnere mich noch, wann ich zum ersten Mal ein Cao-Cao-Huhn gegessen habe. Das war in den Sommerferien. Ich war mit zwei Kommilitonen in die Huang-Berge gereist. Als wir von den Bergen herunterkamen, stieg uns der Duft des gebratenen Huhns aus einem kleinen Restaurant in die Nase. Wir waren so gierig, dass wir unser Geld zusammengelegt haben und eins der berühmten Hühner bestellt haben. Wie gut es uns allen geschmeckt hat!«

Roulas Blick wird fast mütterlich. »Heimat ist manchmal eine angenehme Gaumenerinnerung. Ich bringe dir wieder ein Stückchen Heimat mit, wenn ich das nächste Mal nach Shenzhen komme. Du weißt doch, was Cao Cao gesagt hat: *Wer gut isst und fröhlich bleibt, wird lange leben.*«

»Nun ja, das war vor fast zweitausend Jahren. Und am Ende ist er an Kopfweh gestorben.« Ein halbes Huhn hat Dai verputzt. Jetzt ist er satt. Da Roula sich weigert, auch nur einen Bissen von dem Geschenk zu nehmen, bleibt der Rest auf dem Teller liegen. Dai wäscht sich die Hände und den Mund und kehrt mit hochzufriedener Miene zurück an den Tisch. »Jetzt essen wir jeden Tag zwei-, dreimal Fleisch«, sagt er. »Dabei liegen die Hungerjahre noch gar nicht so lange zurück. Ich erinnere mich noch, wie mein Bruder und ich früher zarte Rosenstengel gegessen haben, um satt zu werden. Manchmal haben wir sogar Käfer gesammelt und sie gegrillt. Das war köstlich.«

»Du hast es gut. Du hast einen Bruder, der Leid und Freude mit dir teilt. Meine Mutter hat leider nur mich allein in die Welt gesetzt.« Einen Augenblick wirkt Roula sehr traurig, was ihn ein wenig irritiert. Doch dann lächelt sie und schaufelt ihm ein wenig Reis in die Schale, als ob sie Geschwister wären.

Dai stochert etwas lustlos darin herum. Aber den Gast allein essen zu lassen ist einfach zu unhöflich. Deswegen sagt er, er brauche jetzt etwas Grünes, und geht zum Kühlschrank. Und schon hört Roula ihn schreien: »Yi! Die Gurke wächst immer weiter! Sogar im Kühlschrank. Ich könnte schwören, gestern war sie noch ein Stück kleiner!«

»Das kommt von den Wachstumshormonen«, sagt Roula und lacht, als sie sein Gesicht sieht. »Eine meiner Freundinnen hat erlebt, dass sogar ein Schnitzel beim Braten zunimmt. Sie hat es trotzdem gegessen und hat am nächsten Tag einen furchtbaren Durchfall gehabt.«

»Stimmt«, sagt Dai nachdenklich. »Die Lebensmittel sind jetzt zwar größer und sehen viel besser aus, aber das Aroma der Kindheit ist weg. Auf eine solche Hormongurke habe ich irgendwie keine Lust.« Nach einigem Zögern wirft er die Gurke in den Mülleimer, stößt einen Seufzer aus und setzt sich wieder an den Tisch. »Lebensmittel wegschmeißen ist ein Verbrechen. Aber was soll man tun?«

»Hoffentlich bekommt die Gurke im Mülleimer keine Beinchen«, lacht Roula und malt mit den Stäbchen einen Kreis. »Wahrscheinlich ist das hier auch chemisch gebleichter und künstlich aufgeplusterter Reis, aber solange ich nicht daran sterbe, esse ich ihn weiter. Und wenn ich tot bin, brauche ich eh nichts mehr«, kichert Roula.

Dann wird sie ernst. »Meine Oma hat mir mal Baumrindensuppe gekocht. Weißt du, wie bitter das ist?«, fragt sie unvermittelt. »Das ist ein Aroma, darauf kann ich gerne verzichten.«

»Du hast sogar Rinde gegessen? Du bist doch viel später geboren als ich. Ich hätte gedacht, du hast es viel besser als ich gehabt.« Er schiebt ihr den Seetang und die gebratenen Shrimps hin. »Iss die Sachen vom Meer. Die sind gesund«, sagt er. Er selbst greift nach dem Reiswein, den Roula ihm mitgebracht hat.

Roula isst und trinkt und wird immer vergnügter. Sie verschluckt sich beim Trinken und spritzt Kokosmilch auf ihr Kleid. Sie greift nach dem Saum des Kleides und eilt ins Bad. Als sie das Wohnzimmer wieder betritt, hat sie an ihrer Vorderseite eine nasse Stelle zwischen den Schenkeln.

Dai holt ihr einen Fön aus dem Bad, doch Roula winkt ab. Sie hat es nicht eilig, die Stelle zu trocknen. Sie bittet ihn, ein bisschen Musik aufzulegen. Als ausgerechnet die Stierkampf-Arie aus Carmen ertönt, muss Roula laut lachen und improvisiert einen spanischen Tanz. Dai klatscht verblüfft in die Hände.

Das sei die beste Art, Kleider zu trocknen, sagt Roula. Dann geht sie zum Regal und sucht eine CD mit sanfter chinesischer Musik heraus. »Komm, lass uns tanzen.« Sie macht alle Lichter aus, bevor sie Dai in das riesige Wohnzimmer zieht und seine Hand auf ihre Taille legt. Das Mondlicht beleuchtet schwach den Balkon.

»Soll ich dir ein Geheimnis verraten?«, sagt Roula leise. Dann kichert sie und berührt mit ihren Lippen sein Ohrläppchen. »Ich war auf den ersten Blick in dich verliebt, als du im Sommer unsere Niederlassung besucht hast.«

»Das habe ich gar nicht gemerkt«, murmelt Dai. Er hat eigentlich genug Erfahrung damit, dass Frauen ihn zu verführen versuchen. Nach der gescheiterten Ehe hat er zwei kurze Beziehungen gehabt, dann hat er sich gesagt, die Liebe könne noch ein wenig warten, er werde zuerst sein Unternehmen groß machen. Auf keinen Fall aber wollte er etwas mit einer seiner Angestellten anfangen. Denn so eine Liebe könne nicht richtig wachsen.

Er überlegt, wie er Roula, ohne sie zu verletzen, die Aussichtslosigkeit ihrer Bemühungen klarmachen kann. Aber zugleich spürt er, dass Roula ihn anzieht. Sie ist keine oberflächliche Frau, die nur auf Geld aus ist. Sie ist mutig und wild, und manchmal wirkt sie verzweifelt. Keine Frau, die er kennt, kann es mit ihr aufnehmen. Was für ein Rätsel diese Frau ist! Während er in Gedanken versunken ist, merkt er nicht, dass er sie immer mehr an sich gezogen hat.

Doch er hat die Beherrschung noch nicht verloren. Als ihre Brust ihn berührt, holt er tief Luft und wendet den Kopf ab. Mit großer Mühe löst er sich von ihr und murmelt etwas von Durst. Doch Roula scheint im Dunkeln nichts von seinem Stimmungsumschwung gemerkt zu haben. Sie umschlingt ihn von hinten.

»Möchtest du mein Herz prüfen? Es schlägt nur für dich«, sagt sie, greift nach seiner Hand und führt sie zu ihrem Busen. Als er die Wärme ihrer weiblichen Brust in der Hand spürt, ist es um ihn geschehen. Er packt sie, wirft sie aufs Sofa und schiebt ihr das Kleid hoch. Dann drängt er rücksichtslos in sie hinein und versucht, immer tiefer in ihren Schoß zu gelangen.

Die Klingeltöne seines Handys wecken Dai irgendwann in der Nacht. Wer ruft so spät noch an? Sind zehn Minuten vergangen oder drei Stunden? Ist Roula noch da? Er streckt die Hand nach ihr aus, begegnet aber keinem Widerstand. Plötzlich fühlt er sich schrecklich allein. Die Erinnerung an seine Ehefrau, die vor fünf Jahren ohne jede Erklärung aus der gemeinsamen Wohnung verschwunden ist und dabei sämtliche Möbel mitgenommen hat, steckt wie ein Stachel in seinem Herzen und vergiftet jede Beziehung zu Frauen. Er will nicht, dass man ihm noch einmal wehtut.

Aber noch ehe er die Augen öffnet, hört er ein leises Rascheln vom Bad und dann nackte Füße im Zimmer. Als Roula das Handy aus seiner auf dem Boden liegenden Hose herausfischt und ihm in die Hand drückt, erfüllt ein dankbares, warmes Gefühl seine Brust.

Der Anruf kommt aus der stolzen Nachbarstadt Hongkong auf der anderen Seite der Bucht. Ein seit vielen Jahren erfolgreicher, bekannter Geschäftsmann namens Cao Song möchte wissen, ob er sich an *Tenglong* beteiligen kann. Dai hat zwar noch nie mit ihm zu tun gehabt, doch der Name Cao Song klingt wie ein Donnerschlag in seinen Ohren. Cao heißt im Volksmund der Porzellankönig; denn er kontrolliert praktisch das ganze Porzellangeschäft in Hongkong und besitzt mehrere Häuser mit noblen Adressen in der britischen Kronkolonie. Dass dieser angesehene Mann aus der älteren Generation ihn anruft, schmeichelt dem Jüngeren ungeheuer. Er bedankt sich mit ausgesucht höflichen Worten, lehnt das Angebot aber ab. Er möchte die Entscheidungsmacht über den fliegenden Drachen auch weiter allein in der Hand halten. Momentan sei nicht vorgesehen, sich Partner zu suchen, sagt er, sollte sich an dieser Situation etwas ändern, sei Herr Cao natürlich der Erste, an den er sich wenden würde. Er verabschiedet sich mit der Höflichkeit eines kaiserlichen Gesandten am Hof eines europäischen Fürsten.

Roula, die still neben ihm stehen geblieben ist, kann einen Kommentar nicht unterdrücken: »Wenn ich du wäre, hätte ich ihm die Tür aufgemacht. Bei einem Batzen geschenktes Geld sagt man doch nicht nein.«

»Sehe ich so aus, als ob ich fremdes Geld brauche?«, sagt Dai und knipst mit einem zufriedenen Grinsen das Licht an. »Ich glaube, wir müssen jetzt aufstehen!«

»Sofort«, sagt Roula, die sich einen seiner Morgenmäntel genommen hat, und huscht aus dem Zimmer.

Als sie zurückkommt, hält sie in der einen Hand ein Glas Reiswein für Dai – und die andere Hand hinter dem Rücken. Sie lässt ihn trinken, nimmt selbst einen Schluck und zeigt ihm dann drei edle Seidenkrawatten, die sie in ihrer Tasche gehabt hat. Das sei ihr Neujahrsgeschenk, das sie gestern gemeint habe, erklärt sie. Aber er sei ja so schnell vor ihr geflüchtet, dass sie nicht dazu gekommen sei, es ihm zu geben. Dai lächelt ein wenig verlegen und verspricht, er werde sich revanchieren.

Er solle nur an sie denken, wenn er sie trägt, sagt Roula mit einem Lächeln. Und wenn er ihr eines Tages sein Herz schenken würde, wäre sie die glücklichste Frau auf der Welt. Bescheiden setzt sie sich an den Tisch.

Dai kann sich nicht recht zum Aufstehen entschließen. Es ist ihm nur allzu bewusst, dass er nackt ist, und es macht ihm Freude, die schöne Frau zu betrachten.

Als die Nacht tiefer wird und Roula noch immer nicht zum Gehen aufbricht, bietet Dai ihr schließlich die Hälfte seines Bettes an. Vor Freude springt Roula auf und wirft sich an seine Brust. Dann löscht sie das Licht.

Aber als sie nebeneinander im Bett liegen, scheint Roula gar nicht ans Schlafen zu denken. »Ich gefalle dir heute besser als gestern, nicht wahr?«, fragt sie im Dunkeln. »Vielleicht magst du mich ja doch.«

»Du bist eine reizende Frau«, sagt er. Doch er ist in Gedanken weit weg. Das Angebot des Porzellankönigs beschäftigt ihn innerlich, er denkt an die Baustelle, an die Produktpiraten und den Marketingplan für den *Gehirnpräsidenten*. Er findet keine innere Ruhe.

»Willst du mich nicht nach Shenzhen holen?«, fragt Roula. »Dann kann ich dich öfter besuchen.« Sie küsst ihn aufs Ohr und streichelt sanft seine Haare. »Tenglong soll doch expandieren, nicht wahr? Ich kann hier in der Zentrale die neuen Vertreter ausbilden.«

Sofort wird Dai misstrauisch. Auf dem Nachttisch liegen Zigaretten und Aschenbecher bereit. Er setzt sich auf und steckt sich eine Zigarette an. Anhui gehört zu den armen Provinzen. Das Leben dort ist härter und eintöniger. Hat sie ihm alles nur vorgespielt, um sich einen Platz in der neuen Metropole zu sichern?

»Das ist keine gute Idee«, sagt er schließlich. »Wenn du nicht mehr Vertreterin bist, wirst du viel weniger verdienen. Außerdem bist du die Säule der Niederlassung in Hefei. Wenn du weg bist, bricht unser Geschäft dort zusammen.«

Sie nimmt die Zigarette aus seinem Mund, nimmt einen langen Zug und steckt sie ihm dann wieder zwischen die Lippen. »Hast du eine Freundin hier?«, fragt sie sachlich.

Er schüttelt den Kopf. »Ich habe mich Tenglong verschrieben. Was nach der Arbeit von mir übrig bleibt, reicht weder zum Ehemann noch zum Liebhaber.«

Sie dreht ihm den Rücken zu und seufzt. »Warum nur bin ich dazu verdammt, einen Mann zu lieben, der mich nicht liebt?«

Er streckt die Hand nach ihr aus. Seine Finger landen auf ihrem gewölbten Hintern. »Roula, ohne deine Arbeit wirst du nur unglücklich sein. Außerdem brauchen wir dich in Hefei, wenn der Gehirnpräsident auf den Markt kommt.«

»Ja, ja. Ich soll deinen Sirup verkaufen, damit Tenglong im Geld schwimmt.«

Der Mann nimmt die Hand von ihr und verstummt.

Sofort dreht Roula sich zu ihm um. »Verzeih mir!«, fleht sie. »Ich wollte dir heute nichts vorjammern.« Sie greift nach seiner Hand und legt sie sich auf den Nacken. Diese Geste besänftigt ihn augenblicklich.

»Verrätst du mir, was du wirklich willst?«, fragt er mit ruhiger Stimme.

»Ich möchte nur leben. Vielleicht ein bisschen bunter und schillernder als andere.«

»Du bist doch schon ein Star.«

»Ja, bei den Apothekern, die kennen mich. Aber sonst?«

»Was machen denn deine Eltern? In welchem Beruf wollen sie dich sehen?« Er fährt mit der Hand sanft über ihr Haar. Auf einmal merkt er, dass sie zittert.

»Ich hab keine Eltern mehr. Meine Großmutter hat mich aufgezogen. Vor einem Monat ist auch sie für immer gegangen«, sagt sie mit tonloser Stimme.

Er zieht sie an sich, um sie zu trösten. »Wieso sind deine Eltern so früh gestorben?«, will er wissen. Er ahnt, dass hier ein Schlüssel zu ihrem Verhalten verborgen sein könnte.

»Ach, wozu sollen wir in der Vergangenheit wühlen, wenn uns das doch nur traurig macht.« Sie zieht die Nase hoch und schüttelt sich wie ein scheues Fohlen in seinen Armen. Er dreht sich um und drückt die im Aschenbecher brennende Zigarette aus.

Er versucht es noch einmal. »Wo hast du das Singen gelernt? Alle sagen, du bist eine geborene Sängerin.«

»Das habe ich wahrscheinlich von meiner Mutter. Sie war einmal eine beliebte Opernsängerin.« In Roulas Stimme sind Stolz und Bedauern zu hören.

Dai versucht sich an berühmte Sängerinnen aus seiner Heimatprovinz zu erinnern. Und plötzlich fällt ihm ein Name ein. Eine berühmte Schönheit, ein großer Star, der während der »Kulturrevolution« grausam zu Tode gequält worden ist. Zögernd fragt er Roula, ob diese Person ihre Mutter gewesen ist. Da beginnt Roula zu schluchzen. Sie krümmt sich von ihm weg, bedeckt die Ohren mit ihren Händen und scheint nichts mehr hören zu wollen.

Jetzt versteht Dai mit einem Mal, warum Roula nie Ruhe hat. Denn das grausame Verbrechen an ihrer Mutter hat damals alle fühlenden Menschen erschüttert. Wegen ihrer Opernarien, die das ganze Land kannte und mitsang, war die berühmte Sängerin von einem Trupp Rotgardisten als bürgerliche Intellektuelle und stinkende Hure des Kapitals in ein »Volksgefängnis« gesperrt und zu Tode gefoltert geworden. Nach ihrem Tod hatten die Peiniger immer noch nicht genug. Sie zogen sie aus und öffneten ihren Bauch, um ihr »schwarzes Herz« zu zerschneiden. In Wirklichkeit wollten sie die berühmte Schönheit nur endlich einmal mit ihren eigenen Augen nackt und gedemütigt sehen. Einer der Peiniger soll Jahre später in betrunkenem Zustand die Wahrheit herausgeplappert und das ganze Land in Wut versetzt haben.

Damit weiß Dai nun auch, wer Roulas Vater ist. Auch er kein Namenloser, sondern ein Dramaturg und Librettist, der einige unsterbliche Verse für seine Frau geschrieben hatte. Während der Kulturrevolution wurde er in ein Arbeitslager geschickt. Als er erfuhr, dass seine Frau gestorben war, nahm er sich das Leben.

Wie kann man als Kind solcher Eltern das Leben ertragen? Zwei Jahre war sie, als ihre Mutter starb. Außer ihrer Großmutter gab es niemand, der sich um sie kümmern konnte. Es musste eine schreckliche, einsame Kindheit gewesen sein. Hunger und Entbehrungen kamen dazu. Kein Wunder, dass sie auch Baumrindensuppe gegessen hatte. Dai hat plötzlich das Gefühl, einen flatternden Spatz in den Armen zu halten, der dem Schnee- und Hungertod knapp entkommen ist. Er küsst ihr die Tränen weg, drückt sie an sich, um sie zu wärmen und das Gefühl der Verlassenheit in ihr zu verdrängen.

»Deine Eltern sind also der Grund, dass du ein besonderes Leben leben willst, ja?« Er streichelt sanft ihren Rücken.

»Ja. Das bin ich ihnen schuldig und meiner Oma, dass ich das Leben lebe, das man ihnen genommen hat. Ich wollte immer drei Leben auf einmal leben. Und ich will besser leben als die Mörder meiner Eltern. Manche von ihnen sitzen heute noch ganz oben in unserer Provinz, sind mächtig und haben auch Geld wie Heu.«

»Willst du deshalb dort weg, weil du diese Leute nicht sehen willst?«, fragt er.

»Nein, eigentlich nicht. Ich will vor ihren Augen leben, damit sie sehen, die Welt gehört nicht nur ihnen«, sagt sie mit fester Stimme. Aber im nächsten Augenblick klingt sie wieder sehr schwach: »Aber du hast recht. Manchmal will ich weit weg von Anhui sein, nicht an die Vergangenheit denken, sondern nur lieben und geliebt werden.«

»Aha. Ein Granatapfel bist du. Außen hart und innen weich.« Jetzt versteht er sie besser. Doch dann fällt ihm etwas ein. »Aber du hast in deinen Unterlagen deine leiblichen Eltern gar nicht genannt.«

»Eine Tante von mir hat mich adoptiert und mir einen neuen Namen gegeben«, erklärt sie. »Und bitte: Erzähl niemand anderem davon, ich will nicht bemitleidet werden.« Sie lacht unter Tränen. »Was ist denn dein Lebensziel? Steinreich werden?«

»Ja. Nein. Es geht mir nicht nur ums Geld«, sagt er ohne Überlegung. »Ich möchte Menschen etwas geben, was ihnen Freude macht. Ich möchte ein Unternehmen schaffen, in dem sich alle entfalten können.«

Er vergräbt sein Gesicht an ihrem Busen und saugt ihren Duft ein. Nur so fühlt er sich ihr ganz nah: »Ich bin nicht immer der reiche Mann gewesen, den du jetzt siehst. Meine Eltern wurden zur Umerziehung aufs Land geschickt und mussten Tag und Nacht schuften. Mein Bruder und ich haben erst eine Weile bei der Großmutter gelebt. Dann, als sie sahen, dass sie nicht so schnell in die Stadt zurückkehren würden, haben meine Eltern uns zu sich geholt. Es war eine bitterarme Zeit, aber immerhin war die Familie zusammen.«

Dai nimmt einen Schluck Wasser und erzählt weiter: Ein paar Jahre später wurde die Politik ein wenig gelockert, und die Familie durfte zurück nach Hefei. Die Mutter kehrte an die Chemiefachschule zurück und durfte nach einiger Zeit wieder Unterricht geben. Der Vater wurde wieder Beamter. Aber seine Gesundheit war ruiniert. Er klagte oft über Kopfschmerzen.

Als Dai mit seinen Computerprogrammen zum ersten Mal etwas Geld verdient hatte, ging er zu einem bekannten Arzt für traditionelle chinesische Medizin und bat ihn um ein Rezept gegen Kopfschmerzen für seinen Vater.

Der alte Mann machte sich wenig Hoffnung. Er habe schon unzählige Medikamente probiert, aber nichts habe geholfen. Aber dann war ein Wunder geschehen! Das neue Kräuterrezept hatte den chronisch Kranken innerhalb von Tagen völlig geheilt! Die Kopfschmerzen waren verschwunden und kamen nicht wieder.

Dai war begeistert. Er kaufte das Rezept und ließ es auf eigene Kosten weiterentwickeln. So war der *Gehirnmarschall* entstanden, das Medikament, dem *Tenglong* seinen Aufstieg und Dai den größten Teil seines Reichtums verdankt.

Dai hat sich warm geredet. Er ist begeistert von seiner Geschichte. Er behandelt die Frau, als wären sie Kumpel. »Du siehst, wir haben alle gelitten. Aber seit Deng Xiaoping mit den Reformen begonnen hat, ist alles besser geworden. Die harte Zeit ist vorbei. Du wirst sehen, uns wird es noch bessergehen.«

Roula nimmt es ihm nicht übel, dass er sich in Begeisterung redet. »Aber was ist mit der Liebe?«, fragt sie. »Die Liebe hat in deinem Leben gar keinen Platz mehr, nicht wahr?« Sie greift nach seiner Hand und liebkost jeden Finger.

Er streichelt ihren Mund und lächelt. »Das stimmt nicht. Es wäre mir gar nicht recht, wenn meine Spitzenvertreterin bei mir unglücklich würde.«

»Die Jagd nach dem Glück ist wie die Jagd der Katze nach ihrem Schwanz. Sie sieht ihn immer dicht vor den Augen, aber sie schafft es nie, ihn zu schnappen.« Roula weiß jetzt schon, dass er sie nicht so liebt wie sie ihn, spürt die Trennung näher kommen und seufzt. Aber sie möchte ihm diese Nacht nicht verderben. Deswegen schmiegt sie sich mit ihrem Gesicht an das seine und küsst seine Ohrmuschel. »Vielleicht sollte ich selbst den Gehirnmarschall einnehmen, dann werde ich so klug, dass ich den Weg zum Glück ganz allein finde.«

»Gib mir ein wenig Zeit. Ich werde sehen, was ich für dich tun kann«, sagt Dai. Die ständige Liebkosung hat ihre Wirkung bei ihm nicht verfehlt. Wieder übermannt ihn der Hunger nach einer Frau, den er lange Zeit ignoriert und verdrängt hat. Seine Hände tasten sie gierig ab, sein Knie fährt zwischen ihre Beine. Roula fängt an zu stöhnen. Und je hemmungsloser sie sich seiner Lust unterwirft, desto heftiger drängt er darauf, sie zu nehmen.

Als er schließlich atemlos neben ihr liegt, ist seine Brust grenzenlos breit wie der Himmel. Seit Jahren, vielleicht in seinem ganzen Leben, hat er sich noch nicht so männlich gefühlt wie jetzt. Im nächsten Augenblick übermannt ihn die Müdigkeit, und er fällt in einen tiefen Schlaf. Auch Roula schläft endlich ein.

Am nächsten Tag sitzt sie im Flugzeug und fliegt nach Hefei zurück. Äußerlich scheint die schöne Frau unverändert zu sein. Doch sie ist nicht mehr dieselbe, die vor drei Tagen nach Süden gereist ist. Der warme Wind des Südmeers hat einen Traum in ihrem Kopf gesät. Sie stellt sich vor, wie es wäre, Dais Herz zu erobern.

3

Reich zu werden ist ruhmvoll

Lasst den Westwind herein. Reich zu werden ist ruhmvoll. Ende 1978 beginnt Deng Xiaoping in China mit den Wirtschaftsreformen und öffnet das Tor für ausländische Firmen und Investoren. Dieser Kurswechsel führt bald zu gewaltigen Änderungen in der Gesellschaft. Die Menschen, die vom jahrzehntelangen Klassenkampf verwundet, zermürbt und erschöpft sind, raffen sich auf und stürzen sich in die Arbeit. Der Markt, der eben noch halb tot dahinsiechte, beginnt sich zu erholen. Ausländer kommen ins Land. An die Stelle von Transparenten und Klassenkampfparolen treten Neonschilder und bunte Reklametafeln und lassen die Städte in verführerisch hellem Licht erstrahlen. Schon Mitte der 90er-Jahre reden viele internationale Beobachter von einem Wirtschaftswunder in China.

Auf dem Markt für rezeptfreie Arzneimittel konkurrieren die Chinesen nun mit Amerikanern, Kanadiern, Schweizern und anderen Ausländern. Dabei bieten sie unter der Markenbezeichnung TCM (Traditionelle Chinesische Medizin) sowohl alte bewährte Kräutermischungen als auch Medikamente nach neuem Rezept an. Es gibt eine Reihe von neuen Firmen, die rücksichtslos um die Marktführerschaft kämpfen, denn der Größte genießt in diesem großen Land auch das größte Vertrauen.

Mitte der 90er-Jahre kristallisieren sich drei große Sterne am Himmel heraus: im Süden *Tenglong*, in der Mitte Chinas die Firma *888*, im Volksmund *DreiAcht* genannt, und im Osten *Sanmu*. Spaßvögel wie »Gentleman« Howard sprechen von den »drei Reichen« der pharmazeutischen Industrie.

Der Firmensitz von *DreiAcht* befindet sich in der Sechsmillionenstadt Wuhan in der Provinz Hubei. *DreiAcht* ist ein junges Privatunternehmen wie *Tenglong* und konzentriert sich ganz auf Arzneimittel. Die Geschäftsidee lautet: die traditionelle chinesische Medizin mit Chemie und westlicher Medizin zusammenzubringen und auf diese Weise neue, wirksamere Produkte zu schaffen. Aus einem westlichen Präparat gegen Eisenmangel wird auf diese Weise die mit Kräutern und Pflanzenextrakten angereicherte *Pfirsichblüte*, die sich zum Liebling der Frauen mittleren Alters entwickelt.

Von den drei großen Unternehmen befindet sich nur *Sanmu* in staatlichem Eigentum. Ursprünglich war *Sanmu* eine Schnapsfabrik der Stadt Nantong. In den 90er-Jahren stand sie vor dem Bankrott. Im Zuge der Wirtschaftsreformen holte die lokale Regierung einen ihrer erfolgreichen Kader namens Hao Tianbao aus einem anderen Betrieb und setzte ihn an die Spitze der Firma. Sie gab ihm weitgehende Entscheidungsfreiheit, wie es sie in der Geschichte der Fabrik noch nie gegeben hatte. Die Rechnung der Stadtregierung ging auf. Hao Tianbao krempelte die Fabrik in wenigen Jahren vollkommen um, verabschiedete sich von der Schnapsbrennerei, holte ein Rezept für Muskelaufbau ins Haus, das von einem chinesischen Arzt stammte, und produzierte auf der Grundlage dieses Rezepts ein Erfrischungsgetränk. Große Plakate bei allen wichtigen Sportveranstaltungen machten *Liduo* – »Kraft mehren« schnell bekannt. Es avancierte zum chinesischen Coca-Cola und Zaubertrank und ist mittlerweile eine scheinbar unerschöpfliche Goldgrube für die Stadt Nantong.

Von diesen drei Unternehmen ist *Tenglong* bis jetzt noch das kleinste. Doch Dai hat bereits eine Idee, wie er im neuen Jahr zum Stern Nummer Zwei werden kann.

Schon am ersten Arbeitstag des chinesischen neuen Jahres kommen die Manager im Konferenzraum 801 zusammen, um die nächsten Schritte zu besprechen.

Dais Büro hat die Nummer 802 und ist durch eine breite Schiebetür mit dem Konferenzraum verbunden. Obwohl der Konferenzraum, Nummer 801, zwei eigene Türen zum Korridor hat, kommen die Männer meist durch Dais Büro in den Raum. Dort angekommen, gehen sie zielstrebig zu der großen Skulptur des Firmendrachen, die vor der weißen Wand aufgestellt ist, und berühren mit ausgestreckten Händen den kupfernen Bauch, als könnte ihnen das Glück bringen. Die Stelle, die sie berühren, hat die schuppige Haut verloren und ist schon ganz blank. Tatsächlich glauben die Männer, dass ein Drache seine Kraft, seine Intelligenz und seine Schätze im Bauch versteckt. Da dem Drachenbauch auch starke Zeugungskraft nachgesagt wird, wird er von den beiden Frauen, die zur Geschäftsleitung zählen, vermieden. Sie streicheln lieber den Kopf des Drachen, denn sie wollen beide zurzeit nicht schwanger werden.

Heute dreht sich alles um den *Gehirnpräsidenten*, der vom ersten Tag an zum Star werden soll. Nachdem sich alle an den ovalen Tisch gesetzt haben, wendet sich Dai an den Werbechef Lou Gan, der ein entfernter Neffe von ihm ist: »Hast du inzwischen ein Gesicht für den Gehirnpräsidenten gefunden?«

»Ja.« Selbstbewusst legt Lou Gan eine große Mappe auf den Tisch. Mit vierundzwanzig Jahren ist er der Jüngste am Tisch. Mit seinem lässigen weißen Anzug sieht er aus wie ein Playboy, und seine übertriebenen Gesten gehören eher auf die Bühne als in ein Büro. Er hat ein glattes Gesicht und eine jugendlich unbekümmerte Art, als ob ihm nichts schwerfiele. Weil seine Lippen so frisch sind, nennen seine Kollegen ihn »Rotschnabel«.

»Wie du vorgeschlagen hast«, sagt er, »haben wir verschiedene Gesichter entworfen. Das Ergebnis kann ich heute vorlegen.« Er schlägt mit großer Geste die Mappe auf und zeigt auf ein Blatt, als wäre etwas Besonderes darauf zu sehen.

Der Verkaufsleiter Ding Buto fängt an zu lachen. Er stammt vom Land und sieht heute noch wie ein Bauer aus. Er hat ein breites Gesicht mit dunkler Haut. Sein gewaltiger Brustkorb erinnert an einen Stier. Dafür muss er immer geräuschvoll atmen, weil seine Nase zu flach und zu eng für die geförderte Luftmenge ist. Diese Eigenart hat ihm den Namen »Windkoffer« eingetragen, aber er ist alles andere als oberflächlich.

»Wer soll denn das sein?«, fragt er mit einem Kopfschütteln. »Ist das eine Kreuzung zwischen Konfuzius und Michael Jackson? Sehr witzig. Passt aber nicht zu unserem Produkt.«

Damit ist das Schicksal der ersten Skizze besiegelt. Lou Gan verzieht beleidigt den Mund, aber als er den zweiten Entwurf zeigt, strahlt er schon wieder, als hätte er den Zwischenfall längst vergessen.

Diesmal ist es Li Diya, die Public-Relations-Chefin, die etwas zu kritisieren findet: »Die Gegend um den Mund herum ist mir zu weiblich. Der Gehirnpräsident muss viel mehr männliche Autorität haben, oder?«

Die anderen geben ihr recht und wollen den nächsten Entwurf sehen. Die Runde wird immer lebhafter. Nur die Finanzmanagerin Du Baixue, eine junge Frau mit blassem Gesicht und tief liegenden Augen, bleibt wie gewöhnlich stumm. Sie gilt bei allen als stilles Wasser.

Bei der Enthüllung seines sechsten und letzten Bildes wirft sich Lou Gan in die Brust: »Dieser Mann hat meiner Abteilung am besten gefallen. Nun will ich eure Meinung hören.«

Buto, der »Windkoffer«, atmet vor Aufregung noch etwas lauter als sonst, als müsste er ganz allein das Feuer der Begeisterung anfachen: »Ausgezeichnet! Ich würde sagen: Dieser Mann ist eine echte Führungspersönlichkeit!«

Auch die anderen sind entsprechend beeindruckt und finden lobende Worte.

»Das ist auch ein ganz besonderer Mann«, sagt Lou Gan voller Stolz, während seine Hand mit einer fast weiblichen Bewegung die glatte, goldene Krawatte streichelt. »Soll ich euch etwas verraten? Dieser Mann hat Maos Augen, Zhou Enlais Nase und Dengs Mund. Das ist das Geheimnis, warum er so klug und mächtig aussieht!«

Dais Augen bleiben lange auf dem Bild haften. Er schweigt, und plötzlich tritt Stille ein. Alle schauen auf seine Lippen. Bisher hat er fast nur zugehört und sich wenig geäußert. Jetzt holt er tief Luft.

»Wir haben unser Produkt nicht *Kaiserkopf* genannt«, sagt er so sanft und ruhig, dass sich die Aufregung im Raum sofort legt, »sondern *Gehirnpräsident*. Was wir brauchen, ist ein modernes chinesisches Gesicht, das auf unsere Kunden so jung und vertrauenswürdig wirkt wie das Gesicht von John F. Kennedy auf die Amerikaner. Nur so können wir neue Zielgruppen für uns gewinnen.« Er tippt mit dem Finger auf das Bild. »Dieser Mann sieht zwar mächtig aus, modern ist er aber nicht. Maos Augen haben schon zu seinen Lebzeiten keine Modernität ausgestrahlt. Außerdem ist er zu alt.«

»Das ist wahr. Modern ist der Typ nicht«, murmelt Buto. »Aber mit einem flotteren Haarschnitt könnte er schon ganz anders aussehen.« Die anderen lachen.

Dai wirft seinem Neffen einen Blick zu. »Ich möchte noch diese Woche einen neuen Entwurf sehen. Kannst du das einrichten?«

Lou Gan wirft sich heftig gegen die Lehne und sein Stuhl rutscht quietschend aus der Reihe der anderen Stühle. »Meine Mitarbeiter finden diese Augen aber ganz toll«, sagt er. »Geheimnisvoll und intelligent, sagen sie. Wenn ich nur solche Augen hätte!«

»Ich möchte, dass du diesen Mann jünger machst und ihm wache, freundliche Augen gibst«, sagt Dai. »Am Donnerstag will ich sie sehen.«

Lou Gan starrt trotzig vor sich hin wie ein ausgestopfter Storch.

Schließlich bricht Gentleman Howard das Schweigen. »Ich habe auch ein bisschen experimentiert«, sagt er. »Soll ich euch mal meinen Bildschirmschoner zeigen?« Er klappt seinen Laptop auf und stellt ihn vor Dai auf den Tisch. Die anderen schauen neugierig zu. Nach wenigen Sekunden erscheint ein Frauengesicht auf dem Bildschirm. Die Augen wirken so intensiv, als ob sie elektrisch geladen wären.

»He«, sagt Dai. »Die sieht interessant aus. Sind das auch Maos Augen?«

»Nein«, lacht Howard. »Das sind richtige Katzenaugen.« Diese Erklärung ruft am Tisch ein heiteres Gelächter hervor. Jeder weiß, dass Mao in jungen Jahren »die Katze« genannt worden ist.

Schließlich stellt die Public-Relations-Chefin die alles entscheidende Frage: »Und wann sollen wir anfangen?«

»Den März sollten wir lieber vermeiden«, meint Howard. »DreiAcht hat den Frauentag mit seiner *Pfirsichblüte* fest in der Tasche. Gegen so viel Konkurrenz kommen wir gar nicht an.«

»April ist aber auch schlecht«, pustet der »Windkoffer« und legt die großen Hände breit auf den Tisch. »Da sind die nationalen Studentensport-Tage, und die ›Kraft mehren‹-Reklame von Sanmu wird wie ein dichtes Kanonenfeuer den Himmel verfärben …«

Dai schneidet dem großhändigen Buto das Wort ab. »Anfang April wird der Gehirnpräsident im ganzen Land ausgeliefert. Also werden wir wie geplant Ende März mit den Fernsehspots anfangen.« Er wirft einen Blick in die Runde und schweigt kurz. Ein Zeichen, dass er noch einen weiteren Vorschlag hat. »Wie wäre es, wenn wir in den Städten schon Mitte März eine große Plakataktion starten? Diesmal wollen wir uns städtische junge Frauen als Zielgruppe vornehmen. Sie wollen alle Karriere machen. Daher werden sie nicht abgeneigt sein, in ihr Gehirn zu investieren.«

Dieser Plan verblüfft die Anwesenden. Aber Rotschnabel Lou Gan jammert gleich los. »Der März steht ja schon vor der Tür! Wie soll ich in so kurzer Zeit all die Arbeit schaffen?«

»Du kriegst ein paar neue Leute. Und sprich mit Howard, wenn du noch Hilfe brauchst«, sagt Dai. Wie alle wissen, ist Gentleman Howard beauftragt, den jungen Mann im Auge zu halten.

Schon wieder Howard! Lou Gan fühlt sich nicht ernst genommen und ärgert sich. Er lässt den Blick zur Zimmerdecke wandern, um seinen Widerwillen zum Ausdruck zu bringen.

Dai spürt die Unzufriedenheit seines Neffen und versucht ihn zu besänftigen: »Lou Gan, kannst du darauf achten, dass wir im März keinesfalls schwächer als DreiAcht auftreten? Unser Ziel ist es, sowohl die Kundinnen von DreiAcht als auch jene städtischen Frauen, die sich bisher noch für gar kein Produkt entschieden haben, für uns zu gewinnen.«

»Ja, ja«, sagt Lou Gan lustlos.

Howard wirkt etwas beunruhigt. »Wird das nicht zu viel?«, sagt er zu Dai. »Wir haben doch ohnehin schon eine landesweite Werbung geplant. Wenn wir jetzt noch eine zusätzliche Werbung für Frauen machen, sprengen wir damit den Etat. Und am Ende gewinnt DreiAcht womöglich doch die Schlacht. Seid ihr ganz sicher, dass den Frauen ihr Gehirn wichtiger ist als ihre Schönheit?«

Die Public-Relations-Chefin bläst die Backen auf und fährt hoch: »Was soll denn das jetzt? Hältst du uns etwa für Dummköpfe?« Die Finanzmanagerin presst die Lippen zusammen und beschließt nur im Stillen, Howards nächste Spesenabrechnung besonders gründlich zu prüfen.

»Was es kostet, müssen wir eben bezahlen«, sagt Dai. »Ich bin entschlossen, aus dem Gehirnpräsidenten die Medizin für das Glück unseres Landes zu machen. Viele sagen, DreiAcht sei ein Leopard, nicht wahr? Dann wollen wir diesmal die Beute direkt seinem Rachen entreißen!«

Bei diesen Worten verstummen alle. Nur die Augenpaare am Tisch glitzern vor Anspannung.

»Wir stellen unsere Werbung direkt neben die von DreiAcht. Dabei müssen wir darauf achten, dass unsere Werbeideen klüger, witziger und überzeugender sind als die unseres Gegners. Vergesst nicht, eine gute Idee muss nicht teuer sein.« Bei diesen Worten ordnet Dai an, jeder solle sich in seinen freien Stunden zwei Anzeigen oder Plakate für den *Gehirnpräsidenten* einfallen lassen. Bei der nächsten Sitzung wählen sie dann die besten Ideen aus.

Nach dem Ende der Sitzung winkt Dai seinen Neffen beiseite. Der Raum leert sich rasch, und im nächsten Moment sind die beiden Verwandten allein.

»Dein Probejahr als Werbechef läuft in zwei Monaten ab«, sagt Dai. »Was du gemacht hast, ist nicht gerade überzeugend.«

Lou Gan macht ein überraschtes Gesicht und beginnt hin und her zu rennen. »Ich hab doch gute Sachen gemacht! Der Spot für *NaseKehleFrei* hat doch allen gefallen.«

Dais Augen bohren sich in das Gesicht des jungen Mannes, der prompt ins Schwitzen gerät. »Willst du vielleicht zu Buddha wechseln?«, sagt er bedächtig. »Er baut jetzt eine neue Abteilung auf.«

Das Gesicht des Jüngeren wird blass. »Ich habe nichts gegen Buddha. Aber wenn ich jedes Jahr woandershin muss, nimmt mich doch niemand ernst«, jammert er und schwingt aufgeregt mit den Armen. »Lass mich weiter Werbung machen. Ich verspreche, dass ich im neuen Jahr mehr auf die Beine stelle als bisher.«

Als Dai keine Zustimmung erkennen lässt, sagt Lou Gan: »Ich weiß, du bist unzufrieden mit mir, weil ich Zhou Wendy bei einem Reitausflug begleitet habe. Aber ich habe es nur getan, um sie bei Laune zu halten, bis der Werbespot im Kasten ist.« Er überlegt kurz, dann fügt er hinzu: »Es wird nicht wieder vorkommen, das verspreche ich dir.«

»Und für deine hohen Spesenabrechnungen gibt es sicher auch einen Grund?«

»Eine Diva zu bewirten ist überall exklusiv und teuer«, erwidert der Mann mit den roten Lippen. »Aber du wirst sehen, es hat sich gelohnt. Sie sieht ganz entzückend aus in dem Streifen.«

»Und deswegen musstest du neulich in Shanghai auch gleich ein großes Bankett für die Diva geben, um den Streifen zu feiern.

Willst du mir das sagen?« Der Spott in Dais Ton ist nicht zu überhören.

»Das war doch als Werbung für uns gedacht. Weißt du, Glanz und Glamour gehören dazu. Wenn wir so was nicht machen, ignorieren die arroganten Leute in Shanghai uns einfach …« Lou Gan unterbricht sich und zwingt sich zu einem einschmeichelnden Lächeln. »Gut, der Vertrag mit der Diva ist ausgelaufen. Vorbei ist vorbei.«

Dai wendet den Kopf ab und lässt einen Seufzer vernehmen. Lou Gan ist zehn Jahre jünger als er. Die Armut der 60er-Jahre hat er nie kennengelernt. Außerdem hat Lous Familie in der Kulturrevolution kaum gelitten. Der junge Mann ist gut behütet und sorglos aufgewachsen. Die Familie hat ihn zu Dai geschickt, damit er bei ihm etwas lernt. Doch Dai hat in den anderthalb Jahren, die der junge Mann bei ihm arbeitet, den Eindruck gewonnen, dass er nur ein aufgeplustertes Kissen mit gestickten Blumen ist.

»Hör zu«, sagt er. »Ich möchte mehr Kreativität von dir sehen. Keine Verschwendung. Keine Affären mit Luxusweibern, sondern innovative Ideen. Verstehst du?«

Lou Gan überlegt, ob er protestieren soll. Dais gerunzelte Stirn lässt ihn vorsichtig sein. »Ja, klar, Onkel. Ich schwöre, ich werde mir Mühe geben, auch wenn mir Leber und Hirn aus dem Leib spritzen.«

Die Antwort rutscht wie eine glitschige Banane aus dem Mund des jungen Mannes, und Dai seufzt erneut. Ich werde Lou Gans Befugnisse einschränken müssen, denkt er.

»Lou Gan«, sagt er. »Die Kunst der Werbung besteht darin, der abstrakten Seele des Unternehmens ein konkretes, liebenswürdiges Gesicht zu geben …«

»Du wirst sehen, dass ich ein Naturtalent bin. Ich habe eine Menge originelle Ideen, ganz ausgefallene Sachen, total unvergesslich, echt irre …« Sobald er glaubt, die Gefahr sei gebannt, ist Rotschnabel Lou Gan in seinem Element und prahlt ohne Überlegung drauflos.

»Ich hoffe, du lässt die chinesische Tugend der Bescheidenheit in diesem Jahr nicht mehr vermissen«, mahnt Dai und begleitet den Neffen zur Tür. »Noch etwas. Jede Maßnahme der zweiten Kategorie muss von jetzt an von Howard genehmigt werden.«

Die alljährliche Auszeichnung der zehn besten Unternehmer der Stadt findet im März statt. Zur gegebenen Stunde strömen Politiker, Wirtschaftsvertreter und Presseleute ins Rathaus. Dai, der heute zu den Preisträgern gehört, wird gleich bei seinem Eintreffen von Bekannten und Freunden begrüßt und in Gespräche verwickelt.

Der Rote Saal ist mit dunkelrotem Teppichflor und etwas helleren roten Tapeten geschmückt. Diese Farbe der Freude und des Glücks schafft eine feierliche Stimmung im Raum. Doch heute wird sie von einem schwarzen Stoffband durchbrochen, das sich auf halber Höhe rund um den Saal zieht, und die Stimmung ist ernst. Es lacht niemand laut, niemand rennt durch den Saal und alle Gesten scheinen gedämpft. Und ehe sie Platz nehmen, verbeugen sich alle Besucher vor Deng Xiaoping, der mit seinen wachen Augen, seinem rätselhaften Lächeln und halb geöffnetem Mund aus einem großen, schwarz umrandeten Foto von der Bühne zu ihnen herabschaut. Der Reformer Chinas ist vor zwei Wochen in Peking gestorben.

Alle wichtigen Persönlichkeiten der Stadt zeigen sich mit einer schwarzen Binde am Arm. Einige von ihnen gehen auf die Bühne und halten eine Rede. Auch der Stellvertretende Bürgermeister Sun Da'an wird ans Rednerpult gebeten. Er ist zuständig für Stadtentwicklung, Baumaßnahmen und Bodenverwaltung und besitzt dementsprechend viel Macht. In seiner Rede ehrt er Deng als großen Reformer, der China auf den Weg zur Modernisierung und damit zum Reichtum geführt habe.

»Für uns Shenzhener war Genosse Deng Xiaoping der lange ersehnte Erlöser. Erst seine Politik hat dazu geführt, dass unser armes, verschlafenes Fischerdorf in wenigen Jahren zu einer

Millionenstadt wurde«, sagt er. »Erinnert ihr euch noch, was Deng uns gesagt hat, als er vor fünf Jahren in unserer Stadt war? *Wir müssen mutig experimentieren, und wenn man das Ziel erkannt hat, muss man vorwärts gehen, nicht trippeln wie Frauen mit gebundenen Füßen, sondern mit großen, entschlossenen Schritten!*«

Spätestens an dieser Stelle werden einigen die Augen feucht, andere beginnen zu schniefen und einer muss sogar leise schluchzen. Es ist allen klar, sie haben ihre Karriere Deng zu verdanken. Reichtum ist ruhmvoll, hat er gesagt, und das ist zum Motto von Shenzhen geworden.

Andere erinnern sich noch, wie der zierliche, nur wenig über einen Meter fünfzig große, 87-jährige Mann damals in seiner grauen Jacke vor ihnen stand, um die Bewohner der von ihm begründeten Sonderwirtschaftszone anzuspornen.

Am 19. Januar 1992, morgens um neun, stieg er aus dem Zug, wo ihn schon eine große Menschenmenge erwartete. Sich nach der langen Reise in sein Zimmer im Gästehaus zu begeben, lehnte Deng ab. »Jetzt, wo ich in Shenzhen bin, will ich mich umsehen«, erklärte er seinen Gastgebern. Und später, nach der Besichtigung »seiner« Stadt sagte er: »Die Entwicklung übertrifft alle meine Erwartungen. Von Anfang an gab es über die Sonderwirtschaftszonen verschiedene Meinungen. Manche Leute sagten: ›Das heißt doch, den Kapitalismus zu praktizieren.‹ Aber diese Stadt ist ganz sozialistisch. Solange wir einen klaren Kopf behalten, brauchen wir gar nichts zu fürchten.« Zum Mittagessen ging es dann in das Drehrestaurant im National-Trade-Plaza. Deng war begeistert vom Anblick der vielen umgebenden Hochhäuser. Dann hielt er eine halbstündige Rede, und alle waren glücklich über die Energie, die der alte Mann ausstrahlte.

»Die Partei wird die Fahne des Genosse Deng weiter hochhalten und seine Reform vorantreiben«, versichert der 51-jährige Bürgermeister Sun Da'an. »Genosse Deng hat Shenzhen Wunder gebracht. Sein Geist wird nicht ruhen, bis Shenzhen eine der bedeutendsten Städte Chinas wird, die es mühelos aufnehmen kann mit Shanghai und Hongkong.«

An dieser Stelle flüstert jemand im Zuschauerraum seinem Sitznachbarn zu: »Südchinesen haben ein kurzes Gedächtnis. Die Ereignisse auf dem Platz des himmlischen Friedens vor acht Jahren habt ihr wohl völlig vergessen?« Der Kommentar stammt von einem Mann aus Peking, der einen Baumarkt in Shenzhen betreibt.

Der Sitznachbar ist Dai. Zum Zeitpunkt der erwähnten Ereignisse, also am Abend des 4. Juni 1989, war er selbst noch Student der Informatik in Kanton. Er saß bis tief in die Nacht im stillen Computerraum seiner Uni und schrieb ein neues Programm. Er war so vertieft, dass er die Welt vergessen hatte. Vom Aufmarsch der Panzer am Tien An Men und der Zerschlagung der seit Monaten anhaltenden Demonstrationen in der dreitausend Kilometer entfernten Hauptstadt Peking erfuhr Dai erst am nächsten Tag übers Radio. Einen Augenblick lang erstarrte sein Herz. Dann hatte er weitergearbeitet und beschäftigte sich um so mehr mit seinen Computern.

Er mag auch jetzt nicht daran erinnert werden. »Deng Xiaoping«, sagt er langsam, »war einer der größten Männer unserer Zeit. Niemand hat je so vielen Menschen zu Glück und Wohlstand verholfen wie er. Kein Kaiser, kein König und – ja, wahrscheinlich auch kein amerikanischer Präsident.«

Nach der offiziellen Preisverleihung – die Ausgezeichneten, auch die wenigen Frauen, sind alle im Anzug aufgetreten und machen so unbewegte Gesichter wie eine Schar pfiffiger Steuerberater – steigen die Sieger des Jahres in ihre Limousinen und fahren in einer langen Kolonne zum Hotel »Fünf Kontinente«. Unterwegs machen sie noch einen kleinen Umweg und fahren am Theater vorbei. Dort lächelt Deng Xiaoping auf einer dreißig Meter langen, zehn Meter breiten Leinwand von der Fassade auf die Passanten herunter. Davor türmen sich Tausende von Blumensträußen zu einem Berg. Die Politiker und Unternehmer steigen aus ihren Autos und legen noch einige Kränze dazu, dann fahren sie weiter.

Der Besitzer des Hotels »Fünf Kontinente« gehört ebenfalls zu den Ausgezeichneten. Das nagelneue Luxushotel neben dem Golfclub hat er vorwiegend für Staats- und ausländische Gäste bauen lassen. Heute will er seine Gastfreundschaft unter Beweis stellen und die Politiker und die Wirtschaftsvertreter persönlich durchs Haus führen.

Dai ist überrascht, auch den Computerhersteller Rao Bihui unter den Preisträgern anzutreffen. Die Firma *Hualian* hat ihren Sitz in der Hafenstadt Tianjin in der Nähe von Peking und unterhält eigentlich nur eine Filiale in Shenzhen, doch ihre Produkte sind so begehrt, dass Bürgermeister Sun ihn auch gern in die Stadt locken würde.

Dai freut sich über das Wiedersehen mit Rao. Sie haben sich auf einem Computerfachkongress kennen- und schätzen gelernt. Während die Gäste durch die Räume des Luxushotels schlendern und die exklusive Ausstattung anstaunen, geht Dai zielstrebig auf den stattlichen Tianjiner zu. »Hallo, du alter Räuber«, sagt er und legt Rao die Hand kameradschaftlich auf die Schulter. »Schön, dich auch mal im Süden zu treffen.«

Der Computerhersteller dreht sich um und greift nach Dais Hand. Er schüttelt sie vor Freude so kräftig, dass sie Dai fast vom Arm fällt. »Hallo, Xingkong, du alter Junge. Ein schönes neues Jahr mit einem warmen Goldregen wünsche ich dir.«

Auch Dai wünscht dem Freund und Konkurrenten viel Glück. Nur der Goldregen soll noch viel stärker ausfallen. Dann lachen sie sich ins Gesicht und schütteln sich noch mal die Hand. »Sag mal, wann ziehst du mit deiner Truppe nach Süden?«

»Würde ich sofort machen, wenn du mir sagst, du wirst dich *Hualian* anschließen«, sagt der Computerproduzent augenzwinkernd. Es ist nicht das erste Mal, dass der zehn Jahre ältere Rao um den jungen Informatiker wirbt. »Wenn wir zusammengehen, können wir *alles* erreichen.«

»Ich muss zuerst noch einiges verbessern«, sagt Dai und rückt die Zusammenarbeit wie immer in weite Ferne.

Sie sind in der Präsidenten-Suite angekommen. Einige Besucher stoßen bei dem Anblick des Badezimmers ein verwundertes »Oohh!« hervor, als hätten sie etwas gesehen, was ihre Vorstellungskraft weit übersteigt. Rao stellt sich lieber ans Fenster und betrachtet die Stadt in der Abenddämmerung. »Die Bauwut ist bei euch ja noch schlimmer als in Peking«, sagt er. »Kaum ist ein Tag vergangen, steht wieder ein neues Haus an der Ecke.«

Dai lächelt verschmitzt und zeigt mit dem Finger in eine Richtung, in der man allerdings noch nichts sehen kann. »Ich bin jetzt auch mit dabei. Zwei Kilometer von hier entfernt lasse ich meine neue Zentrale bauen.«

Sie kommen in den Bankettsaal, wo große, farbenprächtige Gemälde zu sehen sind, die vier legendäre chinesische Schönheiten und ihre Geschichte darstellen. Die meisten Gäste versammeln sich vor den Bildern, um die schönen Frauen zu bewundern. Nur Dai und Rao schlendern zu den Tischen herüber und stellen, unbemerkt von den anderen, ihre Namensschilder nebeneinander.

Beim Essen gibt es eine Menge Trinksprüche. Die beiden Männer machen zwar alles mit, lassen sich aber nicht stören und setzen ihr Gespräch fort. »Weißt du, die Höhe deiner Firmenzentrale ist wichtig. Du entwickelst dich allmählich zu einem Riesen in unserer Wirtschaft. Aber mit 38 Stockwerken wirst du niemand beeindrucken. Es ist einfach zu niedrig, zu … banal«, sagt Rao. Er sticht mit seinen Stäbchen in eine große, weit geöffnete Herzmuschel und befördert sie in seinen Mund.

»Die neue Zentrale deckt unseren Bedarf für die nächsten fünf Jahre. Wir brauchen nicht mehr Büroräume. Höher zu bauen ist unnötig.« Dai trinkt gelassen einen Schluck Weißwein.

»Das glaube ich dir sofort«, erklärt Gao. »Aber hier wollen doch so viele Firmen Büros bauen. Warum suchst du dir nicht einen Partner, der auch zwanzig Stockwerke braucht? Wenn ihr euch zusammentut, kommt ein wirklich imposantes Gebäude heraus.«

»Ach, ich möchte von niemandem abhängig sein«, sagt Dai, während er einen Löffel glitschiger Goldnadelpilze zum Mund führt. »Ich habe ja nicht mal einen Kredit aufgenommen.« Doch es ist ihm anzumerken, dass Raos Worte ihn nachdenklich machen.

In diesem Augenblick gesellt sich der Direktor der Industrie- und Handelsbank, Lü Ying, mit einem Glas Wein in der Hand zu ihnen und fordert sie auf, mit ihm anzustoßen. Er hat eine übertrieben freundliche Art, sodass sein Lächeln den anderen ein wenig heuchlerisch vorkommt. Nachdem sie getrunken haben, sagt er zu Dai: »Man hatte mir gesagt, dass Sie heute neben mir sitzen. Aber Sie sind offenbar so begehrt wie die Joker im Kartenspiel, und jetzt sehe ich, dass die Ehre mir doch nicht zuteil wurde.«

Dai ahnt, dass der Banker ihm wieder mal Kredite anbieten möchte. »Aber nein«, antwortet er diplomatisch. »Es war bestimmt umgekehrt. Alle wollen neben Ihnen sitzen, deswegen wurde ich, der einfache Bürger, einfach ausgetauscht.« Er zwinkert Rao zu. Dieser zwinkert zurück, nimmt sein Glas und geht zu einem anderen Tisch.

Herr Lü setzt sich auf den frei gewordenen Stuhl und kommt gleich zur Sache: »Boss Dai, haben Sie sich für einen Kredit bei uns entschieden? Mit unserer Unterstützung können Sie raketenschnell bauen. Jeden Tag drei Stockwerke höher! Das ist der Rekord.«

Dai nickt, und sein Nicken ist fast wie eine Verbeugung. »Ich kann mir keinen Kredit leisten«, sagt er lächelnd. »Wenn ich was von Ihnen annehme, machen Sie mich zu Ihrem Knecht. Dann bin ich verloren. Nicht wahr?«

»Aber nein«, zwitschert Lü. »Wir sind wie zwei Vögel am selben Baum. Geht es dem einen gut, geht es dem anderen auch gut.« Er rückt mit seinem Stuhl noch ein Stück näher an Dai heran. »Boss Dai, ich gebe Ihnen einen sehr guten Kredit.« Er redet von günstigen Zinsen, bequemen Raten und größtmöglicher Flexibilität bei der Tilgung.

Dai wehrt sich, aber Herr Lü lässt nicht locker und macht sein Angebot immer üppiger und schmackhafter. Er wird so aufdringlich, als müsste Dai sofort einen Vertrag mit ihm schließen, um ihn nicht zu kränken. Begriffe wie Freundschaft, Ehrlichkeit und Treue schwirren wie ein Taubenschwarm durch die Luft.

Dai wird klar, dass er sofort von Herrn Lü weg muss, sonst macht er womöglich noch eine Zusage, die er schon morgen bereut. Er erfindet rasch eine Ausrede und flüchtet an einen anderen Tisch.

Dort sitzt der dickbäuchige, hässliche Wu Rong, der Wirtschaftsreferent von Shenzhen. Er hält große Stücke auf Dai und hat ihm schon einige Türen geöffnet. Dai grüßt ihn herzlich und stößt mit ihm an. Als Dai danach immer noch sitzen bleibt, fragt Wu, ob sein Geschäft gut laufe. Da erzählt ihm Dai von dem Zusammenstoß mit den Produktpiraten.

»Wo ist das gewesen?«, fragt Wu.

»In Hubei«, sagt Dai und macht dabei ein bedrücktes Gesicht. Der wohlgenährte Kader versucht ihn zu trösten, meint aber, die Stadtregierung könne dagegen nichts machen, weil der Ort des Geschehens sich nicht in ihrem Zuständigkeitsgebiet befinde. Aber er werde mal mit dem Bürgermeister darüber reden.

»Wir können doch nicht zulassen, dass unsere besten Steuerzahler von Verbrechern ruiniert werden, die ihre Gehirnnahrung nachmachen«, sagt er und klopft dem Jüngeren auf die Schulter.

Die Nacht ist fortgeschritten. Die Gäste trinken und schmausen reichlich, wie bei einem Bankett üblich, und befördern nebenbei ihre Geschäfte. Als Dai mit glänzenden Augen aufsteht und von Tisch zu Tisch wandert, um sich zu verabschieden, steht plötzlich Bürgermeister Sun auf und nimmt ihn beiseite.

»Ich freue mich ganz besonders, dass gerade du diesen Preis gekriegt hast«, sagt er überaus herzlich. »Du bist wirklich einer unserer Besten.«

Dai ist Suns Schützling, und Sun ist fast eine Vaterfigur für den siebzehn Jahre jüngeren Dai. Dieses enge Verhältnis zwischen den beiden ist kein Geheimnis. Im Gegenteil, der Bürgermeister ist sogar stolz auf diese Beziehung. Denn es war niemand anderes als Sun, der den jungen Mann »entdeckt«, der ihn von Kanton nach Shenzhen geholt und ihm die ersten Aufträge verschafft hat, als er noch ein namenloser Programmierer war. Er hat ihn über die Jahre nie aus den Augen gelassen. »Komm nur zu mir, wenn's mal Probleme gibt«, sagt er lächelnd.

Als Dai das hört, überläuft ihn ein warmes Gefühl der Geborgenheit und des Vertrauens. Es ist schön zu wissen, dass er bei seinem Gönner immer noch besonderen Schutz genießt. Ganz unwillkürlich schließt er den Älteren in die Arme und dankt ihm.

4

»Lass uns den Kuchen höher backen!«

Auf dem Weg ins Büro ist Dai bestens gelaunt. Er hat gerade beim Mittagessen einen Lizenzvertrag über ein weiteres Naturrezept abgeschlossen. Ein Mittel gegen die Verschlechterung der menschlichen Sehschärfe. Der Erfinder, ein alter Apotheker aus Yunnan, hatte es bisher nur in der kleinen Stadt Wenshan verkauft, aber es scheint äußerst wirksam zu sein und ist sehr beliebt. Dai ist zufrieden. Wieder ein neues Produkt für *Tenglong*! Wieder mehr Arbeitsplätze, wieder mehr Umsatz und Wachstum! Die chinesische Medizin, denkt er, ist wie eine Schatzkammer. Man muss nur mutig sein und sich bedienen.

Mit halb geschlossenen Augen lehnt sich Dai im Fond seines Wagens zurück und lässt seine Finger spielerisch auf dem Knie hüpfen. Die Nachmittagssonne drängt durch das offene Fenster herein und landet auf seinem Schoß. Die Wärme reizt ihn, und wenn die Sonne eine zierliche Frau wäre, wäre er jetzt aus dem Auto gestiegen und hätte mit ihr auf der Straße getanzt. Ja, so froh ist er heute.

Dass er so gute Laune hat, hat seine tiefen Gründe: Der *Gehirnmarschall* thront weiter auf der Bestsellerliste, die Kampagne für den *Gehirnpräsidenten* kommt auch sehr gut an und die Bauarbeiten an der neuen *Tenglong*-Zentrale gehen zügig voran. Sogar bei der Bekämpfung der Produktpiraten sind sie ein Stück weitergekommen. Sie wissen jetzt, dass der Mann im Hintergrund, auf dessen Konto der brutale Überfall auf die beiden Vertreter geht, Fang Shunmen heißt. Auf ihn sind jedenfalls die Lastwagen zugelassen, die Buddhas Team in Hubei geduldig verfolgt hat. Und er besitzt eine Medikamentenfabrik in der Kreisstadt Gufeng, Provinz Hunan. Dass die Lieferungen mit dem gefälschten *Gehirnmarschall* von dort herkommen, haben Buddhas Männer leicht nachweisen können, nachdem sie den Drucker, der die Etiketten und Packungen fälscht, in seiner Werkstatt besucht und mit Drohungen und Bestechungsgeldern weichgeklopft hatten. Jetzt tragen Buddha und seine Leute geduldig die letzten Beweise zusammen, um den Fälscher bei der örtlichen Polizei anzuzeigen und eine Razzia oder einen Haftbefehl zu erwirken.

Auch der neue Personalchef Yi Shangwang scheint ein guter Manager zu sein. Kaum hat der vom Konkurrenten *DreiAcht* abgeworbene Mann seine Stelle angetreten, überrascht er alle mit seiner Schnelligkeit und Tüchtigkeit. Denn seine Aufgabe ist gar nicht so leicht, wie es auf den ersten Blick scheint. Natürlich melden sich viele Bewerberinnen und Bewerber bei ihm. Arbeitswillige gibt es genug, und trotz der Kontrollen an den Grenzen der Stadt strömen in der Hoffnung auf ein besseres Leben wöchentlich Tausende von jungen Frauen und landflüchtigen Bauern nach Shenzhen herein.

Aber man kann die Leute nicht einfach aufgrund ihrer Zeugnisse einstellen. Yi Shangwang muss die Bewerber alle persönlich prüfen und die guten Arbeitskräfte selbst aus dem Menschenstrom fischen. Denn das Fälschen von Dokumenten ist in der aufstrebenden Stadt eine blühende Industrie, und all den hübsch gedruckten und gestempelten Zeugnissen und Genehmigungen kann man nicht trauen. Dabei muss er sich letztlich auf seine Menschenkenntnis verlassen. Aber es gibt auch strenge Prüfungen. Bei den Massenbewerbungen wird manchem Personalchef leicht schwindlig, aber Yi Shangwang hat alles im Griff und bewältigt seine Arbeit mit Leichtigkeit.

Und so geben Buddha und Yi ihrem Chef das Gefühl, als wären ihm ein paar starke Flügel gewachsen.

Der Mercedes, mit einer roten Chinafahne links und einer weiß-blauen *Tenglong*-Fahne rechts auf der Motorhaube, hält exakt vor dem Eingang der achtstöckigen Firmenzentrale. Der Chauffeur springt heraus, um seinem Herrn den Schlag aufzuhalten. Doch Dai hat die Tür längst selbst aufgemacht und ist ausgestiegen. Flotten Schrittes hüpft er den acht Stufen entgegen, die zum Haupteingang führten. Der Portier sieht ihn kommen und verlässt seine Glaskabine, um den Aufzug zu rufen. Aber Dai winkt ab und steuert zielstrebig auf die Treppen zu. Heute ist er so voller Energie, dass er auch in den achten Stock rennen kann.

Aber schon im zweiten Stock bleibt er stehen und staunt: Der Gang vor der Personalabteilung ist leer. Normalerweise drängen sich Dutzende von Arbeitswilligen hier, aber Dai sieht nur einen Türsteher. Als er den Generaldirektor erkennt, kommt er Dai hastig entgegen.

»Was ist denn hier los?«, fragt Dai gut gelaunt. »Will denn jetzt niemand mehr für uns arbeiten?«

»Doch natürlich, Herr Generaldirektor, die Leute sind alle hinten im Festsaal. Sie machen gerade eine Prüfung zum Thema Teamgeist.«

Einer spontanen Anwandlung folgend, sagt Dai: »Sagen Sie Herrn Yi, ich werde selbst einen kurzen Blick auf die Leute werfen.« Der Mann eilt zurück und verschwindet hinter der Tür am Ende des Ganges.

Es ist kaum eine halbe Minute verstrichen, da wird die Tür wieder aufgerissen, und Yi Shangwang eilt heraus, um Dai zu begrüßen. Yi hat schulterlanges Haar und sieht aus wie ein Maler oder ein Bildhauer. Als er Dai in die Halle führt, schlägt ihnen lebhafter Beifall entgegen.

Der Festsaal ist eine geräumige Halle, in der fast dreihundert Menschen Platz finden können. Links und rechts von der Bühne hängen lange Fahnen mit Schriftzeichen. Auf der einen Seite steht: »Ehrlichkeit, Gerechtigkeit, Fortschritt und Innovation«, auf der anderen: »Hört nie auf, Neues und Besseres anzustreben«. Es sind die Prinzipien der Firma. Die Bewerber, von beiden Geschlechtern und alle zwischen 16 und 35, sind in vier

Gruppen aufgeteilt und werden scharf von den Prüfern beobachtet.

»Wir bitten den Generaldirektor um eine Rede«, sagt Yi, und die Bewerber lassen ihre Stifte sinken und schauen voller Neugier und Ehrfurcht zu ihnen auf.

Dai wirft ihnen einen prüfenden Blick zu, so wie ein General vor einer Schlacht seine Soldaten prüft, begrüßt sie kurz und stellt eine Frage: »Sie sind beauftragt, eine Nadel in einer Tonne Heu zu finden. Wer hat eine schnelle und preiswerte Lösung?«

Die Bewerber wechseln unsichere Blicke und zögern. Aber da erhebt sich aus der Gruppe mit den gelben Nummern eine zarte Hand, und eine junge Frau mit welligem Haar steht auf. »Ich würde das Heu verbrennen und mit einem Fön die Asche wegblasen. Was liegen bleibt, muss die Nadel sein.«

»Die alte Feuerstrategie. Nicht übel.« Mit einem vergnügten Lächeln auf den Lippen springt Dai zur nächsten Frage: »Sie sollen einem Löwen Walzer beibringen. Der Löwe ist aber von wilder Natur und zeigt seine Krallen. Haben Sie eine Idee, was Sie mit dem Raubtier anstellen sollen?«

Nun haben die Bewerber begriffen, dass dies keine Rede, sondern eine Sonderprüfung für sie ist. Sie strengen sich an, eine Lösung zu finden. Aber es will und will ihnen nichts einfallen. Wer kennt denn schon einen Löwen? Unwillkürlich beginnen die Bewerber miteinander zu flüstern.

Mitten im leisen Raunen erhebt sich erneut die junge Frau mit der Nummer 77. »Ich würde den Löwen auspeitschen, bis er ganz brav wird«, sagt sie. »Dann würde ich ihn mit leiser Stimme zum Tanzen auffordern. Dieser Vorgang wird so lange wiederholt, bis er auf mein Kommando die Vorderpfoten hebt und sich im Takt der Musik wiegt.«

Dai ist verblüfft, dann lacht er, und der ganze Saal folgt seinem Beispiel. Alle Blicke richten sich auf die junge Frau. Auch Dai erweitert seine Pupillen und mustert sie von Kopf bis Fuß, als stünde ein ganz neuer Menschentyp vor ihm. Die junge Frau hat eine weiße Bluse und einen kurzen, plissierten Rock an und wirkt wie eine selbstbewusste Studentin. Mit ihrer platten Nase und den breiten Wangen wird sie nicht gerade als Schönheit gelten, doch die straffe Haut und die unerschrockene Ausstrahlung machen sie attraktiv. Dai vergisst für einen Augenblick seine Position und starrt die Frau an, als sei er verzaubert.

»Sehr gut«, lobt er die Unbekannte, bevor er seine Aufmerksamkeit wieder dem ganzen Saal schenkt. »Machen Sie nur so weiter, und Sie werden es weit bei uns bringen!« Wen er genau damit meint, bleibt im Dunkel. Nachdenklich dreht er sich um und geht aus dem Saal. Sein ganzer Auftritt hat gerade mal drei Minuten gedauert, doch die haben genügt, um die Bewerber zum Staunen zu bringen. Manche fragen sich, was er mit der Nummer 77 wohl vorhat.

Dai hat zwei verschiedene Möglichkeiten, um in sein Büro zu gelangen: entweder über den Flur oder über sein Sekretariat. Obwohl er heute schon mehrmals mit all seinen fünf Sekretärinnen gesprochen hat, wählt er die zweite Alternative und bittet seine erste Sekretärin, sie möge ihm noch heute die Unterlagen der Bewerberin Nummer 77 besorgen.

Er hat gerade zwei, drei Dokumente studiert, die man ihm auf den Schreibtisch gelegt hat, und die nötigen Unterschriften geleistet, als Howard erscheint. Sie setzen sich an den kleinen Tisch, wo zwei saubere Tassen und eine frisch gefüllte Teekanne warten.

»Die Werbung für den Gehirnpräsidenten scheint gut anzukommen«, sagt Howard. »Die Vorbestellungen laufen hervorragend. Wenn der Rest des Jahres so gut wie das erste Quartal wird …«

»Im Frühjahr hast du noch gefürchtet, dass wir der Verlierer sein könnten, wenn wir DreiAcht herausfordern. Was sagst du jetzt?« Dai schenkt ihnen beiden Tee ein.

»Alter Freund«, sagt Howard, streicht sich das Haar glatt und lächelt gelassen, »du forderst die Welt heraus und eroberst sie, und ich versuche, sie zu erhalten. So haben wir die Rollen verteilt und so wird es in Zukunft auch bleiben, nicht wahr?«

»Du hast Vertrauen zu mir, auch wenn ich etwas Neues wage?« Dai schaut seinem Stellvertreter ins Auge.

»Ja, wie immer.« Howard nippt an seinem Tee und wartet.

»Howard, ich will die neue Zentrale um zwanzig Etagen erhöhen.«

Die Überraschung ist so groß, dass Howard husten muss und seinen Tee in die Luft sprüht. Feine Tropfen fallen auf den weißen Marmortisch, während Howard um Atem ringt. Dai will zuerst seine Sekretärin herbeirufen, doch dann überlegt er es sich anders, nimmt eine Serviette und wischt den Tisch selbst ab.

»Bist du verrückt?«, platzt Howard heraus, nachdem er tief Luft geholt hat. »Willst du uns ruinieren? Wozu brauchen wir sechzig Stockwerke? Denk mal an diesen Milchproduzenten. Wenn der sein Hochhaus ein wenig kleiner gehalten hätte, hätte er nicht am Ende aus seinem Büro springen müssen und wäre vielleicht noch am Leben.«

»Dieser Vergleich ist ja wohl unpassend«, sagt Dai. »Su Qing hat Schulden gemacht.« Er gibt Howard eine Zigarette und steckt sich selbst auch eine an. »Wir sind ein ganz anderes Unternehmen. Wir haben keine Schulden und brauchen auch keine Kredite.«

Aber Howard ist mit einer Zigarette nicht zu beruhigen. »Wozu brauchen wir so ein hohes Haus? Das Erdkönig-Haus ist nur deshalb so hoch, weil das Geld aus Hongkong kommt.«

Dai lacht auf, als hätte er einen Witz gehört. »Howard, was ist mit dir los?«

Der Jüngere steht abrupt auf und geht hin und her. Dann bleibt er vor dem Modell des Hochhauses stehen. Hier hat es noch 38 Stockwerke und reicht ihm gerade bis in Augenhöhe. Wenn sie tun, was Dai verlangt, wird es ihm über den Kopf wachsen. »Muss das wirklich sein?«, fragt er und ist selbst überrascht, dass seine Stimme so müde klingt.

Dai ist unbeirrt gut gelaunt. Er bittet seinen Freund, sich wieder zu setzen, und spricht mit ruhiger Stimme über die symbolische Bedeutung eines wirklich hohen Gebäudes und über die künftige Größe des Unternehmens.

Howard dreht sich hin und her, als säße er auf einem Folterstuhl. »Zwanzig Etagen extra, und alle mit der modernsten Technik, das kann uns das letzte Hemd kosten.«

Dai wiegt sich in seinem Sessel und lächelt. Was die Finanzierung anbelangt, habe er bereits eine Lösung. »Ich kenne ein Dutzend Unternehmer aus Hongkong, die hier investieren wollen«, erklärt er.

»Du willst also deinem Prinzip untreu werden und Schulden machen«, sagt Howard.

Dai schüttelt den Kopf. »Alter Freund, du verstehst nicht. Wir werden die zusätzlichen Etagen vorverkaufen, so wie die Hongkong-Chinesen. Wir verdienen sogar noch dabei.«

»Aha, so ist das. Du willst jetzt auch ins Immobiliengeschäft einsteigen. Das ist doch ziemlich riskant.«

»Wir tun immer das, was andere nicht wagen«, sagt Dai und stößt blauen Rauch aus der Nase. »Dafür sind wir bekannt, oder nicht?«

Howard wirft einen Seitenblick auf seinen Freund. Einen Augenblick glaubt er, neben ihm sitze ein aufgerissener, hungriger Schlund, der alles Geld in seiner Umgebung frisst und trotzdem nie satt wird. Eine unerklärliche Fremdheit überkommt ihn und zwingt ihn, die Lider zu senken.

Früher, als das Geld knapp war, haben sie ein Bett und einen Apfel geteilt und waren wie Brüder. Howard, der schon Dozent war, hat mit seinem Gehalt den jungen Dai unterstützt, damit er Programme schreiben konnte. Er hat ihm sein Erspartes gegeben, damit Dai die ersten Anzeigen für seine Software aufgeben konnte. Und als Dai seine Firma gründete, hat Howard seine Stelle an der Jinan-Universität Kanton gekündigt und ist ihm nach Shenzhen gefolgt. So wurde aus dem Ein-Mann-Betrieb die Firma *Tenglong*.

Als dann bei Howard ein seltener Knochentumor festgestellt wurde, ging Dai mit seiner ersten und zu dieser Zeit noch einzigen Software von einer Firma zur anderen, um das Geld für die notwendige Operation aufzutreiben, und als er damit keinen Erfolg hatte, übernahm er die EDV für zwei kleine Betriebe. Dann hatten sie Tag und Nacht durchgearbeitet, um Howard so schnell wie möglich auf den Operationstisch zu bringen. Als Dai den Freund nach der gelungenen Operation in die Arme schloss, waren sie mit Blut und Eisen zusammengeschweißt. Insgeheim hat Howard seine Freundschaft zu Dai gern mit der zwischen Marx und Engels verglichen. Aber wenn Marx sich zum Kapitalisten entwickelt hätte, wäre Engels ihm dann noch gefolgt?

»Immobiliengeschäfte passen doch überhaupt nicht zu uns«, sagt er. »Wir stehen für Fortschritt und Intelligenz und nicht für solche … Profitmacherei.«

»Unser Büroturm wird nicht aus Bohnenquark gemacht, sondern aus gutem Stahl und Beton«, lächelt Dai. »Und die Technik ist sehr intelligent.«

Aber Howard redet jetzt nur noch von Schaden und Fehlentwicklung.

Dai wird allmählich ungeduldig. »Alter Freund, du hast zwar einen Anteil von neun Prozent an *Tenglong*, aber die Entscheidung muss ich allein treffen. In dieser Stadt zählt nur die Höhe. Also, lass uns den Kuchen höher backen!

Über 280 Meter.« Er zeigt auf das Modell der neuen Zentrale, das an eine hochgestapelte Hochzeitstorte erinnert.

Howard verstummt. Von nun an vermeidet er jeden Blickkontakt mit dem Freund.

Dai merkt, dass er ihn vor den Kopf gestoßen hat, und versucht rasch, sich mit ihm zu versöhnen. »Wie geht's dir? Machst du genügend Gymnastik? Du solltest dich wieder mal untersuchen lassen. Deine Hüfte sieht immer noch ziemlich schmal aus.«

Howard sagt, es gehe ihm gut, gibt aber keine genaueren Auskünfte, was seine Gesundheit betrifft. Beim Abschied zwingt er sich zu einem Lächeln. Doch sein Körper spricht eine andere

Sprache. Es ist, als trüge er die zusätzlichen Stockwerke auf seinen Schultern.

Am Abend kommen die Manager zur Sondersitzung in den Konferenzraum 801. Nach einer kurzen Rede von Dai ist die Lage klar: Die meisten Teilnehmer sind begeistert, dass die *Tenglong*-Zentrale aufgestockt werden soll. Der Werbechef Lou Gan und der Forschungsleiter Gu Wen erklären, sie seien schon immer dafür gewesen, ein »richtiges« Hochhaus zu bauen. Buddha hegt leichte Zweifel, aber er lässt sich nichts anmerken. Howard lächelt wie gewöhnlich und hält sich bedeckt. Da am Tisch gleich mehrere Münder gleichzeitig schnattern, fällt es niemandem auf, dass er die ganze Zeit schweigt.

Als sie im Begriff sind sich aufzulösen, nimmt Dai seinen Personalchef beiseite. »Was für einen Eindruck hast du von der Bewerberin Tang Anqi bekommen?«, fragt er den Menschenfischer. Die Unterlagen der jungen Frau, die ihm so kühn begegnet ist, hat er inzwischen gesichtet. Er weiß jetzt, dass sie aus Yueyang stammt und Industriedesign an der Wuhan-Universität studiert hat. Vor zwei Jahren hat sie die Uni abgeschlossen und ihre erste Stelle angetreten. Allerdings scheint sie sehr anspruchsvoll zu sein, denn sie hat ihren Arbeitgeber schon dreimal gewechselt.

»Die Peitsche mit neun Knoten? Kein Witz, das ist jetzt ihr Spitzname. Ein starker Auftritt, nicht wahr?« Der Personalchef lacht herzlich. Neben dem sauber rasierten Dai wirkt er fast wie ein Vagabund. »Sie ist konstruktiv, kann sich gut ausdrücken und beherrscht ungefähr viertausend Schriftzeichen«, sagt der Personalchef sachlich. »Aber sie neigt auch zur Selbstüberschätzung und Dominanz. Das hält sich aber noch einigermaßen in Grenzen.«

»Aha«, macht Dai. »Wie sieht deine Entscheidung aus?«

Das Interesse seines Chefs an dem Mädchen ist Yi nicht entgangen. Er ahnt bereits, was Dai will. Aber in dem Mann mit der Künstlermähne steckt auch ein Provokateur. Und der will den Chef einmal necken. »Ja, wir können sie als deine kleine Sekretärin einstellen«, sagt er betont harmlos.

»Du bist auch schon verdorben«, verzieht Dai das Gesicht. Denn seit Beginn der Reformen gilt die Bezeichnung »kleine Sekretärin« in China als Synonym für »Geliebte«. Aber mit Konkubinen möchte Dai lieber gar nicht erst anfangen. Davor schreckt er zurück. »Sei jetzt ernst«, sagt er unsicher.

»Gut. So ein Talent lassen wir natürlich nicht laufen«, grinst Yi, lässt seinen Chef aber doch noch ein wenig zappeln. »Die Peitsche mit neun Knoten hat sich als Produktionsassistentin beworben. Sie kann die Stelle natürlich haben. Ich fürchte nur, ihre Peitsche trifft womöglich nicht immer die richtige Stelle, und dann gibt es Scherben.«

Dai muss nun doch lachen. Er hat gemerkt, dass ihn Yi an der Nase herumführt. »Tang Anqi ist einfallsreich und wunderbar unbefangen. Lass sie in der Werbeabteilung anfangen.«

»Ganz deiner Meinung«, sagt Yi augenzwinkernd.

Sie verlassen den Konferenzraum als letzte. Vor dem Eingang der Firma warten einige der Abteilungsleiter auf sie. Aber Dai steigt direkt in seinen Mercedes und lässt sich nach Hause fahren. Die Vorstellung, dass das Mädchen mit dem welligen Haar bald in seiner Nähe herumlaufen wird, lässt ein verträumtes Lächeln auf seinen Lippen erscheinen.

»Wie du siehst, sind die Fundamente jetzt fertig«, schreit Howard. »Ab sofort geht es aufwärts.« Seit einer Stunde sind sie jetzt auf der Baustelle und haben die Bauarbeiten besichtigt.

Mit roten Helmen auf dem Kopf stehen sie Schulter an Schulter am Rand der riesigen Grube und schauen noch einmal dahin zurück, wo sie eben gewesen sind. Hoch über ihnen ist der Himmel pechschwarz, aber die Baustelle ist so stark beleuchtet, dass die beiden Männer die Augen zukneifen müssen. Dröhnender Lärm umgibt sie und bringt alles im Umfeld der Baustelle zum Zittern. Auch ihre Worte scheinen aus einer Schüttelmaschine herausgeschleudert zu werden.

Die Fundamente tief unter ihnen sind bereits betoniert, und aus der riesigen Betonplatte schießen unzählige Sträuße aus Stahl hoch und bilden eine bizarre Landschaft. Die Bauarbeiter, die auf dem Betonfeld hämmern und schweißen, schieben und pfropfen, sind im Grunde nicht anders als Bauern, die Reis pflanzen. Nur kann man ihre Ernte nicht essen.

»Gut gemacht«, lobt Dai, dessen Blick auf der Baustelle haftet, als wäre sie ein Spielfilm in Cinemascope. »Nun, was sagst du nach meiner Hongkongreise? Denkst du immer noch, dass wir uns nicht bis zu fünfzig Stockwerken hochwagen sollen?«

»Dass der reiche Cao Song dir gleich drei Etagen abgenommen hat, ist wirklich fantastisch. Aber wenn man sieht, wie schnell dir diese Leute den Rest abgekauft haben, kann man nur staunen. In Hongkong ist man offensichtlich der Ansicht, dass alles, was du anpackst, zu Gold wird.« Howard lächelt ein wenig verlegen. »Tut mir leid, dass ich die Lage falsch eingeschätzt habe.«

Dai lacht ein königliches Lachen. »Am liebsten würde ich noch mal zwanzig Stockwerke draufsetzen. Wir können damit einen Goldberg verdienen.« Sein Finger macht eine Kreisbewegung über die Baustelle.

Howard glaubt, er habe nicht richtig gehört. Bei diesem höllischen Lärm wäre es nicht weiter erstaunlich. Er will gerade nachfragen, da erreicht sie ein kollektiver, markerschütternder Schrei aus der Baugrube.

Howard ahnt sofort, dass etwas Schlimmes geschehen sein muss, rennt zur Leiter und klettert hastig hinunter. Dai zögert kurz, entschließt sich dann aber, Howard zu folgen. Ein Polier, der ständig in der Nähe bleibt, um auf ihre Sicherheit zu achten, folgt ebenfalls. Dabei spricht er ununterbrochen in sein Funkgerät und teilt allen mit, dass der Bauherr auf dem Gelände ist.

Das Dröhnen der Maschinen erstirbt plötzlich. Während Dai durch den Wald aus rostigen Stahlstäben irrt und das Zentrum der Aufregung sucht, läuft ihm ein kalter Schauder über den Rücken.

Auf dem Boden liegen drei Arbeiter, neben ihnen ein wuchtiger Stahlträger. Eben hing der Stahlträger noch an einem Kran und schwebte vier Meter hoch über den Köpfen der Männer. Dann hat er sich plötzlich von den Seilen gelöst, an denen er aufgehängt war, und ist in die Grube gefallen. Einem der Männer hat er das Rückgrat gebrochen. Er liegt am Boden und lässt keinen Laut von sich hören. Der andere hat einen Schlag auf den Rücken bekommen und wurde zu Boden geworfen. Er ist bewusstlos, und was ihm fehlt, ist nicht zu erkennen. Der Dritte ist leicht am Fuß erwischt worden. Er ist der einzige, der noch schreien kann.

Howard kommt Dai mit leichenblassem Gesicht entgegen. »Der eine ist tot«, sagt er mit zitternder Stimme. »Krankenwagen und der Betriebsarzt sind schon unterwegs.«

Erschrocken stürzt Dai auf den leblosen Mann zu. Die Bauarbeiter, die sich um ihre Kumpel versammelt haben, machen ihm schweigend den Weg frei. Er hockt sich hin, berührt sanft die Nase des Schwerverletzten, dann die schmutzige, auf dem Boden ausgestreckte Hand. Keine Reaktion. Dai spürt Tränen in seinen Augen aufsteigen. Er presst die Lider zusammen, um nicht zu heulen.

»Lass ihn noch mal untersuchen. Vielleicht ist er ja auch nur bewusstlos, vielleicht kann man ihn ja noch retten. Alle Verletzten sollen die beste Behandlung bekommen«, sagt Dai verzweifelt zu Howard. Ein plötzlicher Schmerz im Unterleib veranlasst ihn dazu, die Hände schützend auf den Bauch zu legen. Bislang hat er drei Häuser gebaut, der *Tenglong*-Turm ist jetzt das größte Projekt. Erst haben die Fundamente viel Geld verschlungen. Jetzt liegt plötzlich ein Toter vor seiner Nase. Es ist der erste Tote, den er je gesehen hat. Liegt ein Fluch auf dem Grundstück?

Der Gedanke erschreckt ihn. Doch im nächsten Moment verdrängt er ihn mit aller Kraft aus dem Kopf. Nein, abergläubisch will er nicht sein.

»Ich tue mein Bestes«, sagt Howard und wendet sich an den Gruppenleiter der Arbeiter. Dai steht auf und geht zu dem anderen Verletzten, fasst ihn an der Hand, spricht ihm tröstende Worte zu, dann überlässt er sie dem herbeigeeilten Betriebsarzt und verlässt den Platz mit bedrücktem Gesicht.

Als er sein Handy aus der Hosentasche herauskramt, um den Chauffeur mit dem Mercedes herbeizutelefonieren, kommt das Gerät ihm zuvor und schrillt ihm ins Ohr.

Roula ist am Apparat, und Dai hat sofort ein schlechtes Gewissen. Sie hat ein paar Tage freigenommen, um in Shanghai an einem großen nationalen Gesangswettbewerb teilzunehmen.

Allzu glücklich ist Dai nicht darüber, weil er fürchtet, dass ihre Arbeit darunter leidet. Aber Roula scheint tatsächlich Talent zu besitzen und ist bis zur letzten Runde vorgedrungen. Und sie hat ihn persönlich angerufen, um ihn um Erlaubnis zu bitten. Wahrscheinlich hat sie gehofft, er würde nach Shanghai kommen, um ihren Auftritt zu unterstützen und erneut ihr Geliebter zu werden. Aber Dai eignet sich nun mal nicht zum Zuschauer, und obwohl er oft an die Nacht denkt, die er mit ihr verbracht hat, und sie manchmal gern bei sich hätte, wäre es für ihn nie in Frage gekommen, nach Shanghai zu fliegen, um mit ihr zu schlafen.

»Tut mir leid. Die Arbeit kommt immer dazwischen und reißt einfach nicht ab …«, murmelt Dai.

Roula fällt ihm ins Wort. Sie klingt verzweifelt. »Seit drei Tagen warte ich auf deinen Anruf. Aber du hast mich völlig vergessen, nicht wahr?«

»Nein. Ich habe dich nicht vergessen«, sagt Dai. Er steht bereits an der Straße und wartet auf seinen Wagen. Jetzt geht er noch ein Stück weiter, um dem grellen Licht zu entkommen. »Wo bist du denn? In der Garderobe hinter der Bühne? Ich drücke dir ganz doll den Daumen und wünsche dir viel Glück. Du hast gleich deinen Auftritt, oder?«

»Deine guten Wünsche kannst du dir sparen. Die brauche ich nicht mehr. Meinen Auftritt hab ich gerad' hinter mir. Miserabel, verloren, wenn du's wissen willst. Jetzt kannst du mich bemitleiden, wenn du gern möchtest.« Roula klingt hysterisch, als wollte sie jeden Augenblick losheulen.

Dai glaubt, Roula habe wirklich eine Niederlage erlitten, und versucht sie tatsächlich zu trösten. »Sei nicht traurig. Früher oder später wirst du einen Preis bekommen. Und du wirst immer die beste Sängerin im Betrieb sein. Davon bin ich überzeugt.«

»Spar dir die schönen Worte«, faucht Roula. »Seit Monaten hast du immer nur schöne Worte für mich. Und jetzt, wo ich keinen Preis heimbringen werde, wirst du mich erst recht nicht zu dir holen. Du hast überhaupt nicht vor, uns zusammenzubringen, nicht wahr?«

»Wovon redest du? Kann ich dich später zurückrufen?«, fragt Dai leicht verstimmt. Er spürt die neugierigen Blicke der Bauarbeiter in seinem Rücken und möchte jetzt bloß noch weg.

»Du willst mich wohl ewig warten lassen? Weißt du denn nicht, dass ich die richtige Frau für dich bin? Wenn du mich nicht willst, dann werde ich dich verlassen. Und auch deine Firma. Ja, das werde ich tun.« Roulas Stimme überschlägt sich, dann hört man, wie sie den Hörer hindonnert. Danach dringt nur noch das Besetzt-Zeichen aus dem Mobiltelefon.

Dai drückt auf die »Aus«-Taste und starrt vor sich hin. Endlich kommt der Mercedes.

Als er zu Hause ist, ist er immer noch so verstört, dass er nichts mit sich anfangen kann. Er schaltet den Fernseher ein und zappt durch die Sender. Plötzlich sieht er, dass der Gesangswettbewerb immer noch läuft und noch gar nicht entschieden ist. Wieso war Roula dann so gereizt? Warum hat sie mit den Flügeln geschlagen wie eine Henne mit brennenden Federn? Das muss ihr maßloser Ehrgeiz sein. Vielleicht war bei ihrem Auftritt etwas nicht ganz so, wie sie gedacht hat. Vielleicht hat sie eine ungeschickte Bewegung gemacht oder die Stimme nicht ganz unter Kontrolle gehabt und deshalb geglaubt, sie wäre gescheitert. Sie hat ihn bloß angerufen, um sich abzureagieren. Nachdem er sich diese Erklärung zurechtgelegt hat, ärgert Dai sich nicht länger. Er schaltet seinen Computer ein und fängt an zu arbeiten. Dabei wirft er hin und wieder einen Blick auf den Fernseher. Als die Stunde der Preisverleihung schlägt, verlässt er den Arbeitstisch, setzt sich auf die Couch und starrt auf den Bildschirm.

Und richtig! »Der dritte Preis geht an Jian Roula aus Hefei«, trällert der Moderator ins Mikrofon und winkt dabei in die Kulisse.

Ist das wahr? Dai reißt die Augen auf, und schon betritt Roula strahlend die Bühne! Dai springt vom Sofa und hebt triumphierend die Fäuste. Er würde ihr jetzt gern gratulieren, aber sie wird heute Nacht gewiss unerreichbar sein. Er beschließt, sie gleich morgen früh anzurufen. Ja, er hat noch mehr vor. Er wird sie nach Shenzhen in die Zentrale zu einer Besprechung einladen. Dann wird man ja sehen.

5

Ein leises Gespräch und eine prekäre Einladung

Ende April ist Dai bei Bürgermeister Sun Da'an eingeladen. Sein Chauffeur nimmt zwei hübsche große Geschenktüten aus dem Kofferraum des Mercedes und trägt sie hinter Dai her. Erst als sie vor der Wohnungstür des Bürgermeisters stehen, stellt er sie ab und verschwindet.

Dai prüft zum letzten Mal, ob seine Krawatte auch richtig sitzt, dann drückt er auf die Klingel. Im Hintergrund ist zu hören, wie jemand Klavier übt und immer wieder an derselben Stelle hängen bleibt.

Das Hausmädchen der Familie Sun öffnet die Tür und lässt ihn ins Vorzimmer. Dann kommt ihm der Bürgermeister entgegen. Wegen des Treffens hat er ein Bankett früh verlassen und ist anschließend direkt nach Hause gefahren. Ursprünglich wollte er Dai draußen in einem Restaurant treffen, aber Dai hat um ein diskretes Treffen unter vier Augen gebeten. Daraufhin hat der Bürgermeister seinen Schützling zu sich nach Haus eingeladen.

Als er Dai zur Begrüßung die Hand hinstreckt, sieht man, dass er nach einem anstrengenden Tag gerade geduscht hat: Feine Wassertröpfchen glitzern in seinen Haaren. Im gelben Licht des Vorzimmers sieht es aus, als wäre es flüssiges Gold. Noch auffälliger als seine Haare sind die Brauen des Bürgermeisters, die so üppig sind, als wären sie doppelt gewachsen. Deshalb heißt er auch: »Donnerbrauen«. Aber momentan lächelt er.

»Doudou ist ein fleißiges Kind«, sagt Dai. Er neigt den Kopf zur Seite und lauscht auf die Melodie. »Sie spielt von Mal zu Mal besser. Sie wird bestimmt Pianistin.«

Doudou ist die einzige Tochter des Bürgermeisters.

»Meine Frau hat sie zu einem Wettbewerb angemeldet, deswegen klimpert sie momentan fleißig rum«, sagt der Vater voll Stolz. Aber dann fügt er ohne Begeisterung hinzu: »Meine Frau ist in den Frauenclub gegangen. Angeblich eine Versammlung. Ich nehme an, die Damen wollen mal wieder ungestört Mah-Jongg spielen. Irgendwann verwahrlost das Kind noch.«

»Aber ich bitte dich! Doudou ist doch bestens behütet«, sagt Dai. Einem spontanen Impuls folgend, fügt er hinzu: »Weißt du was? Wenn sie einen Studienplatz in einem Musikland wie Österreich oder Deutschland kriegt, stifte ich ihr ein Stipendium!«

»Nicht doch! Um meine Tochter brauchst du dich nicht auch noch zu kümmern«, sagt Sun, ist aber sichtlich gerührt.

»Für die neue Baugenehmigung wollte ich mich schon lange bei dir bedanken«, sagt Dai und stellt die beiden Tüten auf den Tisch, die er mitgebracht hat. Er scheint sich ganz unbefangen zu fühlen, als wäre die Wohnung seines Gönners sein zweites Zuhause.

Was Dai aus den Tüten zaubert, sind begehrte Artikel aus eigener Produktion: Ein Korrekturprogramm für chinesische Schriftzeichen, ein kleiner Taschencomputer mit Übersetzungsfunktion und Computerspiele zum Gehirntraining, die als der letzte Schrei auf dem Markt gelten und sowohl bei Jugendlichen als auch bei Erwachsenen begehrt sind. Ein besonders flacher Laptop mit vielen Extrafunktionen. Und natürlich einige Packungen mit *Gehirnpräsident*-Präparaten. Nur die Rolex hat nichts mit *Tenglong* zu tun.

Dai solle ihm das nächste Mal kein Geschenk mitbringen, sagt Sun, aber sein Ton klingt nicht gerade zurückweisend. Er betrachtet einige der mitgebrachten Produkte und lobt die Schöpfer- und Schaffenskraft seines Schützlings. Erst dann führt er den Gast in sein Wohnzimmer. Die Geschenke bleiben zurück.

Noch ehe er die Tür halb aufgemacht hat, hört das Klavierspiel im Wohnzimmer schlagartig auf, und im nächsten Augenblick fällt eine Tür auf der gegenüberliegenden Seite ins Schloss.

»So eine verwöhnte Tochter. Will wohl wieder nicht Guten Tag sagen«, schüttelt der Vater ein wenig verlegen den Kopf.

»Doudou ist doch gerade erst zwölf«, lächelt Dai. »Sie ist noch ein Kind.«

Der Wohnraum ist ziemlich groß und dient dem Bürgermeister auch als Empfangszimmer. Mit seinen Designermöbeln und Lithographien wirkt es wie ein moderner, repräsentativer Salon. In einer Ecke ist eine kleine Empore gebaut, auf der das Klavier steht.

Kaum haben sich die Männer an den langen Tisch aus Pfirsichbaumholz gesetzt, erscheint das Hausmädchen und serviert ihnen Pu-Erh-Tee. Mit ihren siebzehn Jahren ist die junge Frau tatsächlich ein richtiges Mädchen. Ihre Miene ist ernst, als trüge sie alle Sorgen eines Erwachsenen mit sich herum. Sie lächelt ein wenig, spricht aber kaum. Macht sie doch einmal den Mund auf, hört man den Sichuan-Dialekt deutlich heraus.

Das Dienstmädchen trippelt mehrmals hinaus und hinein, bis auf dem Tisch vier warme Gerichte, eine dampfend heiße Suppe und eine Flasche *Lanling Daqu* – Suns Lieblingsschnaps – stehen. Dann senkt es den Kopf und verlässt rückwärts das Zimmer. Doch bevor es die Tür leise hinter sich zuzieht, schaut Sun plötzlich auf und sagt: »Gib Doudou einen warmen Nachtimbiss. Sie wächst gerade sehr stark und braucht kräftige Nahrung.«

Das Landmädchen nickt und entfernt sich.

Die beiden Männer beginnen zu essen. Aber man merkt ihnen an, dass das Essen an diesem Abend keine große Rolle spielt. Die Stäbchen bleiben oft lange still in der Luft stehen, während die Aufmerksamkeit der Männer sich auf ihr Gespräch richtet.

»Der Stadtrat ist sehr zufrieden mit eurer Entscheidung, die neue Zentrale noch höher zu bauen. Shenzhen braucht solche markanten Gebäude, um ein unverwechselbares Gesicht zu bekommen«, sagt der Bürgermeister und schlürft genießerisch einen Schluck Schnaps. »Falls du eine Hypothek aufnehmen möchtest, sag mir Bescheid. Wir können dir die Tür zu den Banken öffnen.«

Dai fängt an, gute Stücke aus den Gerichten zu wählen, und legt sie Sun auf den Teller. Eine gängige Tischmanier bei Chinesen, wenn sie sich mundnah fühlen möchten. Nachdem der geringe Abstand zwischen den Tischgenossen sich auf diese Art und Weise noch weiter verkürzt hat, sagt Dai: »Für den Unfall auf unserer Baustelle ist zwar die von uns beauftragte Baufirma verantwortlich, aber wir tragen natürlich auch eine gewisse Verantwortung. Die Geldstrafe haben wir schon beglichen und die Sicherheitskontrollen verschärft.«

Er zögert, schenkt seinem Gönner noch einen Schnaps ein, dann fragt er vorsichtig: »Könnte man das Nachtbauverbot vielleicht wieder aufheben? Seit dem Unfall dürfen wir zwischen Mitternacht und morgens um sechs nicht mehr bauen. Unsere Planung ist völlig durcheinander.«

»Wer ist denn auf diese perverse Idee gekommen? Das ist ja unglaublich.« Der Bürgermeister zieht die berühmten Donnerbrauen zusammen und fragt nach dem Namen des Beamten, der das Bauverbot verhängt hat.

Als Dai ihm den Namen gesagt hat, lacht Sun beruhigt: »Der ist noch ganz neu. Ist wohl ein bisschen zu eifrig.« Er geht ins Nebenzimmer, greift nach dem Telefon und gibt einige Anweisungen. Drei Minuten später kommt er lächelnd zurück. »So, ab morgen könnt ihr wieder rund um die Uhr bauen.«

»Wenn alle Funktionäre so ein Blitztempo hätten wie du, wäre unser Land in zehn Jahren so stark wie die USA«, frohlockt Dai.

»Darauf trinke ich gerne«, sagt Sun, und sie leeren die Schnapsbecher.

Sun ist stark wie ein Bär. Er ist Arbeitersohn und stammt aus der Provinz Liaoning. Ursprünglich wollte er Hydroelektrik studieren. Aber als die Kulturrevolution ausbrach, musste er sein Studium abbrechen. Gehorsam folgte er Maos Aufruf und ging wie unzählige andere »intellektuelle Jugendliche« aufs Land, um »von den Bauern zu lernen«. Das nicht ganz freiwillige Exil in der Provinz Shanxi war voller Härte und Entbehrungen. Es dauerte fünf ganze Jahre. Das Rheuma, das ihn heute noch quält, hat er sich damals bei der Landarbeit zugezogen. Als er nach Shengyang, in die Stadt seiner Eltern, zurückkehren und im Wasserwerk eine Stelle als einfacher Arbeiter antreten durfte, war es wie eine Befreiung für ihn. Bald fiel er durch Fleiß und gute technische Vorschläge auf. Er wurde in die Partei aufgenommen und stieg zum Techniker auf. Seine raketenhafte Karriere begann: Direktor des Wasserwerks in Shengyang, Stadtentwicklungsreferent in Fushun, Vizeparteisekretär in der Hafenstadt Dalian ... Wie ein Guerillakämpfer wechselte er ständig die Stellung. Dabei sind seine Leistungen und seine Verantwortung stetig gewachsen. Sogar die Aufmerksamkeit des Politbüros hat er auf sich gezogen. So kam es, dass er vor acht Jahren als Hoffnungsstern in den Süden versetzt wurde, um die erste Sonderwirtschaftszone mit aufzubauen. Seither fühlt er sich wie ein Fisch im Wasser.

Bei so viel Lebenserfahrung merkt Sun sofort, dass sich die Wolken auf Dais Gesicht noch nicht ganz verzogen haben. Deshalb fragt er den Jüngeren direkt nach dem Grund. Da gibt Dai zögernd zu, dass er noch etwas auf dem Herzen hat.

Seine Hand gleitet in die Aktentasche und holt einen billig aussehenden Briefumschlag heraus. Der Bürgermeister verschluckt sich vor Schreck, als er den Brief in der Hand hält. Ein großer, dunkelroter Blutfleck auf dem Briefpapier sticht ihm ins Auge. Eine einzige, vom Computer gedruckte Zeile schießt in den Fleck hinein wie ein Messer: »Lass deine Finger von Gufeng.«

Mehr ist auf dem groben Papier nicht zu sehen. Doch der Anblick lässt einem den Atem stocken.

Sun schaut auf. Da gibt ihm Dai noch den Umschlag. Darauf stehen der Name Dais und der seines Bruders. Der Absender selbst hat weder Namen noch Adresse genannt. Der Brief sei gestern mit der Post eingegangen, sagt Dai. Er vermutet, es sei eine Drohung des Produktpiraten Fang Shunmen aus der Provinz Hunan.

»Was hat der Mann gegen dich?«, fragt Sun.

»Wir haben beim Amtsgericht in Gufeng Klage gegen ihn eingereicht, weil er unsere Produkte fälscht und verkauft.«

Sun dreht den Brief hin und her und wird nachdenklich. »Wie hat das Amtsgericht reagiert?«

»Überhaupt nicht. Schließlich hat mein Bruder dort angerufen, um in Erfahrung zu bringen, ob und wann die Klage behandelt wird. Er wurde barsch zurückgewiesen. Man sagte ihm, er solle einfach auf die schriftliche Antwort des Gerichts warten.« Dai kramt erneut in seiner Aktentasche und holt zwei unscharfe Fotos heraus, die offensichtlich irgendwo auf der Straße gemacht worden sind. »So sieht der Mann aus.« Er übergibt Sun die Fotos.

Sun betrachtet die Bilder. Ein Mann mit schmalen Augen und ungepflegtem Haar ist darauf zu sehen. Er sieht nicht gerade gebildet aus, aber dafür kräftig und fuchsschlau. Unter seinem linken Ohr ist ein unregelmäßiger dunkler Fleck zu erkennen. »Was hat er da am Ohr?«

»Man nennt ihn Fang mit dem Wolfsfleck, als wäre er da gebissen worden. Aber es ist wohl ein Muttermal oder das Ergebnis einer Hautkrankheit in seiner Jugend.«

Sun hält die Fotos dicht unter die Lampe, um dem Mann in die Augen zu sehen. »Er scheint gefährlich zu sein«, lautet sein Kommentar.

Dai nimmt die Brille ab, fährt sich mit den Händen übers Gesicht und seufzt. »Vor allem scheinen die Behörden für ihn zu arbeiten. Jetzt fürchten wir, dass das Amtsgericht Gufeng uns im Stich lassen wird und unsere Klage einfach verschwinden lässt.«

Der Bürgermeister prüft noch einmal den Umschlag. »Der Stempel auf dem Brief stammt noch nicht einmal aus Hunan. Er ist in Shandong abgestempelt.« Er kaut auf den Lippen und zögert mit seiner nächsten Bemerkung. »Wenn das wirklich das Werk dieses Mannes ist, dann hat er bereits ein großes Netzwerk angelegt.«

»Das hat er tatsächlich«, sagt Dai. »Unsere Mitarbeiter sind schon in mehreren Orten auf seine Bande gestoßen.« Er blickt hoffnungsvoll zu seinem Schutzherrn hinüber. »Aber ihr könnt uns doch sicher helfen? Behörden hören doch auf Behörden. Wenn unser Stadtrat die dortige Regierung um Beschleunigung des Verfahrens bittet, wird sich das Amtsgericht vielleicht Mühe geben.«

Sun kratzt sich am Kinn und wirkt unentschlossen. »Ich weiß nicht, ob unsere Einmischung etwas bringt. Der Brief stammt ja noch nicht mal aus Hunan. Die Behörden in Gufeng können einfach sagen, sie hätten damit nichts zu tun. Der Fälscher hat bestimmt gute Beziehungen zu diesem Gericht. Man hat ihm einen Wink gegeben, und dann hat er diesen Brief schicken lassen. Schlau eingefädelt das ganze. Man kann ihm nichts nachweisen. Er sitzt vor Ort und am längeren Hebel.« Sun schiebt den Brief über den Tisch. »Wenn wir zu eifrig sind, erreichen wir nur das Gegenteil, dann wird womöglich alles noch schlimmer.«

Dai faltet den Brief sorgfältig und extrem langsam zusammen und steckt ihn mit den Fotos zurück in die Tasche. Es ist nicht zu übersehen, dass er enttäuscht ist.

Aber Sun will sich auch nicht drücken. »Vergiss nicht, Shenzhen heißt auch die Stadt mit vielen Möglichkeiten«, sagt er und kratzt sich am Hinterkopf. »Wenn dieser Fang Shunmen in Shenzhen auftauchen würde«, sagt er nachdenklich, »dann ließe sich vielleicht etwas machen.«

In diesem Augenblick dringt eine kreischende Mädchenstimme durch die Wände: »Ich will nichts essen. Raus mit dir, du dumme Sau!« Eine Tür wird aufgerissen, es folgen eilige Schritte, begleitet von scheppterndem Geschirr, dann wird die Tür mit einem Knall ins Schloss geworfen. »Beruhigen Sie sich, gnädiges Fräulein«, lässt sich die Stimme des Hausmädchens hören. »Ich wollte Sie bestimmt nicht zum Essen zwingen.«

Sun dreht sich zur Quelle des Lärms um. »Lass sie in Ruhe, wenn sie nicht essen will«, ruft er in Richtung des Hausmädchens.

»Ja, Herr Bürgermeister«, kommt die unterwürfige Antwort des Mädchens, dann entfernen sich ihre Schritte. Ruhe kehrt ein.

»Nur der Himmel weiß, wie so ein zartes Mädchen so jähzornig sein kann«, sagt Sun Da'an kopfschüttelnd. Dass er selbst »Donnerbrauen« genannt und wegen seiner Wutausbrüche gefürchtet wird, ist ihm gar nicht bewusst.

Dai versucht, das Gespräch wieder auf das vorhergehende Thema zu bringen. »Es ließe sich etwas gegen Fang machen?«, fragt er.

»Nun ja«, sagt Sun listig. »Wenn eine Anzeige gegen ihn vorliegt, müsste die Polizei ihn verhaften. Allein schon die Handschellen könnten eine unvergessliche Lektion für ihn sein.«

»Ja, aber wie geht es dann weiter? Kommt er hinter Gitter?«

»Das hängt vom Prozess ab«, sagt der Bürgermeister. »Aber die Untersuchungshaft ist dehnbar. Von ein paar Tagen bis zu ein paar Jahren, alles ist möglich. Ist der Kerl schlau, wird er euch keinen Ärger mehr machen.«

Dai macht ein Gesicht, als hätte er Sonne und Regen gleichzeitig gesehen und wüsste nicht, was er jetzt glauben soll.

»Die ganze Aktion muss aber von Anfang an unter strengster Geheimhaltung laufen, verstehst du«, sagt Sun und hebt seine Brauen. »Wer auf das Gras schlägt und dadurch die Schlange aufscheucht, der wird natürlich keine Beute machen.« Jetzt lächeln die beiden Männer. Sie unterhalten sich so leise, dass ihre Köpfe immer näher zusammenrücken und ihre Haare sich fast berühren. Als die Köpfe wieder auseinandergehen, glänzen Dais Augen wie neue Knöpfe.

»Ich habe noch eine gute Nachricht für dich«, sagt Sun, jetzt wieder in normaler Lautstärke. »Weißt du, wer sich nach dir erkundigt hat? Das Büro für innere Angelegenheiten des Staatspräsidenten!«

»Ach, ja?« Dai ist so verblüfft, dass er erst einmal nach seinem Schnaps greift.

»Aus Anlass der Rückgabe von Hongkong an China kommt

der Präsident zu uns in den Süden. Dabei will er auch einige Betriebe in unserer Stadt inspizieren. Einer davon ist deine Firma.«

Dai presst vor Überraschung die Hände auf die Wangen. »Der Staatspräsident kommt persönlich?! Zu uns in die Firma?!« Vor lauter Aufregung rauft Dai sich die Haare und gerät zum ersten Mal an diesem Abend in wirkliche Panik. »Aber der Juli steht schon fast vor der Tür, und meine neue Zentrale ist noch lange nicht fertig. Ich kann dem Präsidenten doch keine Baustelle vorführen.«

Sun fasst Dai beruhigend an der Schulter. Doch bevor er was sagen kann, bringt jene kreischende Stimme, die sie vorhin schon unterbrochen hat, die Wände erneut zum Zittern. »*Guapiiii!*«

Guapi ist der Beiname des Hausmädchens und bedeutet Melonenschale. Aber Guapi scheint nichts zu hören. Jedenfalls ist aus der Küche kein Geräusch zu vernehmen.

Der Vater steht also selbst auf und verschwindet in Richtung der Tochter. Nach einer kurzen Weile taucht er wieder auf – diesmal mit gerunzelter Stirn – stapft durch das große Wohnzimmer und reißt ungehalten die Tür zum vorderen Teil der Wohnung auf. »Guapi«, ruft er mit lauter Stimme.

»Ja«, antwortet das Hausmädchen und tritt in der nächsten Sekunde verstört aus der Küche.

»Was ist mit dir los?«, brüllt der Hausherr. »Doudou hat schon eine ganz ausgetrocknete Kehle. Wie kannst du sie in einem solchen Zustand sich selbst überlassen? Bring ihr schnell ein Glas frisch gepressten Orangensaft! Und achte darauf, dass die Früchte auch süß sind.«

»Ja, der Saft kommt sofort«, sagt das Mädchen mit bebender Stimme und verschwindet eilig aus dem Gesichtskreis des Hausherrn.

»Ich glaube, Doudou möchte ihren Papa jetzt allein für sich haben«, sagt Dai. Er steht eilig auf und begibt sich zur Tür. »Ab morgen werde ich meine Firma herausputzen lassen, damit der Präsident sich bei uns wohlfühlt. Bei der ›Kampagne für eine grüne Stadt‹ sind wir natürlich dabei. Die Stadt kriegt vierhundert Bäume von uns. Sie werden alle mit einem roten Herzen als Zeichen unserer Liebe zu Shenzhen geschmückt.«

»Sehr gut«, brummt Sun. Er kann sich nicht mehr recht konzentrieren und versucht, das durch vermehrte Freundlichkeit wettzumachen. »Ich werde noch mal vorbeischauen, bevor der Präsident kommt.« Vor der Wohnungstür schüttelt er seinem Schützling noch lange die Hand. »Du musst einen guten Eindruck hinterlassen. Das ist jetzt deine wichtigste Aufgabe!«

Die Einstellung von Tang Anqi erweist sich als Volltreffer. Es ist, als wehte ein frischer Wind durch die Werbeabteilung, und die Anwesenheit der jungen Frau scheint alle dort zu beflügeln.

Kaum ist Anqi einen Monat im Haus, kommt sie mit einer kühnen Idee zu Lou Gan. Man könne doch die Geschichte der »Drei Reiche« neu erzählen und dabei an entscheidenden Stellen die Produkte von *Tenglong* einbauen.

Lou Gan ist entsetzt. Die Zeit der drei Reiche im dritten Jahrhundert gehört zu den legendären Epochen der chinesischen Geschichte. Der sechshundert Jahre alte Roman von Luo Guanzhong über diese Geschichte ist einer der vier größten Romane der chinesischen Literatur. Die großen Helden Cao Cao, Liu Bei, Guan Yu und Zhang Fei sind auch solchen Chinesen bekannt, die weder lesen noch schreiben können. Sich an einem solchen Werk zu vergreifen ist selbst in den Augen des schnöseligen Lou Gan ein gefährlicher Frevel.

Aber Anqi lässt sich nicht einschüchtern. »Nehmen wir zum Beispiel den großen Strategen Cao Cao. Er wird immer schlauer und weitsichtiger, weil er jeden Abend *Gehirnmarschall* schluckt. Aber seinen Feind Liu Bei kann er trotzdem nicht besiegen, weil der den Gehirnpräsidenten entdeckt hat. Aber durch die *Tenglong*-Medikamente sind beide so klug, dass sie jeder ein Reich haben und beide Kaiser werden.«

»Das können wir doch nicht machen«, sagt Lou Gan. »Das ist, das wäre ja …«

Aber dann muss er kichern. »Demnächst wirst du noch Maos rotes Buch in eine Sammlung von Werbesprüchen verwandeln!«, lacht er. »Ich seh es schon vor mir! Die Worte des Vorsitzenden Dai: *Wer auf der Seite von Tenglong steht, der ist ein Revolutionär! DreiAcht und Sanmu sind Papiertiger!*« Hastig schaut er sich um, ob ihn jemand gehört hat.

Anqi ist vollkommen ernst geblieben. »Natürlich müssen die Figuren ein bisschen verfremdet werden. Ich dachte an Comicfiguren mit Sprechblasen. Damit kommen wir auch bei den jungen Leuten gut an.«

»Na schön«, sagt Lou Gan. »Du kannst es ja mal versuchen.«

Nach einer Woche liegen die ersten Entwürfe bei Dai auf dem Tisch. Der Anblick ist so erheiternd, dass ihn seine Sekretärinnen sechsmal laut auflachen hören. Sie fragen sich, was er in seinem Zimmer wohl macht.

Fünf Minuten später steht Anqi vor seinem Schreibtisch. Sie ist erst zum zweiten Mal in seinem Büro. Das erste Mal war am Tag ihrer Einstellung. Damals wurde sie zusammen mit einigen anderen neuen Angestellten vom Generaldirektor und Firmengründer empfangen. Er gab jedem die Hand, sprach im Stehen ein paar anspornende Worte, nahm ihren kollektiven Treueschwur entgegen und wünschte ihnen Erfolg in der Firma. Dann schüttelte er jedem noch einmal die Hand, und die Audienz war zu Ende. Die ganze Prozedur hatte gerade mal eine Viertelstunde gedauert.

Obwohl sie also das Zimmer schon vage kennt, ist Anqi heute viel angespannter. Sie weiß nicht, warum sie hierherbestellt worden ist, und fürchtet eine Zurechtweisung. Aber Dai lächelt herzlich und lädt sie ein, an seinem kleinen Designer-Marmortisch Platz zu nehmen. Damit das Büro nicht zu sehr nach Rauch stinkt, hat er sogar das Fenster geöffnet.

»Köstlich, was Sie geschrieben haben«, sagt Dai ohne Umschweife. »Erzählen Sie doch mal, wie Sie darauf gekommen sind.«

»Es gefällt Ihnen? Ich war mir so unsicher …«, stammelt Anqi. Das Lob kommt so überraschend, dass Anqi nicht recht weiß, ob das nicht wieder so eine spontane Prüfung von Dai ist.

»Liebes Fräulein Tang«, sagt Dai, als hätte er eine Schülerin vor sich. »Tenglong ist Marktführer, und dementsprechend sollten wir auftreten. Also bitte halten Sie Ihren Kopf stets erhoben und sprechen Sie deutlich. So wie bei der Eignungsprüfung.«

Tatsächlich: Die junge Frau ist gegenüber allen im Haus gänzlich selbstbewusst, unbefangen und beinahe frech. *Sie weiß wohl nicht, wie hoch der Himmel ist*, sagen ihre älteren Kollegen in der Abteilung.

Nur bei Dai ist sie vollkommen anders. War sie eben noch eine Katze mit spitzen Krallen, so ist sie jetzt fast ein ängstliches Häschen. Sie umklammert mit ihren Fingern die Sessellehne und kann sich kaum zwingen, den Blick vom Boden zu heben. Die übermannshohe, goldglänzende Drachenstatue, die den Raum beherrscht, scheint sie zu blenden und zwingt sie, die Augen zusammenzukneifen. Hilf mir, Drachenkönig, betet sie innerlich, damit ich mich vor dem Boss nicht wie ein grüner Apfel fühle.

»Ich weiß nicht genau«, sagt sie und schämt sich, dass sie den geforderten entschlossenen Ton immer noch nicht anschlagen kann. Sie hüstelt und schraubt die Stimme ein wenig hoch, um ihre Unsicherheit zu verdecken. »Vielleicht haben Sie mich darauf gebracht.«

Dai ist überrascht. »Wieso ich?«

»Ich habe in einem Buch über Sie gelesen«, sagt Anqi. Eine unsichtbare Kraft verkürzt ihren Atem, und sie muss hastig reden, damit er ihren Herzschlag nicht hört. »Da stand, dass Sie sich jedes Mal eine neue Werbestrategie einfallen lassen, wenn Sie ein neues Produkt bekannt machen wollen.«

»Aha, ich bin also ein offenes Buch für Sie«, lächelt Dai. Er fühlt sich geschmeichelt. »Aber Sie haben mir immer noch nicht erzählt, warum Sie ausgerechnet ›Die Drei Reiche‹ für die Kampagne gewählt haben.«

Anqi errötet. Nachdem sie lange genug auf ihre Fußspitzen gestarrt hat, sprudelt sie hastig heraus: »Sie haben mich dazu gereizt. Sie sind wie eine Mischung aus Liu Bei und Cao Cao. Majestätisch, strategisch. Beide haben es durch ihre Persönlichkeit geschafft, ein Reich zu erobern und Kaiser zu werden. Ich glaube, Sie wollen ein Reich der Technik und Wissenschaft bauen.«

Anqis Worte lassen Dai einen Augenblick schweigen. Dieses Mädchen ist wirklich erstaunlich. Er räuspert sich und starrt geistesabwesend zum Fenster hinaus.

»Sie haben mich offenbar gründlich studiert«, sagt er schließlich. Und nach einer weiteren Pause fügt er hinzu: »Und welche Person aus dem Roman möchten Sie sein?«

»Frauen sind andere Wesen als Männer. In den ›Drei Reichen‹ hab ich mich nicht wiedergefunden.« Seit sie ihm ihr Geheimnis anvertraut hat, fühlt sie sich erleichtert. Sie entspannt sich, lehnt sich in ihrem Sessel zurück und schlägt die Beine übereinander.

»Ja, die Frauen müssen ihre Rolle noch finden«, sagt Dai. Er glaubt jetzt zu wissen, warum die junge Frau in zwei Jahren dreimal den Arbeitgeber gewechselt hat. Sie ist etwas anderes als die übliche brave Chinesin und will auch anders behandelt werden.

»Kann schon sein«, sagt sie und hebt ihren Blick. Zum ersten Mal seit sie in Dais Büro ist, schaut sie ihm direkt ins Auge und merkt, dass er sie betrachtet, als ob sie von einem anderen Stern käme.

»Gut. Schreiben Sie zunächst zwölf kurze Kapitel. Wir werden sie erst mal in einer Zeitung ausprobieren. Wenn es funktioniert, bringen wir sie als Trickfilmserie ins Fernsehen.«

»Wirklich?« Anqi wirft vor Aufregung das Haar mit einer Kopfbewegung nach hinten. »Und ich habe gefürchtet, Sie wollen meinen Text vor meinen Augen in den Papierkorb befördern.«

»Dann müsste ich ihn vorher noch zerreißen. Meinen Sie nicht?«, sagt Dai. Er tut so, als hätte er tatsächlich etwas Widerspenstiges in den Händen, worauf ein vergnügtes Gekicher aus Anqis Kehle hervordringt.

Anqi steht auf, und auf dem Weg zur Tür wirbelt sie übermütig herum und lässt ihren Rock fliegen. »Vielen, vielen Dank«, sagt sie.

»Tang Anqi.« Dai kommt ebenfalls auf die Tür zu.

Anqi glaubt eine Sekunde lang, einen besonderen, noch nie da gewesenen Ton in Dais Stimme zu hören, und diese Entdeckung verwandelt sie augenblicklich wieder in ein schüchternes Mädchen. »Ja?« Sie dreht sich um, wobei ihr Körper fast an den seinen stößt.

Dai weicht zurück. Einem plötzlichen Impuls folgend, sagt er: »Am nächsten Samstag habe ich eine gesellschaftliche Verpflichtung und brauche dafür eine Tischdame. Würden Sie mich begleiten?«

»Ich?« Anqis Brauen schnellen hoch. Vor den Wirtschaftsreformen waren *san pei* noch ein Fremdwort. Jetzt scheinen alle Manager, Funktionäre und Gangsterbosse ständig Begleitung zu brauchen: beim Essen, beim Singen, beim Tanzen. Die »drei Begleitungen« sind schon fast ein Beruf. Aber was für einen Ruf haben diese »Begleitdamen«? Intrigante Luxusweiber, Konkubinen ... Schimpfnamen gibt es genug. Wenn man danach geht, sind sie genau eines jener kapitalistischen Übel der Bourgeoisie, gegen die das kommunistische China gekämpft hat. Wie kann Dai es nur wagen, sie, die Tochter eines erfolgreichen Unternehmers, als Begleitdame engagieren zu wollen? Anqi ist tief gekränkt und beleidigt.

Aber sie ist noch beherrscht genug, um höflich zu reagieren. »Ich möchte Sie nicht enttäuschen«, sagt sie. »Aber ich habe noch nie als Begleitdame gearbeitet. Eine entsprechende Ausstattung habe ich auch nicht.«

Aber Dai scheint die Veränderung in der Haltung Anqis gar nicht zu bemerken. »Es geht um ein Abendessen mit dem Chef von DreiAcht. Ein Treffen mit der Konkurrenz sozusagen, an dem Sie als Vertreterin unserer Firma teilnehmen würden. So klug wie Sie sind, werden Sie schnell merken, worauf es ankommt.«

Bei diesen Worten ruht sein Blick auf Tang Anqis Hals, der so zart wie eine Lotusblume aus ihrer Bluse aufsteigt. »Bisher haben unsere PR-Managerin und meine Sekretärin mich immer begleitet«, fügt er eilig hinzu. »Aber die sind beide verhindert.«

Anqi verzieht spöttisch den Mund. »Sie haben doch fünf Sekretärinnen«, sagt sie kühl. »Da findet sich doch bestimmt eine Lösung.«

Dai ertappt sich dabei, dass er immer noch ihren Hals anstarrt. Aber ganz allmählich verlischt das Feuer in seinen Augen. Er wendet den Kopf ab, als wolle er sie nicht mehr sehen. »Entschuldigen Sie«, sagt er. Er klingt auf einmal fast traurig. »Bitte vergessen Sie, was ich gesagt habe.« Er tritt zwei Schritte zurück und wartet darauf, dass sie sein Büro verlässt.

Anqi fasst sich ins Haar und verflucht ihren Stolz. »Geben Sie mir ein bisschen Zeit«, sagt sie. »Wenn Sie meinen, ich könnte der Firma nützlich sein, dann will ich es gern versuchen.«

Dai nickt. Er reicht ihr die Hand zur Versöhnung, und einen Augenblick hat sie das Gefühl, als hielte sie sein brennendes Herz in der Hand. Oder ist es ihr Herz, das wild hämmert und ihr die Brust sprengen will?

6

Anqi fällt aus der Rolle

Am Samstag brennt die Sonne bereits am frühen Morgen. Für Dai und seine Mitarbeiter ist es ein gewöhnlicher Arbeitstag, wie alle anderen Werktage. Denn bei *Tenglong* wird wie überall an sechs Tagen die Woche gearbeitet. Wenn es nach Dai ginge, hätte man auch ruhig die alte Zehn-Tage-Woche behalten können, die bis 1912 in China gegolten hat.

Am Vormittag trifft Dai sich mit seiner Finanzchefin. Er möchte einen Business-Jet für die Firma bestellen, damit er jederzeit im ganzen Land zu Verhandlungen fliegen oder Geschäftspartner standesgemäß in die Stadt holen kann. Natürlich hat er sich tausend »vernünftige« Gründe dafür zurechtgelegt, aber wenn er ganz ehrlich ist, muss er zugeben, dass er schon als kleiner Junge davon geträumt hat, im eigenen Flugzeug über China dahinzufliegen. Von dieser Idee hat er bislang noch niemand erzählt, noch nicht einmal sein Bruder und Howard sind eingeweiht. Aber bei Du Baixue muss er wohl eine Ausnahme machen. Er muss wissen, wie stark der Kauf eines Jets die Firmenkasse belastet. Und diese Frage kann nur die Finanzchefin beantworten.

Du Baixue ist eine blasse Frau mit tief liegenden Augen. Sie spricht nicht viel und gehört zu jenem Typ, der sich kein Geheimnis herauslocken lässt und daher als »mundfest« bezeichnet wird. Ein Charakterzug, der Dai recht gut gefällt.

Mit wenigen Worten, von Zahlen und Diagrammen untermauert, schildert Du Baixue die Finanzlage des Betriebs und kommt schnell zu dem Schluss, dass der Kauf eines Firmen-Jets leicht zu verkraften sei. Allerdings müsse ein Teil der stillen Reserven angezapft werden. Dennoch gebe es momentan keinen Grund, sich Sorgen zu machen, meint die junge Frau. Bleibe der Umsatz so wie im ersten Quartal, werde der Gewinn fünfmal höher als letztes Jahr sein.

Dais Augen leuchten vor Freude. Die Analyse des »Stillen Wassers« deckt sich mit seinen Erwartungen. Er gibt ihr den Auftrag, eine entsprechende Summe bereitzuhalten, damit er demnächst die Bestellung für seinen Jugendtraum aufgeben kann.

»Da ist noch etwas«, sagt Du Baixue und wirkt sichtlich betreten. »Das Gesundheitsamt hat in unserer Produktionsabteilung eine Razzia vornehmen lassen.«

»Ich weiß«, sagt Dai. »Die Hygieneprüfungen gibt es doch dauernd.«

»Ja«, bestätigt Du Baixue. »Aber sie haben uns einen Strafbescheid über achthunderttausend Yuan geschickt. Dabei haben sie wirklich nur ein paar läppische Kleinigkeiten gefunden …«

Beide wissen genau, wie das Spiel zwischen Behörden und privaten Unternehmen läuft. Da die Höhe der Geldstrafe nicht gesetzlich festgelegt ist, haben die Beamten eine einfache Regel entwickelt: Je größer und reicher eine Firma ist, desto saftiger sind die Strafen, auch wenn nur minimale Ordnungswidrigkeiten festgestellt werden. *Tenglong* hat letztes Jahr bei jedem Strafbescheid zwei- bis vierhunderttausend Yuan zahlen müssen, was Dai schon gelegentlich Magenschmerzen gemacht hat. Aber was soll's. Wer dick ist, von dem glaubt man natürlich, dass er mehr Blut hat.

»Mmh«, sagt Dai ärgerlich. »Ich weiß, dass die Stadt für ihr Verschönerungsprogramm sehr viel Geld braucht, aber achthunderttausend, das ist doch ziemlich happig.«

»Und das war erst die dritte Razzia in diesem Jahr«, sagt die Oberbuchhalterin. »Das nächste Mal verlangen sie womöglich über eine Million.«

»Da wird sich Howard drum kümmern müssen«, sagt Dai. »Ein Mittagessen mit den richtigen Leuten hilft vielleicht mehr als die roten Tütchen für die kleinen Beamten.« Er macht sich eine Notiz in seinem Kalender.

Angesichts der bevorstehenden Ausgaben beschließt Dai, die Investitionen im Forschungsbereich jetzt zu drosseln. Pharmazeutische Studien und neue Computerprogramme kosten viel Geld, und am Ende kommen doch nur irgendwelche Raubkopierer und Fälscher und holen sich den Profit. Bei Überschreitung einer bestimmten Summe möchte er in Zukunft sofort informiert werden. Du Baixue nickt zustimmend.

Es ist den beiden anzusehen, dass sie miteinander sehr vertraut sind. Sie brauchen oft keine Worte, sondern nur einen Blick oder eine leichte Kopfbewegung, um sich zu verständigen.

Am Nachmittag hat Dai einen ganz speziellen Termin. Es dämmert bereits, als er zum Friseur kommt. Eine halbe Stunde später eilt er mit schräg zur Seite frisierten, vor Sauberkeit glänzenden Haaren nach Hause und arbeitet akribisch an seinem Äußeren weiter. Duschen, parfümieren, die passende Kleidung für den Abend auswählen und anziehen. Beim Verlassen der Wohnung lächelt er sein Ebenbild im Spiegel fast eine halbe Minute lang an. Er ist mit seinem Aussehen zufrieden.

Der silberne Mercedes wartet schon vor der Haustür. Der Chauffeur in weißen Handschuhen hält ihm den Schlag auf. Da sieht er Tang Anqi im Auto sitzen und muss gleich noch einmal lachen. Sie hat ein an Armen und Schultern durchsichtiges Kleid an und sieht, von bunten Blumenmustern umgeben, wie eine zarte Traumgestalt aus, die jeden Augenblick flüchten möchte. Von der munteren, willensstarken Anqi ist wirklich nichts übrig geblieben.

»Ich hab es bei Haier gekauft. Habe ich die richtige Wahl getroffen?«, sagt sie mit verkrampfter Stimme, als hätte sie die ganze Zeit mit dieser Frage auf ihn gewartet.

»Zauberhaft schön sind Sie«, sagt Dai und setzt sich neben

sie in den Fond. »Wenn Sie nicht in meinem Auto gesessen hätten, hätte ich Sie gar nicht erkannt.«

Der Mercedes fährt los. Anqi holt tief Luft. »Ich hoffe, ich bin diesen Stöckelschuhen gewachsen. Wenn ich nur daran denke, ich könnte heute Abend womöglich in einem Spalt stecken bleiben und mich blamieren, schnürt es mir fast die Kehle zu.« Beim Sprechen hebt Anqi für eine Sekunde den Rocksaum über die Knöchel, und ein Paar grüne Lackschuhe kommen zum Vorschein. Sie ist so nervös, dass sie unwillkürlich das Kleid auf dem Schenkel glättet.

»Sie sind so schön, dass alle Männer neben Ihnen sitzen möchten. Glauben Sie mir.« Er nimmt ihre ängstliche Hand, streichelt sie und legt sie wieder zurück. »Haben Sie keine Angst. Sie müssen nicht auf diesen Absätzen tanzen. Die meiste Zeit sitzen wir bloß.«

Sei es das Streicheln, seien es seine Worte, jedenfalls ist Anqi ein wenig beruhigt und fährt sich nicht mehr mit der Hand übers Kleid.

Vor dem Hotel *Shangri La* steigen sie aus und gehen Schulter an Schulter auf den Eingang zu.

»Immer lächeln«, sagt Dai. »Suchen Sie meine Nähe und demonstrieren Sie unsere Vertrautheit und Loyalität. Wenn Sie mal keine Antwort wissen, bleiben Sie vage«, rät er seiner Begleitdame. Sie haben die Eingangshalle passiert und steigen die breiten Marmortreppen zum Restaurant in der ersten Etage hinauf. »Vergessen Sie nicht, wir dürfen uns keine Blöße geben vor unseren Konkurrenten. Noch etwas: Von nun an sind wir per Du.« Er hebt den rechten Arm und deutet ihr an, sie solle sich bei ihm einhaken. Sie tut wie geheißen, errötet aber bis zu den Ohren. Zum Glück hat sie sich zu Hause zwei rote Wölkchen auf ihre Wangen getupft, sodass die Änderung beinah nicht auffällt.

Der Kellner begrüßt den Unternehmer wie einen Stammkunden und führt die beiden zu einer grünen Tür abseits des Restaurants. Anqi zaubert ein überzeugendes Lächeln hervor, und das Paar betritt in Tuchfühlung einen kleinen, prachtvoll gestalteten Speisesaal. An dem runden Tisch in der Mitte sitzen bereits drei Männer, alle von hübschen Frauen flankiert.

Einer der Männer muss sogar zwei Frauen mitgebracht haben, stellt Anqi mit einem schnellen Blick fest, denn es sind sieben Personen am Tisch. Ein Mann mit buntem Poloshirt und einer Rolex am Handgelenk sieht die beiden Neulinge kommen und steht sofort auf, um sie zu begrüßen.

»Was für eine Ehre, dass du meine Einladung angenommen hast!« Der Mann ist deutlich älter als Dai, schüttelt ihm aber so herzlich die Hand, als hätten sie schon viel miteinander erlebt.

Das ist also der berühmte Konkurrent aus Wuhan! Überall Fettpolster, teuer, aber geschmacklos gekleidet, eine dicke goldene Kette am Hals und eine Gucci-Sonnenbrille im Haar. Er hat wahrscheinlich alles im Überfluss, nur kulturelle Zellen fehlen in einem Körper. Stellt man Boss Xiao und Dai nebeneinander, dann sieht man sofort, dass der eine zur Erde gehört und der andere zum Himmel. Ausgerechnet für diesen nach Geld stinkenden Bullenteufelskönig aus Wuhan muss ich mich schön machen, denkt Anqi und starrt auf die zwei dicken Ringe an den Fingern des Mannes.

Dai schenkt dem Älteren eine halbe Umarmung und zeigt sich überschwänglich erfreut.

»Ich sehe es dir an, dass du viel reicher geworden bist seit dem letzten Mal. Abstreiten hilft nicht. Meinen herzlichen Glückwunsch!«, sagt der Mann mit den Goldringen und klopft Dai auf die Schulter. Dann wandert sein Blick zu Anqi herüber. »Schau, was für eine entzückende Dame zu uns gekommen ist!«

»Boss Xiao Wanhe, Gründer und Generalmanager des legendären Unternehmens DreiAcht. Anqi, meine Stütze in unserer Werbung und bei der Öffentlichkeitsarbeit.«

Während Dai seine Begleiterin vorstellt, greift Boss Xiao nach ihren Fingern, umschließt sie mit beiden Händen und zieht sie so nahe an sich heran, als wäre er stark kurzsichtig. Dabei hat er noch nicht einmal eine Brille auf der Nase. »Das ist ja eine ungewöhnliche Blüte, die du uns da mitgebracht hast, du Glücklicher«, sagt Boss Xiao erstaunt zu Dai, während sich sein Blick an Anqi heftet.

Die junge Frau lässt ein geschmeicheltes Lächeln auf ihren Lippen erscheinen. Aber als der Gastgeber ihre Hand nach einer Weile noch immer nicht loslässt, wird es ihr peinlich. Auf solche intime Behandlung durch einen fremden Mann ist sie nicht vorbereitet. Für sie ist es ein weiterer Beweis, dass Xiao keinen Geschmack hat. »Ich glaube, mein General«, sagt sie geziert – wie kommt sie nur plötzlich auf diese Anrede? »Ich glaube, Boss Xiao will gleich meine Hand lesen, um zu sehen, ob ich vom Schicksal bestimmt bin, irgendwann auch so einen dicken goldenen Ring zu tragen wie er. Stimmt das, Boss Xiao?«

»Was für eine zarte Stimme«, sagt Xiao entzückt, lässt Anqis Hand aber keineswegs los. Stattdessen schiebt er die Sonnenbrille über die Augen, als wollte er sie besser sehen. Dann streicht er ihr mit dem Daumen über die Hand, als müsste er einen Edelstein prüfen. »Woher kommst du? Aus Jiangsu? Nein? Aus Yueyang? Also, doch vom Dongtingsee. Das hab ich mir gleich gedacht, dass du ein sanftes Wesen vom Wasser bist. Aber du bist ja auch eine *lajiao mei.* Das macht dich natürlich noch reizvoller.« Die brennend scharfen Gerichte aus Hunan, aus denen die spitzen, kirschroten Paprikaschoten herausleuchten, sind in ganz China bekannt. Die Frauen aus dieser Gegend werden daher gern Paprikamädchen genannt.

An jedem anderen Tag hätte Anqi eine solche Vertraulichkeit mit Empörung zurückgewiesen, aber heute muss sie wohl gute Miene zu diesen plumpen Schmeicheleien machen. »Ich sehe an Ihrem Blick, das Sie Hunger haben, Boss Xiao. Ich bewahre meine Finger lieber bei mir auf, bevor Sie mich mit einem eingelegten Rettichstäbchen verwechseln.«

Mit einem leichten Ruck zieht sie ihre Hand zurück, dabei neigt sie den Kopf und lächelt ihn kokett an, als wollte sie sagen: »Sie dürfen mich küssen.« Innerlich bewundert sie sich selbst, dass sie sich so gut verstellen kann.

Boss Xiao lacht zufrieden. Alles, was Anqi sagt oder tut, scheint ihm zu gefallen.

»Willst du uns nicht mit deinen Gästen bekannt machen?«, fragt Dai. Er legt seine Rechte auf Anqis Unterarm und zieht sie mit einem gewissen Nachdruck zu sich heran.

Anqi, die sich gerade mit Mühe von Boss Xiao befreit hat, wäre beinah zusammengezuckt. Aber sie ahnt, dass diese kleine Demonstration ihren Zweck hat, und gibt sich Dais besitzergreifender Geste hin. Sie neigt sogar den Kopf noch ein wenig zu ihm, als ob sie ein verliebtes Vögelchen wäre.

Die beiden Männer am Tisch seien gute Freunde von ihm, sagt Boss Xiao. Der eine ist wie Dai ein Unternehmer aus Shenzhen, der andere ein örtlicher Kader. Anqi sind die Herren zwar fremd, für Dai ist es eher ein Treffen unter alten Bekannten. Er kennt nicht nur die Männer, sondern auch ihre Begleitungen, und weiß genau, dass keine von ihnen die Ehefrau ihres Sitznachbarn ist. Das ist bei solchen Geschäftsessen üblich.

Boss Xiao macht ebenfalls keine Ausnahme: Er wird von seiner Sekretärin Wantan begleitet, einer üppigen jungen Frau, die sehr anschmiegsam ist und offenbar eine intime Beziehung zu ihm unterhält. Der Mann mit den zwei Frauen ist der Chef des Verkehrsamts.

Kaum haben alle Gäste am Tisch Platz genommen, erscheinen die Kellner im Gänsemarsch und servieren ein Festmahl aus frischen Meeresfrüchten. Beim Anblick der Delikatessen werden alle Anwesenden lebhaft. Während sie miteinander plaudern, setzen sie die Stäbchen in Bewegung und vergrößern kollektiv ihre Mundlust.

Anqi kommt die Unterhaltung ziemlich vulgär vor. Nach einer Stunde geht sie zur Toilette, um eine Weile für sich sein zu können. Als sie sich wieder zwischen Dai und Boss Xiao an den Tisch setzt, befinden sich die beiden Männer gerade in einem Gespräch mit geschäftlichem Charakter.

»Ich habe dir keine Steine in den Weg gelegt, als du meinen Manager Yi Shangwang zu dir nach Shenzhen geholt hast«, sagt Boss Xiao zu Dai, nachdem er Anqis Rückkehr mit einem Lächeln in ihre Richtung quittiert und Anqi ihren Stuhl sofort ein bisschen näher zu Dai gerückt hat, um ihre Loyalität nicht in Frage ziehen zu lassen. »Wir sind doch befreundete Unternehmen, nicht wahr?«

»Nun sag schon endlich, wen du mir abjagen willst«, erwidert Dai und befördert eine glänzende Auster in seinen Mund. Innerlich stellt er eine Liste von seinen führenden Managern zusammen, die für Boss Xiao von Interesse sein könnten.

»Nicht so ungeduldig, mein Kleiner«, sagt der Ältere und löffelt die Schildkrötensuppe aus seiner Schale. »Zuerst sollten wir feststellen, dass wir uns einig sind, was die Freizügigkeit unserer Angestellten betrifft. Wir wollen uns ja nicht in die Haare kriegen, wenn jemand das Lager wechselt.«

»Wir haben schon immer eine offene Personalpolitik praktiziert«, sagt Dai nun gezwungenermaßen. »Wer gehen will, kann gehen. Das heißt nach der Kündigungsfrist.«

»Das wollte ich hören«, sagt Boss Xiao zufrieden. Aber als Dai ihn noch einmal drängt, den betreffenden Mitarbeiter mit Namen zu nennen, greift Xiao stattdessen zu seinem Handy. »Du wirst es gleich sehen, mein Kleiner.«

Zehn Minuten später öffnet ein Kellner die Tür, und eine Dame erscheint, deren Schönheit den Frauen am Tisch augenblicklich die Sprache verschlägt.

Auch die Männer starren zur Tür. Dai ist wie vom Donner gerührt: Im Eingang steht keine andere als Roula, seine Spitzenvertreterin, die so viele Verkaufsrekorde erzielt hat. In einem schulterfreien, seitlich geschlitzten, blau schimmernden Abendkleid mit Pailletten und gespannter Brust sieht sie aus wie Madonna.

Als sie Dai erblickt, zuckt sie zusammen. Doch im nächsten Moment hat sie sich wieder gefangen und lächelt.

Boss Xiao springt auf, um seine Beute zum Tisch zu führen. Er bittet Anqi, den Platz zwischen ihm und seinem »Geschäftsfreund« zu räumen, weil sie »etwas Geschäftliches« klären müssten.

Anqi ist völlig perplex. Ungeschickt und mit viel Lärm wechselt sie auf Dais linke Seite, wo man eilig einen Stuhl für sie hinschiebt.

Roula ignoriert Anqi völlig und nimmt den freien Stuhl mit größter Selbstverständlichkeit und Gelassenheit ein. Ihre Haltung und der Blick, mit dem sie die anderen streift, sagen deutlich, dass dieser Platz zwischen den beiden Männern nur ihr gehört. Unter ihrem runden Hintern wird der kleine Sessel zum Thron.

Jeder im Raum spürt ihre Ausstrahlung. Mit den schmeichelhaftesten Worten stellt Boss Xiao sie den anderen vor, als wäre sie die ungewöhnlichste Frau auf der Welt.

»Sieh an, Direktor Dai, du vergnügst dich also nach der Arbeit mit Boss Xiao. Wer hätte das gedacht! Aber große Persönlichkeiten gesellen sich nun mal gern zueinander. Nicht wahr?« Roula kommt ihrem Chef zuvor und berührt ihn zur Begrüßung leicht an der Schulter.

»Ich dachte, du wärst in Hefei?«, stammelt Dai. Sein Blick schießt wie ein gefangener Fisch zwischen Roula und Boss Xiao hin und her, um herauszufinden, was das alles bedeutet.

»Roula hat es wirklich besser als wir«, sagt eine der anderen Frauen. »Sie hat gleich zwei große Verehrer. Nicht so wie wir armseligen Geschöpfe, die treu zu einem Herrn stehen. Seit sie diesen Preis gekriegt hat, ist sie im ganzen Land gefragt. Und nicht nur als Sängerin, scheint es.«

Die anderen lachen. Dai aber macht ein Gesicht, als hätte er eine ganze Bärengalle gegessen.

»Mein Kleiner, entspann dich. Hör nicht auf Frauengeschwätz.« Boss Xiao streckt seine Hand hinter Roulas Rücken zu Dai herüber und klopft ihm besänftigend auf die Schulter. Aber diese Geste scheint nur das Gegenteil zu bewirken. Dai presst die Lippen zusammen und wendet den Kopf ab. Seine Stimmung ist auf dem Tiefpunkt.

»Komm, lass uns feiern«, sagt Xiao zu Dai. »Wir sind jetzt quitt. Du hast den unvergleichlichen Yi, den besten Personalchef des Landes, einen wahren Künstler auf diesem Gebiet – und ich kriege Roula. Lass uns darauf anstoßen.« Daraufhin erheben alle ihr Glas, nur Dai führt seines direkt zum Mund und leert es mit einem Zug.

Kaum haben alle ihr Glas abgesetzt, wird es erneut vollgefüllt. »Ich habe mir schon lange gewünscht, mit dir ein Glas Wein zu trinken«, sagt Roula mit gespielter Fröhlichkeit. »Wer hätte gedacht, dass Boss Xiao mir auf diese überraschende Weise dazu verhilft.« Sie hält ihr Glas hoch, um mit Dai anzustoßen. Als dieser nicht reagiert, zuckt sie die Achseln und wendet sich Xiao zu, um mit ihm anzustoßen.

Ein paar neue Gerichte werden serviert. Anqi, dicht neben Dai sitzend, häuft von diesem und jenem Gericht einen Löffel auf seinen Teller und redet ihm zu, etwas zu kosten. Gleichzeitig spitzt sie die Ohren, um möglichst viel von dem Gespräch nebenan mitzubekommen. Als sie am Knöchel einen leichten Stoß spürt, glaubt sie, Dais Bein habe ihres gestreift. Sie ist sich nicht sicher, ob es ein Zufall ist oder ob er ihr einen Wink geben will?

Sie rückt ein wenig zur Seite, da spürt sie erneut einen Stoß, diesmal am Absatz. Also tatsächlich, er will mir ein Zeichen geben, aber was soll es bedeuten? Sie hebt unauffällig das rosa Tischtuch ein wenig und bückt sich zur Seite.

Was sie sieht, bringt fast ihre Lunge zum Platzen: Roulas nylonbestrumpftes Bein ist aus Kleid und Schuh geschlüpft und hat sich nackt schimmernd über Dais Schenkel geschoben. Ihr Fuß wippt lasziv hin und her. Die Stöße, die Anqi erhalten hat, kommen eindeutig von Roulas Zehen.

Anqis Gesicht färbt sich dunkelrot. Mit einem Satz springt sie auf und lässt dabei wie aus Versehen Dais vollgefülltes Glas in Richtung der Nebenbuhlerin kippen, die sich gerade angeregt mit Boss Xiao unterhält. Als der kalte Wein auf ihre Brust schwappt, stößt Roula einen Schrei aus. Schutzsuchend fällt sie Boss Xiao in die Arme.

Die Anwesenden springen erschrocken auf, Kellner eilen herbei, um alles wieder in Ordnung zu bringen, und Anqi sagt laut: »Ich glaub, mir ist übel. Ich muss an die frische Luft ...« Wie eine Betrunkene torkelt sie aus dem Separee.

»Anqi«, ruft Dai und läuft der jungen Frau hinterher. Aber kaum hat die Tür sich hinter Anqi geschlossen, da legt sie die vorgetäuschte Betrunkenheit auch schon ab und springt wie eine gejagte Gazelle die Treppen hinunter zum Ausgang. Dai erreicht sie erst in der Einfahrt, als sie gerade in eins der wartenden Taxis steigt.

»Anqi. Komm zurück. Du kannst doch nicht einfach so wegrennen«, sagt Dai keuchend und verhindert, dass sie die Tür schließen kann.

»Das kann ich wohl«, sagt Anqi zähnefletschend. »Ich muss mich nicht gerade an einen Tisch setzen, wo jeder den anderen zu hintergehen versucht.« Sie streckt den Arm aus, um die Tür zuzuziehen. Aber Dai hält sie weiter offen.

»Sei nicht kindisch, Anqi. Sonst werden die anderen denken, unser Betrieb sei ein Kindergarten«, bittet Dai und greift nach ihrem Arm, um sie aus dem Taxi zu ziehen. Doch der Blick, den Anqi ihm entgegenschleudert, lähmt seinen Willen.

»Wieso stehst du noch hier?! Roula ist doch eine viel bessere *san pei* für dich. Mach mir nicht vor, dass du ihre ... Bemühungen unter dem Tisch nicht genossen hast.« Das Wort »Streicheln« ist für Anqi ein zu intimes Wort, als dass sie es vor Dai aussprechen könnte. Sie schüttelt seine Hand ab. Zehn Pferde würden sie jetzt nicht zurück ins *Shangri La* kriegen. So wütend ist sie. »Wenn du mich jetzt noch mal fragst, ob ich deine Begleitdame sein will, dann sage ich dir ein für alle Mal: Nein! Nein!! Nein!!!« Damit reißt sie ihm die Tür aus der Hand und zieht sie zu. In der nächsten Sekunde ist das Taxi auf und davon.

Dai steht da wie ein geschlagener General nach verlorener Schlacht. »Eine Peitsche mit neun Knoten. Tatsächlich!«

Dann muss er über sich selbst lachen. Vielleicht sollte er Anqi dankbar sein. Immerhin hat er jetzt den hämischen Konkurrenten und die unberechenbare Roula nicht mehr am Hals. Mit hängenden Schultern ruft er seinen Mercedes und lässt sich nach Hause fahren. An Boss Xiao schickt er zur Entschuldigung eine SMS: »Anqi fühlt sich nicht wohl. Ich bringe sie nach Hause. Nächstes Mal lade ich dich zum Essen ein.« Als ihn Boss Xiao zurückrufen will, nimmt er den Anruf nicht an.

7

Ein Falke, der jederzeit wegfliegen kann

Was für ein scheußlicher Abend! Ein Essen mit Konkurrenten ist nie angenehm, aber so übel wie heute war es noch nie. Zu Hause angekommen, möchte Dai am liebsten die Stühle aus dem Fenster werfen, aber er hat sich schon zu viele Jahre in Selbstbeherrschung geübt und ist gar nicht mehr fähig, seinem Ärger so richtig Luft zu machen.

Er muss sich ablenken. Sein Bruder war eine Woche lang unterwegs, soll aber heute wieder zurückkehren. Dai schaut auf die Uhr. Buddha muss vor einer Stunde zu Hause angekommen sein. Dai klemmt sich einen kleinen Pappkarton unter den Arm, der in der Garderobe bereitsteht, und verlässt seine Wohnung zu Fuß.

Es ist kurz nach neun. Für die meisten Menschen ist es noch zu warm, um schlafen zu gehen. Dementsprechend ist der »Neue Litschigarten« noch von menschlichem Leben und Aktivitäten erfüllt. Aus dem halbdunklen Garten, wo seine Nachbarn Abkühlung suchen, wehen hier und da ein paar Wörter herüber, überall stehen Fenster offen, aus denen Licht, Operngesang und Popmusik in die Nacht dringen.

Aber Dai hat dafür weder Augen noch Ohren. Mit gesenktem Kopf geht er ein paar Häuser weiter und klingelt dann bei einer anderen Wohnung. *Yiwantang de juli*, »auf Abstand für eine Schale Suppe« wohnen die beiden Brüder zusammen. Bringt einer dem anderen eine Schale frisch gekochter Brühe, so ist sie noch warm, wenn sie beim anderen auf den Tisch kommt.

Nach mehrmaligem Klingeln hört Dai schleifende Pantoffeln,

dann wird die Tür geöffnet. Buddha steht im ärmellosen Unterhemd und kurzer Hose im Gegenlicht und macht einen benommenen Eindruck. Als er seinen Bruder erblickt, wird er rasch munter.

»Ich dachte, du bist bei einem Bankett? Komm herein«, nuschelt er mit merkwürdig unklarer Stimme und führt Dai ins Wohnzimmer. Erst jetzt sieht der Ältere, dass sein Bruder einen dicken weißen Verband im Gesicht trägt. Es sieht ein bisschen komisch aus, so als hätte Buddha anstelle der Nase ein weißes Dampfbrötchen zwischen den Augen.

Eigentlich wollte Dai seinem Bruder dazu gratulieren, dass er auf seiner Reise bei der Bekämpfung der Produktpiraten einige Erfolge errungen hat. Jetzt ahnt er dunkel, dass sein Bruder dafür schwer bezahlt haben muss. Einen Augenblick bleibt ihm die Sprache weg, und der Schrecken sitzt wie eine Gräte in seiner Kehle.

Aus dem dunklen Schlafzimmer kommt eine junge Frau geeilt, mit der einen Hand eilig das Haar zurückstreichend, mit der anderen das gerade übergestreifte Kleid zurechtzupfend. Sie grüßt den Gast mit strahlendem Gesicht. Es ist Zheng Bailing, die Frau von Buddha. Offenbar hat das Paar Sehnsucht nacheinander gehabt und ist beim Wiedersehen gleich miteinander ins Bett gegangen.

Bailing sieht neben dem kräftigen Buddha so zierlich und klein aus, dass Dai jedes Mal an eine weiße Taube mit einem stämmigen schwarzen Bär denken muss. Bailing hat nicht nur eine sanft gurrende Stimme, auch ihr Gang und ihr Blick sind weich und voll weiblicher Anmut, was Dai seit langem schon heimlich entzückt. Ihre Erscheinung bringt sofort eine heilende Ruhe und Sanftheit mit in den Raum.

Dai schiebt den Deckel des mitgebrachten Kartons ein wenig beiseite, und ein halbes Dutzend bunte Kinderbücher kommen zum Vorschein. Es sind die Märchen der Brüder Grimm, Andersens Märchen, ja sogar *Alice in Wonderland* ist dabei. Er deckt den Karton wieder zu und übergibt ihn der Schwägerin. »Das ist für Yaoyao. Schläft sie schon?« Yaoyao ist die vierjährige Tochter des Ehepaars.

»Ich habe sie mit dem Hausmädchen heute schon früh ins Bett geschickt. Sonst hätte sie die ganze Nacht durchgetanzt, wenn sie erfahren hätte, dass Papa nach Hause kommt«, sagt die Schwägerin leise und wirft einen schnellen Blick auf die geschlossene Tür, die nach hinten führt. »Aber dass du dich auch noch um Yaoyao kümmerst ...« Sie lächelt gerührt und streichelt mit ihrer weichen Hand staunend über die Bücher.

Überhaupt blühen die ganze Zeit zwei winzige zärtliche Blumen auf ihren Wangen und zeugen von ihrem Glück. Es versetzt Dai einen Stich. Wie gern hätte er auch eine Frau, die ihn so innig liebt wie Bailing seinen Bruder!

»Yaoyao hat dich schon vermisst«, sagt Bailing. »Ich hab ihr gesagt, der Onkel sei sehr beschäftigt. Jetzt will sie morgen im Supermarkt einen freien Tag für dich kaufen.«

Lachend setzen sich die Brüder aufs Sofa. Bailing holt Cola mit Eis aus der Küche und setzt sich zu ihnen. »Ist mit dir alles in Ordnung? Du siehst ziemlich blass aus«, fragt sie ihren Schwager.

Dai gibt an, er sei überarbeitet. Dann fragt er nach Buddhas Nase. Dieser winkt ab und tut so, als ob es nur eine Kleinigkeit wäre. Doch Bailing hält sich nicht zurück und schüttet ihr Herz aus: Buddhas letzte Station war die Kreisstadt Gufeng, wo sich der Produktpirat Fang Shunmen versteckt. Er war gerade auf dem Weg zur Wohnung des Gangsters gewesen, da flog plötzlich ein Ziegelstein aus einem Fenster herunter und hat ihm die Nase gebrochen.

»Der Wolfsfleck trachtet ihm nach dem Leben«, sagt Bailing wütend und ballt ihre Fäuste, als würde sie den Gangster am liebsten erwürgen. »Erst kam nur ein Drohbrief. Diesmal wollten sie Yangyangs Schädel zertrümmern. Wenn er nicht instinktiv den Kopf nach hinten gerissen hätte, wäre er jetzt womöglich schon tot. Großer Bruder, wir müssen dafür sorgen, dass Yangyang nicht noch einmal sein Leben riskiert!« Sie umschließt die

Hand ihres Mannes und hält sie fest, als wäre sie ein Falke, der jederzeit wegfliegen kann.

»Mach dir keine Sorgen. Es ist doch noch alles dran«, sagt der Ehemann lachend. Er zieht seine Hand weg und schiebt seine Frau mit sanftem Druck Richtung Schlafzimmer. »Geh schlafen, meine Lerche. Hast du nicht gesagt, du musst morgen früh zur Arbeit?«

Bailing versteht, dass ihr Mann mit dem Bruder allein reden will. Aber sie hat noch etwas auf dem Herzen. »Könnt ihr meinem Mann keinen Leibwächter mitgeben?«, fragt sie den Schwager.

Erst als Dai verspricht, sich ernsthaft Gedanken darüber zu machen, steht Bailing auf und geht zögernd ins Schlafzimmer.

Die Männer ziehen sich in Buddhas Arbeitszimmer zurück und schließen die Tür hinter sich. Eine Weile bleiben sie stumm sitzen und nippen an ihren Getränken. Dann sagt Buddha: »Hör nicht auf Bailing. Frauen sind von Natur aus ängstlich.«

Dai setzt sein Glas ab und wird ernst: »Warum hast du mir gestern am Telefon nichts erzählt?«

»Es ist nur ein Kratzer«, sagt Buddha. »Du siehst doch, ich bin gesund und zu allem fähig.«

»Du bist unbelehrbar«, seufzt der Ältere. »Du warst schon als Kind so ein schweigender Stein. Hat jemand dich draußen verprügelt, hast du zu Hause kein Wort darüber gesagt. Hätte ich nicht einen Zahn von dir unter dem Esstisch gefunden, hätte Mutter bis heute nicht erfahren, in was für gefährliche Raufereien du damals verwickelt warst.« Er steht auf und stellt sich vor seinen Bruder. »Lass mich mal deine Nase sehen.«

Buddha schüttelt den Kopf. »Eine zerschrammte Nase ist doch keine Sehenswürdigkeit«, murmelt er.

Eigentlich hatte er Sportler von Beruf werden wollen und wäre schon fast für die Volleyball-Nationalmannschaft nominiert worden. Aber dann hatte er sich seinen Knöchel beim Training verknackst, und die Gelegenheit kam nicht wieder. Der junge Mann begrub seinen Traum und studierte Sport und

Betriebswirtschaftslehre. Nach dem Studium bekam er eine Stelle als Sportlehrer an einer Fachhochschule, wo er Bailing kennenlernte, die bei ihm studierte. Aber die Arbeit erfüllte ihn nicht. Erst als sein älterer Bruder ihn zu sich holte, spürte er den Reiz eines neuen Lebens und kniete sich richtig rein.

Buddha ist stolz darauf, dass er jetzt zur *Tenglong*-Geschäftsführung zählt und eine wichtige Stütze seines geliebten Bruders geworden ist. Aber als ihm der Ältere die Hand auf die Stirn legt und ihn fürsorglich anschaut, wird er wieder zum kleinen Bruder, der den Schutz des Älteren braucht und genießt. Er hebt sogar das Kinn ein wenig, damit der Bruder besser sehen kann, als er jetzt den Verband löst.

Der Anblick der entblößten Nase entsetzt Dai. »Alter Himmel. Das ist keine Nase, das ist eine Baustelle! Sag mal, gehört der Arzt, der dich behandelt hat, auch zu Fangs Leuten?!«

»Der Ziegelstein hat die Nase total nach unten gehauen. Wird aber schon wieder«, sagt Buddha so unbekümmert wie möglich. »Wenn daraus eine Langnase wird, ist es auch nicht so schlimm. Vor Langnasen haben die Gangster Respekt.«

»Die Nase ist völlig zertrümmert. Du kriegst ein schiefes Gesicht, wenn wir nichts unternehmen.« Dai fasst einen schnellen Entschluss. Er wird heute noch Dr. Jiemu, den besten Gesichts-Chirurgen der Stadt, fragen, wann er seinen Bruder operieren kann. Er zückt sein Handy und wählt.

Der Arzt ist gerade dabei, sich zum Schlafen zu legen. Aber er erklärt sich bereit, sich den Patienten auch zu dieser späten Stunde noch anzusehen und gegebenenfalls eine Operation durchzuführen.

Dai rennt los, um seinen Mercedes zu holen. Buddha geht leise ins Schlafzimmer und verabschiedet sich von seiner Frau. Obwohl er verspricht, dass er bald wieder nach Hause kommt, klammert sich Bailing an ihm fest, als stünde ihnen erneut eine lange Trennung bevor. »Komm schnell nach Hause, mein Volleyballbär«, sagt sie.

Der Chirurg ist kein junger Mann mehr. Er hat zu viele Verbrechens- und Unfallopfer gesehen und anfassen müssen, und deshalb fragt er gar nicht erst nach der Ursache, als er Buddhas Nase betrachtet. Er schnalzt mit der Zunge und gibt ein fachmännisches Gutachten ab: »Wer jemand so zurichten kann, der ist ein eiskalter Bursche. Sie sollten sich hüten vor ihm.«

Dr. Jiemu sagt dem Patienten, er solle sich auf den Operationstisch legen, und untersucht ihn genau. »Es ist eine Menge Knorpel zerstört«, sagt er schließlich, »aber Sie haben großes Glück gehabt, Stirn- und Jochbein sind nicht gebrochen.« Dann schiebt er die schlapp herunterhängende Nase zurecht und befestigt sie mit einer Schiene. »Ich kann nicht garantieren, dass alles wieder nahtlos zusammenwächst. Es können ein paar kleine Beulen zurückbleiben«, sagt er beim Abschied. »Aber außer um die Ästhetik brauchen Sie sich keine Sorgen zu machen. Ihre Nase wird bald wieder heil sein.«

Auf dem Rückweg sind die Brüder zuerst ziemlich still. Erst als Buddha einen Scherz über die *kleinen Beulen* in seinem Gesicht macht, vergeht die Bedrücktheit.

»Yangyang, mit dem Attentat auf dich hat Wolfsfleck die Gewalt noch eine Stufe höher geschraubt«, sagt Dai und lenkt den Wagen über die breiten, nächtlichen Straßen. »Hast du eine Erklärung dafür?«

»Die Besetzung seines Lagerhauses hat ihn wohl in Rage gebracht. Ich habe gehört, sein Gesicht hat die Farbe einer alten Schweineleber angenommen, als er davon erfuhr. Der Ziegelstein war ein Racheakt, nehme ich an.«

Die Geschichte mit dem Lagerhaus ist vor vier Tagen passiert, kurz nachdem Buddha in Gufeng eintraf. Die Untergebenen von Fang mit dem Wolfsfleck waren gerade dabei, im Schutz der Dämmerung einen Lastwagen zu beladen, als plötzlich zwei Kleinbusse angesaust kamen. Ein Dutzend kräftige Männer sprangen heraus und stürzten sich brüllend auf die Lagerarbeiter und Fahrer. Da die Männer eine Art Uniform trugen und sich auch sonst wie Polizisten benahmen, ergriffen die Lagerarbeiter die Flucht und rannten davon. In Wirklichkeit bestand das Rollkommando aber aus Angestellten einer Sicherheitsfirma, die Buddha angeheuert hatte, um das Lager des Fälschers zu stürmen und die gefälschten Produkte unter Kontrolle zu bringen.

Buddhas Leute glaubten, den Sieg schon errungen zu haben, da stürmten plötzlich sechs, sieben schwarz gekleidete Männer aus der Lagerhalle und schlugen mit Stöcken und Eisenstangen wild um sich. Es entwickelte sich eine Schlacht mit vielen Verletzten auf beiden Seiten. Am Ende gingen die Leute der Sicherheitsfirma tatsächlich als Sieger daraus hervor, weil sie in der Überzahl waren. Sie übergaben Buddha einen festgenommenen Gegner, den halb beladenen Lastwagen und das mit gefälschten Produkten gefüllte Lager. Dieser ließ alles fotografieren und stellte Beweismittel sicher, dann rief er die örtliche Polizei.

So weit war Dai bereits informiert. Jetzt hört er den Rest der Geschichte: Der Festgenommene war schon zwei Tage später wieder aus dem Polizeigewahrsam entlassen worden, weil er angeblich ein harmloser Tagelöhner war und von nichts etwas wusste. Die von der Polizei beschlagnahmte Lagerhalle stand zu diesem Zeitpunkt schon wieder offen und war voll in Betrieb. Der kreuzförmige rote Zettel, mit dem die Polizei den Eingang versiegelt hatte, lag abgerissen am Boden.

Und einen Tag später kam dann das Attentat …

»Die ganze Gegend da lebt von gefälschten Produkten«, sagt Dai. »Solange die Polizei mit den Gangstern unter einer Decke steckt, können wir nicht viel dagegen ausrichten. Was wolltest du eigentlich vor der Wohnung des Wolfsflecks?«

»Ich wollte einfach nur sehen, wo er sich versteckt, und ihn ein bisschen beobachten.« Buddha hatte tatsächlich keinen konkreten Plan gehabt, sondern gehofft, der Gangster würde sich eine Blöße geben. Das hatte er teuer bezahlt.

Dai macht sich Vorwürfe, dass er seinen Bruder in diesen Kampf geschickt hat. Er hätte wissen müssen, dass Buddha nicht locker lässt, sondern sich ohne Rücksicht auf seine Gesundheit in seine Gegner verbeißt. »Vielleicht sollten wir den Kampf gegen die Produktpiraterie eine Weile einstellen, bis der dortige Polizeipräsident abgelöst wird«, sagt er vorsichtig.

»Ich hätte die Bude abfackeln sollen!«, schimpft Buddha. »Wir dürfen nicht aufgeben, sonst verlieren wir unser Gesicht.«

»Nur Geduld«, sagt Dai. »Dieser Wolfsfleck wird uns schon noch in die Falle gehen.« Sie sind vor Buddhas Haus angekommen. Aber die Brüder sitzen noch eine Weile im Auto. Dann verabschieden sie sich und jeder geht zu seiner eigenen Wohnung.

8

Wer kann in zwei Booten fahren?

Tang Anqi zieht das Blumenkleid aus und schmeißt es mit Schwung in die Ecke. An Schlaf ist nicht zu denken, auch nicht nach einer kalten Dusche. Das merkt sie schon an ihrem Atem. Sie muss ihrem Herzen Luft machen, sonst platzt sie womöglich.

Die Wohnung ist furchtbar eng, und ihre beiden spießigen Mitbewohnerinnen schlafen bestimmt schon. Sie geht in ihrem schmalen Zimmer auf und ab und überlegt, mit wem sie zu dieser Stunde noch reden kann. Eigentlich kommt da nur einer in Frage. Sie wählt die Nummer ihres Ex-Freundes Jin Kai. Er arbeitet in einem großen Hotel auf der tropischen Insel Hainan, einer Sonderwirtschaftszone, die ganz vom Tourismus bestimmt wird. Das ist weit weg von ihr. Doch sie telefonieren immer noch regelmäßig.

Kai liegt bereits im Bett, freut sich aber sehr, Anqis Stimme zu hören. Sie waren während des Studiums ineinander verliebt, aber als sie in den Ferien ihren Freund zu Hause vorgestellt hat, waren ihre Eltern gar nicht begeistert. Anqis Vater hatte seine Tochter mit scharfen Worten aufgefordert, die eben aufgeblühte Beziehung sofort zu beenden. Das hatte nichts mit dem Wesen des jungen Mannes zu tun, sondern mit Kais Herkunft und einem Traum, den Anqis Mutter gehabt hatte. Anqis Eltern waren fest überzeugt, der junge Mann werde ihre Tochter unweigerlich unglücklich machen.

Anqi war wütend auf ihren Vater und seinen Aberglauben und besucht die Eltern seither nur selten. Aber als sie sah, wie unglücklich ihre Eltern darüber waren, konnte sie die Beziehung zu Kai nicht länger aufrechterhalten. Dann war das Studium vorbei, sie fand einen Job in Dongguan, Kai erhielt das tolle Angebot aus Hainan, und so hatten sie sich in aller Freundschaft getrennt.

Sie haben sich jetzt schon lange nicht mehr gesehen. Doch Kai kennt sie zu gut, um nicht sofort zu merken, dass etwas bei Anqi nicht stimmt. Sie druckst zwar erst eine Weile herum, aber am Ende muss er nicht lange warten, bis sie mit ihrer Geschichte herausplatzt.

Kais Reaktion ist aber keine mitfühlende Empörung über Roula und Dai, sondern ein fröhliches Lachen. »So überhitzt hab ich dich ja noch nie erlebt«, sagt er. »Deine Kollegin muss dich ja bis aufs Blut gereizt haben.«

»Viel schlimmer ist dieser Heuchler! Dieser elende Neureiche!« Anqi hört gar nicht mehr auf, mit den Zähnen zu knirschen. Am Anfang sprach sie noch leise, um ihre Mitbewohnerinnen nicht zu stören. Nach einer Weile hat sie die Nachbarinnen vergessen und tobt sich so richtig aus. »Ich dachte gerade, ich hätte endlich mal Glück! Ich dachte, ich hab einen Tiger zum Chef! Aber kaum schaut man genauer hin, da entpuppt er sich als elender Nasenschleimwurm, der sich unter dieser Frau windet.«

»Wieso gibst du denn dem Mann die Schuld, wenn die Frau unbedingt ihr Bein über seins legen will?«, lacht Kai vergnügt.

»Wenn er nicht etwas mit ihr gehabt hätte, hätte er doch seine Beine woandershin stellen können. Aber nein! Er machte ein verklärtes Gesicht, als stünde das Paradies vor ihm offen. Ich sage nur: *Shangliang buzheng xialiang wai* – ist der obere Balken schief, können auch die unteren nicht gerade sein«, schreit Anqi, als stünde der Gemeinte im Zimmer nebenan und solle ja hören, wie sie ihn beschimpft.

Kai versucht sie zu besänftigen. »Ich sag ja nur, ein Mann ist auch nur ein Mensch. Wenn sich eine Frau auf diese Art anbietet, kann er sich gar nicht wehren und lässt sich streicheln wie ein gezähmtes Lamm.«

Dann wird Kai plötzlich ernst. »Was willst du denn machen? Willst du dem schiefen Balken den Rücken kehren? Willst du schon wieder die Arbeit hinschmeißen?« Er setzt sich auf und lehnt sich an die Wand, um besser reden zu können. Eine plötzliche Idee bringt seine Augen zum Leuchten. »He! Das wäre eine gute Idee. Dann kannst du zu mir auf die Insel kommen und endlich mit mir in einem Bett schlafen. Hier in Sanya findest du bestimmt einen guten Job. Und wenn deine Eltern gegen die Heirat sind, dann heiraten wir eben nicht.«

»Wieso die Arbeit hinschmeißen? Habe ich das gesagt?« Anqi wirft überrascht die Brauen hoch und starrt durchs Fenster in die Nacht, als stünde der Ex-Freund dort hinter der Scheibe.

»Na ja, eben hat es noch so geklungen, als könntest du es bei deinem Chef keine Sekunde mehr aushalten.«

»Das stimmt nicht. Bis auf heute Abend ist er ein Superchef.« Anqis Stimme wird ein wenig weicher.

»Aha. Du willst also doch nicht rausgeschmissen werden von ihm.«

»Wieso? Er hat sich doch so schamlos benommen. Nicht ich. Wenn er mich jetzt noch rausschmeißt, das wäre ja wirklich der Gipfel«, schnaubt Anqi.

»Über mich hast du dich nie so aufgeregt«, sagt Kai mit einer gewissen Wehmut, und man spürt die Eifersucht in seinen Worten. »Ich glaube, der Mann zieht dich an wie ein Magnet. Wahrscheinlich bist du bis in die Galle in ihn verknallt. Ist dir das noch nicht aufgefallen?«

»Ich? In diesen schmierigen Neureichen? Nur wenn ich auf beiden Augen blind bin!«, zischt sie in die Sprechmuschel.

Auf dem Korridor ertönen schlurfende Schritte. Offenbar geht eine der Mitbewohnerinnen aufs Klo.

Anqi senkt die Stimme, damit ja kein Fetzen ihrer Geschichte hinaus auf den Flur dringt. »Kai, was ist mit dir los? Wieso sagst du mir nicht, wie ich es diesem Mann heimzahlen kann? Ich finde, der braucht jetzt eine Lektion, die er fünf Jahre lang nicht vergisst! Und du stehst heimlich auf seiner Seite! Wie kannst du nur so blöd sein?«

»Ach, Anqi! Du bist immer noch eine Feuertrommel. Wenn du im Himmel geboren wärst, müsstest du Blitze schleudern!« Kai findet sein heiteres Lachen wieder und schickt es ihr durch die Leitung. »Gut. Spaß beiseite. Ich kann dir nur raten, dich zu beherrschen. Also, du gehst am Montag mit einem bezaubernden Lächeln zu deinem Chef. Du musst dich gar nicht entschuldigen für heute Abend. Du redest nur von deiner Arbeit. Erzähl ihm begeistert von deinen Plänen. Dann wird er dich schon behalten.«

Anqi ist entsetzt. »Das ist ja unglaublich! Ich soll mich ducken und kuschen? Es ist schon erstaunlich, an einem Abend gleich zweimal zu erleben, wie sich Männer in Schweine verwandeln, wenn so ein fatales Weibsbild im Spiel ist.«

Aber der Ex-Freund kennt sie gut und geht nicht mehr auf das Reizthema ein. Stattdessen erzählt er von seiner Arbeit, von seinem Leben auf der Insel. Schon wird Anqi wieder ruhiger. Als Kai beim Abschied einen Kuss über die Leitung zu ihr hinüberhaucht, lächelt sie sogar zärtlich.

Endlich legt sie sich ins Bett, kann aber lange nicht einschlafen. Kais Worte schaukeln sie hin und her wie ein Boot ohne Steuer. Vielleicht hat sie sich bei diesem Abendessen tatsächlich ganz schrecklich blamiert? Hält Dai sie jetzt womöglich für unreif? Eine kleine grüne Aprikose mit hartem Stein? Ihr Rücken wird plötzlich schweißnass und kalt. Sie beschließt, Kais Anweisungen bis aufs i-Tüpfelchen zu befolgen, um ja ihre Stelle bei *Tenglong* nicht zu verlieren.

Der nächste Tag ist ein Sonntag. Gelegenheit, um die Familie oder seine Freunde zu treffen. Aber Anqi hat weder Verwandte noch Freunde in Shenzhen. Ihre Eltern leben tausend Kilometer entfernt in Hunan, und Freunde hat sie noch keine. Auch die lärmende Stadt mit ihren Einkaufsstraßen reizt sie heute nur wenig. Die Boulevards sind breit und modern, kaum ein Haus ist älter als zwanzig Jahre, und historische Sehenswürdigkeiten, Museen oder Gemäldegalerien gibt es hier nicht. Alles lebt nur von dieser flimmernden, quiekenden Elektronik, und als Ersatz für Kultur werden teure Erlebnisparks angeboten, in denen das Tadsch Mahal gleich neben dem Eiffelturm steht. Ihre Mitbewohnerinnen sind zum Glück unterwegs, denn denen möchte Anqi auf gar keinen Fall über den Weg laufen.

Stattdessen isst sie zum Frühstück ein bisschen Obst und eine Reissuppe, dann arbeitet sie lange an der zweiten Episode der »Neuen Drei Reiche«. Sie blättert in dem historischen Original, liest sich stundenlang fest und feilt dann so lange an ihrem eigenen Text, bis sie mit jedem Wort zufrieden ist.

Dann geht sie um die Ecke, blinzelt in die Sonne, kauft sich zwei Zeitungen und eine Wantansuppe zum Mittag und schließt sich wieder in ihrem Zimmer ein. Als sie auf eine Reportage über die kranken Tiere in einer Pfauen-Farm stößt, kommt ihr eine Idee, wie sie ihren Patzer vom Abend zuvor wiedergutmachen kann.

Als Dai seine Wohnungstür aufschließt, ist die Zuversicht, die er beim Wiedersehen mit seinem Bruder ausstrahlte, längst wieder verschwunden. Er schaltet noch nicht mal das Licht ein – so finster ist es in seinem Kopf, dass er keinen Lichtstrahl erträgt – sondern schiebt sich müde aufs Sofa und starrt in die Nacht.

Frauen sind so unberechenbar. Er hat es nie glauben wollen, wenn die Leute sagten, Männer seien wie Erde und Frauen beweglich wie Wasser. Aber jetzt hat er schon wieder erfahren, wie sich Frauen von ihm zurückziehen und ihn hilflos zurücklassen.

Vor einigen Jahren, als er noch bitterarm und vollkommen unbekannt war, hat seine Frau ihn von einem Tag auf den anderen ohne ein Wort der Erklärung verlassen. Sie hat ihn einfach weggeworfen, als wäre er ein zerknittertes Stück Papier. Jetzt ist er ein erfolgreicher Unternehmer, und er wird wieder verlassen. Von einer Frau, die ihn bis dahin mit allen Kräften unterstützt und sich sogar hemmungslos zu seiner Geliebten gemacht hat. Vielleicht sind Frauen ja doch nur wie Blumen, die sich nach der Sonne richten und im Wind biegen. Was sie begehren, wollen sie immer sofort haben. Bekommen sie es nicht, haben sie Angst zu verwelken.

Aber warum muss immer er der Verlierer bei diesem Spiel sein? Dabei will er doch nur, dass sie blühen, zu jeder Jahreszeit blühen. Er nimmt die Brille ab und reibt sich die Augen. Wie ein abgenagter Dattelkern fühlt er sich. Plötzlich ertönt das »Lied zur Vollmondnacht« aus seiner Hosentasche. Das zweite Handy, von dessen Existenz nur wenige wissen. Ein Blick auf das leuchtende Display zeigt, dass Howard der Anrufer ist.

Ein wenig beunruhigt nimmt Dai den Anruf entgegen, nur um festzustellen, dass es schon wieder um Roula geht. Howard will zwischen Dai und Roula vermitteln. Sie hat ihm gesagt, es habe ein Missverständnis gegeben, und sie müsse Dai unbedingt sprechen.

Dai schneidet seinem Stellvertreter das Wort ab. »Ich will von dieser Frau nichts mehr hören.«

Aber Howard sieht die Sache anders. Man dürfe Roula nicht einfach ziehen lassen. Sie sei viel zu wertvoll für *Tenglong*, besonders jetzt, wo sie den Preis gewonnen hat und bei Rundfunk- und Fernsehsendern begehrt ist. »Sie hat jetzt sogar eine eigene Website, die jeden Tag zigtausend Mal angeklickt wird«, sagt Howard. »Hör dir doch wenigstens an, was sie will. Vielleicht kommen wir ja mit ihr ins Geschäft, auch wenn sie nicht bei uns angestellt ist.«

»Ach, was. Sie ist zu DreiAcht übergelaufen! Du hättest sie sehen sollen, wie sie herumgeflirtet hat mit Boss Xiao!«

»Bist du eifersüchtig?«, fragt Howard.

»N-nein«, sagt Dai, aber er weiß, dass Howard die Lüge durchschaut. Deshalb ist er auch ganz froh, als ihm Howard in strengem Tonfall befiehlt, sein Handy wieder einzuschalten und auf Roulas Anruf zu warten.

»Das bist du Tenglong schuldig«, sagt Howard entschieden.

»Du kannst nicht deine Privataffären vor das Interesse der Firma stellen, verstanden?« Erst als Dai versprochen hat, sein Handy wieder einzuschalten, hört Howard auf, ihn zu bedrängen.

Und Roula steht schon bereit. Noch ehe er aufgelegt hat, hört Howard den Klingelton von Dais anderem Handy.

»O je«, denkt er, »das hab ich mir auch nicht so vorgestellt, dass ich mal den Kuppler für Dai spielen muss.«

Roulas Stimme klingt verführerisch und verspielt, als wäre nichts Böses passiert. »Na, mein Generaldirektor, willst du mal nachschauen, ob nicht ein Paket vor deiner Tür auf dich wartet?«

»Was soll das?«, fragt Dai.

»Geh schon mal zur Tür«, sagt Roula. »Ich rufe dich gleich wieder an.« Weder Reue noch Unsicherheit sind in Roulas Stimme zu hören, was Dai noch mehr ärgert. Er hat überhaupt keine Lust, von der Couch aufzustehen, doch als das Handy erneut klingelt, schleppt er sich an die Tür.

Kaum hat er geöffnet, da löst sich eine schlanke Frau aus der Dunkelheit und küsst ihn auf den Mund. An ihrem Duft erkennt er Roula sofort.

»So. Du bist also das Paket.« Dai schüttelt sie ab. »Am besten kommst du morgen in mein Büro. Meine Sekretärinnen werden schon wissen, wie ein solches zweibeiniges Paket zu öffnen ist. Ich bin dafür nicht zuständig.«

»Nein. Ich bin nur der Bote«, sagt Roula und hebt die Hand, die sie hinter dem Rücken gehalten hat. Ein flacher Karton kommt zum Vorschein. »Aber wenn du willst, bin ich auch ein Paket, das sich selbst öffnen kann. Soll ich?« Sie legt die Hand an den Reißverschluss ihres Kleides.

»Lass das Affentheater, komm rein.« Dai möchte verhindern, dass Roula noch im Treppenhaus einen Skandal macht und morgen sämtliche Nachbarn darüber reden.

Roulas gute Laune ist gar nicht zu bremsen. Sie geht fast hüpfend ins Zimmer und stellt den Karton auf dem Tisch ab. Mit Grazie öffnet sie das Geschenk und zaubert einen hellgrauen Anzug aus Seide hervor.

»Schau, echter *Boss*. Made in Germany. Hab ich aus Shanghai mitgebracht. Darin siehst du nicht mehr wie ein kleiner Student aus.« Sie geht mit dem Jackett auf ihn zu und hält es ihm an die Brust, um zu sehen, ob die Größe stimmt. Aber Dai macht drei Schritte rückwärts und lässt sie nicht an sich heran.

»Nächste Woche reichst du die Kündigung ein«, sagt er. »Sie wird sofort gültig. Danach sind wir wie das Fluss- und das Brunnenwasser, die darf man auch nicht vermischen.«

»Ich dachte, du wärst Unternehmer.« Roulas Stimme wird plötzlich giftig. »Aber du bist wohl doch nur ein provinzieller Programmierer geblieben.«

»Und du bist eine Schlampe, die mit jedem geht, der ihr ein Angebot macht.«

»Hör zu, ich will nicht ewig eine kleine Angestellte bleiben und in Hefei versauern. Ich werde mich selbständig machen, ob euch das passt oder nicht. Und ich werde auch nicht mit Boss Xiao gehen. Ich mache ein paar Werbespots für DreiAcht, und dann stehe ich dir wieder ganz zur Verfügung. Außerdem werde ich ein Appartement in Shanghai mieten. Wenn du schön brav bist, darfst du mich mal besuchen.«

Dai ist jetzt ziemlich erregt. »Wenn du von mir erwartest, dass ich deine … Untreue und deinen … Verrat auch noch gutheiße, solltest du lieber drauf warten, dass die Sonne im Westen aufgeht.« Er deutet mit einer Kopfbewegung zur Tür. »Ich wünsche dir eine unaufhaltsame Karriere bei Boss Xiao. Aber bitte komm mir nie wieder unter die Augen.«

Das bringt jetzt auch Roula in Rage. Sie schleudert den feinen Anzug auf die Couch, ballt die Fäuste und schlägt blindlings auf den Mann ein.

Aber wenn es um reine Körperkraft geht, ist sie ihm doch unterlegen. Es dauert nicht lange, da hält er ihre Hände hoch und zwingt sie damit zum Stillstehen. Sie sackt mit dem Kopf an seine Schulter und bricht in Schluchzen aus. »*Hat man eine Nacht miteinander verbracht*«, schluchzt sie, »*hegt man füreinander noch hundert Tage lang Liebe*. Das hat meine Mutter immer gesungen. Ich würde dich doch nie verraten. Wie kannst du vor Eifersucht nur so blind sein!« Sie lehnt sich jetzt mit ihrem ganzen Gewicht an seine Schulter. Wenn er beiseitetritt, fällt sie zu Boden.

Dai schämt sich einen Augenblick lang für sein Verhalten. Er weiß nicht, was er von ihr halten soll.

Aber Roula gestattet ihm keine Denkpause und setzt mit klagender Stimme ihre Erklärung fort. Wenn der Konkurrent *DreiAcht* ihr einen Werbevertrag biete, dann sei es höchste Zeit für *Tenglong*, ihr auch einen ähnlichen Vertrag anzubieten. Noch besser sei es, wenn *Tenglong* sie höher als *DreiAcht* halte. Je höher sie stehe, desto mehr könne sie bewegen, und mit dem Zugang zum Konkurrenten könne sie ein wichtiger Informant für Dai sein. Denn wer seine Firma zum Weltunternehmen aufbauen wolle, der müsse über seine Gegner stets gut informiert sein. Er müsse in der Lage sein, Konkurrenten an sich zu binden oder mit ihnen zu fusionieren, sonst bleibe er provinziell und aus dem Traum vom Weltrang werde nie etwas. Mit einem Wort, Dai habe die strategische Bedeutung ihres Schrittes, gleichzeitig für zwei konkurrierende Firmen zu arbeiten, bloß nicht erfasst.

Es ist wie ein nasses Tuch, das sie ihm um den heißen Kopf wickelt. Sein Zorn kühlt sich ab. Ist ihre Zuneigung nicht doch echt? Warum wäre sie sonst hier? Warum sonst liegt sie in seinen Armen?

»Wer kann mit seinen Füßen in zwei Booten stehen, wenn sie auf dem Fluss fahren? Dein Konzept wird nicht aufgehen. Und selbst wenn ich dir alles erlaube, Boss Xiao wird sicher nicht dulden, dass du zwei Herren dienst«, sagt er.

»Welcher große Star arbeitet nur für eine Firma?«, kontert Roula und wischt die letzten Tränen aus ihren Augen. »Wie ich es anstellen werde, lass meine Sorge sein. Hauptsache, du verstehst mich und traust mir.«

Er schiebt sie zur Couch und will sich von ihr lösen. Doch sie lässt ihn nicht gehen.

»Du hast als Vertreterin gut verdient. Jetzt willst du die Arbeit von einem Tag auf den anderen aufgeben. Warum handelst du immer so radikal?«, sagt Dai.

»Ich möchte geliebt werden«, sagt sie. »Aber ich möchte auf gleicher Ebene stehen mit dem Geliebten. Dazu muss ich auf dieselbe Ebene klettern, auf der mein Geliebter schon steht.« Sie drückt ihr Gesicht an sein Herz. »Ich werde nie so viel Geld verdienen wie du, aber vielleicht kann ich ja berühmt werden.«

»Was für ein Quatsch. China hat gerade den schrecklichsten Klassenkampf hinter sich, und schon willst du neue Klassen einführen. Ich handle jedenfalls nicht nach Klassen, sondern mit Kopf und Herz.« Mit einem Ruck löst er sich aus ihrer Umarmung und geht auf die andere Seite des Tisches. »Wenn du zu einem reicheren Mann gehen willst, musst du dafür keine Entschuldigung suchen. Das verstehe ich auch ohne deine Erklärungen.«

Roula ist aufgestanden und folgt ihm wie von unsichtbaren Fäden gezogen. »Boss Xiao ist ein Rummelplatz-Unternehmer. Er liebt die krassen Effekte und billigen Reize. Mit diesem schrecklichen Abendessen wollte er sowohl dich als auch mich überraschen. Ein kindischer Trick. Aber du bist ganz anders. Du hast das Zeug, ein Königreich zu gründen. Du warst mit deinen Gedanken bei deinem künftigen Reich. Deswegen hast du seinen Trick auch nicht gleich durchschaut.« Sie umarmt ihn von hinten wie Efeu.

Dai bleibt wie angewurzelt stehen. »Wieso glaubst du das?«

Roula lacht. »Nun ja, ich habe Feuergoldaugen. Ich erkenne dich überall, auch wenn du von einer riesigen Menschenmasse umgeben bist«, sagt sie zärtlich. »Soll ich dir noch etwas verraten? Die Sorte von Unternehmern, die ihren Betrieb nicht mit Krediten aufputschen, sondern Größe aus eigenen Kräften erreichen, ist rar wie das Nashorn in China.« Ihre Finger schlüpfen durch seinen Gürtel. »Wenn du nicht so eine Rarität wärst, wäre ich jetzt wohl nicht hier …«

Die minimale Bewegung genügt, um Dais Herz zum Pochen zu bringen. Wie der Sturmwind fällt er über sie her. Gleich hier, auf der Couch, auf dem Boden. In diesem Moment will er nur eins. Er will sie zum Schmelzen bringen wie ein Parfümeur eine Pfingstrose.

Danach ist die Intimität wieder da. Sie gehen zusammen ins Bett und reden lange und zärtlich. Dai sagt ihr, dass er ihr völlig vertraut und dass sie ihren Weg finden wird. Im Morgengrauen wacht er auf, weil sein Arm unter Roulas Kopf liegt. Er versucht, ihn unbemerkt zu befreien. Doch Roula wird wach, und zugleich auch ihr Hunger nach seinem Körper.

Als es vorbei ist, sind sie so aufgedreht, dass sie nicht mehr einschlafen können. »Du bist so eine extreme Frau. Du machst alles mit doppelter Intensität«, sagt Dai. Die Morgendämmerung dringt schon durch die Vorhänge.

»Ich habe meine Eltern so früh verloren, dass sie keine Zeit hatten, meine Seele an etwas zu binden. Sie mussten unter die Erde gehen, als ich noch sehr klein war. Und so irrt meine Seele herum. Wenn ich dir sage, ich will ein ungewöhnliches Leben führen, um die Geister meiner toten Eltern zu trösten, verstehst du mich dann besser?«

»Drei Leben in einem?«, sagt Dai. »Da sind Widersprüche wohl unvermeidlich.«

»Ja, das stimmt«, sagt Roula zärtlich und schließt ihm die Lippen mit einem Kuss. »Du wirst alle meine Widersprüche noch brauchen und lieben.«

9

Eine falsche Entscheidung

Howard sitzt in seinem Büro und seufzt. Die Überlegenheit, die er sonst oft zur Schau trägt, scheint ihn verlassen zu haben. Stattdessen breitet sich Kummer auf seinem Gesicht aus. Vor ihm liegt ein Dokument voller dicht aneinandergereihter Schriftzeichen, das er mit starrem Blick ansieht. Ganz oben steht eine rote Zeile in lockerer, fast schwebender Handschrift: »Das Projekt vorläufig nicht starten!« Darunter Dais Unterschrift. Es geht um einen Vorschlag für die Entwicklung neuer elektronischer Unterhaltungsprodukte.

Howard übersieht den gedruckten Teil völlig, heftet seinen Blick nur auf die roten Schriftzeichen, die sich in einen Haufen böser, stechender Flöhe verwandelt haben.

Es klopft an der Tür. Howard zuckt zusammen und schließt reflexartig die Augen, um den Flohzirkus zu verscheuchen. In letzter Zeit wird er häufig von solchen Fantasiebildern heimgesucht. Ob das mit seiner Krankheit zu tun hat, vermögen die Ärzte ihm nicht zu sagen. Eins steht fest, die Geschwulst, die vor zwei Jahren an Howards linkem Bein festgestellt und herausgeschnitten wurde, ist nicht alles gewesen. Vor einigen Tagen wurde ein kleiner Tumor an dem sonst gesunden rechten Bein entdeckt. Als Howard das hörte, war er aschfahl geworden und konnte minutenlang kein Wort herausbringen.

Die Ärzte raten ihm, ein paar Tage Urlaub zu machen, bevor sie mit der Operation beginnen. Aber wie soll er das machen? Er hat für eine Krankheit doch gar keine Zeit. Seufzend blickt er auf und sagt: »Hereintreten bitte.«

Die Tür zum Sekretariat geht auf, und der Forschungschef Gu Wen tritt ein. Howard braucht keinen zweiten Blick, um festzustellen, dass der Mann unglücklich ist.

»Meinst du wirklich, ich soll mitkommen?«, fragt der kleinwüchsige Mann. Er bleibt direkt an der Tür stehen, die er lautlos hinter sich zugezogen hat. »Ist es nicht besser, wenn du allein mit dem Generaldirektor sprichst?«

»Es geht um dein Projekt. Du sollst natürlich dabei sein.« Howard nimmt das Dokument, das er die ganze Zeit angestarrt hat, und geht auf den Kollegen zu.

»Aber ... das tut der Sache nicht gut.« Gu fährt sich mit der Hand nervös übers Haar. »Ich glaube, dem Generaldirektor brennt ein Feuer in der Leber, wenn er mich sieht.«

Howard stößt ein Lachen hervor. »Feuer in der Leber! Du redest ja wie die chinesischen Ärzte. Dabei bist du doch ein studierter Informatiker.«

»Howard, ich meine es ernst.« Gu beginnt sich zu kratzen, mal am Hinterkopf, mal am Hals, als wäre er ein Affe. »Du warst schon bei der Gründung der Firma dabei. Wenn jemand das Projekt *Karaoke-Familie* retten kann, dann bist es du. Leute wie ich, die später in die Firma gekommen sind, stoßen auf taube Ohren bei ihm.«

»Unsinn«, meint Howard und öffnet die andere Tür, die direkt zum Korridor führt. »Wenn du nichts sagen willst, dann kannst du ja einfach schweigen. Nun komm schon.«

Dais Büro liegt eine Etage höher. Der Unternehmer erwartet seine Manager schon. Nachdem sie alle an dem kleinen Designertisch Platz genommen haben, kommt Howard umgehend zur Sache. Er sei zwar auch dafür, dass der Bau der neuen Firmenzentrale in den nächsten Monaten Vorrang vor allem anderen genießen müsse, dennoch dürfe man die Investitionen in neue Projekte nicht stoppen, besonders nicht jene, die so zukunftsträchtig und so einfach zu machen seien wie die *Karaoke-Familie*. Seiner Meinung nach stehe eine Revolution der Unterhaltungselektronik bevor. Ein Karaoke-Programm als Download für die ganze Familie könne ein Riesengeschäft werden. »Die Chinesen singen doch alle so gern. Wenn wir Karaoke aus den Bars und den zwielichtigen Etablissements heraus- und in die Familie hineinholen, können wir ein Vermögen machen!«

Generaldirektor Dai hört am Anfang noch genau zu. Nach ein paar Minuten wendet er sich ab und steckt sich eine Zigarette an. Diese Produktion werde einen Batzen Geld verschlingen, meint er, schon wegen der Werbung, die dafür nötig sei, und der Honorare der Künstler. Und wenn man die Karaoke-Anlagen selbst herstellen und verkaufen wolle, brauche man Werkzeugmaschinen aus Japan. Das könne er nicht genehmigen, denn das Hochhausprojekt habe Vorrang.

»Aber im Bereich Arzneimittel werden doch auch ständig neue Patente und Rezepte gekauft«, protestiert Howard mit ruhiger Stimme. Neben ihm sitzt Gu Wen mit eingezogenem Hals und wagt kaum zu atmen. Sein verstohlener Blick in alle Richtungen verrät, dass er sich wie eine Maus fühlt. Eine Maus zwischen zwei hohen Mauern, die sich aufeinander zubewegen. Inzwischen hat auch Howard eine Zigarette im Mund.

»Im Pharmabereich ist der Hightech-Anteil gering. Die Investitionen sind überschaubar.« Dai spricht schnell, als müsste er bald zum nächsten Termin. »Außerdem laufen ja im Computerbereich noch einige Hightech-Projekte. Noch mehr brauchen wir nicht. Darüber haben wir in der letzten erweiterten Geschäftsleitungssitzung schon Einverständnis erzielt.«

»Stimmt«, meint Howard und holt einen leicht vergifteten Pfeil aus dem Köcher. »Aber mit dem Geld, das wir für den Kauf eines amerikanischen Firmen-Jets ausgeben, könnten wir mindestens drei Projekte wie die *Karaoke-Familie* zwei Jahre lang laufen lassen. Und dann sind wir sicher in der Gewinnzone.«

»Howard, an Werbung dürfen wir nie sparen, das weißt du doch.« Dai pafft einen Schwaden Rauch in Richtung seines Stellvertreters. Sein Ungeduld nimmt spürbar zu, als säßen heute nur starrsinnige Personen vor ihm. »Allein die Nachricht über die Bestellung der Maschine hat dazu geführt, dass mehrere Verkaufsrekorde gebrochen wurden.«

Gu Wen verschluckt sich und muss fürchterlich husten. Doch er unterdrückt seine Geräusche mit aller Kraft, um nicht die Aufmerksamkeit auf sich zu lenken. Schließlich steckt er sich auch eine Zigarette an, sagt aber immer noch kein Wort.

»Xingkong«, sagt Howard. »Tenglong gerät allmählich in eine gefährliche Schieflage. Das eine Standbein wird ständig gekürzt, und das andere verlängert. Das könnte zu unserem Sturz führen.«

»Mein alter Freund, du darfst an meiner Seite nie fehlen. Als Katastrophenseher bist du unübertrefflich«, sagt Dai und beginnt auf einmal laut zu lachen. Es ist so übertrieben, dass die beiden anderen unsicher aufschauen, dann aber nach einem kurzen Zögern verlegen mitlachen.

Dai nutzt diesen Stimmungsumschwung geschickt für sich aus. »Hast du nicht mal gesagt, meine Hand kann den Frühling zurückholen, Howard? Hab doch Vertrauen zu mir. Jetzt müssen wir den Gürtel mal enger schnallen, aber in zwei Jahren lasse ich im Computerbereich wieder hundert Blumen blühen. Einverstanden?«

Howard nickt, wenn auch zögernd. Daraufhin wendet Dai sich Gu Wen zu. »Wie weit bist du mit dem Schrifterkennungsprojekt? Ich habe lange nichts mehr davon gehört.«

Auch Howard ist in das Projekt eingeweiht. Es handelt sich um eine Software, die *Tenglong* möglichst rasch auf den Markt bringen möchte. Das neue Produkt soll es PC-Benutzern ermöglichen, Texte direkt mit einem Stift auf den Bildschirm zu schreiben. Der Computer erkennt die Schriftzeichen und verwandelt sie sofort in Druckschrift. Für das Chinesische mit seinen Tausenden von Schriftzeichen ein ebenso ehrgeiziges wie wünschenswertes Projekt, erspart es doch den Umweg über die Pinyin-Umschrift.

»Wir sind schon dran«, murmelt Gu und weicht Dais Blick aus. »Zurzeit stecken alle erfahrenen Informatiker entweder in irgendwelchen Projekten oder sind mit der Einarbeitung von neuen Angestellten beschäftigt. Aber ich habe schon eine Idee, wen ich einsetzen könnte.«

»Wie?«, macht Dai und führt eine neue Zigarette zu Mund. »Wir haben das Projekt doch schon vor einem Monat beschlossen, und du hast bis heute nicht einmal ein Team zusammengestellt? Dabei brauchst du im Grunde nur zwei tüchtige Programmierer aus deinem Pool rauszupicken.«

»Ich ... ich werde heute noch eine Sondersitzung in meiner Abteilung einberufen«, entgegnet Gu und reibt sich die Stirn, als ob er schwitzte.

»Beschlossene Sachen sollten immer gleich umgesetzt werden. Zeit ist Geld.« Dai drückt die Zigarette aus und steht auf. »Gut. Jetzt wird weitergearbeitet.« Mit diesen Worten beendet er das Gespräch.

Im Korridor lassen die beiden Manager den Kopf hängen. »Ich habe dir gesagt, du sollst allein zu ihm gehen«, murmelt Gu leise. »Jetzt hat er mich in der Zange.«

Sie erreichen das Treppenhaus und wollen gerade hinuntergehen, da kommt eine Sekretärin Dais an die Tür und ruft in den Korridor hinein. »Herr Stellvertreter, können Sie mal kurz zu mir kommen? Ich brauche eine Unterschrift von Ihnen.«

Howard winkt Gu zum Abschied und geht mit der Sekretärin. Gerade hat er die gewünschte Unterschrift geleistet, da öffnet Dai seine Tür zum Sekretariat, sieht ihn und winkt ihn zu sich. Diesmal setzen sich die Männer nicht, sondern bleiben nebeneinander stehen.

»Meinst du nicht, dass Gu Wen sich in letzter Zeit zu seinen Ungunsten verändert hat?«, sagt Dai ohne Umschweife.

Der Gentleman zeigt ein verblüfftes Gesicht. »Wieso das?«

»Hm. Er bringt dauernd falsche Vorschläge ins Spiel, was uns unnötig Zeit und Kraft kostet. Und den Elan von früher hat er auch nicht mehr. Dringende Aufträge werden nur schleppend erledigt.«

»Nun, der Taschenübersetzer, der IQ-Trainer ... Die verkaufen sich doch immer noch wie frisch gedampfte *baozi*. Wenn ich mich richtig erinnere, sind sie beide unter seiner Leitung entwickelt worden.«

»Das ist der Schnee von gestern«, erwidert Dai mit einem Hauch von Ungeduld. Eigentlich wollte er noch erzählen, dass er sich von Gu getäuscht fühlt, weil dieser wichtige Informationen zurückhält. Aber dass sein treuester Freund heute stets eine andere Meinung hat als er, das schmeckt ihm wie die Erde im Mund. Und deshalb prescht er jetzt vor.

»Echtes Gold bewährt sich im lodernden Feuer«, sagt er. »Beim Einkauf muss die Führung verbessert werden. Ich werde Gu nächste Woche zum stellvertretenden Leiter der Abteilung ernennen. Was sagst du dazu?« Dai formuliert seinen Vorschlag als Frage, doch sein Ton erlaubt keinen Widerstand.

Howard erschrickt. Diese Art, mit Menschen umzuspringen, ist ihm vollkommen fremd. Und auch bei Dai hat er solche Willkür noch nicht erlebt. »Bist du sicher, dass Gu als wandelnde Geldbörse taugt?« Mit diesem kleinen Scherz versucht Howard, die Atmosphäre ein wenig aufzulockern. Aber er merkt sofort, dass Dai nicht in Stimmung ist, mit ihm zu scherzen.

»Gut, wenn du unbedingt willst«, gibt er nach. Eigentlich findet er die Entscheidung vollkommen unsinnig, denn Gus Talent liegt nicht in der Organisation und im Feilschen, sondern im Erspüren der Trends. Aber was nutzt es, wenn er jetzt seine Meinung sagt? Nichts.

Doch die Unterdrückung des eigenen Willens macht ihn dermaßen matt, dass er noch nicht einmal fragt, wer denn Gus Nachfolger werden soll.

»Bereitest du ihn bitte auf die Versetzung vor? Du hast ihn eingestellt und gefördert. Du hast einen besseren Draht zu ihm als ich. Versuch ihm klarzumachen, dass der Wechsel nicht als Bestrafung, sondern als Chance gedacht ist.«

Diesmal bringt der Gentleman endgültig kein Wort mehr heraus. Er schluckt und nickt stumm. Unwillkürlich legt er die Hand auf die rechte Hüfte, als spürte er dort eine offene Wunde.

»Was ist mit dir los, Howard? Du siehst in letzter Zeit oft bekümmert aus. Hast du was an der Hüfte?«, fragt Dai.

»Nichts. Nur ein kleiner Tumor ist am Bein entdeckt worden«, sagt der Gentleman und benetzt sich die trockenen Lippen.

»Wie bitte?« Bestürzt geht Dai auf Howard zu und führt ihn vorsichtig zu einem Sessel, als wäre sein Freund ein schwerkranker Mann. »Ich dachte, seit der Operation bist du wieder schnell wie ein Hirsch.«

»Ja, das linke Bein schon. Aber diesmal ist das rechte Bein dran«, sagt Howard. Die Reaktion des Freundes rührt ihn, sodass er sich plötzlich ganz schwach fühlt und sich an Dai anlehnt. »Ich muss wohl wieder ein paar Tage ins Krankenhaus.«

Dai ist erleichtert, als er hört, dass der Tumor nur so groß wie ein Erdnusskern ist. Immerhin hatte der alte Tumor, der vor zwei Jahren entfernt wurde, die Größe einer Tomate erreicht und Howards Oberschenkelknochen in eine Schieflage gedrückt. Aber dass der Tumor sich schon wieder bei Howard meldet, das beunruhigt Dai doch zutiefst. »Soll das heißen, du trägst die Wurzeln der Krankheit mit dir herum, und nach gewisser Zeit wächst immer wieder ein neuer Tumor heran?«

»Die Ärzte können es mir auch nicht erklären.« Howard zuckt mit den Schultern. »Jedenfalls wollen sie operieren.« Auf einmal sieht der Gentleman müde und schwach aus. Er zögert und sagt dann: »Manchmal habe ich Angst, dass der Tumor eines Tages bis ins Gehirn wächst. Dann bin ich am Ende.«

Dai erschrickt. Doch dann fasst er sich schnell und nimmt seinen Freund um die Schulter, bis Howard aufhört zu zittern. Er starrt auf eine Kalligraphie an der Wand und sagt plötzlich entschlossen: »Nein, Howard. Bei deinem Fall stößt die westliche Medizin an ihre Grenzen. Wir sollten Hilfe bei der chinesischen Medizin suchen.«

Der Gentleman zeigt wenig Begeisterung für die chinesische Medizin. »Na ja, man muss zuerst einen chinesischen Arzt finden, der wirklich was kann. Dann muss man jahrelang bitteren

Kräutersud zu sich nehmen. Hat man Glück, dann ist der erdnussgroße Tumor vielleicht so klein wie eine Linse geworden, aber er ist immer noch da.«

»Ja, genau. So ein Kräutersud braucht eine Weile, aber dafür kann er vielleicht die Wurzeln des Tumors aus deinem Körper ausradieren und die notwendige Balance wieder herstellen.« Dais Augen leuchten vor Aufregung. Er macht eine Faust und schlägt sich damit in die andere Hand, sodass es laut klatscht. »Ich weiß, was unser nächstes medizinisches Projekt ist: Wir finden ein Rezept, das dich heilt. Das wird unser Star! Mit dem *Gehirnmarschall* wollte ich ursprünglich auch nur die chronischen Kopfschmerzen meines Vaters wegkriegen, und jetzt hat er uns reich gemacht und unzähligen Menschen einen klaren Kopf beschert.«

»Ach, mir ist lieber, ich lege mich auf den Operationstisch. Dann ist der Tumor wenigsten weg, wenn ich wieder aufwache«, sagt Howard.

»Das kannst du natürlich tun, damit es schneller geht«, sagt Dai. »Aber du darfst nicht glauben, dass damit die Krankheit geheilt ist.«

Howard verstummt. Genau darin liegt seine Angst, dass ihn das Operationsmesser nicht wirklich retten kann.

»Pass auf, wir werden einen guten chinesischen Arzt für dich finden«, sagt Dai. »Gute Ärzte können allein am Puls erkennen, ob ein Körper ausgeglichen ist oder nicht.«

Howard murmelt etwas wie »nicht nötig« oder »ich komme schon zurecht«, doch Dai lässt nicht locker. Um ihm die Entscheidung zu erleichtern, fügt Dai hinzu: Alle Behandlungskosten, sowohl die für westliche als auch die für chinesische Medizin, werden von *Tenglong* übernommen.

Howard bekommt vor Rührung feuchte Augen. In letzter Zeit hat er Dais Freundschaft nicht mehr so deutlich gespürt. Das Gefühl, dass Dai sich jetzt um ihn kümmert, tut ihm so gut, dass er Dais Vorschlag zustimmt und ihn beim Abschied umarmt. Eine Szene, wie sie nicht jeden Tag vorkommt.

Beim Hinausgehen läuft Howard der neuen Angestellten Tang Anqi fast in den Arm. Sie steht mit ein paar Blättern Papier in der Hand vor der Tür und scheint darauf gewartet zu haben, dass er wieder herauskommt.

Der Gentleman lächelt sofort charmant und hält ihr die Tür auf: »Schön, dass die strahlende Jugend mich ablöst. Sie machen den bewölkten Himmel gleich wieder blau, nicht wahr?«

»Aber der Himmel ist doch ganz blau«, sagt Anqi verwundert. Aber ihr ist nicht ganz wohl bei dieser Antwort. Sie kichert verlegen und huscht schnell an Howard vorbei ins Büro des Direktors. Die Tür macht klick, und dann ist sie mit Dai allein. Zum ersten Mal seit ihrem missglückten Debüt als Begleitdame.

Auch wenn der Streit jetzt schon fünf Tage zurückliegt, spürt Anqi sofort, dass er Schatten zwischen ihnen geworfen hat. Dai kommt ihr nicht entgegen, sondern bleibt einfach an seinen Schreibtisch angelehnt stehen und raucht weiter. Nur einen kurzen Blick wirft er in ihre Richtung, um zu zeigen, dass er ihre Anwesenheit registriert hat.

Aber Anqi hat sich fest vorgenommen, sich nicht aus dem Konzept bringen zu lassen. Sie öffnet den Mund und will gerade zu sprechen beginnen, da hat sie das Gefühl ersticken zu müssen und fängt an zu husten. Jetzt glaubt sie zu wissen, was der stellvertretende Direktor mit dem bewölkten Himmel gemeint hat: Der Raum ist dermaßen vollgequalmt, dass man das Gefühl hat, durch Nebelschwaden zu wandern.

»Die Luft hier ist nicht gut für Frauen«, sagt Dai entschuldigend und drückt rasch die Zigarette aus, die er in der Hand hält. Dann eilt er zum Fenster und reißt es weit auf. Der Rauch zieht ins Freie, während gleichzeitig Hitze und Lärm in den Raum stürzen. Dai würde das Fenster am liebsten gleich wieder schließen und die Klimaanlage auf Hochtouren bringen, aber er fürchtet, damit keinen Beifall bei Anqi zu finden.

»Die Hitze steigt irgendwie von Jahr zu Jahr«, sagt er. Es ist ihm anzusehen, dass er ein möglichst unverfängliches Gesprächsthema sucht. »Als ich 1990 hierherkam, fand ich den Sommer noch angenehm. Heutzutage schält sich einem die Haut, wenn man eine halbe Stunde in der Sonne herumläuft.«

Über die Sprechanlage gibt er einer seiner Sekretärinnen Anweisung, das Büro aufzuräumen, dann führt er Anqi in den Konferenzraum.

»Ja, ich habe irgendwo gelesen, Shenzhen bekommt jeden Tag ein neues Hochhaus, jeden dritten Tag eine Straße. Wo man Häuser baut, da verschwindet das Grün. Da wütet der Sommer natürlich von Jahr zu Jahr schlimmer.« Anqi bemüht sich um den Gesprächsfaden.

»Sagen Sie nicht, Shenzhen besteht nur aus Hochhäusern.« Dai versucht gar nicht erst, sie zu duzen.

»Stimmt. Shenzhen hat tatsächlich mehr grüne Hügel, Parks und Seen als Peking oder Shanghai«, korrigiert Anqi sich eilig, um ihm entgegenzukommen. »Außerdem liegt es am Meer. Das bringt öfter mal Regen und Wind.«

Diesmal nickt Dai zufrieden.

Der Konferenzraum ist nicht so stark klimatisiert wie Dais Büro. Dennoch ist es kühl genug, dass man nicht bei jedem Schritt ins Schwitzen kommt. Nachdem Anqi an dem großen ovalen Tisch Platz genommen hat, geht Dai um den Tisch herum und setzt sich ihr gegenüber. Zum Thema Hitze hat er nichts mehr zu sagen. Er legt die Unterarme auf den Tisch und schaut wartend zu Anqi herüber.

Anqi breitet die Blätter aus, die sie mitgebracht hat, und lächelt ihn erwartungsvoll an. Nur ein Zeitungsausschnitt bleibt in ihrer Hand zurück.

»Ah, weitere Kapitel von den *Neuen Drei Reichen*. Schön«, sagt er sachlich. »Die erste Folge wurde bereits an die Yangcheng-Abendzeitung geschickt. Das hat Ihnen Lou Gan sicher mitgeteilt.« Er nimmt die neuen Blätter in die Hand, dann legt er sie wieder beiseite. »Sobald ich Zeit finde, werde ich mich damit befassen.«

Die Sache mit dem Comicstrip wäre also erledigt. Aber Anqi

macht keine Anstalten, aufzustehen und den Raum zu verlassen, sondern blickt ihrem Gegenüber fest in die Augen. »Ich wollte Ihnen einen Vorschlag unterbreiten.«

Sie wartet kurz, um die Neugier Dais zu steigern, dann legt sie mit glänzenden Augen los: Wieso versuche *Tenglong* nicht, seine Arzneimittel auch als Tiermedizin zu verkaufen? Gelinge ihm dieser Schritt, werde Dai Herr über Menschen und Tiere und sei mächtiger denn je.

»Wie sind Sie denn darauf gekommen?«, fragt Dai irritiert.

Jetzt erzählt Anqi von der Pfauenfarm in Kanton. »Die Tiere leiden unter der Hitze«, erklärt sie. »Sie haben Fieber und Durchfall.« Die Besitzerin sei verzweifelt.

Um ihren Worten Nachdruck zu verleihen, legt sie den Zeitungsausschnitt auf den Tisch. Die fettgedruckte Schlagzeile »Pfauenfarm Gaga zittert vor der Hitze« sticht Dai ins Auge. Darunter sind zwei Pfauen abgebildet, die ihre Hälse so krankhaft verrenken, als hätten sie den Sinn für Orientierung verloren.

»Das ist eine Riesenchance für uns.« Anqi steht abrupt auf und dreht sich herum. Aus einer der beiden Vitrinen an der Wand, die *Tenglong*-Produkte ausstellen, fischt sie eine grüne Packung heraus und legt sie vor Dai auf den Tisch. »Ich wette, mit der *Grünen Fee* können wir die Tiere rasch wieder gesund machen. Ist die Rettungsaktion erfolgreich, wird die Presse sich überschlagen. Ich seh schon die Schlagzeilen: *Tenglong rettet die Pfauen. Triumph der chinesischen Medizin!* Außerdem kriegen wir neue Kunden: Schweinefarmen, Viehzüchter, ganz zu schweigen von den reichen Hundebesitzern mit ihren Lieblingen.«

»Das ist ein Entgiftungsmittel für Menschen. Für Tiere braucht man ganz andere Rezepte«, sagt Dai zurückweisend. Der Raumwechsel scheint ihm nicht gutzutun. Oder fehlt ihm eher die glimmende Zigarette? Jedenfalls drückt er mal die linke, mal die rechte Seite seiner Nase zu, um sich am Niesen zu hindern.

»Nein«, sagt Anqi etwas undiplomatisch. »Ich habe einen unserer Mediziner gefragt. Er meint, man muss nur anders dosieren, dann wäre das Mittel auch für Tiere geeignet.«

Aber Dai ist ein nüchterner Geschäftsmann, er lässt sich nicht von einer halbgrünen Geschäftsidee überrumpeln. »Tiermedizin wäre ein völlig neues Geschäftsfeld. Zurzeit hat Tenglong keine Pläne in dieser Richtung«, erklärt er trocken, während seine Hand nach seinen Zigaretten tastet.

»Aber ich meine ja gar nicht, dass wir in die Tiermedizin einsteigen sollen.« Anqi lässt sich nicht entmutigen. »Ich meine nur, wir sollten diesen Pfauen die *Grüne Fee* geben. Wenn sie gesund werden, ist das ein spektakulärer Erfolg für unsere PR. Wir kommen glatt ins Guinness-Buch der Rekorde.«

»Schön und gut, aber bis die Kontrollbehörde uns die Genehmigung für eine neue Verwendung der *Grünen Fee* erteilt, sind die Pfauen längst an der Hitze gestorben.« Dai möchte das Thema vom Tisch haben und eine Zigarette rauchen.

Aber Anqi scheint auf jeden Einwand vorbereitet zu sein. Die Genehmigung der Behörde sei bei der Rettungsaktion doch gar nicht erforderlich, sagt sie. Zhong Ming, einer der medizinischen Berater *Tenglongs*, werde die kranken Tiere besuchen und seine Hilfe anbieten. Erst wenn sie wieder gesund seien, werde er verraten, dass er den Tieren die *Grüne Fee* gegeben habe.

Dai hebt überrascht die Augenbrauen. Der Ehrgeiz der jungen Frau scheint noch größer als seiner zu sein. Aber Ehrgeiz genügt nicht. Mit den verschiedensten Einwänden versucht er ihren Plan zum Platzen zu bringen, aber seine Nadelstiche dringen einfach nicht durch.

»Lassen Sie mich nur machen«, sagt Anqi zuversichtlich. »Ich versichere Ihnen, wir werden auf jeden Fall noch bekannter.« Mit ein paar kurzen Sätzen skizziert sie, wie sie die Pfauenrettungsaktion zu einem Ereignis machen wird: Zwei Pressekonferenzen will sie veranstalten. Und wer einen positiven Bericht schreibt, wird mit attraktiven Geschenken belohnt.

»Was für Geschenke?«, fragt Dai.

»Das kommt darauf an. Attraktive Produkte haben wir doch genug. Damit lassen sich einige Wünsche erfüllen.«

Eine Weile kann Dai sie noch abwehren. Aber je länger sie von ihrer Idee erzählt, desto mehr lässt sein Widerstand nach. Dass diese junge Frau allein so ein raffiniertes Konzept entwickelt und sich dabei bis ins kleinste Detail Gedanken gemacht hat, das überrascht ihn am meisten.

Er vergisst ganz und gar seine juckende Nase, bis es plötzlich zu spät ist. Er niest wie ein Pferd, und der schwere Tisch unter seinen Armen beginnt zu vibrieren. Oh, was ist los, er kann gar nicht mehr aufhören! Gleich drei, vier gewaltige Nieser hintereinander muss er herausdonnern. Und das alles vor einer jungen Dame. Wie peinlich!

Er bedeckt sein Gesicht mit beiden Händen und lässt der Natur ihren Lauf. Als er den Kopf wieder hebt, hat er rote, von Tränen verschleierte Augen. Und Anqi ist nicht mehr im Zimmer.

Dai fängt an, sich eifrig die Nase zu putzen. Hat Anqi die Nerven verloren? Er hält sich das Taschentuch immer noch vor die Nase, als Anqi überraschend zurückkehrt und ein Glas Wasser vor ihm auf den Tisch stellt.

»Irgendwas ist mir in die Nase geflogen«, brummt Dai. »Es ist gleich vorbei.«

Anqi reißt die *Grüne Fee* auf, die sie vorhin auf den Tisch gelegt hat, und schüttelt das Brausepulver ins Glas. Es zischt und brodelt, dann wird das Wasser tiefgrün.

»Sie haben vorhin beim Fensteröffnen einen Hitzschlag erlitten«, erklärt Anqi mit sicherer Stimme. »Trinken Sie die *Grüne Fee*, dann geht es Ihnen gleich besser.« Sie schiebt ihm das Glas hin.

»Verwechseln Sie mich nicht mit den kranken Pfauen«, brummt er. Zugleich ist er tief gerührt, dass sie mit solcher Entschlossenheit für ihn sorgt. Er mustert Anqi mit einem kritischen, leicht verschleierten Blick. Ist diese Frau in der Lage, so ein Projekt durchzuziehen? In Gedanken versunken führt er das Glas zum Mund, trinkt es halb leer und atmet tief durch.

»Ich habe bereits Kontakt zu der Besitzerin der Farm« sagt Anqi. »Sie wartet schon dringend auf uns. Sie hat große Angst, dass die Pfauen die Hitzewelle nicht überleben.«

Nach einer kurzen Pause sagt sie: »Wissen Sie, was ich den Pfauen erzählen werde, wenn ich sie sehe? Ich werde ihnen sagen, dass Sie nach nur einem halben Glas *Grüne Fee* wieder durchatmen konnten.«

Dai muss lachen. Anqi hat etwas vom Ernst und der Überzeugungskraft eines Kindes. Sie ist ein Widerspruch in sich, doch sie reizt ihn. Er hebt das Glas und leert den Rest in einem Zug. Die Entscheidung ist gefallen. Für sie.

Howard macht ein verlegenes Gesicht, als er Gu Wen in seinem Büro vorfindet. Offensichtlich hat der Forschungsleiter auf ihn gewartet – und ihm dabei das Zimmer vollgequalmt, dass Howard erst einmal husten muss, als er hereinkommt.

»Hat jemand den Generaldirektor verhext oder was ist los?«, platzt Gu heraus. In Dais Büro hat er nichts zu sagen gewagt, dafür schimpft er jetzt umso lauter. »Wieso zieht er bei vielversprechenden elektronischen Produkten immer die Bremse und bei jedem medizinischen Pipifax gibt er Gas? Dabei war er ursprünglich doch selbst Informatiker. Jetzt ist er dem Computergeschäft gegenüber so umbarmherzig wie ein böser Stiefvater gegenüber dem Stiefkind.«

Howard lässt den Kollegen erst einmal reden. Als Gu die erste Schüssel Wutwasser ausgeschüttet hat, sagt der Gentleman: »Solange ein Betrieb erfolgreich ist, wird es heißen, der Chef macht alles richtig.«

»Aber ich will unseren Erfolg doch nur vergrößern«, sagt Gu und formt die Lippen zu einem Paar praller Würstchen. »Ich glaube, der Chef ist irgendwie gegen mich. Egal, was ich vorschlage, er will immer das Gegenteil.«

»Vielleicht wird es dir guttun, wenn du mal zum Einkauf

wechselst.« Howard ist müde und hat keine Lust, diplomatisch zu sein. Seit der zweite Tumor entdeckt worden ist, kann er nicht mehr gut schlafen.

Gu reißt die Augen auf und atmet mit offenem Mund, als hätte ihm jemand den Zeh zerquetscht. »Wie bitte?! Ich soll zum Einkauf? Nein, niemals!«

»*Hat der Himmel einen Menschen für eine große Aufgabe vorgesehen, wird er ihn vorher so lange belasten, bis er den erforderlichen Charakter besitzt.* Das hat Mengzi bereits vor über zweitausend Jahren gesagt«, sagt Howard. Die Heftigkeit Gus überrascht ihn. »Wenn es dir gelingt, das Krisengebiet Logistik und Einkauf aufzuräumen, bist du ein Manager, der überall eingesetzt werden kann. So einer wie ich.«

»Ich verstehe. Dai will mich rausekeln!« Der kleine Mann mit dem Froschgesicht drückt den glimmenden Stummel seiner Zigarette mit übermäßiger Kraft im Aschenbecher platt und hebt den Kopf. Sein Gesicht glänzt, und sein Mund sieht aus wie ein Sicherheitsschloss. »Ich wechsle nur, wenn ich Abteilungsleiter werde. Ein Stellvertreterjob kommt für mich nicht infrage. Passt ihm das nicht, soll der Generaldirektor mich rausschmeißen.« Er steht abrupt auf und dreht Howard den Rücken zu wie ein Stachelschwein.

Bestürzt springt Howard auf, um den Kollegen wieder in den Sessel zurückzudrücken. Er hätte nicht gedacht, dass es Gu auf eine Kündigung ankommen lässt. Der Mann ist der Sohn eines Offiziers und hat die Disziplin mit der Muttermilch eingesogen.

»Gu Wen«, schmeichelt Howard. »Ich habe dich hergeholt. Du bist wichtig für den Betrieb. Wenn du plötzlich hinschmeißt, wo soll ich dann mit meinem Gesicht hin? Nein, nein, das kommt überhaupt nicht in Frage, dass du Tenglong verlässt.«

Der Gentleman steckt seinem Zögling persönlich eine Zigarette an und sagt dazu einen Haufen lobende und besänftigende Sätze. Als der kleinwüchsige Mann sich ein wenig beruhigt hat, sagt der Gentleman, er werde noch mal mit Dai reden, aber Gu solle sich auch Mühe geben.

Am nächsten Tag holt Howard zwei Essen aus der Kantine und geht damit in Dais Büro. Tatsächlich hat Dai wieder einmal völlig vergessen, etwas zu essen. Er sitzt mit gerunzelter Stirn an seinem Schreibtisch und wirkt sehr bedrückt, als Howard hereinkommt.

Howard stellt ihm einen Teller hin, den er mit Leckereien gefüllt hat, und gibt ihm die Ess-Stäbchen. »Ist was?«, fragt er.

»Nein, alles in Ordnung«, sagt Dai und nimmt widerwillig die Stäbchen.

Howard vermutet Überarbeitung und versucht, seinen Freund mit amüsanten Geschichten aufzuheitern. Nach einer Weile lächelt Dai wieder.

Daraufhin lenkt Howard das Gespräch unauffällig auf Gu Wen. Als Dai aber hört, dass Gu den Posten des Abteilungsleiters im Einkauf verlangt hat, verfinstert sich sein Gesicht. »Dann soll er halt gehen«, knurrt er.

Howard erschrickt und hört auf zu kauen. »Was hast du denn gegen ihn? Er hat seine Arbeit doch bislang nicht schlecht gemacht.«

»Der Mann ist ein Betrüger«, sagt Dai. Erst jetzt verrät er Howard, was ihn bedrückt. Nach dem Zwischenfall mit dem *Gehirnpräsidenten* sei er misstrauisch geworden und habe Gu Wen überprüfen lassen. Das Ergebnis der Ermittlungen habe ihn sehr unangenehm überrascht. »Er hat gefälschte Zeugnisse eingereicht, als er vor zwei Jahren zu uns kam. Im Archiv der Fachhochschule, wo er Informatik studiert haben soll, ist kein Gu Wen auf der Studentenliste zu finden.«

»Das kann nicht sein. Gu versteht doch etwas von Informatik«, sagt Howard bestürzt.

»Mag sein, dass er einen Computer-Crashkurs besucht und sich schlaugemacht hat, ehe er zu uns kam. Eine gewisse Fähigkeit hat der Bursche, das will ich ihm gar nicht abstreiten«, sagt

Dai nachdenklich. »Aber vertrauen kann ich ihm nicht. Die Buchhaltung sagt, sie hätten den Verdacht, dass er auch gefälschte Spesenrechnungen eingereicht hat.«

Howard wird blass und schiebt das nur halb gegessene Essen zur Seite. Immerhin hat er bei der Einstellung für Gu Wen gesprochen. Er fühlt sich verantwortlich. »Gut. Gefälschte Abrechnungen sind inzwischen ein Volkssport. Wenn es im Rahmen bleibt, kann man ein Auge zudrücken. Ich werde ihn durch die Blume ermahnen, dass er dabei nicht zu weit geht«, sagt er. »Aber gib ihm noch eine Chance. Er hat ja nicht schlecht gearbeitet.«

Dai kaut auf ein paar Schweineohren und sagt lange nichts. Eigentlich bereut er schon, dass Gu jetzt in eine Abteilung versetzt wird, wo viel Geld aus der Firma herausfließt. Aber er will Howard nicht zu sehr kränken. »Gut. Talente wollen wir nicht unbedingt mit Moralfesseln lähmen. Er darf von mir aus stellvertretender Leiter des Einkaufs werden. Aber Führungskräfte müssen vorbildlich sein. Sieh zu, dass Gu ein guter Mann wird.«

Als Howard gegangen ist, bleibt Dai allein in seinem Büro und starrt aus dem Fenster. Er hat seinem Stellvertreter nicht alles erzählt, was der Personalchef bei seinen Ermittlungen festgestellt hat: Auch Roula ist aufgrund von falschen Zeugnissen eingestellt worden.

10

Der Wolf geht in die Falle und Buddha tanzt mit den Schlangen

Das Leben steckt doch voller Überraschungen! Wer hätte gedacht, dass die Produkte des Fälschers Fang Shunmen jetzt sogar schon im Ausland begehrt sind? Zumindest seine konkurrenzlosen Preise haben offenbar Aufsehen erregt.

An einem Junitag fliegt Fang von Changsha nach Shenzhen, um sich mit zwei neuen Kunden aus Taiwan zu treffen. Im Sonnenschein hebt er ab, bei Regenwetter landet er, was seine Lust auf die Stadt am Meer nicht gerade vergrößert. Mit Bodyguard und Koffer steigt er im Hotel am Dufthonigsee ab. Kaum steht er in seinem Zimmer – der Leibwächter hat seinen Koffer noch in der Hand – da klingelt das Telefon.

Fang gibt seinem Bodyguard einen Wink, dieser nimmt den Anruf mit einem unbestimmten Knurren entgegen und schon meldet sich eine sinnliche Frauenstimme am anderen Ende der Leitung: »Hallo, großer Bruder, magst du nicht eine Ganzkörpermassage bestellen? Soll ich gleich zu dir hochkommen und dich verwöhnen?«

Der Leibwächter, ein Mann mit kräftigem Körper, deckt die Sprechmuschel zu. »Das ist ein Massageservice«, sagt er im Hunan-Dialekt zu seinem Chef.

»Hm, ich dachte, Shenzhen hätte ein wenig mehr Stil«, sagt Fang abschätzig. »Das ist ja hier genauso gelb wie Gufeng.« *Gelb* bedeutet in China so viel wie dekadent und pornographisch. »Leg auf.«

Der Leibwächter tut wie geheißen. Bevor er verschwindet, prüft er das Zimmer auf seine Bequemlichkeit und Sicherheit für den Chef. Gerade tastet er mit den Händen auf der Matratze herum und späht unter das Bett, da klingelt das Telefon wieder. Es klingelt und klingelt, als wollte es überhaupt nicht mehr aufhören. Aber diesmal lässt Fang seinen Leibwächter nicht abheben. Nach zehnmal Läuten hört das Telefon von allein auf.

»Geh in dein Zimmer und ruh dich ein bisschen aus«, sagt der Herr. Der Leibwächter nickt und zieht sich ins Nebenzimmer zurück.

Fang öffnet den Koffer und sucht die Kleider heraus, die er beim Treffen anziehen will. Bis zum Treffen hat er noch zwei Stunden Zeit. Soll er eine Dusche oder ein Bad nehmen? Da schrillt das Telefon wieder.

»Lieber großer Bruder, soll ich deine Füße auf den Schoß nehmen und sie mit Rosenöl massieren? Du wirst dich wie neugeboren danach fühlen.« Diesmal ist es eine andere Frauenstimme, etwas jünger und weicher als die vorige.

Die Stimme reizt Wolfsfleck. »Woher kommst du?«, fragt er.

»Aus Dali«, sagt die süße, lispelnde Stimme. »Soll ich mich vorzeigen?«

»Gut. Wenn du hässlich bist, brauchst du nicht zu kommen«, sagt Wolfsfleck lapidar.

»Wo denkst du hin? Großer Bruder, du wirst strahlen vor Freude, wenn du mich siehst«, sagt die Stimme und schickt einen hauchzarten Kuss durch die Leitung.

Kaum hat er aufgelegt, klopft es auch schon an der Tür. Es ist, als hätte die Frau auf derselben Etage gewartet. Die schönen Mädchen von Shenzhen haben es eilig, mich zu bedienen, denkt Wolfsfleck, schauen wir mal, was sie zu bieten haben. Mit einem selbstgefälligen Lächeln macht er die Tür einen Spalt auf und späht in den dunklen Flur.

Sofort huscht eine stark geschminkte junge Frau mit spitzem Haar und kurzem Rock herein, umschlingt ihn wie eine Liane, zieht ihn zum Bett und fängt an zu stöhnen. Sie ist ein bisschen älter als ihre Stimme, aber Fang reagiert mit männlicher Kraft auf die süße Versuchung. Er schiebt ihr den Rock hoch und wirft sich auf sie. Vergeblich versucht sie, ihm wenigstens einen Gummi überzustreifen. Er nimmt sie einfach so, wie es ihm passt. Eng umklammert liegen die beiden auf der luxuriösen, satinbespannten Matratze, und eine Mischung aus spitzen Schreien und kraftvollem Grunzen ertönt, als er sich des Mädchens bedient.

Da hämmert plötzlich jemand an die Tür, und eine strenge Stimme ertönt: »Aufmachen! Polizei! Razzia gegen Hurerei.«

Die junge Frau kreischt noch mehr als zuvor, springt aus dem Bett, zupft an ihrem Rock und knöpft vergeblich an ihrer zerrissenen Bluse herum.

Überall auf dem Flur hört man plötzlich hysterisch schreiende Frauen. Sie kreischen so spitz und schrill, als würden sie lebendig geschlachtet.

Wolfsfleck ist lautlos aufgestanden, zieht seine Hosen hoch und schleicht sich ans Fenster, um einen Fluchtweg zu suchen. Aber sie befinden sich im dritten Stock, und an der Fassade des Hauses gibt es nichts, woran er sich festhalten könnte. So eine Razzia ist das Risiko einfach nicht wert. Er greift nach seinem Jackett und rückt seinen Schlips gerade. Es bleibt ihm nichts anderes übrig, als die Tür zu öffnen und sich als anständiger Mann auszugeben.

Im Polizeipräsidium staunt man nicht schlecht. Auf Wunsch von Bürgermeister Sun hat man dem Produktpiraten eine sorgfältig ausgeklügelte Falle gestellt. Schon der Anruf der angeblichen Taiwanesen, die seine gefälschten Produkte beziehen wollten, stammte von einem verdeckten Ermittler. Und im Hotel »Pavillon«, dem berühmten Fünf-Sterne-Hotel, wo Fang eine Suite reserviert hat, stand auch ein fünfköpfiges Sonderkommando bereit, um den Mann festzunehmen. Aber dort ist der Fälscher nie eingetroffen.

Und jetzt haben die Kollegen von der Sittenpolizei den Produktpiraten bei einer Routine-Razzia erwischt! Ein bisschen peinlich ist ihnen das schon. Aber am Ende zählt nur das Ergebnis. Bürgermeister Sun und der Polizeipräsident werden zufrieden sein mit ihren Beamten. Und vielleicht gibt's sogar noch eine Belohnung. Es wird gemunkelt, dass einige Shenzhener Geschäftsleute sehr böse auf den Mann mit dem Wolfsfleck sein sollen.

Der Produktpirat glaubt noch, sobald er die verlangte Geldstrafe bezahlt hat, ist er wieder ein freier Mann. Aber zu seiner Verwunderung wird er nach der Einzahlung nicht freigelassen, sondern in eine Einzelzelle geführt. Was bilden diese hochnäsigen Shenzhener Polizisten sich ein?

Aber nachdem er eine Nacht in der Zelle verbracht hat und am nächsten Morgen immer noch nicht freigelassen wird, wird ihm allmählich klar, dass die Sache ernster ist, als er sich gedacht hat.

Am späten Vormittag wird Buddha ins Polizeipräsidium gebeten. Er soll den Verdächtigen identifizieren. Die Gegenüberstellung ist hundertprozentig erfolgreich. Buddha kennt Fang Shunmen inzwischen recht gut. Es steht außer Zweifel, dass die Polizei den Richtigen gefangen hat.

»Und was geschieht jetzt mit ihm?«, fragt Buddha den leitenden Beamten nach der erfolgreichen Identifizierung des Produktpiraten.

»Das Übliche, was einen kriminell Verdächtigen erwartet: Verhör. Untersuchungshaft. Bis wir genug Beweise gesammelt haben, ihn vor Gericht zu bringen«, erwidert der zuständige Kommissar. »So schnell kommt er hier nicht mehr raus.«

Die Verhaftung des Wolfsflecks löst Jubel bei *Tenglong* aus. Kollegen lassen laute Popmusik laufen und tanzen spontan miteinander. In der Kantine bekommen die Mitarbeiter eine Mahlzeit zum halben Preis. Das Essen im Betrieb ist zwar schon immer preiswerter als draußen, aber dass es nur die Hälfte kostet, das hat es bislang noch nicht gegeben. Nur einmal im Jahr, zum

Frühlingsfest, gibt es eine üppige Mahlzeit umsonst. Deswegen wird der Tag, an dem Fang eingesperrt worden ist, spontan zum »Sommerfest« erklärt.

Ein paar Tage später wird Buddha dreißig. Sein älterer Bruder will einen unvergesslichen Tag daraus machen und bestellt ein Schlangenbankett im Restaurant »Südliche Naturreinheit«. Zu dieser Geburtstagsfeier wird nur der Kreis der engsten Führungskräfte von *Tenglong* »mit Damen« geladen. Es wird ein fröhliches Fest. Beim Anblick jedes einzelnen Gerichts, sei es »Blaue Schlangensuppe mit geknoteten Algen« oder seien es »Liebende Dreiringelschlangen auf einem Lilienbett«, stoßen die Gäste ein kollektives »Ooh …« oder »Aah …« aus.

Kommt eine Weile kein neues Gericht, scherzen die Gratulanten mit dem Geburtstagskind. Bald erhält Buddha einen neuen Spitznamen. »Schlangennase« muss er sich jetzt nennen lassen, weil seine Nase bei der Ziegelsteinattacke in Gufeng an zwei Stellen geknickt wurde.

Inzwischen kommen zwei dramatisch bekleidete junge Frauen in den Saal und beginnen eine laszive Schlangenshow aufzuführen. Sie wiegen die Hüften, sie lassen lebendige Schlangen am Oberschenkel unter dem Kleid verschwinden und am Hals wieder hervorkriechen, sie küssen die Reptilien und stecken ihnen sogar die zarten Finger in den Schlangenschlund. Bei der Nummer »Zigaretten rauchen« müssen die *Tenglong*-Leute laut lachen, weil eins der geruchsempfindlichen Tiere vor lauter Empörung den Kopf schüttelt, als man ihm den Glimmstengel vors Schlangenmaul hält.

Am Ende ihrer Show wollen die Schlangenfrauen unbedingt dem Geburtstagskind eine armdicke Würgeschlange um den Hals legen, weil das angeblich Glück bringt. Die Gäste schreien vor Aufregung und suchen das Weite, nur Buddha bleibt auf seinem Stuhl sitzen, die Füße fest auf den Boden gestemmt, während seine Hände die Sessellehne umklammern. Stoisch lässt er die Mutprobe über sich ergehen. Doch nach ein paar Sekunden kann er das beengende Gefühl nicht länger ertragen und schreit nach Befreiung.

Die Schlangenfrauen nehmen ihm das Tier ab und präsentieren es stolz den anderen Gästen, ehe sie ihm gratulieren: Der kurze Kontakt mit dem prächtigen Tier hat genügt, um ihm den Schutz des Schlangengottes zu schenken.

Nachdem die Schlangenfrauen gegangen sind, unterhält sich die Gästeschar aus eigenem Antrieb. Als die »in Lotusblättersaft geschmorte Regenbogenschlange« serviert wird, folgt der Werbechef, Dais Neffe Lou Gan, einem unwiderstehlichen Impuls und beginnt Songs aus den Dreißigerjahren ins Mikrofon zu hauchen.

Dai verlässt das Zimmer und spricht mit dem Geschäftsführer des Restaurants. Ein paar Minuten später schieben zwei Kellner einen Serviertisch mit einem dichtmaschigen Käfig herein. Die Feiernden stoßen einen entzückten Schrei aus, als sie die hübschen bunten Schlangen auf dem Käfigboden erblicken.

Erneut wird Lou Gan das Mikrofon in die Hand gedrückt. Er möge doch bitte die Schlangen beschwören, sagt Dai. Das müsse ein Werbechef können.

Lou Gan scheitert kläglich, und auch den anderen gelingt es nicht, die Schlangen zum Tanzen zu bringen, auch wenn es viel Beifall und Gelächter für ihren Gesang gibt. Erst als der Personalchef Yi Shangwang Melodien aus der Kun-Oper singt, erheben die schlafenden Schlangen den Kopf und wenden sich für kurze Zeit dem Sänger zu.

Man müsse den Tieren mal zeigen, was ein »richtiger« Schlangentanz sei, erklärt nun Lou Gan.

Ein großer runder Tisch wird hereingeschoben, und Buddha und seine Ehefrau müssen hinauf. Buddha ist so gut gelaunt, dass er sich gar nicht dagegen wehrt. Er legt seine Arme um Bailings Taille und schwenkt sie im Kreis. Hin und wieder hebt er sie hoch, als spielte er mit einem Ball. Und Bailing schmiegt sich an ihn wie eine richtige Schlange.

Die Zuschauer klatschen begeistert. Das sei der schönste Schlangenliebestanz, den sie je gesehen hätten.

Die echten Schlangen dagegen drängen sich ängstlich in einer Ecke des Käfigs zusammen.

»Diese Drückeberger!«, ruft Gu Wen, den Dai bewusst eingeladen hat, um ihn für die Versetzung in die Einkaufsabteilung zu entschädigen. Er hebt den Käfig hoch und stellt ihn auf den Tisch, auf dem das Paar tanzt.

Bailing kreischt vor Angst und will auf den Boden springen, aber Buddha zeigt keinerlei Angst vor den Gifttieren. Er nimmt die zappelnde Bailing auf die Arme und tanzt mit ihr um die Schlangen herum. Die Zuschauer kreischen vor Freude.

Aber als Gu Wen auf einen Stuhl springt und Buddha auch noch die vierjährige Yaoyao auf die Schultern setzt, wird es plötzlich ganz still im Saal. Der starke Mann der Familie wird doch hoffentlich unter der zwiefachen Last nicht vom Tisch fallen?

Alle Augenpaare heften sich an ihm fest und wollen sehen, ob er den Tanz unter dem Gewicht seiner Tochter und seiner Frau immer noch fortsetzen kann.

Scheinbar mühelos dreht sich Buddha im Kreis um den Schlangenkäfig herum.

»Es lebe Buddha! Es lebe die Drei-Köpfe-Familie!«, schreien die Gäste.

Erst auf dem Heimweg erklärt Bailing ihrem Mann, dass sie keineswegs so begeistert ist von der Drei-Köpfe-Familie.

»Ich möchte noch ein Baby«, flüstert sie leise und reibt ihre Nase an seinem Hals.

»Ich mach dich schwanger und dann schicken wir dich nach Hongkong«, sagt er und greift zärtlich nach ihren Brüsten. »Wenn du das Baby dort kriegst, ist es in Ordnung.«

11

Beim Besuch des Präsidenten fällt einer aus allen Wolken

Am 1. Juli kommt Tang Anqi um acht Uhr ins Büro. Die Arbeitszeit beginnt normalerweise um neun. Aber sie hat sich viel vorgenommen. Frühes Kommen und spätes Gehen sind ihre Gewohnheit geworden. Sie hat gerade ihre Handtasche in der unteren Schublade ihres Schreibtischs verstaut, da kommt eine Kollegin aus dem Zimmer nebenan und jubelt: »Lang lebe Hongkong!«

Seit heute gehört Hongkong wieder zu China, und die Freude über die Rückkehr der Insel will natürlich jeder zum Ausdruck bringen. Besonders die Shenzhener haben große Erwartungen. Schon bislang ist eine Menge Geld aus Hongkong nach Shenzhen geflossen. Jetzt ist zu hoffen, dass beide Städte noch mehr florieren.

»Ein Hoch auf die Schwesterstädte Hongkong und Shenzhen«, stößt Anqi hervor. Sie steht auf, die beiden Frauen klatschen die Hände zusammen wie erfolgreiche Sportler und drehen spontan eine Tanzrunde. Dabei erfährt Anqi, dass Generaldirektor Dai sie erwartet.

Die Erwähnung des Namens lässt ihr Herz wie ein Plüsch-Häschen hüpfen. Sie holt die Kosmetikschachtel heraus und frischt ihr Lippenrot auf. Auf dem Weg zu Dai fährt sie sich mit der Hand übers Haar, um eine widerspenstige Strähne zu zähmen, und überlegt, was der Generaldirektor wohl will. Ihr Pfauen-Event ist erfolgreich gestartet. Es hat mehrere sehr wohlwollende Zeitungsberichte darüber gegeben. Aber dafür hat sich Dai schon bedankt. Hoffentlich gibt's keinen Ärger.

In den letzten Wochen hat sich das Gebäude verändert. Hier steht eine Palmengruppe im Eingang, dort schmückt ein neuer Slogan oder ein modernes Gemälde die Wand. In zwei Tagen soll der Staatspräsident kommen, und alle fiebern diesem Ereignis entgegen. Bürgermeister Sun war schon vor ein paar Tagen im Haus, um sich zu überzeugen, dass sie alles gut vorbereitet haben. Er war recht zufrieden, machte aber trotzdem noch Änderungsvorschläge, die sie in Atem gehalten haben.

»Guten Tag, Generaldirektor«, sagt Anqi, als sie in Dais Büro tritt.

»Guten Tag, Fräulein Tang. Sie sehen heute frisch wie der erste Sonnenstrahl aus.« Flotten Schrittes verlässt er seinen Arbeitstisch und kommt auf sie zu.

Frisch wie der erste Sonnenstrahl? Der Chef muss zum Scherzen aufgelegt sein. Um Mitternacht ist Hongkong zu China zurückgekehrt, und wie alle anderen hat Anqi bis in die Morgenstunden gefeiert. Heute Morgen hat sie rote Äderchen in ihren Augen endeckt, und ihre Glieder waren bleischwer. »Nein, Sie sind die strahlende Sonne am Morgen«, gibt sie zurück und kommt sich sehr schlagfertig vor. »Ich werfe nur Ihre Strahlen zurück wie der Mond.« Aber in der nächsten Sekunde ist es ihr peinlich. Wie kann sie sich so in seine Nähe rücken, als wären sie innig verbunden? »Ich dachte, Sie wären noch in Hongkong bei den Feierlichkeiten«, sagt sie hastig, um ihre Verlegenheit nicht so merken zu lassen.

»Ja, der Flaggenwechsel war ein großer Moment«, sagt Dai. »Auch Prinz Charles habe ich vorbeifahren sehen. Aber es ist noch so viel zu tun, da bin ich gleich nach dem Staatsakt zurück in die Firma gesaust.« Er führt sie zu seinem Designertisch, auf dem ein Blumenstrauß liegt.

»Sie waren überhaupt nicht im Bett?«, sagt Anqi und hält sich erschrocken die Hand vor den Mund. Schon wieder ist sie viel zu vertraulich und vorlaut gewesen.

»Keine Zeit«, sagt Dai und schlägt die Beine übereinander. »Haben Sie auch gefeiert?«

»Ja. Mit Kollegen. Im *Window of the World*. Bis heute früh vier Uhr. Aus Hongkong waren auch ein paar tausend Leute da. Wir haben alle zusammen gejubelt und Lieder gesungen.«

Da ihr Dai keinen Tee angeboten hat, nimmt sie an, dass es sich um ein kurzes Gespräch handeln wird. Aber Dai scheint keine Eile zu haben, die Führung zu übernehmen.

»Die Rückgabe der Insel hat uns einen richtigen Energieschub gegeben«, sagt sie, um die Pause zu überbrücken. »Es ist, als hätte man Drachenblut in den Adern und könnte plötzlich zehn Meter hoch in die Luft steigen.«

»Ja, wir haben hundert Jahre am Boden gelegen, jetzt sind wir endlich auf dem Weg zu einer starken Nation. Es liegen glückliche Zeiten vor uns«, sagt Dai. Er faltet die Hände und kommt abrupt auf ein anderes Thema zu sprechen: »Wissen Sie, übermorgen kommt ja der Staatspräsident zu uns zu Besuch. Ich werde ihn natürlich durchs Haus begleiten. Eine sechsköpfige Expertengruppe aus dem Betrieb soll die ganze Zeit in meiner Nähe bleiben, um eventuell spezifische Fragen zu beantworten und die Minister zu betreuen, die sich in seiner Begleitung befinden. Ich habe vor, Sie in diese Gruppe aufzunehmen. Sie werden die einzige Frau in der Gruppe sein.«

Anqi verdreht bestürzt die Augen. »Aber ich bin doch gar kein Experte. Haben Sie vergessen, dass ich gerade erst drei Monate bei Tenglong bin?«

Dai presst vor Enttäuschung die Lippen zusammen. »Aha«, sagt er zornig. »Am Anfang haben Sie erklärt, Sie wollten hier Löwen bändigen. Jetzt tun Sie so, als könnten Sie noch nicht mal eine halbe Stunde neben einem braven Minister herlaufen und lächelnd zuhören, was er Ihnen erzählt. So eine Niete sind Sie!«

Das Wort trifft Anqi ins Herz. Ihr Stolz begehrt auf. »Gut«, sagt sie unvermittelt. »Sie können auf mich zählen. Wenn ich versage, können Sie mich immer noch eine Niete nennen.«

Innerlich muss Dai lachen. Anqi hat genauso reagiert, wie er gedacht hat. »Gut, ausgemacht«, sagt er. Dann weiht er sie mit ein paar kurzen Sätzen ein, wie sie sich vorbereiten soll auf den hohen Besuch.

Anqi will gerade aufstehen, als Dai zu ihrer Überraschung noch ein weiteres Thema anschneidet. »Sind Sie zufrieden mit der Reaktion der Öffentlichkeit auf Ihre *Neuen Drei Reiche*?«, fragt er.

»O ja!«, sagt Anqi, und ihre Augen beginnen zu glänzen. »Viele Leser haben angerufen und gefragt, wann die nächste Folge erscheint. Und zwischen einigen Literaturwissenschaftlern ist ein Streit darüber ausgebrochen, ob man einen historischen Roman in dieser Form für Werbung benutzen darf.«

»Der Verkauf des Gehirnpräsidenten ist auch nicht schlecht«, sagt Dai. Eigentlich hat er nach der Trennung von Roula mit Umsatzeinbußen gerechnet, aber zu seiner Überraschung haben sich die Verkaufszahlen gegenüber dem Vorjahr noch deutlich verbessert. De facto sind Mai und Juni allerdings immer die goldene Zeit für Medikamente zur Steigerung der Lernfähigkeit, weil Ende Juni die staatlichen Aufnahmeprüfungen für die Universitäten stattfinden und alle Eltern ihre Kinder in Höchstform zu bringen versuchen.

Aber das sagt er Anqi natürlich nicht. Stattdessen nimmt er den Blumenstrauß, der auf dem Tisch liegt, in beide Hände, reißt das Papier ab und überreicht ihn seiner jungen Angestellten mit einem Lächeln: »Ich bedanke mich im Namen von Tenglong für Ihre Leistung und wünsche mir noch mehr Episoden der *Neuen Drei Reiche*. Wenn die Kampagne beendet ist, wird die Buchhaltung Ihnen eine kleine Prämie zukommen lassen.«

»Chrysanthemen!«, sagt Anqi entzückt, versteckt ihr Gesicht in den goldenen Blüten wie ein kleines Mädchen und freut sich am herben Duft. »Das sind meine Lieblingsblumen. Woher wissen Sie das?«

Dai legt den Zeigefinger auf die Lippen. »Das ist ein Geheimnis«, sagt er. »Der Himmel hat Ohren.«

Endlich ist es so weit. Die Polizei kommt mit einem großen Aufgebot angefahren, sperrt die Straße vor dem *Tenglong*-Haus und überwacht die Umgebung.

Gegen vier Uhr nähert sich die schwarz glänzende Hongqi-Limousine des Staatspräsidenten, begleitet von Polizei und einem großen Tross. Ein kleines Orchester, das vor dem Eingang wartet, lässt die Firmenhymne »Tenglong steigt gen Himmel« ertönen. Die Wagenkolonne hält an. Ein ganzer Schwarm korrekt gekleideter Funktionäre steigt aus und verteilt sich eilends um die größte Limousine. Es sind Minister, Provinzgouverneure und örtliche Kader, die den Präsidenten auf seiner Reise im Süden begleiten.

Als der mächtigste Mann Chinas seine Limousine verlässt, spielt das Orchester die Nationalhymne. Die Funktionäre bilden die entsprechende Macht- und Menschenkulisse.

Auch Dai ist von einer kleinen Gruppe leitender Angestellter umgeben. Mit ausgestreckten Armen eilt er dem Präsidenten entgegen. Es folgt eine Woge des Lächelns und des Händedrückens, dann schreiten der Gastgeber und der Präsident die Treppen hinauf zum Firmeneingang. Auf der obersten Stufe bleiben sie stehen und drehen sich um zu den Fotografen. Der Unternehmer ist jung, flink, unbefangen. Der Präsident ist genau das Gegenteil. Da sie beide eine Brille tragen, könnte man meinen: Der eine ist der Enkel und der andere der Großvater.

»Gefällt Ihnen Shenzhen, Herr Präsident?«, fragt Dai, während Fotografen wie verrückt *klick, klick, klick* machen.

»Ja. Eine grüne Stadt. Eine Seltenheit im Land«, sagt der Präsident, den Blick streng nach vorn gerichtet. »Wir sind eben am Lotusberg vorbeigefahren. Das war ein sehr schöner Anblick. Die Blumen haben den Berg überall rot schimmern lassen, als wäre er voll roter Sterne.«

Dai stutzt für eine Sekunde. Der Lotusberg ist in allen vier Jahreszeiten grün. Wo kommen plötzlich rote Blumen her? Er wirft Bürgermeister Sun einen verblüfften Blick zu. Der zwinkert vergnügt, und Dai erinnert sich: Plastikblumen! Der Berg ist von oben bis unten mit Plastikblumen geschmückt worden. »Ich bin ganz Ihrer Meinung, ein betörender Anblick«, sagt Dai.

Während sie sich unterhalten, gesellen sich die Minister und dann auch die Provinzkader und die *Tenglong*-Manager hinzu, die in der fünften Runde ebenfalls mit aufs Bild dürfen. Bürgermeister Sun steht in der letzten Reihe am Rand.

»Der Berg hat eine regelmäßige, edle Form«, sagt der Präsident. »Eine Skulptur des Reformvaters Deng Xiaoping kann dort sicher nicht schaden«, äußert der Präsident.

Dai hat nicht vergessen, was Bürgermeister Sun jetzt erwartet. Seit Deng gestorben ist, hat das Interesse an Shenzhen stark nachgelassen, und manche Leute fürchten schon, die Sonderwirtschaftszone könnte ganz abgeschafft werden. Alle in Shenzhen sollen zusammenwirken, um das zu verhindern.

Dai lächelt wie ein Honigkuchenpferd und sagt mit leuchtenden Augen: »Sie leisten aber auch viel für uns, Herr Präsident. Shenzhen ist nach dem Tod des Reformvaters Deng kein verlassenes Kind. Wenn Sie es weiter so fördern wie bisher, werden Sie nicht nur die Werktätigen lieben! Die ganze Welt wird sich vor Ihnen verbeugen.«

Der Alte lächelt zweideutig und lässt sich ins Haus führen. Die Besichtigung beginnt. Der Weg führt als erstes in die große Halle, wo elektronische Waren zusammengebaut werden. Dort bestaunt der Präsident die von Computern gesteuerten Produktionsanlagen und meint, der Betrieb wirke sehr viel moderner als manche staatliche Fabrik. Aus Neugier nimmt er einen kleinen Taschencomputer vom Band und beginnt auf den Tasten herumzudrücken.

Es ist ein elektronisches Quizbuch für Jugendliche und Erwachsene. Und der Präsident hat zufällig einen leichten Test für Schüler der zehnten Klasse geöffnet. Die ersten zwei Fragen, die auf dem Display erscheinen, beantwortet er mühelos. Die dritte Frage lautet: »Nennen Sie das Datum des Zwischenfalls an der Lugou-Brücke, die den Widerstandskrieg gegen die Japaner entfachte.« Der Präsident macht ein betroffenes Gesicht. Er hat einen Black-out.

Die beiden Minister, die hinter dem Präsidenten stehen, versuchen, unauffällig Hilfestellung zu leisten. »Das war doch in den dreißiger Jahren?«, rätselt der eine. »Da hat China viel gelitten.«

»Ja. Damals war es bestimmt genauso heiß wie jetzt«, murmelt der andere.

»Juli 1935?«, spekuliert der alternde Präsident. Der eine Minister schüttelt unmerklich den Kopf. Der andere vollführt die reinste Mundakrobatik, damit der Präsident die Antwort von seinen Lippen ablesen kann. »1936?«, unternimmt der alte Mann einen zweiten Versuch.

Dai versucht ihn gleich ganz abzulenken. »Schauen Sie, wir haben noch mehr Produkte für lerneifrige Schüler«, sagt Dai und macht mit einer Handbewegung deutlich, dass er den Präsidenten zum nächsten Saal führen möchte.

Doch der alte Herr rührt sich nicht von der Stelle. »Juli ...«, beginnt er.

»Oh nein«, hört man da eine weibliche Stimme. »Was für ein schrecklicher Zufall. Am 7. Juli 1937 ist auch mein Vater geboren!« Anqi, die dicht hinter dem Präsidenten steht, hat gar nicht sehr laut gesprochen. Doch hält sie sich schon im nächsten Moment die Hand vor den Mund, als hätte sie etwas Schlimmes getan. Die rote, eng anliegende Seidenbluse lässt sie wie ein naives, süßes Mädchen aussehen.

»Der 7. Juli 1937!«, triumphiert der Präsident mit lauter Stimme und drückt auf die Tasten. Die Anwesenden klatschen Beifall, als hätten sie einen vierfachen Salto gesehen.

Kaum sind sie in die benachbarte Produktionshalle für Arzneimittel getreten, stellt der Präsident dem jungen Dai eine Frage: »Wie schaffen Sie das, zwei so deutlich verschiedene Sachen wie Computertechnik und Arzneimittel unter einem Dach zu vereinen?«

»Immer das Unmögliche wagen und umsetzen – das ist mein Motto«, sagt Dai, ein wenig zu forsch.

»Aha, ein zweiter Präsident im Land. Ein Flaschenpräsident«, lächelt der Gast, als ihm Dai ein Fläschchen mit dem *Gehirnpräsidenten* zur Inspektion in die Hand drückt. Er wendet sich seinem Wirtschaftsminister zu. »Achte darauf, dass der Staat seine schützende Hand über Produkte wie dieses hält, welche die Intelligenz und die Kreativität unseres Landes unter Beweis stellen. Kein reicher Ausländer darf sich das Rezept aneignen. Es soll immer chinesisch bleiben.«

Erneut klatscht das Publikum in die Hände. Die wenigen Journalisten, die den Präsidenten begleiten dürfen, schreiben den Ausspruch eifrig in ihre Notizbücher.

Die nächste Besichtigung führt ins Hauptgebäude. Es zeigt sich bald, dass der Präsident nicht mehr jung ist. Bei einem dreiminütigen Vortrag über Marketing und Produktdesign hängt sein Kinn müde nach unten. Während die anderen auf den Redner schauen, wendet der erste Mann des Staates den Kopf mal nach links, mal nach rechts, als suche er etwas.

Anqi hat ihn nicht aus den Augen gelassen. Sie ahnt, was er sucht, nimmt mit beiden Händen einen Stuhl und bringt ihn dem alten Herrn. Er setzt sich und schickt ein kleines Lächeln in Richtung des jungen Mädchens.

Der Stuhl ist ein voller Erfolg, denn nun bleibt der Präsident gleich zehn Minuten länger als geplant in der Designabteilung sitzen und plaudert mit den Experten. »Das sind Künste, in denen wir dem kapitalistischen Ausland noch unterlegen sind«, resümiert der Präsident. »Es ist begrüßenswert, dass unsere Privatunternehmen dabei sind, diesen Rückstand aufzuholen.«

Die Werbeabteilung hat eine Ausstellung mit Plakaten und Werbespots vorbereitet. Als der Präsident erfährt, dass die junge Frau, die ihm den Stuhl gebracht hat, auch Werbetexte verfasst, sagt er lobend: »Ein kluges Mädchen also.«

Aber eine Präsentation der Werbeabteilung ohne Jian Roula? Das hätte der künftige Star der Branche nie zugelassen. Sie ist extra in die Zentrale gereist, um die hohen Gäste zu unterhalten. Das hat sie mit Lou Gan verabredet, und Dai hat es schließlich auch akzeptiert.

Während der Präsident noch im Korridor die Plakate bewundert, verfeinert Roula in der Garderobe mit letzten Pinselstrichen ihr Make-up. Endlich ist es so weit. Die Gäste sind in der Festhalle. Kaum hat der Präsident Platz genommen, ertönt eine schwungvolle Melodie, und Roula kommt tanzend und singend auf die Bühne. Hinter ihr hängen zwei große Plakate mit ihrem Bild, so dass man das Gefühl hat, sie sei eben aus den Plakaten heruntergestiegen. Als die Vorführung vorbei ist, bricht lauter Beifall im Saal aus.

Roula kommt im Kostüm von der Bühne herunter und bedankt sich mit einer tiefen Verbeugung vor dem Präsidenten. Dieser nimmt ihre beiden Hände in seine und betrachtet sie mit einem durchdringenden Lächeln. »Sie erinnern mich an eine Sängerin aus den 60er-Jahren. Sagen Sie mal, wer ist Ihre Mutter?«

Roula sagt einen Namen, aber der Präsident kann damit nichts anfangen. Er lässt ihre Hände los, sagt aber schmeichelnd: »Den letzten Satz haben Sie hervorragend gesungen …« Er versucht sie sogar nachzuahmen, und einen Augenblick lang wird er ganz jung.

»Ich sehne mich nach dem Präsidenten, dem leuchtenden Stern in der Nacht …«, summt Roula noch einmal, diesmal viel leiser und weicher als auf der Bühne. Eigentlich ist es ein Werbesong für den *Gehirnpräsidenten*, aber Roula hat unauffällig eine Liebeserklärung an den Staatspräsidenten daraus gemacht.

»Etwas übertrieben, aber durchaus ein bezauberndes Lied«, sagt der Präsident entzückt und greift wieder nach Roulas Händen, »Sie können etwas erreichen.«

»Das ist der schönste Segen, den ich je bekommen habe«, sagt Roula, als hätte man sie zur Prinzessin erhoben.

Kurz danach sind alle in der achten Etage versammelt, die wichtigsten Köpfe im Konferenzsaal, die Begleitpersonen im Korridor. Erfrischungsgetränke stehen bereit. Nachdem der

Präsident sich auf einen dunklen Holzstuhl mit Drachenschnitzerei gesetzt hat, den man extra für den Staatsbesuch hat besorgen lassen, beginnt Dai die Zukunft seines Unternehmens zu schildern. Er wolle ein Unternehmen schaffen, das auf Wissenschaft und Technik, Talent und Vielfalt, Harmonie und Menschlichkeit aufbaut. Die Kreativität und der Neuerungswille der Mitarbeiter würden gefördert. Allein in diesem Jahr werde *Tenglong* zweitausend neue Mitarbeiter einstellen. Die Produkte würden ständig verbessert und den Bedürfnissen der Menschen im Land angepasst.

Der Präsident ist zufrieden mit diesen Ausführungen, denn es gibt viele Menschen, die Arbeit suchen im Land, und das macht ihm große Sorgen. Aus hungrigen Arbeitslosen werden leicht Kriminelle. »Hätten wir hunderttausend Unternehmen wie *Tenglong* im Land, könnten wir alle Polizisten entlassen«, sagt er.

Dai lächelt und sagt, er wolle *Tenglong* zu einem internationalen Konzern machen. Gegenwärtig sei geplant, ein Hochhaus mit 68 Etagen und 320 Metern Höhe als neue Zentrale zu bauen. Die neue *Tenglong*-Zentrale, sagt Dai, werde wohl einige Jahre lang zu den zehn höchsten Häusern der Stadt zählen.

Während Dai spricht, erscheint auf dem großen Bildschirm das Modell des *Tenglong*-Turms mit seiner dezent blauen Glasfassade und dem silbernen Drachen.

Bürgermeister Sun erinnert sich gut daran, dass bislang nur von 58 Etagen die Rede war. Er hat Dai immer wieder geraten, doch höher zu bauen. Aber bislang hat Dai immer abgelehnt. Dass er sich die Überraschung für diesen Tag aufgespart hat, findet der Bürgermeister ganz großartig und beginnt, laut in die Hände zu klatschen. Daraufhin hebt auch der Präsident die Hände in die Höhe des Kopfes und schlägt ein paarmal die Hände zusammen. Auf dieses Signal hin beginnen alle Anwesenden heftig zu klatschen. Bald geht der spontane Beifall in rhythmisches Stakkato über. Ein Hochhaus von über 300 Metern Höhe ist immer noch eine Sensation.

Doch nicht alle im Saal wollen mitklatschen. Howard, der erst heute Morgen von einer Dienstreise zurückgekehrt ist, erschrickt bis ins Mark, als er von der neuerlichen Änderung des Bauvorhabens erfährt. Mit offenem Mund starrt er Dai an, als hätte sich dieser plötzlich in einen Italiener verwandelt, mit dem er sich unmöglich verständigen kann. Wie konnte Dai so etwas tun? Er hatte doch noch vor kurzem versprochen, bei einer einmaligen Erhöhung zu bleiben. In seinem ersten Impuls möchte Howard aufspringen, seinem Freund die Hände auf die Schulter legen und ihn ordentlich wachschütteln, doch der laut hallende Beifall ermahnt ihn zur Vorsicht.

Der Präsident zeigt sich zufrieden mit dem, was er gesehen hat. »Sie wissen Ihre Mitarbeiter zu motivieren«, sagt er. »Sie verbessern ständig Ihre Produkte. Und Sie haben einen Werbeapparat, der zum Erfolg des Unternehmens einen großen Beitrag leistet.« Auch wenn er nicht darüber spricht, ist der Präsident sehr besorgt über die Pleitewelle der Staatsbetriebe im ganzen Land. »Achte darauf«, sagt er zu seinem Wirtschaftsminister, »dass solche erfolgreichen Privatunternehmen bei der Umstrukturierung der Staatsbetriebe als Vorbild genommen werden.«

Dai nutzt die Gunst des Augenblicks und bittet den Präsidenten um ein Andenken an seinen Besuch. Schriftrollen, ein dicker Pinsel, ein Reibstein und Tuschestangen werden gebracht und auf den großen ovalen Konferenztisch gelegt. Als die Zuschauer den Reibstein erblicken, stoßen sie einen bewundernden Seufzer aus. Vor ihnen liegt ein kostbarer Stein aus dem *Tai*-See, der eine seltene Schönheit besitzt. Auch der Präsident zeigt sich nicht gleichgültig. Er legt die Hand auf den Stein und streichelt die von der Natur geschaffenen menschlichen und tierischen Figuren am Rande des Tuschebeckens, als ob er prüfen wolle, ob sie noch lebten.

Es ist allgemein bekannt, dass der Präsident die Kunst des Pinsels besonders schätzt und sich gern in Kalligraphien verewigt. Ein *Tenglong*-Mitarbeiter reibt eilig die Tusche, dann bittet Dai den hohen Besuch, eine Inschrift für die Firma zu hinterlassen.

Aber der alte Mann ziert sich. Normalerweise schreibt er in schwungvollen Pinselstrichen den Namen des Unternehmens, damit man daraus ein Firmenschild machen kann, das die Betriebe dann voller Stolz an den Eingängen anbringen. Aber da *Tenglong* das Drachenzeichen enthält, überkommt den Präsidenten ein leises Unbehagen. Der Tradition nach hat nur der Kaiser den Anspruch auf dieses Symbol. In der Hierarchie der Macht steht er zwar genauso hoch wie der Kaiser, aber gerade deshalb verzichtet er lieber auf diese Anmaßung. Mit allen anderen Schriftzeichen wäre er großzügig, aber nicht mit dem Zeichen des Drachens.

Es sieht fast schon so aus, als wolle der Präsident gar kein Erinnerungsstück hinterlassen. Auch die Bitten der örtlichen Funktionäre lassen ihn kalt. Erst als Anqi und Roula – die eine in Rot und die andere in Gold – unauffällig nach vorne geschoben werden, ändert sich seine Haltung. Die beiden Frauen, die sonst nie miteinander reden und jede Begegnung vermeiden, bilden wortlos ein provisorisches Bündnis. Sie nehmen den Präsidenten in die Mitte und schmeicheln ihm so lange, bis er wieder lächelt. Als Anqi auf seiner linken Seite das Papier für ihn glättet und Roula ihm von der rechten Seite den Pinsel hinhält, lässt er sich überreden. Er beugt sich über den Tisch und schreibt schwungvoll: *Teng Kong Er Qi.* Dann setzt er noch seine Signatur an den Rand des Papiers, und heftiger Beifall bricht los.

»Genial«, flüstert der Kulturminister. »*Sich in die Luft erheben* – das ist der Name der Firma, der Name des Gründers und der Geist, der in diesem Haus lebt!«

Der Reibstein mit den bizarren Figuren wird sogleich gewaschen, abgetrocknet und in einer Seidenschachtel verpackt. Dann überreicht ihn Dai dem Präsidenten als Erinnerung an seinen Besuch. Doch es bleibt nicht bei diesem Geschenk. Dai kündigt an, *Tenglong* werde innerhalb von einem Monat Aktien verschiedener Staatsbetriebe im Wert von zwei Millionen Yuan kaufen, um sie auf diese Weise zu unterstützen. Die entsprechenden Dokumente sollen später dem Parteisekretär und Bürgermeister der Stadt vorgelegt werden. Darauf antworten der Präsident und sein Gefolge mit höflichem Beifall.

Schließlich bittet Dai den Präsidenten um ein Schlusswort, und diesmal wird sein Wunsch gleich erfüllt. »Machen Sie weiter so und bleiben Sie ein Vorbild, junger Dai. Nur wenn sich Leute wie Sie am Aufbau unserer Wirtschaft beteiligen, können wir die Amerikaner eines Tages überholen, um uns als das stärkste Land der Welt zu behaupten«, sagt der alte Mann laut zu den Anwesenden, dann wendet er sich zu Dai und sagt gebieterisch. »Junger Dai, ein Mann wie Sie darf nicht nur in der Wirtschaft bleiben, Sie sollen auch in der Politik Verantwortung übernehmen. Das Konsultativkomitee hat Sie zu seinem Mitglied gewählt. Von nun an sollen Sie regelmäßig nach Peking kommen und an den Konferenzen des Komitees teilnehmen.« Aus der Umgebung des Präsidenten tritt jemand hervor, überreicht Dai die Ernennungsurkunde und gratuliert ihm. Dai verbeugt sich tief, dann wendet er sich zum Staatspräsidenten und verbeugt sich noch einmal. In seinem Gesicht stehen Stolz und Dankbarkeit in großen Zeichen.

Die sogenannte Politische Konsultativkonferenz findet stets einige Tage vor dem Volkskongress statt, also einmal alle fünf Jahre. Offiziell sollen die Konferenzteilnehmer die Kommunistische Partei bei ihren Entscheidungen beraten, aber so kurz vor dem Kongress liegen alle wichtigen Beschlüsse natürlich längst vor.

Natürlich weiß auch Dai, dass ihm die Mitgliedschaft in der Konsultativkonferenz allenfalls Ehre einbringt und sogar ein gewisses Risiko birgt. Die Partei schmückt sich gern mit Leuten, die es aus eigener Kraft zu einer gewissen Bekanntheit gebracht haben, aber wenn man seine Ansichten allzu energisch äußert, kann man sich auch Feinde schaffen. Das örtliche Komitee in Shenzhen hat Dai schon mehrfach als Mitglied gewinnen wollen, doch Dai hat sich stets mit höflichen diplomatischen Floskeln entzogen. Aber dem Präsidenten darf er natürlich keinen Korb geben, wenn er auf höchster Ebene mitwirken soll.

Und die anwesenden Mitarbeiter von *Tenglong* bejubeln Dai, als sei die Firma damit auch eine politische Größe im Land.

Nachdem der Präsident und seine Begleitung das Haus verlassen haben, stürmen die Pressevertreter herein, die nicht zur offiziellen Entourage des Präsidenten gehören und auf der Straße gewartet haben. Sie wollen dringend Informationen.

Dai lässt sie in die Ausstellung der Werbeabteilung führen und hält eine improvisierte Pressekonferenz ab. Nachdem Dai eine Reihe von Fragen beantwortet hat, verlangen die Reporter noch eine Führung durch den Betrieb. Sie wollen wissen, was der Präsident gesehen und was er dazu gesagt hat.

Diese Aufgabe übernimmt Buddha. Er begleitet die Journalisten auf derselben Route durch den Betrieb, die der Präsident gegangen ist, und erklärt ihnen alles. Diese Aktion stellt die Besucher zufrieden. Sie ziehen ab.

12

Der Liebesverrat

Nach dem Besuch des Präsidenten fährt Anqi sofort zur Pfauenfarm in Kanton. Sie will den Aufwind, den der hohe Besuch der Firma gebracht hat, gleich für das Pfauenrettungsprojekt nutzen. Den Abschlusstermin der Aktion hat sie deshalb für morgen geplant. Pünktlich um elf Uhr werden über hundert Journalisten erscheinen und sich anhören, wie *Tenglong* mit Hilfe der *Grünen Fee* tausend Pfauen gerettet hat. Dafür muss Anqi aber heute noch alles mit eigenen Augen prüfen und die aktuellen Daten zusammenfassen. Tief in der Nacht wird sie dann eine Presseerklärung über die Aktion schreiben, die morgen an die Journalisten verteilt wird. Damit alles nach Plan läuft, beginnt Anqi schon mit den Vorbereitungen, während sie noch im Zug sitzt. Sie hat ihren Laptop aufgeklappt und telefoniert ununterbrochen mit dem medizinischen Berater Zhong Ming, mit Journalisten und der Farmbesitzerin Lulu.

Roula ist total aufgedreht und schwebt wie ein rosa Wölkchen durch die Zentrale. Sie ist noch nicht mal eine Berufssängerin und hat es geschafft, mit ihrer Stimme den Staatspräsidenten als Fan zu erobern, und das in nur fünf Minuten. Ist das nicht großartig! Was hat der Präsident gesagt? »Sie haben ein silbernes Timbre. Sie können etwas erreichen.« Diesen Satz muss sie von einem Kalligraphen aufschreiben und in ihr Büro hängen lassen. Das klingt so vielversprechend, als stünde ihr alles offen. Roula ist von sich selbst so berauscht, dass sie sich auf die Bühne in der Festhalle stellt und ein spontanes Konzert gibt.

Es ist halb sechs. Bis zum Feierabend dauert es noch eine halbe Stunde. Das Orchester, das sich nach dem Staatsbesuch aufgelöst hat, wird von Freiwilligen schleunigst wieder zusammengetrommelt. Als die Musiker eintreffen, herrscht in der Festhalle Hochstimmung. Es dauert nicht lange, da beginnen alle mitzusingen und zu tanzen. Dai lässt die Leute gewähren. Schließlich war ja für *Tenglong* heute ein großer Tag.

Die Feier erreicht ihren Höhepunkt, als Lou Gan, wie immer im weißen Anzug, die Bühne betritt und Roula zum Walzer auffordert. Er hat dafür genau den Augenblick ausgewählt, als der von Buddha geführte Journalistentross an der Halle vorbeikommt, und so gehen nicht nur den Mitarbeitern von *Tenglong* die Augen über, als sie das schöne junge Paar tanzen sehen. Gleich mehrere Fotografen zücken die Apparate und schießen ein paar äußerst erotische Fotos.

Als die Reporter weg sind, beginnen die Mitarbeiter zu tuscheln. Lou Gan sei sicher das weiße Einhorn, von dem die Frauen nachts träumen, sagen die Leute, und Roula mit ihrem roten Halsband ist ohnehin das Objekt der Begierde sämtlicher Männer.

Seit Roula in Shanghai lebt, hat Lou Gan immer wieder Gründe gefunden, sie zu besuchen und nach Shenzhen einzuladen. Einmal geht es um einen neuen Fernsehspot für *Tenglong*, ein anderes Mal muss sie als Fotomodell für ihn arbeiten. Immer wieder bittet er sie in die Zentrale, und jedesmal ist sie eleganter und schöner. Im Paris des Ostens hat sich alles an ihr noch verfeinert: ihre Redeweise, ihr Gang und ihr Wimpernschlag. Für Lou Gan gehört sie jetzt zur Klasse des Mondlichts: betörend schön, aber unerreichbar. Er weiß auch, dass er mit anderen Auftraggebern konkurriert, aber der Werbeetat der Firma ist groß genug, um auch eine Frau wie Roula mit Spitzengagen locken zu können.

Roula hat natürlich längst gemerkt, dass der junge Mann sie anbetet. Dazu hätte es nicht mal der beiden großen Plakate bedurft, die er mit ihr gemacht hat, was sonst nur Filmstars vorbehalten ist. *Ihre* Augen, *ihr* Mund, *ihr* züchtig bekleideter Busen sollen die Menschen locken. Das ist Roulas Traum. Millionen von Männern und Frauen sollen sich an ihrem Gesicht weiden.

Und heute hat ihr auch noch der Staatspräsident seine Bewunderung ausgedrückt! Roula schmiegt sich im Walzertakt in die Arme des jungen Mannes, dem sie das verdankt. Sie hat plötzlich Lust auf diesen Verehrer.

Nach der spontanen Party in der *Tenglong*-Zentrale geht sie mit ihm und einigen anderen zum Essen in ein nahe gelegenes Restaurant. Zweimal verschwindet sie mit Journalisten ins Nebenzimmer, um sich interviewen zu lassen. Seit die Reporter von ihrer Begegnung mit dem Präsidenten gehört haben, wollen sie den Star nicht einfach ziehen lassen. Als Roula mit den Reportern fertig ist, sind die meisten anderen schon nach Hause gegangen. Nur Lou Gan und ein Kollege sitzen noch am Tisch, trinken Schnaps und feiern den großen Tag. Roula lässt sich auch noch zu einem Gläschen herab, obwohl sie normalerweise ihrer Stimme wegen nicht trinkt.

Es ist schon dunkel, als die drei aus dem Restaurant treten und sich verabschieden. Lou Gan und sein Kollege haben die gleiche Richtung, Roula muss noch mal in die Zentrale, um ihren Kosmetikkoffer zu holen, und steuert in die entgegengesetzte Richtung. Nach einer kurzen Weile taucht Lou Gan allein neben ihr auf und erklärt ihr, er müsse ebenfalls in die Jiabin-Straße, weil er seine Aktentasche im Büro vergessen habe.

Die Zentrale, ein wenig von der Straße zurückgesetzt, steht mit den unteren Stockwerken im schwachen Laternenlicht und mit den oberen im Dunkeln. Kein Fenster wird mehr von innen beleuchtet. Was das zu bedeuten hat, ist Lou Gan klar: Kein Kollege macht an diesem Tag Überstunden. Auch der Generaldirektor, dessen Fenster in der achten Etage oft wie ein Leuchtturm bis Mitternacht leuchtet, ist schon nach Hause gegangen. Hinten im Produktionsbereich wird in zwei Schichten gearbeitet, aber zu dieser Stunde ist dort auch Schluss.

Ein schwaches Licht leuchtet im Eingang, zwei uniformierte junge Männer vom Wachdienst lehnen an der Wand und unterhalten sich leise. Als sie Lou Gan und Roula kommen sehen, hören sie auf zu sprechen, stehen gerade und verbeugen sich.

»Ist Generaldirektor Dai schon weg?«, fragt Lou Gan beiläufig. Er weiß, Dai starrt manchmal stundenlang auf seinen Computer und vergisst dabei, das Licht einzuschalten.

»Ja. Schon lange«, sagen die beiden Uniformierten.

Auf dem Weg zum Fahrstuhl sagt Lou Gan zu Roula: »Komm, ich zeige dir einen Entwurf für die ›Grüne Fee‹. Das wäre der nächste Auftrag für dich.«

Roula nickt geistesabwesend.

Sie betreten gemeinsam den Fahrstuhl. Während Roula ihr Haar vor der Spiegelwand richtet, neigt Lou Gan den Kopf zu ihrem Nacken und schnuppert. »Was ist das für ein Parfüm?«, fragt er. Ihre Blicke treffen sich im Spiegel. Ein kleines Lächeln umspielt Roulas Lippen. Sie weiß längst, worauf die Scharade hinausläuft.

»Du bist anders als dein Onkel. Du bist lustig«, sagt sie und dreht den Kopf kichernd weg, weil sie sein Atem am Hals kitzelt.

Lou Gan weiß genau, dass Roula mit Dai liiert ist. Aber gerade schöne Frauen wie sie, die er nicht bekommen soll, begehrt er besonders.

»Du bist die schönste Frau, die ich kenne«, murmelt er. »Ich werde dein Bild überall aufhängen lassen. Zuerst hier am Einkaufszentrum, auf einem dreihundert Quadratmeter großen Transparent.«

»Wow. Dann bin ich genauso groß wie Deng Xiaoping«, haucht Roula.

Kurz nach acht Uhr treffen Generaldirektor Dai und sein Stellvertreter Sheng Howard unmittelbar nacheinander im Restaurant »Himmlisches Land« ein. Dai steht eine Amerikareise bevor. Während seiner Abwesenheit soll Howard die Führung übernehmen. Da gibt es einiges zu bereden.

Dai kommt direkt aus dem Büro. Howard war nach dem Besuch des Staatspräsidenten sofort zur Baustelle an der Futian-Straße gefahren, um zu sehen, wie es vorangeht. Zu seiner Freude stellt er fest, dass jetzt schon elf Etagen über dem Boden aufragen. Zwei mehr als vor seiner Dienstreise. Doch bei genauerem Hinsehen entdeckt er zwei kleine Risse in den neu hinzugekommenen Betonplatten an der Außenseite des Hochhauses. Er schlägt sofort Alarm, aber es dauert eine Weile, bis eine zufriedenstellende Lösung gefunden ist. Deshalb kommt Howard ein paar Minuten später als Dai ins »Himmlische Land«.

»Wie geht's mit deinem Bein?«, fragt Dai und schenkt dem Freund frisch gepressten Orangensaft ein. »Hast du schon mit dem Arzt geredet, den ich für dich ausgesucht habe?«

»Ja, ich war bei ihm«, sagt Howard. »Ein netter Mann. Er hat mir ein Rezept verschrieben. Irgendwelche Kräuter.« Er sieht müde aus. Der Rückflug, der Besuch des Staatspräsidenten – es war wohl alles ein bisschen zu viel. Erst als er das Glas mit dem Orangensaft in einem Zug geleert hat, kehrt die Kraft in sein Gesicht zurück. »Die chinesische Medizin ist so altmodisch«, seufzt er. »Die Kräuter müssen immer frisch gekocht werden, das ist mit der Arbeit nur schwer zu vereinbaren, und wenn man auf Dienstreise ist, kann man es gleich vergessen.«

»Das bringt wenig, wenn du die Medizin nur sporadisch nimmst«, meint Dai und schenkt dem Freund ein zweites Glas ein. »Du musst zusehen, dass du die Medizin auch auf Reisen regelmäßig nimmst. Du kannst zum Beispiel die Kräuter in unseren Filialen kochen lassen, wenn du unterwegs bist.«

»Nein. Das werde ich bestimmt nicht tun«, sagt Howard und schüttelt den Kopf. »Sonst munkeln alle, ich wäre schwer krank und stünde schon mit einem Bein im Grab.«

»Dann lass uns etwas anderes überlegen. Du musst gesund werden«, erwidert Dai.

»Mach dir keine Sorgen«, sagt Howard. »Ich werde alles tun, um rasch gesund zu werden, und den Kräutersud trinke ich obendrein.«

Ein Kellner kommt vorbei und fragt, ob er das Essen servieren darf. Dai nickt. Kurz danach wird das Essen gebracht: In klarer Brühe gedünsteter Zimtblumenfisch, scharf gebratener Reis-Aal ... Howard sieht sofort, dass es *seine* Lieblingsspeisen sind, die hier auf den Tisch kommen. Er hebt die Hand und will noch ein paar leckere Gerichte für Dai nachbestellen. Doch Dai hindert ihn. Vier Gerichte und eine Suppe, das müsse genügen. Außerdem habe er lauter Sachen bestellt, die das Blut stärken, das könne er auch gut gebrauchen. Howard lässt seine Hand wieder sinken.

Während sie das Essen zu sich nehmen, berichtet Howard von seiner Reise. Er hat gerade eine Einkaufstour gemacht, um sich für den Bau der neuen Zentrale die besten Materialien zu sichern. Doch ein anderes Thema brennt ihm schon den ganzen Nachmittag auf der Zunge. Kaum hat er Dai einen Überblick darüber gegeben, was er erreicht hat, stellt er die entscheidende Frage: »Du hast dich also klammheimlich entschieden, die Zentrale noch mal um zehn Stockwerke höher zu bauen?«

»Nein. Ich habe es schon mit einigen Leuten besprochen. Buto und Buddha finden die Idee gut«, erklärt Dai. »Du warst die ganze Zeit unterwegs und dazu schwer beschäftigt. Ich musste aber wegen des Staatsbesuchs eine schnelle Entscheidung treffen. Ich will dich natürlich mit einbeziehen. Deswegen sitzen wir jetzt hier.«

»Aber du hast schon entschieden. Dabei musst du doch wissen, dass 68 Etagen zu viel für uns sind!« Der Gentleman, der sonst so gelassen wirkt, kann sich kaum beherrschen. Es klingt, als hätte er Dynamit in der Brust.

»Aber Howard, wieso bist du jedes Mal dagegen, wenn wir uns ein höheres Ziel setzen? Wir sind in einer Stadt der unbegrenzten Möglichkeiten. Wer nicht wagt, der gewinnt nicht.«

Howard presst die Lippen zusammen. »Ich wusste nicht, dass du ein Spieler geworden bist«, sagt er leise.

Dai versucht es noch einmal anders. »Es geht um Entwicklung«, doziert er. »Wie hat Deng Xiaoping gesagt: ›*Fazhan shi*

Yingdaoli – Entwicklung ist der unaufhaltsame Grundsatz.‹ Du hast eine große persönliche Entwicklung durchgemacht, seit du auf die eiserne Reisschale von deiner Uni verzichtet hast, um mit mir im Meer der freien Wirtschaft zu schwimmen. Wieso spielst du jetzt plötzlich die ängstliche Oma mit gebundenen Füßen und verweigerst uns jegliche Weiterentwicklung? Falls du dir Sorgen um unsere Finanzen machst, kann ich dir versichern, unsere Liquidität ist nicht gefährdet. Im Gegenteil. Die Gewinne sprudeln nur so.« Mit ein paar kurzen Sätzen erklärt er dem Freund, dass die hinzugekommenen Etagen als elegante Eigentumswohnungen gebaut werden sollen. Die Wohnungen würden demnächst im ganzen Land zum Verkauf angeboten, wie es bei Wohnungsbau-Investoren üblich sei. Der Erlös aus dem Vorverkauf werde nicht nur die Kosten für den Bau decken, sondern zusätzlich noch einen schönen Gewinn bringen.

»Außerdem ist es gut, wenn es Wohnungen in dem Haus gibt«, erklärt Dai. »Dann herrscht auch nach Feierabend noch Leben. Das verbessert auch das Fengshui.«

Sein Freund ist entsetzt. Aber noch hat er seine Gefühle unter Kontrolle und kann die Wut zügeln. »Deine Geldgier wird von Jahr zu Jahr größer«, sagt er kalt. »Jetzt willst du auch noch mit Immobilien spekulieren wie alle in Shenzhen. Warum baust du nicht gleich noch ein paar Stockwerke mehr? Je höher du baust, desto mehr Gewinn machst du. Oder bau gleich drei oder vier Türme, dann wirst du der Rockefeller von China.«

Dai macht ein Gesicht, als kaute er unerwartet auf Sandkörnern. Howards heftige Reaktion weckt sein Misstrauen. »Soll das heißen, die Fundamente können die neuen Etagen nicht tragen? Willst du mir sagen, du hast nicht tief genug in den Boden gebohrt?«

Jetzt ist Howard endgültig wütend. »Wie kannst du so was von mir denken? Seit wann erledige ich die Arbeit so schlampig? Ich bin Bauingenieur, hast du das vergessen? Aber natürlich müssen wir die Statik noch einmal berechnen. Häuser sind keine Schlangen, die unbegrenzt weiterwachsen.«

»Beruhige dich«, sagt Dai und lehnt sich zurück. Er habe den kanadischen Architekten schon angerufen. Der sei ganz optimistisch, allerdings müsse er den Entwurf noch einmal ändern, um das Gewicht der oberen Stockwerke kleiner zu machen.

Diese neue Einmischung bringt Howard endgültig zum Platzen. »Du hast mich zum Baudirektor ernannt, aber du fragst mich noch nicht mal, ob ich deine neuen Pläne für richtig halte. Dir ist es offenbar völlig egal, was ich denke. Du behandelst mich wie einen Dienstboten.«

»Bist du heute mit dem falschen Fuß aufgestanden, Howard? Du weißt doch, ich betrachte dich wie meinen eigenen Bruder. Alle wichtigen Entscheidungen habe ich zuerst mit dir abgestimmt, nicht mit Buddha. Und deine Gewinnbeteiligung liegt auch stets höher als seine. Wie kannst du behaupten, du wärst nur ein Dienstbote!«

Das mit der Gewinnbeteiligung ist Howards heimliches Leid. Eigentlich wäre es ihm lieber, er wäre nicht nur am Gewinn beteiligt, sondern hätte ein echtes Mitspracherecht als Mitgesellschafter. Aber Dai wollte von Anfang an der Alleinentscheidende sein und bestand darauf, die Firma alleine zu führen. Obwohl Howard die Firma mit ihm gegründet hat, blieb ihm nichts anderes übrig, als Dais Angestellter zu werden.

Die beiden Männer hatten sich Ende der 80er-Jahre in Kanton kennengelernt. Howard hatte Bauwirtschaft studiert und war gerade Assistent an der Jinan-Universität geworden. Vor ihm lag eine langwierige, aber halbwegs sichere akademische Laufbahn: Assistent, Dozent, Vizeprofessor, dann Professor, so würde seine Zukunft aussehen.

Dai studierte an derselben Universität Informatik. Es war schon sein zweites Studium, denn er hatte zuvor Mathematik studiert und war Beamter bei der Rechnungsbehörde der alten Kaiserstadt Kaifeng gewesen. Dort hatte er einige Rationalisierungsvorschläge gemacht, die seine Behörde in die Tat umgesetzt hatte. Er heiratete, und nach drei Jahren Tätigkeit bei der Rechnungsbehörde wurde er als Nachwuchstalent zu einem

Aufbaustudium im Fachbereich Informatik nach Kanton entsandt. So lernte er den drei Jahre jüngeren Howard kennen, als dieser eines Tages im Computerraum erschien und Hilfe bei einem Problem suchte.

Nach Abschluss seines zweijährigen Aufbaustudiums desertierte Dai aus seiner Behörde und kehrte nicht nach Kaifeng zurück. Er übernachtete in Kanton bei Kommilitonen und verbrachte viel Zeit im Computerraum. Er arbeitete an einer Buchhaltungs-Software und träumte davon, Unternehmer zu werden.

Dann wurde er eines Tages erwischt. Bei einer Ausweiskontrolle wurde entdeckt, dass er schon lange nicht mehr immatrikuliert war. Er durfte den Campus und den Computerraum nicht mehr betreten. Sein Bett im Studentenheim hatte er schon lange verloren. Es sah aus, als hätte er keinen Ausweg mehr und müsste nun doch nach Kaifeng und zu seiner Behörde zurückkehren.

Er stand schon mit seinem Koffer am Hauptbahnhof, da kam zufällig Howard vorbei, der nach einem Jahr Auslandsstudium gerade aus England zurückgekehrt war. Sie tranken erst einmal ein Glas Tee in der Wartehalle, um das unverhoffte Wiedersehen zu feiern. Den Zug nach Kaifeng, wo seine Frau auf ihn wartete, ließ Dai ohne Skrupel davonfahren. Da er keine Bleibe mehr hatte, nahm Howard ihn bei sich auf. »Nur für ein paar Tage«, wie sie damals dachten. Er überließ seinem Freund sogar den teuren Laptop, den er sich für das Auslandsstudium gekauft hatte, damit Dai sein Programm zu Ende schreiben konnte.

Es dauerte ein Jahr, bis Dai mit seiner Software zufrieden war. Da hatte er längst kein Geld mehr. Howard verdiente auch nicht viel, und so mussten beide oft von Reis und billigem Gemüse leben, um am Monatsende nicht zu verhungern.

Inzwischen hielt Dais Frau die Einsamkeit in Kaifeng nicht mehr aus und wollte unbedingt nach Süden zu ihm ziehen. Dai mietete ein schäbiges Zimmer in der Nähe der Uni. Aber er hatte wenig Zeit für seine Frau und arbeitete oft Tag und Nacht. Lanni sah, wie ihr Erspartes von Tag zu Tag weniger wurde, und war verzweifelt. Als Dai mit seinem ersten Produkt fertig war, fand er eine leere Wohnung vor. Suo Lanni hatte ihn verlassen.

Es war Howard, der den Niedergeschlagenen erneut auf die Beine brachte. Er holte Dai wieder zu sich und lieh sich Geld, um eine Anzeige für den Freund zu finanzieren. Das Warten mit Bangen und Zittern dauerte zwei Wochen lang, dann kam die erste Bestellung. Und die zweite ... Dais Gesicht begann sich schon aufzuhellen. Aber dann lief wieder lange Zeit nichts mehr. Sie gingen zu einer Computermesse, um Werbung für ihr Produkt zu machen. Dort lernten sie Sun Da'an, den Vizebürgermeister von Shenzhen, kennen. Dieser lud sie ein, ihre Firma in der Sonderwirtschaftszone zu gründen, und versprach ihnen nicht nur Steuervorteile, sondern auch Hilfe bei der Vermarktung.

Howard lieh sich weiteres Geld von Freunden und von der Familie, um Dai den Umzug zu finanzieren. Als Dai in Shenzhen Fuß gefasst hatte, gab Howard seine Stelle an der Uni auf und folgte dem Freund. Aber da hatte Dai die Firma *Tenglong* bereits bei der Handelskammer angemeldet, und zwar unter seinem Namen.

Inzwischen waren wieder einige CDs mit Dais Programm verkauft und persönlich von ihm installiert worden. Der Erfolg beflügelte sie. Und sie begannen eine zweite Software zu entwickeln. Jeder Teilentwurf, jeder Abschnitt wurde genau unter die Lupe genommen, und an den Schwachstellen in der Programmierung wurde so lange gearbeitet, bis die beiden kritischen Herren zufrieden waren. Nebenbei betreuten sie die EDV-Abteilungen zweier kleinerer Firmen in Shenzhen, um Geld zu verdienen. Oft waren sie so erschöpft von der Arbeit, dass sie nebeneinander auf Dais schmalem Bett in den Schlaf fielen. Der Kampf um eine bessere Zukunft hatte sie wie zwei Brüder zusammengeschweißt.

Nach einem Vierteljahr war auch das zweite Software-Programm fertig. Es besaß eine höhere Qualität als das erste und verkaufte sich auch besser. Nun konnte jeder sich eine Mietwohnung leisten.

Wenn Howard an diese Zeit zurückdenkt, steigt in ihm ein warmes Gefühl auf. Wenn er aber den gegenwärtigen Dai sieht, hat er immer häufiger das Gefühl, einen Fremden vor sich zu haben. Diese Entwicklung möchte er unbedingt stoppen.

»Wir wollten doch ursprünglich mal eine an moderner Technik und Leistung orientierte Firma aufbauen«, sagt er. »Jetzt machst du eine x-beliebige Kapitalgesellschaft daraus, indem du alle möglichen Geschäfte an dich reißt, die gerade viel Geld versprechen. Findest du das nicht schade?«

»Jetzt sei nicht naiv«, sagt Dai mit einem Anflug von Spott. »Der Besuch des Präsidenten hat uns einen Batzen Geld gekostet, da muss ich natürlich schauen, dass von woanders wieder etwas zurückkommt. Mit den zusätzlichen zehn Stockwerken machen wir einen schönen Schnitt. Das kann ja nicht schaden.« Dabei grinst er so selbstzufrieden, als hätte er gerade einen süßen Knödel verschluckt.

In diesem Augenblick weiß Howard, dass es vorbei ist. Am liebsten würde er gleich alles hinschmeißen, nur um nie wieder Dais Angestellter zu sein. Doch er wäre kein Gentleman, wenn er in heiklen Situationen nicht die guten Manieren bewahren könnte. Er senkt den Kopf, nimmt ein paar Bambusstreifen zu sich und wechselt das Thema. Vorhin hat er vom Erfolg seiner Reise berichtet, nun beleuchtet er die andere Seite.

Das Thema ist ihm so unangenehm, dass er zu schwitzen beginnt, obwohl der Raum angenehm klimatisiert ist. »Ich habe das Gefühl, das Geld, das wir *Goldstahl* im Voraus für die nächste Lieferung bezahlt haben, kriegen wir nie wieder zu sehen«, sagt er. »Nachdem der Geschäftsführer wegen Kreditbetrugs festgesetzt worden ist, sind alle seine Manager über Nacht verschwunden. Es war richtig unheimlich, als ich da hinkam. Alle Glieder wurden mir kalt. Das riesige Fabrikgelände stand wie eine verlassene Ruine vor mir. Ich konnte niemanden finden. Schließlich traf ich in einem Hinterhaus der Firma auf eine ehemalige Buchhalterin. Sie wollte mir zuerst gar nichts sagen, erst nachdem ich ihr mit einer Anzeige gedroht habe, hat sie zugegeben, dass die Konten von *Goldstahl* auf Anweisung von oben gesperrt worden seien. In Changde kursiert das Gerücht, dass die Firma bald dichtgemacht wird.«

Dai steckt sich eine Zigarette an und sagt eine Weile nichts. Die verlorene Summe ist keine Kleinigkeit. »Na ja, diesen oder jenen unerwarteten Schlag werden wir immer einstecken müssen«, brummt er schließlich. »Jetzt siehst du vielleicht, wie notwendig es ist, zehn Stockwerke höher zu bauen. Nur wenn wir viel verdienen, können wir solche Verluste ertragen.«

Schon wieder diese zehn bleischweren Stockwerke! Howard schließt abwehrend die Augen. Und plötzlich hört er im Kopf einen lauten Knall, als wäre das Hochhaus schon eingestürzt. Ist es wirklich das Hochhaus von *Tenglong*? Woher kommt der Knall?! Wie von Dämonen geschüttelt zuckt Howard zusammen.

Howards Panik entgeht seinem Freund nicht. Er fragt den Gentleman, ob sein Bein ihm Schmerzen verursacht. Howard schüttelt nur den Kopf. »Wenn ich nur bei der Forschung geblieben wäre!« Ein Seufzer entfährt Howards Brust.

Dai glaubt, dass Howard von seiner früheren Stelle als *Tenglong*-Forschungschef redet. Dass sein Freund an die Universitätslaufbahn denkt, die er ihm zuliebe verlassen hat, kann Dai sich nicht vorstellen. »Mach dir keine Gedanken, alter Freund«, sagt er tröstend. »Du bleibst so lange Baudirektor, bis der Bau fertig ist. Danach kannst du dir einen neuen Posten aussuchen.«

»Schon gut«, sagt Howard und isst weiter. Doch der Wunsch, *Tenglong* zu verlassen und an die Uni zurückzukehren, lässt ihn nicht mehr los. Wie soll er es bloß anstellen, damit Dai sich nicht verletzt und verraten fühlt? Vor lauter Grübeln beißt sich der Gentleman versehentlich auf die Zunge und stößt einen Schmerzensschrei aus.

Dai tröstet ihn wie ein älterer Bruder. Er weiß nicht, was in Howards Kopf keimt. Ahnungslos redet er weiter über seine bevorstehende Auslandsreise und über die Dinge, die Howard in seiner Abwesenheit im Auge behalten soll.

Kurz nach zehn hält der silberne Mercedes des Generaldirektors vor dem Eingang von *Tenglong*. Dai hat seit Tagen kaum noch geschlafen und sehnt sich eigentlich nach dem Bett. Aber er will die neuen Vorschläge des kanadischen Architekten noch aus seinem Büro holen und zu Hause studieren, damit er Howard morgen Bescheid sagen kann, wie er sich den Weiterbau vorstellt.

Für die Wachmänner in der Eingangshalle ist es nicht weiter ungewöhnlich, dass der Unternehmer zu dieser späten Stunde noch ins Büro kommt. Sie stehen stramm und verbeugen sich wie gewöhnlich. Dai nimmt sie kaum wahr, als er zum Aufzug geht. Die übliche Begrüßung will er gerade mit einem leichten Nicken quittieren, als einer der Wachleute schnell einen Satz hinzufügt: »Herr Lou und Frau Jian sind auch im Haus.«

Dai hebt den Kopf und starrt den Wachmann irritiert an. Sein Blick ist glasig, als würde er aus einem Traum gerissen.

»Sie sind vor einer halben Stunde reingegangen«, sagt der Wachmann, als wäre das seine Pflicht.

Was soll das? Er hat doch gar nicht danach gefragt. Dai nickt wie eine Marionette und geht weiter, ohne etwas zu sagen. Vor dem Fahrstuhl überlegt er es sich plötzlich anders und nimmt stattdessen die Treppe. Je weiter er nach oben kommt, desto leiser werden seine Schritte. Im fünften Stock hält er den Atem an und lauscht. Die dumpfen Geräusche, die aus der Werbeabteilung herausdringen, stechen ihn in die Brust wie ein Messer.

Fast wider Willen und voller Selbstekel schleicht Dai durch den Korridor und öffnet die Tür zum Büro seines Neffen. Die Geräuschmacher sind so tief in ihre Beschäftigung versunken, dass sie das Türschloss nicht hören. Sie halten keinen Augenblick inne, sondern stöhnen und zappeln, dass es Dai das Herz aus dem Leib reißt.

Er drückt auf den Lichtschalter.

Die Geräusche stoppen von einem Augenblick auf den nächsten. Im flackernden Neonlicht schnellen zwei nackte, weiß glänzende Körper vom Tisch hoch. Die Frau liegt auf dem Rücken, die Beine gespreizt, der Mann steht vor ihr, beugt sich über sie, hat eben noch ihre Schultern gehalten.

Als sie die kerzengerade Gestalt in der Tür sehen, werden ihre Gesichter aschfahl. Sie sehen aus wie Gespenster. Lou Gan macht ein verlegenes »Ooh …« und reißt sich aus Roulas Umarmung, um seine auf dem Boden verstreute Kleidung aufzulesen. Sein Hintern ragt in die Luft und sein feuchtes Geschlecht klebt an seinem Schenkel. Roula tastet um sich herum, als suche sie nach einem Tuch oder einem Plakat, um sich zu bedecken. Aber als sie sieht, dass Dai ausgerechnet auf ihrem Kleid steht, wird sie trotzig. Sie richtet sich auf, zieht das rechte Bein auf den Tisch und wippt kokett mit dem linken Fuß, als hätte sie schon immer vorgehabt, splitternackt in dieser Stellung auf Dai zu warten.

»Da bist du ja«, sagt sie schmollend. »Ich habe nach dir gesucht. Aber die Wachleute haben gesagt, du wärst schon gegangen. Wer hätte gedacht, dass deine Wächter solche Lügner sind«, sagt sie und schaut Dai provozierend an. Doch dieser steht wie eine Steinsäule da und blickt über sie hinweg ins Leere. Sein Gesicht ist genauso blutleer wie die der anderen.

»Ich … der Staatspräsident muss meinen Kopf verdreht haben«, stottert Lou Gan und springt hastig in seine Hose.

»Roula«, öffnet Dai endlich den Mund. Er spricht deutlich, aber seine Stimme ist kalt. Kalt wie die Asche des Phönix, der zweimal verbrannt worden ist. »Deine Tätigkeit für Tenglong ist hiermit beendet. Ab sofort darfst du meine Firma nicht mehr betreten. Verschwinde bitte innerhalb der nächsten Stunde aus diesem Haus.«

»Was?!« Roula ist außer sich. Mit einer Handbewegung fegt sie Lou Gans Telefonanlage vom Schreibtisch. »Ich habe so viel für dich getan, und du schmeißt mich einfach so raus? Bist du ein eifersüchtiger Eunuch?« Sie springt vom Tisch, um sich auf Dai zu stürzen. Aber Lou Gan hält sie zurück. Sie solle nichts Unüberlegtes tun, murmelt er.

»Wann hörst du auf, den Playboy zu spielen?«, sagt Dai zu Lou Gan und schüttelt den Kopf. Dann dreht er sich um und geht langsam hinaus. Sein letzter Blick gilt seinem Neffen, nicht Roula.

»Bitte geh nicht, komm zurück«, ruft Roula hinter ihm her. Ihre Stimme ist schmerzerfüllt. Es poltert, als wäre ein Stuhl umgekippt, dann hört Dai sie in Schluchzen ausbrechen und fängt an zu rennen. Fluchtartig springt er die Treppen hinunter, er will weit weg von dieser lüsternen Frau, die ihn zum Eunuchen gemacht hat.

Nein, um Himmels willen, er will nicht, dass jemand ihn weinen sieht. Bevor er das Foyer erreicht, nimmt er die Brille ab und wischt sich mit dem Hemdsärmel über die Augen. Als er den Ausgang passiert, hebt er die Hand und winkt wortlos in Richtung der Wächter. Den Sicherheitsmännern kommt es vor, als wäre ihr Chef als Mensch ins Haus gegangen und käme als hinkende Holzpuppe wieder heraus.

Als Roula zur Tür stürmt und hinter Dai herlaufen will, umarmt Lou Gan sie von hinten und hält sie fest. Um sich zu befreien, schlägt die Frau wild um sich, wobei sie zweimal Lou Gans Gesicht trifft. Er presst ein Auge schmerzlich zusammen, lässt sie aber dennoch nicht los. Als sie zu heulen beginnt, drückt er sie auf einem Sessel nieder. Erst als Dais Schritte im Treppenhaus verhallt sind, lässt er sie los. Dann geht er wie ein versengter Hengst um den Sessel herum und versucht, die schluchzende Frau zu beruhigen.

»Wein doch nicht … Du weißt doch, meine Abteilung kann gar nicht auf dich verzichten … Es war dumm von mir. Wir hätten ins Hotel gehen sollen … Dai ist doch kein Unmensch. Er ist wie ein großer Bruder zu mir. Wir haben ihn wohl überfordert. Wenn er ein bisschen Abstand gewonnen hat, wird er sich beruhigen. Ich rede ihm gut zu, und dann hole ich dich wieder zurück, ja?«

Roula hört abrupt auf zu weinen und wirft dem jungen Mann einen stechenden Blick zu. »Du? Du willst Dai überreden? Da kannst du gleich Eier auf einen Stein werfen, um ihn zu erweichen.« Sie steht auf, rafft ihre Kleider zusammen und zieht sich an. Auch ihr Haar bringt sie in einen passablen Zustand.

»Nenn vor diesem Despoten nie meinen Namen, wenn du in eurem Familienunternehmen noch etwas werden willst.« Sie schreitet hinaus und lässt den frisch eroberten Liebhaber ratlos zurück.

13

Kamillentee mit Orangen

Am Tag nach dem Staatsbesuch erscheint Dai nicht in seinem Büro. Er ist krank und liegt mit Fieber im Bett.

Howard fragt sich, was los ist. Er sucht Buddha in seinem Büro auf. Die Sicherheitsleute werden befragt und erstatten Bericht. Die dramatische Szene in Lou Gans Büro ist ihnen nicht entgangen, und obwohl sie nicht alles gesehen haben, genügt Howard doch, was sie wissen. Eine Liebesdemütigung. Dennoch ist er beunruhigt. Dai hat sich seit Jahren nicht krankgemeldet.

In der Mittagspause lässt er sich zu Dais Wohnung chauffieren. Dai liegt kraftlos auf einer Bambusmatte, mit einem leichten Tuch zugedeckt, und hustet. Der medizinische Berater Zhong Ming ist schon da gewesen und hat dem Patienten ein Kräuterrezept verschrieben. Das Hausmädchen, das sonst meist für Buddha arbeitet, hat dem Kranken die Kräutermischung besorgt und gekocht.

Kaum ist Howard angekommen, wird er zum Krankenpfleger. Er bringt den kalt gewordenen Sud in die Küche und wärmt ihn noch einmal auf. Dai nimmt nur zwei Schluck, dann schiebt er die Schale wieder beiseite. Das Schlucken tut weh. Doch Howard redet so lange auf den Kranken ein, bis er die Schale geleert hat.

Dann setzt er sich neben Dai und zieht ein paar druckfrische Zeitungen aus seiner Tasche. Fette Schlagzeilen springen Dai in die Augen: »Der Drache des Südens wagt den Sprung in den Himmel« und »Tenglong baut neues Hochhaus in Shenzhen«.

Dai richtet sich auf, um zu lesen, doch die Anstrengung löst einen neuen Hustenanfall bei ihm aus.

»Lass nur, ich lese dir vor!« Howard gibt ihm einen Löffel süßen, würzigen Hustensaft, der bereitsteht, und liest ihm einige Passagen vor, die noch süßer und würziger sind als der Sirup. Dann klopft er begeistert mit den Fingern auf das Papier. »Du hast es wieder mal allen gezeigt, alter Freund. Der Präsident hat gestern drei Unternehmen besichtigt, aber die Zeitungen schreiben nur über uns und das neue Hochhaus. Du bist wirklich ein genialer Stratege.«

»Dann weißt du jetzt wohl, warum ich das Gebäude unbedingt aufstocken wollte«, erwidert der Kranke mit heiserer Stimme. »Wir müssen zusehen, dass wir jeden Monat so eine Meldung für die Presse haben, damit sie nicht enttäuscht sind.« Er atmet geräuschvoll, als müsste er wieder husten.

Howard beschließt, die Gunst der Stunde zu nutzen. Er glaubt nicht, dass Dais Erkältung nur körperlich ist. »Du warst gestern Abend noch mal in der Firma«, fragt er, um Dai zum Reden über die Liebeskatastrophe mit Roula zu bringen.

»Woher weißt du das?«, fragt Dai überrascht.

»Die Wachleute haben gesagt, es hätte Ärger mit Lou Gan und Roula gegeben.«

Dai schweigt voller Entsetzen. Er hatte nicht gedacht, dass die Sache sich so schnell herumspricht. Dann fängt er an zu erzählen und spürt, dass es ihm gut tut, dem Freund zu sagen, was ihm wie ein Stein auf der Brust liegt.

»Ich wollte noch die neuen Entwürfe des Architekten aus meinem Büro holen«, sagt er. »Ich dachte, ich sollte sie prüfen, ehe ich abreise. Außerdem hatte mir Roula versprochen, mich am Abend noch zu besuchen. Ich habe mich darauf gefreut. Ich weiß, ich war wütend auf sie wegen der Geschichte mit dem Chef von DreiAcht und den gefälschten Zeugnissen, die sie uns vorgelegt hat. Aber letzten Endes hat es uns ja nicht geschadet. Ich wollte großzügig sein. Erinnerst du dich an die Wohnung am Dufthonigsee, die mir der Stadtrat geschenkt hat?

Die habe ich eingerichtet für sie. Ich hatte die Schlüssel dabei …«

An dieser Stelle muss Dai sich die Stirn wischen, als er daran denkt, dass er eigens eine rote Seidenschachtel gekauft hat, um Roula die Schlüssel zu übergeben. Er hatte sich das alles so romantisch gedacht. Erst wollte er Liebe mit ihr machen, dann die Nachttischschublade aufziehen und ihr als Überraschung den Schlüssel schenken.

Howard hütet sich, Fragen zu stellen. Er weiß, dass Dai jetzt nicht mehr aufhören kann.

»Weißt du, es wäre so praktisch gewesen für sie. Sie hat – nein, sie hatte – ja so viel in Shenzhen zu tun, und es wäre viel schöner für sie gewesen, wenn sie nicht im Hotel schlafen muss …« Dai verstummt. Er schämt sich. Er will gar nicht mehr daran denken, dass er Roula sogar jenen Satz aus drei Wörtern ins Ohr hauchen wollte, den er noch niemals gesagt hat und der jetzt in seinem Inneren schreit wie ein hungriges Kind.

Dai spürt, wie die Tränen aufsteigen. Die Stimme versagt ihm, und was er sagen wollte, geht in einem Anfall von Schluchzen und Husten unter. Howard legt ihm den Arm um die Schultern.

»Und dann hab ich sie da gesehen. Nackt auf dem Tisch … Es war nur ganz kurz und hat mir das Herz zerrissen wie Wolfszähne.«

Howard hört aufmerksam zu und unterbricht ihn nicht. Als er mit seiner Rede fertig ist, hat Dai eine Reihe feiner Schweißperlen auf der Oberlippe. Vor Schmerzen presst er die Lider zusammen.

»Mach dir keine Sorgen«, sagt Howard nach einer Weile. »Es wird alles so laufen, wie du dir gewünscht hast.« Er steht auf und zieht Dais Decke zurecht. »Du hast rote Backen bekommen. Das ist nicht gut für dich. Ich gehe jetzt und lass dich schlafen.«

»Achte bitte darauf, dass kein Journalist erfährt, dass ich krank bin«, sagt Dai, als Howard das Zimmer verlassen will.

»Natürlich. Sobald du gesund bist, gehen wir Tennis spielen. Ich werde dann einen Fotografen engagieren, damit er ein paar gute Fotos von dir schießt«, winkt Howard zum Abschied und zieht die Tür vorsichtig von außen zu.

Zwei Tage später kommt Buddha abends zu seinem kranken Bruder herüber. In seinem Schlepptau sind Frau und Tochter, Hausmädchen und ein extra angeheuerter Koch. Das Schlusslicht bildet Lou Gan, der mit angestrengter Miene zwei große Einkaufstüten hereinschleppt. Er lächelt Dai schuldbewusst an und verschwindet mit dem Koch in der Küche.

Bailing setzt sich im Schlafzimmer neben den Kranken und legt ihm die Hand auf die Stirn. »Das Fieber ist zurückgegangen«, ruft sie laut, damit alle in der Wohnung es hören.

Buddha, neben seiner Frau stehend, atmet erleichtert auf. »Wir haben heute *DreiAcht* eingeholt, großer Bruder. Die Berichte über den Besuch des Präsidenten haben unseren Umsatz kräftig in die Höhe getrieben«, sagt er mit zufriedener Stimme. »Das wollen wir mit dir feiern.«

Ein kleines Lächeln huscht über Dais blasses Gesicht. »Dann ist alles gut«, murmelt er fast unhörbar. Seine Lippen sind vom Fieber gesprungen.

Buddha geht schweigend in die Küche, um seinem Bruder einen heißen Kamillentee mit Orangen zuzubereiten. Das soll die innere Trockenheit lindern.

Bailing meint, die Luft im Zimmer solle gewechselt werden; in dieser Zeit sei es besser, wenn Dai sich im anderen Zimmer aufhalte. Der Kranke lässt sich von seiner Schwägerin gern überreden, schleppt sich, seitlich auf ihren weichen Arm gestützt, in das riesige Wohnzimmer und legt sich aufs Sofa.

Bailing bringt ihm Decken und Kissen und kümmert sich wie eine Schwester um ihn. Dann setzt sie sich zu ihm auf einen Sessel und erkundigt sich mit sanfter Stimme, wie es ihm geht. Hinter ihnen öffnet die kleine Yaoyao die Kommode, in der die Spielsachen sind, die der Onkel immer für sie bereithält. Sie plappert und spielt, als wäre sie hier zu Hause. Die große, leere Wohnung beginnt zu erwachen.

Als auch noch Howard und der Marketingchef Ding Buto in der Tür erscheinen, sind die Zimmer schon voller Leben. Buddha fragt, warum die beiden Männer denn ihre Frauen zu Hause gelassen hätten. Howard lebt gerade in Scheidung und hat keine gute Antwort auf diese Frage, aber er lässt sich nichts anmerken, denn genau wie die anderen ist er gekommen, um nach alter Tradition Freude und Lebenslust zu verbreiten. Daher sagt er mit größter Gelassenheit, seine Frau sei dienstlich unterwegs, lasse aber gute Besserung wünschen.

Buto, der Mann mit der breiten Brust, der wie Howard zu Dais engsten Vertrauten und Stützen zählt, zeigt ein ansteckend vergnügtes Gesicht, was bei ihm nicht so oft zu erleben ist. »Meine Frau ist zum Xili-See gefahren«, pustet der Windkoffer fröhlich. »Sie will unbedingt ihr Glück beim Hunderennen probieren. Daher ist es gut, dass sie heute nicht herkommt. Denn sie verliert bestimmt und dann hat sie übelste Laune.«

»Was macht dich so sicher?«, fragt Howard.

»Na, ist doch ganz einfach«, sagt Buto. »Ich wollte sehen, ob der Präsident wirklich ein Sohn des Himmels ist. Gleich nach dem Besuch bin ich zur Rennbahn gefahren und habe alles gesetzt, was ich hatte. Und ich habe gewonnen wie nie. Der Besitzer hat geweint, als er mir meinen Scheck gab!« Er lacht.

Buto kommt nicht mit leeren Händen zu seinem Chef. Für jeden hat er ein Geschenk mitgebracht, und für Dai etwas ganz Besonderes: Ein halbes Kilo Schwalbennester von bester Qualität! Schwalbennester sind teuer wie Silber, besitzen aber besondere Heilkraft für Kranke und Schwache.

»Die habe ich per Express aus Hongkong kommen lassen«, sagt Buto stolz. »Ich wollte sicher sein, dass es keine Fälschungen sind.«

Dai nimmt das Geschenk entgegen und bedankt sich herzlich. »Was willst du mit deinem tonnenschweren Gewinn machen?«, fragt er neugierig.

»Aktien kaufen oder Mah-Jongg spielen«, sagt Buto. »Das Geld wird nicht lange bleiben.« Er zuckt die Achseln. Doch dann streckt er den Zeigefinger in die Höhe. »Ich habe eine gute Idee. Ich werde eine Eigentumswohnung in unserer neuen Zentrale kaufen. Damit unterstütze ich den Betrieb, und ich habe es nicht mehr so weit zur Arbeit.« Buddha klatscht in die Hände und Dai lächelt wohlwollend.

Yaoyao interessiert das Gerede der Erwachsenen nicht. Sie kommt mit einer Puppe in der Hand zu ihrer Mutter und klettert auf ihren Schoß. Dann krabbelt sie auf das Sofa und lässt sich von ihrem Onkel den Kopf streicheln. Kaum hat sie dem Onkel erzählt, was die Puppe alles kann, fällt ihr ein, was sie im Kindergarten gelernt hat. »Ich kann jetzt Kung-fu«, sagt sie stolz.

Als die Mutter das hört, fordert sie die Kleine auf, dem Onkel die neu gelernte Kunst zu zeigen.

Yaoyao lässt sich nicht zweimal bitten. Sie springt auf und legt mit ihrer Darbietung los. Das eine Bein hält sie gerade nach vorn, das andere hat sie nicht ganz unter Kontrolle und zittert ein wenig, als sie die Hände in Kampfpositur bringt.

»Niemand auf der Welt ist so furchtlos und geschickt wie ich. Niemand auf der Welt kann mich besiegen!«, trägt sie ihrem Publikum stolz und wacker die Formel vor, die sie von ihrem Meister gelernt hat.

Die Erwachsenen brechen in Gelächter aus. Sogar der kranke Onkel lächelt und klatscht ein paarmal in die Hände. »Unsere Yaoyao wird später noch stärker als Buddha, nicht wahr?«, sagt Howard lobend.

Inzwischen sind die Leute in der Küche mit dem Kochen fertig. Sobald das Essen serviert worden ist, setzt sich die *Tenglong*-Familie rund um den großen Tisch, um gemeinsam zu essen. Für den Kranken hat Lou Gan persönlich eine leichte, leckere Brühe aus Schildkrötenfleisch und winzigen silbernen Fischchen zubereitet, für die anderen gibt es etwas Herzhaftes wie Rindfleischstreifen mit Knoblauchblättern und Schweineleber mit Ananas. Das Essen scheint allen zu schmecken. Lou Gan wird für seine Kochkunst gelobt.

Nach dem Essen zieht Dai sich wieder aufs Sofa zurück und

spielt mit Yaoyao. Die anderen bleiben am Tisch sitzen und reden auf Lou Gan ein. Er solle aufhören, sich ständig in Sexgeschichten mit seinen Models zu verwickeln. Das schade nicht nur dem guten Ruf der Firma, sondern koste auch eine Stange Geld, fügt Howard hinzu. Er habe bereits mit Roula geredet und ihr eine großzügige Summe angeboten, damit sie die Geschichte nicht an die große Glocke hängt.

Lou Gan verteidigt sich nicht. Er lässt alles wortlos über sich ergehen. Als die anderen von ihm verlangen, eine schriftliche Selbstkritik und Entschuldigung an Dai zu verfassen, nickt er und verzieht sich ins Nebenzimmer. Eine Viertelstunde später hat er eine halbe DIN-A4-Seite mit einigen wackeligen Schriftzeichen vollgekritzelt. Er bedauert, seinem Onkel Kummer bereitet zu haben, und verspricht, nie wieder mit Roula etwas anzufangen. In Zukunft werde er Selbstherrschung üben, die Finger von den Frauen lassen, mit denen er arbeitet, und bessere Leistungen zeigen. Das Blatt geht einmal um den Tisch und wird von allen gelesen. Die Anwesenden sparen nicht mit detaillierten Korrekturvorschlägen, die sich auf ganz konkrete Einzelheiten seines Verhaltens beziehen. Mit rotem Kopf geht Lou Gan ins Nebenzimmer und macht sich erneut an die Arbeit. Nachdem er Howard eine verbesserte Fassung seiner Selbstkritik vorgelegt hat, nimmt der Gentleman ihn bei den Schultern und schiebt ihn zu Dai. Mit gesenktem Kopf drückt Lou Gan seinem Onkel das Blatt in die Hand.

Dai liest es einmal durch und lässt es dann fallen. »Du brauchst keinen Schwur zu leisten, den du doch wieder brichst«, sagt er.

Lou Gans Gesicht wird blass.

»Ich habe dich schon zweimal wegen dieser Geschichten ermahnt«, fährt Dai fort. »Aber du hörst nicht auf mich und hast dich als Vorbild für unsere Mitarbeiter endgültig disqualifiziert. Daher wird dein Gehalt laut unserer Förder- und Strafordnung bis auf weiteres um die Hälfte gekürzt. Hast du etwas zu sagen?«

»Ja. Das habe ich mir wohl selber eingebrockt«, stammelt Lou Gan.

»Tang Anqi hat sich gut bewährt. Ich beabsichtige, sie zu deiner Stellvertreterin zu befördern. Von nun an werdet ihr die Werbeabteilung kollektiv leiten. Bist du damit einverstanden?«

Lou Gan schluckt.

»Sei dankbar, dass dein Onkel dich weiter bei uns arbeiten lässt«, mischt Howard sich ein. »Ein anderer wäre sofort rausgeflogen.«

»Danke, dass du eine tüchtige Frau an meine Seite stellst«, sagt Lou Gan brav wie ein Schüler zu seinem Lehrer. Er schluckt abermals. Die schwitzenden Hände trocknet er nervös an der Hose ab. »Ich werde mir Mühe geben, einen neuen Menschen aus mir zu machen. Mögen alle Haare mir ausfallen, wenn ich versage.«

»He«, ruft der Windkoffer Buto dazwischen. »Das mit dem Haar kannst du gleich wieder rückgängig machen. Wir haben kein Haarwuchsmittel im Sortiment.«

Jetzt müssen einige doch lachen. Die Atmosphäre lockert ein wenig auf. Allmählich stehen die Gäste vom Tisch auf und setzen sich rund um den Kranken, erzählen Anekdoten und Witze, als hätten sie außer Unterhaltung und Vergnügen nichts weiter im Sinn. Als der Abend fortgeschritten ist und Dai sein Gähnen nicht mehr unterdrücken kann, machen die ersten sich auf den Weg.

Buddha will bei seinem Bruder übernachten, um ihn zu pflegen. Aber das lässt dieser nicht zu. Seine Frau und Tochter brauchten ihn, er solle mit ihnen nach Hause gehen, meint der Patient. Er könne ja samt Frau und Tochter bei ihm bleiben, sagt Buddha. Es sei ja nicht das erste Mal, dass er samt Familie bei Dai übernachte. Aber der Kranke schüttelt entschieden den Kopf. Er sei schon auf dem Weg der Genesung, keiner solle sich weiter Sorgen um ihn machen.

Da meldet sich plötzlich Lou Gan und erklärt, er werde bei seinem Onkel bleiben und für ihn sorgen. Dai ist damit nicht einverstanden, aber Lou Gan bleibt bei seiner Entscheidung.

Als alle gegangen sind und er mit seinem Onkel allein ist, holt Lou Gan eine große Plastikschüssel aus dem Bad und füllt sie mit heißem Wasser.

»Was soll denn das?«, fragt Dai abwehrend.

»Du wirst schon sehen«, sagt Lou Gan und streut eine Packung gelbliches Pulver dazu. Das Wasser wird schwarz wie Sojasoße und verströmt einen kräftigen Kräuterduft.

Lou Gan kniet sich hin und bittet seinen Onkel, die Füße in die Schüssel zu stellen. Dai weigert sich. Doch Lou Gan lässt nicht locker und redet so lange auf ihn ein, bis er aufgibt und seine blassen Füße in die Schüssel stellt.

Nach zehn Minuten meint Gan, die Medizin habe jetzt wohl ihre Wirkung getan. Er holt ein großes, weiches Tuch aus dem Bad, trocknet seinem Onkel die Füße und massiert sie zwanzig Minuten lang. Dabei beteuert er, dass er von nun an ein neuer Mensch werden und seinem Onkel keinen Kummer mehr machen wolle. Dai hört zu, sagt aber nicht viel.

Doch das beruhigt den jungen Mann. Nachdem er seinem Onkel ins Bett geholfen hat, legt er sich im Gastzimmer nieder und findet bald einen festen Schlaf.

Das Entschuldigungsschreiben seines Neffen ist nicht der einzige Brief, den Dai an diesem Tag erhalten hat. Unbemerkt von den anderen hat Howard ihm gleich bei seiner Ankunft einen blassblauen Briefumschlag zugesteckt, auf dem Dai sofort die Handschrift von Roula erkannt hat.

Seinen ersten Impuls, den Brief zu zerreißen und vom Wind in alle Himmelsrichtungen tragen zu lassen, hat Dai unterdrückt. Ein solches Spektakel hätte die Familie wohl kaum akzeptiert. Doch die Aufregung allein hat ihm schon einen heftigen Hustenanfall beschert, und so hat er den Brief rasch in seine Nachttischschublade geschoben.

Jetzt, wo die Familie gegangen und sein Neffe im Gästezimmer verschwunden ist, holt er ihn wieder heraus. Er schnuppert daran, und der leise Duft, der auf dem Papier liegt, bringt Roula fast körperlich zu ihm zurück. Er kann sich kaum noch vorstellen, dass sie einmal hier neben ihm in den Kissen gelegen hat.

Unruhig steht er auf und geht mit dem Brief zum Fenster. Hier oben, vom achtzehnten Stock aus, hat er einen wunderbaren Blick über den *Window of the World*-Park und weiter nach Süden über die Stadt hinweg bis hinaus auf die Bucht. Sogar die Lichter von Hongkong glaubt er im Dunst zu erkennen. Zum ersten Mal spürt er wirklich, wie schön diese Stadt ist. Und wie schön es wäre, hier glücklich zu werden. Unentschlossen reißt er den Brief auf und liest im schwachen Licht der Lampe auf seinem Nachttisch.

Lieber Xingkong,
es war nie meine Absicht, Dich zu verletzen. Aber nun ist es doch so gekommen. Ich weiß, ich bin schwierig. Ich werde wohl nie so eine Frau sein, wie du sie brauchst. Keine tugendhafte Ehefrau und wahrscheinlich auch keine Mutter, schon gar keine vorbildliche. Ich bin einfach anders. Ich will keine von Mauern umschlossene Ehe, bei der die bunte Welt draußen bleibt. Finanzielle Sicherheit und gesellschaftlicher Aufstieg an der Seite eines erfolgreichen Mannes sind eine schöne Sache, aber sie sind mir nicht wichtig. Ich möchte, nein, ich *muss* frei und vor allem ich selbst sein. Um das zu erreichen, muss ich mich selbst ernähren und durch meine eigene Leistung glänzen. Wenn ich später ein Kind haben soll, dann möchte ich es allein erziehen.

Ich gebe zu, dass Männer mich faszinieren. So wie zwei Blätter nie gleich sind, so sind die Männer verschieden. Du bist schön, stark und klug und hast mir sehr viel gegeben, aber ich werde immer wieder auch dem Charme und der Kraft eines anderen erliegen. Es kommt auf den Augenblick an. Es ist eine der schönsten Sachen auf der Welt, wenn man sich gegenseitig Freude und Frieden schenken kann.

Die Leute werden mit dem Finger auf mich zeigen und mich alles Mögliche schimpfen. Aber ich bin keine Hure. Ich verderbe auch nicht die Gesellschaft. Ich will niemanden zerstören. Ich möchte nur ich sein. Und das heißt: Ich will weder mich noch den anderen belügen. Ich will nicht so tun, als ob ich mich nur für einen Mann interessiere. Erzwungene Treue ist der Tod der Liebe.

Vielleicht bin ich zu früh geboren. Vielleicht ist die Gesellschaft in zehn Jahren viel offener und jeder darf sein eigenes Ich bewahren, dann haben Menschen wie ich es leichter. Aber wir können unsere Geburt nicht verrücken. Sonst hätte ich mir mit aller Kraft gewünscht, meine Mutter wäre zehn Jahre später geboren, dann wäre sie vielleicht nicht an der Grausamkeit ihrer Genossen gestorben.

Es tut mir leid, wenn ich Deinem Frauenideal nicht entspreche. Aber ich habe Dich geliebt, und ich liebe Dich immer noch. Du willst die Gesellschaft mit Deiner Arbeit besser und glücklicher machen. Du hast eine sanfte, aber entschlossene Art, Dein Unternehmen zu führen. Du liebst und leidest viel intensiver, als Du nach außen preisgibst. Du bist großzügig und nachsichtig. Du bist ein Mensch, wie es in unserer jetzigen Gesellschaft noch nicht viele gibt. Darum liebe ich Dich auch so sehr. Du hast mich groß gemacht, aber Du hast mich auch gehen lassen, als ich meine eigenen Wege gesucht habe. Diese Großzügkeit werde ich niemals vergessen.

Was meinen Beruf angeht, habe ich Dich wahrscheinlich enttäuscht. Du hättest gern gehabt, dass ich als Vertreterin zur ersten Millionärin Deines Betriebs und zum Vorbild aufsteige. Aber ich spüre, dass ich woandershin muss. Ich träume davon, mich in der Kunst oder in einer ganz fremden Welt zu behaupten. Es ist das Erbe meiner Mutter in mir, das mich zu einem ruhelosen Geist macht. Mag sein, dass ich Illusionen nachjage, einer Seifenblase, die jeden Augenblick platzt. Doch auch darin will ich mir selbst treu sein und ich bleiben. Das bedeutet aber nicht, dass ich Dich verraten muss. Ich bin auf Deiner

Seite und werde Dir immer helfen, wenn Du mich einmal brauchst.

Vielleicht sehen wir uns im Leben nie wieder. Aber wenn Du meinen Brief gelesen hast, hoffe ich, dass Du keine Verachtung mehr gegen mich hegst. Denk bitte daran, Du hast eine Schwester in der Ferne, die Dir nur Gutes wünscht. Und wenn ich es spüre, dass Du mich als Deine Schwester annimmst, wäre ich unendlich glücklich. Ich hätte dann wieder eine Familie. Ein gutes Gefühl für ein Waisenkind!

Lebe wohl,
Deine Roula

Dai kann die letzten Zeilen kaum lesen. Tränen haben seinen Blick verschleiert und seine Wangen benetzt.

Wieder starrt er hinaus in die Nacht. Er schaut nach Süden hinaus, wie es früher nur dem Kaiser erlaubt war. Die Sterne blinzeln matt, und plötzlich wird ihm bewusst, dass er bald noch einen viel höheren Standort einnehmen wird. Was wird er wohl alles sehen können von seinem Büro in der neuen Zentrale? Den Perlfluss und Hongkong bestimmt, vielleicht auch Macao, ja womöglich reicht sein Blick bis nach Singapur und Australien!

Nur Roula wird er wohl nie wieder sehen.

14

Die sanfte Peitsche

Aufgrund seiner Krankheit wird Dais Amerikareise verschoben. Als er sich wieder einigermaßen gesund fühlt, erscheint er im Büro und zitiert Tang Anqi zu sich.

Anqi weiß diesmal, worum es geht. Howard hat sie bereits am Tag zuvor in einem Vier-Augen-Gespräch über ihre Beförderung informiert. Sie war vor Aufregung ganz außer Atem und konnte Howard nur mit einem festen Nicken versichern, dass sie die Beförderung annehmen würde.

Als sie Dais Büro betritt, sitzt er am Teetisch mit dem Rücken zu ihr und raucht. Der Anblick erschreckt sie: Da sitzt ein niedergeschlagener Mann, der keine Zukunft mehr vor sich sieht. Dieser Eindruck kommt ihr so absurd vor, dass sie ihn sofort zu verdrängen versucht. Der ganze Betrieb sonnt sich noch im Glanz des Staatspräsidenten und der Chef ist so niedergeschlagen. Wie kann das sein?

Vorsichtig mustert sie Dai von der Seite. Wie sonderbar: Der Mann sieht tatsächlich verloren aus. Früher strotzte er vor Energie und Eroberungswillen, heute ist er ausgemergelt und lässt seine Schultern hängen.

Anqi hat Gerüchte über sein Zerwürfnis mit Roula gehört und sich heimlich gefreut. Sie hat geglaubt, ohne die skandalumwitterte Frau würde es dem Betrieb bessergehen. Die Auftritte der Diva in der Werbeabteilung sind ihr so auf die Nerven gegangen, dass sie jedes Mal geflüchtet ist, wenn Lou Gan einen Besuch des neuen Stars ankündigte.

Doch jetzt muss sie erkennen, dass Dai die Trennung von

Roula weit mehr zu Herzen geht, als sie gedacht hat. Seine Niedergeschlagenheit gibt ihr einen Stich, und am liebsten würde sie gleich wieder gehen. Soll er doch dieser Intrigantin nachweinen, wenn er will, denkt sie. Ich will damit nichts zu tun haben.

Doch dann siegt die Höflichkeit. Es gehört sich nicht, seinen Gefühlen nachzugeben. Sie macht einen Schritt auf ihren Chef zu und hustet vernehmlich, um ihn aus seinem Zustand zu wecken. Das fällt ihr nicht schwer, denn der Raum stinkt auch diesmal nach beißendem Zigarettendunst.

Dai rafft sich zusammen und dreht sich zu ihr um. Er gibt sich Mühe, normal zu wirken, aber er kann kaum ein Lächeln aufbringen. Eine Teekanne und zwei saubere Tassen stehen bereits auf dem Tisch, aber Dai vergisst alle Höflichkeit. Nachdem sie ihm gegenüber Platz genommen hat, legt er die Zigarette auf den Aschenbecher und kommt ohne Umschweife auf ihre Beförderung zu sprechen. Er spricht hastig und blickt ständig um sich, als ob er verfolgt würde.

Während die Zigarette auf dem Aschenbecherrand vor sich hin qualmt, holt er mit hängenden Schultern die Ernennungsurkunde zur stellvertretenden Werbeleiterin aus einem Wandschrank und drückt sie Anqi in die Hand. Der Vorgang hat aber nichts Feierliches an sich, sondern wirkt eher wie eine Flucht. Es ist, als wäre Anqis Ernennung nicht aus Überzeugung erfolgt, sondern aus schierer Verzweiflung, so wie im Krieg kurz vor der Kapitulation noch rasch eine Menge Orden an die Soldaten verteilt werden.

Anqi fühlt sich gekränkt. Sie spielt mit dem Gedanken, ob sie ihm die Urkunde zurückgeben soll. Doch die Traurigkeit, die den Mann umgibt, hindert sie daran.

»Ich stelle eine einzige Bedingung«, sagt sie, das Papier mit beiden Händen festhaltend und den Blick auf die Zigarette im Aschenbecher gerichtet. Ihre Stimme ist leise, als hätte sie Angst, ihn aus dem Raum zu verscheuchen.

Dai blickt bestürzt auf.

»Ich nehme die neue Aufgabe nur an, wenn Sie Ihren täglichen

Zigarettenkonsum zumindest halbieren.« Ihre Stimme klingt noch leiser als zuvor, doch Dai hat jedes Wort gehört. Die Ungehörigkeit des Themas überrascht ihn und lässt ihn erstarren. Er sieht aus, als stünde er auf der Bühne, wüsste aber nicht, welches Stück gespielt wird.

»Ich meine das nicht als privaten Scherz, ich meine das ganz ernst«, erklärt Anqi. Sie schenkt ihm eine Tasse heißen Tee ein und stellt sie vor ihm hin. »Wenn Sie es nicht allein schaffen, werde ich an Ihrer Stelle zu rauchen anfangen. Dann werde ich die Hälfte der Last auf mich nehmen und Ihre stellvertretende Raucherin werden. So wie Ihr Freund Howard als Ihr Stellvertreter die Verantwortung für geschäftliche Angelegenheiten übernommen hat, will ich als Ihre Stellvertreterin beim Rauchen eine Verantwortung für Ihre Gesundheit übernehmen.« Sie legt ihre Hand auf das Zigarettenpäckchen, das auf dem Tisch liegt und streichelt es beinahe zärtlich.

»Sie?«, sagt Dai voll ehrlichem Entsetzen. »Sie vertragen doch gar keinen Qualm!« Er erinnert sich nur zu gut, wie sie ihn bei ihrem letzten Besuch gezwungen hat, das Fenster aufzureißen, weil sein Büro so voller Rauch war. Gleichzeitig ist er gerührt, was er hinter einem Lachen verbirgt. Die Düsternis, die sein Gemüt seit Tagen in Blei verwandelt, ist plötzlich verflogen. Er spürt, dass Anqi sich um ihn sorgt und sich für ihn opfern will. Er greift nach dem Aschenbecher und drückt mit Nachdruck die Zigarette aus, die dort vor sich hin schwelt. Dann setzt er sich gerade und hebt den Kopf. Zum ersten Mal, seit sie den Raum betreten hat, schaut er sie an. Sein Blick ist voller Neugier, als hätte er ein unbekanntes Wesen entdeckt. Doch er sagt nichts.

Anqi spielt unsicher mit dem Papier auf ihrem Schoß. Dann reicht sie es ihm zögernd herüber. »Sie müssen nicht auf meine Bedingung eingehen, wenn …« Wie bei einem Spieler, der alles auf eine Karte gesetzt hat, beginnt ihre Stimme zu zittern. Sie bricht mitten im Satz ab. Umso mehr flehen ihre Augen ihn an.

Dai hebt die Hand. »Bitte, behalten Sie die Urkunde«, sagt er und fegt den vollen Aschenbecher in den Papierkorb, der zum Glück vollkommen leer ist.

»Danke«, sagt Anqi tonlos wie ein Lamm vor der Schlachtbank. »Sie sind schnell wie der Donner.« Vor Erleichterung werden ihre Augen feucht.

»Gut, jetzt wissen Sie, was Ihnen bevorsteht«, sagt Dai. »Wenn Sie sich nicht bewähren, landen Sie als meine Rauchvertreterin im Nebenzimmer und müssen zwei Päckchen täglich auf Lunge rauchen.« Er schwingt den Daumen in Richtung des Konferenzraums, um zu verdeutlichen, welches Rauchzimmer er für sie vorgesehen hat. »Und wenn das Zimmer abends nicht ordentlich vollgequalmt ist, kriegen Sie Ärger.«

Endlich beginnt er zu lächeln. Und dann lächelt sie auch. Und dann lachen sie beide, und wenn der Tisch nicht zwischen ihnen gewesen wäre, hätten sie sich womöglich umarmt.

Stattdessen nimmt Dai nur die Kanne und schenkt Anqi Tee ein. Dann hebt er seine Tasse, die sie ihm gefüllt hat, und wartet, bis sie ihre Tasse ebenfalls hebt. »Wir trinken den Tee, als wäre es Wein, ja? Damit besiegeln wir unsere Vereinbarung!«

»Ja.« Es folgt ein leises Klirren. Dann leeren die beiden in einem Zug ihre Tassen. Anqi spürt es kaum, dass sie sich dabei die Kehle verbrüht.

Der Logistik- und Einkaufs-Chef, ein wacher Shanghaier, war nicht allzu glücklich, als ihm Gu Wen als zweiter Mann an die Seite gestellt wurde. Er ahnte, dass man ihn für die Probleme dieses Bereichs verantwortlich macht, und hat sich deshalb heimlich woanders beworben. Als er sich die neue Stelle gesichert hat, reicht er die Kündigung ein und verlässt die Firma innerhalb einer Woche. Gu Wen ist offiziell zwar immer noch der Stellvertreter, aber da die Leiterstelle vakant bleibt, führt er von jetzt an die Abteilung.

Plötzlich muss sich Gu Wen mit einer Menge neuer Probleme herumschlagen, mit denen er früher nie zu tun gehabt hat. Eines davon ist der Einkauf von Zutaten für die Arzneimittel. Dabei gerät er in kürzester Zeit in Konflikt mit dem medizinischen Berater Zhong Ming.

Zhong Ming ist Mitte vierzig. Damit ist er älter als die meisten Mitarbeiter von *Tenglong*. Er ist groß und schlank und hat an der Stirn und den Mundwinkeln einige scharfe Falten, die darauf hinweisen, dass er sich oft Sorgen macht. Sonst wirkt sein Gesicht eher sanft. Er ist geprägt von der Philosophie der chinesischen Medizin und legt Wert auf Harmonie mit den Mitmenschen. Im Betrieb nennt man ihn den Guten, weil er zu allen freundlich ist und mit allen gut auskommt. Umso erstaunlicher ist es, dass er den Konflikt mit Gu Wen nicht verhindern kann. Das hat damit zu tun, dass er auch für die Qualitätskontrolle bei den Arzneimitteln zuständig ist.

Kurz nach der Kündigung des früheren Einkaufsleiters macht Zhong wie gewöhnlich Stichproben bei den frisch eingetroffenen Zutaten. Zu seinem Schrecken stellt er fest, dass etliche davon nicht den geforderten Standards entsprechen oder ganz wertlos sind. Zum Beispiel bei den getrockneten Mandarinenschalen, da ist er sich sicher, dass Kriminelle am Werk sind. Die Essenz ist bereits durch Destillation aus dem Stoff herausgeholt worden. Danach gehören die Schalen eigentlich auf den Müll. Aber stattdessen haben die Betrüger sie wieder getrocknet, mit einem fetthaltigen Spray bearbeitet und dann weiterverkauft. Nach außen sehen sie glänzend und frisch aus, aber das kann einen erfahrenen Fachmann nicht täuschen. Zhong dehnt die Stichprobe noch auf andere Zutaten aus und kommt zu einem erschreckenden Ergebnis: Moschus, Ginseng und die getrockneten Regenwürmer sind ähnlich manipuliert worden. Auch hier ist die Heilkraft längst weg.

Zhong meldet sich umgehend bei Gu Wen. Der Einkaufsleiter bekommt einen Kopf wie eine aufgeschlitzte Wassermelone und greift zum Telefon. Aber der Lieferant ist nicht zu erreichen, die Nummer ist plötzlich ungültig. Auch nach längeren Recherchen lässt sich der Verdächtige nicht aufspüren.

Am nächsten Tag schickt Gu einen Mitarbeiter der nächstgelegenen Niederlassung zu der Adresse, die der Lieferant angegeben hat. Dieser findet aber nur eine Gerberei vor. Das sei wohl ein schlechter Scherz, erklärt der Besitzer. Er habe nie mit Kräutern zu tun gehabt, und den Namen des Lieferanten habe er auch nie gehört.

Der Lieferant bleibt verschwunden wie ein ins Meer geworfener Stein. Gu ist sehr wütend, weil er den Geschäftspartner auf dem großen Kräutermarkt in Kanton selbst ausgesucht hat. Sollen sie den Mann anzeigen? Das scheint wenig aussichtsreich. Solche Fälle gibt es in China wie Heu. Die Polizei kommt gar nicht hinterher. Und wenn die Sache bekannt wird, muss man befürchten, dass der gute Ruf von *Tenglong* darunter leidet. Der Betrogene muss in solchen Fällen immer befürchten, dass er noch ausgelacht wird, weil er der Dümmere war. Gu beschließt, auf einen juristischen Schritt zu verzichten.

Aber die Produktion muss weiterlaufen. Es bleibt Gu nichts anderes übrig, als einen neuen Lieferanten zu finden und eine neue Lieferung zu bestellen. Aber auch diesmal ist nicht alles in Ordnung. Der Ginseng ist so klein und kümmerlich gewachsen, dass er wahrscheinlich nicht die erwartete Wirkung erzielen kann. Nachdem Zhong eine Scheibe der geheimnisvollen, menschenförmigen Wurzel gekostet hat, ist er enttäuschter als zuvor. Auch bei einigen anderen Kräutern stellt er fest, dass sie nicht so schmecken, wie sie schmecken sollen.

Erneut sucht der Arzt den Einkaufsleiter auf. Diesmal lächelt Gu schmeichelnd und bietet dem ungeladenen Besucher eine Tasse grünen Tee an. Der Heilkräutermarkt sei nicht so üppig, wie er auf den ersten Blick aussehe, erklärt der kleine Mann mit der Igel-Frisur. Aufgrund der großen Nachfrage nach traditioneller chinesischer Medizin sei der Bedarf an Zutaten sprunghaft gestiegen. Aber manche Kräuter wie Ginseng seien anspruchsvoll und ließen sich nicht überall anpflanzen. Wenn man es trotzdem versuche, erhalte man halt eine magere Ernte. Und selbst für diese mickrigen Würzelchen müsse man saftige Preise bezahlen.

»Glaub mir, ich hab mir die größte Mühe gegeben, immer die besten Zutaten für uns zu organisieren«, sagt Gu. »Aber momentan ist das Angebot knapp, da müssen wir durch. Im Herbst kommt die neue Ernte auf den Markt. Ich wette, dann wirst du vor Freude lachen.«

Zhong räuspert sich auf eine Art und Weise, als steckte ihm eine Gräte im Hals. »Du hast doch einen medizinischen Assistenten. Hat er dir beim Einkauf nicht beigestanden?«

»Natürlich hat er mir geholfen«, sagt Gu. »Er hat gesagt, die Ginsengs sehen zwar klein aus, riechen aber gut, sind in Ordnung. Die sind bestimmt fünf, sechs Jahre unter der Erde gewachsen. Für Ginseng ist das zwar nur ein geringes Alter, aber welche Firma kauft schon zu einem astronomischen Preis einen zweihundert Jahre alten Ginseng für die Massenproduktion von Medikamenten. Das heißt doch Perlen vor die Säue werfen.«

Zhong ist verbittert. Er fährt sich mit der Hand um das Kinn und sucht verzweifelt nach einem Ausweg.

Gu bietet ihm eine Zigarette an. Auf einmal hat er eine Idee. »Wenn du meinst, der Ginseng ist nicht stark genug, dann nimm doch eine halbe oder eine Portion mehr dazu – und das Problem ist vom Tisch. Genau. Du kannst doch die Rezepte nach dem Zustand der Zutaten ein bisschen variieren.«

Zhong schüttelt heftig den Kopf. »Viele Rezepte sind patentiert. Die kann man nicht einfach so ändern. Wenn das Amt für Medikamentenkontrolle uns dabei erwischt, wird uns die Lizenz entzogen. Nein, auf so etwas dürfen wir uns gar nicht erst einlassen.«

Gu schiebt zornig die gummiartigen Lippen vor. »Dann mach halt du einen Vorschlag. Du bist der Mediziner.«

Zhong, der vor allem die Harmonie sucht, wechselt sofort zu einem besonders freundlichen Ton: »Betroffen ist ja nur ein Teil unserer Vorräte. Machen wir es so: Wir lassen bei der Herstellung eines Medikaments jeweils nur eine bis höchstens zwei Zutaten mit weniger guter Qualität zu. Für ein Medikament benötigen wir häufig über zehn Zutaten. Da fällt eine einzelne nicht so ins Gewicht.«

»Warum hast du das nicht gleich gesagt?« Gu beugt sich vor und klopft Zhong auf die Schulter, als hätte er einen Freund aus der Kinderzeit wiedergefunden. »Alter Zhong, such dir einen Tag aus. Ich lade dich zum Essen ein.«

Sie trennen sich lächelnd. Doch als Zhong Ming nachts neben seiner Frau im Bett liegt, findet er keinen Schlaf. Wieso will ihn Gu gleich zum Essen einladen? Steckt da noch mehr dahinter? Hat Gu beim Einkauf Provisionen kassiert? Solche Geschichten hört man jeden Tag in der Stadt. Unmöglich ist es nicht bei dem undurchschaubaren Gu. Aber Zhong will nichts Schlechtes über seinen Kollegen denken. Er fürchtet nur, der Einkaufsleiter könnte ihm die Schuld zuschieben, wenn eines Tages die Schwankungen der Produktqualität auffallen. Schließlich ist er der Qualitätskontrolleur, und nicht Gu.

Zhong beschließt, den Direktor zu informieren. Aber er will nicht den Eindruck erwecken, dass er hinter Gus Rücken schlecht über ihn redet, deswegen ruft er Gu gleich am nächsten Tag an und bittet ihn, mit ihm zusammen zu Dai zu gehen.

Gu ist nicht begeistert, sagt aber nur: »Eine solche Kleinigkeit schaffst du auch allein. Aber mach keine große Welle daraus, alter Freund. Ich muss heute zum Zollamt. Die wollen neuerdings immer mehr Papiere als sonst sehen. Ich glaube, ich muss ein paar rote Tütchen vorbeibringen, damit wir die Lieferung heimfahren dürfen.«

Rote Tütchen benutzt man, um ein Geldgeschenk hübsch zu verpacken. Das weiß jeder. »Na, dann wünsche ich gutes Gelingen«, sagt Zhong und legt auf.

Als er in Dais Vorzimmer tritt, kommt gerade Dr. Li Dawei aus dem Büro des Direktors. Der neue Forschungsleiter ist ein junger Mann mit weißer Haut und zartem Gesicht. Tatsächlich kommt er aus Shanghai und wird »Großer Weißer Hase« genannt: nach einer bekannten Bonbonmarke. Dai hat ihn zur Tür begleitet und macht ebenfalls einen beflügelten Eindruck.

»Lass keine Zeit verstreichen. Sobald das neue Rezept uns gehört, fang mit der Verfahrensforschung zur Massenproduktion an«, sagt er dem Großen Weißen Hasen zum Abschied.

Einen Augenblick lang schämt sich Zhong, dass er keine guten Nachrichten bringt. Er dreht sich zur Seite, um Dr. Li vorbeigehen zu lassen. Der junge Arzt kommt ihm wie ein praller, schön geformter Ginseng voller Lebenskraft vor, während er selbst sich alt und vertrocknet fühlt wie jene minderwertigen Wurzeln im Lagerhaus, die er am liebsten loswerden möchte. Verlegen senkt er den Kopf, als hätte er auf dem Tisch der Sekretärin etwas Spannendes zu lesen entdeckt.

Aber Dai hat ihn schon gesehen. Als der Große Weiße Hase gegangen ist, kommt er lächelnd auf den Mediziner zu. »Vielen Dank für deine Medizin«, sagt er. »Sie ist zwar bitter gewesen, aber sie hat mir geholfen.« Mit einer freundlichen Handbewegung führt er Zhong in sein Büro.

»Das ist eine große Ehre für mich, dass dir meine Medizin geholfen hat«, sagt Zhong. »Von dir hängen tausend Leute ab. Wenn es dir gutgeht, scheint bei uns Angestellten die Sonne.«

»Na, na«, lächelt Dai. »*Der Osten ist rot.* Solange wir dieses Lied singen, ist unsere Sonne der Vorsitzende Mao Zedong, auch wenn er längst tot ist«, sagt Dai halb im Ernst.

Eine Sekretärin tritt herein, räumt die benutzten Tassen vom Tisch und bringt neue. Dai bittet Zhong, Platz zu nehmen.

»Na, wo drückt der Schuh?«, fragt er immer noch heiter, während er den Tee einschenkt. »Dein Foto war in letzter Zeit oft in der Presse. Du solltest dir einen Bart wachsen lassen. Du bist in der Öffentlichkeit jetzt die Vertrauensfigur für unsere phytologischen Produkte.«

Zhong rutscht auf dem Sessel hin und her, als hätte er eine Nadel im Hintern. »Gu Wen und ich … wir meinen, es gibt da eine Kleinigkeit, die du erfahren solltest«, stammelt er schließlich.

Dai schaut überrascht auf. Aus dieser Ecke hat es lange keine Beschwerden gegeben.

Zhong holt tief Luft, dann legt er los. Am Anfang wählt er noch vorsichtig jedes Wort und spricht stotternd und langsam, allmählich wird er unbefangener, und der Redestrom fängt an zu fließen. Hin und wieder beantwort er eine Frage von Dai. Als er mit der Geschichte fertig ist, sind die Falten von seiner Stirn hinüber auf die seines Vorgesetzten gewandert.

»Das ist aber nicht gut«, sagt Dai. »Ich werde mit Gu Wen reden.«

»Sei nicht zu streng mit Gu Wen. Er hat bestimmt wie wir alle nur das Beste für den Betrieb gewollt«, sagt Zhong beim Abschied.

In zwei Tagen wird Dai nun endlich seine Amerikareise antreten. Viel Zeit bleibt also nicht. Gu Wen muss heute noch bei ihm vorsprechen. Aber der Einkaufsleiter hat viele Termine. Außer Haus, wie es scheint. Es heißt, er müsse einige wichtige Zollbeamten zum Essen einladen und könne nicht kommen. Dai lässt ihm ausrichten, er solle ihn abends zu Hause besuchen.

Als Gu Wen endlich bei ihm erscheint, ist es nach zehn Uhr abends. Der Einkaufsleiter zeigt sich gehetzt und leicht verstimmt und lässt sich wie ein Sack aufs Sofa fallen. In kurzer Zeit hat sein Atem die Luft mit einem süßen Alkoholgeruch überzogen. Nein, er möge weder Tee noch andere Getränke, er wolle nur so schnell wie möglich nach Hause, um sich mit einer Dusche abzukühlen.

Als Dai sich nach der schlechten Lieferung erkundigt, wehrt Gu mit einer allgemeinen Floskel ab: »Hör nicht auf Zhong Mings übertriebenen Bericht. Das Angebot ist zurzeit einfach knapp.«

»Bei deinen Fähigkeiten habe ich eigentlich eine *Verbesserung* des Einkaufs erwartet«, entgegnet Dai kühl.

Gu Wen ist gekränkt. »Generaldirektor, eine Verbesserung ist doch schon eingetreten«, sagt er ungehalten. »Früher waren die Rechnungen und Waren alle durcheinander. Man suchte eine Lieferung, fand sie aber nicht im Lagerhaus. Nach einer Woche fand man die Waren dann bei einer Filiale, wo sie überhaupt nicht hingehörte. Tja, was war los? Man hatte die Kartons falsch etikettiert. Solche Geschichten gab es dauernd bei meinem Vorgänger, bei mir aber nicht.«

»Aber kaum bist du an der neuen Stelle, schon hast du dich auf einen Betrüger eingelassen.«

Gu stößt ein bitteres Lachen hervor. »Sag mal, wer hat auf dem Gemüsemarkt nicht schon mal einen gefälschten Geldschein bekommen? Wer hat nicht schon mit Freude Schuhe oder Kleidung gekauft und ein paar Tage später auf die Händler geschimpft? Gegen Betrüger kann man sich gar nicht wehren. Howard ist ein alter Fuchs, hat aber auch schon mal Firmenkapital eingebüßt, nicht wahr? Ich bin doch nur der kleine Finger im Betrieb, kann gar nicht viel Schaden anrichten ...«

Die versteckte Frage *Wieso hackst du immer auf mir herum?* verschluckt Gu aber doch lieber.

»Für die minderwertigen Ginsengs hast du sicher auch eine fabelhafte, druckreife Erklärung, die wir gleich in den nächsten Rundbrief aufnehmen können«, sagt Dai ärgerlich, hebt ein Buch auf, das er vor dem Eintreffen Gus gelesen hat, und lässt es mit einem Knall auf die Tischplatte fallen.

Gu versucht immer noch, die Sache herunterzuspielen. »Eine Ginsengwurzel ist immer noch ein Ginseng. Schließlich hätte man uns ja auch Rettiche liefern können. Man weiß doch, dass die Dinger wie schrumpelige alte Männer aussehen. Was hab ich denn so falsch gemacht?«

Wieso sucht der Mann Fehler eigentlich nie bei sich selbst?! Dai presst die Lippen zusammen, hält die Luft an und zählt bis zehn. Ihm schießt das Wort »Stachelschwein« durch den Kopf. Ja, ein Stachelschwein ist dieser Mann, der ständig neue Probleme verursacht und dem Betrieb mehr Schaden als Vorteile bringt. Es war ein Fehler, Gu an die Spitze des Einkaufs zu setzen. Aber er braucht Zeit, um den Mann auszutauschen. Vor seiner Amerikareise wird er es kaum schaffen.

»Gut. Vielen Dank, dass du mich auf die Schwierigkeiten bei deiner Arbeit hingewiesen hast«, sagt Dai plötzlich scheinbar entspannt. »Dein Etat wird ab sofort um zehn Prozent erhöht, und einen neuen, in der Kräuterkunde erfahrenen Assistenten sollst du auch bald bekommen. Damit sollte es dir möglich sein, die Qualität des Rohstoffs auf dem nötigen Niveau zu halten. Qualität hat bei uns Vorrang.«

Und die minderwertigen Rohstoffe? Die sollen nicht verwendet, sondern auf dem Markt weiterverkauft werden.

»Aha«, macht Gu und zeigt keinerlei Freude über den Zusatz-Etat. Dais Stimmungsumschwung beunruhigt ihn. »Wenn du im Computerbereich auch so großzügig gewesen wärst, hätte ich bestimmt längst das Familien- Karaoke und noch ein paar andere Sachen auf den Markt gebracht«, murmelt er.

»Wir haben das gleiche Ziel. Daran zweifle ich nicht. Aber lass uns eins nach dem andern machen, okay?« Dai klopft Gu auf die Schulter, als hätte er größtes Verständnis für ihn.

Auf dem Weg nach Hause fragt sich Gu, was wohl den Stimmungsumschwung des Generaldirektors mitten im Gespräch ausgelöst haben könnte. Man muss nur energisch auf seinem Standpunkt beharren, denkt er. Dann wird man auch respektiert. Solche Typen wie Howard kann er gern rumkommandieren, aber bei solchen harten Burschen wie mir steckt er lieber zurück.

Bei dieser Entdeckung empfindet Gu eine nicht zu unterdrückende Siegerfreude, die ein Lächeln auf seinen dicken Lippen erscheinen lässt.

15

Der Erddrache holt sich sein Opfer

Am letzten Tag vor seiner Reise lässt sich Dai noch einmal zu seiner Baustelle fahren. Seit dem Staatsbesuch ist der Rohbau nicht weiter gewachsen. Er besteht immer noch aus elf Etagen. Wenn man das künftige 68-stöckige Hochhaus mit einem erwachsenen Mann vergleicht, dann hat der Rohbau gerade erst Wadenhöhe erreicht.

Trotzdem wird jeden Tag fleißig gearbeitet. Aufgrund der neuen Pläne müssen einige Stabilisierungskorrekturen vorgenommen werden. Deswegen halten sich die meisten Bauarbeiter im unterirdischen Bereich auf. Wenige Wochen alte Betonböden werden mit ohrenbetäubendem Lärm wieder aufgebrochen, um vier weitere Stützsäulen tief in die Erde zu senken.

Bauleiter von verschiedenen Firmen, die auf der Baustelle tätig sind, wollen den Bauherrn bei der Visite begleiten. Aber Dai schickt sie alle an ihre Arbeit zurück. Nur Howard darf ihn durch die von Scheinwerfern beleuchteten Räume führen und ihm dies und jenes erklären.

Das heißt, er brüllt so laut er kann, trotzdem versteht Dai kaum ein Wort. Der Lärm unter der Erde ist so gewaltig, dass alle Stimmen verzerrt und verschluckt werden. Aber das stört Dai nicht. Denn es gibt genug zu sehen. Als sie von der tiefsten, fünften unterirdischen Etage wieder zur Eingangshalle im Erdgeschoss hinaufgewandert sind, weicht die Anspannung in Dais Gesicht einem kleinen Lächeln.

Während sie noch über die Gestaltung der Halle reden, spüren sie unter den Füßen plötzlich ein Zittern. Einen kurzen Moment lang scheinen die Wände vor ihnen regelrecht in die Höhe zu springen. Die Furcht, der Rohbau könne über ihren Köpfen einstürzen, treibt sie zu einer hastigen Flucht. Aber kaum haben sie den Ausgang erreicht, scheint alles wieder vorbei zu sein. Verunsichert wechseln sie einen bestürzten Blick.

»Was war das?«, fragt Dai.

»Keine Ahnung«, sagt Howard. »Vielleicht ist ein Kran umgefallen.«

Da schreckt sie ein lautes Geschrei auf. Auf der viel befahrenen Futian-Straße, direkt vor dem Zaun, laufen Passanten und Bauarbeiter wild durcheinander und schreien: »Erdbeben! Erdbeben!«

Die Bauarbeiter, die unter der Erde gearbeitet haben, kommen ebenfalls aus der Tiefe. Sie scheinen allerdings keine Furcht zu haben und rennen ausgerechnet zu jener Stelle, vor der die anderen flüchten. Dort ist der Zaun gebrochen und auf einer Länge von über zehn Metern komplett in der Erde versunken. Als die Flüchtenden die Bauarbeiter sehen, kommen sie wieder vorsichtig näher.

Dai und Howard sind mit die ersten an der mysteriösen Stelle. Als sie sehen, was geschehen ist, werden sie blass.

Wie eine Riesenfaust hat eine unbekannte Kraft einen Krater von fünf Metern Durchmesser in den Boden gestanzt. In der Umgebung sind der Asphalt und die Platten des Bürgersteigs unversehrt, und auch die geparkten Autos stehen weiter ordentlich auf ihren Plätzen, nur wo das Loch ist, klafft eine höchst überraschende Parklücke.

Während Howard und Dai vorsichtig nach vorne drängen, um einen Blick in die Tiefe des Kraters zu werfen, spürt Dai, dass jemand seine Schulter berührt. Es ist sein Chauffeur Wang Guang, ein Bauerngesicht mit einer städtischen Spitzfrisur. Sein Gesicht ist blutleer, seine Lippen bibbern, als käme er aus der Hölle.

»Generaldirektor, unser Mercedes ist weg! Ich habe ihn genau da geparkt«, ruft er seinem Herrn zu und deutet mit der

Hand in das Loch. Auch seine Finger zittern wie Pappelblätter im Wind.

»Was!?«, schreien Dai und Howard aus einem Mund. Sie trauen ihren Ohren nicht.

»Ja, da stand ein Mercedes. Ist mir aufgefallen, weil der Stern noch dran war«, bestätigt ein junger Passant. »Als ich mich wieder umgedreht hab, war das Auto weg. Und der Stern auch.«

»Da war noch ein Arbeiter«, sagt eine Frau aus der hinteren Reihe und versucht aufgeregt, weiter nach vorn zu kommen. »Der muss auch in den Krater gefallen sein.«

»Nicht drängeln!«, rufen mehrere Stimmen nach hinten.

»Der Krater ist lebensgefährlich. Bitte zurücktreten!«, ruft ein Bauarbeiter, der direkt am Rand steht.

Dai gibt Howard ein Zeichen. Howard ruft nach einigen Bauarbeitern und gibt ihnen den Auftrag, die Unglücksstelle zu sichern. Es dauert eine Weile, bis die Männer die Schaulustigen abgedrängt und einen Teil des Bauzauns zum Absperrgitter umfunktioniert haben. Niemand darf in die eingezäunte Zone hinein, nur Howard, Dai und die Bauleiter.

Nun stehen die beiden Männer am Rand des Loches und werfen einen Blick in die Tiefe. Die Erde liegt so dunkel da unten, dass man ihre Farbe nicht genau erkennen kann. Kein Hilferuf dringt nach oben. Ein Bauarbeiter hält einen Scheinwerfer und richtet ihn in das Loch. Kies, Steine, abgebrochene Betonstücke und ein Stück verbogener Zaun sind jetzt zu erkennen. Aber keine Spur von dem vermissten Bauarbeiter und dem Mercedes.

Ein dickes Seil wird organisiert. Ein Bauarbeiter, mit Licht am Helm und einer Schaufel in der Hand, wird an dem Seil festgebunden und vorsichtig in den Krater hinuntergelassen. Er tastet den Boden ab und gräbt mit der Schaufel. Aber er stößt weder auf einen Helm noch auf eine Hand, weder auf Blech noch auf Glas oder Reifen. Mann und Mercedes sind beide spurlos unter der Erde verschwunden.

War es ein Erdbeben? Oder war es eine Art unterirdischer

Tornado, der unter der Stadt sein Unwesen treibt? Dai weiß nicht, wie er sich das Unglück erklären soll, und zupft nervös an seinem Kinn. Howard stellt eine Theorie auf: »Vielleicht hat sich da unten ein riesiger Hohlraum gebildet? Vielleicht war da ein unterirdischer Fluss? Und jetzt ist das Dach eingestürzt wegen der Baustelle, und die Straße und der Bürgersteig wurden mit in die Tiefe gerissen.«

Die Vorstellung, sein Wolkenkratzer stünde womöglich auf einer riesigen Blase, die jederzeit einstürzen kann, bringt Dais Herz fast zum Stillstand. Doch zuerst muss der Mensch gerettet werden, falls tatsächlich einer da reingefallen ist. »Lass alle Vorarbeiter sofort ihre Leute zählen. Wenn tatsächlich einer fehlt, müssen wir ihn da unbedingt rausholen.«

Unter den Schaulustigen stehen zwei modisch gekleidete Frauen ganz vorne. Sie pressen ihre Gesichter an den Zaun, um besser sehen zu können, was vorgeht. Als nichts aus dem Krater geborgen wird, sagt die eine: »Ich habe gehört, das neue Haus steht genau auf der Wirbelsäule des Erddrachen. Das tiefe Bohren hat ihn ins Mark getroffen. Sonst wäre er nicht so erbost und hätte ausgerechnet das Auto des Bauherrn verschluckt.«

»Na ja, die ganze Stadt ruht auf dem Erddrachen. Wenn er sich aus Ärger mal umdreht, liegt Shenzhen in Schutt und Asche«, pflichtet die andere ihr bei. »Früher hat man solchen Drachen Jungfrauen geopfert. Heute nimmt er bloß das teuerste Auto, hm, und dazu einen Arbeiter. Trotzdem bleibt er der Erddrache.« Die Frau kichert. Doch dann fällt ihr ein, dass ihre Bemerkung den allmächtigen und allgegenwärtigen Halbgott beleidigen könnte, und sie schlägt hastig die Hand vor den Mund.

Dai steht direkt vor ihnen und hat das Geschwätz mitgehört. Wieder einmal bedauert er, dass er beim Erwerb des Grundstücks keinen Fengshui-Meister zu Rate gezogen hat. Verdrießlich faltet er die Hände hinter dem Rücken und geht um den dunklen Krater herum wie eine Ameise. Dann bleibt er abrupt stehen.

»Melde den Vorfall bei den Behörden und beim Geologischen Institut der Universität. Wir müssen schnell herausfinden, ob das eine einmalige Sache war oder ob es womöglich noch einmal geschieht. Vor allem müssen wir wissen, ob die Baustelle sicher ist oder nicht«, sagt Dai zu Howard, dann macht er Anstalten, den Unfallort zu verlassen.

»Sollen wir noch nach dem Auto suchen?«, fragt Howard hinter ihm her, das Handy noch immer am Ohr.

»Nein. Das ist bestimmt zerquetscht. Sucht nach dem Arbeiter.«

Zwei Stunden später erhält Dai von seinem Stellvertreter die Meldung, dass tatsächlich ein Bauarbeiter verschollen ist. Bei den Bergungsarbeiten stoßen die Hilfsmannschaften auf eine Betonplatte, die sie nicht wegschieben können. Um weiterzukommen, müssen sie den Krater noch vergrößern.

Aber da erscheint plötzlich die Polizei, sperrt die Unglücksstelle und erklärt sie zu ihrem Machtbereich. Aus Sicherheitsgründen werden alle Bergungsarbeiten verboten. »In der Umgebung sind so viele Baustellen, wollt ihr alles in den Abgrund reißen oder was?«, schnauzt der Einsatzleiter und verscheucht die Bauarbeiter aus dem Krater wie Fliegen von ihrer Brutstätte. Auch die Schaulustigen werden mit bösen Worten vertrieben.

Drei Stunden später kommt ein neuer Bericht. Die Bauarbeiter seien aufgebracht und wollten ihren Kumpel unbedingt bergen. Denn wer bei der Arbeit ums Leben komme, auch wenn er ganz unten in der Gesellschaft stehe, der verdiene ein ordentliches Begräbnis, damit seine Seele einen Zufluchtsort hat. Sie haben sich rund um die Grube mit Hacken und Schaufeln versammelt und beschimpfen die Polizisten.

Da eine solche emotional aufgeladene Situation leicht zu Unruhen führen kann, wird die Polizei vorsichtig. Sie gibt nach und erlaubt, dass die Bergungsarbeiten unter ihrer Aufsicht fortgesetzt werden. Nach ein paar Metern kommt Dais zerbeulter Mercedes zum Vorschein. Doch von dem vermissten Bauarbeiter gibt es immer noch keine Spur. Dafür beginnt aber die Wand der Grube an einer Seite zu rutschen. Einer der Helfer sei fast verschüttet worden, berichtet Howard. Er sei erst in letzter Sekunde von seinen Kameraden aus der Grube gezogen worden. Die Bergungsarbeiten seien erneut eingestellt worden.

»Warten wir ein bisschen. Vielleicht ist er ja doch irgendwo unterwegs«, sagt Dai ratlos. Als er den Hörer auflegt, ist seine Stimmung unter dem Nullpunkt.

In der Stadt verbreitet sich das Gerücht, dass ein Erdbeben die Stadt heimgesucht habe. Es liege sicher noch auf der Lauer, sagen die Leute. Hin und wieder versucht sich ein Schwarm verängstigter Einwohner, dem Krater in der Futian-Straße zu nähern, und legt dabei den Verkehr lahm. Unruhe liegt in der Luft.

Diesmal reagieren die Behörden sofort und schicken Verstärkung. Die Polizei erklärt den Bauarbeitern, es sei unmöglich, dass ihr Kumpel unter dem Auto liege. Denn der schwere Wagen sei mit Sicherheit zuerst eingesaugt worden. Es müsse sich um einen Irrtum handeln, dass der Vermisste in das Loch gestürzt sei. Dann ziehen sie ihre Schlagstöcke und vertreiben die Arbeiter.

Nach Einbruch der Dämmerung kommen zwei Lastwagen. Ein Trupp Soldaten mit dem roten Stern an der Mütze springt aus den Transportern und macht sich an die Arbeit. Nach zwei Stunden haben sie den Krater zugeschüttet und den Boden wieder geebnet. Die Fahrbahn wird asphaltiert und der Gehweg mit Platten belegt. Man könnte meinen, es habe nie einen Erdrutsch gegeben.

Als Dunkelheit die Stadt eingehüllt hat, holt Dai endlich nach, was er nun schon so lange versäumt hat. Zusammen mit seinem Bruder besucht er heimlich den Fengshui-Meister Qian Li Mu. Der Seher »Tausendmeilenauge« ist eine bekannte Persönlichkeit in der Stadt und soll mit seinen besonderen Fähigkeiten schon einer ganzen Reihe von Kadern und Unternehmern zum Erfolg verholfen haben.

Qian Li Mu hat sein Büro in einem Hochhaus. Mit seiner edlen Einrichtung und vielen antiken und seltsamen Gegenständen wirkt der Raum fast wie ein kleiner Palast. Der Meister selbst trägt allerdings westliche Kleidung: Anzug und Krawatte vom Feinsten. Er weist den Besuchern zwei gedrechselte Stühle mit schönen Schnitzereien zu, während er selbst auf einem hohen, mit Perlmutt und Jade verzierten Sessel Platz nimmt, der wie ein Kaiserthron aussieht.

Die Brüder müssen nicht lange erklären, weshalb sie gekommen sind. Nachdem sie ihm ein paar Daten genannt haben, übergibt ihnen der Meister einen Lederkrug mit Schildkrötenknochen. Die Brüder nehmen den Krug und schütteln ihn, dann kippen sie den Inhalt auf den Tisch aus rotem Pfirsichholz. Der Meister starrt den ausgeschütteten Haufen an, schließt eine Weile die Augen, bis er sich ein Bild von Dais Mikrokosmos gemacht hat.

Das Fengshui für Dais Hochhaus sei tatsächlich nicht optimal, sagt der Meister in einem Ton wie aus einer anderen Welt. Der Südwind, der vom Südmeer wehe und Goldsegen bringe, werde von den davorstehenden Hochhäusern aufgefangen und könne daher der künftigen *Tenglong*-Zentrale kaum Glück bringen. Und im Nordosten gebe es einige Energieflüsse, deren Zusammenprall Dais Hochhaus stark schädigen könnten.

In diesem Moment klingelt Buddhas Handy. Er geht in den Vorraum, um leise zu telefonieren. Der Meister fühlt sich gestört und muss sich erst wieder konzentrieren. Dann fährt er fort: »Das ist alles nicht so schlimm, wenn man weiß, was man dagegen tun muss«, sagt er tröstend. Er mustert Dai eine Weile, dann beginnt er leise zu seufzen. »Ihr Schutzstern am Himmel wird seinen Glanz einbüßen. Sie werden bald die Orientierung verlieren. Das ist der Himmelswille. Daran ist leider nichts zu ändern.«

Dai sitzt wie vom Donner gerührt auf seinem harten geschnitzten Stuhl. Beim Erwähnen des Schutzsterns denkt er sofort an Bürgermeister Sun. Wird ihm etwas Schlimmes zustoßen? Oder ist womöglich gar der Staatspräsident selbst gemeint?

Da der Unternehmer von beiden Kadern keine genauen Daten wie die Geburtsstunde kennt, kann ihm der Meister nicht weiterhelfen. Denn ohne Reis kann auch die beste Frau nicht kochen, und ohne persönliche Daten kann auch ein Fengshui-Meister nicht sagen, wer mit einem Orakel gemeint ist.

Buddha mit der Schlangennase hat sein Telefonat beendet und kehrt zu den beiden Männern zurück. Bei so viel angekündigtem Unheil verliert er bald die Ruhe. Er fragt nach Möglichkeiten der Rettung.

Der Meister redet lange mit irgendwelchen Geistern in der Luft, bis er den Gästen eine Lösung anbieten kann. »Bauen Sie das Dach Ihres Turms in Form einer Schale. Je größer, desto besser. Damit werden Sie den Goldregen, den der Südwind mit sich bringt, auffangen können«, rät er. »Lassen Sie an der Nordostseite der Fassade einen haardünnen senkrechten Streifen aus Silber anbringen, wenn der Turm fertig ist. Der wird das Haus wie ein Schwert schützen und die ungünstigen Energieflüsse durchschneiden.« Er wendet sich dem älteren Dai zu. »Noch eins. Legen Sie von anderen unbemerkt ein Goldstück mit dem Porträt des Schutzgottes für Ihren Jahrgang in die zentrale Tragsäule. Das gibt Ihrem Haus mehr Stabilität.«

Auf dem Heimweg ist Dai äußerst niedergeschlagen.

Buddha sieht es ungern, dass sein Bruder leidet. »Fengshui-Meister müssen immer was schlechtreden, sonst machen sie sich ja selbst arbeitslos«, versucht er den Älteren zu trösten.

Aber Dai sitzt stumm auf dem Beifahrersitz und starrt ins Dunkel, als hätte er nichts gehört. Immer wieder entfährt ihm ein leiser Seufzer, als wäre er trunken von Sorgen.

»Eigentlich geht es uns glänzend«, unternimmt der Jüngere einen zweiten Versuch. »Wir haben DreiAcht überholt, und Sanmu werden wir auch bald einholen. Dann sind wir der Drachenkopf.« Aber Buddha ist ein pragmatischer Mann. Wenn Götter oder Heilige ihm einige Probleme abnehmen können, ist er nicht abgeneigt, ihnen zu geben, was sie verlangen. Deswegen fügt er bedächtig hinzu: »Was Tausendmeilenauge gesagt hat, ist vielleicht nur Quatsch. Aber wir sollten seine Ratschläge trotzdem befolgen. Kostet ja nicht viel. Schaden tut es bestimmt nicht.«

»Nein«, sagt der Ältere. »Die zentrale Tragsäule steht schon. Die wollen wir nicht noch mal aufbrechen, um einen goldenen Schutzgott hineinzulegen.« Er schüttelt den Kopf. »Es ist besser, wir vergessen heute noch, dass wir Tausendmeilenauge besucht haben.«

»Gut«, sagt Buddha. »Ich glaube, das ist das Beste.«

»Die Bauarbeiten nehmen an Umfang und Komplexität zu. Howard hat wieder Probleme mit seinem Bein und ist sowohl physisch als auch psychisch am Ende. Hilfst du ihm ein bisschen, wenn ich in Amerika bin?« Dais Stimme klingt schwach. Er muss sich zweimal räuspern, um den Satz zu Ende zu bringen.

Wieder beruhigt ihn Buddha. »Du weißt, Howard und ich, wir sind ein gutes Gespann. Haben's immer über die Runden gebracht, wenn du auf Reisen bist. Mach dir keine Sorgen«, versichert der Jüngere.

»Ich weiß gar nicht, ob ich die Reise morgen überhaupt antreten soll.« Der Ältere scheint in den Teich der Melancholie gefallen zu sein. Jeder Satz, den er ausspricht, klingt kläglicher als der zuvor.

Aber dann findet Buddha das richtige Heilmittel. »Vorhin hat mir Howard am Handy gesagt, er könne es gerade so hinbiegen, dass der Flieger, den wir bei den Amerikanern bestellt haben, zum gleichen Zeitpunkt nach Peking geliefert wird, an dem du die Rückreise antrittst. Wenn du über Peking fliegst, kannst du sofort in die eigene Maschine steigen und dich nach Hause fliegen lassen. Dann machen wir eine Riesenfeier bei deiner Rückkehr!«

Dai wirft seinem Bruder einen ungläubigen Blick zu, und Buddha sagt: »Dafür musst du natürlich erst abreisen!«

Dai strahlt. »Wieso hast du mir das nicht gleich gesagt?« Die Nachricht wirkt wie ein Adrenalinstoß. Dai lehnt sich zurück und lächelt verträumt.

Am nächsten Tag setzt sich Dai Xingkong wie geplant ins Flugzeug und reist nach Amerika. Kaum ist er weg, sucht Buddha den Fengshui-Meister erneut auf. Er schildert ihm die Schwierigkeiten mit der Tragsäule. Tausendmeilenauge denkt lange nach, dann schlägt er ein alternatives Rezept zur Verbesserung des Fengshui der neuen *Tenglong*-Zentrale vor, und noch am selben Tag erteilt Buddha einem Bildhauer den Eilauftrag, innerhalb von 24 Stunden zwei taubeneigroße Schutzgötter aus reinem Gold herzustellen.

Und wieder einmal zeigt sich: Wer Geld hat, kann den Teufel die Mühle treten lassen. Am nächsten Morgen übergibt der Künstler mit roten, geschwollenen Augen die kleinen Bildwerke.

Am Abend dieses Tages werden auf der Baustelle die beiden zusätzlichen Stabilisierungssäulen unter die Fundamente gegossen. Howard und Buddha stehen neben den Gruben und lassen im richtigen Augenblick die roten Schachteln mit den goldenen Götterbildern in den weichen Beton fallen. Anschließend steht die Baustelle unter diskreter Überwachung von Sicherheitspersonal. Erst nach zwei Tagen, als die Stahl-Beton-Säulen voll ausgehärtet sind, wird das Wachpersonal abgezogen.

16

Klüger und stärker ist immer der andere, verloren und einsam das eigene Herz

Ihre Beförderung zur Werbeleiterin wirkt auf Anqi wie Zugwind auf glühenden Kohlen. Noch nie hat Anqi sich so frei und so lebendig gefühlt wie jetzt. Sie geht durch die Stadt und lässt die riesigen Transparente, Leuchtschriften und Plakate der Kaufhäuser und Supermärkte auf sich wirken. Dann geht sie in die Kunstabteilung der großen Buchhandlung an der Shennan-Straße, blättert lange in den Malerei- und Fotografiebüchern und schleppt einen großen Stapel der schweren Kunstdruckbände nach Hause. Auf großen weißen Blättern entwirft sie neue Plakate und Slogans. Zwei Ideen für die bevorstehende Gesundheitsmesse finden viel Anerkennung bei ihren Kollegen und werden gleich umgesetzt, was Anqi sehr stolz macht.

Einen Tag vor Beginn der Messe fliegt sie nach Kunming und stürzt sich gleich in die Arbeit. Der neue Messestand der Firma ermöglicht eine völlig andere Präsentation der Produkte, aber obwohl sie zu Hause alles genau geplant haben, gibt es doch ein paar Überraschungen, bei denen ihr Improvisationstalent sich bewährt. Dann hat sie eine Reihe Termine mit Medienpartnern für Werbung, mit Journalisten und mit den Werbechefs der Apotheken und Supermärkte. Jeden Tag geht es turbulent zu, abends geht es mit Empfängen und Partys weiter.

Für Sightseeing bleibt Anqi kaum Zeit, aber ein bisschen was möchte sie doch von der Stadt sehen. Die Provinz Yunnan war in der alten Zeit als Verbannungsort für die Gegner von Kaisern bekannt. Unter diesen Personen gab es viele Persönlichkeiten, die bis heute vom Volk verehrt und geliebt werden. Ganz zu schweigen von berühmten Sehenswürdigkeiten wie dem Dianchi-See und dem Westberg, deren Schönheit von Dichtern aus allen Dynastien gerühmt wird. Da Anqi zum ersten Mal so weit im Süden ist, will sie natürlich alles mit eigenen Augen sehen. Am letzten Tag stiehlt sie sich vom Messegelände, setzt sich in ein Taxi und macht eine schnelle Tour durch die Stadt.

Es ist sonnig und heiß. Während der Messe wird in der ganzen Stadt gefeiert. Am Bahnhofsplatz sind Angehörige der hier ansässigen Yi-Minderheit in ihren bunten Trachten zu sehen, im Hof des Yuantong-Tempels wird das Ritual zur Erlösung der Seelen mit Musik und tanzenden Mönchen vollführt, wobei sich die Schaulustigen Schulter an Schulter bis zum Tempeltor reihen. Da die Provinz auch als Heimat der chinesischen Elefanten bekannt ist, dürfen sogar drei von Kopf bis Schwanz mit Transparenten und Firmenwerbung behängte Rüsseltiere durch die Stadt schlendern. Bei diesem Anblick zücken alle Passanten eilig ihre Fotoapparate und machen Schnappschüsse.

Was die Stadt besonders festlich erscheinen lässt, sind die riesigen Plakate, die den Passanten an jeder Straßenecke und jedem Platz anlächeln. Erst jetzt wird Anqi klar, dass ihre Werbung in diesem bunten Meer fast verschwindet. Sie beschließt, den Taxifahrer, einen kräftigen jungen Burschen mit Bauerngesicht und dunkler Gesichtsfarbe, zu ihrem Versuchskaninchen zu machen.

Als eines ihrer Plakate im Stadtzentrum auftaucht, zeigt Anqi mit dem Finger darauf und fragt den Mann, was er davon hält. Es ist eine große Reklametafel für den *Gehirnpräsidenten*. Das Bildmotiv ist der Kopf eines kühlen chinesischen Managers mit Krawatte. In der Hand hält er ein Glas braunen Sirup, in dem sich das berühmte Foto spiegelt, auf dem Albert Einstein der Welt die Zunge herausstreckt. Der Manager schaut wie verzaubert ins Glas und führt den Zaubertrank mit Entschlossenheit zum Mund. In der Sprechblase ist zu lesen: »Ich trinke es. Danach will ich sehen, wer mich noch reinlegen kann!«

Der Taxifahrer ist müde. Vor lauter Überstunden hängen ihm schon die Augenwinkel herunter. Während der Messe verdient er zwar gut, aber die Steuern und die Raten für den alten Wagen sind hoch und die Tarife sind viel zu niedrig. Er wirft einen flüchtigen Blick auf das Bild und kichert verlegen: »Ich weiß auch nicht so genau, anscheinend hat Tenglong einen Schnaps importiert, der die Männlichkeit fördert. Stimmt's?« Er ist offenbar Analphabet. Wenn auf dem Plakat etwas Ausländisches zu sehen ist, dann geht er davon aus, dass es sich um ein importiertes Produkt handelt.

»Mag sein«, sagt Anqi belustigt. »Aber wollen Sie den Schnaps nicht ausprobieren, wenn Sie das Plakat sehen?«

Der Taxifahrer ist ein bisschen geschmeichelt, dass die elegante junge Frau sich für ihn interessiert, aber die Sache ist ihm nicht ganz geheuer. »Na ja, man hört zwar überall, Ausländisches ist besser als Unseres. Aber so was ist doch nur für die Reichen, nicht für uns kleine Leute.«

»Aber kosten würden Sie's schon gern?«, bohrt Anqi weiter.

Der Fahrer nimmt das als Aufforderung, ein wenig vertraulich zu werden. »Ehrlich gesagt, ich verstehe nicht, warum man diesen komischen alten Kerl mit den weißen Haaren als Model nimmt. Eine Blondine mit hübschem Busen hilft der Männlichkeit sicher besser.« Er kichert erneut und wirft einen Blick in den Rückspiegel, um zu sehen, wie sein Fahrgast das aufnimmt.

»Stimmt«, sagt Anqi und tut so, als wäre sie seiner Meinung. Doch innerlich ärgert sie sich, dass sie mit ihrer Werbung so schief liegt.

Ein paar Straßen weiter findet sie ein anderes Plakat, auf das sie besonders stolz ist. Und diesmal hat sie nichts Ausländisches eingesetzt. Die Motive sind allen Chinesen vertraut. Sie fragt den Fahrer erneut nach seiner Empfindung. Auf dem Bild ist die Mondgöttin Chang'e in einem dunkelgrünen Seidenkleid zu sehen. Sie fliegt im Dunkeln auf die helle Mondsichel zu und aus der Schleppe ihres Kleides rieselt wie Mondstaub die *Grüne Fee*.

Doch der Fahrer ist schlau, er hat auch hier das *Tenglong*-Logo entdeckt und zieht seine eigenen Schlüsse daraus. »Sind Sie von Tenglong?«, fragt er die junge Frau auf dem Rücksitz.

»Nein, nein. Ich arbeite in einem Krankenhaus«, lügt sie glatt. »Ich hab nur gehört, Tenglong macht tolle Werbung. Deswegen bin ich neugierig auf Ihre Meinung.«

»Tenglong ist superreich, sonst hätten sie nicht dauernd neue Produkte«, meint der Mann mit den sehnigen Händen. »Ich weiß nicht, wofür diese neue Medizin gut ist. Aber ich denke, sie ist nicht für uns, sondern für die Sterbenden, oder?«

»Wieso?«, fragt Anqi verblüfft.

»Das Bild ist so schwarz. Das hat irgendwie mit dem Jenseits zu tun.«

Anqis Stimmung sinkt auf den Nullpunkt. »Na großartig«, sagt sie. »Wissen Sie, in der schwarzen Fläche ist sogar eine Leiche versteckt. Die meisten sehen sie gar nicht, aber Sie mit Ihren scharfen Augen haben sie gleich entdeckt!«

Der Taxifahrer merkt, dass seine Antworten der jungen Frau nicht gefallen. Die Lüge mit dem Krankenhaus hat er keine Sekunde geglaubt, und jetzt versucht er Anqi eine Freude zu machen. »Die Werbung von Tenglong ist sehr abwechslungsreich«, sagt er versöhnlich. »Fast wie im Kino.«

»Nehmen Sie manchmal Medikamente ein?«, wechselt Anqi das Thema.

»Wozu?«, versetzt der ehrliche Mann mit dem Bauerngesicht. »Medikamente sind was für Städter. Wenn es mir nicht gut geht, trinke ich eine Schüssel heiß gekochte Schnittlauchbrühe mit Ingwer, ziehe die Decke über den Kopf und schlafe. Am nächsten Tag ist die Welt wieder in Ordnung.«

Verdrossen dreht Anqi den Kopf zur Seite und starrt auf die Straße. Ein paar Schüler mit Rucksack und gelber Mütze fallen ihr auf. Sie erinnert sich, dass sie schon am ersten Tag diese schrillen Mützen gesehen hat. »Halt!«, sagt sie plötzlich.

Der Taxifahrer tut wie befohlen. Jetzt hat er es wohl endgültig mit seinem Fahrgast verdorben, denkt er.

Anqi kurbelt das Fenster herunter. »Komisch«, sagt sie. »Ich sehe auf sämtlichen Schülerköpfen das Logo von DreiAcht. Stimmt etwas mit meinen Augen nicht?«

»Meinen Sie die gelbe Sicherheitsmütze?«, fragt der Taxifahrer. Hinter ihm hupt ein Kleinbus ungeduldig. Der Fahrer setzt das Fahrzeug in Bewegung und grinst. Diesmal weiß er besser Bescheid. »Das ist ein Werbegeschenk. Ist kurz vor der Messe in der Stadt eingetroffen.«

»Ein Geschenk? Für eine Eliteschule, oder wie?«

»Nein. Für sämtliche Schulen der Stadt. Ich habe gehört, der Boss von DreiAcht ist zur Bildungsabteilung des Stadtrats gegangen und hat gesagt, er wolle allen Schülern eine Sicherheitsmütze schenken. Die Behörde hat laut in die Hände geklatscht und war sofort damit einverstanden.«

»Du lieber Himmel! Das sind wahrscheinlich dreihunderttausend Mützen, die in der Stadt herumlaufen. Was für eine gigantische Werbearmee!« Anqi sperrt Augen und Mund auf.

»Ja, ja. Geld haben die privaten Unternehmer alle«, sagt der Fahrer, »aber DreiAcht hat mehr als Tenglong.«

»Ich weiß schon, was Sie sagen wollen.« Anqis gute Laune ist dahin. Sie hat keine Lust mehr, ihre Abneigung gegen primitive Werbekonsumenten wie den Taxifahrer zu verbergen. »Ich hab genug von Ihrer Stadt gesehen. Fahren Sie mich jetzt zurück.«

Aufs Messegelände zurückgekehrt, sticht ihr eine große bunte Einkaufstasche ins Auge, die ein Messebesucher über der Schulter trägt. Es ist eine Werbetasche von *Sanmu*, dem mächtigsten Konkurrenten von *Tenglong*, und die junge Frau, die von beiden Seiten der Tasche ins Publikum lächelt, ist niemand anderes als Jian Roula. »Sie muss schon lange für die Konkurrenz gearbeitet haben, als sie noch bei uns Vertreterin war«, schießt es Anqi durch den Kopf.

Sie folgt dem Mann mit der Tüte und legt den Kopf schief, um Roula im Jogginganzug genau zu betrachten. Wie ist das nur möglich? Roula ist noch jünger und schöner als beim Besuch des Staatspräsidenten, und ihr Lächeln ähnelt dem eines Filmstars.

Mit einem Ruck hebt Anqi den Kopf und blickt um sich. Sämtliche Messebesucher, jung und alt, männlich und weiblich, die an ihr vorbeiströmen, scheinen nur noch diese Roula-Taschen von *Sanmu* mit sich herumzutragen. Ein Schwindelanfall zwingt Anqi, die Augen zu schließen. Sie presst die Hände auf den Bauch, als müsste sie sich vor Angreifern schützen. Die Tatsache, dass die Konkurrenten bessere und wirksamere Werbung gemacht haben, zwickt sie direkt in die Eingeweide.

Erschöpft und niedergeschlagen kehrt Anqi aus Kunming zurück. Auch wenn die Zahlen belegen, dass *Tenglong* auf der Messe viel mehr Bestellungen erhalten hat als im Vorjahr, bleibt sie untröstlich. Sie ist fest überzeugt, dass *DreiAcht* einen noch viel größeren Umsatz gemacht hat, von *Sanmu* ganz zu schweigen. Bitterkeit erfüllt ihre Brust. Erst die Ankunft ihres Ex-Freundes Kai verschafft ihr ein wenig Ablenkung.

Kai, der in der Hotelbranche tätig ist, befindet sich auf Dienstreise mit einer Delegation von der Ferieninsel Hainan, die bei Reisebüros und Reiseveranstaltern in Kanton, Shenzhen und Honkong für das Badeparadies Sanya werben soll. Daher ist es nicht erstaunlich, dass Kai am Anfang gar keine Zeit für Anqi hat. Erst am letzten Tag gibt der Delegationsleiter ihm ein paar Stunden frei.

Es ist Sonntag und heiß. Umso mehr junge Menschen drängen sich in das »Glückstal«, einen neuen Vergnügungspark, wo man sich ein wenig Abkühlung und Abwechslung erhoffen darf. Als Kai und Anqi sich vor dem Tor des Parks treffen, müssen sie beide lachen.

»*Wow*, ein Manager im Anzug und mit Markenschuhen. Keine Spur mehr von dem kleinen Studenten.« Anqi klappt ihren Sonnenschirm zu und streckt dem jungen Mann mit den sanften Augen die Hand hin.

»Na, so was«, gibt Kai zurück. »Was ist aus dem hässlichen Entlein geworden?! Ein stolzer Schwan. Wenn ich das gewusst hätte, wäre ich nicht nach Hainan gegangen.« Er legt ihr den Arm um den Hals, als müsste er sie am Wegfliegen hindern.

»He, früher war ich in deinen Augen die schönste Lilie, inzwischen drehen sich wahrscheinlich ein Dutzend schicke Hostessen um dich herum, und deine alte Freundin wird zum hässlichen Entlein degradiert!«, sagt sie vergnügt. Sie befreit sich aus seiner Umarmung, doch die Vertrautheit ist gleich wieder da. Nachdem Kai zwei ziemlich teure Eintrittskarten gekauft hat, passieren sie Schulter an Schulter den pompösen Torkomplex, der einer europäischen Ritterburg ähnelt.

Auf einem Tretboot mit Sonnendach erkunden sie den See und lassen sich vom frischen Wind streicheln. Doch es stellt sich bald heraus, dass ihr Interesse gar nicht der künstlichen Landschaft gilt, sondern dem anderen. Sie erzählen sich von ihrer Arbeit, erinnern sich an die Studienzeit und bestaunen immer wieder, welche Fortschritte der andere gemacht hat. Im Nu ist eine Stunde vergangen.

Nach der Bootsfahrt will Kai mit der Achterbahn fahren, die über dem See schwebt. Anqi hat ein bisschen Angst, doch dann will sie Kai nicht enttäuschen, und als der Wagen, in dem sie angeschnallt sitzen, mit rasender Geschwindigkeit über die Gleise donnert, kreischt sie vor Aufregung. Kai nimmt ihre Hand und brüllt mit. Als alles vorbei ist, hat Anqi blutlose Lippen. Beim Aussteigen merkt sie, dass ihre Beine weich wie Baumwolle sind.

Beim Verlassen des Parks gehen sie Hand in Hand wie ein verliebtes Paar. »Deine Finger sind so appetitlich wie feiner Schnittlauch«, sagt Kai. »Da würde jeder Mann gerne reinbeißen!«

Anqi zieht sofort ihre Hand zurück, als könnte er sie tatsächlich beißen, und Kai hebt theatralisch die Hände. »Ich schwöre, dass ich ohne deine Erlaubnis nichts von dir abbeißen werde. Okay?«

Anqi kichert. Eigentlich hat sie unerschütterliches Vertrauen zu ihm. Sie weiß, wenn sie eine Grenze zwischen ihnen setzt, wird er sich daran halten. Vor zwei Jahren, als sie sich dem Willen ihres Vaters fügte und die Beziehung zu ihm abgebrochen hat, war Kai zwar sehr traurig, hat sich aber nicht gegen ihre

Entscheidung gewehrt. Dadurch hat er zwar ihr Vertrauen gewonnen, aber ein bisschen enttäuscht war sie trotzdem.

Kai spürt, dass Anqis Liebe erloschen ist. Er hat versucht, sie zu vergessen, und da sie nicht in derselben Stadt leben, ist ihm das manchmal auch gelungen. Aber kaum hat er sie wiedergesehen, ist die alte Sehnsucht bei ihm wieder da. Er nimmt vorsichtig ihre Hand, und als sie nichts dagegen unternimmt, lässt er sie nicht mehr los.

Nach einem schnellen Mittagessen in einem japanischen Nudelimbiss möchte Anqi gern die alte Stadt Nantoucheng aus der Ming-Zeit besichtigen, aber Kai findet, solche alten Städte würden bloß stinken, weil die Häuser zu dicht aneinandergebaut sind und zu viele Menschen drin leben. Er will mit ihr den Park der Kulturen besichtigen, von dem er schon viel gehört hat. So beginnen sie sogar ein wenig zu streiten, wie das bei Liebespaaren oft vorkommt. Doch dann besinnt sich Anqi auf ihre Gastgeberrolle und folgt ihm.

Der Park der Kulturen ist riesig und soll den Besuchern die Lebensweise und Bräuche sämtlicher in China lebender Minderheiten vorführen. Typische Häuser, Trachten, Tänze und Zeremonien werden gezeigt. Da sich die Zahl der Minderheiten auf über fünfzig beläuft, kann man sich denken, dass der Park für einen Tag entschieden zu groß ist.

Anqi und Kai wandern von einem Haus zum anderen und lassen sich von den bunten Kostümen, den Tänzen und Zeremonien blenden. Bei der dritten Show, die sie sich ansehen, geht es um die Hochzeitsbräuche der Miao. Die Vorführung ist ziemlich kitschig, aber Kai ist gerührt und denkt an seinen alten Traum, mit Anqi zu leben. Er überredet sie zu einem Foto in Miao-Tracht. »Auch wenn wir nicht mehr heiraten werden, können wir doch eine Erinnerung an das schaffen, was wir uns einmal gewünscht haben«, flüstert er ihr ins Ohr.

Anqi ist im Lauf des Tages immer entspannter geworden. Kai muss sie nicht lange überreden, schon stehen sie zusammen beim Trachtenverleih und haben sich kichernd die Miao-Tracht übergestreift. Als das Foto fertig ist – sie sehen aus wie zwei bunte Vögel und schauen sich an wie ein inniges Brautpaar – lachen sie erst einmal herzlich. Aber ein bisschen Wehmut ist auch dabei. Es ist, als wären sie in die alte Zeit an der Universität zurückversetzt. In die beflügelte, sorglose Zeit.

Nach dem Abendessen in einem Sichuan-Restaurant können sie sich noch immer nicht trennen. Sie beschließen, die von einem Franzosen betriebene Bar »Zum blauen Baron« aufzusuchen. Den jungen Stadtbewohnern kommen solche Bars gerade recht. Es gibt zwar noch nicht viele davon, doch sie zählen bereits zu den berühmten und berüchtigten Aufenthaltsorten der Stadt. Denn man hört, dass sie Menschen verzaubern. Fremde junge Männer und Frauen gehen hinein und kommen als Liebespaare wieder heraus. Sie verbringen die Nacht zusammen, aber sobald der Tag anbricht, gehen sie auseinander und sind wieder fremd.

Für Anqi ist die Bar völlig neu. Aber Kai kennt sich aus. Wie ein Stammgast führt er sie zu einem abgelegenen Tisch und zwängt sich mit ihr in eine Hollywoodschaukel. Während sie noch die dunkelrote Lampe bestaunt, die mehr Schatten als Helligkeit wirft, hat er schon Getränke bestellt.

»*... Wer will schon seine Jugend vergeuden? Ich bin die Nadel, du bist der Faden, und wir gehören für immer zusammen ...*«, ertönt eine betörende Frauenstimme im Raum. Es ist ein chinesisches Lied aus den dreißiger Jahren, das lange verboten war. Dieses alte Liebeslied ausgerechnet in einer ausländischen Bar zu hören, mutet Anqi seltsam an.

»Ausländisches kriegst du noch genug zu hören«, sagt Kai. »Der DJ macht bloß eine Pause. Aber ich bin ganz froh, ich mag ein bisschen Romantik.«

»Woher weißt du das alles?«, staunt Anqi.

»Schon vergessen? Ich arbeite in der Tourismusbranche. Diese Bar steht schon im Reiseführer unter ›Subkultur‹«, sagt Kai augenzwinkernd. Dass er gestern Abend mit seiner Delegation in dieser Bar war, behält er lieber für sich.

»Westliche Musik mag ich nicht besonders«, sagt Anqi. »Bei dem ganzen Schlagzeug-Gehämmer geht die Romantik verloren. Da kann man bloß rumzappeln.«

»Genau. Wir zappeln auch gleich ein bisschen herum«, sagt Kai und bringt den Hängekorb ins Schaukeln.

Der Kellner serviert ihnen zwei Gläser Rotwein. Da zieht Anqi ein Gesicht, als hätte sie in einen sauren Apfel gebissen. »Wie soll man ohne Speise den Wein runterkriegen?«

»Pah«, sagt Kai. »Du warst wohl noch nie im Ausland, was? Die Langnasen trinken das dauernd. Damit können sie viel länger als wir auf der Tanzfläche zappeln. Also, Prost!«

Der DJ ist wieder da. Die Musik wird lauter und rhythmischer. Man muss schreien, um sich zu verständigen. Einige Gäste stehen auf, um zu tanzen. Nach einer Weile wird auch Anqi von ihrem Exfreund zum Tanzen geführt.

»Ich sehe weit und breit keine Langnase«, sagt sie verwirrt.

Kai lacht, und der Rest des Abends verläuft ein bisschen wie früher die Partys an der Uni. Bloß, dass Kai und Anqi nicht schmusen. Hier tanzt jeder für sich und stößt bloß mit den anderen zusammen, weil die Tanzfläche viel zu klein ist. Nach einigen Runden kehren sie keuchend und strahlend an ihren Tisch zurück. Kai bestellt zwei Cocktails. Dann fragt er: »Fühlst du dich jetzt befreit?«

»Ja, ja. Frei wie ein Spatz«, behauptet Anqi und wischt sich den Schweiß von der Stirn.

»Lass mich mal sehen«, sagt Kai. Er beugt sich vor, als wolle er ihr Gesicht prüfen, überrascht sie aber mit einem Kuss auf die Lippen.

»Was willst du damit bezwecken?«

Kai versetzt den Korb ins Schaukeln und grinst. »Findest du nicht, dass wir alle Voraussetzungen für einen *One-Night-Stand* erfüllt haben?«

»Aha, du bist also ein Anhänger ausländischer Liebeskünste geworden«, sagt sie und schiebt seinen Kopf weg, als er sich erneut zu nähern versucht. »Du kannst alles versuchen. Aber deine Nase bleibt trotzdem platt. Du brauchst die Langnasen nicht zu kopieren. Du wirst damit nichts erreichen.«

»Ich kopiere sie nicht. Was ich mache, ist ganz offiziell: Kapitalismus mit chinesischer Prägung. Heißt es nicht so?«, sagt Kai mit übertriebenem Ernst.

Anqi lacht und lässt ihren Kopf zurücksinken. Aber Kai macht keinen weiteren Versuch, sie zu küssen.

Sie trinken und tanzen, bis jede Zelle in ihren Körpern hellwach ist. Dann wird Kai sentimental. »Damals die Nacht in deinem Bett im Studentenwohnheim – es kommt mir wie gestern vor. Ich träume noch heute davon.«

Als Anqi sich taub stellt, versucht er es anders. »Du bist die Schlauere von uns. Sag mir bitte, wie ich zu unserer ersten und einzigen Nacht zurückkehren kann.« Er lehnt sich an sie, als könne er nicht mehr gerade sitzen.

»Geh zurück zur Uni und studiere noch mal«, rät Anqi.

Kai verzieht das Gesicht. »Mein Herz bleibt für immer verloren.«

»Ich weiß auch, wo. Im Ausland. Es träumt von einer großen Frau mit blauen Augen«, gibt Anqi zurück. Erst als sie sieht, dass er fast schon weint, versucht sie ihn zu trösten. »Aber du bist nicht der Einzige. Ich weiß auch nicht, wohin mein Herz verreist ist. Vielleicht ist es ja auch im Ausland. Also, lass uns auf die verlorenen Herzen anstoßen.«

Als sie den »Blauen Baron« nach Mitternacht verlassen, macht Kai einen letzten Versuch, mit zu ihr nach Hause zu fahren. Doch Anqi lehnt ab und winkt stattdessen zwei Taxis herbei. Eins für ihn und eins für sich.

17

Der Überfall der Bunten Faust

Da er Dai schon häufig vertreten hat, macht es Howard keine Probleme, die Firma während des Sommers zu leiten. Es ist, als setzte er sich in ein vertrautes Auto und brauchte bloß loszufahren. Er kennt jeden Griff, nichts fällt ihm schwer. Abends hat er sogar ein wenig Zeit für sich, was selten vorkommt, wenn Dai im Haus ist.

Howard nützt die Gelegenheit und trifft sich mit ein paar Leuten, die ihm bei seinen eigenen Plänen weiterhelfen können. Er ist jetzt fest entschlossen, an die Uni zurückzukehren. Da es an seiner alten Universität Jinan zurzeit keine freie Stelle gibt, will er versuchen, eine Dozentenstelle an der jungen Universität Shenzhen zu bekommen. Es sieht so aus, als hätte er dort gute Chancen. Jetzt sind gerade Sommerferien, aber wenn er Glück hat, kann er dort im September schon Unterricht geben oder in seinem alten Fach in die Forschung einsteigen. Jetzt muss er nur noch kündigen. Aber das ist das Schwerste, was ihm bevorsteht.

Am dritten Tag von Dais Abwesenheit gibt es Probleme. Bei der regelmäßigen Kontrolle der Bauarbeiten an der Futian-Straße entdeckt Howard erneut feine Risse in den Betonplatten. Schon vor drei Wochen hat er ein paar Platten in der elften Etage austauschen lassen, nun sieht er, dass in der Zwischenzeit neue Risse aufgetaucht sind. Doch das Problem beschränkt sich nicht nur auf diese Etage. Der Rohbau ist inzwischen im dreizehnten Stock angekommen, und hier oben sind die Risse noch häufiger.

Liegt es an der sengenden Hitze, dass die Betonblöcke aufplatzen? Juli und August sind die heißesten Monate. Doch die ersten zehn Etagen waren vollkommen hitzebeständig. Außerdem gibt es genug andere Baustellen in der Umgebung, und Howard hat nicht gehört, das irgendwer sonst das Problem hat.

Howard zitiert den Geschäftsführer der Baufirma zu sich ins Büro. Es stellt sich bald heraus, dass die Firma ab der elften Etage ein beschleunigtes Herstellungsverfahren eingesetzt hat, um sich die Prämie für eine vorzeitige Übergabe zu sichern. Aber das Verfahren ist noch nicht ausgereift. Beim Mischen von Zement und Wasser schließen sich kleine Kügelchen ab und lassen sich vom Wasser nicht mehr durchdringen. Wenn die Platte fertig ist, beginnt sie unter Hitzeeinwirkung zu platzen, wo die trockenen Kügelchen stecken.

Der Bauunternehmer ist ein wenig älter als Howard und läuft ständig in schmutziger Arbeitskleidung herum. Wegen seines stacheligen Bartes wird er oft als »Kaktus« bezeichnet. Als er hört, die drei letzten Etagen müssten wieder abgerissen und dann ohne Fehler neu aufgebaut werden, beginnt er zu heulen und den Teufel bis in die neunte Generation zu verfluchen. Besonders als Howard ihm sagt, er denke gar nicht daran, auch nur einen Yuan für die fehlerhaften Etagen zu zahlen.

»Einen ganzen Monat haben wir daran gearbeitet«, jammert der Kaktus. Jetzt werde er pleite gehen, und Howard könne ihm gleich den Strick geben, damit er sich vor seinen Augen aufhängen könne.

Howard lässt sich nicht erweichen und verweist auf den Vertrag, den *Tenglong* mit dem Bauunternehmer geschlossen hat. Darin seien sowohl der Preis als auch die Qualität festgelegt. Erreiche die Firma nicht die Qualitätsansprüche, müsse sie Strafe zahlen. Außerdem werde dann eine andere Rohbaufirma herangezogen.

Bei dieser Drohung legt der muskulöse Bauunternehmer seine Pranken auf Howards Schultern und heult Rotz und Wasser. Sein Gesicht glänzt wie eine fettige Blechschüssel. Das werde den Tod seiner Eltern bedeuten, wenn er den Auftrag verliere, und er wäre der schlechteste Sohn auf der Welt. Er wischt sich mit der Hand das Gesicht ab und schmiert Howards Anzug voll.

»Ich schwöre, die Qualität wird von nun an hervorragend sein. Ich lasse alles wieder nach bewährten Methoden bauen. Darauf kannst du Gift nehmen«, versichert der Kaktus brüllend. »Aber versetz dich doch mal in meine Lage und gib mir ein bisschen finanzielle Rückendeckung. Wenn ich meinen Arbeitern einen Monatslohn kürze, laufen sie mir doch alle weg.« Er schüttelt den Gentleman sogar ein wenig, als wollte er sein Gewissen wachrütteln.

»So wie ich Ihre Branche kenne, schulden Sie Ihren Leuten wahrscheinlich sowieso schon zwei, drei Monatslöhne, damit sie nicht weglaufen können, sondern weiter für Sie schuften müssen, weil sie hoffen, dass sie am Ende ihr Geld kriegen«, sagt Howard und macht einen Schritt rückwärts.

Doch der Bauunternehmer rückt ihm gleich wieder dicht auf den Leib. »Ich habe das neue Verfahren doch extra für Ihre Firma entwickelt, damit alles schneller geht.« Der Mann fällt plötzlich auf die Knie und hält dabei mit beiden Händen Howards Hand auf seinen wirren Schopf. »Herr Sheng, alle sagen, Sie sind ein Gentleman und haben ein gutes Herz. Bitte stocken Sie den Baupreis ein bisschen auf, und Sie haben das Leben meiner Eltern, mein eigenes wertloses Leben und vielleicht sogar ein paar von meinen Arbeitern das Leben gerettet. Dafür werde ich Ihnen immer dankbar sein und Sie verehren, als ob Sie Chai Shen wären.«

Der Gentleman wirft den Kopf nach hinten und seufzt. Er weiß, dass der Bauunternehmer in jedem Fall genug Geld verdient, auch wenn er drei Stockwerke neu bauen muss. Aber wenn er ihm nicht hilft, wird er den ganzen Verlust auf seine Arbeiter abwälzen. Das will Howard nun auch nicht. »Gut. Die Hälfte der Unkosten übernimmt Tenglong, wenn die weiteren Etagen solide gebaut werden. Wenn du aber demnächst wieder schlampige Arbeit lieferst, fällt die versprochene Unterstützung aus. Dann musst du den Schaden allein tragen.« Er hebt den Mann vom Boden auf und führt ihn zur Tür. »Und jetzt ist Schluss mit der Feilscherei. Machen Sie sich an die Arbeit!«

Buddha steckt in einem Dilemma. Er hätte gern mit seinem älteren Bruder über die Lage gesprochen. Doch Dai ist in Amerika. Und Buddha möchte die Reise des Bruders nicht mit schlechten Nachrichten belasten.

Es geht um einen neuen Fälschungsfall, den Buddhas Leute aufgedeckt haben: Die Stadt Picheng in der Provinz Jiangsu stellt bei der Produktpiraterie immer neue Rekorde auf. Die Hälfte der ansässigen Familien produziert gefälschte Markenkleidung, die andere Hälfte gefälschte Arzneimittel, darunter auch die Produkte von *Tenglong*. Der ganze Ort lebt von Fälschung und verfügt inzwischen schon über ein weit gespanntes Netz von Abnehmern. Nur ein kleiner Teil der Erzeugnisse wird in Picheng selbst verkauft, der Rest wird im ganzen Land angeboten. Die früher sehr arme Stadt ist inzwischen wohlhabender als sämtliche Nachbarstädte, und die Behörden freuen sich über diesen wirtschaftlichen Aufstieg. Von der Schattenseite dieser Entwicklung will man zumindest innerhalb der Provinz gar nichts wissen.

Buddha lässt einige Proben aus Picheng untersuchen. Das Ergebnis ist erschreckend: Die Fälschungen sind stark verunreinigt und enthalten höchstens fünfzig Prozent der Originalzutaten. Manche scheinen aus einer willkürlich zusammengesetzten Mischung von Kräutern und westlichen Medikamenten zu bestehen und können Durchfall, Erbrechen und sogar Fieber hervorrufen. Kurz gesagt, die Fälschungen sind keineswegs harmlos, sondern äußerst gesundheitsgefährdend. Da die Verpackungen offensichtlich denen von *Tenglong* nachgemacht sind, sind sie eine große Gefahr für die Firma.

Buddha weist seine Leute an, Anzeige bei der örtlichen Polizei zu erstatten, was auch sofort geschieht. Doch die Polizei unternimmt nichts. Erst nach langen Drängen der *Tenglong*-Mitarbeiter führt die Polizei schließlich eine Razzia bei einigen Familienwerkstätten durch, die *Tenglong* aufgelistet hat. Aber die Fälscher sind vorher gewarnt worden, sodass die Polizei keinerlei Beweismaterial findet. Die Klage wird zwar nicht abgewiesen, aber niemand kümmert sich mehr darum. Die Akten werden irgendwo aufgestapelt und dann vergessen.

Picheng liegt nahe an der Grenze zur Provinz Anhui, und deshalb kommt Buddha auf die Idee, die Polizei von Anhui um Hilfe zu bitten. Der kometenhafte Aufstieg seines Bruders ist in seiner Heimatprovinz ja nicht unbeachtet geblieben, und die dortigen Behörden sind sehr um gute Beziehungen zu Dais Familie bemüht.

Gedacht, getan. Buddha telefoniert nach Anhui. Zwei Tage später fahren zwei kleine Busse, vollgeladen mit Polizisten, und ein leerer, vergitterter Kastenwagen aus Anhui in die Nachbarprovinz und halten in Picheng an. Die bewaffneten Polizisten springen heraus und führen auf eigene Faust eine Razzia durch. Diesmal sind sie erfolgreich. Eine Reihe von Fälschern werden auf frischer Tat ertappt und festgenommen. Nach zwei, drei Stunden sind die Uniformierten mit ihren Gefangenen und den Beweismitteln aus der Stadt verschwunden, als wären sie nie da gewesen.

Die Polizei in Picheng ist tief verärgert über diese Aktion in ihrem Zuständigkeitsbereich und verlangt die bedingungslose Entlassung der Gefangenen. Der ermittelnde Kommissar aus der Nachbarprovinz weist auf die kriminellen Taten der Gefangenen hin und lehnt eine Entlassung ab. Da schalten die Beamten aus Picheng ihre Provinzregierung ein. Fünf Tage später kann die Polizei von Anhui dem Druck aus der Nachbarprovinz nicht mehr standhalten. Der Kommissar muss klein beigeben. Die zwanzig Gefangenen werden ohne Erklärung auf freien Fuß gesetzt.

Die Nachricht erreicht Buddha, als er gerade wie ein Sieger in die Zentrale zurückgekehrt ist. Das Lächeln, das er auf der ganzen Reise im Gesicht gehabt hat, erfriert buchstäblich auf seinen Zügen. Er muss gestehen, dass er das Spiel verloren hat. Mit gesenktem Kopf geht er zu Howard.

Howard knackt mit den Fingergelenken und sagt lange nichts. Es scheint, als überlege er, wie er die Kastanien aus dem Feuer holen soll, ohne sich die Finger dabei zu verbrennen. Nach einer Weile formt er mit beiden Händen eine große Faust und spricht mit einer Stimme, als stünde vor ihm eine Armee: »Wir müssen alle Fälschungen unserer Produkte, die in Picheng und Umgebung im Umlauf sind, aufkaufen und dann vernichten!«

Buddha sperrt Mund und Nase auf. »Bist du verrückt? Hast du mal ausgerechnet, wie viel uns das kostet?«

»Wir haben im Kampf gegen die Fälscher aus Picheng all unseren politischen Einfluss eingesetzt und sind trotzdem gescheitert. Wenn die lokalen Behörden ihren Hintern nicht putzen, dann sind wir dazu verdammt, das zu tun. Sonst sind wir den Schurken ausgeliefert. Was uns bleibt, ist nur noch unser Geld.«

»Aber so eine ganze Stadt produziert doch viel mehr als wir. Wo sollen wir das Geld hernehmen, um all diese Fälschungen zu bezahlen?«, fragt Buddha aufgeregt. »Außerdem, wenn wir die Fälschungen kaufen, dann legen die doch erst richtig los. Unser Geld ist doch eine Dopingspritze für sie!«

Howard löst die Faust und schaut Buddha ins Auge. »Wir werden natürlich die Presse aufmerksam machen. Aber wir dürfen uns nichts vormachen: Sie werden zögern, davon zu berichten. Sie werden es vermeiden, die ganze Stadt als Schurkenstadt zu bezeichnen. Wir müssen die Anführer und ihre Geschichte herausfinden, damit die Medien anbeißen. Das kostet aber Zeit und akribische Detektivarbeit. Wir werden uns selbstverständlich auch bemühen, die Beziehungen zu den Behörden weiter zu verbessern. Aber das nimmt ebenfalls Zeit in Anspruch.« Er reibt sich die Hände und formt sie unwillkürlich wieder zu einer Faust. »Aber wir sind in Not. Wir müssen die Fälschungen aus dem Verkehr ziehen, sonst werden *wir* von der

Presse geschlachtet. Wir müssen hoffen, bald eine bessere Lösung zu finden.«

Buddha bleibt eine Weile stumm. Dann schluckt er. »Du hast recht, Howard. Mein Bruder würde wahrscheinlich genauso handeln wie du.« Er nickt mehrmals vor sich hin, macht aber den Eindruck, als wäre er keineswegs überzeugt. Dann steht er auf und legt die Hand auf Howards Schulter. »Gut. Ich werde heute noch nach Anhui zurückreisen, um die neue Politik einzuleiten.«

Ein paar Stunden später sitzt Buddha in einer Maschine und fliegt dahin zurück, wo er am Morgen hergekommen ist. Für ein Wiedersehen mit Frau und Tochter reicht die Zeit nicht mehr aus, nicht einmal für einen kurzen Blickwechsel.

Die Ereignisse lassen Howard kaum Zeit zum Atemholen. Den ganzen Tag flattern neue Meldungen in sein Büro herein wie Vögel zu ihrem Nistbaum. Eben hat er die Nachricht erhalten, dass Dai in New York mit der größten amerikanischen Kaufhauskette einen Liefervertrag für unterhaltungselektronische Waren geschlossen hat, schon taumelt der neue Forschungsleiter Li Dawei voller Freude in sein Büro und meldet, dass es Li Bing und Chen Bairu jetzt geschafft haben, ein Schrifterkennungssystem zu programmieren, mit dem man chinesische Handschrift in maschinelle Schrift umwandeln kann. Sofort wird eine Managerkonferenz einberufen, und die Arbeit der beiden Programmierer wird gleich mit den Handschriften der Anwesenden geprüft. Das Ergebnis ist sensationell: Von mehr als hundert Zeichen hat der Computer nur ein Zeichen falsch eingelesen. Alle anderen sind korrekt umgewandelt. Unter der Leitung von Howard beschließt die Geschäftsleitung: Das neu entwickelte Programm für die chinesische Handschrift geht sofort in Produktion. Anqi soll noch heute die Presse informieren.

Kaum ist er wieder in seinem Büro, erreicht Howard ein Anruf aus Peking, dass der bei Boeing bestellte Firmen-Jet eingetroffen sei. Diesmal beauftragt er Lou Gan mit der Pressemitteilung. Was für ein Tag! So viele gute Nachrichten auf einmal. Aber dann kommt eine kalte Dusche. Einen Augenblick lang weiß er nicht, ob die Sache nicht womöglich ein böser Scherz ist.

Der Anruf kommt von Tian Guomuo, dem Bereichsleiter der südwestlichen Provinz Sichuan. Er teilt Howard mit, dass eine Frau mittleren Alters eine Klage gegen *Tenglong* erhoben habe. Die Frau sei eine einfache Arbeiterin in einer Gemüseverarbeitungsfabrik. Ihr Sohn nehme seit drei Jahren *Gehirnmarschall*, in diesem Jahr sogar noch den teureren *Gehirnpräsidenten*. Aber sein Gehirn sei kein bisschen besser geworden. Im Gegenteil, der Sohn scheine vom Jahr zu Jahr dümmer zu werden. Bei seinem ersten Versuch vor zwei Jahren hatte er gerade noch knapp unter der Grenze zur Aufnahme in die höhere Schule gelegen. Die Eltern setzten ihre Hoffnungen auf Medikamente. Während sich der Sohn auf die Prüfung vorbereitete, sparten sie sich noch den letzten Jiao vom Mund ab, damit der Sohn den sagenhaften *Gehirnmarschall* einnehmen konnte. Aber dann zog sich der Sohn beim Basketballspielen einen Beinbruch zu und konnte sich bei der Prüfung schlecht konzentrieren. Dass er schlechter als beim ersten Mal abgeschnitten hat, das habe die Eltern nicht allzu sehr überrascht. Doch dieses Jahr waren sie von den Prüfungsergebnissen so erschüttert, dass sie erst dachten, das Prüfungskomitee habe die Noten verwechselt. Aber dann kam die Mutter zu der Überzeugung, dass der *Gehirnmarschall* an allem schuld sei. Sie habe *Tenglong* wegen Betrugs angezeigt und fordere einen hohen Schadenersatz für ihren Sohn, der inzwischen offenbar zu dumm für die Universität sei, sagt der Bereichsleiter. Das Schlimme sei nur: Das Amtsgericht Chengdu habe die Anklage angenommen.

»Was für eine absurde Geschichte!«, platzt Howard heraus. Es ist nicht zu überhören, dass ihm die Sache höchst lästig ist. »Medikamente sind doch nur Dünger. Wenn die Eltern keinen Intelligenzkeim gepflanzt haben, kann der Gehirnmarschall auch nichts ausrichten!«

»So ist es«, pflichtet Tian Guomuo bei, wobei er ein wenig großspurig klingt. »Frechheit macht Furore. Skrupellosigkeit gewinnt Macht. Alle versuchen, uns auf den Kopf zu scheißen. Was für eine verdrehte Welt!«

»Wie ist es nur dazu gekommen, dass das Gericht einen solchen Quatsch annimmt? Habt ihr vorher Ärger mit den Justizbehörden gehabt?«, fragt Howard.

»Aber nein. Wie denn?«, wehrt sich der Filialleiter. »Das Gesetz gegen den unlauteren Wettbewerb ist jetzt drei Jahre alt. Ich nehme an, das Amtsgericht sucht schon lange nach einem spektakulären Fall. Da kam ihnen diese Klage gerade recht.«

»Diese Geschichte müssen wir stoppen«, sagt Howard ins Handy, geht in seinem Büro auf und ab und denkt über eine Gegenstrategie nach.

»Ganz meine Meinung«, versetzt der Bereichsleiter. Dann wechselt er zu einem verschwörerischen Ton: »Soll ich der dummen Nuss klarmachen, dass sie selber dran schuld ist, wenn sie ihrem Sohn keine vernünftigen Gene vererbt hat? He he, ich werde es natürlich so anstellen, dass diese Einsicht nicht von uns, sondern von einer neutralen Person stammt.«

Howards Augenbrauen schnellen nach oben. Er fragt sich, ob der Mann am anderen Ende immer noch der zuverlässige Tian Guomuo ist, den er von früher kennt, oder ob er sich da unten zu einem selbstherrlichen Bonzen entwickelt hat. »Um Himmels willen. Wir dürfen nie eine Kundin beleidigen!«, sagt er. »Schick deine Stellvertreterin. Die ist doch ganz diplomatisch. Sie soll der Frau ein Angebot machen. Wenn sie die Klage zurückzieht und den Mund hält, kannst du ihr ein paar tausend Yuan versprechen. In Ordnung?«

Der Bereichsleiter stößt heftig die Luft aus der Nase, als hätte er scharfe Peperoni gerochen. »Wie bitte?«, sagt er. »Wenn wir dieser Stinktante noch Geld geben, dann stehen morgen Millionen von Eltern, deren Kinder die Aufnahmeprüfung versaut haben, hier vor der Tür und schreien nach großen Scheinen. Howard, das geht nicht!«

»Guomuo«, sagt Howard eindringlich, als spräche er mit einem trotzigen Kind. »Solange wir auf der Anklagebank sitzen, so lange sind wir verdächtig. Und diejenigen, die uns nur Böses wünschen, werden ihre Feuerchen zusammentun, damit uns die Haare versengt werden. Wenn es zu einer Verurteilung kommt, sind wir für immer gebrandmarkt. Wir dürfen die Geschichte gar nicht erst hochkochen lassen. Verstehst du?!«

Stille im Handy. Dann murmelt der Leiter der Niederlassung in Chengdu: »Ich verstehe dich schon.« Er ächzt und schnappt hörbar nach Luft, als kämpfte er wie ein Bauer mit einer schweren Last auf der Schulter. Dann wird seine Stimme noch leiser als zuvor, als wollte er gar nicht gehört werden. »Gut. Stinktante Hua will gerade Geld von uns, und wir bringen ihr auf der Stelle ein rotes, prallvolles Tütchen mit Geld, vielleicht sogar einen Koffer. So was kriegen viele noch nicht mal zu Neujahr. Also, das wird ein leichtes Spiel sein.«

»Achte darauf, dass niemand was davon erfährt«, schärft ihm der Gentleman ein. Er setzt eine Obergrenze für den Geldbetrag fest, dann klappt er das Handy zu.

Als er wieder am Schreibtisch sitzt, spürt Howard ein ungutes Gefühl in sich aufsteigen. Aber er hat keine Zeit, sich zu fragen, was das bedeutet. Sobald der Firmen-Jet da ist, wird die Maschine der neue *Tenglong*-Star. Lou Gan soll sich persönlich um die Landeerlaubnis und den Hangar auf dem Bao'an Flughafen kümmern. Außerdem soll er eine Delegation von leitenden Mitarbeitern zusammenstellen, die Dai in Peking empfangen und auf dem Jungfernflug der Maschine von Peking nach Shenzhen begleiten sollen. Ach ja, und es muss natürlich einen großen Empfang und eine Pressekonferenz geben, wenn der Generaldirektor mit dem Firmen-Jet landet.

Über all diesen Vorbereitungen vergisst der Gentleman bald, dass in einer Bergregion im Südwesten eine namenlose, machtlose Bürgerin die Firma verklagt hat. Und der wachsende Tumor in seinem Körper? Über den nachzudenken hat Howard erst recht keine Zeit. Die Operation wird verschoben. Alle

Arzttermine werden abgesagt. Solange Dai nicht da ist, gehört Howard dem steigenden Drachen.

Während Howard am Aufstieg von *Tenglong* arbeitet, bricht einige Kilometer östlich von ihm ein anderes Unternehmen am helllichten Tag zusammen und stürzt in einen unaufhaltsamen Selbstvernichtungsprozess. In der Feuerwerksfabrik *Honghuo* – Rote Flammen – im Bezirk Yantian ist aus einer überhitzten Maschine ein Funke herausgesprungen und auf dem zufällig daneben liegenden Schießpulver gelandet. Eine Kette von Detonationen schleudert Dächer und Arbeiter in die Luft und verwandelt die friedliche Gegend in ein Feuermeer. Eine ganze Baracke erhebt sich, bleibt für den Bruchteil einer Sekunde wie ein Raumschiff in der Luft stehen, bevor sie mit ohrenbetäubendem Lärm auf den Boden zurückfällt. Die Erde bebt und bringt das Wasser im Hafen zum Kochen. Ein brennender Balken, der in den Hafen geschleudert wird, durchbohrt einen der abgestellten Container mit trockenen Gewürzen und setzt ihn in Brand. Es ist, als wäre die Hölle aus der Erde herausgewachsen.

Da die Feuerwehr zur Polizei gehört, rasen Polizei- und Gerätewagen zum Ort des Geschehens und versuchen das Feuer unter Kontrolle zu bringen. Doch die Explosion wütet die ganze Nacht weiter. Einmal erfasst sie sogar einen Polizeiwagen und sprengt ihn in tausend Stücke. So werden immer mehr Helfer herankommandiert, um wenigstens die Hafenanlagen zu retten. Erst als der Morgen die dunklen Wolken grau färbt, lässt sich der Brand niederringen.

Gegen Mittag steht es dann fest: Die Fabrik und der angrenzende Teil des Hafens sind dem Erdboden gleichgemacht. An ihrer Stelle ist nur noch ein Berg aus Schutt und Asche zu sehen. Aber der Hafen ist immerhin nicht ernsthaft beschädigt. Wie viele Menschen die Explosion mit in den Tod gerissen hat, ist zu diesem Zeitpunkt noch nicht zu ermitteln. Aber bei der Registrierung der eigenen Verluste trifft die Polizisten ein böser Schock: Ein Dutzend Ordnungshüter sind bei dem gefährlichen

Einsatz ums Leben gekommen, darunter sogar Vizepolizeipräsident »Blumennase«.

In der rasch wachsenden Stadt mangelt es schon lange an Polizisten. Das große Heer der Wanderarbeiter wird nämlich von den Behörden als eine Art vorübergehender Erscheinung begriffen. Mehrere Millionen Menschen gelten nur als »provisorische« bzw. illegale Einwohner. Der Bedarf an Polizisten wird aber auf der Basis der ständigen Einwohner berechnet, und so gibt es in Shenzhen weit weniger Polizisten als in den anderen Städten. Und jetzt hat die Polizei mit einem Schlag einige ihrer besten Beamten verloren. Die Trauer lähmt alle Polizeistationen.

Ein Uhr in der Nacht. Während die ausufernde Katastrophe die ganze Aufmerksamkeit der Ordnungskräfte in Anspruch nimmt, reibt man sich im verdunkelten Saal eines Restaurants im Bezirk Nanshan die Hände. Eine Gruppe von dreißig schwarz gekleideten jungen Männern hat sich versammelt. Sie gehören der *Caiquan*, der »Bunten Faust« an und werden von den Stadtbewohnern gefürchtet wie ein Rudel Wölfe. Ihr Kennzeichen sind schwarze, fingerlose Handschuhe mit kurzen, dicken Nieten auf dem Handrücken. Wie eine Kampfansage liegen sie auf dem Tisch.

Die Männer schlürfen eilig eine Kraftsuppe mit Nudeln, Rindfleisch und Peperoni herunter. Dann trinkt jeder einen Schluck *Jinliufu* aus einer Schnapsflasche. Es liegt etwas in der Luft.

Kaum haben sie sich den Mund abgewischt, betritt ein Mann mit Sonnenbrille den Raum. Schon an seinem Gang und seiner Miene ist zu merken, dass er Autorität hat. Es handelt sich ganz offenbar um den Chef, der von allen nur »Großen Bruder« genannt wird, auch wenn er eindeutig jünger als manche der Anwesenden ist. Seine Begleiterin, eine junge, hübsche Frau in aufreizender Kleidung, folgt ihm lautlos wie ein Schatten und stellt sich neben den Eingang.

Der Banditenchef ist ein junger Mann mit einem runden Gesicht und kurzem Haar. Seine Mutter ist längst gestorben. Sein Vater hat wieder geheiratet und kümmert sich schon lange nicht mehr um ihn. Als er vor sieben Jahren aus einem Dorf bei Wenzhou in die Stadt kam, war sein ganzes Hab und Gut ein einziger Zehn-Yuan-Schein. Das Geld reichte für drei billige Mahlzeiten, aber nicht für eine Übernachtung unter einem Dach. So musste er seine ersten Nächte in der Stadt auf der Straße verbringen, bis er sich eine verlassene Baustelle als Unterkunft aneignete. Doch der junge Mann, der wie ein netter Hoteldiener aussieht, hat die Galle eines Jaguars. Er raubte und raufte, besetzte halb fertige Häuser und vermietete sie als Unterkunft oder provisorische Läden. Die eigentlichen Besitzer konnten wenig dagegen tun. Meist waren es Bankrotteure, die sich vor ihren Gläubigern verstecken mussten oder schon im Gefängnis saßen.

»Häuser mit faulem Schwanz« werden diese verwahrlosten Bauruinen genannt, aber der junge Zhao und die Bande, die er bald um sich versammelt, wissen sie zu ihrem Vorteil zu nutzen. Dass die Polizei in der boomenden Küstenstadt wenig präsent ist, kommt dem jungen Mann sehr gelegen. So skrupellos und gewalttätig wie er ist, ist er schnell zu Geld gekommen. Es gehören ihm inzwischen auch ein Baumarkt, ein Supermarkt, mehrere Restaurants und ein paar richtige Mietshäuser. Da er in Shenzhen und in seiner Heimatstadt einige Wohlfahrtsprojekte ins Leben gerufen hat, ist er in bestimmten Kreisen sogar sehr willkommen und angesehen.

Die schwarz gekleideten Männer springen auf und nehmen Haltung an, als Zhao sich breitbeinig vor ihnen aufbaut. »Großer Bruder Zhao, *wanshijubei, zhiqiandongfeng* – alles ist gut vorbereitet, es fehlt nur noch der letzte Wink«, rufen sie.

Zhao wirft einen prüfenden Blick auf die Männer, so wie ein General vor der Schlacht. »Brüder«, sagt er mit kraftvoller Stimme. »Wie ihr alle wisst, haben wir die Aktion um zwei Tage auf heute vorverlegt. Übermorgen wird es nachts zwar noch dunkler sein, aber heute wird unser Schutzgott Zhao Yun jeden von euch unter seinen Flügeln bewahren. Seid unbesorgt. Die Polizei wird euren Weg nicht kreuzen.«

Zhao Yun ist ein General aus der Zeit der drei Reiche und wird als Kriegsgott verehrt. Da er den gleichen Nachnamen trägt, behauptet der junge Mann, Zhao Yun sei sein Vorfahr und Schutzgott. Seine Spießgesellen erzählen sogar, er sei ein Kaisersohn aus der Song-Zeit. Denn damals trugen alle Kaiser diesen Namen.

»Wir haben keine Angst. Vor niemandem«, meldet ihm der Unterführer stramm und gehorsam. Er ist flink wie ein Windhund, aber sein Gesicht ist blass, als hätte er nicht genug Tageslicht gesehen.

»Und falls euch die Polizei bei eurer Aktion doch überrascht, was tut ihr?«, fragt der Banditenchef grinsend.

»Mit unserer bunten Faust fegen wir alle Hindernisse beiseite, die uns im Weg stehen«, singen die Männer im Chor.

»Gut.« Zhao klatscht in die Hände. »Brüder, macht euch auf den Weg und schändet nicht die Ehre unseres Kriegsgottes!«

»Lieber den Boden mit unserer Leber und unserem Gehirn schmieren, als mit leeren Händen zurückkehren!«, brüllen die Räuber.

Jetzt meldet sich plötzlich die junge Frau mit dem geschlitzten Kleid. »Jeden, der ruhmreich zurückkehrt, werde ich mit einem Becher warmen Reiswein empfangen!«, sagt sie und senkt ihren Kopf.

»Diese Ehre will verdient sein!«, brüllen die Männer. Sie ballen die Rechte zur Faust und verbeugen sich tief vor dem Chef und seiner Freundin. Dann streifen sie lautlos ihre Handschuhe über, nehmen die Knüppel, Eisenketten und Stöcke, die bereits auf einem Tisch nebenan liegen, und strömen in einer Reihe zum Ausgang. Eine Schusswaffe hat keiner von ihnen. Einen Schritt vor dem Chef machen sie eine Verbeugung, und er legt ihnen die Hand auf die Schulter, um sie zu segnen. Dann flitzen sie lautlos wie Fledermäuse hinaus.

Als sie nach zwei Stunden zurückkehren, ist es draußen immer noch dunkel. Einige haben verschrammte Arme und Beine und einige hinken, ihre Kleidung ist schmutzig und an manchen Stellen zerrissen, aber das hindert sie nicht daran, zu jubeln und zu johlen. Sie prahlen, wie tollkühn und brutal sie seien, wie sie zwei plötzlich »vom Himmel heruntergefallene« Verkehrspolizisten wie welkes Laub weggefegt haben, und was für eine prächtige Beute sie an sich gerissen haben: Marmorfliesen, Holzplatten, Eisenwaren, Stahlstäbe ...

Sie haben im Schutz der Dunkelheit eine Baustelle in der Futian-Straße geplündert und zwei große Lastwagen mit Baumaterialien gefüllt. Dabei seien die Bauarbeiter, die in der Nacht gearbeitet oder in den Containern geschlafen haben, von ihrem kriegerischen Auftreten so eingeschüchtert und gelähmt gewesen, dass sie kaum Widerstand geleistet hätten.

Zhao ist höchst erfreut und verspricht Prämien für die besonders Mutigen. Ein Bankett wird aufgetischt, was die Stimmung der Räuber noch mal in die Höhe treibt. Die hübsche Freundin des Chefs hält ihr Versprechen und bringt jedem der Zurückgekehrten einen Becher mit warmem Reiswein. Die Männer nehmen ihn mit großer Begeisterung und Erregung entgegen. Sie ist die einzige Frau im Saal, und die Männer verfolgen sie gierig mit ihren Blicken. Sie küssen und berühren sie nicht, aber sobald die Schöne sie am Arm oder an der Wange streift, geraten sie in Verzückung. Sie lachen und singen, balgen und gurren, toben und springen, als wären sie aus einem Flaschengefängnis entronnene Teufel.

Erst als es draußen schon hell ist, verlassen sie den immer noch verdunkelten Saal und gehen mit wässrigen Augen und schwankenden Schritten nach Hause.

Als Howard aus dem Schlaf geklingelt wird, ist es draußen noch dunkel. Er reibt sich die Augen und torkelt ins Wohnzimmer, wo das Telefon steht. Kaum hat er einen Augenblick lang der Stimme aus dem Hörer gelauscht, reißt er die Augen auf, als hätte ein Gespenst sein Gesicht an die schwarze Fensterscheibe gepresst.

»Ich komme sofort«, sagt er.

Er knipst das Licht an. Da die Tür zum Schlafzimmer seiner Frau geschlossen ist, weiß er gleich, dass sie in der Nacht lautlos in die Wohnung hereingeschlichen ist und sich zum Schlafen gelegt hat. Um sie nicht zu wecken, versucht er ebenfalls leise zu sein. Doch die innere Anspannung ist so groß, dass er die Melone übersieht, die neben der Küchentür liegt. Er stolpert, die Melone platzt auf und zeigt ihr rotes Inneres.

Aber Howard hat keine Zeit, sich um zerplatzte Melonen zu kümmern. Er stürzt ins Schlafzimmer und streift seine Hose über. Dabei verliert er das Gleichgewicht und fällt aufs Bett. Will sein krankes Bein ihm ausgerechnet jetzt den Dienst verweigern? Er öffnet die Nachttischschublade, holt zwei Tabletten aus einer kleinen Flasche und nimmt sie mit viel Wasser ein. Dann massiert und schüttelt er das schwache Bein.

Während er auf dem Bett sitzt und auf das Bein wartet, greift er nach Hemd und Krawatte. Da hört er, wie die Tür des Nebenzimmers aufgeht. Im nächsten Augenblick steht seine Frau halb nackt in der Tür und schirmt mit der Hand die Augen vor dem gelben Licht ab. Mit ihrem kurzen Haar sieht die Architektin jung und modern aus, aber ihre Mundwinkel ziehen sich scharf nach unten und geben ihrem Gesicht eine stete Unzufriedenheit.

»Wie oft musst du noch mitten in der Nacht losziehen?«, fragt sie gleichgültig.

»Ein Raubüberfall«, sagt er. »Die Baustelle ist ausgeraubt worden.« Er bindet sich die Schuhe zu. »Geh wieder schlafen und lass dich nicht stören. Ich bin gleich aus der Wohnung.«

»Es zeigt sich wieder einmal, dass du nicht mit mir, sondern mit Tenglong verheiratet bist«, sagt Wenwen. Kränkung und Eifersucht liegen in ihrer Stimme. »Eile nur zu deiner Braut und überlass mir die Putzarbeit. Ich ziehe nächsten Monat sowieso aus. Dann kann ich mir schlaflose Nächte wie diese ersparen.«

»Tut mir leid. Aber ich kann meine Leute nicht im Stich lassen«, sagt Howard. Er spürt sein Bein wieder und eilt ins Bad nebenan, um sich die Haare zu kämmen.

»Ja, ja. Dafür hast du mich reichlich im Stich gelassen. Sogar meine Fehlgeburt durfte ich allein meistern«, ruft die Ehefrau bitter hinter ihm her. »Aber wozu streiten wir noch? Bald sind wir geschiedene Leute. Dann haben wir die Ehe, die sowieso keiner haben will, hinter uns.« Dann lässt sie die Tür laut ins Schloss fallen.

Howard kehrt ins Schlafzimmer zurück. Innerhalb von zwei Minuten hat er sein normales Aussehen hergezaubert: perfekt gebundene Krawatte, glänzende Lederschuhe, ein sauber gezogener Scheitel, der als sein Markenzeichen bekannt ist. Nur das Seufzen, das nicht zu seinem Wesen passt, in letzter Zeit aber immer häufiger aus seiner Brust dringt, hat er nicht ganz unter Kontrolle. Ehe er die Wohnung verlässt, stellt er sich vor die geschlossene Tür seiner Frau und sagt leise: »Wenwen, sei mir nicht böse. Ich habe immer für uns beide gearbeitet.«

»Schon gut«, erwidert die Frau schwach. Seine Großzügigkeit kommt ihr in den Sinn. Sie sagt nichts mehr.

Er löscht das Licht und verlässt lautlos die Wohnung.

Der Anblick der Baustelle erschüttert Howard zutiefst. Das Tor der großen Baracke, die als Lagerhalle dient, ist abgerissen. Das Innere ist leer geräumt bis auf ein paar Säcke Betonpulver. Was noch zurückgeblieben ist, sind aus der Verpackung gefallene Nägel, zerbrochene Fliesen und Glasscherben. In einer dunklen Ecke liegt auf dem Boden der Lagerverwalter. Die Bauarbeiter stehen wie Büffel um ihn herum und starren den leblosen Körper an. Zwei von ihnen knien auf dem Boden und versuchen, ihm Erste Hilfe zu leisten: Der eine drückt ihm rhythmisch auf die Brust, der andere versucht, ihn durch Mund-zu-Mund-Beatmung ins Leben zurückzuholen.

Als sie Howard erblicken, stürzen gleich mehrere Vorarbeiter auf ihn zu und reden wild durcheinander. Aber im Grunde sagen sie alle dasselbe: Die Räuberbande hat dem Lagerverwalter ein

Stück Pappe in den Mund gezwängt und ihm einen Leinensack über den Kopf gestülpt, um ihn zum Schweigen zu bringen. Ein Polier, der gerade hinter der Baracke sein Bedürfnis verrichtete, bemerkte den Überfall und entfernte sich im Schutz der Dunkelheit, um bei der Polizei anzurufen. Aber die Ordnungshüter waren alle mit der Explosion im Bezirk Yantian beschäftigt. Der diensthabende Beamte hielt den Anrufer für einen Querulanten und hat ihn mit schroffen Worten abgefertigt.

Währenddessen wurden die übrigen Bauarbeiter gezwungen, die Lastwagen der Banditen mit dem Baumaterial zu beladen. Zwei von ihnen wagten es, sich zu wehren, und wurden verprügelt. Der eine verlor zwei Zähne, der andere kriegte Messerstiche in den Hintern, bis sich seine Hose dunkelrot färbte. Beim Beladen der Lastwagen musste er trotzdem helfen. Danach herrschte bei den Bauarbeitern eisige Stille und Arbeitseifer.

Der entkommene Polier hat immer neue Nummern ins Handy getippt, konnte aber nichts erreichen. Er rannte auf die nächste Kreuzung und hoffte auf Hilfe. Da kam ihm unerwartet ein Streifenwagen entgegen. Er lief auf die Straße und stoppte das Auto.

Die Beamten, zwei Verkehrspolizisten, hatten den Auftrag, sich eiligst zur Brandbekämpfung im Hafen zu melden. Sie beschimpften den Störer und befahlen ihm, aus dem Weg zu gehen. Doch der Polier gab nicht auf. Er warf sich auf die Motorhaube und klammerte sich daran fest. »Hilfe! Überfall!«, schrie er. Das verzerrte Gesicht und die offensichtliche Verzweiflung des Mannes brachten die Polizisten dazu, mit ihm zur *Tenglong*-Baustelle zu fahren. Doch dort wurden sie schon von den Gangstern erwartet. Schwere Zementsäcke wurden auf die Windschutzscheibe geworfen, sodass die Insassen nichts sehen konnten. Als sie aussteigen wollten, flogen ihnen Nägel und Nitrolack ins Gesicht, sodass sie sich eilig wieder ins Auto setzen und flüchten mussten. Danach hat sich die Polizei nicht mehr sehen lassen.

Nach dem Abzug der Räuber haben die Bauarbeiter die gefesselten Vorarbeiter befreit. Dann entdeckten sie den bewusstlosen Lagerverwalter unter einem Haufen Pappkartons und Plastiktüten. Sie riefen in mehreren Krankenhäusern an. Doch es kam kein einziger Krankenwagen vorbei. Alle waren mit der Explosion der Feuerwerksfabrik am Hafen beschäftigt und hatten keine Zeit für kleine Unfälle auf einer Baustelle. Die Polizei sagte, der Überfall sei bereits gemeldet, aber sie könnten niemanden schicken.

Die Bauarbeiter stellen ihre Wiederbelebungsversuche ein und treten zur Seite, als Howard sich zu dem leblosen Mann herunterbeugt und die Hand auf seine Brust legt. Der Körper fühlt sich kalt an, aber das Herz schlägt noch schwach. »Weiter Mund zu Mund beatmen«, sagt er und macht Platz für die Helfer. Dann holt er den Betriebsmediziner Zhong Ming mit einem Telefonanruf aus dem Bett und zitiert ihn zur Baustelle. Den Umstehenden spricht er ein paar tröstende Worte zu, bevor er sie anweist, die Baracke wieder in Ordnung zu bringen.

Im Büro der Bauleiter findet eine Krisenkonferenz statt. Howard versichert den Anwesenden, sie so bald wie möglich mit neuem Baumaterial zu versorgen. Dann schärft er allen ein, niemandem von dem Überfall zu erzählen.

»Die Bauarbeiten dürfen weder von diesem brutalen Überfall gestoppt noch von neugierigen Journalisten gestört werden. Also, kein Reporter darf auf die Baustelle, und keiner von euch und euren Leuten redet mit Journalisten«, sagt er.

Howard will auf jeden Fall verhindern, dass *Tenglong* in der Presse als wehrloses Opfer dargestellt wird. Bislang gehört die Firma zu den Siegern der Wirtschaftsreform. Doch mit dem Raubüberfall kann sich das Bild des Betriebs in der Öffentlichkeit sehr schnell ändern. *Tenglong* darf nicht als Opfer dastehen. Das Publikum liebt nur die Starken und kauft mit Vorliebe ihre Produkte. Wer zum Opfer geworden ist, dessen Produkte erwecken nur Mitleid.

Plötzlich hört man Jubelschreie von draußen. Zhong Ming hat es geschafft, den Lagerverwalter wieder zum Atmen zu bringen. Vor Erleichterung hebt Howard die Hände, als hätte er ein Geschenk des Himmels erhalten.

Es dämmert schon, als Ding Buto, der Windkoffer, eintrifft. Die beiden Männer sind sich einig, dass auf der Baustelle schnell wieder Normalität hergestellt werden muss. Um dies zu erreichen, müssen sie die Baumaterialien, die durch den Überfall verloren gegangen sind, rasch ersetzen. Mehrere Bauleiter und *Tenglong*-Mitarbeiter werden losgeschickt, um das Material zu besorgen.

Doch die Arbeiter sind immer noch verstört und ängstlich, auch wenn inzwischen die Sonne über ihren Köpfen strahlt und von den Gangstern nichts mehr zu sehen ist. Howard lässt ein üppiges Frühstück mit Scheibennudeln, Baozi, Sesamkugeln, Hackfleischknödeln, Sojamilch und Hühnerbrühe auf die Baustelle liefern, um den Schock für die Bauarbeiter ein wenig zu lindern.

Das hilft. Während die Arbeiter essen und trinken, kehrt die gute Stimmung allmählich wieder zurück. Zumindest hat es diesmal ja keine Toten gegeben. Einige der Mutigsten beginnen schon davon zu reden, was sie mit den Banditen anstellen wollen, sollten die jemals zurückkommen.

Howard kehrt zurück ins Büro und fängt an zu telefonieren. Der erste, mit dem er redet, ist Buddha. Beiden Männern ist es klar, dass die Sicherheit auf der Baustelle schon lange ein Schwachpunkt gewesen ist. Bislang hat es nie größere Probleme gegeben, aber die sorglose Zeit ist jetzt vorbei.

Buddha verspricht, den Räubern sofort zwei seiner besten Detektive auf die Spur zu setzen. Außerdem wird er kampferprobte, geschulte Mitarbeiter aus seiner neuen Sicherheitsabteilung auf die Baustelle schicken, die den Schutz des Objekts übernehmen. Sobald er wieder in Shenzhen ist, will er den Werkschutz erheblich verstärken.

Aber solange Buddha nicht wieder da ist, muss Howard das Nötigste regeln. Im Eiltempo stellt er einen neuen Sicherheitsplan auf. Bislang wurden der Ein- und Ausgang der Baustelle und das Lager praktisch nur von den Bauarbeitern selbst und einigen wenigen *Tenglong*-Mitarbeitern bewacht. Nun soll das Sicherheitspersonal verdoppelt und am Eingang verdreifacht werden. Und die neuen Wächter sollen mit Funkgeräten, Schlagstöcken und Tränengas ausgerüstet werden.

Als er das alles erledigt hat, ist es bereits Nachmittag. Erst jetzt merkt Howard, dass er den ganzen Tag außer Zigaretten und Kaffee kaum etwas zu sich genommen hat. Schwindel überkommt ihn. Aber jetzt ist es die beste Zeit, in Amerika anzurufen und Dai zu informieren. Er lehnt sich zurück und steckt einen Keks in den Mund. Dann greift er wieder zum Telefon. Während er die lange Nummer eingibt, spürt er plötzlich einen Stich ins Herz. Atemnot übermannt ihn, dann verliert er das Bewusstsein und stürzt zwischen dem Stuhl und dem Tisch auf den Boden. Da er den Hörer immer noch in der Hand hält, wird der Apparat mitgezogen und prallt ihm aufs Schulterblatt. Aber da spürt er schon nichts mehr.

Als er wieder zu sich kommt, weiß er zunächst nicht, wer er ist und wo er sich befindet. Auch die Leute, die um ihn herumstehen, kommen ihm alle fremd vor. »Er ist aufgewacht«, hört er eine Frau entzückt rufen. Dann kehrt die Erinnerung allmählich wieder zurück. Die Frau, die zu ihm herunterlächelt, ist seine Sekretärin. Die anderen sind seine Kollegen. Er liegt auf dem Sofa in seinem Büro. Der Gesichtsausdruck der Kollegen lässt vermuten, dass es ihm schlecht geht. Seine Sekretärin hält eine Dose Kokosmilch in der Hand und schiebt ihm den Strohhalm vorsichtig in den Mund, als wäre er bewegungsunfähig. Doch er kann all seine Glieder bewegen.

Buto, der Windkoffer, ruft eine Ambulanz und schickt den Gentleman umgehend ins Krankenhaus. Er verbietet ihm, in den nächsten drei Tagen ins Büro zurückzukehren. Er weiß, dass Howard eine heimliche Freundin hat, und er kennt sogar deren Nummer. Er ruft Yumi an und bittet sie, sich ein wenig um Howard zu kümmern. Yumi ist sehr erschrocken, als sie von Howards Zusammenbruch hört, und verspricht, sofort ins Krankenhaus zu fahren.

Dort sind inzwischen bei Howard völlige Erschöpfung und ein leichter Herzinfarkt festgestellt worden. Er habe Glück gehabt, dass ihm nichts Schlimmeres passiert sei, sagt der Arzt. Aber er solle sich schonen und in nächster Zeit regelmäßig ins Krankenhaus kommen, um seine Gesundheit überprüfen zu lassen. Außerdem dürfe die Beinoperation nicht länger verschoben werden. Vor allem solle der Patient aber sofort mit dem Rauchen, dem Kaffee und dem Alkoholgenuss aufhören.

An diesem Tag kehrt Howard nicht in die Wohnung zurück, die er mitten in der Nacht so überstürzt verlassen hat. Er geht mit zu Yumi, einer stillen jungen Angestellten der Shenzhener Börse, die er bei einer Einladung der Handelskammer kennengelernt hat. Es ist das erste Mal, dass er nicht zu Hause übernachtet.

18

Der Jungfernflug von *Qianlima*

Der Kauf des Firmen-Jets erregt landesweit Aufsehen. Die amtliche Nachrichtenagentur Xinhua bewertet ihn als einen Meilenstein der Wirtschaftsreformen. Denn zum ersten Mal in der chinesischen Geschichte besitzt ein Privatunternehmen ein Passagierflugzeug und nimmt damit teil an der Nutzung des Luftraums. Zwar schafft dieser »fliegende Drache« gerade mal »den ersten Strich bei der Himmelsmalerei der Privatunternehmer«, doch Xinhua glaubt schon zu wissen, dass der Luftverkehr über China bald bunter und vielfältiger werden wird. Auch den internationalen Luftraum werden »unsere Unternehmer« bald erobern, prophezeit die mächtige Agentur.

Die Geschichte erinnert an das Märchen von den hundert Eiern der Henne, aus denen hundert Küken schlüpfen. Als sie groß geworden sind, machen sie es ihrer Mutter nach und legen ebenfalls hundert Eier. So geht es immer weiter, bis die Erde von ihnen bevölkert ist. Und wer ist der Herr der ersten wundersamen Henne? Kein anderer als die Kommunistische Partei Chinas.

Als Dai in Peking landet, geht das Spektakel um den ersten privaten Flieger Chinas erst richtig los. Zur Taufe stellen sich Politiker und Wirtschaftsgrößen im Festsaal von Dais Hotel ein, um ihm zu seinem neuen, exklusiven Beförderungsmittel zu gratulieren. Der Name *Qianlima,* Tausendmeilenpferd, stammt aus einer alten Legende und findet große Zustimmung bei den illustren Gästen.

Am nächsten Tag startet das Tausendmeilenpferd seinen

Jungfernflug von Peking nach Shenzhen. Als die Maschine den Luftraum über der Stadt am Südmeer erreicht, fliegt der Pilot eine Schleife und sprüht dabei rote und blaue Kondensstreifen in Form einer Acht. Der Anblick der bunten Glückszahl am Himmel ist so herrlich, dass die Passanten auf der Straße stehen bleiben und Beifall klatschen.

Dais Empfang im gerade mal sechs Jahre alten Bao'an Flughafen gleicht dem eines Regierungsmitglieds. Der Gouverneur, etliche hohe Kader und Unternehmer sind gekommen, um Dai zu gratulieren. Bürgermeister Sun Da'an ist natürlich auch dabei. Schon auf dem Flugfeld kommt der Gouverneur dem jungen Unternehmer entgegen und überreicht ihm einen großen Blumenstrauß, als hätte er einen Staatsauftrag blendend erfüllt. Im Saal »Blauer Himmel« des Flughafengebäudes findet eine Pressekonferenz statt. Der Gouverneur hebt Dai als treibende Kraft für die Wirtschaftsreform und die Entwicklung einer modernen Gesellschaft hervor. Wörter wie »ökonomische Avantgarde« oder »Schöpfer des neuen Lebens« fallen in seiner Rede. Bürgermeister Sun lobt seine Shenzhener Mitbürger dafür, dass sie den kapitalistischen Braten als erste zu essen gewagt haben, und freut sich besonders, dass Dai einer der Kühnsten von ihnen sei. Dann zieht der Schwarm zum Ausgang des Flughafens.

Aber die Reporter wollen noch mehr Material für ihre Berichte. Als sie merken, dass sie an Dai nicht herankommen, stürzen sie sich auf den Piloten. Der sieht wie ein schüchterner Bauernjunge aus und lächelt mit rotem Kopf, als ob er nach seiner Braut gefragt würde. Als die Journalisten erfahren, dass der junge Mann noch nicht mal dreißig Flugtrainingsstunden absolviert hat und schon so tollkühn fliegen kann, ist die Begeisterung groß. Eine Welle von Fragen schlägt ihm entgegen. Erst Howard gelingt es, den Mann aus dem Belagerungsring zu befreien.

Vor dem Eingang des Flughafens warten Mitarbeiter und Schaulustige auf die Heimkehrer. »Herzliche Gratulation zum Jungfernflug der *Tenglong*-Flugmaschine« oder »Herzlich willkommen in der Heimat, Generaldirektor« ist auf den roten Transparenten zu lesen. Auf der Haltespur wartet eine Reihe chromglänzender Limousinen in der grellen Augustsonne. An der Spitze des Konvois steht ein nagelneuer, silberner Lincoln, auf dessen Dach sich ein Modell des eben gelandeten Fliegers wie ein weißer Vogel mit ausgestreckten Flügeln in die Lüfte zu heben scheint. Die Limousine ist der Ersatz für den Mercedes, den der Erddrache an der Firmenbaustelle verschluckt hat.

Als Dai mit dem Bürgermeister auf den Gehsteig heraustritt, schwingen die Zuschauer rote und blaue Fähnchen – rot für China und blau für *Tenglong* – und rufen: »Herzlich willkommen!«

Nach kurzem Winken in Richtung des Publikums steigen die beiden Männer in den Lincoln, die anderen steigen je nach Rang und Status in die hinteren Wagen. Dann rollt der Konvoi Richtung Innenstadt.

»Ich habe vor sechs Jahren der Einweihung des Flughafens beigewohnt und die erste Maschine begrüßt«, sagt Bürgermeister Sun gerührt, als der Flughafen hinter ihnen verschwindet. »Wer hätte gedacht, dass ich heute zum letzten Mal hier bin.«

Dai bleibt vor Schreck der Mund offenstehen.

»Bürgermeister«, sagt er. »Was soll das bedeuten?«

»Ich werde versetzt«, sagt Sun achselzuckend. »Die Partei hat ihre Prinzipien.« Im Juli hat die Parteizentrale in Peking eine landesweite Kampagne gegen Korruption, Steuerhinterziehung und Schmuggel gestartet, um die an der Küste und in den großen Städten wütende illegale Wirtschaftsbewegung einzudämmen. Und die Partei weiß natürlich, dass viele illegale Machenschaften von örtlichen Funktionären gedeckt werden. Damit die Kampagne nicht stillschweigend untergraben und boykottiert wird, aber auch, um die Entwicklung anderswo anzukurbeln, versetzt die Partei ihre wichtigsten Kader regelmäßig in andere Regionen. Bürgermeister Sun muss nach Hunan, wo die Entwicklung im Vergleich zur Küstenregion noch ziemlich zurückgeblieben ist. Sun habe sich bewährt und während seiner siebenjährigen Amtszeit Shenzhen zu einer vorbildlichen Stadt mitaufgebaut, heißt es von oben. Daher traue ihm die Partei eine noch schwierigere Aufgabe zu und habe ihn zum Wirtschaftsminister der Provinz Hunan ernannt. Von nun an bewegt er sich auf einer höheren Ebene. Doch der Mann scheint über die Beförderung gar nicht begeistert zu sein.

Die Versetzung seines Schutzherrn trübt auch Dais Stimmung. Fast könnte man den Eindruck gewinnen, als hätte das Schicksal nur darauf gewartet, dass er nicht im Land ist, um ihm eins auszuwischen. Hat der Fengshui-Meister nicht schon prophezeit, sein Schutzstern werde verblassen? Gibt es also das Schicksal tatsächlich, dessen Lauf genauso festgelegt ist wie die Kreisbahn des Mondes? Was hat das Schicksal mit ihm vor, wenn es den Schutzstern entfernt? In Dai steigt ein böses Gefühl auf.

Doch er will in dieser glücklichen Stunde keinen düsteren Gedanken zulassen. »Das ist bestimmt nicht das letzte Mal, dass du mit uns feierst. Erreichen wir unser Jahresziel, holen wir dich mit *Qianlima* zum Neujahrsfest her«, sagt er zuversichtlich. Nach einem Seitenblick auf Sun ist er jedoch ein bisschen beunruhigt. »Sag mal, ist dein Rheuma wieder zurückgekehrt?«

»Nein«, sagt Sun und schaut überrascht auf. Erst jetzt wird ihm bewusst, dass seine krampfartig das Knie umschließende Hand unwillkürlich seine Gedanken verrät. Er lockert die Finger und klopft sich aufs Knie, als wolle er einen Ball zum Springen bringen. »Hier geht es meinen alten Knochen gut. Aber wer weiß, ob ich das Klima in Hunan verkrafte? Dort fällt ja oft genug Schnee. Ich bin eben kein junger Spund mehr.«

»Wenn du Schmerzen haben solltest, werde ich meine besten Leute beauftragen, ein Rezept für dich zu finden«, sagt Dai. Der Kader klopft ihm gerührt auf die Schulter.

Er sieht draußen die Stadt vorbeiziehen, die Palmen, Litschibäume und Hochhäuser, die erst in seiner Amtszeit gepflanzt und gebaut worden sind, und auf einmal wird er sentimental.

»Was für eine schöne Stadt das geworden ist! Wenn es das Zentralkomitee zulässt, ist Shenzhen in zwanzig Jahren größer, reicher und mächtiger als Shanghai. Die Stadt ist noch nicht fertig, aber ich muss schon gehen. Was für ein Jammer! Es ist, als müsste ich meine Kinder einem fremden Vater überlassen«, sagt der Bürgermeister und seufzt.

»Du wirst woanders auch Wunder vollbringen«, tröstet der Jüngere.

Sun schüttelt den Kopf. In der Sonderwirtschaftszone hat man viel mehr Freiheiten als woanders. Das wird ihm in Hunan fehlen, das spürt er schon jetzt. Aber das ist die Sorge von morgen. Mit leisem Bedauern erzählt er, dass ihm jetzt auch noch die Europareise entgeht, auf die er sich schon lange gefreut hat: Im Herbst schließen Shenzhen und Nürnberg eine Städtepartnerschaft ab.

»Eigentlich wollte ich dich nach Deutschland mitnehmen«, sagt er zu Dai. »Da gibt es bestimmt Interesse für chinesische Medizin. Nun ist das alles plötzlich die Blume von gestern. Wenn ich in Hunan etwas für dich tun kann, lass es mich wissen«, sagt der Kader väterlich.

Er weiß, dass Dais Chauffeur vertrauenswürdig ist und nichts von dem, was im Auto gesprochen wird, ausplaudern wird. Dennoch ist er vorsichtig und geht nicht zu sehr ins Detail. Als sie über den achtspurigen Binhe Boulevard fahren, fällt ihm der Überfall auf Dais Baustelle ein. Er winkt Dai näher heran und sagt leise: »Die Polizei befindet sich in einer Umstrukturierung. Außerdem muss sie jetzt in erster Linie die Schmuggler bekämpfen. Es wird eine Weile dauern, bis sie sich mit dem Überfall auf deine Baustelle befasst. Aber sie wissen schon, wer der Chef der Räuberbande ist.« Er winkt den Jüngeren noch näher heran und flüstert ihm einen Namen ins Ohr.

»Dieser Mann? Der Herr der Unterwelt?« Dai erblasst. Sun hebt die Hand zum Mund und Dai flüstert: »Oh weh! Dann sehen wir unsere Schätze nie wieder«, sagt er.

Aber Sun hat keine Zeit für Verzweiflungsausbrüche. Er legt

seinen Mund so dicht an Dais Ohr, dass er ihn fast berührt. »Mein Nachfolger kommt aus dem Lager der innerparteilichen Gegner«, flüstert er beinahe lautlos. »Daher wird er vielleicht Vorbehalte gegen dich haben. Sei vorsichtig und halte dich eine Zeit lang fern von ihm. Aber lass dich nicht völlig ins Abseits drängen.«

Der Jüngere nickt.

Das neu gebaute Messegelände taucht auf. Nebenan ist ein riesiger, unkrautbewachsener Bauplatz zu sehen. Dort soll bald das neue Rathaus errichtet werden, eine riesige Halle mit einem wunderbar schwungvollen Dach, das wie eine Welle zwischen den Hochhäusern und den Hügeln hinter der Stadt liegt. Aber Sun wird dort nicht mehr einziehen können. Und ohne ihn wird Dai dort auch nicht viel zu suchen haben. Jeder schaut aus seinem Fenster und denkt an sein eigenes Schicksal. Als der Lincoln vor Suns Büro hält, wacht Dai wie aus einem Traum auf und springt aus dem Wagen, um Sun die Tür aufzuhalten. Als der Bürgermeister ausgestiegen ist, nimmt Dai seine Hand und drückt sie.

»Ich habe dir so viel zu verdanken«, sagt er mit tiefem Gefühl. »Das Konto für Doudou liegt bei der Merchant Bank in Hongkong. Sobald sie ins Ausland geht, erhält sie vier Jahre lang ein Stipendium von Tenglong.«

»Ach ja, meine Tochter! Seit Doudou bei irgendeinem überflüssigen Klavierwettbewerb einen Preis bekommen hat, dreht meine Frau total durch. Seither glaubt sie, sie hätte ein Wunderkind auf die Welt gebracht. Sie will sie unbedingt so schnell wie möglich nach Wien schicken, damit sie berühmt wird.« Auch wenn Sun alles in einem beiläufigen Ton erzählt, ist der Stolz auf die Tochter nicht zu überhören.

»Nur zu!«

»Ha, du kennst meine Frau nicht. Sie brennt darauf, unsere Tochter nach Wien zu begleiten und mich allein zu Haus sitzen zu lassen«, sagt Sun und schnaubt durch die Nase. »Dem Himmel sei Dank, dass Studienplätze für dieses zarte Alter nicht so leicht zu finden sind. Sonst wäre ich womöglich schon Strohwitwer.«

»Sag Bescheid, wenn du frei bist. Dann machen wir eine Reise in den Himalaja. Davon träumen wir schon lange, nicht wahr?«, sagt Dai lachend. Er freut sich, dass er seinen Schutzpatron beim Abschied auf gute Gedanken gebracht hat.

Im Festsaal der alten Zentrale werden Dais Rückkehr und der Jungfernflug von *Qianlima* noch einmal groß gefeiert. Es fließen nicht nur Reiswein und Schnaps, sondern auch teurer Champagner. Überall begegnet man lachenden Menschen. Der Schrecken, den die schwarzen Räuber den Drachenkindern eingejagt haben, ist verdrängt und vergessen.

Beim Plaudern mit den Managern fällt Dai etwas ein. Er fragt Howard, wer die zwei großen Werbeplakate im Stadtzentrum entworfen hat, die ihm vorhin bei der Stadtrundfahrt so entgegengestrahlt haben. Howard lässt sich die Plakate beschreiben. Als aus Dais Worten ein Lob herauszuhören ist, sagt er: »Die beiden Plakate haben uns auch gut gefallen. Die neue Zentrale und der Firmen-Jet sind gute Symbole für unsere optimistische Firmenphilosophie. Die Leute sehen: Wir sind Tempomacher, und wir sind finanziell stabil wie der Tai-Berg. Der Imageschaden, den die Räuber uns zugefügt haben, ist wie weggefegt.«

»Ja, da hast du recht«, sagt Dai. »Aber sag doch endlich, wer sie gemacht hat?«

Howards Augen wandern suchend durch die Menge, dann bleiben sie bei Anqi hängen. Sie steht nicht weit von ihnen und plaudert gerade mit Kollegen.

Dais Blick folgt Howards und landet ebenfalls auf Anqis Profil. Zum ersten Mal fällt ihm auf, dass die junge Frau eine perfekte Nase hat, als wäre sie ein Geschöpf des Malers Wang Zhixi aus der Kaiserzeit. Dai ertappt sich bei der Vorstellung, wie schön es wäre, aus diesem Gesicht einen Bildschirmschoner für seinen Laptop zu machen, und wird plötzlich schrecklich verlegen. Aber Howard hat sich schon auf den Weg gemacht, um Anqi zu holen.

»Sie wollen mich sprechen, Generaldirektor?«, sagt Anqi.

»Äh, ja.« Dais Gedanken kreisen noch immer um Anqis Gesicht. Er spürt plötzlich, dass er sie auf seiner Reise vermisst hat, und das verwirrt ihn. Hilfesuchend blickt er sich nach Howard um, aber der Gentleman ist auf rätselhafte Weise verschwunden.

Anqi. Jetzt steht sie vor ihm, und in seinen Fingern brennt der Impuls, sie zu berühren. Doch er beherrscht sich und schaut mit Mühe über ihre Schulter hinweg ins Leere. »Ich gratuliere Ihnen zu den beiden großen Werbeplakaten. Eine hervorragende Arbeit.«

»Ich muss noch viel lernen, besonders von Ihnen«, sagt die junge Frau. Die Schmach in Kunming hat ihren Stolz ein wenig gemildert. Sie wirkt bescheidener und umgänglicher als vor seiner Reise. »Sie sind sowohl ein Wissenschaftler als auch ein Manager. So jemand wie Sie werde ich wahrscheinlich nie werden, auch wenn ich es sehr anstrebe.«

Die Lobesworte seiner Angestellten machen ihn verlegen. Unwillkürlich tastet er seine Taschen nach Zigaretten ab. Als er nichts findet, zuckt er mit den Schultern. »Ich habe vergessen, dass ich in Amerika grundsätzlich nur jeden zweiten Tag Zigaretten eingesteckt habe. Heute scheint der Tag *ohne* zu sein. Wie Sie sehen, es ist eine neue Gewohnheit, an die ich selbst noch nicht richtig gewöhnt bin.«

»Ich habe geahnt, dass Amerika ein Wunderland ist. Wie ein neuer Mensch sind Sie zurückgekehrt. Das haben alle gemerkt«, sagt sie.

Er lacht, bremst sich aber sofort. Es gehört sich nicht, mit einer Angestellten so intim zu plaudern, sagt eine innere Stimme zu ihm. Er zieht sich ein wenig zurück und räuspert sich. »Hat Ihnen der Jungfernflug von *Qianlima* gefallen?«, fragt er.

»Es war der schönste Flug, den ich je erlebt habe.« Sie schließt die Augen, streckt die Arme aus und dreht sich einmal um die eigene Achse, als könne sie schweben. Dabei streifen ihre Finger versehentlich Dais Brust. In dem gedrängt vollen Raum könnte man meinen, die Berührung hat nichts zu bedeuten. Doch Dai schießt Röte ins Gesicht, und Anqi zieht den Arm zurück, als hätte ein elektrischer Schlag sie getroffen.

19

Die Freilassung des Wolfs ist die Angst der Schafe

Die Neuigkeit, dass *Tenglong* seine elektronischen Waren bald auch nach Amerika liefern wird, versetzt die Mitarbeiter in Euphorie. »Endlich! Wir erobern die Weltmacht!«

Die Produktion wird eilig umgestellt. Wurde bisher in zwei Schichten gearbeitet, sollen es künftig drei sein. Neue Mitarbeiter werden eingearbeitet, neues Produktionsmaterial türmt sich in den Lagerhallen bis unter die Decke. Überall wird die Leistung noch höher geschraubt. Dennoch reicht es nicht aus. In der Umgebung muss eine zusätzliche Fertigungshalle gesucht werden.

Aber Dai hat nicht nur neue Aufträge, sondern auch neue Ideen aus Amerika mitgebracht. Schon am nächsten Tag trommelt er seine Manager zusammen. »Wir sind mindestens 30 Jahre hinter den USA zurück«, erklärt er. In Zukunft sollen innovative Ideen von Mitarbeitern gefördert und mit hohen Prämien belohnt werden. Nach außen wird eine Service-Hotline eingerichtet, um Beschwerden entgegenzunehmen und die Produkte zu verbessern.

Doch sehr viel Zeit hat Dai für den Betrieb nicht. Seit er aus Amerika zurück ist, geben sich Politiker, Geschäftsleute und Journalisten die Klinke bei ihm in die Hand. Einladungen zu Vorträgen und Interview-Wünsche reißen nicht ab. Kurzum, Dai ist mit der Außenwelt so beschäftigt, dass die Führung des Betriebs weiter bei Howard liegt. Dai erteilt zwar oft per Telefon Anweisungen an seinen Stellvertreter, doch sie sehen sich kaum.

Auch bei einer von den Behörden einberufenen Konferenz zur Bekämpfung des Schmuggels muss Howard die Firma vertreten. Als er zurückkehrt, bestellt er die gesamte Führungsmannschaft der Firma in den Besprechungsraum 801, um die neuen Richtlinien an sie weiterzugeben und ihnen die neuen Formulare zu zeigen, mit denen sie durchgesetzt werden sollen.

Er ist schon fast auf dem Weg dorthin, als Dai zu ihm ins Büro platzt. Er ist eigentlich nur auf einem Zwischenstopp im Betrieb und muss in einer halben Stunde zu einem Fernsehinterview fahren. Doch bevor er die Zentrale verlässt, will er Howard die allerneuste Neuigkeit mitteilen: Ein Kader aus dem Norden hat ihm angeboten, nebenbei als Pharmavertreter für *Tenglong* zu arbeiten. Da er in der Lokalregierung für Hygiene zuständig ist, sind ihm die Krankenhäuser seiner Stadt unterstellt. Für ihn bedeutet der Nebenjob also gar keine besonderen Umstände. Er werde einfach die bewährten Produkte von *Tenglong* auf die offizielle Versorgungsliste für Krankenhäuser setzen, sagt er, damit die Ärzte sie verschreiben dürfen. Ab und zu muss der Kader natürlich auch mit den Krankenhausdirektoren und leitenden Ärzten reden, damit *Tenglongs* Produkte nicht von ihnen blockiert werden.

»Aber wenn das alles geregelt ist, dann ist das ein bombensicherer Umsatz«, sagt Dai. Er klatscht in die Hände und seine Augen sind von einem träumerischen Glanz überzogen. »Bislang basiert unser Erfolg einzig und allein auf dem freien Markt. Nun dürfen unsere Produkte auch in die offiziellen Kanäle fließen. Das geschieht zwar zunächst nur in einer Stadt. Aber Mao hat gesagt: Ein Funke kann die Steppe in Brand setzen.« Er geht an die Wand und malt einen großen Kreis auf die Landkarte. »Unser Land bekommt bald mehr blaue Farbe. Kristallblau. Die Farbe unseres Drachen.«

Wie so oft hat Howard auch diesmal Zweifel. »Ein amtierender Kader als unser Pharmavertreter?«, sagt er. »Das sind ja ganz neue Perspektiven. Meinst du nicht, das könnte uns in ein schiefes Licht rücken? Die Provisionen könnten als Bestechung aufgefasst werden. Die Presse ist da neuerdings ziemlich kritisch.«

Dai hebt die Hände und setzt sich auf Howards Besuchersessel. »Keine Sorge. Die Politik der Öffnung gilt nicht nur für die freie Wirtschaft. Auch die öffentlichen Einrichtungen müssen sehen, dass die Kasse stimmt, und die leitenden Funktionäre müssen ihre Prämien selber erwirtschaften. Da ist es eigentlich ganz normal, dass Kader und Beamte noch einen Nebenjob annehmen, wenn sie ein bisschen Taschengeld haben möchten«, meint Dai und wirbelt aufgeregt herum, als hätte er Amerika neu entdeckt.

»Ich habe in dieser Richtung auch schon einiges gehört«, sagt Howard zögernd und setzt sich ebenfalls wieder. »Aber sobald eine solche Geschichte bekannt wird, geht es meist nicht gut aus. Der Kader kommt auf eine absteigende Leiter.«

»Wer für uns arbeitet, der soll auch Geld bekommen. Ob er Privatmann oder Beamter ist, das ist für *Tenglong* egal. Aber wir haben natürlich unsere Geheimnisse und werden nicht gleich alles an die große Glocke hängen«, sagt Dai. Er setzt sich, neigt den Kopf zu Howard und sagt: »Die Konkurrenz hat längst einige mächtige Kader auf ihrer Gehaltsliste. Wir müssen zusehen, dass wir der Entwicklung nicht hinterherhinken.«

Howard schaut überrascht auf. »Woher hast du die Information?«, fragt er.

Dai steckt sich eine Zigarette an und lächelt geheimnisvoll. Er hat zwar seit dem schrecklichen Zwischenfall in Lou Gans Büro nicht mehr mit Roula gesprochen, aber er ist sich ziemlich sicher, dass die anonymen Berichte und Dokumente über *Drei-Acht*, die er kürzlich erhalten hat, nur von ihr stammen können. »Alles Liebe!«, stand auf dem Umschlag, und der zarte Duft, der davon ausging, sagte ihm alles. Aber das will er Howard lieber nicht anvertrauen. Noch nicht. Deswegen sagt er nur: »Freunde aus politischen Kreisen haben es mir erzählt.«

Howard nickt. Seine eigene Sache summt in seinem Kopf herum. Er will seine Kündigung einreichen. Aber Dai ist immer so beschäftigt, dass er keinen passenden Moment dafür findet. Ist jetzt der richtige Augenblick? Howard zögert.

Dai will aber mehr Engagement von seinem Stellvertreter sehen. Er zieht an seiner Zigarette, bläst den blauen Rauch langsam aus und wartet. Da sich sein Gegenüber immer noch am Ohrläppchen zupft, wird der Unternehmer ein bisschen deutlicher: Jede Filiale soll der Zentrale eine Schätzung liefern, wie viele Beamte in ihrer Region für eine Vertretertätigkeit aktiviert werden können. Gleichzeitig soll die Zentrale ein strategisches Konzept zum Anwerben von Kadern aufstellen. Ziel sei es, landesweit ein Netz aus Beamten und Funktionären zu knüpfen.

»Nächstes Jahr wollen wir unseren Umsatz noch mal verachtfachen. Dafür müssen wir uns beim Marketing etwas Neues einfallen lassen. Eine Truppe Kader zu engagieren könnte die entscheidende Strategie sein.«

»Klingt vielversprechend. Ich werde gleich eine Mail an alle Filialleiter schicken«, sagt Howard. »Ich muss mir nur überlegen, wie wir das geschickt formulieren.«

Dai springt schon wieder auf. Bei so viel guter Laune kann er einfach nicht ruhig sitzen bleiben. Er streckt die Hand aus und klopft seinem Freund auf die Schulter. »Howard, du bist der moderne Affenkönig, tatkräftig, schnell und unschlagbar. Ohne dich hätten wir nicht so schnell expandieren können.«

Auf einmal fällt Dai ein, dass Howard ihn heute bei der Konferenz mit den Regierungsbehörden vertreten hat. Er fragt danach. Howard erstattet einen kurzen Bericht. Die Regierung habe die Unternehmen aufgefordert, bei der Kampagne gegen Schmuggel mitzuwirken. Der neue stellvertretende Parteisekretär Fu Yiren, ein machtbewusster, undurchsichtiger Mann, habe auf der Konferenz eine halbstündige Rede gehalten. Dabei habe er so viele politische Wörter benutzt, dass man hinterher gar nicht wusste, ob die Kampagne eine wirtschaftliche oder eher eine politische Säuberung ist. Sei's drum. Der Parteisekretär habe jedenfalls im Kampf gegen die Schmuggler schon einige Erfolge der lokalen Behörden verkündet. Im Büro eines nach

Kanada geflüchteten Unternehmers habe die Polizei eine Liste gefunden, auf der genau verzeichnet sei, welcher Beamte in welcher Behörde welche Summe erhalten habe, damit er die finsteren Machenschaften der Schmuggler nicht aufdeckt. Zwar seien viele Decknamen noch nicht entschlüsselt worden, doch zwei Beamte, einer von der Polizei und ein anderer vom Zollamt, seien identifiziert und verhaftet worden. Sie säßen jetzt in Untersuchungshaft. So wie es aussehe, könnte eine ganze Reihe von Funktionären ihre Posten verlieren.

»Ist ja gut, wenn die Regierung Erfolg hat. Das beruhigt sie. Aber wir haben mit Schmugglern ja sowieso nichts zu tun, also können wir auch niemanden denunzieren«, sagt Dai mit einer Handbewegung, die zeigt, dass er sich für diesen ganzen Kampagnenkram nicht sonderlich interessiert. Flotten Schrittes geht er zur Tür, um zu seinem nächsten Termin zu eilen. »Bis später.«

Jetzt hält es Howard nicht länger aus. »Xingkong«, ruft er seinem Freund hinterher. »Xingkong, ich möchte ... ich möchte Tenglong verlassen.«

Dai dreht sich abrupt um. Es ist, als hätte er einen Tritt in den Magen gekriegt. Ungläubig starrt er seinen Freund an. »Wie bitte?«

»Ich ... ich gehe zurück an die Universität. Ab September habe ich einen Lehrauftrag, und in zwei Jahren werde ich vielleicht Professor. Ich glaube, ich bin als Wissenschaftler besser geeignet«, stammelt der Gentleman und senkt den Kopf. »Ich werde so lange bei dir arbeiten, bis die Ferien vorbei sind ...« Er schluckt mehrmals, als wäre seine Kehle verstopft.

Dais Pupillen vergrößern sich und starren in die Ferne, als hätte er etwas gesehen, was über seinen menschlichen Verstand hinausginge. »Ist es wegen deinem Bein?« Als der andere stumm nickt, sagt Dai in bitterem Ton: »Ich habe dich bei deinem linken Bein nicht im Stich gelassen und bei deinem rechten erst recht nicht. Jetzt, wo ich dich brauche wie meine rechte Hand, willst du mich verlassen. Warum?«

»Ich wollte schon ... vor deiner Amerikareise kündigen«, stottert Howard noch mehr als zuvor. »Aber ich wollte dir die Reise nicht verderben.« Er macht eine kurze Pause, um seine Stimme zu beruhigen. »Ding Buto oder dein Bruder sind beide sehr tüchtig. Sie kennen meine Arbeit auch gut. Einer von ihnen kann meine Stelle einnehmen. Und wegen der Baustelle brauchst du dir keine Sorgen zu machen. Der Bauingenieur, den ich neulich für die Prüfung der Arbeiten eingestellt habe, hat sich als kompetenter Mann erwiesen«, sagt der Gentleman leise.

Dai bewegt mühsam die Lippen, doch seine Stimme, die eben noch so kräftig wie eine Glocke geklungen hat, ist plötzlich ganz heiser. »Du hast also alles schon lange geplant ...«

Plötzlich taumelt er auf Howard zu und wirft sich an seine Schulter. »Weißt du nicht, wie es gewesen ist? Wir haben uns tagelang von dünnem Reisbrei ernährt, wenn das Geld aus war. Jetzt haben wir Geld genug, und du willst mich verlassen. Warum nur?!« Er packt seinen Freund an den Schultern und schüttelt ihn, so dass Howard die Zigarette aufs Fensterbrett fällt.

Der Geschüttelte presst die Hände auf die Brust, um den Schmerz einzudämmen, der sich in seinem Körper ausbreitet. Er erinnert sich daran, wie ihn Dai auf dem Rücken getragen hat, als er eines Nachts in ein Schlagloch trat und sich den Fuß verstauchte, wie ihn Dai eines Tages mit hohem Fieber vor dem Computer vorgefunden und sofort ins Bett gebracht hat. Dai ist tagelang bei ihm geblieben, hat ihm warmes Wasser zu trinken gegeben und regelmäßig die kalte Kompresse gewechselt, die er ihm auf die Stirn gepackt hat. Auch nachts blieb er bei ihm und legte sich zum Schlafen einfach auf den Boden vor seinem Bett. Nach ein paar Tagen ging das Fieber zurück, und Howard kam wieder zu klarem Bewusstsein. Da schloss ihn Dai in die Arme, als wäre er gerade zurück aus dem Totenreich. Bei diesen Erinnerungen kommt Howard sich wie ein Verräter vor. »Auch wenn ich woanders arbeite, bleibst du doch immer mein Bruder«, sagt er.

Aber Dai scheint es gar nicht zu hören. Die bittere Erinnerung an seine längst vergessene Frau steigt in seiner Brust auf und füllt seine Augen mit Tränen. »Wieso verlasst ihr mich alle? Was mache ich falsch?!« Er schiebt Howard von sich weg, vergräbt das Gesicht in den Händen und zittert. Als er den Kopf wieder hebt, glänzen Tränen an seinen Wimpern. Mit einem Ruck wirft er den Kopf in die andere Richtung, so dass er Howard nicht ansehen muss, und verlässt den Raum mit heftigen Schritten.

Howard läuft ihm nach. Doch schon auf dem Korridor bleibt er stehen. Schuldgefühl plagt ihn. Er beißt sich auf die Lippen, bis er das Blut schmeckt.

Dai steigt mit gesenktem Kopf in den Lincoln und lässt sich wortlos zu Shenzhen-TV fahren. Doch kaum sind sie zwei Straßen weit gekommen, sagt er dem Chauffeur, dass er lieber nach Hause will. Den Interviewtermin lässt er durch sein Sekretariat absagen. Dann schließt er sich in seiner Wohnung ein.

Wie ist es dazu gekommen, dass mich jetzt sogar Howard verlässt? fragt er sich. Hat er die Menschen schon immer falsch eingeschätzt? Wo hat sein Fehler begonnen? Je länger er darüber nachdenkt, desto mehr Verzweiflung und Schmerz empfindet er. Die Einsicht, dass das Vertrauen genauso vergänglich ist wie die Liebe, treibt ihn zur Verzweiflung.

Am nächsten Morgen sieht Dai aus, als wäre er über Nacht zehn Jahre älter geworden. Oben auf dem Kopf hat er plötzlich ein paar graue Haare, was er aber im Spiegel nicht sieht.

Kaum ist Dai im Betrieb angekommen, tritt Howard in sein Büro. Für einen Augenblick hofft Dai noch, dass es Howard sich vielleicht überlegt hat und doch bleiben will, aber sein Freund ist aschfahl und bringt schlechte Nachrichten.

»Wir haben einen Todesfall in der Produktionshalle Eins«, sagt er und presst die Lippen zusammen, ohne Dai anzusehen.

Vor Schreck hält Dai den Atem an. »Was ist passiert?«, fragt er. Und Howard erstattet Bericht.

Eine 22-jährige Arbeiterin namens Ma Yingdi ist bei der

Nachtschicht unvermittelt gestorben. Es war kurz vor Schichtschluss. Sie saß an ihrem Arbeitstisch und montierte die neuesten Laptops. Plötzlich neigte ihr Kopf sich zur Seite und sie rutschte vom Stuhl. Innerhalb weniger Minuten war sie tot. Ihre Kolleginnen hatten berichtet, dass nichts Auffälliges an ihr war. Vor ein paar Tagen hatte sie über Herzrhythmusstörungen geklagt und war ziemlich beunruhigt. Doch sie war nicht ins Krankenhaus gegangen, sondern ins Wohnheim. Dort hatte sie sich in ihr Bett gelegt, um sich auszuruhen. Am nächsten Tag ging es ihr wieder besser.

Ma Yingdi war eine hervorragende Arbeiterin. Schnell und gehorsam, zuversichtlich und schweigsam. Überstunden? Sonntagsarbeit? Sie machte alles mit, ohne zu mucken. Und sie war zuverlässig wie eine Maschine. Ausschuss gabs bei ihr nicht. Das Geld, das sie verdiente, schickte sie regelmäßig nach Hause, damit ihr jüngerer Bruder in die Realschule gehen konnte.

Mit einem Wort: Die junge Frau ist eine der besten »Arbeitsameisen« gewesen, wie jeder Unternehmer sie gern hat. Für die Arbeit in der Montagehalle gibt es grundsätzlich nur Stücklohn, und Ma war mehrfach aufgefallen, weil sie neue Rekorde gesetzt hatte. Von den Kolleginnen wurde sie »Ma mit den geschickten Händen« gerufen. Nun haben diese Hände sich plötzlich vom Leben verabschiedet.

»Ich habe angeordnet, die Todesursache untersuchen zu lassen. Ich hoffe, das ist auch in deinem Sinne«, sagt Howard zum Abschluss.

Der Generaldirektor ist wie versteinert. Lange findet er die Sprache nicht wieder. Er nickt nur stumm.

Zwei Tage später liegt das Untersuchungsergebnis des Krankenhauses auf seinem Tisch: Ma Yingdi ist an Herzversagen gestorben. In ihrer Familie müsse es eine erbliche Herzkrankheit geben. Ihr Herz war nicht normal entwickelt. Dai atmet auf. Er ruft einige seiner Leute zusammen, um über die Bestattung Ma Yingdis mit ihnen zu reden.

Aber Howard zeigt kein bisschen Erleichterung. Er meint, wenn der Leistungsdruck nicht so groß gewesen wäre, hätte die Frau vielleicht nicht so früh sterben müssen. Manche Menschen würden lebenslang Krankheiten mit sich herumtragen und könnten trotzdem ein hohes Alter erreichen.

Lou Gan verzieht den Mund und verteidigt die Firma. Hätte der Betrieb gewusst, dass Ma Yingdi eine Erbkrankheit hatte, wäre sie gar nicht erst eingestellt worden. Denn *Tenglong* müsse nun mal verlangen, dass die Mitarbeiter gesund seien und keine chronischen Krankheiten hätten. Ma habe ihre Krankheit verschwiegen, daher sei sie allein für ihren Tod verantwortlich.

Doch Howard widerspricht. Es könne ja sein, dass die Frau gar nicht über ihre Krankheit Bescheid wusste. Sie komme aus einem Dorf. Und wer im Dorf gehe schon zur Untersuchung, wenn er nicht todkrank sei. Man könne auch gesund in den Betrieb hereinkommen und später krank werden. Der Betrieb müsse mehr auf die Gesundheit seiner Angestellten achten. Dabei schweigt er über seinen eigenen Fall. »Im Juli hat eine junge Frau neben dem heißen Kessel einen Hitzschlag bekommen und ist ohnmächtig geworden. Einen Monat zuvor hat ein Arbeiter sich aus Versehen ein Loch in die Finger gestanzt«, sagt der Gentleman. »All diese Unfälle gehen auf Überforderung und Ermüdung zurück. Wenn die Arbeiter nicht so erschöpft von der Arbeit wären, gäbe es weniger Unfälle.«

»Wir behandeln unsere Arbeiter schon besser als viele andere Firmen«, sagt Ding Buto, der Windkoffer. »Wir bezahlen sie besser, und wir behandeln sie nicht wie Sklaven, sondern betrachten sie als mitverantwortliche Kraft im Betrieb. Was sollen wir denn noch tun?«

»Nun ja …«, beginnt Howard.

Aber der Windkoffer lässt ihn gar nicht zu Wort kommen. »Was Ma Yingdi anbelangt, so werden wir sie postum zur ›hervorragenden Mitarbeiterin‹ ernennen und eine gute Prämie an ihre Familie auszahlen. Auch die Bestattungskosten werden wir übernehmen. Bei einer anderen Firma würde die Familie wahrscheinlich leer ausgehen. Ich denke, wir sind human genug. Man kann uns nichts vorwerfen.« Dabei schaut er zu Dai, als wollte er eine Bestätigung von ihm haben.

Doch Dai schweigt. Verunsichert blickt der Windkoffer zwischen Howard und Dai hin und her. Er hat plötzlich den Verdacht, dass sich die beiden Freunde gestritten haben.

Aber Howard will nicht schweigen. Seit er gekündigt hat, scheint er ein anderer Mensch geworden zu sein. Es ist, als hätte er nicht mehr viele Tage zu leben. Was er sich heute vorgenommen hat, will er auch unbedingt heute erreichen. Er redet von sozialem Schutz, von Verbesserung des Arbeitslebens, von seinen Englanderlebnissen, von der Harmonie eines Betriebs, der wie eine Familie für die Angestellten sorgen soll. Er redet so leidenschaftlich, dass die anderen staunen. Denn es ist nicht seine Art, eine so leidenschaftliche Rede zu halten. Als er vorschlägt, den ersten Samstag des Monats zum arbeitsfreien Tag zu erklären und den Mitarbeitern alle drei Monate einen gemeinsamen Sonntagsausflug zu schenken, staunen die Anwesenden noch mehr.

Wie solle das gehen? Es würden doch jedes Jahr ohnehin schon zwei Ausflüge organisiert. Wenn daraus vier werden sollten, sei man ja dauernd unterwegs und werde überhaupt nicht mehr an den Betrieb denken. Außerdem nehme die Arbeit rapide zu, und dann solle noch jeden Monat ein Samstag ausfallen? Überall werde am Samstag gearbeitet. In vielen Betrieben werde sogar am Sonntag und an Feiertagen gearbeitet.

Doch Howard beharrt auf seinen Vorschlägen und meint, je mehr ein Betrieb verdiene, desto besser solle das Leben der Arbeiter werden. Und wenn die Arbeiter gesund und glücklich seien, profitiere auch der Betrieb. »Der Sinn des Lebens besteht nicht nur darin, für die Firma zu schuften. Wir dürfen nicht zulassen, dass noch eine Arbeiterin oder ein Arbeiter bei der Arbeit tot umfällt«, appelliert der Gentleman an seine Kollegen.

Dai hat lange geschwiegen. Jetzt hebt er die Hand. »Howards

Vorschläge werden angenommen. Ab September gibt es jeden Monat einen freien Samstag«, sagt er. Dabei macht er ein eisernes Gesicht und schaut ins Leere, als ob er mit einem Gespenst kämpfen müsse. Tatsächlich ist er hin- und hergerissen. Noch hat er nicht bekannt gegeben, dass Howard gehen wird. Er weiß, sobald es bekannt wird, ist Howard praktisch entmachtet und niemand wird seine Meinung mehr respektieren. Aber dass Howard ihn verlassen will, kann er ihm auch nicht verzeihen. Er weiß, dass er ihn schrecklich vermissen wird. Selbst jetzt, wo sein Freund noch in der Nähe ist, vermisst er ihn schon so sehr.

Im Rahmen ihrer Säuberungskampagne hat die Partei die Bevölkerung aufgerufen, mit den Behörden zusammenzuarbeiten und alle anzuzeigen, die sich strafbar gemacht haben. Daraufhin sind zahlreiche Hinweise eingegangen, und die Polizei hat einige Schmuggler verhaftet. Auch eine Bank, die im Untergrund arbeitet und ihren Kunden den illegalen Geldtransfer ins Ausland oder in umgekehrter Richtung ermöglicht, wird entdeckt. Die Konten, Kundenlisten und Geldbestände werden beschlagnahmt, die leitenden Mitarbeiter und Geldkuriere verhaftet. Es gibt eine Menge solcher Dienstleister in der Stadt. Denn die chinesische Währung ist nicht frei konvertierbar, und der Devisenhandel wird scharf kontrolliert. Selbst Firmen aus Hongkong dürfen ihre Gewinne, die sie auf dem Festland gemacht haben, nicht einfach in Hongkong-Dollar umtauschen.

Doch die größte Sensation verursachen nicht die Schmuggler und ihre Komplizen, sondern ein mächtiger Kader – der Leiter des Zollamtes Shenzhen. Er soll Unmengen von Schmiergeld kassiert haben, und zwar nicht nur von Schmugglern, sondern auch von legalen ortsansässigen Firmen. Denn kaum jemand in der aufstrebenden Wirtschaftsmetropole hat die Zeit, die langwierigen, bürokratischen Zollformalitäten über sich ergehen zu lassen. Die Warenströme müssen fließen, und wenn der Staat sich mit sturen Beamten und endloser Bürokratie in den Weg stellt, müssen die Räder eben geschmiert werden.

Beim Leiter der örtlichen Behörde, die für zwei große Häfen, einen internationalen Flughafen und die Straßen- und Bahnverbindung nach Hongkong zuständig ist, addieren sich auch kleine Beträge zu astronomischen Summen. Von über 20 Millionen Yuan ist die Rede, sodass der Fall landesweit Aufsehen erregt. Es sind schon Kader wegen weit geringerer Summen zum Tode verurteilt worden, und auch der Zollamtsleiter muss mit seiner Hinrichtung rechnen.

Kaum sitzt der Beamte in Untersuchungshaft, machen zwei seiner Untergebenen eine Dienstreise nach Hongkong und kommen nicht wieder zurück. Bei der Untersuchung ihrer Arbeitsunterlagen stellt sich heraus, dass sie eine Menge Bargeld haben mitgehen lassen. Die Partei verliert das Vertrauen in die Zollbehörden und setzt auswärtige Polizisten ein, um die Lage unter Kontrolle zu bringen. Damit nicht noch mehr Beamte mit Geldkoffern fliehen, werden die Kontrollen an den internationalen Flughäfen verschärft.

Für Privatunternehmen wie *Tenglong* scheint die Kampagne nicht viel zu bedeuten. Ein paar Beamte gehen, ein paar jüngere kommen, beim Stadtrat, beim Zollamt, bei der Polizei ... Überall herrscht Bewegung. Dabei gehen *Tenglong* zwar einige Beziehungen verloren, aber das ist nichts Neues. Der Betrieb hat mit Behörden Erfahrung und arbeitet geduldig daran, sein Beziehungsnetz zu erneuern und auszubessern.

Doch die Dinge wollen einfach nicht wieder zur Ruhe kommen. Auch *Tenglong*, einer der großen Hoffnungsträger, gerät in Gefahr. Die Firma wird in den Strudel hineingezogen und kämpft von einem Tag auf den anderen ums Überleben.

Die erste Hiobsbotschaft kommt von der Polizei. Sie hat ihre Führung in kurzer Zeit gewechselt. Der Polizeipräsident ist in eine andere Stadt versetzt worden, der zweite Mann – »Blumennase« – ist schon vor Wochen bei dem Großbrand im Hafen gestorben. Die neuen Leute kommen aus der Provinzhauptstadt Kanton und sind wild entschlossen, den Polizeiapparat effizienter zu machen. Um die Säuberungskampagne zu einem Erfolg zu machen, errichten sie eine neue Abteilung gegen Schmuggel und Devisenvergehen. Da die Behörde aber nicht mehr Personal zur Verfügung hat als zuvor, werden die vorhandenen Beamten neu verteilt. Die Abteilung gegen Wirtschaftskriminalität wird verkleinert und ihre Aktivitäten werden entsprechend gedrosselt.

So kommt es, dass der von *Tenglong* verklagte Produktpirat Fang Shunmen sang- und klanglos an die Provinz Hunan überstellt wird. In Shenzhen sind ihm keine Vergehen nachzuweisen, und die Interessen der Privatindustrie interessieren niemand, wenn die Partei Verhaftungen und Prozesse gegen Schmuggler und ihre Helfershelfer verlangt. Dass Hunan wieder einmal die Auslieferung des Wolfsflecks verlangt hat, kommt der neuen Polizeiführung gerade recht. Dass sich der Produktpirat nicht mehr im Gewahrsam der Behörden von Shenzhen befindet, erfährt *Tenglong* erst, als der Verbrecher schon weg ist.

Kaum ist Fang in seiner Heimat und seinem Einflussbereich eingetroffen, ändert sich das Klima für ihn. Seine Familie zahlt eine Kaution, und fünf Stunden nach seiner Ankunft in Hunan ist er wieder auf freiem Fuß. Am nächsten Tag feiert Fang seine Freilassung. Ein Konvoi aus zehn Geländewagen fährt laut hupend nach Chenzhou zur nächsten Niederlassung von *Tenglong* und paradiert auf der Straße dreimal hin und zurück. In einem der mittleren Autos sitzt Fang mit einer Sonnenbrille am offenen Fenster und grinst. Trommler und Gong-Spieler sitzen auf der Ladefläche des ersten und letzten Wagens und machen ohrenbetäubenden Lärm. Der Aufzug ist als Hochzeitsfeier getarnt, deshalb sitzt im zweiten Wagen ein falsches »Brautpaar«. Die junge Frau wirft Bonbons mit dem Schriftzug »Doppelglück« auf die Straße, die sich rasch mit begeisterten Zuschauern füllt. Der Mann zündet Feuerwerkskörper, sodass es ununterbrochen laut kracht.

Die *Tenglong*-Mitarbeiter in Chenzhou wissen sofort, was der Umzug zu bedeuten hat. Sie schließen von innen die Tür ab und verbarrikadieren sich in ihren Büros. Sie sprechen nicht miteinander und wagen es nicht, sich zu rühren, um keine Aufmerksamkeit auf sich zu lenken. Erst lange nachdem der Umzug vorbei ist, trauen sich die Mitarbeiter allmählich aus ihren Verstecken hervor. Jetzt sehen sie, dass die Produktpiraten auch Farbbeutel an die Schaufenster und die Fassade geworfen und Säcke mit Fäkalien vor ihrer Türe geleert haben.

20

Gestern ein edler Gast auf hohem Stuhl, heute im Keller gefangen

Zwei Tage nach Wolfsflecks Feier in Chenzhou führen die Behörden in Shenzhen einen Schlag gegen *Tenglong*.

Ein Mannschaftswagen der Polizei hält vor der Zentrale an der Jiabin-Straße. Es regnet in Strömen, und auf der Straße ist wenig los. Während die beiden Wächter noch durch den dichten Regenvorhang hinausschauen und rätseln, worum es geht, stürmen sieben bewaffnete Polizisten die Stufen zum Eingang hinauf. Zwei halten die beiden Sicherheitsleute in Schach, zwei blockieren den Aufzug, zwei besetzen den Aufgang zur Treppe. Der Einsatzleiter verlangt die Zimmernummer des Generaldirektors.

»Achthundertzwei. Im obersten Stockwerk«, stammelt einer der Wächter.

Es ist kurz vor Mittag. Generaldirektor Dai sitzt am Couchtisch in seinem Büro und führt ein Gespräch mit einem blonden amerikanischen Kaufmann, der mit ihm ins Geschäft kommen möchte.

Als ohne Vorwarnung die vier Polizisten hereinplatzen, schreckt Dai vom Sessel auf und stößt dabei seine Kaffeetasse zu Boden.

Der Amerikaner kann seine Bestürzung ebenfalls nicht verbergen. Er springt zur Seite, mit dem Rücken zur Wand, und hebt die Arme, als wollte er sich die uniformierten Zwerge mit Handkantenschlägen vom Leib halten. Dabei sind die Polizisten nicht weniger verblüfft als er, denn sie haben eine linsenkleine Fantasie und die Anwesenheit einer Langnase erschreckt sie zu

Tode. Der Einsatzleiter hat große, haarige Schweineohren und blinzelt den Blonden unsicher an. Dann sagt er: »Okay, okay!«

Dai zwingt sich zur Ruhe und fragt besonders höflich nach dem Grund des »ehrenhaften« Besuchs, da sagt der Uniformierte, der eben noch den Ausländer angelächelt hat, in schnarrendem Tonfall: »Dai Xingkong, Sie sind wegen Schmuggels verhaftet!«

Kaum hat der Beamte den Satz zu Ende gesprochen, ergreifen zwei seiner Kollegen die Arme des Unternehmers und legen ihm Handschellen an. Ein weiterer stellt sich hinter Dai und drückt seinen Kopf nach unten, damit er keinen Widerstand leisten kann.

Selbst ein Blitzschlag, der das Haus in zwei Teile reißt, hätte keine solche Erschütterung auslösen können wie diese Verhaftung. Dais Sekretärinnen, die durch die offene Tür die Szene verfolgt haben, stoßen wie aus einer Kehle einen entsetzten Schrei aus und stieben auseinander wie Hühner. Im Korridor beginnen einige zu rennen und zu rufen, als hätte die Zentrale einen Eisberg gerammt und beginne zu sinken.

Dai zittert vor Zorn. Bei seiner Rückkehr aus Amerika vor wenigen Wochen ist er als angesehener Unternehmer noch vom Bürgermeister persönlich empfangen worden, jetzt wird er behandelt wie ein Verbrecher. »Moment«, sagt er. »Als Mitglied des Konsultativkomitees genieße ich Immunität.«

»Das Komitee schützt keinen Kriminellen«, belehrt ihn der Polizist mit den Schweineohren. »Wenn Sie unten im Auto sind, können Sie eine Erklärung unterzeichnen, dass Sie die Mitgliedschaft ablegen.«

Kriminell? Ist er jetzt schon ein Krimineller? Es muss jemand geben, der ihm schaden will. Hat jemand ihm eine Falle gestellt? Die Gedanken schießen wie Pfeile durch seinen Kopf. Aber wer könnte das sein? Die Konkurrenz? Fang Shunmen, der gerade wieder in Freiheit gesetzt worden ist? Oder eher ein Kader, dem Dais Erfolg nicht gefällt?

Dais Herz pocht bis unter die Schädeldecke, sodass er nicht

vernünftig denken kann. Er presst die Arme fest an sich, um nicht zu explodieren. »Tenglong hat sich niemals auf Geschäfte mit Schmugglern eingelassen. Sie müssen mich mit jemand verwechseln«, sagt er mit gezwungener Höflichkeit.

»Sie sind nicht aufgefordert, irgendwelche Kommentare abzugeben, sondern gehorsam mitzukommen«, sagt der vierte Beamte und drückt Dais Kopf noch tiefer, sodass es unter seiner Hand einmal knackt.

Dai wird klar, dass er für die Polizisten bereits ein Straftäter ist. Um nicht auch noch vor den Augen des Amerikaners in den Hintern getreten zu werden, lässt er sich ohne weiteren Widerstand abführen. Als sie durchs Vorzimmer kommen, steht da seine erste Sekretärin Mu Hanmei wie eine Salzsäule. »Sag Buto, er soll zurückkommen und …«

»Halt den Mund!«, herrscht ihn ein Polizist an und zerrt ihn durch die Tür.

Als die Männer durch das Foyer poltern, huschen die *Tenglong*-Mitarbeiter zur Seite und machen den Weg frei. Nur ein junger Wächter mit naivem Bauerngesicht stellt sich den Polizisten entgegen. »Wo bringen Sie den Generaldirektor hin? Kann ich ihn begleiten?«, fragt er. Dai erkennt den Mann wieder. Er heißt Hou Yudong. Es ist derselbe, der ihn in jener schrecklichen Nacht gewarnt hat, als Roula mit seinem Neffen in dessen Büro war.

Die Polizisten beachten den jungen Mann gar nicht, sondern schieben ihn einfach beiseite, als wäre er ein sperriger Klotz. Dann steuern sie auf den wartenden Wagen zu und lassen sich auch von dem prasselnden Regen nicht weiter beeindrucken.

Wenn Dai beim Einsteigen hätte hochschauen können, wäre er wahrscheinlich noch mehr erschrocken. Hinter der Glasfassade der *Tenglong*-Zentrale sind überall erstarrte Augenpaare zu sehen, als stünde das Haus unter Schock. Die Szene erinnert an einen Alptraum. Doch niemand schaut nach oben. Alle schauen nach vorne. Dann beginnt der Wagen zu rollen.

Der junge Wächter rennt dem Polizeiauto bis zur Kreuzung

nach. Seine Augen füllen sich bald mit Regen. Als er sie wieder öffnet, findet er im gleichgültig strömenden Verkehr den schwarzen Wagen nicht mehr.

Tang Anqi befindet sich gerade in der *Tenglong*-Niederlassung in Kanton, als sie von Dais Verhaftung erfährt. Sie bricht sofort alle Besprechungen ab und eilt mit einem Taxi zum Bahnhof. Tausende von Menschen füllen den Vorplatz, sie schleppen und schieben und drängen an Taxis und Bussen vorbei. Man könnte meinen, es fände gerade eine Völkerwanderung statt. Dabei handelt es sich nur um den reinsten Alltag der südlichen Metropole. Anqi schenkt der Masse keine Beachtung und geht zielstrebig in die Schalterhalle. Nach kurzem Anstehen hält sie eine Fahrkarte in der Hand. Zum Glück hat sie einen Wohn- und Arbeitsausweis für die Sonderwirtschaftszone und darf in den gesonderten Wartesaal für Passagiere nach Shenzhen.

Auch wenn es stündlich einen Expresszug zwischen Kanton und Shenzhen gibt, ist der Wartesaal überfüllt. Als die Türen zum Bahnsteig geöffnet werden, drängt Anqi wie alle anderen hindurch. Wie immer ist der Zug überfüllt. Nur durch schnelles Rennen ergattert sie noch einen Sitzplatz im Zug. Sie wischt sich Schweiß und Regentropfen aus dem Gesicht ab und beginnt sofort mit dem Handy zu telefonieren. Sie gibt Anweisungen an die Filiale in Kanton und schärft den Mitarbeitern ein, mit der Kampagne fortzufahren. Die Zugfahrt nimmt eine Stunde in Anspruch. Dennoch dauert die Fahrt von Tür zu Tür fast drei Stunden. Als Anqi nachmittags im feinen Regen die *Tenglong*-Zentrale erblickt, glaubt sie, ihren Augen nicht trauen zu dürfen.

Vor dem Haupteingang stehen zwei Krankenwagen mit offenen Türen. Auf den Stufen stehen aufgeregte Mitarbeiter, die durcheinanderreden und schreien. Während Sanitäter in weißen Kitteln Verletzte aus dem Gebäude tragen, fliegen laute Rufe wie »Vorsicht!«, »Platz da!« oder »Viel Blut!« durch die Menge. Schaulustige strömen ins Haus, am Rand der Menschenmenge aber schleichen sich *Tenglong*-Mitarbeiter mit geduckten Köpfen davon.

Als Anqi das Foyer erreicht, stellt sie mit einem Blick fest, dass kein einziger Pförtner in Sichtweite ist. In dem einst so disziplinierten Betrieb ist Anarchie ausgebrochen.

Das Chaos bringt Anqi zum Handeln. Sie hält zwei flüchtende Kollegen am Arm fest und fordert sie energisch auf, nach den Pförtnern zu suchen. Die beiden bringen zunächst irgendwelche Ausreden vor und wollen ihre Flucht fortsetzen, doch Anqi lässt sie nicht los. Und als sie sehen, welche Zornesflamme in den Augen der jungen Frau brennt, schämen sich die Männer, ziehen den Hals ein und gehen ins Haus zurück, um ihren Befehl auszuführen.

Im Handumdrehen stoppt Anqi sechs weitere herumirrende Mitarbeiter und stellt sie als provisorische Wache am Eingang auf. Schaulustige werden nicht mehr hereingelassen. Diejenigen, die sich unerlaubten Zutritt verschafft haben, werden zum Ausgang gerufen. Beim Verlassen des Gebäudes müssen sie ihre Taschen öffnen und sich einer Kontrolle unterziehen.

Als ein junger Mann mit dem ungepflegten Äußeren eines Wanderarbeiters sich der Kontrolle verweigert, kommt es zu einer heftigen Rangelei. Anqi lässt die Eingangstüren so lange geschlossen halten, bis die Kollegen den Mann überwältigt haben. Es stellt sich bald heraus, dass der Fremde ein Gelegenheitsdieb ist und im allgemeinen Chaos drei Taschencomputer geklaut hat. Anqi weist die Kollegen an, das gestohlene Gut zu beschlagnahmen und den Mann nach einer Ermahnung laufen zu lassen. Der Fremde bekommt einen roten Kopf und verspricht, sein Verhalten zu bessern. Nachdem er 50 Yuan Strafe bezahlt hat, darf er gehen.

Inzwischen hat sich Anqi berichten lassen, was nach der Verhaftung des Direktors passiert ist: Kaum war Dai abgeführt, rannten die Leute aus den Büros und wussten nicht, was sie tun sollten. Ein Pharmazeut telefonierte aufgeregt mit dem Handy und legte das Gerät dann versehentlich auf einen Herd, wo gerade Kräuter gekocht wurden. Kurz danach explodierte das Handy. Ein großer Keramikkessel zerplatzte und brodelnder Kräutersud ergoss sich über die Mitarbeiter, die in der Nähe standen. Drei Leute wurden schwer verbrüht. Seither herrscht Chaos im Betrieb.

Anqi rennt ins Haus Zwei, wo die medizinische Produktion untergebracht ist, und findet eine aufgeregte Menge vor. Ihr Blick hüpft vom Kopf zu Kopf und sucht nach Lou Gan. Er wäre jetzt eigentlich der führende Mann im Betrieb. Howard hat gekündigt und den Betrieb inzwischen verlassen. Ding Buto, der zum Stellvertreter Dais aufgestiegen ist, befindet sich auf einer Südostasienreise und hält sich wahrscheinlich gerade in Singapur auf. Buddha, Dais jüngerer Bruder, ist immer noch auf der Jagd nach Produktpiraten und daher nur selten im Haus.

Anqi braucht nicht lange zu suchen, schon hat sie Lou Gan in einer Ecke entdeckt. Er redet gerade wild gestikulierend mit zwei Kollegen und versucht die Ursache des Unfalls festzustellen.

Denn inzwischen glauben viele nicht mehr, dass ein zigarettenschachtelgroßes Handy explodieren und dabei einen solchen Schaden verursachen kann. Es kursiert eine neue Version der Geschichte, wonach der alte Kessel, der den Beinamen »Frauenbauch mit Neulingen« hat, zuerst geplatzt sei. Offenbar bringen Lou Gan die Aussagen der Kollegen in solche Verzweiflung, dass er sich die Haare rauft. Er merkt gar nicht, dass Anqi hinter ihm steht.

»Das Gewerbeaufsichtsamt wird gleich zur Untersuchung vorbeikommen, und wir haben immer noch keine Erklärung für diesen schrecklichen Unfall. Die Beamten werden uns fertigmachen«, sagt er verzweifelt.

Anqi traut ihren Ohren nicht. Lou Gan, die provisorische Nummer eins im Haus, hat den Betrieb nicht etwa im Griff, sondern streitet sich irgendwo mit den Kollegen über Hühnerfedern und Knoblauchschalen herum. Ein durchaus adretter

Mann, aber nicht mehr wert als ein versilberter Wachsspieß, denkt sie. Sie gibt ihm einen Stoß in den Rücken.

»Ah, hat dir niemand gesagt, dass du erst morgen wieder zu kommen brauchst?«, sagt Lou Gan. Er macht ein Gesicht, als fühlte er sich durch Anqi gestört. »Wir machen heute früher Feierabend, sobald die Aufregung hier vorbei ist.«

Seit Anqi zur zweiten Werbechefin aufgestiegen ist, sieht Lou Gan sie nur ungern in seiner Nähe. Ihr Eifer und ihre Kreativität lassen ihn besonders blass und ideenarm aussehen. Anqi spürt diese Ablehnung. Doch sie lässt sich nicht kränken. »Lou Gan, ruf die anderen Manager zusammen. Wir müssen eine Krisensitzung abhalten.«

»Erst morgen Abend, habe ich doch gerade gesagt«, gibt Lou Gan prompt zurück. »Buddha hat sich gleich auf den Heimweg gemacht. Aber bis er hier ist, werden wohl noch vierundzwanzig Stunden vergehen.« Er zuckt die Schultern. »Uns bleibt nichts anderes übrig, als auf ihn zu warten.«

»Wir können nicht so lange warten«, sagt Anqi mit fester Stimme. »Wir müssen jetzt sofort etwas unternehmen.« Sie blickt ihm fest ins Auge, als wollte sie ihn hypnotisieren. »Willst du die Manager zusammenrufen, oder soll ich es tun?«

Verdammte Peitsche mit neun Knoten, denkt er. Aber dann geht er ins Hauptgebäude zurück, fordert die Angestellten über Lautsprecher auf, an ihre Arbeitsplätze zurückzukehren, und ruft zugleich die Abteilungsleiter im Konferenzraum zusammen.

Nach einer halben Stunde sind die leitenden Mitarbeiter, die noch im Haus sind, zusammengekommen. Lou Gan beginnt gleich draufloszufaseln. »Unser Staatspräsident sieht auch nicht jeden Tag Sonnenschein«, sagt er. »Es wird schon wieder« und ähnliche Allgemeinplätze.

Anqi schneidet ihm nach zwei Minuten das Wort ab. Mit Entschlossenheit fordert sie die Anwesenden auf, das Chaos zu unterbinden und die Produktion wiederaufzunehmen. In zwei Stunden, beim Schichtwechsel sollen sich alle, Arbeiter und Angestellte in der Festhalle einfinden. Die Werkmeister und Vorarbeiter sollen die anderen anführen.

»Aber was ist, wenn …?«, sagt einer der Werkmeister.

»Kein Wenn und Aber«, sagt Anqi scharf. »Ihr geht jetzt zurück in die Hallen und tut eure Pflicht! Das seid ihr Dai schuldig! Ihr seid das Rückgrat der Firma!«

Die Werkmeister nicken und begeben sich zurück in die Hallen, um ihre Leute zur Ordnung zu rufen. Die junge Frau hat Eindruck bei ihnen gemacht. Sie wollen nicht alles verlieren, was sie erreicht haben.

Jetzt wendet Anqi sich an die Leute aus der Verwaltung.

»Wir müssen erreichen, dass Dai so schnell wie möglich entlassen wird«, sagt sie. »Am besten noch heute.«

»Aber die Polizei …«, sagt Lou Gan.

»Wir müssen bei der Polizei Druck machen«, sagt Anqi. Um die Kollegen zu überzeugen, schildert sie einen Fall aus Changshu, der sich erst vor einigen Wochen ereignet hat. Ein Unternehmer saß wegen angeblichen Kreditbetrugs drei Tage lang in Untersuchungshaft. Seine Schuld oder Unschuld war noch gar nicht bewiesen – da war sein Betrieb bereits ruiniert. Sein Ruf war beschädigt, seine Produkte wurden verschmäht. Die Firma wurde geschlossen, zweitausend Leute wurden arbeitslos. Der Mann saß auf einem Berg von Schulden. Er sah keinen Ausweg mehr und erhängte sich. »Wir müssen alles in unserer Macht Stehende tun, damit unser Betrieb nicht genauso jämmerlich zugrunde gerichtet wird«, erklärt Anqi mit erhobener Stimme.

»Na ja, wir wissen überhaupt nicht, was die Polizei uns genau vorzuwerfen hat. Wie sollen wir Dai retten?«, wendet Lou Gan ein. »Du glaubst doch nicht, dass wir nichts unternommen haben, oder?«, sagt er zu Anqi. »Wir haben die Polizei bereits mehrfach um Informationen gebeten. Am Ende hat man uns schroff zurückgewiesen und uns verboten, sie mit weiteren Anrufen ›bei der Arbeit zu stören‹!«

»Dann gehen wir jetzt ins Präsidium. Wir bieten eine Kaution an. Wir müssen unsere Beziehungen einsetzen. Und zumindest müssen wir Dai etwas Anständiges zu essen bringen«, sagt Anqi in einem Ton, der keinen Widerspruch duldet. »Generaldirektor Dai wird sich nie mit Schmugglern einlassen. Das solltest du als sein Neffe doch am besten wissen.«

Alle Blicke richten sich auf die junge Frau. Es ist, als hätte Anqi eine Zauberformel gesprochen und alle wachen aus ihrem Dornröschenschlaf auf. Jetzt wollen sie kämpfen.

»Ich bin zwar noch nicht lange im Betrieb. Aber wenn ich nicht den Eindruck hätte, dass Dai ein gesundes, sauberes Unternehmen führt, hätte ich meine Füße nicht über die Schwelle gesetzt«, pflichtet Fu Laurence ihr bei. Der Nordchinese stammt aus der Man-Minderheit und ist von großer Statur. Vor einem halben Jahr hat er sein Studium in Amerika abgeschlossen. Jetzt ist er der neue Marketingchef von *Tenglong*, noch in der Probezeit.

»Ich habe das Gefühl, jemand will einen Eimer schmutziges Wasser über uns ausschütten. Es ist sicher nicht falsch, wenn wir rasch ein paar Schutzmaßnahmen ergreifen«, meint Li Dawei, der auch noch nicht allzu lange das Amt des Forschungsleiters für Elektronik bekleidet.

Lou Gan bläst die Backen auf und lässt sie wieder zusammenfallen. Die Spannung zwischen ihm und Anqi macht ihn ganz fertig. »Hastigkeit führt oft zu falschen Schritten«, sagt er und blickt flehentlich in die Runde. »Wir sollten auf Buddha warten.«

»So viel Zeit haben wir nicht. Wenn wir zögern, geht alles kaputt«, sagt Anqi. Es klingt wie ein Schuss.

Als der schweigsame Produktionschef Tu Banker sich ebenfalls auf Anqis Seite stellt, sind die Würfel gefallen.

Inzwischen hat sich die Belegschaft in der großen Halle versammelt. Die Manager treten ein und gehen im Gänsemarsch auf die Bühne. Aber nur Anqi tritt vor.

»Kollegen«, sagt sie ins Mikrofon, und ihre klare Stimme hallt durch den Saal. »Seht ihr die Schrift an der Wand? ›Ehrlichkeit, Gerechtigkeit, Fortschritt und Innovation.‹ Das ist unser Firmenmotto. Das hat Generaldirektor Dai für uns festgelegt. Und das ist auch der Geist von Tenglong.« Sie macht eine kurze Pause, um die Aufmerksamkeit im Raum auf sich zu ziehen. »Generaldirektor Dai ist ein ehrlicher Unternehmer. Er hat uns Arbeit, Sicherheit, Ansporn, Freundlichkeit und Selbstvertrauen gegeben. Aufgrund einer falschen Anklage ist er heute aus unserer Mitte gerissen und verhaftet worden. Dagegen werden wir vorgehen. Wir werden dafür sorgen, dass er bald wieder bei uns ist und den Betrieb zu weiteren Erfolgen führt. Bis dahin bleibt jeder an seinem Platz und leistet sein Bestes! Produktion und Verkauf gehen weiter! Wenn Dai zurückkommt, wird Tenglong stärker sein als zuvor.«

Sie erklärt den Mitarbeitern, warum es wichtig ist, keine Panik zu verbreiten und nicht mit der Presse zu sprechen. »Betriebsinterne Vorgänge gehen niemanden etwas an«, sagt sie. »Wir wissen noch nicht, wer unsere Feinde sind, deshalb ist Vorsicht geboten.«

Dann kommt sie zum Schluss: »Wer uns helfen will, sollte ein paar freiwillige Überstunden leisten, um die entstandenen Schäden so schnell wie möglich zu beseitigen. Lang lebe der fliegende Drache!«

Als sie ihre Rede beendet, dauert die Stille noch einen Augenblick an, als hätten die Anwesenden noch nicht genug von ihren Worten bekommen. Dann bricht ein stürmischer Beifall aus der Masse heraus. Die Belegschaft will kämpfen für ihren Betrieb. Anqi atmet tief durch.

Der Sicherheitsmann Hou Yudong hat inzwischen über einen befreundeten Polizisten herausgefunden, dass Dai wahrscheinlich in die Polizeistation Yantian gebracht worden ist. Ob er sich jetzt immer noch dort befindet oder ob er verlegt worden ist, weiß der Beamte allerdings auch nicht.

Dennoch will Anqi nichts unversucht lassen. So fährt sie, zusammen mit Lou Gan und Fu Laurence, zum Polizeigebäude

Yantian. Hier trifft sie sofort auf Widerstand. Die Beamten lassen sie von vornherein ihre Überlegenheit spüren. Der diensthabende Polizist, der sie empfängt, gibt keine einzige Information über den festgenommenen Dai Xingkong preis. Er will nicht einmal bestätigen, dass sich Dai überhaupt im Gebäude befindet. Als Anqi mit breitem Lächeln eine Schachtel Marlboro über den Tresen schiebt und erneut nach Dai fragt, wird der Beamte sogar wütend. Er wirft ihr die Schachtel zurück und zeigt auf die Tür. »Verlassen Sie die Station!«, sagt er.

Als Anqi die Stimme hebt und nach einer Besuchsmöglichkeit bei dem Gefangenen fragt, fängt der Mann an zu schreien: »Wollt ihr hier einen Aufruhr veranstalten?! Verschwindet! Sonst werdet ihr was erleben!«

Die Oberbuchhalterin Du Baixue, die mit einem Koffer voll Geld auf dem Schoß im Auto auf ihrem Einsatz gewartet hat, weiß sofort, dass die Rettungsaktion gescheitert ist, als sie ihre Kollegen aus dem Polizeigebäude herauskommen sieht. Sie rückt auf den mittleren Sitz in der hinteren Reihe und wirft Anqi einen fragenden Blick zu. Anqi setzt sich neben sie, sagt aber kein Wort. Die unüberwindbare Mauer zwischen Behörden und Privatunternehmen bedrückt sie. Als die beiden Männer ebenfalls eingestiegen sind, fahren sie los.

Lou Gan empfindet eine gewisse Genugtuung über Anqis Niederlage. Und dieses Gefühl will er nicht für sich behalten. »Ohne Bestechung und ohne Beziehung will man bei der Polizei etwas erreichen! Das war wohl ein bisschen naiv«, sagt er hämisch. »Kein Wunder, dass wir immer noch nicht wissen, wohin sie unseren Direktor verfrachtet haben und was sie mit ihm machen.«

Anqi hat es gleich nicht gepasst, dass Lou Gan unbedingt mitkommen wollte, aber wegen seiner Verwandtschaft mit Dai konnte sie schlecht was dagegen sagen. Nun attackiert er sie sogar in Anwesenheit des Chauffeurs!

Da ist für sie das Maß voll. »Das kann man sich doch vorstellen«, schreit sie. »Sie quälen ihn irgendwo, bis er zu einer falschen Aussage bereit ist. Solche Geschichten hört man doch zur Genüge. Tu lieber was, statt hier dumme Reden zu führen!«

»Na, na, jetzt wollen wir uns doch nicht in die Haare kriegen wie kleine Kinder«, sagt Laurence, der ebenfalls auf der Rückbank sitzt. »Jetzt müssen wir eben unsere Beziehungen spielen lassen, nicht wahr?«

Mitten in der Nacht, als die anderen längst Feierabend gemacht haben und nach Hause gegangen sind, sitzt Anqi immer noch in ihrem Büro und telefoniert. Einige Kader, von denen sie weiß, dass sie mit Dai viel zu tun haben und ihren Chef schätzen, hat sie im Laufe des Abends erreicht. Die Männer sind auch sehr freundlich zu der aufgeregten jungen Frau, die sie verzweifelt um Hilfe bittet. Sie wollten sehen, was sie tun könnten, sagen sie, aber im selben Atemzug bremsen sie gleich wieder und meinen, man müsse sich Zeit lassen. Schließlich sei es keine Kleinigkeit, in dieser Zeit einen Mann aus der Haft zu holen, dem die Polizei Zusammenarbeit mit Schmugglern vorwirft. Für Anqi sind solche Worte wie leeres Bohnenstroh.

Nach mehreren Versuchen erreicht sie endlich Dais früheren Beschützer und Förderer Sun Da'an, der jetzt in Changsha arbeitet. Der hohe Kader ist bestürzt über die Entwicklung in seinem ehemaligen Revier. Er kommt bald zu der Vermutung, dass sein Nachfolger genau das niederschmettern wolle, was er in seiner Amtszeit aufgebaut hat. Da er noch einige Kontakte und Gefolgsleute in Shenzhen hat, will er zu verhindern versuchen, dass *Tenglong* auf diese unwürdige Weise zerstört wird. Er verspricht Anqi, sein Bestes zu tun. Doch was er im einzelnen unternehmen will, behält er für sich.

Nach diesem Telefonat ist Anqi ein wenig getröstet. Aber die Sorge um Dai, der von der Polizei womöglich gerade geschlagen und getreten wird, holt sie bald wieder ein. Und sie beschließt, nichts unversucht zu lassen. Sie greift erneut zum Hörer, weil ihr eingefallen ist, dass ihr Ex-Freund Kai mit dem Sohn eines hohen Kaders aus Shenzhen befreundet ist.

Kai schweigt eine Weile, nachdem sie ihm die Lage geschildert hat. Dann stößt er einen Seufzer aus. »Du bist von Kopf bis Fuß in deinen Chef verknallt, nicht wahr?« Seine Stimme klingt traurig. An Bettgenossinnen hat es ihm nicht gefehlt, seit er auf der Ferieninsel lebt, wo es genügend abenteuerlustige Touristinnen gibt. Inzwischen hat er sogar eine sehr hübsche, vernünftige Freundin. Doch irgendwie hat er sein Herz bei Anqi, seiner ersten Liebe, verloren.

»Wovon redest du nur?«, sagt Anqi empört. »Es geht um meine Existenz. Wenn Dai nicht bald aus der Haft entlassen wird, bin ich in ein paar Tagen arbeitslos. Dann hänge ich hier in der Meeresluft rum und kann mich als ausgetrocknete Muschel verkaufen.«

»Kein Problem. Ich nehm dich sofort und leg dich zu mir ins Bett. Wenn dir das nicht gefällt, hast du immer noch deinen reichen Vater …« Er hält inne, als er aus der Leitung ein Schluchzen vernimmt. »Weinst du etwa?«, fragt er erschrocken.

Anqi ringt sich ein schwaches Nein ab. Doch dann schüttelt sie ein heftiges Schluchzen, und Kai kratzt sich ratlos am Ohr. Wenn er könnte, würde er sich in einen seidenen Faden verwandeln, durch die Leitung kriechen und Anqi einspinnen, um sie vor allem Bösen zu schützen. Doch er kann weder zaubern noch die weite Entfernung verkürzen, und so bleibt ihm nichts anderes übrig, als mit der sanftesten Stimme, die er hervorbringen kann, in den Hörer zu flüstern: »Schwälbchen, hab ich dir wehgetan? Verzeih mir. Ich helfe dir natürlich.«

Anqi fasst sich und hört auf zu schluchzen. »Mag sein, dass ich in Dai verliebt bin«, sagt sie, »aber ich werde ihm mein Gefühl niemals zeigen. Ich möchte mir von niemandem sagen lassen, ich hätte ihn deshalb lieb, weil er reich ist. Doch wenn er in Schwierigkeiten ist, will ich ihm helfen. Jeder anständige Mensch würde an meiner Stelle genauso handeln wie ich. Aber du willst mich einfach nicht verstehen.«

»Aha, jetzt hast du endlich zugegeben, dass du ihn liebst.« Kai klingt enttäuscht, auch wenn er mit ihrem Geständnis gerechnet hat. Doch er versucht sich gleich abzulenken. »Aber was willst du dann aus dir machen, wenn du deine Liebe unterdrückst? Eine Nonne? Das wäre doch schade.«

»Du bist zynisch und hart geworden.« Anqi beißt sich auf die Lippen und trocknet die Tränen.

»Ja, ja, ich weiß. Deswegen nimmst du meine Brust auch nicht mehr als dein Kissen.«

Anqi beginnt zu schniefen, als würde sie gleich wieder losheulen. Kai verspricht, ernst zu sein und sie nicht wieder zu ärgern.

»Wir müssen Dai helfen«, sagt Anqi mit heißer, aber fester Stimme, nachdem sie die Tränen heruntergeschluckt hat. »Seit Jahrtausenden hat China sich gegen die Außenwelt abgeschottet und ist dabei immer schwächer geworden. Jetzt hat Deng Xiaoping unser Land weit geöffnet, und wir sehen, dass der Rückstand zu den kapitalistischen Ländern riesengroß ist. Dai setzt alles daran, uns nach vorn zu bringen. Er will ein Unternehmen von Weltgeltung aufbauen und uns stark und stolz machen. Er arbeitet jenseits der korrupten, antiquierten Kader, jenseits der gehorsamen, armen Schlucker, von denen es in unserem Land nur so wimmelt. Er ist einer von uns. Er ist sogar unser Stürmer. Dai darf nicht fallen.«

Kai zieht die Nase hoch, als hätte sie ein Kabel hineingesteckt und ihm einen Stromschlag versetzt. »Na ja, in deinen Augen bin ich dann wohl höchstens ein Helfer. Wie schade!«, sagt er ironisch.

»Kai, sei klug und mach die Augen auf. Früher mussten die jungen Leute aufs Land gehen und auf den Reisfeldern schuften. Heute dürfen wir zur Uni, wir dürfen reisen, wir machen Arbeit, die uns gefällt, und verdienen genug, um anständig leben zu können. Du hast dir innerhalb von zwei Jahren eine Eigentumswohnung gekauft und bist gerade dabei, eine zweite zu kaufen. Noch nie ist es uns so gut gegangen wie jetzt. *Leben, Freiheit und das Streben nach Glück!* Seit Anbeginn aller Zeiten ist es noch nie so nahe gewesen«, sagt Anqi eindringlich. »Aber dann sperrt man plötzlich neben dir jemand weg und lässt ihn vielleicht sogar ohne Prozess für immer verschwinden. Kai, das dürfen wir nie wieder zulassen!«

Einen Augenblick ist es still in der Leitung. Dann hört sie die Worte, die ihr Herz zum Blühen bringen. »Ich tue mein Bestes, um deinem Dai aus der Patsche zu helfen«, verspricht Kai ernst. »Nun schenk mir einen imaginären Kuss, Schwälbchen. Mehr werd ich für meinen Dienst nicht verlangen.«

»Ich habe immer gewusst, dass du eine edle Seele hast«, sagt sie mit einer Stimme, als umarmte sie ihn aus der Ferne. »Ich habe es nie bereut, dass ich dir meine Jungfräulichkeit geschenkt habe.«

21

Die Finsternis wirft lange Schatten

Dai Xingkong wird ins Polizeirevier Yantian gebracht und in eine unterirdische Einzelzelle gesperrt. Zuvor hat man ihn gründlich untersucht und ihm das Handy sowie den Schlüsselbund abgenommen. Da es in der Zelle keine Sitzmöglichkeit gibt, hockt Dai auf dem Boden und grübelt, weshalb die Polizei ihn hierhergebracht hat.

Stunden vergehen. Dai spürt allmählich einen Drang im Unterleib. Doch auch nach langem Klopfen und lautem Hämmern an die Tür kommt niemand vorbei. Nur aus einer Nachbarzelle dringt eine heisere Männerstimme wie aus einer großen Flasche hallend zu ihm herüber: »Piss ruhig in die Ecke, Bruder. Der Aufseher macht gerade sein Nachmittagsnickerchen.«

Dai hat längst den ätzenden Ammoniakgeruch in der Zelle gespürt. Seine Nase läuft schon eine Weile, und seine Augen beginnen zu tränen. Doch er weigert sich, dem Beispiel seiner Zellenvorgänger zu folgen. So geht er mit zusammengepressten Schenkeln in der Zelle, die noch nicht mal halb so groß wie sein Bad daheim ist, auf und ab, um den Harndrang unter Kontrolle zu halten. Als seine Zellentür endlich aufgeht, ist er krumm und knorrig wie der Ast einer Eiche und sein Gesicht ist blass wie Papier.

Abends wird Dai wieder in einen schwarzen Wagen geschoben und ins Xiaomeisha-Gefängnis gebracht. Als er in seiner neuen Zelle ein speckiges Bettgestell und eine verdreckte Matratze erblickt, läuft ihm ein Schauder über den Rücken. Das heißt, dass er länger hierbleiben wird. Auf seine Frage, was er denn getan hat, herrscht ein Beamter ihn an: »Halt den Mund. Dein Schicksal wird dich schon früh genug einholen.«

Dann lässt man ihn wieder allein. Nach einer langen Weile wird eine Süßkartoffelsuppe durch eine Klappe hereingeschoben. Doch Dai sitzt auf dem Bettrand und rührt sie nicht an. Fliegen und Mücken summen herum. Dai ohrfeigt sich mehrmals, um sich von der Insektenplage zu befreien.

Durch die Gitterstäbe ganz oben in der Wand fällt dünnes, gelbes Straßenlicht in die Zelle herein. Doch das Fenster ist so hoch angebracht, dass der Insasse die Außenwelt nicht sehen kann. Auf einmal spürt Dai, wie nasse Tränen über seine Wangen rinnen. Er wischt sie mit dem Ärmel ab und vergräbt das Gesicht zwischen den Knien. Erschöpft fällt er in Schlaf.

In der Nacht wird er dann doch verhört, als er schon nicht mehr damit gerechnet hat. Die Beamten zeigen ihm zwei Rechnungen mit dem Stempel von *Tenglong* und verlangen eine Erklärung. Es geht um Materialbestellungen in fünfstelliger Höhe, was für die Firma einen mittleren Umfang bedeutet. Solche Bestellungen kommen bei *Tenglong* monatlich mehrmals vor und fallen in die Zuständigkeit des jeweiligen Abteilungsleiters. Dai kontrolliert zwar allgemein die monatlichen Ausgaben seiner Manager, doch konkrete Rechnungen prüft er nicht. Daher ist es nicht verwunderlich, dass er diese zwei Rechnungen noch nie gesehen hat.

Auf beiden Rechnungen ist Gu Wen als der Zuständige angegeben. Der Empfänger und die Waren sind genau bezeichnet, wie es das Gesetz verlangt, aber der Lieferant ist nur als Privatperson ohne Adresse angegeben, die Firma, die er angeblich vertritt, ist Dai unbekannt. Außerdem ist auf den Rechnungen die Mehrwertsteuer nicht ausgewiesen.

Was Dai nicht weiß: Seit dem Revirement in der Zollbehörde werden alle Lieferungen streng kontrolliert. Auch die Container für *Tenglong*, die vor einer Woche im Hafen eingetroffen sind. Den Beamten fielen die nachlässig ausgefüllten Rechnungen auf, und sie alarmierten die Polizei. Es stellte sich bald heraus, dass es die angegebene Lieferfirma nicht gab. Es war bestenfalls eine Briefkastenfirma. Für die Polizei war das der Beweis, dass *Tenglong* die Waren bei einem Schmuggler bestellt haben musste.

Dai beteuert seine Unschuld. Er wisse nichts von dieser Bestellung.

»Das sagen sie alle«, sagt einer der Beamten, die ihn vernehmen. »Mit solchen Leuten machen wir kurzen Prozess. Erst vor einigen Tagen wurde ein sehr mächtiger Mann hingerichtet. Ein schnelles Urteil, und *zack!*« Der Polizist macht eine Geste, als würde ein Hammel geschlachtet. »Der Mann war mächtig. Sie nannten ihn den »Tycoon«. Tja, vor drei Tagen hat er noch unter den Lebenden geweilt.« Der Beamte schaut zur Decke, um seine Geringschätzung Dai gegenüber zu zeigen. »Aber die Kampagne gegen Schmuggelei ist noch mächtiger, hat ihn im Handumdrehen zur Strecke gebracht.«

Die Worte des Beamten fallen wie Eis auf das Gemüt des Gefangenen und pressen den kalten Angstschweiß aus ihm heraus. Der Tycoon hatte geschmuggelt und bestochen, so stand es in den Zeitungen, als gäbe es keine Polizei und keine Gesetze in China. Aber was hat er, der redliche Bürger Dai Xingkong, mit so einem Verbrecher zu tun?! Nichts! Überhaupt nichts!

Dai möchte seine Empörung herausschreien, doch er ist noch besonnen und nüchtern genug, um zu wissen, dass er vor der Staatsgewalt stets höflich und demütig sein muss. Mit leiser Stimme erklärt er, dass *Tenglong* stets darauf achte, mit sauberen Firmen zusammenzuarbeiten. Er sei sicher, dass Gu Wen, der Chefeinkäufer, sich daran gehalten habe. Zu den Rechnungen kann er nur so viel sagen, dass sein Unternehmen manchmal Waren über einen Vermittler bestellen oder liefern lasse. Diese Makler seien in der Regel nicht bereit, ihre Lieferanten zu nennen. Denn wenn sie weiter ihre Provisionen kassieren wollten, müssten sie dafür sorgen, dass Lieferanten und Kunden nicht direkt in Kontakt treten könnten. Das erkläre vielleicht die unvollständigen Angaben.

Einer der Polizisten verschwindet im Nebenzimmer. Als er

wieder zurückkommt, presst er die Lippen zusammen und bittet seinen Vorgesetzten hinaus in den Flur. Dai bleibt mit einem jungen Polizisten zurück, der stumm in der Ecke sitzt und starr geradeaus sieht.

Nach einigen Minuten kommen die beiden Vernehmungsbeamten zurück. »Dieser Gu Wen ist nicht da«, sagt der ältere von ihnen, der Dai mit dem Todesurteil gedroht hat. Er wirkt jetzt deutlich weniger aggressiv. »Bringt ihn zurück in die Zelle.«

Dai wittert die Schwäche des Gegners. »Könnte ich nicht vielleicht eine Kaution stellen?«, fragt er so höflich wie möglich. »Wenn ich wieder in der Firma bin, kann ich die Sache rasch aufklären.«

»Das könnte dir so passen«, sagt der Vernehmungsbeamte. »Los, Abmarsch!«

Als er wieder allein in seiner Zelle ist, presst Dai die Faust an den Mund. Was kann Gu Wen bloß gemacht haben? Und wo ist der Kerl überhaupt? Er schaut zum Fenster und denkt: Wenn ich bloß hier rauskönnte! Aber so wie es aussieht, wird er noch monatelang in diesem Loch sitzen.

Aber schon am nächsten Morgen hat der Wind sich gedreht. Dai wird noch einmal aus der Zelle geholt und verhört. Aber diesmal sind die Beamten viel freundlicher. Die Sache sei immer noch ungeklärt, sagen sie, er könne jedoch gegen Kaution freigelassen werden, wenn er zur Aufklärung beiträgt und mit den Behörden zusammenarbeitet.

Dai traut seinen Ohren nicht und wagt es nicht, sich zu bewegen. Er hat Angst, dass sich alles als Traum erweist, wenn er aufsteht. Doch einer der Beamten hat schon die Nummer von *Tenglong* gewählt, damit Dai die Bezahlung der Kaution veranlassen kann.

Am späten Nachmittag – 28 Stunden nach seiner Festnahme – steht Dai wieder außerhalb der Gefängnismauern und erblickt seinen Bruder.

Buddha hat es gerade noch geschafft, vom Flughafen hierher zum Xiaomeisha-Gefängnis zu sausen, um seinen Bruder in Empfang zu nehmen. Der Anblick des Entlassenen fährt wie ein Stich in sein Herz. Eben noch war der ältere Bruder ein aufgehender Stern der Gesellschaft, jetzt scheint er wie erloschene Schlacke. Voller Mitleid und Zärtlichkeit schließt Buddha den schmächtigen Bruder in seine Arme und drückt ihn fest an sich. Zum ersten Mal haben sich die Brüder in der Öffentlichkeit so umarmt.

Dann gehen sie, umgeben von einer Handvoll *Tenglong*-Mitarbeitern, darunter auch der Oberbuchhalterin, zu den wartenden Autos, um von den stacheldrahtgekrönten Mauern und Wachtürmen wegzukommen. Dai will gleich zur Zentrale fahren, um Ordnung zu schaffen. Doch sein jüngerer Bruder rät ihm, sich vorher zu waschen und ein frisches Hemd anzuziehen. Daraufhin lässt Dai sich nach Hause in seine Wohnung im »Neuen Litschigarten« fahren.

Zu Hause angekommen, wählt Dai die Handynummer seines Einkaufsleiters. Gu Wen sitzt gerade in einem Schnellzug nach Süden. Er ist über Dais Freilassung schon informiert. Mit überschwänglicher Freude kündigt er an, er werde heute gegen Mitternacht ankommen und sich morgen früh gleich in die Zentrale begeben, um Dai persönlich zu gratulieren. Im Hintergrund sind geschwätzige Mitreisende und der eintönige Rhythmus des fahrenden Zuges zu hören.

Eine Gratulation? Dai erwartet alles andere als eine Gratulation. Ohne Umschweife kommt er zur Sache: »Hast du noch mehr Geschäfte mit dem Gelben Aal gemacht? Oder bleibt es bei den zwei Rechnungen, die bei der Polizei liegen?« Gelber Aal ist der Beiname des Maklers, dessen Name auf den Rechnungen steht.

»Der Mann hat gute Kontakte, über die wir selbst nicht verfügen. Seine Lieferungen sind bislang immer in Ordnung gewesen. Daher haben wir bestimmt mehr als zweimal Geschäfte mit ihm gemacht«, meint Gu.

»Wie ist es dazu gekommen, dass die Rechnungen so auffällig waren?«, will Dai wissen.

»Na ja, ich habe sie nicht mit eigenen Augen gesehen. Daher weiß ich nicht, ob sie echt oder gefälscht sind. Du weißt doch selber, gefälschte Rechnungen schießen nur so aus dem Boden, wie Bambussprossen im Frühling.« In Gu Wens Ton schwingt ein Hauch Trotz mit. »Außerdem, wer kann sich schon so genau an sämtliche Vorschriften halten, die jedes Jahr mehr werden? Wenn man die alle beachten will, kann man das Geschäft ja gleich an den Nagel hängen, nicht wahr?«

Dai springt das Herz in die Kehle. »Sag mir, was haben wir für Unterlagen, die beweisen, dass bei uns alles mit rechten Dingen zugeht?«

Gu wirkt auf einmal gereizt. »Ich habe gestern alles getan, damit du aus der … na ja, du weißt, was ich meine … dass du entlassen wirst. Jetzt bist du tatsächlich draußen. Das heißt doch, dass ich es gut gemacht habe, oder?«

»Du hast mit der Polizei gesprochen?«, fragt Dai.

»Ja, sie haben mich auf dem Handy angerufen. Es war ziemlich heikel. Ich war gerade in einer Besprechung.«

Aha, erst hat er mir die Sache eingebrockt, und jetzt will er als mein Retter gefeiert werden, denkt Dai. »Du warst gestern bestimmt sehr gut«, sagt er zögernd. »Aber der Fall ist noch nicht erledigt. Wir können uns keinen Fehler mehr leisten. Gelber Aal hat einen sehr schlechten Ruf. Die Geschäfte mit ihm müssen sofort gestoppt werden, verstehst du?«

»Ja, ja«, sagt Gu Wen knurrig. »Obwohl Verdacht noch lange nicht heißt, dass er wirklich schuldig ist. Aber wir machen natürlich, was du für richtig hältst.«

Nachdem sie das Gespräch beendet haben, kommt in Dai das ungute Gefühl auf, dass Gu noch jede Menge solcher Kieselsteine zurückhält, die er ihm irgendwann ins Gesicht spucken wird.

Nachdem Dai geduscht und etwas Warmes gegessen hat, treffen Buddha und die wichtigsten *Tenglong*-Manager bei ihm ein.

Anqi ist allerdings nicht dabei. Nachdem die Polizei am Vormittag Dais Freilassung angekündigt hat, ist sie sofort nach Kanton gefahren, um ihre Arbeit dort wiederaufzunehmen. Deshalb kann sie an der Sondersitzung nicht teilnehmen.

Dai eröffnet das Gespräch mit dem Satz: »Wir müssen schnell reagieren.« Ohne höfliche Floskeln fordert er die Anwesenden auf, über die Lage im Betrieb zu berichten. Handy-Unfall, Diebstahl, Rettungsaktion …

Der Unternehmer hört zu und zeigt keine Gemütsbewegung. Doch als er erfährt, dass seine Festnahme heute in der Zeitung steht, verfinstert sich seine Miene. Minutenlang sitzt er wie ein schwarzer Felsen da und lässt kein einziges Wort von sich hören.

»Ich hätte nie gedacht, dass ich auch nur für eine Minute eingesperrt werde«, sagt er schließlich. »Denn ich war stets bestrebt, ein guter Bürger zu sein, der sich an die Gesetze hält. Doch die Ereignisse haben mich gelehrt, dass wir noch mehr tun müssen.«

Als die anderen ihn bitten, doch Genaueres über seine Nacht im Gefängnis zu erzählen, kommt keine Klage über seine Lippen. Was die Manager zu hören bekommen, ist ein knapper, nüchterner Bericht über ein von der Polizei dominiertes Katz-und-Maus-Spiel. Gefühle, Pein und Todesangst der Maus werden darin nicht erwähnt. Man könnte meinen, Dai sei gar nicht betroffen gewesen, sondern lediglich ein neutraler Beobachter.

»Solange die Polizei uns verdächtigt, mit Kriminellen zusammenzuarbeiten, so lange sitzen wir auf einer Pyramide von Kieselsteinen«, sagt er. »Mit einer einzigen, ungewollten Bewegung können wir eine Lawine auslösen, die zu unserem Untergang führen kann. Wir müssen jeden Verdacht gegen uns ausräumen.«

»Pah!«, sagt Lou Gan. »Die Irrtümer von Polizei und Justiz werden doch nie korrigiert. Wer hat schon erlebt, dass die Polizei sich bei jemand entschuldigt?«

»Irgendwie riecht das Ganze nach einer Verschwörung«,

meint Laurence. »Vielleicht sollten wir zuerst herausfinden, wer der Drahtzieher ist.«

Es folgt eine Debatte über diesen unsichtbaren Feind. Doch Dai will keine unnötigen Spekulationen und lenkt die Diskussion in eine andere Richtung. Eine Stunde später ist die Entscheidung gefallen: Zum einen wird die Buchhaltung die Kontrolle der Rechnungen verschärfen und alle unsicheren Geschäfte stoppen, zum anderen wird eine dezente Imagekampagne gestartet, damit die Firma nicht an Glanz verliert. Außerdem soll ein Firmenjurist eingestellt werden, der eine Rechtsabteilung aufbaut und die Geschäftsleitung bei allen Entscheidungen und Verträgen berät. In der sechsjährigen Geschichte der Firma ist das ein völliges Novum.

Nach der Sitzung gibt es erst einmal Essen. »Die Wende muss gefeiert werden«, schreit Lou Gan und greift sofort nach dem Champagner, den Buddha auf den Tisch gestellt hat. Die anderen, die schon seit einiger Zeit ein nagendes Gefühl im Magen gespürt haben, lassen sich nicht zweimal bitten. Sie essen und trinken, schmatzen und schlürfen. Als sie satt sind, fühlen sie sich vereint und drachenstark. Das gute Essen hat sie wieder zusammengeschweißt und ihnen das Vertrauen in die Zukunft zurückgegeben.

Am nächsten Tag erscheint Gu Wen nicht wie angekündigt in der Zentrale. Stattdessen erhält Dai einen Anruf von ihm. Er müsse sich unterwegs irgendwelche Bakterien eingefangen haben, sagt Gu mit heiserer Stimme, und liege mit Fieber im Bett.

Als Dai den Betriebsarzt vorbeischicken will, meint Gu, das sei nicht nötig. Er werde sich gleich ins nächste Krankenhaus begeben und sich ein paar Medikamente verschreiben lassen. Wenn sie schnell genug wirkten, könne er vielleicht noch am Nachmittag ins Büro kommen. Dai redet ihm gut zu und gibt ihm einen Tag frei. Er möge sich ausruhen.

Die unerwartete Erkrankung von Gu Wen, der sonst nur so strotzt vor Gesundheit, macht Dai zwar stutzig, doch er hat keine Zeit, darüber nachzudenken. Die nächste Besucherin krakeelt schon laut in seinem Sekretariat und will sich unbedingt Zutritt zu seinem Büro verschaffen. Dai reißt die Tür auf. Mit einem Mal herrscht Stille im Vorzimmer. Seine Sekretärinnen, die der Besucherin den Weg verstellt haben, treten geräuschlos zur Seite. Mit einer Kopfbewegung deutet er der Frau an, dass sie eintreten soll. Ohne ein Wort huscht sie an ihm vorbei in sein Büro.

Der Überraschungsgast ist Dais Ehefrau Suo Lanni, die ihn vor sechs Jahren ohne Abschied verlassen hat. Sie hatte seine Armut nicht ausgehalten und war mit allen Möbeln aus der gemeinsamen Wohnung weggegangen – zu einem anderen Mann. Seither hat sie sich nicht mehr blicken lassen.

Für heute scheint sich Lanni in ihre besten Kleider geworfen zu haben, dennoch wirkt sie billig in dem eleganten Büro. Ihrem Gesicht, ihrer Haltung und ihren Augen fehlt jeglicher Glanz. Sie scheint noch immer ein schäbiger kleiner Teufel zu sein.

Eine seltsame Atmosphäre umhüllt die beiden, als sie im Zimmer allein sind. Beide vermeiden den Blick des anderen, als könne er Schmerzen verursachen. Lanni schaut sich um und verzieht das Gesicht. Dai stellt sich vors Fenster und steckt sich eine Zigarette an. Bleiernes Schweigen breitet sich aus.

Schließlich kramt die Frau einige Seiten Papier aus ihrer Ledertasche und legt sie auf den Designer-Teetisch. »Wenn du die Scheidungsvereinbarung unterschreibst, dann kann ich gleich wieder gehen. Dann muss ich mich nicht mal hinsetzen.«

Dai reagiert nicht. Es ist, als existierte sie gar nicht. Doch in seinem Kopf passiert unwillkürlich die Vergangenheit Revue: Über Kollegen hat er sie kennengelernt, sie hat in der Nachbarbehörde gearbeitet. Sie waren sich damals rasch nähergekommen und hatten geheiratet. Nach einer schlichten Hochzeitsfeier verbrachte das Brautpaar die erste Nacht miteinander. Es war seine erste Nacht als Mann überhaupt. Der weiche, fremde Frauenkörper entzückte ihn. Er dachte, ihre Brust könnte seine Heimat werden …

Lanni scharrt unwillkürlich mit dem Fuß auf dem Marmorfußboden, hört jedoch gleich auf, weil ihr das Geräusch selbst auf die Nerven geht. »Die Vereinbarung hat mein Anwalt dir ja schon vor Wochen geschickt. Den Inhalt musst du also schon kennen.« Ihre Stimme klingt ruhig und kalt. »Als du arm warst, hattest du keine Zeit für mich. Jetzt bist du reich und mächtig geworden, aber Zeit für mich hast du immer noch nicht. Du behandelst mich wie ein Stück Dreck. Seit drei Tagen bin ich in Shenzhen, nur um eine Unterschrift von dir zu holen. Ich darf jeden Tag zu dir pilgern, aber du lässt dich nicht blicken. Wie immer.«

Dai sagt immer noch nichts. Seine Gedanken springen zu dem Tag vor sechs Jahren, als sie von Kaifeng zu ihm nach Kanton zog. Er hatte sein Aufbaustudium hinter sich und entwickelte gerade seine erste Software. Sie beklagte sich über die lange Trennung und wollte unbedingt zu ihm ziehen. Er gab sich Mühe und mietete eine Wohnung. Sie gab ihre Stelle auf und kam nach Kanton. Doch als er sie in die neue Wohnung führte, verzog sie ärgerlich das Gesicht. Die Wohnung bestand nur aus einem winzigen Zimmer, das gerade halb so groß war wie das in Kaifeng. Der Herd stand draußen auf dem Balkon. Wenn es regnete, fiel der Regen direkt in den Wok. Im Bad gab es Schimmel und Rost. Das sollte ihr neues Zuhause sein?

Dabei hatte er doch sein Bestes getan, seine gesamten Ersparnisse und sogar noch geliehenes Geld hatte er in die Wohnung gesteckt, um sie ein wenig mit Möbeln auszustatten. Mit glühenden Wangen malte er eine rosige Zukunft, in der es seiner Frau an nichts fehlen sollte. Doch sie hatte für den Ehemann, der unbedingt Unternehmer werden wollte, nur Spott. In der ersten Nacht in Kanton gab es keine Zärtlichkeit zwischen dem Ehepaar, sondern nur Streit und Tränen.

Danach herrschte Eiseskälte im Ehebett. Tagsüber ging sie einen Job suchen, abends jammerte sie. Die Leute verstanden sie nicht, sie sprachen Kantonesisch, kein Mandarin. Dai kam oft spät nach Hause. Da er voll mit seinen Programmen beschäftigt war, hörte er meist gar nicht zu, wenn seine Frau ihm was vorjammerte. Gab es zu Hause nichts mehr zu essen, lieh Dai sich Geld von Bekannten. Dann lebte das Paar tagelang nur von Nudeln und Fertigsuppen. Am Ende blieb er zwei Monate lang in der Uni. Er arbeitete Tag und Nacht im Computerraum, und erst wenn er völlig erschöpft war, ging er zu Howard oder zu Studienfreunden an der Uni und legte sich schlafen. Er sprach kaum und arbeitete wie ein Tier. Als er den Durchbruch endlich geschafft hatte und mit seiner Frau feiern wollte, fand er nur noch die leere Wohnung. Seine Frau, ihre Sachen und die wenigen Möbel waren verschwunden. Nur Müll und seine Wäsche lagen noch auf dem Boden.

Es war klar, dass ihn Lanni verlassen hatte. Plötzlich spürte er, wie armselig und einsam er auf der Welt war. Kälte drang ihm unter die Haut. Tränen schossen ihm in die Augen …

Dai zieht gierig an seiner Zigarette, um die schmerzliche Erinnerung zu vergessen. Doch für Lanni ist der Rauch eine Provokation, und sie fängt an zu schimpfen.

»Na, da ist ja alles beim Alten. Typisch Dai. Raucht wie der Schornstein einer Gummischuhfabrik und hat kein Wort für seine Frau übrig«, schnaubt sie abschätzig und stößt die Luft aus der Nase. »Du hast mit deinen Zigaretten mehr Zeit verbracht als mit mir. Weißt du, was mir die Jahre mit dir bedeutet haben? Das waren Jahre mit einem Stein. Hätte ich einen Krebs wie ein Hühnerei in der Brust gehabt, hätte ich mehr davon gehabt als von dir …«

Jetzt reicht es ihm. Er dreht sich um, geht zum Schreibtisch und greift nach dem Hörer. »Bringt mir fünfzig Porträts vom Vorsitzenden Mao. Ja, sofort bitte«, sagt er in die Sprechmuschel. Dann legt er auf, nimmt die Papiere, die Lanni auf den Teetisch gelegt hat, streicht einen Absatz durch, in dem eine siebenstellige Summe vorkommt, und setzt seine Unterschrift unter das Dokument.

Lanni reißt die Augen auf und geht wutentbrannt auf ihn los, doch Dai weicht ihr aus, flüchtet sich in den Konferenzraum und schreibt auf die letzte, halb leere Seite des Dokuments: »Die Ehe wurde vor fünf Jahren von der Ehefrau Suo Lanni eigenmächtig und einseitig aufgelöst. Da die Ehefrau den gemeinsamen Besitz mit sich genommen hat und beide Parteien sich in Armut getrennt haben, besteht kein finanzieller Anspruch der Ehepartner gegeneinander. Dennoch will ich Milde und Solidarität walten lassen und habe Frau Suo Lanni am heutigen Tag fünftausend Yuan in bar geschenkt.«

Lanni platzt vor Wut. Während der Mann im schnellen Tempo das Datum und seine Unterschrift unter den Text setzt, fängt sie mit schriller Stimme an zu schreien: »Du Schurke mit Wolfsherz und Hundelunge! Du musst mich für die Jahre mit dir entschädigen. Wie kannst du es wagen, mich mit fünftausend Yuan zu verspotten!«

Aber Dai geht nur um den langen ovalen Tisch herum, um nicht von ihrem Speichel getroffen zu werden. »Du hast das Leid nicht mit mir teilen wollen. Dann hast du auch keinen Anspruch auf meine Freude.« Währenddessen drückt er sein Handy ans Ohr und sagt: »Schickt mir bitte den Wächter Hou Yudong. Er soll vor meiner Tür warten.«

»So billig kommst du mir nicht davon!«, kreischt Lanni und hebt die Faust. Doch der Mann schaut sie nur kalt an.

Plötzlich fängt er an, alle Zigarettenpackungen, die er in seinen Taschen und Schubladen finden kann, auf den Teetisch zu werfen. Die unverhohlene Verachtung seiner Frau hat ihn tief verletzt. Ich werde keine Zigaretten mehr zwischen die Lippen stecken, schwört er sich.

»Willst du Geld von mir?«, sagt er. »Gut, dann tu mir einen Gefallen. Wenn du in zehn Minuten alle Zigaretten isst, die da auf dem Tisch liegen, gebe ich dir die gewünschte Summe.«

Es liegen vier Packungen auf dem Tisch. Drei sind noch nicht angebrochen, die letzte ist halb voll. Lanni verschlägt es einen Augenblick die Sprache, und es scheint, als überlegte sie wirklich, ob sie das Angebot annehmen soll. Doch dann überfällt sie ein grenzenloser Zorn. »Du willst mich vergiften?! Du glaubst wohl, jetzt, wo du reich geworden bist, kannst du es dir leisten, mich in den Selbstmord zu treiben?! Warte nur ab! Ich werde dich verklagen! Ich habe Beweise!« Sie greift nach den Zigaretten, hebt sie drohend hoch und steckt sie in ihre Ledertasche.

Dai stößt ein kehliges Lachen hervor. Er fragt sich, warum sie nur so dumm und geschmacklos geworden ist. Die Sehnsucht nach Wärme muss ihm damals den Blick getrübt haben, dass er mit dieser Frau den Bund der Ehe geschlossen hat.

Es klopft an der Tür. Finanzchefin Du Baixue übergibt Dai zwischen Tür und Angel einen Stapel Hundert-Yuan-Scheine mit dem Bildnis des Großen Vorsitzenden und verschwindet gleich wieder.

Dai legt die unterschriebenen Papiere samt dem Geldstapel auf den Tisch. »Nimm deinen Kram und geh!«, sagt er. Auf dem obersten Geldschein ist Maos bekanntes Lächeln zu sehen.

»Das Geld reicht gerade für meine Reisekosten.« Lanni schiebt die Sachen schnell in die Tasche, schickt aber gleich eine Reihe Verwünschungen und Drohungen hinterher. »Ich zeige dich an, du Verbrecher. Wir sehen uns vor Gericht.«

»Hou Yudong, bitte reinkommen«, ruft Dai. Die Tür geht auf, der Wachmann tritt ein. »Begleite Genossin Suo aus der Zentrale«, sagt Dai und öffnet persönlich die Tür, die unmittelbar auf den Korridor führt.

»Jawohl!« Der Sicherheitsmann stellt sich neben Dais Ex-Frau.

Er steht so dicht neben ihr, dass sie zusammenzuckt und zur Seite springt. Ihr Finger schnellt hoch und zeigt anklagend auf ihren Mann. »Weißt du, was du geworden bist? Ein Gangster! Ein schamloser …«

Weiter kommt sie nicht. Der kräftige Bauernsohn hat ihre Hände gepackt und zieht sie zur Tür.

»Lass mich los, du Hund. Ich trage meine Füße noch bei mir«, protestiert die Frau. Dann geht sie endlich hinaus.

Als wieder Ruhe eingekehrt ist, spürt Dai eine rasende Wut in sich aufsteigen. Wieso ist er dieser Frau gegenüber immer noch so schwach und verwundbar? Er hätte ihr eine Lektion erteilen und sie zur Scham und Vernunft bringen sollen. Stattdessen hat er sich beleidigen und beschimpfen lassen. Wenn er in diesem Moment sein Spiegelbild vor sich gehabt hätte, hätte er es mit einem Fausthieb zerschmettert. So viel Wut spürt er gegen sich selbst.

Er hat sich noch nicht beruhigt, da kommt eine weitere schlechte Nachricht. Morgen muss *Tenglong* in Chengdu vor Gericht Rede und Antwort stehen. Dem Bezirksleiter ist es nicht gelungen, die Frau, die *Tenglong* wegen Betrugs angezeigt hat, zu einem Verzicht auf ihre Beschuldigung zu überreden. Sie will ihre Anklage nicht zurückzuziehen, und der Bezirksleiter muss vor Gericht. Es ist nicht ausgeschlossen, dass später auch Dai nach Chengdu zitiert wird.

Dai ist bestürzt, dass *Tenglong* überhaupt vor Gericht muss. Als er nach dem Grund des Scheiterns fragt, sagt der Bezirksleiter nur, Howards Strategie, die Frau mit Geld zum Schweigen zu bringen, sei ganz falsch gewesen. Die Frau sei kein Typ, der sich kaufen lasse.

Jetzt verliert Dai endgültig jede Kontrolle über seine Gefühle. Er greift nach dem Telefon und ruft Howard an. Dieser ist inzwischen auf den Campus umgezogen und bereitet sich auf seine Vorlesung an der Universität vor.

Als Dai die altbekannte Stimme hört, fragt er noch nicht einmal, wie es dem alten Freund geht, sondern schreit ihm gleich einen Schwall von Beschuldigungen entgegen. Die angestaute Wut über Howards Kündigung flammt in ihm auf und macht ihn noch wütender als zuvor. Howard sei niederträchtig und heuchlerisch, er habe immer nur gegen *Tenglong* gearbeitet. Und jetzt benutze er diese unzufriedene Kundin, um Dai und *Tenglong* zu vernichten. Er sei ein doppelzüngiger Verräter! Ein Schuft, ein, ein …

Dai schimpft so lange, bis ihm der Speichel ausgeht, dann knallt er den Hörer auf die Gabel.

Dais Vorwürfe treffen den Gentleman so hart, als ob ihm jemand einen Nagel in die Niere gehämmert hätte. Er versinkt augenblicklich in einen Dämmerzustand, aus dem er nicht mehr herauskommt. Er kann sich weder auf die Arbeit konzentrieren, noch kann er aussprechen, was ihn bedrückt.

Nach einer schlaflosen Nacht fährt er am nächsten Tag zum Berg Danaoke im Norden der Stadt, um mit einer Wanderung die trüben Gedanken aus seinem Kopf zu vertreiben. Der Berg, eigentlich eine ganze Gebirgskette, bietet mit seiner üppigen Vegetation und vielen kleinen Bächen und Wasserfällen eine angenehme Kühlung im Sommer, ist aber trotzdem sehr einsam. Als Howard auf der Bergspitze steht und nach Norden nur reine Natur erblickt, entscheidet er sich, noch ein wenig weiter hinein in die Wälder zu wandern.

22

Eine Überraschung in der Silvesternacht

Mitten in der Nacht erhält Dai einen Anruf. »Hallo?«, sagt er schläfrig. »Wer ist da?«

»Hier ist Hou Yudong, Generaldirektor.«

»Was gibt es? Hat jemand eingebrochen bei uns?«

»Nein, Generaldirektor. Die Polizei war gerade hier. Sie haben gesagt, sie hätten einen Notruf erhalten von Sheng Howard, der früher bei uns gearbeitet hat.«

»Sheng Howard? Was ist mit ihm?« Dai bekommt panische Angst. Sein alter Freund wird sich doch nicht das Leben genommen haben? Längst hat er seine Beschuldigungen bereut.

»Er ist in den Bergen. Er weiß aber nicht genau, wo. Die Polizei sagt, sie hätten keine Zeit, ihn zu suchen. Wir sollten uns um ihn kümmern.«

Dai überlegt. »Das hast du gut gemacht«, sagt er zu Hou Yudong. »Ruf gleich die anderen Sicherheitsleute an. Wir treffen uns in einer halben Stunde in der Zentrale.«

Als Dai mit Buddha in der Zentrale eintrifft, hat der tüchtige Hou tatsächlich schon zehn Sicherheitsleute zusammen. Zehn weitere Freiwillige melden sich aus der Produktion. Die Prämie, die Dai verspricht, überwindet alle Ängste vor Schlangen und nächtlichen Geistern.

In sieben Autos brechen sie auf und erreichen den Danaoke zwei Stunden später. Mit Hilfe seines Handys nimmt Dai mit dem Vermissten Kontakt auf.

»Es tut mir leid«, sagt Howard. »Ich wollte nicht, dass ihr Ärger habt.«

»Still, alter Freund! Bleib, wo du bist! Beschreib mir so genau wie möglich, wo wir dich finden! Wir kommen dich holen!«

Dai teilt seine Männer auf und beginnt mit der Suche. Trotzdem dauert es bis zum Morgengrauen, bis sie den völlig erschöpften und vor Kälte zitternden Howard entdecken, der sich in eine alte Köhlerhütte geflüchtet hat.

Dai läuft den Männern überglücklich entgegen und schließt den Geretteten in den Arm. »Verzeih mir, dass ich gestern so herzlos zu dir war, mein guter Bruder«, flüstert er Howard ins Ohr.

»Ich muss dich um Verzeihung bitten, dass ich für den Prozess in Chengdu keine gute Lösung gefunden habe«, erwidert der Gentleman.

»Mach dir keine Sorgen. Ich werde schon einen Ausweg finden. Hauptsache, du bist wieder da und wirst gesund«, sagt Dai und drückt den anderen fest an sich, so als fürchte er, Howard könnte erneut von den Wäldern verschluckt werden.

Bei dem Trubel um Howard ist Gu Wen fast in Vergessenheit geraten. Doch am Nachmittag erinnert sich Dai an den kranken Einkaufsleiter und will ihm einen Gruß zukommen lassen. Da heißt es plötzlich, die Nummer des Mannes sei nicht zu erreichen. Im Krankenhaus ist er auch nicht.

Am nächsten Tag ist der kleine Mann mit dem Bürstenhaarschnitt noch immer verschwunden. Dai überkommt eine dunkle Ahnung und er schickt einen Angestellten zur Wohnung Gu Wens. Der steht vor verschlossener Tür. Es stellt sich heraus, dass Gu Wen an dem Tag, an dem sich Howard in den Bergen verlaufen hat, überraschend verreist ist. Die Nachbarn wissen auch nicht, wohin er sich abgesetzt hat.

Dai wirft einen Stuhl um und verflucht sich. Wieso hat er Gu immer noch so viel Vertrauen geschenkt, obwohl er doch hätte merken müssen, dass der Mann Dreck am Stecken hat? Jetzt sitzt er in der Tinte und hat keine Ahnung, wie er der Polizei seine Unschuld beweisen soll.

Tagelang spürt Dai einen Druck auf der Brust, als ob eine Kuh ihren Hintern darauf gesetzt hätte. Aber merkwürdigerweise scheint sein Fall eingeschlafen zu sein. Die Polizei ruft nicht an und fragt auch nicht nach der Lieferung der Beweismaterialien.

Anfang Oktober findet die Landesweite Konsultative Konferenz in Peking statt. Dai hat die Einladung zur Konferenz bereits beim Besuch des Staatspräsidenten erhalten. Aber er fühlt sich momentan nicht gut in Form und möchte eigentlich absagen.

Doch seine Kollegen in der Geschäftsleitung raten ihm dringend davon ab. Wenn er nicht nach Peking fliege, werden alle glauben, er stecke tatsächlich mit den Schmugglern unter einer Decke und wage es nicht, sein Gesicht in Peking zu zeigen. Dann könne er seinen guten Ruf niemals wiederherstellen, sagen sie einstimmig. Dai bleibt nichts anderes übrig, als mit *Qianlima* nach Peking zu fliegen und den strahlenden, optimistischen Unternehmer zu spielen.

Doch Dai hat keinen politischen Ehrgeiz. Tagsüber geht er zu den Sitzungen und abends zum Bankett für die Konferenzteilnehmer. Bei einem dieser Diners trifft er überraschend auf Sun Da'an, seinen ehemaligen Gönner, und wie sich zeigt, hat der frühere stellvertretende Bürgermeister von Shenzhen auch von Changsha aus seine schützende Hand über seinen Star-Unternehmer gehalten.

Der Grund für Dais Verhaftung, erzählt er, sei ein Machtkampf in der Shenzhener Zollbehörde gewesen. Der stellvertretende Leiter dieser Behörde, der in zahllose Korruptionsaffären verwickelt sei, habe versucht, mit der Anzeige gegen Dai das Zentrale Disziplinarkomitee von sich abzulenken. Er hatte gehofft, sich unauffällig davonmachen zu können, während die Polizei sich um Dai kümmerte. Doch als er sich mit zwei Koffern voll Geld nach Thailand absetzen wollte, wurde er auf der Fähre nach Hongkong festgenommen. Seither sitze er in Untersuchungshaft. Die Anklage gegen Dai sei damit so gut wie erledigt. Er müsse nur noch ein paar Formalitäten erledigen, damit die Polizei seinen Fall abschließen könne.

Dai spürt, wie der Druck auf seiner Brust sich hebt. »Da bin ich aber froh«, sagt Dai. »Hast du mir geholfen?«

»Nicht der Rede wert«, sagt Sun Da'an. »Zum Glück hat ja das Zentralkomitee dem Halunken einen Strich durch die Rechnung gemacht.« Dann fällt ihm noch etwas ein. »Sag mal, du hast da eine Angestellte, die sich sehr für dich einsetzt. Wie heißt sie noch mal? Ja, Anqi. Genau. Ist sie deine Freundin oder heimliche Geliebte? Zweimal nein? Na so was. Ja, sie hat mich sehr beeindruckt. Mitten in der Nacht hat sie mich angerufen, um dich aus dem Kerker zu retten.« Er zwinkert mit den Augen und lacht vielsagend. »Wenn du sie nicht mehr brauchst, sag ihr, sie soll zu mir kommen. Für sie habe ich immer einen Platz im Ministerium frei.«

»Wer weiß, ob ich demnächst nicht erneut ins Gefängnis muss. Ich behalte sie lieber bei mir«, erwidert Dai und lacht zum ersten Mal nach langer Zeit aus dem Herzen.

Zeitungsberichte über Dais eintägige Haft und die Strafanzeige der Kundin aus Sichuan wegen des *Gehirnmarschalls* lösen bei den Abnehmern eine Vertrauenskrise aus. Die eilig aufgestellte Imagekampagne hat gegen die negativen Medienberichte kaum etwas ausrichten können. Der *Gehirnpräsident*, eben noch ein Verkaufsschlager, verwandelt sich plötzlich in einen Ladenhüter. Die Kasse purzelt vom Himmel herunter und schlägt hart auf der Erde auf.

In *Tenglongs* Lagerhallen türmen sich die Medikamente jetzt bis zum Dach und warten vergeblich auf Bestellung. Um die laufenden Kosten zu decken, muss die Buchhaltung auf die Reserven aus den fetten Jahren zurückgreifen.

Dais Teilnahme an der Konsultativ-Konferenz kann den Absturz nur wenig abfedern. Als er wieder nach Hause kommt und die täglichen Verkaufsergebnisse sieht, schlägt es ihm auf den Magen. Er bekommt Durchfall und muss große Mengen von Kräutertee trinken, um die aufgewühlten Gedärme wieder zur Ruhe zu bringen.

Der Bau einer neuen Produktionshalle wird erst mal auf Eis gelegt, und die Sonderschichten im Stammbetrieb werden zurückgefahren. Beim jetzigen Absatz sind schon zwei Schichten bei der Produktion des *Gehirnpräsidenten* zu viel. Alle Neueinstellungen werden gestoppt.

Im November soll ein neues Arzneimittel namens »Augendoppelglück« auf den Markt kommen. Das mit Lebertran angereicherte Kräuterpräparat ist ein Ergebnis der Zusammenarbeit mit kanadischen Forschungsinstituten und soll Patienten mit Augenschatten, Glaukomen und Hornhautverdickung helfen. Anqi sieht eine gute Chance, *Tenglong* mit dem neuen Produkt zurück auf die Sonnenseite zu holen. Es gelingt ihr, Dai von ihren Vorstellungen zu überzeugen, und sie bekommt das Dreifache von dem, was ursprünglich für die Kampagne geplant war.

Ihr Konzept scheint aufzugehen. Da das *Augendoppelglück* eine Gemeinschaftsproduktion chinesischer und kanadischer Laboratorien ist und der Forschungsaufwand relativ hoch war, ist die Fantasie der Medien angeregt. »Das Produkt gleicht einer chinesisch-kanadischen Augenhochzeit, daher das Doppelglück im Namen«, heißt es in einer Zeitung. »Eine neue Ära beginnt: Die Traditionelle Chinesische Medizin geht hinaus in die Welt und trifft überall Freunde«, verkündet die andere.

Die euphorischen Stimmen der Medien zaubern bald den Wendepunkt herbei, auf den Dai so dringend wartet. Die Kasse füllt sich wieder, und neue Aufbruchsstimmung stellt sich im Betrieb ein.

Doch die Konkurrenz schläft nicht. Der mächtige Konkurrent *Sanmu* bringt ausgerechnet im Dezember ein neues Produkt auf den Markt, das alle anderen Arzneimittel jäh in den Schatten stellt. Der neue Star heißt *Xiongfeng – Männlicher Wind* – und stammt ebenfalls aus chinesischer und ausländischer, genauer gesagt amerikanischer, Zusammenarbeit. Er kann die Ablagerungen in den Herzkranzgefäßen und den feinen Äderchen im

Gehirn auflösen und das Blut zum Fließen bringen. Die Heilerfolge bei Schlaganfall und Herzkrankheiten sollen enorm sein, und die vorbeugende Wirkung ist ungeheuer. Obendrein soll der *Männliche Wind* auch noch das Immunsystem stärken und Erkältungskrankheiten verhindern.

Es ist Winter. Zwar wird Shenzhen gerade der Titel »Musterstadt im Umweltschutz« verliehen, dennoch lasten die zunehmende Luftverschmutzung, eine Kältewelle im Landesinneren und die Regenschauer an der Küste auf der Gesundheit der Menschen. Es ist nicht verwunderlich, dass die Leute nach dem *Männlichen Wind* greifen. Und siehe da, sie fühlen sich tatsächlich ein wenig wohler. Und kräftiger. In den Zeitungen wird das Medikament bald als Allheilmittel angepriesen. Gerüchte sagen, Frauen greifen nach dem Wundermittel, um ihre und die Lust ihrer Männer zu steigern.

Obwohl der *Männliche Wind* ein ganz anderes Medikament ist, interessiert sich plötzlich keiner mehr für das *Augendoppelglück*. Was nutzt es schon, scharf zu sehen, wenn andere Leute dafür das ewige Leben und Liebesglück haben?

Anqi will das nicht hinnehmen und macht eine Rundreise durch mehrere Provinzen, um die Kollegen anzuspornen und das *Augendoppelglück* wieder nach oben zu bringen. Die Drachenkinder geben sich auch alle Mühe: In Shanghai wird Fernsehwerbung gemacht – »Besser sehen mit Doppelglück«, in Changsha werden T-Shirts mit Doppelaugen verteilt und in Yunnan ziehen die *Tenglong*-Mitarbeiter mit Pinseln hinaus in die Dörfer und schreiben »Augendoppelglück« in roter Schrift auf die Mauern. Es hilft nichts. Der *Männliche Wind* weht alles weg.

Anqi liegt gerade in ihrem Hotelbett in Chongqing, als sie von dem neuerlichen Rückschlag beim Umsatz erfährt. »Wir können das nicht so hinnehmen«, denkt sie, streichelt geistesabwesend ihre gespannten Brüste und versucht, tief zu atmen. Doch sie schafft es nicht, sich zu entspannen. Ihre Wangen bleiben die ganze Nacht hindurch rosenrot, als glühte sie innerlich.

Am nächsten Tag tritt sie in der Chongqing-Filiale mit ungewöhnlich fordernder Stimme auf: »Bislang sind wir mit den Konkurrenten immer auf parallelen Wegen gegangen, als hätten wir mit ihnen nichts zu tun. Jetzt packen wir den Stier bei den Hörnern und greifen sie an. Als erstes werden wir uns informieren, welche Schwäche sie haben. Dann schlagen wir zu.«

Der Aufruf bringt die Kollegen in Kampfstimmung. Eifrig tragen sie alle Informationen über den *Männlichen Wind* zusammen, die sie bei ihrer Arbeit gefunden haben. Schon bald haben sie eine Strategie entwickelt, die *Sanmu* in die Knie zwingen soll.

Noch am selben Abend kursieren zwei Warnungen im Internet, in denen behauptet wird, der *Männliche Wind* enthalte Krebserreger und in einer Stadt im Norden des Landes sei eine junge Frau gestorben, weil ihr Mann sie unter dem Einfluss des Medikaments zwei Wochen lang fünfmal täglich missbraucht habe. Dem folgen zwei SMS, die an Millionen Handybenutzer in der Südwestregion Chinas gesendet werden. Die eine heißt: »Vorsicht vor *Männlichem Wind*. Das ist ein Bonbon mit Hormon und fördert den Haarwuchs an Nase und Ohren.« Die andere lautet: »Hilfe! Seit ich *Männlichen Wind* nehme, rieche ich so männlich wie eine Kreuzung aus Otter und Fuchs. Alle Frauen suchen das Weite, wenn sie mich nur aus der Ferne erblicken. Wer kann mir helfen?«

Die Attacke aus dem Hinterhalt scheint zu gelingen. Eine Schock- und Panikwelle bricht aus. Kunden, die das Starprodukt von *Sanmu* bereits gekauft haben, strömen in die Apotheken und wollen das eben noch begehrte Arzneimittel zurückgeben. Als die Läden die Rückname verweigern, kommt es an einigen Orten zu Raufereien. Über Nacht ist der gute Ruf des *Männlichen Windes* dahin.

Die Erschütterung bei *Sanmu* ist groß. Aber das Management ist nicht dumm und kriegt bald heraus, wer dahintersteckt. Prompt reicht *Sanmu* Klage wegen unlauteren Wettbewerbs gegen *Tenglong* ein und verlangt Schadenersatz von mehreren Millionen Yuan. Am nächsten Tag lauten die Schlagzeilen so: »Sanmu erklärt dem kleinen Bruder *Tenglong* den Krieg«, »Große Schlacht um Kunden«, »Wer hat den *Männlichen Wind* in die Teufelsflasche gesteckt?«

Totenstille herrscht in der *Tenglong*-Zentrale. Dai zitiert Anqi nach Shenzhen zurück.

Anqi eilt mit Wind und Staub im Haar zurück und kommt am Abend in Shenzhen an. Es ist der letzte Tag im Dezember, und sie fühlt sich wie ein zertretener Granatapfel auf der Straße – unansehnlich und blutend. Ihre Augen sind schwarz umrändert und ihr Gesicht fahl und ausdruckslos. In diesem Zustand möchte sie dem Generaldirektor auf keinen Fall unter die Augen treten.

Morgen ist der erste Januar, ein normaler Werktag, wie heute. Morgen kann er sie bestrafen oder gar feuern, und sie wird in der Lage sein, alles einzustecken. Aber heute würde sie es nicht verkraften, wenn er sie auch nur tadelt. Sie fürchtet einen Zusammenbruch, wenn sie die *Tenglong*-Zentrale betritt.

Sie kauft sich im Supermarkt etwas zu essen und schließt sich in ihrem Einzimmer-Apartment ein. Als sie zur Werbechefin befördert wurde, hat sie die Wohngemeinschaft in Luohu verlassen und ist in ein neues, modernes Hochhaus am Zentralpark gezogen. Während ihre Augen über die leeren, von frischem Putz glänzenden Wände wandern, überkommt sie die Einsamkeit. Wie gern wäre sie an so einem Tag bei ihrer Familie. Sie greift nach dem Telefon, aber sie hat nicht viel Glück. Ihr Vater, ein Unternehmer, trifft sich gerade mit einem Geschäftspartner im Restaurant. Ihr Onkel, ein Beamter, feiert mit Anqis Mutter, seiner Frau und seinem Söhnchen zusammen Silvester. Später wird ihr Vater auch dazustoßen. Dann ist die ganze Familie beisammen. Nein, nicht die ganze Familie. Anqi fehlt.

Nachdem sie mit der Familie ein wenig geplaudert und allen ein schönes Neues Jahr gewünscht hat, legt sie den Hörer auf und sitzt eine Weile gedankenversunken da. Stille umhüllt sie wie das Seidenhäuschen die Raupe. Immer dicker und undurchdringlicher wird der Kokon.

Sie gibt sich einen Ruck, steht auf und kocht sich etwas Gutes zu essen: Gemüse, Fleisch, Reis und Nudeln. Als alles auf dem Herd steht, deckt sie den Tisch, stellt den Fernseher an und schenkt sich Reiswein ein. Mit dem Becher in der Hand steht sie vor dem laufenden Fernseher und beginnt langsam zu trinken.

Nach den Nachrichten springt ein Filmstar auf den Bildschirm und preist mit einer derben Zweideutigkeit den *Männlichen Wind* an. »Da lachen die Leute«, denkt Anqi. Sie wird rot, obwohl sie völlig allein ist, und drückt auf den Aus-Knopf. Stille tritt ein und sticht in den Ohren. Um sich zu betäuben, trinkt Anqi einen weiteren Becher. Der warme Wein füllt den Magen und wirkt benebelnd und tröstlich.

Plötzlich klingelt es an der Tür. Wer kann das sein? Ein Nachbar? Sie taumelt zur Tür und macht auf.

»Sie? Generaldirektor?« Anqi presst die Hände auf die vom Reiswein erhitzten Wangen, um ihre Sinne zusammenzurufen. Hat sie es richtig gesehen oder hat sie schon zu viel Wasser in den Augen? »Wie dumm von mir. Ich hätte mich gleich melden sollen in der Zentrale, nicht wahr?«

»Darf ich Sie zum Essen ausführen?«

Es ist tatsächlich die Stimme von Dai Xingkong. Er steht im Hausflur wie ein verlorener Schuljunge und wirkt sehr erschöpft. »Ich komme gerade von der Arbeit, habe noch nichts gegessen«, fügt er hinzu. Als Anqi mit der Antwort zögert, wirft er einen Blick ins Zimmer und sieht den gedeckten Tisch. »Oh, Sie haben Besuch?«

»Nein, nein. Ich bin ganz allein. Ich wollte nur ein paar Stunden im Wein ertränken. Das Jahresende kommt mir gerade schrecklich hässlich vor«, sagt sie, noch immer verblüfft, und bereut schon im nächsten Augenblick, so undiplomatisch gewesen zu sein. Dai wirkt zwar verdrießlich, aber nicht abweisend. Das mindert ihre Furcht vor ihm etwas. Während sie sich verzweifelt bemüht, den leichten Rausch in ihrem Kopf zu vertreiben, sagt eine innere Stimme zu ihr, sie solle den Mann auf keinen Fall fortschicken. »Kommen Sie herein und essen Sie mit mir«, sagt sie fast ohne Zittern in ihrer Stimme. »Ich habe sowieso viel zu viel eingekauft. Ich fürchte nur, die Gerichte sind alle recht einfach.«

Dai hat gar nichts gegen ein schlichtes Essen. Er tritt herein und lässt sich zum Tisch führen. Anqi spürt ihr Herz schneller schlagen und die Beine schwanken. Doch sie gibt sich Mühe, eine gute Gastgeberin zu sein, holt etwas Vorrat aus dem Kühlschrank und hantiert in der winzigen Küche herum.

Nach ein paar Minuten setzt sie einen Teller dampfende *Jiaozi* – halbmondförmige Maultaschen – vor ihm hin. Er scheint Hunger zu haben und macht sich gleich über die Mahlzeit her. Dass seine Brille beschlägt und seine Sehkraft fast auf null reduziert ist, scheint ihn nicht weiter zu stören. Mit jeder Bewegung der Stäbchen greift er ein *Jiaozi* und schiebt es sich in den Mund. Er ist so konzentriert, dass er sich gar nicht um eine höfliche Unterhaltung bemüht.

Anqi nippt an ihrer Tasse und schaut wortlos zu. Sie hat sich einen starken Tee gemacht, um den Einfluss des Reisweins unter Kontrolle zu bringen. Plötzlich spürt sie, wie gern sie jetzt weinen möchte. Gestern hat sie im Bett lange geschluchzt. Jetzt spürt sie dieselbe Stimmung erneut in sich aufsteigen.

»Das hat gut geschmeckt«, sagt er und lehnt sich zurück, nachdem er den Teller geleert hat. »Wie lange habe ich schon keine *Jiaozi* gegessen.«

»Sie erinnern mich an meinen Vater. Er isst auch in einem Tempo, das dem Wind Ehre macht«, sagt sie und fragt sich sofort, ob das nicht taktlos war.

Inzwischen sind auch die anderen Gerichte fertig. Anqi bringt sie auf den Tisch und isst jetzt auch mit. Diesmal unterhalten sie sich. Übers Essen. Über die Familien. Dabei lassen sie bewusst die Katastrophe aus, die Anqi für *Tenglong* herbeigeführt hat.

Anqi vergisst ihre Gastgeberrolle nicht und befördert ständig irgendwelche Leckerbissen auf den Teller des Mannes. Seetangsalat, kalte Schweineleber, Tofu mit Glasnudeln, rot geschmorten Schweinebauch … Die Atmosphäre wird zusehends weich und warm wie ein Croissant im Backofen. Man könnte meinen, es sitzen zwei alte Freunde aus Studienzeiten am Tisch.

Irgendwann legt Dai eine Scheibe Rindfleisch auf Anqis Teller. Sie fühlt sich warm und geborgen. Und spürt das Bedürfnis, über alles, alles mit ihm zu reden. Auch über das heikle Thema, das die ganze Zeit im Raum steht wie ein scheußlicher haariger Elefant.

»Sie würden mich wohl gern feuern«, sagt sie ganz plötzlich. »Aber Sie werden es doch nicht tun, oder?« Angst und Tränen schimmern in ihren Augen.

Dai lehnt sich zurück und legt die Ess-Stäbchen weg. »Wollen Sie sagen, Sie müssen unbedingt jedes Jahr einen neuen Arbeitgeber verschleißen? Sie haben bei mir aber noch kein ganzes Jahr durch, und ich bin noch nicht ganz verschlissen«, sagt er bedächtig. Das Essen hat ihn sichtlich gestärkt. Seine Augen, die vorhin vor Müdigkeit klein geworden waren, sprühen vor Energie.

Eine Woge von Wärme überwältigt sie, erfasst ihr Herz, ihre Brust, ihre Eingeweide und Beine. Sie will alles aussprechen, was sie bedrückt. »Aber Sie *sollen* mich feuern, um Tenglong zu retten. Ich bin ein schwarzes Schaf. Ich habe unseren guten Ruf ruiniert. Habe einen Riesenschaden verursacht …« Vor lauter Bange, dass er das bestätigen und sie tatsächlich fortschicken könnte, drückt sie beide Fäuste auf den Mund und erstickt damit ihre Stimme.

»Jeder Angestellte macht mal einen Fehler im Leben. Dafür hat man den Boss, der nach außen für alles geradesteht.« Er macht eine kurze Pause. Als er das Gespräch fortsetzt, klingt er auf einmal bedrückt. »Auch wenn er pleite geht oder dafür ins Gefängnis muss.«

Tränen schießen Anqi in die Augen. Mechanisch schiebt sie

den Stuhl von sich und geht mit gesenktem Kopf um den Tisch herum auf ihn zu. An der Tischecke kniet sie sich auf den Boden und bricht in Schluchzen aus.

»Es tut mir so furchtbar leid. Der Teufel muss mein Herz verwirrt haben, dass ich so eine Dummheit begangen habe. Ich habe Sie ruiniert!«

Verdutzt beugt Dai sich zu ihr herunter und zieht Anqi vorsichtig hoch, um ihr auf die Beine zu helfen. Doch sie lässt sich nicht hochziehen und kniet weiter vor ihm. »Bestrafen Sie mich! Sagen Sie mir, wie ich die Schmerzen, die ich Ihnen zugefügt habe, auf mich nehmen kann!«

Um nicht von oben herab mit ihr sprechen zu müssen, kniet Dai sich jetzt ebenfalls hin und setzt sich dann auf die Fersen wie ein Japaner. Sie sind jetzt so nah beieinander, dass sich ihre Knie fast berühren. Er würde sie gern in die Arme nehmen und an sich ziehen, aber das wagt er nicht.

Sie ist eine Frau! Und sie ist seine Angestellte! Er darf sich nicht gehen lassen! Er ballt die Fäuste, bis die Knöchel knacken, und lässt Anqi hemmungslos heulen.

Schließlich versucht er, mit ihr zu reden. »Es ist eigentlich nicht Ihr Stil, aggressive Gerüchte in der Welt zu verbreiten. Können Sie mir sagen, was Sie dazu gebracht hat?«

Anqi überlegt einen Augenblick. Sie will versuchen, wieder vernünftig zu werden und ihre Haltung zurückzugewinnen. »Ich glaube, ich wollte Tenglong unbedingt helfen. Als Sie mich damals eingestellt haben, war Tenglong ein aufgehender Stern. Diesen Zustand wollte ich unbedingt wiederherstellen«, stammelt Anqi. »Koste es, was es wolle.«

»Und aus lauter Ehrgeiz haben Sie dann zu den falschen Mitteln gegriffen, nicht wahr?« Er nimmt ihre Serviette vom Tisch und drückt sie ihr in die Hand. Sie beginnt, sich das Gesicht abzuwischen.

»Die Werbung in unserem Land besteht doch fast nur aus Übertreibungen, Lügen und falschen Behauptungen«, sagt Anqi bitter. »Jeder prahlt und flunkert drauflos, so gut er nur kann, und verleumdet die Konkurrenz. Praktisch alle Firmen drehen irgendwelche krumme Sachen, bestechen Beamte und belügen die Kunden, nur um nach oben zu kommen. Ich hatte es einfach satt. Ich wusste mir nicht anders zu helfen.« Ihre Niederlage bedrückt sie. Wieder kullern ihr Tränen übers Gesicht.

Dai sieht sie eine Weile prüfend an. »Auch wir haben manchmal Beamte bestechen müssen«, gesteht er. »Aber man soll nicht wissentlich zum Schmutz beitragen.«

»Aber ich kann es nicht mit ansehen, dass ausgerechnet wir an Boden verlieren«, sagt Anqi und versucht, ein Schluchzen zu unterdrücken. »Sie sind doch so gut und …«

Aber Dai lässt sie nicht ausreden. »Wir befinden uns in einer Übergangszeit. Die Kulturrevolution liegt noch nicht lange zurück. Sie hat die Menschen verrohen lassen und unsere moralischen Traditionen zerstört. Der Kapitalismus und das Streben nach Reichtum und Glück haben ungeheure Kräfte bei uns geweckt. Schöpferische Kräfte, aber auch andere, die unser Zusammenleben und unsere Lebensgrundlagen zerstören. Diese Kräfte müssen gezügelt und zivilisiert werden. So wie es einen amerikanischen, einen europäischen, französischen, deutschen und schwedischen Weg gibt, so gibt es den chinesischen Weg der Ordnung und Harmonie. Unsere Menschen sind friedlich und freundlich«, sagt Dai und richtet den Blick unbewusst auf die Bilder von Anqis Familie, die an der Wand hängen. »*Nur das Wasser fließt nach unten, die Menschen sollen nach oben streben.* Andere zu verleumden oder mit niederträchtigen Methoden zu verdrängen, das darf nicht unser Stil sein.«

»Sie wollen mir sagen, wir sollen besser sein als die anderen?« fragt Anqi mit zusammengefalteten Händen. »Uns lieber ersticken lassen, als selber zu stinken?«

Dai muss lachen. Dann wird er schnell wieder ernst. Er denkt an die »stinkende Nummer neun«, wie die Intellektuellen während der Kulturrevolution oft beschimpft wurden. Dass die jungen Menschen immer so gewalttätig sein müssen – mit groben Worten fängt es an und endet mit Grausamkeiten und Schlägen.

»Wir wollen ein vorbildliches Unternehmen sein«, sagt er. »Und dieses Ziel wollen wir mit Aufrichtigkeit und mit gesunden Kräften erreichen. Dazu gehört auch, dass wir uns im Rahmen der Gesetze bewegen. Versprechen Sie mir, dass Sie sich daran halten?«, fragt er.

Anqi nickt feierlich. »Die Höllenwärter sollen mich in vier Stücke reißen, wenn ich noch mal so was Dummes anstelle«, schwört sie.

»Nein, nein«, sagt Dai und legt einen Finger auf seine Lippen. »Ich hoffe, es ist kein Höllenwärter im Raum.« Abwehrend hebt er die Hände, als müsste er Anqi beschützen, und lächelt.

Schüchtern hebt sie die Augen, streicht sich die Haare aus dem Gesicht und kichert.

Doch im nächsten Moment sieht Dai schon wieder grau und erschöpft aus. Seine Augen schweifen im Zimmer herum, als suchten sie einen Halt. Dann ruhen sie auf Anqis Scheitel. »In der jetzigen Zeit, wo die Mächtigen noch über den Gesetzen stehen und vieles von der Willkür von Einzelnen abhängt, weiß man nie, was geschieht. Manchmal glaube ich, dass ich irgendwann erneut ins Gefängnis muss – und diesmal nicht nur für einen Tag.« Ein Seufzer entfährt seiner Brust, und seine Augen werden trüb.

»Ich hole Sie raus«, erwidert Anqi ohne zu zögern. »Sie haben eine aufrechte Seele. Sie gehören nicht ins Gefängnis. Ich werde Ihr Schutzengel. Ich werde in Abendkursen Jura studieren, um Sie zu beschützen.«

Dai steht auf und streckt ihr die Hände entgegen. »Lassen Sie uns nicht länger am Boden knien. Wir haben noch eine Menge zu tun. Sie werden künftig eng mit mir zusammenarbeiten.«

Sie umschließt seine Hände und lässt sich von ihm hochziehen. Dabei steigen zwei rote Wölkchen in ihre Wangen, als hätte jemand urplötzlich zwei Pfirsichblüten dort angebracht.

Kaum stehen sich Dai und Anqi gegenüber, knallt es plötzlich von draußen. Erschrocken fahren sie auseinander.

»Es ist nur das Feuerwerk«, sagt Dai, der sich als erster gefasst hat.

Sie treten ans Fenster und sehen Raketen hochsteigen.

»Komm!«, sagt Anqi. »Lass uns einen Spaziergang machen! Die Silvesternacht ist so schön!«

23

Der Stich des Skorpions

Als hätte der fliegende Drache 1997 noch nicht genug Schläge eingesteckt, beschert ihm das neue Jahr gleich noch eine böse Überraschung. In Chenzhou brennt die *Tenglong*-Niederlassung samt Lagerraum aus. Nach ersten Untersuchungen soll eine alte Steckdose, an der die Computer und die Klimaanlage angeschlossen waren, nachts Feuer gefangen und einen Brand ausgelöst haben.

Doch Dai hat einen anderen Verdacht. Ganz in der Nähe der Niederlassung liegt Gufeng, wo der Wolfsfleck Fang Shunmen sein Nest hat. Vielleicht hat ihm der bedrohliche Autokonvoi vor der Niederlassung noch nicht gereicht und er hat sich für die Zeit hinter Gittern gerächt, indem er die Niederlassung in Brand gesteckt hat. Einen Tag nach dem Brand wurde Fang jedenfalls mit Gefolge in einem Restaurant bei einer ausgelassenen Feier gesehen. Dai schickt seinen jüngeren Bruder nach Chenzhou, um der Sache auf den Grund zu gehen. »Vielleicht glingt es uns diesmal, den Kerl hinter Gitter zu bringen«, sagt er.

Seit Dai im Gefängnis gewesen ist, geht Buddha nicht mehr so häufig auf Reisen, um in der Nähe zu sein, falls irgendwann eine neue Krise in der Zentrale ausbricht. Aber der Kampf gegen die Produktpiraten ist und bleibt seine Leidenschaft. Mit dem ganzen Spürsinn eines Kriminalisten stürzt er sich in die Untersuchung. Doch die verbrannten Räume sind bereits aufgeräumt, und er findet nichts, was den Brand in Verbindung mit Fang Shunmen setzen kann. Bis ihm ein Mitarbeiter erzählt, auf dem nächtlichen Schwarzmarkt in Chenzhou seien nicht wie gewöhnlich gefälschte, sondern echte *Tenglong*-Produkte angeboten worden.

Wo haben die Schwarzhändler die Ware her? Die Mitarbeiter haben berichtet, dass ihnen die in der Lagerhalle vorgefundene Asche ein bisschen zu wenig vorkomme. Wurde die Niederlassung also zuerst beraubt und dann in Brand gesetzt? Dann müssten die Räuber ihre Beute zuerst in ihren Unterschlupf gebracht haben. Buddha schickt einen seiner Mitarbeiter nach Gufeng. Dieser wird auch bald fündig: Im Lagerhaus von Fang Shunmen sollen große Mengen von *Grüner Fee* in ungeöffneter Originalpackung gesehen worden sein.

Hörensagen ist allerdings kein Beweis: Wie kann man sich einen Einblick in Fangs mysteriöses Lagerhaus verschaffen? Buddha wäre kein erfolgreicher Piratenjäger, wenn er keine Lösung für dieses Problem hätte. Er lässt Fangs Lagerhaus überwachen und bereitet eine Überraschung für die Gegner vor.

Zwei Tage später ist es so weit. Ein Lastwagen der Produktpiraten taucht in der Abenddämmerung auf und hält vor dem Lagerhaus. Der Fahrer und zwei Beifahrer springen heraus und sehen sich vorsichtig um. Dann schließen sie das Tor auf und beginnen, den Lastwagen mit Medizinkartons zu beladen.

Der Wagen ist noch nicht mal halb voll, da bricht ein dröhnendes Geschrei rings um das Lagerhaus aus. Man könnte meinen, Hunderte von Männern belagern die Halle und schreien gleichzeitig zum Himmel.

»Räuber! Räuber!« und »Die Polizei kommt!« sind aus dem Getöse zu hören, begleitet von Trommeln und dem Scheppern von Topfdeckeln und Blechschüsseln. Es ist wie beim Spatzenkrieg in den sechziger Jahren. Die Männer, die den Wagen beladen sollen, werden genauso von Panik erfasst wie damals die armen Vögel, und ergreifen eilig die Flucht. Sie lassen die Kartons fallen, springen in den Wagen und brausen davon, während die Lagerarbeiter das eiserne Tor der Halle von innen zuziehen.

Jetzt nehmen die Schreihälse Gestalt an und versammeln sich in der Dämmerung vor dem Lagerhaus. Sie tragen schwarze Uniformen und Knüppel, als kämen sie von einer Sicherheitstruppe, sind aber letztlich nur die kräftigsten *Tenglong*-Mitarbeiter und von Buddha angeheuerte Taglöhner. Zwei Kartons, die die Fahrer in der Hast haben liegen lassen, finden sie noch vor der Halle. Der eine enthält die Fälschung eines Produkts einer anderen Firma, der andere den *Gehirnpräsidenten* in Originalverpackungen. Nicht mal die Versandnummer haben die Räuber von der Kiste entfernt.

Buddha alarmiert die Polizei von Gufeng. Diese kennt seinen Konflikt mit dem Produktpiraten Fang schon und hat keine Sympathie für ihn übrig. Denn *Tenglong* hat keine Niederlassung vor Ort und zahlt daher auch keine Steuern. Der Wolfsfleck dagegen ist einer der größten Steuerzahler der Stadt. Deshalb sagt der Beamte am Telefon, jeder könne einen Karton *Geheimpräsident* legal besitzen und ihn nach Belieben auf Lastwagen laden. Die Versandnummer auf dem Karton sei kein Beweis, dass der Besitzer ein Räuber sein müsse. Was die Produktpiraterie angehe, solle sich die betroffene Firma selbst melden, nicht ein Dritter wie Buddha.

Nach der Abfuhr bei der örtlichen Polizei versucht Buddha sein Glück bei der Regionalpolizei, der Provinzpolizei, schließlich sogar in der Nachbarprovinz. Vergebens. Keine Behörde fühlt sich dafür zuständig und will sich der Sache annehmen.

Buddha löst seine Truppe auf, lässt aber das Lagerhaus weiter beobachten. Er schließt sich in seinem Hotelzimmer ein und beginnt eifrig zu telefonieren. Mit seinem Bruder, mit Kollegen und mit befreundeten Beamten telefoniert er. Sein Ziel: Eine Polizeitruppe, sei sie von der hiesigen oder von der benachbarten Provinz, zu einer Durchsuchung von Fangs Lagerhaus zu bewegen. Findet die Behörde dabei tatsächlich das vermutete Beweismaterial, kann er den Wolfsfleck wegen Raub und Brandstiftung vors Gericht bringen. Es kann mehrere Tage in Anspruch nehmen, bis sich etwas in Bewegung setzt, das weiß

Buddha. Dennoch ist er fest entschlossen, die Sache durchzuziehen.

Am nächsten Morgen will er gleich weitermachen, da meldet sich ein Unbekannter telefonisch bei ihm: Vor Fangs Lagerhaus sind zwei Polizisten aufgekreuzt. Sie suchen die Umgebung nach irgendwelchen Beweismitteln ab und fragen die vorbeigehenden Passanten, ob sie am Abend zuvor eine Schlägerei oder oder gar einen Raubüberfall beobachtet haben.

Arbeiten die Polizisten für oder gegen mich? Das ist die erste spontane Frage, die Buddha sich stellt. Da er sie nicht beantworten kann, entschließt er sich zu einem Besuch vor Ort, um selbst in Erfahrung zu bringen, was vorgeht.

Ein paar Minuten später sitzen Buddha und sein Chauffeur in seinem Dienstwagen. Kaum sind die Türen geschlossen, fahren sie mit Hochgeschwindigkeit los.

Plötzlich spürt Buddha einen schmerzhaften Stich in der Kniekehle. Er greift nach unten und hält einen dunkelroten Skorpion in der Hand, der sich windet und seinen Stachel gleich gegen sein Handgelenk richtet. Und während er das giftige Tier noch voller Entsetzen beiseite schleudert, springen plötzlich zwei Dutzend weitere giftige Spinnentiere aus allen Ecken und Winkeln. Sie fallen von den Sitzen, sie kriechen über die Polster und stechen alles, was warm und weich ist. Buddha wird in den Hals, die Oberschenkel, die Knöchel und Waden getroffen.

»Zum Teufel! Woher kommen diese Bestien?!«, schafft der Chauffeur noch zu sagen und schlägt sich mit der Hand ins Gesicht, dann macht der Wagen einen merkwürdigen Sprung, überschlägt sich zweimal und rollt auf die Seite. Die beiden Insassen fallen ins Koma. Als die Polizei kommt, weilen sie schon nicht mehr unter den Lebenden.

Dai befindet sich gerade auf einer Reise nach Sichuan, als ihn die Hiobsbotschaft erreicht. Er will sich in Chengdu mit der Frau treffen, die *Tenglong* wegen Betrugs angeklagt hat, um irgendwie zu einer Einigung mit ihr zu kommen. Nun lässt er alles stehen und liegen und eilt nach Hunan.

Buddha ist in der Niederlassung von *Tenglong* in Chenzhou aufgebahrt. Das Hotel in Gufeng wollte seine Leiche nicht mehr hereinlassen, und so musste sie nach Chenzhou gebracht werden. An einer Obduktion zeigen sich die Behörden nicht interessiert. Die Todesursache ist klar, und der Tote stammt nicht aus Hunan.

Als Dai in dem zur provisorischen Leichenhalle umfunktionierten weiß getünchten Büroraum der Filiale den vom Gift geschwärzten und aufgequollenen Leichnam seines Bruders in die Arme schließt, stößt er einen herzzerreißenden Schrei aus und heftet seine Wange an die des Gestorbenen, als wollte er ihn wärmen und wieder zum Leben erwecken. Ein Gefühl tiefster Trauer und Machtlosigkeit übermannt ihn. Die herumstehenden Mitarbeiter stehen noch unter Schock. Die einen versuchen das Unbegreifliche, Schreckliche zu erklären, die anderen sind stumm, und die Tränen rinnen ihnen über die Gesichter wie Regen im Winter.

Zheng Bailing, die kaum dreißigjährige Witwe, trifft der Tod ihres geliebten Mannes am schwersten. Es ist, als hätte ihr jemand bei lebendigem Leib einen Pflock mit unzähligen Widerhaken ins Herz gehämmert. Sie spürt, dass sie innerlich blutet, aber sie muss mit dem Keil in der Brust weiterleben. Als ihr Herz zu versagen droht, beginnt sie, von einer anderen Welt zu träumen, in der sie mit ihrem Mann für immer vereint ist und wo sie nie wieder auseinandergerissen werden.

Der Tradition nach müsste Buddha an seinem Geburtsort Hefei bestattet werden. Aber Dais Eltern haben ihre Wurzeln woanders und fühlen sich der Stadt, die ihnen das Leben so schwer gemacht hat, nicht weiter verbunden. Hinzu kommt, dass Bailing ihren Mann bei sich haben möchte, auch wenn er nicht mehr lebt. Die Entscheidung, den jüngeren Bruder in Shenzhen begraben zu lassen, fällt Dai also leicht.

Buddhas Leiche wird von *Qianlima* nach Shenzhen geflogen. Bailing hätte gern eine Erdbestattung für ihren Mann, weil die Vorstellung, dass er zu Asche verbrannt wird, sie quält. Aber in der Sonderwirtschaftszone Shenzhen gelten strenge Regeln. Die Stadt soll eine Stadt der Lebenden sein, und deshalb sind schon seit Mitte der 90er-Jahren nur noch Feuerbestattungen zulässig. Lediglich für Überseechinesen, Ausländer und jährlich zehn Angehörige von Minderheiten sind Erdbestattungen zugelassen.

Da der Verstorbene das vierzigste Lebensjahr nicht erreicht hat, muss er der Sitte nach spätestens drei Tage nach seinem Tod schon unter die Erde gebracht werden. Aber das ist nicht zu schaffen. Erst sechs Tage nach seinem schrecklichen Tod findet im städtischen Bestattungsinstitut im Bezirk Huanggang die Trauerfeier für Dai Xingyang alias Buddha statt.

Dais Eltern, die schon recht gebrechlich sind, werden nach Shenzhen geholt, damit sie Abschied von ihrem Sohn nehmen können. Auch viele Prominente nehmen an der Trauerfeier teil. Sogar der frühere Bürgermeister Sun Da'an ist extra nach Shenzhen geflogen, um Dais Familie sein Beileid auszusprechen.

Nach der Trauerfeier wird die Leiche zum Krematorium gebracht und verbrannt. Ein paar Tage später, nach dem chinesischen Kalender ein für die Beerdigung besonders geeigneter Tag, wird die Urne mit Buddhas sterblichen Überresten auf dem Friedhof Xili im Bezirk Nanshan beigesetzt.

Der Friedhof befindet sich auf dem Jiuxiang-Hügel und ist von zwei großen Wasserreservoiren umgeben. Wenn die Toten in die Ferne schauen, sehen sie das Südmeer vor sich – ein schöner Anblick und ein gutes Fengshui für die Gräber, was Bailing Trost spendet. Nach Ansicht der Fengshui-Meister besitzt der Friedhof aber noch mehr gute Eigenschaften: Der Jiuxiang-Hügel befindet sich über der Höhle des Süddrachen, sitzt also direkt auf dem ostwestlich verlaufenden Drachenrücken. Ein solcher Ort ist wertvoll und sehr begehrt. Wer dort begraben wird, kann seiner Familie und seinen Nachkommen viel Glück bringen.

Zwei Tage nach der Beerdigung feiert China das Frühlingsfest. Überall begegnet man fröhlichen Gesichtern, nur in der Wohnung von Bailing ist es kalt und still. Dem Hausmädchen hat sie wie jedes Jahr um diese Zeit ein paar Tage freigegeben, damit es seine Familie besuchen kann. Die Tochter ist zu Onkel Dai gegangen, weil die Großeltern ein wenig Zeit mit ihrer Enkeltochter verbringen möchten. Sie hätten auch gern die Schwiegertochter dabeigehabt, aber Bailing vermeidet jede Gesellschaft.

Vielleicht hätte ihre Schwester, die bei der Beerdigung an ihrer Seite stand, ihr noch ein paar Tage Gesellschaft leisten können. Aber die Familie ruft, und die Schwester muss nach Hause. So sitzt Bailing nun mutterseelenallein zu Hause und trägt die Stirn in schmerzlichen Falten. Sie isst nicht und weint hin und wieder. Während alle anderen Familien kochen und braten, bleibt der Herd bei ihr unbenutzt.

Zum chinesischen Neujahrsabend lädt Dai die ganze Familie zu sich. Seine Eltern, ein Onkel mit seiner Frau, ein Cousin und eine Cousine von Dai, die zur Beerdigung nach Shenzhen gereist sind, sind alle noch da. Neffe Lou Gan und seine neueste Freundin, eine Theaterschauspielerin, kommen hinzu. Und natürlich dürfen Yaoyao und ihre Mutter Bailing nicht fehlen. Elf Personen aus drei Generationen sitzen um den großen Tisch. Auf den ersten Blick ist es eine glückliche Familie, die zum Frühlingsfest zusammengekommen ist. Doch die Stimmung am Tisch ist gedrückt.

Auch die vierjährige Yaoyao ist in den letzten Tagen sehr still gewesen, aber als sie so viele Leckerbissen auf dem Tisch sieht, wird sie wieder das fröhliche Kind und trinkt und isst nach Herzenslust. Die meiste Zeit redet Lou Gan und kann die Tischgenossen mit seinen Geschichten auch hin und wieder zu einem kurzen Lachen bringen. Nur Bailing lacht nicht und wirkt völlig geistesabwesend.

Das Essen ist üppig und voller Delikatessen, wie das Frühlingsfest es verlangt, doch die junge Witwe bekommt keinen Bissen herunter. Als draußen mit Böllerschüssen der Eintritt des

Neuen Jahrs gefeiert wird, als es um sie herum überall blitzt und kracht und der Himmel von bunten Raketen erhellt wird, bricht Bailing sogar in Schluchzen aus.

Dai führt die Schwägerin vom Tisch zum Sofa und redet lange Zeit beruhigend auf sie ein. Er versichert ihr, dass er sich immer um sie und Yaoyao kümmern werde. Für ihn sei sie längst seine leibliche Schwester geworden. Bailing fasst sich allmählich.

Nach dem Frühlingsfest fahren die Verwandten einer nach dem andern wieder nach Hause. Dai fragt seine Eltern, ob sie nicht nach Shenzhen in seine Nähe umziehen möchten. Aber die Eltern haben eine behinderte Nichte und deren Sohn bei sich aufgenommen. Damit haben sie sich eine neue Familie geschaffen und kümmern sich gut umeinander. Momentan möchten sie ihren Wohnort daher nicht wechseln. Wenn Dai irgendwann eine Familie gründet, werden sie gerne seine Nähe suchen. Er solle sich bemühen, eine gute Frau zu finden, und bald wieder heiraten. Mit diesen Worten verabschieden sich die Eltern und kehren nach Hefei zurück.

Dai stürzt sich in die Arbeit, um sich nicht ständig an den Verlust des Bruders erinnern zu müssen. Aber er hat die stark abgemagerte Schwägerin nicht vergessen und denkt oft darüber nach, wie er ihre Schmerzen lindern kann. Als er merkt, dass sie ein paar Tage lang ihre Wohnung nicht verlassen hat, schickt er seinen Chauffeur mit dem Wagen zu ihr und bittet sie, mit der Tochter einen Ausflug oder eine nette kleine Spritztour zu machen. Bailing entscheidet sich, zum Grab ihres Mannes zu fahren.

Es ist der vierte Tag des neuen Jahres nach dem chinesischen Kalender. Ein Tag, an dem Chinesen traditionell die Gräber ihrer Verwandten besuchen. Dementsprechend herrscht auf allen Friedhöfen Betriebsamkeit. Weihrauchwolken ziehen über die Hügel, auf vielen Gräbern sind Nahrungsmittel und andere Opfergaben ausgebreitet, und immer wieder hört man Feuerwerkskörper krachen, mit denen die Verwandten die Seelen der Toten herbeirufen.

Nach knapp einer Stunde Fahrt kommt Bailing mit ihrer Tochter auf dem Friedhof an. Während die Mutter eine Opfergabe vor das Grab ihres Mannes stellt und einen Stapel Jenseitsgeldscheine für den Toten verbrennt, geht die Tochter Yaoyao hin und her, pflückt ein paar wilde Blumen und steckt sie in die frische Erde auf dem Grab ihres Vaters. Als die Mutter fertig ist, nimmt sie die Tochter bei der Hand und steuert auf den Ausgang zu. Bevor sie das Tor des Friedhofs erreicht, dreht sie sich noch einmal um und schaut mit Sehnsucht zu dem Grab ihres Mannes hinauf. Sie gäbe alles darum, wenn sie ihn noch einmal sehen und sich noch ein einziges Mal an seinen warmen, kräftigen Körper schmiegen könnte. Sie leidet schrecklich darunter, dass er so brutal aus dem Leben gerissen wurde und sie sich nicht richtig von ihm verabschieden konnte. Sie presst die Lider aufeinander, um nicht wieder in Schluchzen auszubrechen.

Auf dem Rückweg in die Stadt hat Yaoyao Hunger und will plötzlich gebackene Süßkartoffeln essen. Der Chauffeur Wang Guang, der von der Familie der »Große Soldat« genannt wird, hat Yaoyao schon einmal spontan einen solchen Leckerbissen geschenkt. Er mag das Kind sehr und freut sich, dass sich Yaoyao an sein Geschenk erinnert.

Er fährt zur Nanxin-Straße, wo immer Süßkartoffeln und andere Näschereien angeboten werden. Mutter und Tochter steigen am Straßenrand aus und gehen auf den Straßenverkäufer mit seinem hohen Backofen zu. Als die Mutter eine heiße Süßkartoffel in der Hand hält und sie hin und her wendet, um sie zu kühlen, schmiegt Yaoyao sich an sie und sagt, sie möchte ein bisschen herumgucken gehen.

Die Straße ist schrill, bunt, betriebsam und billig. Die Läden sind zusammengedrängt und sehen nicht gerade fein aus – das Gegenteil von Bailings Wohnviertel. Für ein Kind mag das Gelärme attraktiv sein, für eine trauernde Witwe aber nicht. Dennoch beschließt Bailing, Yaoyao den Wunsch zu erfüllen. Es tut ihr so leid, dass ihre Tochter mit vier bereits keinen Vater mehr hat.

Ananasverkäufer, Straßenhändler mit gefälschten Markenuhren, Jadeschnitzer, Verkäufer von Wunderputzmitteln und schwerstbehinderte Bettler reihen sich aneinander und verengen den breiten Gehweg. Aus vielen Läden dringt ohrenbetäubende Musik heraus und lässt die Herzen der Passanten wild durcheinanderschlagen. Eine gängige Methode, um scheinbare Lebhaftigkeit zu erzeugen und Kunden zu locken. Denn für Chinesen ist ein stiller Laden eine Art Katastrophe.

Bailing hat keine Lust auf das Gedröhn und Getöse, auf die schrillen Stimmen und harten Rhythmen und führt Yaoyao rasch an den lautesten Läden vorbei. Erst als sie die Lautsprecher hinter sich hat, lässt sie die Hand ihrer Tochter los.

Inzwischen hat Yaoyao die goldfarbene Süßkartoffel verzehrt und lutscht an einem Wassereis mit roten Bohnen. Vor dem Mann, der bunte, gefaltete Tierchen aus Papier verkauft, bleibt sie wie angewurzelt stehen. Bailing sucht einen großen, raffiniert geschnittenen Fasan für ihre Tochter aus und will gerade zahlen, da sagt Yaoyao: »Mama, der Drache da sieht wie der auf Papas Schreibtisch aus.«

»Meinst du Papas Papierhalter? Der ist doch viel edler und kunstvoller. Der ist aus Jade. Aber vielleicht hast du recht. Schließlich sind es beides Drachen.«

Und tatsächlich kauft sie am Ende den Drachen. Sie bezahlt, und der Verkäufer übergibt dem Kind das an ein biegsames Plastikröhrchen gebundene Tier.

Yaoyao hält es hoch und lässt es über ihrem Kopf wippen. »Ich werde ihm einen Tanz beibringen. Wenn Papa Geburtstag hat, wird der Drache für ihn tanzen«, sagt das Kind arglos.

Die Mutter geht der Tochter einen Schritt voraus und wischt sich verstohlen über die Augen. Seit Yaoyao ein Jahr alt ist, macht ihr Papas Geburtstag immer eine riesige Freude. Denn Buddha hat seiner Tochter an diesem Tag immer so viele Geschenke gekauft und sie so hemmungslos verwöhnt, als ob es ihr Geburtstag gewesen wäre. Natürlich kann Bailing ihrer Tochter jederzeit genauso viele Geschenke besorgen, aber es wird niemand da sein, der mit der Tochter herumturnt und alle möglichen Späße mit ihr macht. Bei diesem Gedanken kann die Mutter ihre Tränen nicht länger zurückhalten und wendet sich zur anderen Seite, damit das Kind sie nicht sieht. Sie merkt nicht, dass Yaoyao stehen geblieben ist und auf die gegenüberliegende Seite der Straße starrt.

Ein paar große Männerfüße in weichen amerikanischen Lederstiefeln Marke Camel tauchen in Bailings Blickfeld auf. Auch wenn ihr Blick verschleiert ist, spürt sie, wie magisch die Stiefel sie anziehen. Ist es der kräftige und zugleich geschmeidige Gang, der sie fasziniert? Er ist so vertraut wie der ihres Mannes, macht aber keinerlei Stoßgeräusch auf den Platten des Gehwegs. Mag sein, dass die lärmende Straße alles andere übertönt. Bailing neigt den Kopf und horcht. Wie seltsam. Sie kann die Schritte des gestiefelten Mannes nicht hören. Ist er womöglich ein Geist?

Ein paar Schritte vor ihr wenden sich die lautlosen Füße zur Seite, als ob sie Bailing den Weg zeigen wollten. Sie gehen eine schimmernde weiße Treppe hinauf. Als sie zu verschwinden drohen, hebt Bailing den Kopf und fasst den Fremden ins Auge. Es ist, als hätte ihr ein Vampir alles Blut aus dem Körper gesaugt. Ist das nicht ihr Mann, der da gerade ins Hotel geht? Hat sein Geist sie gehört und will ihr zeigen, dass er immer noch für sie da ist?

Das Hotel *Nanhai* ist gebaut wie ein Tempel. Es thront auf einem hohen Sockel aus weißem Marmor und hebt sich mit seinem monumentalen Baustil von der Umgebung ab. Die breite Treppe bildet einen langen, steilen Weg nach oben. Bailing hat plötzlich das Gefühl, vor den Stufen zu stehen, die in die andere Welt führen, in der ihr Mann jetzt lebt. Sie sieht das Hotel zum ersten Mal im Leben. Aber irgendwie kommt ihr der prächtige Eingang bekannt vor. Wo hat sie ihn schon einmal gesehen? Im Traum?

Wie von einer unsichtbaren Hand geführt, steigt sie langsam die Stufen nach oben. Sie muss den Mann, der im Hotel verschwunden ist, von vorne sehen. Als sie die oberste Stufe erreicht und meterhoch über der Straße steht, hört sie auf einmal hinter sich lautes Geschrei. »Ein Kind ist hinter dem Auto!«, schreit eine Frau schrill.

Bailing ist schon so weit weg von der lärmenden Straße, dass sie den Schrei der Frau erst gar nicht richtig versteht. Dennoch dreht sie sich um. Auf der gegenüberliegenden Straßenseite führt eine jugendliche Tanztruppe, begleitet von rhythmischem Gong- und Trommelschlag, den traditionellen Löwentanz vor. Bailing sieht die vielen Kinder unter den Zuschauern – und merkt auf einmal, dass Yaoyao nicht mehr bei ihr ist. Panik steigt in ihr auf, und sie beginnt erschrocken rufend die Treppen wieder nach unten zu laufen.

Plötzlich schreien die Menschen auf der Straße so laut, als hätte eine Hochwasserwelle sie überspült. Bailing stürzt die letzten Treppenstufen herunter. Als sie unten auf dem Gehweg landet, ahnt sie nicht, dass ihre Tochter ganz in ihrer Nähe ist. Sie liegt mit geschlossenen Augen auf der ersten Fahrbahn. Eine dicke Menschenmauer umgibt sie.

Als sie den Löwentanz auf der anderen Straßenseite sieht, bleibt Yaoyao mit offenem Mund auf dem Bürgersteig stehen. Sie merkt gar nicht, dass ihre Mutter die Stufen zum Hotel hinaufläuft. Sie ist auch nicht die einzige, die von der Show fasziniert ist. Einige Passanten schlängeln sich durch den Verkehr, um den Tanz aus der Nähe zu sehen. Yaoyao, die ein sehr beschütztes Kind ist und vor nichts Angst hat, setzt ihre kleinen Füßchen ebenfalls auf die Fahrbahn.

Hier am Rand der vierspurigen Straße ist nicht viel los. Während auf den beiden mittleren Fahrbahnen silberglitzernde Limousinen, klapprige Busse und Lieferwagen dahinbrausen, sind die äußeren Bahnen für andere Dinge bestimmt. Unweit von Yaoyao hat gerade ein Taxifahrer seinen Fahrgast abgesetzt und die Tür zugezogen. Während das Mädchen auf die mittlere Fahrbahn zugeht, fährt das Taxi ein kleines Stück rückwärts, um ein wenig von der Straßenkante wegzukommen. Da schreien die Passanten plötzlich wie aus einem Mund: »Heee!«

»Ein Kind ist hinter dem Auto«, schreit eine Frau dem Fahrer zu, und im selben Augenblick spürt er auch schon einen Stoß hinter sich.

Der Fahrer, ein ungebildeter Mann mit leerem Gesichtsausdruck, steigt aus, um zu sehen, was er angerichtet hat. Die kleine Yaoyao liegt mit geschlossenen Augen hinter dem Wagen. Der Stoß muss wie ein Hammerschlag auf sie gewirkt haben. Denn der Kopf ist merkwürdig verdreht und zuckt ununterbrochen. Den Papierdrachen hält sie aber noch fest in der Hand.

»Verdammte Scheiße! Wieso läuft das blinde Ding ausgerechnet hinter meinem Auto her? Ich habe sie überhaupt nicht gesehen«, schimpft der Fahrer. Er dreht das Mädchen mit dem Gesicht nach oben, da sieht er, dass Blut aus der Schläfe des Kindes herausquillt.

Die Zuschauer reden wild durcheinander. »Wo sind die Eltern?«

»Das Mädchen sieht doch gar nicht wie ein Waisenkind aus. Die Eltern haben bestimmt viel Geld.«

»Wieder so ein dummes Kindermädchen vom Land, das nicht richtig auf ein Kind aufpassen kann.«

»Die Kleine muss sofort ins Krankenhaus!«

Die Zuschauer reden, aber es sind zu viele. Keiner will zugreifen und helfen.

Der Fahrer beißt sich auf die Zähne, dass sich die Kiefermuskeln wölben. Er steigt rasch ins Auto, und noch bevor die Zuschauer begreifen, was er vorhat, setzt er so heftig zurück, dass die Leute erschrocken zur Seite springen. Der Hinterreifen rollt über den Brustkorb des Mädchens. Das Auto macht einen Satz und stoppt, dann wechselt der Fahrer zum Vorwärtsgang, rollt noch einmal über den Körper des Mädchens und rast hupend davon.

Die Zuschauer stoßen einen entsetzten, zornigen Schrei aus, als wäre die Sonne gefressen worden und die Finsternis über die Menschheit gefallen. Sie schütteln die Fäuste.

»Du Bestie! Du hast die Kleine zu Hackbrei gemacht!«

»Kindermörder!«

»Fahrerflucht! Haltet ihn!«

»Polizei!«

Einige laufen auch hinterher. Ein Mann, der einen Korb Clementinen auf der Schulter trägt und dem Wagen entgegenkommt, begreift die Situation und wirft den Korb auf die Windschutzscheibe des Taxis. Die Clementinen schlagen wie Bälle auf die Scheibe und platzen. Der Fahrer duckt sich und bremst reflexartig. Schon haben die anderen die Tür aufgerissen und den Flüchtigen aus dem Wagen gerissen. Als dieser versucht, seine Flucht zu Fuß fortzusetzen, hagelt es Tritte und Fausthiebe.

Blutend, mit stumpfem Gesicht sitzt der Mann auf der Fahrbahn und blickt auf die Leute, die um ihn herumstehen. »Was soll ich denn machen?! Wenn ich für das Mädchen lebenslang Unterhalt zahlen muss, dann verhungert mein eigenes Kind, und meine alte Mutter dazu!«, jammert er.

Das ist nicht gelogen. Niemand hilft einem Unfallopfer in China. Nur der Schuldige wird – gelegentlich – zu Unterhaltszahlungen verpflichtet. Stirbt jemand bei einem Verkehrsunfall, kommt der Schuldige leichter davon. Er muss für das Begräbnis aufkommen und der Familie des Opfers eine einmalige Entschädigung zahlen, im schlimmsten Fall muss er noch ein paar Jahre im Gefängnis absitzen, aber danach ist er wieder ein freier Mann.

»Der Hund hat dein Herz aufgefressen«, brüllt ein aufgebrachter Mann und drückt den Fahrer mit dem Gesicht auf den Boden. »Leck das Blut von dem Mädchen auf, bevor du ins Gefängnis kommst. Du Sohn eines Esels und einer Hure!«

Plötzlich erstarren die Menschen. Ein gellender Schrei lässt ihre Herzen stillstehen. »Mein Kind! Mein armes Kind! Mein Kind!« Bailing klammert sich mit verschrammtem Gesicht an einen Baum. Sie hat durch die vielen Beine den zermalmten kleinen Körper auf der Fahrbahn entdeckt. Sie will es nicht wahrhaben, dass der kleine Leichnam den weißen Rock mit Blümchen und die schwarzen Lederschuhe trägt, die sie ihrer Tochter heute Morgen angezogen hat. Neben der toten Kinderhand liegt der Drache, den sie eben erst für ihre Tochter gekauft hat.

Bailing stürzt zu dem blutverschmierten, zerquetschten Körper. Die Menge weicht zur Seite und gibt ihr den Weg frei. Als sie sich auf das klebrige Häufchen wirft und das noch intakte Händchen in die zitternden Finger nimmt, spürt sie einen scharfen Riss in der Brust und verliert das Bewusstsein.

24

Alles in blühenden Jahren verlieren

Nach Yaoyaos Beerdigung ist Bailing nicht mehr dieselbe. Buddha, der Beiname ihres Mannes, gibt ihr den Anlass, die Wohnung anders einzurichten. Früher hatte sie mit der Religion nicht viel im Sinn. Jetzt lässt sie im Wohnzimmer einen Opferaltar mit einer lächelnden goldenen Buddhastatue einrichten. Die Fenster werden verdunkelt, und die Räume sind von Weihrauchschwaden erfüllt. Tag und Nacht brennen Räucherkerzen. Wer an Bailings Wohnung vorbeigeht, könnte meinen, hinter der Tür versteckt sich ein kleiner Tempel.

Eines Abends kommt Dai schon am Nachmittag, um die Schwägerin zu besuchen, und erschrickt. Diese schöne, zärtliche Frau, die er immer heimlich verehrt hat, besitzt keinen Tropfen mehr von dem, was sie früher erfüllt hat: Frohsinn, Liebe, Sanftheit, Zärtlichkeit, Lebensmut und unerschöpfliche Energie. Sie sieht so leer und müde aus, dass man fürchten muss, sie löst sich allmählich in Luft auf, um unbemerkt aus der Welt zu verschwinden.

Von da an kommt Dai fast jeden Abend zu Bailing, versäumt sogar manche gesellschaftliche Verpflichtung, um ihr aus ihrer schrecklichen Trauer zu helfen. Manchmal bringt er nur ein kleines Geschenk mit und geht gleich wieder. Manchmal, wenn die Arbeit bei *Tenglong* nicht zu sehr drängt, bleibt er über eine Stunde bei ihr, redet sanft mit ihr und isst mit ihr, damit sie überhaupt etwas zu sich nimmt.

Sie gibt sich Mühe, ihm entgegenzukommen. Dennoch wirkt sie meistens geistesabwesend. Er schenkt ihr Zierfische samt

Aquarium, dann eine Katze, um sie aus dem Schatten des Todes herauszuziehen. Sie bedankt sich und übergibt alles der Obhut des Hausmädchens.

Als er vom Hausmädchen hört, dass ihre Herrin oft stundenlang vor dem Altar kniet und betet, kommt Dai auf die Idee, Bailing zu einem Ausflug zum Tempel Wuguan zu überreden. Dieser befindet sich südlich der Stadt, im Botanischen Garten an der Grenze zu Hongkong. Es ist ein Ort der Erholung und Ruhe, an dem die Natur ganz unberührt wirkt. Aus Anlass der Rückgabe Hongkongs wurde der Tempel neu hergerichtet und restauriert. Seither erlebt er einen regelrechten Besucheransturm.

Bailing stimmt dem Ausflug tatsächlich zu. Da der Schwager mit seiner Firma viel zu tun hat – allein die Hinfahrt wird anderthalb Stunden in Anspruch nehmen –, lässt sie sich vom Hausmädchen begleiten. Sie spendet dem Tempel eine große Summe und redet lange mit einem Mönch. Am Abend stellt Dai mit Freude fest, dass der Ausflug den Wangen der Schwägerin wieder ein wenig Farbe eingehaucht hat.

Dann kommt Yaoyaos Geburtstag. Bailing hat gleich nach dem Aufstehen eine üppige Opfergabe mit Kinderspielzeug auf dem Familienaltar aufgestellt. Hin und wieder kniet sie vor dem Altar, murmelt leise, horcht und murmelt wieder etwas, als suchte sie ein Gespräch mit den Verstorbenen. Als Dai abends zum Essen kommt, sieht er, dass die Schwägerin zwei glühend rote Wangen hat. Er vermutet, dass die Sehnsucht nach ihrem Töchterchen in der Schwägerin brennt.

»Sei nicht zu traurig«, sagt er tröstend, »du bist noch jung. Du wirst wieder ein Kind kriegen, das genauso süß ist wie Yaoyao. Und einen guten Mann bestimmt auch.«

»Das ist mein Schicksal«, sagt sie traurig. »Ein Wahrsager hat einst zu meiner Mutter gesagt, ich würde alles in meinen blühenden Jahren verlieren. Ich habe es damals nicht glauben wollen, aber jetzt weiß ich, das Schicksal hat es tatsächlich so gemeint.«

»Seit wann bist du abergläubisch?«, sagt Dai. »Versuch lieber, das Schicksal selbst in die Hand zu nehmen, so wie du es immer getan hast.«

»*Geburt und Tod werden vom Schicksal bestimmt. Reichtum und Macht hängen vom Willen des Himmels ab*«, erwidert Bailing. Ein Sprichwort. Sie lächelt traurig, weicht seinem Blick aus, als wollte sie über das Thema nicht weiter sprechen. Dann sagt sie plötzlich: »Ich danke dir, dass du dich immer um mich gekümmert hast, seit ich dich kenne. Du bist wie ein großer Bruder zu mir. Ohne dich wäre ich längst verzweifelt. Aber du sollst dich selbst auch schonen und auf deine Gesundheit achten. Du bist so dünn wie ein Stäbchen geworden.«

Dai bekommt feuchte Augen vor Rührung. Um die Tränen zu stoppen, kommt er rasch auf ein anderes Thema zu sprechen: »Sag mal, willst du vielleicht bei Tenglong arbeiten?«

»Danke. Ich werde es mir überlegen«, gibt Bailing zurück. Dann springt sie zu einem anderen Thema. »Aber du sollst nicht ewig allein leben. Das zermürbt dich. Such dir eine gute Frau und gründe eine Familie. Du wirst mir eine Sorge abnehmen, wenn du mir dieses Jahr noch eine feste Freundin vorstellst.«

Dai blickt zur Seite. »Wenn ich eine wie dich finde, bringe ich sie zu dir«, verspricht er, wirft Bailing einen zärtlichen Blick zu und senkt dann gleich wieder schüchtern den Kopf. Irgendwie läuft das Gespräch heute seltsam.

Als Dai in seine eigene Wohnung zurückgekehrt ist, denkt er noch eine Weile darüber nach, wie er seine Schwägerin wieder zu einem normalen Leben zurückführen kann. Schließlich beschließt er, morgen Abend wieder zu ihr zu gehen und ihr zwei konkrete Stellenangebote zu machen. Mag sein, dass sie als Chemielehrerin keine große Zukunft bei *Tenglong* sieht und seine Angebote ablehnen wird. Aber dann wird er alle seine Beziehungen dafür einsetzen, dass sie woanders eine Stelle bekommt. Auf jeden Fall – da ist er sich sicher – muss sie so bald wie möglich wieder zur Arbeit gehen, damit sie sich nicht nur mit den Toten beschäftigt.

Jetzt, wo er weiß, was er morgen für Bailing tun wird, fühlt Dai sich erleichtert und wendet sich dem Studium der Klageschrift aus Chengdu und der Entgegnung des Rechtsanwalts zu, den *Tenglong* vor kurzem eingestellt hat. Dann ruft er den jungen Mann noch persönlich an, um ihm zu seinem Schriftsatz zu gratulieren.

»Das ist ja ein wunderbares Plädoyer für die traditionelle chinesische Medizin«, sagt er. »Wenn das Gericht das liest, müssen die Richter die Klage dieser Frau eigentlich glatt zurückweisen.«

»Vielen Dank«, sagt der Rechtsanwalt. »Ich bin sehr froh, dass Ihnen meine Argumente gefallen. Aber das ist keine Garantie, dass die Richter genauso entscheiden. Es ist nicht auszuschließen, dass ein Exempel an uns statuiert werden soll.«

Dai wünscht dem Mann noch einen guten Flug und geht dann endlich ins Bett. Kaum hat er den Kopf aufs Kissen gebettet, ist er bereits eingeschlafen.

Am nächsten Morgen erfährt er im Büro, dass Bailing tot ist. Als das Hausmädchen ihr gegen neun Uhr das Frühstück bringen wollte, war die Tür von innen verriegelt. Als sich ihre Herrin auch eine Stunde später noch nicht gerührt hatte, fing sie an, energisch zu klopfen, und ließ schließlich die Tür des Schlafzimmers aufbrechen. Der Hausmeister und sie fanden zwei leere Röhrchen Schlaftabletten und eine leere Flasche Pflaumenwein auf dem Nachttisch der Herrin. Anscheinend hatte sie so viele Tabletten genommen, dass sie nicht mehr erwachte. Ihr letztes Geheimnis – sie ist im dritten Monat schwanger – wird niemand mehr erfahren. Nicht einmal Dai.

Innerhalb von zwei Monaten ist Buddhas Familie ausgelöscht worden. Hätte der Teufel ihm eine Hand oder einen Fuß abgerissen, wäre es leichter zu ertragen für Dai als dieser Verlust. Sein Schmerz ist so tief, dass er sich völlig zurückzieht. Wenn seine Angestellten ihn sehen, sind sie erschrocken über seinen gebückten Gang und die leeren, geistesabwesenden Augen.

Eines Nachts sitzt Dai in seinem Büro und spürt wieder einmal keine Lust, nach Hause zu gehen. Es ist kurz vor Mitternacht, die Angestellten, mit Ausnahme der Wächter, haben das Haus längst verlassen. Um ihn herum ist es dunkel und still. Erschöpft erhebt er sich von seinem schimmernden Bildschirm und lässt sich in einen der Sessel vor dem Designertisch fallen.

Hätte er ihn nicht zu diesem Verbrecher geschickt, wäre sein Bruder noch am Leben, denkt er. Dann wandern seine Gedanken zu Bailing, und die Schuldgefühle werden noch beißender. Sie war die liebenswürdigste, die reinste Frau, die er je kennengelernt hat. Hätte er sich nach dem Tod seines Bruders mehr um sie gekümmert, hätte er ihr seine Zuneigung, ja, seine heimliche Liebe zu ihr gestanden, wäre sie vielleicht noch im Leben.

Das Schlimmste ist, dass auch Yaoyao gegangen ist. Wieso träumt er immer noch von einem idealen Unternehmen, wenn dabei so viele sterben müssen? Bringt er nur Unheil über seine Nächsten?!

Dai vergräbt das Gesicht in den Händen und beginnt plötzlich hemmungslos zu weinen. Verzweiflung und Verbitterung steigen in ihm auf und treiben noch mehr Tränen in seine Augen. Er weiß nicht, wie lange er so gesessen hat, als sich plötzlich kühle Finger auf seine tränennassen Hände legen. Dai ist dermaßen erschrocken, dass ihm der Atem stockt.

»Magst du eine Tasse Kakao? Ich dachte, zum Feierabend tut Kakao gut.« Es ist Anqis Stimme. Sie arbeitet in letzter Zeit oft bis tief in die Nacht hinein und leistet ihm hin und wieder Gesellschaft, wenn er so spät noch an seinem Schreibtisch sitzt. Auf dem Tisch stehen tatsächlich zwei dampfende Tassen. Wieso hat er von ihrem Hereintreten gar nichts gemerkt? Wenn ihn schon jemand in diesem jämmerlichen Zustand sehen muss, dann soll es niemand anderes als Anqi sein. Mit ihr fühlt er sich in einem unausgesprochenen tiefen Vertrauen verbunden, auch das spontane Du aus der Silvesternacht ist geblieben.

Dennoch hat er nicht vergessen, dass sie acht Jahre jünger als er und dazu noch seine Angestellte ist. Er versucht die Tränen zu unterdrücken. Doch es gelingt ihm nicht gleich. Er atmet noch zu heftig.

»Ich … ich bin so verzweifelt. Ich habe das Gefühl, dass die Welt mich in ein bodenloses Loch stoßen will«, stammelt er fast entschuldigend und versucht dabei, sich mit seinem Hemdsärmel das Gesicht abzuwischen.

»Du bist nie allein. Auch wenn du in ein bodenloses Loch fällst, bin ich bei dir«, flüstert die junge Frau an seinem Ohr und drückt ihm ein Taschentuch in die Hand. Sie steht dicht hinter seinem Sessel und hält den Kopf zu ihm heruntergesenkt. Ihre welligen Haare streifen an seinem Gesicht.

»Halt dich an meinen Haaren fest, wenn du fällst. Ich ziehe dich aus jedem Loch heraus«, sagt sie in einem Ton, als sei es ganz ernst gemeint.

Dai nimmt sich ein Taschentuch und putzt sich die Nase. Was hat sie gesagt? Er möchte ihre Worte so gern noch einmal hören. Sie wirkt sonst so stolz und unnahbar, aber heute ist sie so sanft. Um sie nicht zu vertreiben, bleibt er wie ein Stein sitzen, betet aber inständig, sie möge ihn noch einmal mit ihrem Haar streicheln.

Als hätte sie seine innere Stimme gehört, bewegt sie den Kopf und liebkost auf diese Weise tatsächlich mit ihren Haaren erneut sein Gesicht. Dann setzt sie sich in den Sessel neben ihm.

»Weißt du, was ich mache, wenn ich traurig bin?« Ohne auf seine Antwort zu warten, fährt sie fort: »Ich singe Lieder. Ich singe sie eins nach dem anderen, bis ich die Traurigkeit verbannt habe.« Sie macht eine Pause, dann fragt sie: »Soll ich was für dich singen?«

Dai nickt. Auch im schwachen Licht des Bildschirms auf seinem Schreibtisch ist seine Kopfbewegung unmissverständlich.

Anqi beginnt zu summen. Am Anfang klingt sie zaghaft und leise, allmählich fühlt sie sich frei, und ihre Stimme wird kräftig. Sie hat bei weitem nicht so eine schöne, ausdrucksvolle Stimme wie Roula, doch sie hat ihren eigenen Stil, und ihr Ton klingt nicht schlecht. »Warten«, singt sie, ein Lied über die Einsamkeit einer Frau, dann »Das Sternenlicht«, ein Lied über Glaube und Hoffnung. Dai hört aufmerksam zu. Seine Atemzüge beruhigen sich und sind kaum noch zu hören.

Dann folgt ein rhythmisches Lied voller Kampfgeist. Dai ist überrascht. »Nicht übel. Wo hast du denn das her? Stammt das von den jungen Pionieren?«

Anqi kichert und lässt ihn raten. Als er nach einigen Versuchen kapituliert, verrät sie ihm, das Lied habe sie soeben für *Tenglong* geschrieben.

»Gut. Sehr gut«, sagt Dai. Seit seinem kurzen Aufenthalt im Gefängnis hat der fliegende Drache einen Schlag nach dem anderen einstecken müssen. Die Stimmung unter den Mitarbeitern ist schlecht. Es ist Zeit, dass mit dem Frühling ein frischer Wind durch das Haus weht. Da kommt Anqis Lied gerade zur rechten Zeit.

Im Nu wird das Licht angeknipst. Das verheulte Gesicht wird gewaschen, die zwei Tassen Kakao werden von zwei durstigen Mündern getrunken, dann stürzen sich Anqi und Dai in die Arbeit. Die Frau singt noch einmal vor, der Mann hört zu, gibt hier und da einen Kommentar, sie ändert die Melodie, macht Notizen, singt eine neue Version vor. Er stimmt zu oder hält den Kopf nachdenklich schräg … Es dauert nicht lange, da haben sie ein neues Jahreslied für *Tenglong*: »Wir gehen auf die Welt zu.«

Als Dai seine Werbechefin gegen zwei Uhr nach Hause fährt, singen sie bereits im Duett. Beim Abschied nimmt er allen Mut zusammen und drückt der Frau einen flüchtigen Kuss auf die Stirn. Sie zieht überrascht den Kopf zurück und stürzt fast fluchtartig aus dem Auto. Doch als sie sich vor der Haustür umdreht und ihm zum Abschied winkt, lächelt sie ihn glücklich an. Dai hat das Gefühl, dass über dem vereisten Land seines Herzens die Sonne aufgeht.

Zwei Tage später ertönt in der Kantine das neue Jahreslied aus den Lautsprechern, von einer bekannten Sängerin gesungen und von einer Band mit professionellen Rhythmen begleitet. Die Mitarbeiter sind begeistert. Schon beim zweiten Refrain singen einige mit. Nach ein paar Tagen können alle Mitarbeiter das Lied auswendig. Da Singen und Lachen untrennbare Zwillinge sind, verbessert sich die Stimmung in der Zentrale schnell.

25

»Wie viele Frauen hat dieser Mann?«

Im April verliert Frau Hua in Chengdu den Prozess gegen *Tenglong*. Die Klage wird abgewiesen. Das Unternehmen atmet erleichtert auf. Der Betrugsvorwurf ist vom Tisch.

Dai kann aber nicht aufatmen. Im Gegenteil. Er läuft ständig mit Sorgenfalten herum. Sein Widersacher ist diesmal das regnerische Wetter. Demgegenüber fühlt er sich machtlos. Seit dem Frühling ist der Regengott Herr des Landes. Es regnet überall und ununterbrochen. In Shenzhen kommt es in vielen Bezirken zu Überschwemmungen. Polizisten und Grenzschutzsoldaten sind ständig im Einsatz, um Menschenleben und Staatsgut zu retten. Als eine Chemiefabrik überspült wird, können die Menschen nur ratlos zusehen, wie das giftige Wasser den See im Litschipark überschwemmt und die darin lebenden Zierfische tötet.

Der Regen legt auch die Arbeit auf der *Tenglong*-Baustelle lahm. Der Turm ist jetzt bereits 49 Stockwerke hoch, wächst aber seit über einem Monat keinen Zentimeter mehr weiter. Ständig muss Wasser aus den unterirdischen Etagen gepumpt werden. Mehr ist bei dem Regenwetter nicht zu machen. Als ein Taifun durch die Stadt fegt, stürzt eine Betonplatte ab und beschädigt das Gerüst. Zum Glück wird niemand verletzt.

Das Kapital, das durch den Vorverkauf der zusätzlichen Stockwerke hereingeholt werden konnte, ist aufgezehrt. Die Hälfte hat die Baustelle verschluckt, die andere Hälfte ist für die Erweiterung der Produktion und die Expansion in den USA gebraucht worden. Es bleibt Dai nichts anderes übrig, als die

Reserven anzugreifen. Denn seit seinem erzwungenen Aufenthalt im Gefängnis laufen die Umsätze abwärts.

Als auch die Reserven zur Neige gehen, weicht die Farbe aus Dais Gesicht. Doch seine Manager halten zu ihm. Sie bieten ihm ihre privaten Rücklagen an, und hin und wieder leiht sich Dai tatsächlich Geld von seinen leitenden Angestellten, um gelegentlich ein paar Tage zu überbrücken.

Aber die Finanzlöcher werden immer größer. Als einige Baufirmen drohen, die Arbeit einzustellen, weil sie seit einiger Zeit kein Geld mehr von *Tenglong* erhalten haben, bekommt Dai eine leichte Herzrhythmusstörung und kann den linken Arm eine halbe Stunde lang nicht bewegen. Erst ein eilig herbeigerufener Heilpraktiker bringt dem Arm durch Massage und Akupunktur die Beweglichkeit wieder zurück. Später fragt sich Dai, ob nicht ein Teufel auf seinen Arm getreten ist. Schon als Kind hat er hin und wieder unerklärliche blaue Flecken an seinen Beinen entdeckt. Da haben seine Schulkameraden immer gelacht und ihm erklärt, ein Teufel habe ihn in der Nacht besucht und ihn mit dem Finger gestupst.

Bei einer Krisensitzung rät das Management ihm einstimmig und eindringlich dazu, einen größeren Kredit aufzunehmen. Dai kämpft mit sich. Die ganze Nacht tut er kein Auge zu und seufzt ununterbrochen. Am nächsten Morgen gibt er sich geschlagen. Er muss sein Prinzip, allen Reichtum aus eigener Kraft zu erwerben, aufgeben.

Die erste Bank, die Dai in Erwägung zieht, ist die staatliche Chinesische Industrie- und Handelsbank. Deren Shenzhener Filialleiter Lü Ying hat ihn mehrmals gedrängt, bei seiner Bank einen Kredit aufzunehmen. Dai hat jedes Mal höflich abgelehnt. Nun hofft er, dass Herrn Lüs Interesse an einem Geschäft mit ihm noch immer so stark wie bisher ist.

Lü klingt am Telefon noch ganz freundlich, als wären sie zwei alte Freunde. Doch die beiden ersten Termine mit Dai lässt er platzen und entschuldigt sich damit, dass er kurzfristig zum Stadtrat zitiert worden sei oder wichtige Persönlichkeiten aus

Peking zu betreuen habe. Dai hat allmählich das Gefühl, dass man ihn bewusst warten lässt.

Am Wochenende findet endlich die Einweihung des Erdkönig-Hochhauses statt. Mit einer Höhe von über 380 Metern ist es das höchste Gebäude in Shenzhen, und es wird bald auch das Wahrzeichen der Stadt sein. Zu dieser Feier werden alle Persönlichkeiten aus Politik und Wirtschaft eingeladen. Lü Ying darf bei der Feier natürlich nicht fehlen.

Dai putzt sich heraus und fährt zu der Einweihungsfeier. Er will Herrn Lü noch an diesem Abend zu einer Kreditzusage bewegen. Begleitet wird er von Anqi.

Auf der Party trifft Dai tatsächlich auf den Bankmanager. Aber er stellt bald fest, dass die Zeiten sich geändert haben. Früher rannte ihm Herr Lü hinterher, nun scheint es umgekehrt. Herr Lü wird von so vielen Gästen umschwärmt, dass es kaum möglich ist, ein Gespräch mit ihm zu beginnen.

Nun versucht Anqi, den Herrn des Geldinstituts in eine ruhige Ecke zu locken. In letzter Zeit hat sie große Fortschritte gemacht und ist inzwischen zu einer reizenden Gesellschaftsdame geworden. Sie weiß genau, wie sie sich kleiden muss, um modern und elegant zu wirken. Auch die Kunst des Lächelns beherrscht sie meisterhaft, sodass jeder, der mit ihr spricht, das Gefühl hat, ihre tiefe Zuneigung gelte nur ihm allein.

Herr Lü ist ein durchschnittlich aussehender Mann und verhält sich nicht anders als andere Männer. Nur an seinem glatten, gut gepolsterten Gesicht ist zu erkennen, dass er über Geld und Einfluss verfügt. Und seine verstohlenen Blicke auf einige extravagante Damen lassen vermuten, dass er eine durchaus rege sexuelle Fantasie hat.

Kaum hat sich Anqi zu ihm gesellt, kommt der Bankdirektor in Fahrt und flattert lebhaft um sie herum wie ein Schmetterling um eine neue Blüte. Als sie andeutet, ein Spaziergang auf dem Dach könne ihren erhitzten Wangen guttun, willigt er sofort ein und führt sie aus der lärmenden Halle.

Auf der Aussichtsterrasse stehen nicht wenige Leute, um die

Nachtlandschaft zu bestaunen. Noch nie hat man die Stadt aus dieser schwindelerregenden Höhe betrachten können. Wenn sie da unten im Lichtermeer etwas wiedererkennen, stoßen Männer wie Frauen verblüffte Laute aus, als wäre die Stadt unter ihnen verzaubert. Dennoch ist es hier oben viel ruhiger als in der Halle. Die Nachtluft ist kühl, fast ein bisschen kalt, aber für Anqis erhitzte Haut ist sie gerade das Richtige. Als sie und Herr Lü fast schon in Tuchfühlung nebeneinander an der Brüstung stehen und auf die unten liegende Stadt schauen, tritt Dai von der Seite heran und verwickelt sie in ein Gespräch. Mit einem Lächeln sagt Anqi, sie wolle sich rasch ihre Jacke holen und komme gleich wieder.

»Eine entzückende Nummer«, frohlockt der Bankmanager. »Du hast anscheinend nicht wenige solche Schätze in deinem Betrieb verborgen.«

Dai lacht und lobt Herrn Lüs scharfe Augen und guten Geschmack. Dann kommt er rasch zum Thema. »Alter Freund, ist es nicht reizend, bald ein zweites Erdkönig-Haus in Shenzhen zu sehen? Wenn du in unser Bauprojekt investierst, kann deine Bank auch mitverdienen.«

Der Banker jammert gleich los. Die Asienkrise im letzten Jahr habe viele Finanzinstitute hart getroffen und sei auch an seinem Haus nicht spurlos vorübergegangen. Außerdem habe es so viele Kreditbetrüger gegeben, dass die Bilanzen der Banken nicht mehr gut aussähen. Peking habe bereits Alarm geschlagen und alle Geldhäuser zu einer strengeren Kreditkontrolle aufgefordert. Bei einigen Banken müsse der Staat sogar eine Finanzspritze geben, damit sie nicht pleite gehen. Eine Kreditvergabe sei derzeit sehr schwierig. Die Bremsen seien von oben fest angezogen worden.

Als er merkt, dass Dai verstimmt ist, will Lü nun doch nett zu ihm sein und fragt ihn, zu welchem Zweck er denn einen Kredit brauche. Dai antwortet wahrheitsgemäß, er brauche das Geld für die neue Zentrale. Es fehlten nur noch neunzehn Etagen.

»Deine Zentrale? Das ist doch ein bodenloses Loch«, kommt

es prompt von dem Bankdirektor zurück. »Wir wissen schon, dass du einige hundert Millionen da reingesteckt hast. Aber du wirst noch einige hundert Millionen brauchen, ehe du damit fertig wirst. Ich sage dir, ein Kreditantrag in dieser Höhe hat zurzeit keine Chance.«

»Aber du kennst mich doch, Direktor Lü. Im Geschäft bin ich stets ein ehrlicher Mann und habe nie jemand betrogen. Ich bin nicht der Typ, der Kredite erschwindelt und dann nicht zurückzahlt«, entgegnet Dai fast beleidigt. »Ich besitze die alte Zentrale und das Flugzeug *Qianlima*. Die können als Sicherheit dienen, oder?«

»Ein Flugzeug kann schnell einen Schaden haben. Dann ist sein Wert gleich null. Und wie alt ist deine alte Zentrale? Drei, vier Jahre schon, oder? Dazu ein einfacher Zweckbau. In unserer Stadt, die jeden Tag reicher wird, ist so ein schlichtes Haus nicht viel wert«, sagt der Geldherr abschätzig. »Alter Freund, lassen wir die Geschäfte, wir sollten uns lieber amüsieren.« Er macht Anstalten, in die Halle zurückzukehren.

Doch Dai hält ihn am Ärmel und lässt ihn nicht gehen. Er redet auf den Bankmanager ein, erinnert ihn daran, was *Tenglong* für ein vielversprechendes Unternehmen ist. Da fragt ihn Lü plötzlich: »Wieso hörst du nicht einfach gleich mit der Bauarbeit auf? Lass ein Dach auf das Haus setzen, so wie es ist, dann hast du ein Problem weniger. Der Turm ist ohne die geplanten weiteren neunzehn Stockwerke immer noch ein prächtiges Bauwerk.«

Dai macht ein Gesicht, als wehte ihm ein Sandsturm entgegen. Er hat die zusätzlichen Etagen ja fest eingeplant, entweder zur eigenen Nutzung oder für Käufer, die längst bezahlt haben. Also muss er sie auch alle bauen. Außerdem würde er sein Gesicht verlieren, wenn er den Turm köpfen müsste.

Herr Lü vertröstet sein Gegenüber auf einen unbestimmten Zeitpunkt nach der Finanzkrise und will sich gerade davonmachen, da erscheint Anqi wieder und legt den beiden Männern von hinten die Hand auf die Schultern.

Herr Lü nutzt die Gelegenheit und fasst sie beherzt um die Taille, um ihre Figur zu ertasten. Doch als sich seine Finger im Dunkeln beiläufig abwärts erkundigen wollen, schiebt Anqi sie neckend beiseite. Gleichzeitig plappert sie scheinbar arglos daher. Wie ein verspieltes Kätzchen umgarnt sie den Mann, und schließlich kapituliert er.

»Hol dir grünes Licht beim Stadtrat, dann sehen wir weiter«, sagt er zu Dai. Habe Dai die Lokalregierung auf seiner Seite, werde die Bank sich nicht sträuben.

Als sei eine lästige Hürde genommen, will Lü sich nun wieder der jungen Werbeleiterin zuwenden, aber die ist plötzlich im Gewimmel der Party verschwunden.

Himmel! Früher hätte Dai nur mit Bürgermeister Sun Da'an sprechen müssen, und die Genehmigung des Stadtrats wäre ihm sicher gewesen. Aber wie viele Kader muss er jetzt überzeugen?! Einen Kredit zu erhalten scheint plötzlich beschwerlicher als der Lange Marsch. Aber die brenzlige Situation seines Unternehmens lässt ihm keine Wahl.

Also macht sich Dai auf die Suche nach dem Wirtschaftsreferenten Wu Rong, der ebenfalls auf der Feier ist. Doch der Abend ist bereits fortgeschritten, und Wu Rong ist gerade dabei, die Party mit einer hübschen jungen Frau zu verlassen. So verabreden die beiden Männer, am nächsten Tag ausführlich zu telefonieren.

Bislang hat Dai von Wu Rong viel Unterstützung erfahren und sieht in dem stattlichen Mann einen Förderer. Das verleitet ihn dazu, das wahre Wesen dieses Kaders zu ignorieren. Einige Geschäftsfreunde haben ihn gewarnt, Wu Rong sei wie ein Grasbüschel, das auf der Mauer wächst. Komme der Wind von Osten, beuge es sich nach Westen. Komme der Wind von Westen, beuge es sich eben nach Osten. Aber Dai schenkt dem keinen Glauben.

Dann macht Dai einen zweiten Fehler: Er ruft den Kader zur falschen Zeit an. Zwar hat Wu Rong davon gesprochen, Dai solle ihn ruhig abends anrufen, da sei mehr Zeit für ein Gespräch. Aber im Lauf des Tages ist ihm etwas durchaus Angenehmes dazwischengekommen, und der Termin von gestern passt heute gar nicht mehr ins Programm des Beamten.

Als Dai ihn anruft, sitzt der Kader nämlich gerade in einem Separee des Restaurants »Rosenduft« und ist dabei, sich die junge Frau gefügig zu machen, die er gestern auf der Einweihungsfeier kennengelernt hat. Sie arbeitet bei einem kleinen Geschäftsmann als Assistentin und war gestern wie Anqi als Begleitdame ihres Chefs unterwegs. Als der gesehen hat, dass sie sich mit Wu Rong unterhielt, wagte er nicht, dem mächtigen Mann bei der jungen Frau in die Quere zu kommen, und hatte sich still verdrückt.

Trotzdem war Wu Rong nicht gleich zum Ziel bei der jungen Dame gekommen. Sie hatte sich zwar nach Haus fahren lassen, den schwarzen Dienstwagen des Referenten aber eilig verlassen, als sie ihre Wohnung erreichte. Erst als ihr Chef ihr am nächsten Tag wegen ihrer »Unhöflichkeit« Vorwürfe machte, hatte sie Wu Rong angerufen und prompt eine Essenseinladung erhalten.

Diesmal ist Wu Rong sicher, dass er Erfolg haben wird. Er hat ein neues Wundermittel von einem dankbaren Apotheker bekommen, dem er einen wichtigen Gefallen getan hat. Das will er jetzt ausprobieren.

Die junge Frau weiß davon nichts. Man sieht es ihr an, dass sie eine zarte Blume vom Land ist, die in der Stadt aufsteigen will, die aber noch keinerlei Erfahrung mit den Männern hier hat. Als sie dem Kader im Dämmerlicht gegenübersitzt, ahnt sie nicht, dass sich in ihrem Schnaps ein Betäubungsmittel befindet, das sie des Bewusstseins berauben und ihr Gedächtnis für eine Weile auslöschen soll. Noch weniger weiß sie, dass das Restaurant eine sogenannte Suite anbietet und neben dem kleinen Essraum ein Bett auf sie wartet.

Die junge Frau macht eine ganz andere Rechnung. Sie hat gemerkt, wie der mächtige Kader ihr mit allen möglichen körperbezüglichen Anspielungen schmeichelt und seine Augen vor Begierde glänzen, wenn er sie betrachtet. Sie ist entzückt, dass sie einen Mann mit soviel Einfluss so scharf machen kann. Und sie will herausfinden, wie weit dieser Bonze ihr helfen kann. Um ihn bei Laune zu halten und ein möglichst großes Versprechen aus ihm herauszuholen, ermutigt sie ihn zum Trinken. Sie selber spricht dem Schnaps nur mäßig zu, weil sie die Kontrolle über sich selbst nicht verlieren will. In diesem Moment klingelt das Handy des Mannes. Er lässt ihre Hand los und greift in die Innentasche seines Jacketts.

Wu Rong hat die junge Frau längst durchschaut. Da er fürchtet, sie könnte ihm wieder entwischen, wenn sich das Essen zu lange hinzieht, will er das Trinken beschleunigen. Er hat auch schon ein Spielchen im Kopf, das die Frau dazu zwingen soll, mehr zu trinken, als sie eigentlich will.

Zu diesen Plänen passt Dais Anruf nun ganz und gar nicht. Wu macht ein paarmal »hm« und »ja« und verspricht hastig, er werde mit Bürgermeistern und Parteisekretären über Dais Kredit reden, schon hat er die Verbindung unterbrochen.

Dai sitzt versteinert in seinem Büro und schwitzt. Er kann sich nicht erklären, wieso sein vermeintlicher Förderer plötzlich so wenig Interesse an ihm zeigt. Ist er zu einem Niemand geworden, weil Sun nicht mehr da ist? Oder gilt er neuerdings gar als Versager, weil er einen Kredit braucht?

Wie kann er die Beziehung wieder erwärmen? Er sitzt im Dunkeln und grübelt.

Unterdessen hat Wu Rong es geschafft. Die junge Frau hat ihr Glas geleert, um ihn nicht zu kränken, und das Mittel tut seine Wirkung. Bald legt sie ihren Kopf auf seine Schulter und gibt keinen Laut mehr von sich. Er küsst ihr prüfend die Lippen, saugt sie ein wenig in seinen Mund ein. Sie wehrt sich nicht. Da grinst er zufrieden und voller Vorfreude.

Er trägt sie ins Nebenzimmer und legt sie behutsam aufs Bett, damit sie nicht womöglich noch aufwacht. Ganz langsam knöpft er ihr Kleid auf, zieht ihr die Unterwäsche aus und betrachtet sein Opfer. Ziemlich üppige Brüste, denkt er. Und schöne, zartrosa Knospen.

In diesem Augenblick ertönt erneut das Klingeln des Handys. Dai möchte den Beamten zum Essen einladen. Aber dieser kann keine Störung gebrauchen. Nach einem flüchtigen Blick auf das Display schaltet er sein Handy ab, zieht seine Hose aus und dringt in die Frau ein, die warm und weich ist und mit starr geöffneten Augen alles mit sich machen lässt. Um das Gefühl loszuwerden, dass sie ihn beobachtet, schließt er ihre Lider mit seinen Fingern.

Dai will nicht wahrhaben, dass sich die Medien immer noch sehr für ihn interessieren. Schon lange spekulieren die Journalisten, dass *Tenglong* in finanziellen Schwierigkeiten stecken müsse. Denn die Bauarbeiten bleiben zusehends hinter den Plänen zurück. Früher gingen in kurzem Abstand Erfolgsmeldungen von *Tenglong* durch die Presse, nun ist es still um die Firma geworden. Wenn jemand fragt, ob der Umsatz tatsächlich so stark gesunken sei, wird es dementiert. Aber wie es tatsächlich um die Produkte von *Tenglong* bestellt ist, wird nicht gesagt.

Aber die Journalisten geben nicht auf. Bei der Einweihungsfeier des Erdkönig-Hauses ist Dai beobachtet worden. Seine gedrückte Stimmung und Nervosität sind den Klatschmäulern nicht verborgen geblieben. Der Gesellschaftskolumnist der *Nanfang Dushibao*, genannt Dong Dong, hat gesehen, wie Dai sich um den Bankier Lü bemüht hat. Er bohrt nach, telefoniert ein bisschen herum, und zwei Tage später weiß er, dass Dai sich tatsächlich um einen Kredit bemüht hat.

Angesichts der bekannten Abneigung gegen fremdes Geld, die Dai schon fast zur Legende gemacht hat, ist das durchaus eine Meldung, und so erscheint drei Tage nach der Einweihungsfeier eine Notiz in der Zeitung mit der Überschrift: »*Tenglong* geht auf Betteltour«. Von schrumpfenden Umsätzen ist die Rede und davon, dass die Bauarbeiten am neuen Hochhaus nicht weiterkommen. Nicht das Regenwetter sei daran schuld, heißt es, sondern Geldmangel.

Als Dai die Zeitung gebracht wird, wäre er fast in den Boden gesunken. Er sieht so unglücklich aus, als hätte er gerade die Todesanzeige seiner Eltern gelesen.

Ganz wie Dai fürchtet, erregt die kleine Notiz große Aufmerksamkeit. Die Kunden fangen an, ihre Lieferungen nicht zu bezahlen, die Lieferanten stellen härtere Bedingungen als früher. Als eine große Ladung mit Chips, die für die Produktion für die USA dringend gebraucht werden, im Hafen eintrifft, verlangt der Zulieferer Barzahlung. Dai gerät in Bedrängnis. Seine Finanzabteilung kann in so kurzer Zeit die entsprechende Summe nicht auftreiben.

Als Anqi an diesem Abend zu ihm ins Büro kommt, ist er völlig verzweifelt. Weder Kakao noch Liedersingen vermögen zu helfen. Schließlich erzählt er ihr, was ihn quält.

»Ich helfe dir«, sagt sie.

»Du?«, fragt er und schaut sie argwöhnisch an. Er fragt sich, was sie wohl Verzweifeltes plant.

Als sie sein Gesicht sieht, muss Anqi lachen. »Keine Sorge«, sagt sie. »Ich habe nichts Schlimmes vor.«

Sie geht zurück in ihr Büro und ruft ihren Vater an. Tang Shao ist ein kluger Mann. Früher war er Einkäufer einer Stahlfabrik. Auf der ganzen Welt kaufte er Schrott, Eisen und Kohle. Dann machte er sich selbständig und gründete eine Handelsfirma, die wegen des enormen Stahlbedarfs der chinesischen Wirtschaft von Jahr zu Jahr erfolgreicher wurde.

Er hätte die Tochter gern in der eigenen Firma gesehen und ihr das Geschäftemachen persönlich beigebracht, aber er hat etwas aus dem Konflikt wegen ihres Freundes gelernt und sich deshalb entschlossen, Anqi bei der Berufswahl mehr Freiheit zu geben. Aber das heißt nicht, dass ihm die Tochter egal wäre. Kaum hat Anqi bei *Tenglong* angefangen, hat der Vater auch schon gründlich über Dai recherchiert. Er ist zufrieden mit der Wahl seiner Tochter.

Als Anqi ihn um ein dringendes Darlehen für ihre Firma bittet, ahnt der in Sachen Liebe erfahrene Vater sofort, dass die Tochter in Dai verliebt ist. Doch er wäre kein kluger Geschäftsmann, wenn er sein Tun und Lassen nur von Gefühlen leiten ließe. Schließlich muss er damit rechnen, dass Dai pleite geht und das Geld nie zurückzahlen kann. Er stellt seiner Tochter einige präzise Fragen über Dais Geschäfte und Führungsstil. Auch über Dais Charakter und sein Verhalten Anqi gegenüber fallen einige Worte. Erst als er zu der Überzeugung gelangt ist, dass diese Beziehung eine Zukunft haben könnte, beschließt er, der Tochter zu helfen. Da Überweisungen von Provinz zu Provinz immer noch ein Problem sind, schickt er einen seiner Handelsvertreter mit einem Koffer Bargeld zu Anqi. Damit ist Dais Problem gelöst.

Bald darauf erhält Anqi den zweiten Kuss ihres Lebens von Dai. Sie steht vor seinem Schreibtisch und hat etwas mit ihm zu besprechen. Als sie gehen will, springt er plötzlich auf, umarmt sie und gibt ihr einen Kuss. Diesmal läuft sie nicht weg, sondern schließt die Augen und hebt das Gesicht. Absicht oder nicht: Er küsst sie genau dort auf die Wange, wo sich das Grübchen befindet. Als sie ihre Augen wieder öffnet, ist ihr Grübchen bis zum Rand von einem seligen Lächeln gefüllt.

Wu Rong, der Wirtschaftsreferent der Stadt, ist bestens gelaunt. Die junge Frau, die er heimlich betäubt hat, um sich an ihr vergehen zu können, ist immer noch völlig arglos. Sie kann sich tatsächlich an nichts erinnern, was mit ihr passiert ist. Sie ist zwar nicht gerade begeistert, als er sie erneut zum Essen einlädt, lässt sich aber ohne großen Widerstand darauf ein. Nach der zweiten Vergewaltigung, die ihm wieder problemlos gelingt, ist sie dem Wirtschaftsreferenten schon beinahe langweilig.

Für Wu Rong hat sich mit dem Zaubermittel eine neue Möglichkeit ergeben, seine Lust zu befriedigen. Da er hässlich und dazu ein Mann mit abweisender Miene ist, hat er bei Frauen meist wenig Erfolg, auch wenn er eine gewisse Macht besitzt. Nun will er einige lange ersehnte Objekte seiner Begierde erobern.

Um seine Aufgeschlossenheit für die neue Zeit zu beweisen, geht Wu Rong auf eine Einladung von Dai ein und trifft sich im Golfklub mit ihm. Natürlich spielen sie keine richtige Runde, sondern trainieren nur eine halbe Stunde lang Abschläge, bis sie beide total verschwitzt sind. Dann duschen sie und setzen sich ins Gourmet-Restaurant Shanghai nebenan, um den Abend mit einer guten Mahlzeit ausklingen zu lassen.

Nach zwei Gläsern *Dukang* ist der Beamte bestens gelaunt. Da bittet Dai sein Gegenüber erneut um die Genehmigung zur Kreditaufnahme. Wu ist heute ehrlich und meint, das könne er nicht allein entscheiden. Einige wichtige Köpfe aus dem Stadtrat müssten ihre Zustimmung geben. Bei manchen sei es nur eine Formalität, bei anderen müsse er auf einen günstigen Moment warten. Aber da Dai noch vor kurzem der Stolz der Stadt gewesen sei, hoffe er, die Sache werde nicht allzu schwierig sein.

Dai ist sehr glücklich und gibt dem Beamten zwei Dutzend Einkaufskarten, damit er nicht mit leeren Händen zu seinen Stadtratskollegen gehen muss. Auf jeder Karte sind einige tausend Yuan einbezahlt. Damit kann der Besitzer in gewissen exklusiven Kaufhäusern einkaufen gehen, bis die Summe auf der Karte verbraucht ist.

Für Wu Rong ist es eine Routinearbeit, Kollegen anzusprechen und eine Zusage von ihnen zu holen. Schon bald hat er einige Leute für sich gewonnen. Dann spricht er Fu Yiren an. Der stellvertretende Parteisekretär ist zwar neu in der Stadt, ist aber rasch zur Zentralfigur des Stadtrats aufgestiegen.

Wu trifft ihn beim Mittagessen auf einem Wirtschaftssymposium. Als er von *Tenglongs* Kreditantrag anfängt, denkt der Parteisekretär gerade an seine neueste Errungenschaft: »Chanel N° 5« – seine dritte Nebenfrau, ein neunzehnjähriges Mädchen. So zart wie eine Pfingstrose ist sie, und ihre Haut ist so glatt und kühl wie grüne Jade. Noch nie hat er eine so junge Frau gehabt. Und noch nie hat er sich mit seinen 59 Jahren so männlich gefühlt wie bei ihr. Vor zwei Wochen war sie noch Kellnerin in einem Luxusrestaurant, jetzt sitzt sie in einem kleinen Apartment am Kulturpark und wartet darauf, dass er sich ihrer bedient. Und bezahlt wird das alles von ihrem Chef, dem Besitzer des Restaurants.

Seufzend zügelt Fu Yiren seine Gedanken und gibt sich Mühe, auf den Wirtschaftsreferenten einzugehen. Aber sosehr er sich auch anstrengt, in seinem Kopf ist Dai Xingkong ein unbeschriebenes Blatt. Er weiß zwar, dass der Unternehmer eher vom Lager seiner Gegner geschätzt wird, aber er hätte nichts dagegen, wenn Dai zu ihm überlaufen würde. Er hat ihm viel Zeit gelassen und gewartet. Doch der *Tenglong*-Chef, der von anderen scherzend als »Präsidentengehirn« bezeichnet wurde, bemühte sich überhaupt nicht um seine Gunst.

Aber Fu will dem Wirtschaftsreferenten auch nicht gleich eine Abfuhr geben, und so erkundigt er sich bei seinem Büroleiter, der gerade neben ihm sitzt, was für ein Mann dieser Dai ist.

»Kein Dummkopf. Ist bereits zu einer Legende geworden«, sagt der erfahrene Beamte. »Aber er denkt in vielen Sachen anders als wir. Manchmal wirkt er wie von einem anderen Stern.«

Das klingt in Fu Yirens Ohren befremdlich. Er runzelt die Stirn und stellt eine andere Frage: »Wie viele Frauen hat dieser Mann? Ist jemand Attraktives dabei?«

»Niemand stellt im richtigen Moment die richtige Frage wie Sie, Parteisekretär«, sagt der Büroleiter schmeichelnd. »Genau in diesem Punkt ist er eigenartig. Denn er spielt schon lange solo und hat gar keine Frau. Er hat sogar einige scharfe Nummern in seinem Betrieb, aber er lässt sie alle links liegen.« Bestätigung heischend wendet er sich dem Wirtschaftsreferenten zu. »Stimmt's?«

»Na ja. Was Frauen und Männer miteinander machen oder nicht machen, das ist schwer zu durchschauen«, erwidert Wu und macht dabei ein verwirrtes Gesicht. Was hat eine Kreditvergabe mit Dais Frauenbeziehungen zu tun?

»Was du nicht sagst.« Der Büroleiter scheint anderer Meinung zu sein. »Seine Sekretärin mit den Schlitzaugen ist doch ein scharfer Feger, findest du nicht?«, fragt er Wu. »Wie oft haben wir sie als Begleitung von Dai auf Banketten gesehen, hm? Aber weil er sie nicht zu sich ins Bett holte, hat sie schließlich einen anderen geheiratet.«

»Na ja, seine Sekretärin zu heiraten, ist so eine Sache«, murmelt Wu Rong. »Vielleicht hat Dai nur auf die Richtige gewartet, die zu seiner Position passt.«

»Und was war mit Jian Roula?« Der Büroleiter ist gut informiert. Er steigert sich in die Sache hinein und redet plötzlich mit Händen und Füßen, um seinem Chef die körperlichen Reize von Roula zu zeigen. »Die ist jetzt sogar zum Star aufgestiegen und bekannter als er. Sag mir, welcher Mann würde diese Frau nicht mit der Sänfte zu sich nach Hause holen, hm? Aber Dai hat sie rausgeschmissen, weil sie angeblich eine Affäre zu viel auf dem Bauchnabel hatte. Verstehst du das? Ich nicht. Bei solchen außergewöhnlichen Frauen muss man doch eine Ausnahme machen.«

Einige andere Männer an dem runden Tisch haben Roulas Namen aufgeschnappt und schauen interessiert zu den drei herüber. Der Parteisekretär kennt diesen nackten männlichen Blick voller Geilheit und Gier. Auch ihm ist zu Ohren gekommen, dass Jian Roula eine außergewöhnliche Schönheit und dazu eine reiche Frau ist, die er gern mal kennenlernen würde. Dass Dai sie verschmäht haben soll, kränkt seine Männlichkeit. Was bildet der Bursche sich ein? »Das kann nicht wahr sein. Alle richtigen Unternehmer haben mindestens zwei oder mehrere Frauen. Das gehört doch einfach dazu«, sagt Fu und denkt wieder an die runden Brüste von »Chanel N° 5«.

»Tja. Dai ist eben ein Sonderling. Fast wie ein Unsterblicher, der von menschlichen Trieben befreit ist. Als Privatunternehmer ist man heutzutage ja ziemlich privilegiert. Ein Wink von ihm hätte genügt, wenn er eine Frau gewollt hätte, aber Dai ...« Der Büroleiter schüttelt den Kopf.

»Nun ja ... Dai hat Shenzhen schon beträchtliche Steuereinnahmen gebracht. Wenn wir ihn unterstützen, bleibt er auch weiter ein goldenes Schaf, das wir jedes Jahr scheren können«, versucht Wu Rong das Gespräch zurück in die richtige Bahn zu lenken.

Fu Yiren starrt den Ressortleiter an, als hätte dieser nur Unsinn geredet. »Ein Mann, der keine Frau erobern kann, ist kein erfolgreicher Unternehmer. Selbst wenn er momentan noch Erfolg hat, wird er ihn nicht festhalten können. Ein Hase mag ja schnell laufen können, aber einen langen Schwanz hat er nicht.« Der Parteisekretär verzieht verächtlich den Mund.

Einer der Tischgenossen kichert und sprüht ein paar zerkaute Esskastanien dabei auf den Tisch.

Fu fühlt sich teils gestört, teils bestätigt. Er befördert mit gerunzelter Stirn ein Stück Schweinefleisch in den Mund und setzt noch eins drauf: »Solch einem Versager brauchen wir nicht noch einen Kredit hinterherzuschmeißen.«

Damit ist die Sache besiegelt: Der Stadtrat wird dem Unternehmer keine Genehmigung für die Kreditaufnahme erteilen.

Für Shenzhen gibt es neue Gründe zu feiern. Der Stadtrat will mit den riesigen Steuereinnahmen ein neues Rathaus errichten lassen. Ein architektonisches Wahrzeichen. Einen schimmernden Palast, in dem Shenzhen sich, seine Führer und seine Ansprüche feiert. Wie eine gewaltige gläserne Woge soll er sich vor dem Lotus-Hügel erheben. Nun werden Politiker, Wirtschaftsbosse, Journalisten und ausländische Gäste eingeladen, damit sie sich die Entwürfe und das Modell des neuen Stadtzentrums ansehen können. Anschließend gibt es natürlich wie immer reichlich zu trinken und zu essen.

Wäre Sun Da'an noch Bürgermeister von Shenzhen, wäre Dai mit Sicherheit ganz oben auf der Gästeliste gelandet, bei den VIPs. Aber seit Fu Yirens vernichtenden Worten ist Dai die

Blume von gestern. Jetzt halten die Behörden gern Abstand zu ihm. So bekommt er nur eine einfache Einladung.

Auch bei dieser Party trifft Dai wieder auf den Bankdirektor Lü Ying. Er steht an einem der kleinen Tische und trinkt. Dai stellt sich zu ihm und kommt nach einigen freundlichen Worten über das neue Rathaus sofort auf den Kredit zu sprechen. Er deutet die fehlende Unterstützung vonseiten der Politik an und bittet Herrn Lü um eine andere Lösung, zum Beispiel um ein paar kleine Kredite, über die er allein entscheiden kann, auch ohne Unterstützung des Stadtrats.

Lü hört nicht besonders aufmerksam zu, er trinkt und isst und lässt den Blick in dem gut gefüllten Empfangssaal umherschweifen. Als er Anqi am Nebentisch entdeckt, bleiben seine Augen an der jungen Frau hängen. Sie wird von Tag zu Tag attraktiver und ist heute schöner denn je. Neben ihr sitzen ein hochrangiger, älterer Kader und ein Ölmagnat im mittleren Alter. Es ist nicht zu übersehen, dass beide Männer Gefallen an ihr finden und um sie balgen. Der Kader fasst sie immer wieder an den nackten Arm und scheint heftig mit ihr zu flirten. Der Ölmagnat versucht, auf ähnliche Weise die Aufmerksamkeit der jungen Frau auf sich zu lenken.

»Hast du was mit ihr oder nicht?«, unterbricht Herr Lü plötzlich Dais Bitten und deutet mit dem Glas auf Anqis Profil. Dabei zündet er sich eine Zigarette Marke *Zhongnanhai* an.

»Was denkst du nur?«, sagt Dai bestürzt. »Sie ist meine Angestellte. Ich kann doch mit einer Angestellten nichts anfangen.«

»Alter Freund, sei doch ehrlich. Du kannst mir doch nicht weismachen, dass du ein Heiliger bist.« Herr Lü pafft Dai den Rauch ins Gesicht.

Dai macht ein Gesicht, als müsste er eine Grünkopffliege herunterwürgen. Sein Hals schwillt an, und er kann kaum noch sprechen. »Ich habe beschlossen, Geschäft und Liebe voneinander zu trennen – falls du das noch nicht mitgekriegt hast«, sagt er. »Ich finde, wenn die Zuneigung sich um das Geschäft rankt, dann blüht sie nicht richtig. Dann wird man zu oft enttäuscht.«

»Nein. Sag so was nicht«, entgegnet Herr Lü mit einem überlegenen Lächeln. »Geschäft und Liebe muss man immer zusammenflechten, sonst lohnt es ja gar nicht, Geschäfte zu machen.« Während er spricht, bleiben seine Augen nach wie vor an Anqi haften.

Dai möchte am liebsten mit einer Schere den lüsternen Blickstrahl des Bankers durchschneiden. Stattdessen bleibt er unschlüssig stehen wie eine hilflose Wachspuppe.

Herr Lü steckt den Kopf zu ihm herüber und sagt in einem ungewöhnlich herzlichen Ton: »Guter Freund, wenn du sie nicht haben willst, wieso schiebst du sie nicht zu mir hinüber?«

Dai ist wie vom Donner gerührt. Sein Gesicht sieht wie in Essig eingelegter Chinakohl aus. »Wie meinst du das?«, fragt er ungläubig.

»Wenn du es schaffst, sie mir zu vermitteln, können wir noch mal über den Kredit bei uns reden. Ich werde schon eine Lösung finden«, flüstert Herr Lü dem Unternehmer ins Ohr und klopft ihm brüderlich auf die Schulter, als hätte er ihm den goldenen Weg zur Lösung aller Probleme gezeigt. Im nächsten Moment wendet er sich von seinem »alten Freund« ab und segelt zum Nebentisch hinüber, um mit dem Kader neben Anqi anzustoßen. Genauer gesagt, um die Hand des Kaders von Anqis nackten Armen zu lösen.

Dai bleibt einen Moment erstarrt stehen. Dann hebt er sein Glas, stürzt den Wein in die Kehle und greift nach dem nächsten.

Erst tief in der Nacht verlassen Dai und Anqi die Feier. Dai erzählt Anqi nicht, was vorgefallen ist. Anqi merkt, dass etwas nicht stimmt. Aber er sagt nur, er sei total erschöpft. Da sie an diesem Abend wieder erfolglos geblieben sind, ist Anqi ebenfalls bedrückt. So fragt sie nicht weiter.

Als sie im Fond des großen Lincoln sitzen und die frische Nachtluft über ihre Gesichter streift, muss Dai plötzlich anhalten lassen und sich übergeben. Er beugt sich über den Rinnstein und kotzt. Nachdem er seinen ganzen Mageninhalt und eine Menge Galle herausgewürgt und einen halben Liter Wasser getrunken hat, schläft er ein.

Als das Auto vor Dais Wohnung anhält, ist er immer noch nicht wieder wach. Er hat den Kopf in Anqis Schoß gelegt und schläft wie ein Kind. Draußen ist es dunkel. Der Regen plätschert auf das Autodach und bildet eine einschläfernde Geräuschkulisse. Anqi gibt dem Chauffeur zu verstehen, er könne nach Hause gehen. Aber er solle behutsam aussteigen und die Tür leise schließen, um Dai nicht zu wecken. Sie selbst bleibt bewegungslos sitzen.

Als der Chauffeur gegangen ist, deckt sie Dai mit ihrer Jacke zu und versucht dann, selbst auch ein wenig zu schlafen.

Vom zarten Morgenstrahl umgeben, wacht Dai endlich auf. Es tropft nur noch von den Bäumen, und dünne Nebelschwaden ziehen über den Rasen. Als Dai merkt, dass ihm Anqi die ganze Zeit als geduldiges, regloses Ruhekissen gedient hat, ist er so gerührt, dass er ihre Hand nimmt und sie an seine Wange presst. Nur mit größter Mühe schafft er es, ihre Hand nicht mit seinen Tränen zu netzen.

Von da an ist Dai kaum noch in seinem Büro anzutreffen. Er rennt hierhin und dorthin, um einen Kredit zu besorgen. Er besucht sowohl Banken als auch reich gewordene Immobilienbesitzer. Immer hat er eine dicke Aktentasche bei sich, um seine Kreditwürdigkeit jederzeit unter Beweis stellen zu können. Doch sowohl die Milliardäre als auch die Herren der Geldinstitute lassen sich Zeit mit einer Entscheidung. Dai hat das Gefühl, als ob ihm die Kopfhaut weggebrannt wird. In seine schwarzen Haare schleichen sich immer mehr graue hinein.

Einmal kommt Lou Gan mit geheimnisvollem Gesicht zu ihm ins Büro und deutet an, er könne ihm den Kontakt zu einem Geldhaus im Untergrund vermitteln. Dort könne man sich den Papierkrieg ersparen und viel schneller zu einem Kredit kommen. Die Zinsen fallen ein wenig höher aus als bei den offiziellen Geldhäusern, aber dafür gebe es überhaupt keine Bürokratie.

Von der Existenz solcher schwarzer Geldhäuser wissen alle in Shenzhen. Sie tarnen sich als Investitionsfirmen, oder sie verstecken sich unauffällig hinter einem schäbigen Metallwarenladen, sind aber mächtig und verfügen über ein weltweites Netz. In kürzester Zeit können sie unzählige kleine Summen zu einem großen Geldball zusammenrollen oder wieder verschwinden lassen. Da sie mehr Finanzdienstleistungen als die offiziellen Banken anbieten und auch sonst effizienter und zuverlässiger arbeiten, gedeihen ihre Geschäfte hervorragend. Den Behörden sind sie ein Dorn im Auge, ein Wildwuchs, der vertilgt und zerstört werden muss.

Aber Dai hat den Tod seines Bruders nicht vergessen und will nichts mit »schwarzen Pferden« und dunklen Geschäften zu tun haben. »Wir kämpfen die ganze Zeit gegen Betrüger, Produktpiraten und Korruption. Nun willst du, dass ich mit einem schwarzen Kredit die Zentrale zu Ende baue. Willst du, dass ich ins Gefängnis wandere, wenn unser Turm fertig ist?«

»Na ja. Ich meine nur, es ist besser zu leben als zu verhungern. Außerdem, *der Sieger im Krieg wird zum König, der Verlierer wird zum Banditen.* Wenn du den Turm fertig gebaut hast, bist du einer von den Königen, und die Stadt wird dich auf Händen tragen. Das Gefängnis kann ich mir überhaupt nicht vorstellen«, entgegnet der Neffe.

Dai seufzt. Wieso denkt der junge Mann immer nur ans süße Leben und klammert die dunkle Seite des Daseins aus? Liegt es daran, dass er erst nach der Kulturrevolution geboren ist und von Anfang an ein leichteres Los hatte? »Weißt du, was schwarz für mich bedeutet?«, sagt Dai und lässt die Gedanken in die Vergangenheit schweifen.

»Schwarz?«, fragt Lou Gan.

»Als ich in die Schule kam, wurde ich von den Lehrern und Schülern als Nachkomme *schwarzer Elemente* gebrandmarkt, weil mein Vater als *Rechtsabweichler* bezeichnet wurde. Er wurde später zwar rehabilitiert, doch die Erfahrung, dass uns die Partei, die Roten Garden und auch der Rest der Gesellschaft am liebsten ausmerzen wollten, weil wir angeblich zu den *fünf schwarzen Elementen*, den Grundherren, Großbauern, Konterrevolutionären, üblen Elementen und Rechtsabweichlern gehörten, haben mich für immer geprägt. Heute gehören eher die Triaden, die Drogendealer und Zuhälter, die Untergrundbanken und Schmuggler zum ›schwarzen‹ Teil der Gesellschaft. Mit den *schwarzen Elementen* aus Maos Ära hat das nichts zu tun. Aber ich will nie wieder zu denen gehören, die *ausgemerzt* werden sollen.« Er richtet den Blick auf den Neffen. »Verstehst du jetzt? Ich glaube, es könnte mein Tod sein, wenn ich mich außerhalb der Gesellschaft stelle.«

»Aha, deswegen bleibe ich der schwarzen Farbe also instinktiv fern und ziehe immer nur weiße Anzüge an«, grinst Lou Gan und zupft seine Hose zurecht, um seine Verlegenheit zu kaschieren. »Gut. Ich höre auf dich. Du bist der Boss, und du wirst eine bessere Lösung für uns finden.« Er springt auf wie ein weißer Reiher und flattert genauso schnell davon, wie er gekommen ist.

Ende Juni, Anfang Juli 1998 besucht der amerikanische Präsident Bill Clinton die Volksrepublik. Alle Firmen, die mit den USA Geschäfte machen, werden von der Presse mit besonderer Aufmerksamkeit bedacht. Bald steht in den Zeitungen zu lesen, *Tenglong* sei mit niedrigen Preisen in den amerikanischen Markt eingedrungen und habe seine Absätze im Bereich der Unterhaltungselektronik kräftig gesteigert. Lobende Worte über *Tenglongs* Markterschließungsstrategien sind zu lesen. Manche preisen den Betrieb gar als Pionier und Hoffnungsstern beim Marsch in die internationalen Märkte.

Bei Dais unermüdlichen Bemühungen um einen Kredit kommt es zu einer Wende. Die erst in den 80er-Jahren gegründete China Investitionsbank ist bereit, *Tenglong* einen Kredit in

Höhe von 200 Millionen Yuan zu gewähren, stellt aber eine harte Bedingung: Die halbfertige neue Zentrale muss als Sicherheit mit einer Hypothek belastet werden.

Dai möchte den von der Bank diktierten Vertrag am liebsten ins Feuer werfen. Wirtschaftsprüfer haben den gegenwärtigen Wert des halbfertigen Gebäudes auf 1,5 Milliarden beziffert. Dai weiß aber, dass er schon 1,7 Milliarden Yuan in die neue Zentrale gesteckt hat. Dafür soll er jetzt nur einen Kredit von 200 Millionen erhalten. Aber Dai bleibt nichts anderes übrig, als den Kloß zu schlucken. Denn er braucht dringend Geld. Manche seiner Filialen sind so heruntergewirtschaftet, dass sie die Gehälter ihrer Mitarbeiter nicht auszahlen können. Immobilienexperten schätzen, dass der Turm bis zu seiner Fertigstellung noch 500 Millionen verschlingen wird. Der Kredit wird zwar nicht ausreichen, aber Dai hofft, dass er damit die schlechte Zeit zum Guten wenden kann. Wenn das Geschäft wieder normal läuft, wird er schon genug Geld haben, um den Kredit zurückzuzahlen.

Der seit Monaten anhaltende Regen wird im Juli und August noch stürmischer. Der Jangtse tritt über die Ufer und überschwemmt viele anliegende Ortschaften. Ein so gewaltiges Hochwasser hat es schon seit einem halben Jahrhundert nicht mehr gegeben. Dämme werden überflutet oder einfach weggerissen. Ein ganzes Dorf verschwindet binnen Minuten im Fluss. Tote Tiere und Leichen treiben im Wasser und jagen den Überlebenden Angst ein. Die Katastrophe ist so groß und die Bilder sind so erschütternd, dass sogar der Staatspräsident Peking verlässt, um den vom Wasser Eingeschlossenen Mut zuzusprechen.

Die Volksbefreiungsarmee ist rund um die Uhr im Einsatz, dennoch steigt das Hochwasser unaufhaltsam und fordert immer mehr Leben ein. In vielen Städten geht das Gerücht um, der Dreischluchtendamm habe den im Fluss verborgenen Drachenkönig der Mitte erzürnt, weil die Menschen seine Wirbelsäule verdreht haben. Nun habe er sich gerächt.

Der Regen wühlt auch ein großes Loch in die Kassen von *Tenglong*. Aber die Monatsrate von der Bank trifft pünktlich ein, und der Betrieb geht wieder seinen normalen Gang, nur auf der Baustelle wird noch gewartet. Doch der Regen will einfach nicht aufhören.

Inzwischen geht Dai auf den Vorschlag des Managements ein und versucht den zu schnell gewachsenen Betrieb wieder schlanker zu machen. Während er mittelmäßige Mitarbeiter entlässt und einige Filialen mit Misswirtschaft dichtmacht, sucht er schon wieder nach neuen Talenten. Sein größter Wunsch ist, ein Verkaufstalent zu finden, das die Lücke füllen kann, die Roula im Vertreterteam hinterlassen hat. Doch es bestätigt sich, was er eigentlich von Anfang an wusste: Roula ist nicht zu ersetzen.

Während Dai mit der Sanierung von *Tenglong* beschäftigt ist, geschieht jedoch etwas, das ihn völlig aus dem Gleichgewicht bringt. Die dritte Monatsrate von der Bank trifft nicht ein.

Dai begibt sich wieder einmal auf den Weg zur Investitionsbank. Wie oft ist er diesen Weg schon gefahren. Er braucht nicht die Augen zu öffnen, um sich die Hochhäuser, Parks und Baustellen ins Gedächtnis zu rufen, die den Weg säumen. Er weiß noch sehr gut, wie leer es hier vor sechs Jahren gewesen ist und wie viele Gebäude in den letzten Jahren hinzugekommen sind.

Wieso schaffen es alle anderen, ihre Häuser so schnell zu errichten? Und wieso geht bei ihm dauernd irgendwas schief, sodass er nicht ans Ziel kommt? Ist er weniger intelligent als die anderen? Oder ist es doch Schicksal?

Mit stumpfem Gesicht und steifen Beinen betritt er das gläserne Hochhaus der Bank. Als er wieder herauskommt, hat er geknickte Beine und sein Gesicht ähnelt einem alten, vertrockneten Brötchen. Die Bank hat ihm vorgeworfen, den Kredit zweckentfremdet zu haben, und die sofortige Rückzahlung aller bisherigen Raten verlangt. Erst nachdem Dai versprochen hat, mit dem Kredit ausschließlich die Bauarbeiten voranzutreiben, gibt die Bank nach und verspricht, die nächsten Raten wieder pünktlich zu überweisen.

Anfang Oktober hört die ungewöhnlich lange Regenzeit auf. Der morgendliche Himmel, der zehn Monate lang wie ein grauer Schleier über der Stadt hing, wird wieder hell und nimmt die Gesichtsfarbe eines Europäers mit goldenem Haar an. Auf der *Tenglong*-Baustelle lärmt und dröhnt es endlich wieder wie früher. Der Rohbau wächst weiter.

Dann kommt die nächste böse Überraschung: Erneut überweist die Bank eine Rate nicht.

Wieder macht sich Dai auf den Weg zu seinen Kreditgebern. Aber diesmal scheint dort eine angespannte Atmosphäre zu herrschen. Alle Verantwortlichen befinden sich in einer Sitzung und haben keine Zeit für Dai. Nur ein rangniedriger Mitarbeiter empfängt Dai und verspricht ihm, seinen Wunsch an höherer Stelle vorzubringen.

Was Dai nicht weiß: In diesem Jahr ist es zur größten Kapitalflucht in der Geschichte des neuen China gekommen. Tausende von korrupten Kadern und Unternehmern schaffen ihr Schwarzgeld ins Ausland. Mit allen möglichen Tricks bringen sie ihren Reichtum, ihre Familien und oft auch ihre Geliebten und Nebenfrauen in Sicherheit vor den Behörden. Als letzte setzen sie sich dann selbst ab und beginnen in Amerika, Kanada oder Australien ein Leben im Luxus zu führen.

Auch bei der China Investitionsbank hat ein Manager eine große Summe gestohlen und ist damit ins Ausland verschwunden. Die Bank hat die höheren Instanzen informiert, und das Disziplinarkomitee hat seine Beamten nach Shenzhen geschickt, um den Vorgang zu untersuchen. Dabei müssen sich alle Angestellten der Bank einer strengen Prüfung unterziehen, für die alltägliche Arbeit ist da kaum Zeit.

Leider sind die Kontrollen auch bei allen anderen Vorgängen sehr schwach. Kreditbetrüger haben oft leichtes Spiel. Besonders beliebt ist der Trick, sich ein und dasselbe Projekt gleich von mehreren Banken mit hohen Krediten finanzieren zu lassen.

Andere haben Bankmanager durch Bestechung zu ihren Komplizen gemacht und dann mit ihnen zusammen die Bank ausgenommen. Die ausgeliehenen Gelder sind genauso verloren wie das ins Blumenbeet gegossene Wasser – zurückholen kann man es nicht.

Um diese Entwicklung zu stoppen, wird jetzt das Risikomanagement neu organisiert. Und weil es von nun an neue, strengere Regeln für die Kreditvergabe gibt, müssen die laufenden Kredite ebenfalls erneut überprüft werden.

Dai geht mehrmals zur Bank, und jedesmal kommt er mit leeren Händen zurück. Beim fünften Mal empfängt ihn wieder jener rangniedrige Bankangestellte in einem schäbigen Raum. Dieser teilt ihm mit: Sein Besuch bei der Bank sei nicht mehr nötig. Sein Kreditantrag müsse neu aufgerollt und überprüft werden. Wenn das Ergebnis da sei, werde die Bank sich mit ihm in Verbindung setzen. Es könne sich aber mehrere Monate hinziehen. Bis dahin werde kein Geld mehr in seine Firma fließen.

26

Den Daumen verlieren, die Liebe gewinnen

In den Monaten, in denen Dai sich um die Auszahlung des Kredits bemüht, häufen sich in den Medien Berichte über verschmutzte Flüsse und vergiftete Nahrungsmittel und Heilpflanzen. Von gesundheitsschädlichem Blei und Schwefel ist die Rede, weil die Felder an Industriegebiet angrenzen und schädliche Niederschläge und Abwässer abgekriegt haben. Die gesamte Heilkräuterbranche hat darunter zu leiden.

An einigen Orten werden die Behörden aktiv und lassen die in den Medien genannten Produkte in ihren Labors untersuchen. In Shijiazhuang fällt eine Stichprobe der *Grünen Fee* mit 0,01 Prozent Blei zuviel durch. Prompt verhängt das Amt eine Geldstrafe von fünfhunderttausend Yuan gegen *Tenglong*. Zahlt der Betrieb nicht, darf in der Stadt kein Arzneimittel von *Tenglong* mehr verkauft werden. Dai, der sonst immer sehr einfallsreich ist, weiß keine Lösung mehr. *Es regnet immer dann, wenn Löcher im Dach sind*, denkt er.

Zum Glück stellt Buto, der Windkoffer, sich hinter Dai und leiht ihm die benötigte Summe. Doch dann geschieht das Unvermeidliche: Die Behörden einer anderen Stadt machen ebenfalls Stichproben, finden eine Lappalie und verlangen ebenfalls fünfhunderttausend. Diesmal müssen mehrere Manager ihr privates Geld zusammentragen, um die Forderung zu erfüllen.

In der Kantine und den Produktionshallen von *Tenglong* hängen jetzt Durchhalteparolen. »Ein Geist, ein Ziel«, »Die Tradition unserer Ahnen pflegen und Bitternis und Mühe nicht scheuen« oder »Wer als Ameise qualifiziert ist, kann auch zum Riesen werden«, steht da auf rotem Papier.

Dann erhält Dai einen Anruf von einem Hongkong-Chinesen, der letztes Jahr eine halbe Etage bei ihm vorgekauft hat und ihm nun einen privaten Kredit anbietet. Dai, der keine Chance ungenutzt lassen will, eilt über die Grenze in die ehemalige britische Kronkolonie und erscheint pünktlich im Seafood-Restaurant *Fulinxuan*. Ein höflicher junger Mann führt ihn zu einem gesonderten Raum, was Dai zunächst gar nicht wundert. Denn Geschäfte werden oft in Nebenräumen abgewickelt.

Doch als der Führer ihn plötzlich in einem Vorzimmer allein lässt und selbst durch eine andere Tür verschwindet, wird Dai nervös und überlegt, ob er nicht doch lieber gehen soll. Aber dazu ist es zu spät.

Eine dritte Tür geht auf. Kurz, Lang, Rund und Eckig – so werden die vier Hongkong-Chinesen nach ihrer äußeren Erscheinung genannt – treten ein und umringen den Gast. Er kennt sie alle persönlich, denn sie haben alle eine halbe oder eine Etage bei ihm vorgekauft. Nur der größte Käufer, Cao Song, der gleich drei Etagen gekauft hat, ist nicht dabei, was Dai ein wenig verwundert.

Wenn er mehr Zeit hätte und die Hongkonger Zeitungen lesen könnte, wüsste er vielleicht, dass sich der Porzellanmilliardär gerade in Toronto aufhält. Aber er hat weder Zeit noch die nötigen Informationen. Er weiß ja auch nicht, dass die Zeitungen in Hongkong seinen unmittelbar bevorstehenden Bankrott angekündigt haben.

Kurz, Lang, Rund und Eckig erklären förmlich, dass sie nicht nur sich selbst, sondern auch noch ein paar andere Hongkong-Chinesen vertreten. Sie wollen ihr Geld zurück, das sie in Dais Hochhaus investiert haben. Dai soll ihnen das Geld wiedergeben, das sie auf sein Hongkong-Konto eingezahlt haben. Tut er das nicht, wird er das Zimmer nicht wieder verlassen können. Sie reden mal freundlich, mal bedrohlich auf ihn ein, wenden aber keine Gewalt an.

Das ist auch nicht nötig. Denn Breit, der Dai hierhergelockt hat, öffnet wie zufällig zwei Schränke und zeigt ihm, was ihn erwartet: Hinter jeder Tür steht ein muskulöser Mann mit Augenmaske und eiskaltem Blick, um Dai in Sekundenschnelle mit Schlägen und Tritten gefügig zu machen. Einen Augenblick bleibt sein Herz stehen. Aber dann schließt Breit die Türen, und die Angsteinflößer sind nicht mehr zu sehen.

Mit zitternder Stimme gesteht Dai, dass die eingezahlten Summen seit langem verbraucht sind. Daraufhin wird ihm seine Brieftasche abgenommen und deren Inhalt umgehend untersucht. Dann verlangen die Herren die nötigen Informationen und Geheimzahlen für seine Geld- und Kreditkarten.

Eine Stunde später wissen die Herren, dass Dais Konten tatsächlich leer sind. Aber sie lassen ihn keineswegs gehen. Sie geben ihm acht Stunden Zeit. Bis dahin soll er sich überlegen, wie er sie entschädigen kann. Dann ziehen sie sich ins Nebenzimmer zum Abendessen zurück.

Dai muss die Nacht auf dem Sessel verbringen. Da er nicht weiß, ob die Männer im Schrank etwas vorhaben mit ihm, wagt er nicht einzuschlafen. Doch es geschieht nichts.

Am nächsten Morgen sind die Herren wieder da. Breit lächelt den Gefangenen freundlich an, als wären sie immer noch gute Freunde. Sie setzen sich wieder mit ihm zusammen und fragen nach seiner Lösung. Eine Stunde später gehört ihnen das Himmelspferd *Qianlima*. Nachdem er ihnen den Firmen-Jet überschrieben hat, lassen die Hongkong-Chinesen ihn frei.

Da Dai seine Reise nach Hongkong im Betrieb angekündigt hat, ist niemand überrascht, als er erst am nächsten Tag in der Zentrale erscheint, auch wenn er etwas zerknautscht aussieht. In letzter Zeit sind die Angestellten an das glanzlose Äußere des Chefs gewöhnt.

Dai arbeitet wie gewohnt und erzählt niemandem von der Entführung. Er möchte jede Art von Panik vermeiden.

Inzwischen haben sich die Meldungen über den angeblichen

Bankrott aber auch auf dem Festland herumgesprochen, und die Käufer der Wohnungen im *Tenglong*-Turm geraten in Panik. Die Leute vom Festland sind nicht alle so wohlhabend wie die Investoren aus Hongkong. Manche haben jahrzehntelang gerackert und gespart, um sich ein modernes Apartment mitten in einem Wirtschaftszentrum kaufen zu können. Für sie soll der Immobilienkauf den Abschied von Elend und Armut bedeuten. Nun sieht es aber so aus, als sollte das Schreckgespenst der Armut gerade wegen der gekauften Immobilie zurückkehren. Die Zeitungsberichte über *Tenglong* lassen keinen anderen Schluss zu. Wie können sie da noch ruhig zu Hause sitzen?

Doch es gibt einen Haken in ihrem Kaufvertrag. *Tenglong* hat versprochen, dem Käufer nach drei Jahren Bauzeit die Wohnungen oder Geschäftsräume in fertigem Zustand zu übergeben. Nun ist aber gerade erst ein Jahr vergangen. Bis zur Erfüllung seiner Versprechungen hat der Verkäufer also noch zwei Jahre Zeit. Erst wenn die drei Jahre vorbei sind und *Tenglong* den Vertrag nicht erfüllt, ist eine Entschädigung des Käufers vorgesehen. Nach Abzug von Steuern und verschiedenen Gebühren garantiert *Tenglong* eine Rückzahlung von 80 % der eingezahlten Summe. Während der Bauzeit ist es dem Käufer nicht erlaubt, vom Vertrag mit *Tenglong* zurückzutreten. Er kann seinen luftigen Besitz allenfalls an einen Dritten weiterverkaufen.

Aber wer will schon eine imaginäre Wohnung von einer Firma kaufen, deren Name gerade aus der Welt zu verschwinden droht?

Die Käufer versammeln sich spontan vor der alten *Tenglong*-Zentrale und verlangen eine Entschädigung. Dai schickt seinen Rechtsanwalt an die Front. Zuo Gang, genannt »Strombeißer«, zerstreut alle Pleitegerüchte und schickt die Versammelten nach Hause.

Doch am nächsten Tag sind sie wieder da. Denn in den frisch gedruckten Zeitungen sind wieder schlechte Nachrichten über *Tenglong* zu lesen. Einer der Geschäftsführer soll geflohen sein.

Zwar wird in der Presse kein Name genannt, aber er soll sich ein beachtliches Vermögen bei *Tenglong* unter den Nagel gerissen haben. Sorge und Unruhe beherrschen die Menge, die von Stunde zu Stunde wächst.

Gegen Mittag tritt Strombeißer wieder heraus und spricht tröstende Worte. Einige Anwesenden schlagen vor, 30 Prozent Nachlass vom Kaufpreis zu geben, wenn *Tenglong* bereit sei, den Rest sofort zurückzuzahlen. Zuo Gang verweist auf die Kaufverträge und lehnt das Angebot ab. Daraufhin brodelt es in der Menge, und der Ruf wird laut, Dai Xingkong solle sich selbst zeigen.

Dai schickt seinen Stellvertreter Ding Buto vor. Dieser ist sprachlich nicht so geschickt wie Strombeißer und kann die aufgebrachte Menge überhaupt nicht beruhigen. Als er sagt, die Versammlung sei illegal, und wenn sie nicht nach Hause gingen, werde die Polizei sie vertreiben, zischt eine Birne an seinem Ohr vorbei. Das verschlägt ihm die Sprache, und er verschwindet rasch hinter dem eisernen Eingangstor. Von da an wird das Tor nicht mehr geöffnet.

Später kommt wirklich die Polizei und verscheucht die Menge. Aber kaum sind die Ordnungshüter weg, sind die Gläubiger wieder da. Dai lässt ankündigen, dass er nächste Woche vor ihnen erscheinen wird.

Die Käufer wissen noch nicht, dass *Tenglongs* Geldkette tatsächlich bereits gerissen ist. Die Bauarbeiten sind eingestellt worden. Im Betrieb ist die Produktion ins Stocken geraten wie ein von Eis und Schnee umgebener Zug. Da der Lohn bereits seit vier Wochen ausbleibt, erscheinen von Tag zu Tag immer weniger Arbeiter in den Hallen. Aber am schlimmsten ist es um Dai bestellt. Er ist inzwischen fast dauernd von Gläubigern umlagert.

Die letzten Tage haben ihn so belastet, dass er kaum noch zu erkennen ist. Er wird von Tag zu Tag magerer und hat blutunterlaufene Augen wie ein scheuer Vampir. Seit einiger Zeit benutzt er nur noch einen Seiteneingang, um in den Betrieb zu gelangen. Die protzige Lincoln-Limousine hat er gegen einen schäbigen Xiapu eingetauscht, um einer dringenden Zahlung nachzukommen. Stünde er mit seinem zerknautschten Anzug und sorgenvollen Gesicht auf der Straße, könnte man glauben, er wäre ein Arbeitsloser.

Nach zweimaliger Verschiebung erscheint Dai endlich doch noch vor den täglich vor dem *Tenglong*-Haus versammelten Wohnungskäufern. Es ist ein Donnerstag im Dezember. In Europa beginnt gerade der Heilige Abend. In China feiern zwar nur Christen und wenige junge Leute das Fest, aber die Meldungen in den Zeitungen verbreiten eine euphorische Stimmung, weil viele chinesische Firmen am christlichen Weihnachtsfest gut verdient haben. Nicht nur Christbaumschmuck und Kinderspielzeug, sondern auch Unterhaltungselektronik und Kleidung aus China haben die Gabentische in Amerika und Europa bereichert. In Shenzhen herrscht eine fröhliche, optimistische Stimmung, nur bei *Tenglong* spielt sich das Gegenteil ab.

Es sind rund hundertfünfzig Menschen vor dem Eingang der Zentrale versammelt. Dreimal mehr als an den anderen Tagen. Tatsächlich sind nur ein Drittel davon echte Käufer, die anderen sind sogenannte Helfer: Familienangehörige, Kollegen und Nachbarn. Die meisten Käufer sind ja im ganzen Land verstreut und können nicht dabei sein. Dafür haben sich zahlreiche Schaulustige eingefunden. Eine bunte Menge, aber vorwiegend junge Leute, kommen dabei zusammen.

Bevor Dai erscheint, verteilt ein Aufgebot von *Tenglong*-Mitarbeitern Dampfbrötchen mit Fleischfüllung, Kuchen und Bonbons an die Versammelten, um sie friedlich zu stimmen. Auch Getränke werden kostenlos angeboten. Es ist kurz vor Mittag. Die Sonne strahlt schwach über die Köpfe der Menschen. Einige blicken die *Tenglong*-Angestellten misstrauisch an, als hätten sie ihnen Gift vorgesetzt. Doch die anderen, die Schaulustigen, beißen gern in die dampfenden Brötchen. Allmählich sieht es aus wie in der Kantine einer Volkskommune. Auf einigen Gesichtern ist ein zufriedenes Lächeln zu sehen.

Dann erscheint Dai in Begleitung einiger Manager. Sein Gesicht ist bleich wie das einer Leiche. Seine Gestalt wirkt so abgemagert und kraftlos, als könnte ein leichter Windhauch ihn umwerfen. Wäre er aus einem Spielkasino gekommen, hätte man vermutet, dass dieser Mann alles verloren hat.

Die Menge verstummt, verfolgt aber mit scharfen Blicken seine Bewegungen. Er stellt sich vor sie hin und beginnt zu sprechen. Mit einer Stimme, als hätte er nicht genug gegessen. Er bedankt sich für die Investitionen der Anwesenden, aber das will niemand hören. Doch er spricht weiter. Über *Tenglongs* Erfolge und neue Rekorde, aber auch über Schwierigkeiten und Mängel. Als er von den vergangenen zehn Regenmonaten und den dabei entstandenen extra Baukosten spricht, herrscht Totenstille, als hätten die Anwesenden Mitleid mit ihm.

Aber als er dann um mehr Geduld und Gelassenheit bittet, passiert genau das Gegenteil. Die Gläubiger rücken ihm auf den Leib und verlangen ihr Geld zurück. Dai verspricht, er werde einen Weg finden, die neue Zentrale weiterzubauen und die Wohnungen rechtzeitig fertigzustellen, aber nun schlagen ihm laute Pfiffe und Zwischenrufe entgegen.

»Wie kannst du in so kurzer Zeit so viel Geld verspielt haben? Nein! Du hast unser Geld bestimmt woanders angelegt und willst es uns bloß nicht zurückgeben.«

»Kapitalist mit schwarzem Herzen! Gib uns sofort unser Blut- und Schweißgeld zurück!«

»Betrüger! Rück unser Geld raus, sonst belagern wir jeden Tag deinen Betrieb!«

Unzählige Fäuste strecken sich in die Höhe und schwingen wie kleine Fahnen auf und nieder. Die Luft knistert. Es sieht so aus, als könnte die Masse jeden Augenblick auf ihn losgehen. Da tritt Strombeißer vor und redet beschwichtigend auf die Menge ein. Dabei lässt er die anderen Manager mit einer Handbewegung hinter dem Rücken wissen, dass sie Dai in Sicherheit bringen sollen.

Kaum hat Dai sich, abgeschirmt von ein paar Angestellten,

ins Gebäude zurückgezogen, erhebt sich ein gewaltiges Kriegsgeheul aus der Menge. Die Masse hat das Fluchtmanöver bemerkt und will Dai zurückholen. Sie schieben Strombeißer beiseite und zerren an der gläsernen Eingangstür, während die Wachen von innen versuchen, sie zuzuhalten.

Anqi ist die ganze Zeit nicht von Dais Seite gewichen. »Verlass bitte sofort das Betriebsgelände«, sagt sie jetzt. »Wir kümmern uns um den Rest.« Während sie spricht, schiebt sie Dai in den Flur, damit die Menschen von außen ihn nicht mehr sehen. Dann löscht sie die Gangbeleuchtung und zückt das Handy, um die Polizei zu alarmieren. Kaum ist die Verbindung hergestellt, hört sie einen Knall aus dem Eingangsbereich. Das Handy fällt ihr aus der Hand. Die Masse hat die eisernen Gittertüren auseinandergedrückt, die gläserne Tür eingeschlagen, die von den Wachen eilig vorgeschobene Sperre – einen Tisch – umgeworfen und ist in den Betrieb eingedrungen …

Eine Viertelstunde später rückt eine Hundertschaft Polizei an. Die Beamten treiben die Eindringlinge aus dem Betrieb und nehmen die Gewalttätigen fest. Wer sich danach immer noch vor dem Eingang befindet, wird mit einem Wasserwerfer verjagt.

Nachdem die Polizei abgezogen ist, gleicht der Betrieb einer Kriegsruine. Fenster sind eingeschlagen. Geräte sind verschwunden oder demoliert. Besonders betroffen sind die Werkhallen und Fließbänder. Ohne aufwändige Reparatur können sie nicht mehr eingesetzt werden.

Noch am selben Abend, im Schutz der Dunkelheit, erscheint Dai wieder im Betrieb. Mit verklebtem Haar und zitternden Beinen steht er da, als wäre er krank. Nachdem er wortlos einen Rundgang gemacht hat, lässt er alle Mitarbeiter, die sich noch im Betrieb befinden, zur Festhalle rufen.

Von den neunhundert Mitarbeitern in Shenzhen sind nur rund fünfhundert anwesend. Viele sind vor dem Angriff der Immobilienkäufer geflüchtet und später wieder in den Betrieb zurückgekehrt. Andere, die zu Hause von dem Angriff erfahren haben, sind zur Zentrale gekommen, um sich zu informieren und den Kollegen beizustehen. Sie strömen alle wortlos in die Halle. Es herrscht eine seltsame Stille.

»Kollegen und Freunde«, sagt Dai mit blutleerem Gesicht. »Es tut mir leid, dass ich euch alle entlassen muss. Ich wollte Tenglong zu einem fliegenden Drachen machen. Wir waren dem Himmel ganz nah. Aber dann habe ich Fehler gemacht. Ich habe die Expansion zu schnell vorangetrieben, das Geschäft zu breit gefächert. Auch in der Produktion hat es Organisationsfehler gegeben … Nun ist Tenglong abgestürzt, und ich muss den Betrieb schließen … Ich werde euch nie vergessen. Ihr seid das Blut und das Fleisch von Tenglong. Jeder von euch ist ein fliegender Drache. Ich danke euch für eure Treue und Unterstützung. Es tut mir sehr leid, dass ich euch allen den letzten Lohn nicht mehr zahlen kann.«

Mit Tränen in Augen verbeugt sich der schmächtige, abgemagerte Unternehmer tief vor seinen Angestellten, bevor er taumelnd den Saal verlässt.

Die meisten Angestellten haben bis zuletzt gehofft, dass *Tenglong* die Rückschläge wegstecken kann. Nun ist es plötzlich aus. Jemand aus der Belegschaft bricht in leises Schluchzen aus. Dann stimmen einige andere ein. Sie trauern um ihren verlorenen Arbeitsplatz, um ihre Firma, um den fliegenden Drachen, der zum Himmel hinaufgestiegen und nun in den Tod gestürzt ist.

Während im Korridor schon polternde Umzugsgeräusche zu hören sind, führt Dai in seinem Büro hinter verschlossener Tür die letzte Konferenz mit seinen Managern durch. Den beweglichen Besitz wie Dienstwagen und Computer verteilt er je nach Verdienst unter ihnen. Das unbewegliche Vermögen wie die achtstöckige Zentrale und die Produktionshallen sollen verkauft werden, um die Rechnungen der Lieferanten auszugleichen. Da *Tenglong*s Schulden in diesem Bereich nicht allzu hoch sind, müsste der Verkaufserlös ungefähr ausreichen, meint Dai. Er gibt Ding Buto und dem Rechtsanwalt Zuo Gang den Auftrag, dieses Geschäft abzuwickeln. Dann sagt er zu den Anwesenden, wer Unternehmer werden und Vorräte und fertige Produkte aus dem Lager übernehmen wolle, möge sich bei ihm melden und einen Preisvorschlag machen.

Zum Schluss wirft Lou Gan die Frage auf, ob die Firma nicht Insolvenz anmelden solle. Dai sagt entschieden nein. »Tenglong ist eine beliebte Marke. Sie ist nicht pleite gegangen. Pleite bin nur ich. Melde ich aber Insolvenz an, bedeutet dies das Todesurteil für die Marke. Das will ich nicht zulassen«, erklärt er.

»Aber wenn man Insolvenz anmeldet, ist man den Schuldenberg los. Ein paar Jahre später kann man neu anfangen«, meint Laurence, der in Amerika schon ein Insolvenzverfahren mitgemacht hat.

»Ich will mich vor meinen Schulden nicht drücken«, sagt Dai entschlossen. Für einen kurzen Moment klingt er wieder wie ein selbstbewusster Unternehmer. »Unsere Produkte haben nicht wenige Eimer Gold abgeworfen. Die Firma soll weiterlaufen. Aber das Hochhausprojekt verschluckt mehr, als wir aufbringen können. Deshalb sollen die Schulden ausschließlich im Bereich des Immobilienprojekts bleiben. Da ich sie nicht ausgleichen kann, werde ich wohl lebenslang Schulden abzahlen müssen. Damit muss ich leben.« Er senkt den Kopf, als hätten seine Worte ihm wie ein Messer ins Fleisch geschnitten.

Kurz nach Mitternacht ist Dai endlich allein. Das Poltern im Flur ist verstummt. Morgen wird es wieder poltern und krachen, aber heute, tief in der Nacht, scheint das aufgewühlte Haus nun doch schlafen zu wollen. Dunkelheit und Ruhe umhüllen Dais beleuchtetes Büro und lassen den hektisch beschäftigten Mann seltsam erscheinen.

Den ganzen Tag hat Dai nichts gegessen. Die Ereignisse haben sich so überschlagen, dass er den Hunger völlig verdrängt hat, auch wenn sein Magen verrückt spielt. Er hat noch eine

Viertelstunde, dann wird er wie vereinbart drei Stockwerke nach unten gehen und Anqi abholen. In der letzten Zeit hat es sich so eingespielt, dass sie den Betrieb gemeinsam verlassen und er sie anschließend mit seinem Wagen nach Hause fährt. Den Chauffeur hat er schon seit einiger Zeit nicht mehr bestellt. Das Gespräch unter vier Augen im Auto und das bisschen Nähe während der Heimfahrt wirken wie Balsam auf seine aufgeriebenen Nerven.

Heute wird er Anqi zum letzten Mal nach Hause fahren. Kann sein, dass er sie nie wieder sieht. Bei diesem Gedanken vermisst er sie schon so stark, dass er am liebsten gleich zu ihr gehen würde. Aber er muss noch einiges erledigen. Denn er muss damit rechnen, dass er nie wieder in dieses Büro kommt.

Er überlegt kurz, dann beginnt er den Schrank auszuräumen, in dem er seine wichtigsten Dokumente verwahrt. Einige Papiere steckt er in den Reißwolf, andere in seine Aktentasche. Da schaltet plötzlich jemand die Deckenbeleuchtung aus.

Er dreht sich um und erblickt im schwachen Licht der Tischlampe drei schwarz gekleidete, fremde Männer in seinem Büro. Sie sehen aus wie frisch aus der Erde hervorgequollene Teufel. Der Anblick ist so gespenstisch, dass Dai die Papiere fallen lässt und sich mit dem Rücken an den Schrank drückt.

Der Mann in der Mitte trägt eine Sonnenbrille. Es ist kein anderer als der Faustmeister Zhao, der Anführer der Banditen, die vor einem Jahr Dais Baustelle überfallen und ausgeraubt haben. Die beiden anderen sind seine Leibwächter.

Dai kennt Zhao zwar nicht persönlich. Aber nachdem Sun ihm den Namen des Räubers verraten hat, hat Dai recherchiert und weiß inzwischen eine Menge über den Gangsterboss mit dem Doppelleben als ehrbarer Kaufmann. Bei der Einweihung des Erdkönighauses hat er ihn sogar ganz aus der Nähe gesehen, und so weiß er sofort, wer vor ihm steht.

»Machen Sie keinen Lärm ...«, sagt einer der Männer von Zhaos Gefolge, und dann nehmen die beiden Leibwächter Dai in die Mitte.

»Hast du das Geld, das wir telefonisch bestellt haben?«, fragt Zhao mit gedehnter Stimme.

Dai hat in letzter Zeit mehrere Drohanrufe bekommen. Ein Mann hat mehrmals angerufen und behauptet, er habe jetzt die Kaufverträge für die drei Etagen in seinem Besitz, die der Porzellankönig Cao Song vor einem Jahr bei Dai gekauft hat. Leider sehe er sich gezwungen, das angezahlte Geld bei Dai einzutreiben. Dai solle ein paar Millionen in einen Koffer packen und damit in den Sun-Yat-sen-Park kommen – ausgerechnet jenem Park, dem Dai zweihundert Bäume geschenkt hat.

Zhao hat zwar nicht selbst angerufen, aber Dai ahnt jetzt, dass er der Auftraggeber des Anrufers war.

»Mir wurde gesagt, ich solle das Geld erst morgen übergeben«, sagt Dai und horcht verzweifelt hinaus in den Flur. Wenn dort nur jemand vorbeigehen würde! Dann könnte er einen Ordner aus dem Schrank ziehen und fallen lassen, um Aufmerksamkeit zu erregen. Aber draußen herrscht Totenstille. Zu dieser späten Stunde befinden sich wahrscheinlich nur noch wenige Menschen im Haus, die sich alle in ihren Büros verstecken.

»Du hast heute Bankrott gemacht, nicht wahr?«, sagt Zhao. »Dann musst du heute auch zahlen.« Der Gangsterboss schaut verächtlich auf Dai herab. »Morgen bist du nur noch ein Bettler, der sich mit einem auf den Boden geworfenen Knochen zufriedengeben muss.«

»Ich muss zuerst den Vertrag sehen.« Dai hat inzwischen so viele Demütigungen erlebt, dass er schnell wieder zur Ruhe gelangt. Er will versuchen, Zeit zu gewinnen. Vielleicht kommt ja doch noch jemand vorbei und rettet ihn aus der Klemme. Er ahnt nicht, dass Zhaos Leute die ganze achte Etage unter Kontrolle haben.

Zhao kommt näher, zieht einige Papiere heraus und wedelt Dai damit vor der Nase herum. Der Vertrag zwischen Cao Song und *Tenglong* ist dabei. Es sieht tatsächlich so aus, als ob der Porzellankönig den unsicheren Besitz schnell abgestoßen hat, um wenigstens einen Teil seines Geldes zu retten. Aber wie die Dokumente in Zhaos Hände gelangt sind, das möchte Dai doch gern wissen. Er streckt die Hand nach den Papieren aus, da schlägt einer von Zhaos Männern ihm auf den Arm und drückt ihn an den Schrank.

Zhao klatscht sich die Papiere ans Bein, dass es knallt, als wollte er Dai damit in die Realität zurückholen. »Was wollen Sie mir geben, um mich zu entschädigen? Geld oder Wertgegenstände?«

»Ich habe kein Geld mehr«, sagt Dai ehrlich.

»Was ist mit dem Flieger *Qianlima*?«

»Der ist weg.«

»Was ist mit dem Haus hier? Die acht Etagen sind zwar nicht so viel wert wie die versprochenen drei Topetagen, aber wir können schon ins Geschäft kommen.«

»Das gehört auch nicht mehr mir«, sagt Dai, was nur der halben Wahrheit entspricht. Denn das Haus muss erst noch verkauft werden. Aber um glaubhaft zu wirken, fügt er schnell hinzu: »Das ist bis in den Keller mit Hypotheken belastet.«

Faustmeister Zhao wird ungehalten. »Du Hurenböckchen! Du hast es geschafft, schneller zum armen Teufel zu werden, als ich dachte.« Er spuckt Dai auf die Hose, wo das männliche Geschlechtsorgan zu vermuten ist, und schickt noch einen Tritt hinterher. Dai krümmt sich und stößt einen Schrei aus. Aber Zhaos Helfer haben das kommen sehen und Dais Mund zugedrückt, sodass der Schrei nur wie das Wimmern eines jungen Hundes klingt, dem man die Kehle durchtrennt hat.

»Willst du mir gar nichts bezahlen?«, fragt Zhao mit bösem Blick.

»Geben Sie mir ein wenig Zeit. Ich werde eine Lösung finden«, bittet Dai gurgelnd.

Der Faustmeister blickt suchend um sich. Zwei Fotos auf dem Schreibtisch fallen ihm auf. Er nimmt sie in die Hand und betrachtet sie nachdenklich. Auf dem einen sieht man Buddha mit Frau und Kind, alle lachend in einer glücklichen Zeit. Auf dem anderen steht Buddha vor einer *Tenglong*-Filiale und lächelt sein rätselhaftes Lächeln. Jung und kraftvoll wirkt er.

»Tatsächlich, dein Bruder hat eine Gurkennase gehabt«, spottet Zhao und wirft die kleinen Silberrahmen nach Dai. »War sein Schwanz auch so?« Der eine Rahmen prallt gegen Dais Brust. Der andere trifft seine Stirn. Dann fallen sie zu Boden, und das Glas geht klirrend zu Bruch. Auf Dais Stirn erscheinen zwei feine Blutstropfen.

»Gut. Ich gebe dir einen Tag Zeit. Wir erwarten dich wie verabredet morgen im Park. Kommst du nicht, kannst du was erleben. Eins will ich dir sagen: Wir finden dich immer, auch wenn du dich unter der Erde oder im Himmel versteckst«, sagt Zhao, den Zeigefinger drohend auf Dais Nase gerichtet. Dann schaut er zu seinen Männern herüber. »Lasst ihn ein wenig unsere Farben kennenlernen. Sonst glaubt der Knabe mit grünem Haar immer noch, er kann mich überlisten.«

Wortlos zieht einer der Helfer ein Klappmesser aus der Tasche. Der zweite wirft Dai zu Boden und setzt sich auf ihn. Der schmächtige Dai ist kein Gegner für die zwei Muskelpakete. Eine Minute später balanciert der eine Schläger Dais linken Daumennagel mit einem langen Streifen Fleisch auf der Schneide des Messers. Dann grinst er zufrieden, wickelt die blutige Trophäe in sein Taschentuch und steckt sie ein. Beim Verlassen des Büros lassen die Männer noch Dais Laptop und die vollgestopfte Aktentasche mitgehen.

Anqi schickt im Namen von *Tenglong* mehrere Mails an die Filialen und führt viele Telefongespräche. Auch Dais Leitung ist zu ihr umgeschaltet, damit er nicht gestört wird. An ihrem Kiefer ist eine Prellung zu sehen, die sie sich bei der Rangelei mit den Wohnungskäufern zugezogen hat. Die Stelle ist angeschwollen und stört ein wenig beim Sprechen. Sie benetzt sie hin und wieder mit Wasser, um sie zu kühlen.

Anqi telefoniert sich die Lippen wund, aber der Strom der Anrufe will nicht abreißen. Die Mitarbeiter in den Filialen sind verzweifelt und wollen wissen, ob es noch Hoffnung für *Tenglong* gibt. Anqi versucht, sie zu trösten, und muss ihnen trotzdem die Hoffnung nehmen.

Gegen eins fühlt sich Anqi total ausgelaugt. Sie kann sich vorstellen, dass Dai noch eine Menge zu erledigen hat, und will ihm Zeit lassen. So räumt sie auf, kämmt sich das Haar, wäscht sich das Gesicht, richtet sich her und wartet. Als Dai um halb zwei immer noch nicht aufgetaucht ist, entscheidet sie sich, zu ihm hinaufzugehen. Auf dem Korridor ist es dunkel.

Dais Tür steht seltsam halb offen. Anqi huscht herein und will Dai überraschen. Beim Anblick des auf dem weißen Marmorboden liegenden Mannes und des verwüsteten Zimmers löst sich ein gellender Schrei von ihren erschrockenen Lippen. Sie wirft sich auf den leblosen Körper und bricht in Schluchzen aus. Wie gern hätte sie ihn geliebt, nun liegt er tot vor ihr, neben seinem Kopf eine Blutlache. Sie legt ihre Wange auf seine und weint. Dann merkt sie, dass der Körper des Mannes noch warm ist. Als sie feststellt, dass er tatsächlich noch atmet, hört sie auf zu weinen und untersucht ihn genauer.

Das Blut kommt zum Glück nicht aus Dais Kopf, sondern nur aus seinem grausam verstümmelten Daumen, aus dem der nackte weiße Fingerknochen heraussteht. Sie befreit ihn von dem Knebel, den die Männer ihm in den Mund gesteckt haben, und umwickelt den verletzten Daumen vorsichtig mit ihrem Halstuch. Als sie die durchtrennten Nerven berührt, wacht Dai mit einem Schmerzensschrei auf. Dann erkennt er Anqis Stimme und lässt den Kopf erleichtert wieder zurückfallen.

»Ich habe geträumt, dass mein Daumen brennt und Rauch aus ihm herausquillt«, sagt er schwach. Neben ihm liegt seine zertretene Brille. Sogar Anqis Gesicht sieht er nur verschwommen. »Kannst du mal nachschauen, ob da tatsächlich ein Feuer brennt?«

»Es ist nur der Schmerz. Dein Fingernagel ist abgebrochen«, sagt sie und versucht, ihre Stimme ruhig wirken zu lassen. »Ich bringe dich gleich ins Krankenhaus.« Sie geht zum Telefon und versucht ein paar Nummern. Nur Laurence ist noch an seinem Platz.

Bald betritt der große Nordchinese das Büro seines Chefs. Seine erste Reaktion ähnelt Anqis: Er stößt einen entsetzten Schrei aus. Dann hilft er Dai, sich auf einem Sessel niederzulassen.

Dai kommt allmählich zu sich und erzählt den beiden, was vorgefallen ist. Sie beginnen nach der abgeschnittenen Fingerkuppe zu suchen, aber sie finden natürlich nichts, da der Täter sie mitgenommen hat.

Als sie ihn ins Krankenhaus bringen wollen, wehrt sich der Verletzte. »Diese Gangster sind hinter mir her. Im Krankenhaus finden sie mich bestimmt«, sagt er keuchend. »Holt unseren Hausarzt hierher oder bringt mich zu ihm. Das wird ausreichen.«

Es geschieht nach Dais Wunsch. Zhong Ming, der medizinische Berater von *Tenglong* wird aus dem Bett geklingelt und eilt mit einem Taxi in die Zentrale. Er behandelt die Wunde und gibt dem Verletzten zwei Spritzen. Dann verordnet er Dai eine Woche Bettruhe und gute Ernährung. Er habe viel Blut verloren, und sein Körper sei auch sonst sehr geschwächt, meint der Arzt.

Gegen halb drei in der Nacht bringen Anqi und Laurence den Verwundeten in ein Versteck. Danach fährt Laurence per Taxi erschöpft nach Hause. Anqi will den Patienten nicht allein lassen und bleibt bei ihm.

Das Versteck ist jene Eigentumswohnung am Dufthonigsee, die Dai ursprünglich als Preis vom Stadtrat erhalten und dann für Roula hat einrichten lassen. Sie hat davon nie erfahren, und seit der Trennung von ihr ist er nicht mehr hierhergekommen.

Nun liegt er auf dem großen Bett, das er selbst ausgewählt hat, und alles kommt ihm wie ein Traum vor. Ist die Frau, die am Bettrand sitzt und mit einem warmen, feuchten Tuch seinen blutverschmierten Kopf säubert, wirklich Anqi? Oder ist es

Roula, die im Traum zu Besuch gekommen ist? Wieso schimmert es silbern an ihren Augen? Weint sie etwa? Wenn er sie nur klar sehen könnte! Unsicher streckt er ihr seine Rechte entgegen, um die vermeintlichen Tränen abzuwischen. Da nimmt die Frau plötzlich seine Hand und drückt sie an ihre Wange. Sie glüht wie die Kohle im Ofen.

»Du musst untertauchen. Du kannst hier nicht bleiben«, sagt sie mit bebender Stimme. Es ist Anqis Stimme. Ein warmer Strom durchflutet seinen Körper.

»Mach dir keine Sorgen«, sagt er. Nur so, um sie zu beruhigen. Dann dringt die Realität in seinen Kopf ein. Vor seinem inneren Auge sieht er seinen Turm einstürzen. Sein Herz wird schwer. Vor Ausweglosigkeit stößt er einen Seufzer hervor. »Vielleicht ist es ja eine gute Lösung, wenn sie mich finden. Ein früher Tod spart eine Menge Qual.«

Anqi scheint einen Augenblick zum Stein zu erstarren, dann wirft sie ihm das nasse Tuch ins Gesicht. Es ist kein schwerer Schlag, aber er hat etwas eindeutig Warnendes an sich, sodass er erschrocken die Augen aufreißt.

»Wenn du so leicht aufgibst, brauche ich mich ja auch nicht um dich zu kümmern«, sagt sie. Sie wollte sich ursprünglich nebenan auf dem Sofa schlafen legen, um sich morgen nach dem Aufwachen gleich um ihn kümmern zu können. Jetzt hat sie keine Lust mehr dazu. »Es ist Zeit, dass ich nach Hause gehe.«

Sie steht abrupt auf, doch als sie seinen verzweifelten Blick sieht, bringt sie es nicht fertig, ihn zu verlassen. »Tut mir leid.« Sie hebt behutsam das Tuch auf, das einen nassen Fleck auf dem seidenen Bettbezug hinterlässt. Während er mit zusammengebissenen Lippen gegen den Schmerz kämpft, wäscht sie das Tuch in einer Schüssel und wringt es sorgfältig aus. Dann wischt sie ihm den Schweiß von der Stirn.

»Morgen werde ich meinen Vater fragen, ob er etwas für dich organisieren kann. In meiner Heimat kennt dich niemand, da kannst du dich verstecken.«

»Auch das Geld, das du dir von deinem Vater geliehen hast, habe ich restlos verbraucht«, seufzt Dai voller Schmerzen. »Ich habe nicht mehr das Gesicht, um deinem Vater unter die Augen zu treten.«

»Gut, dann werden wir uns etwas anderes ausdenken. China ist groß. Aber zuerst musst du schlafen und wieder zu Kraft kommen. Gute Nacht.« Sie dreht die bereits gedämpfte Beleuchtung ganz aus und will mit der Schüssel hinaus schleichen. Da greift er nach ihrer Hand und lässt sie nicht gehen. Im Zimmer sind plötzlich nur noch ihr und sein Atem zu hören. Beide sind angespannt und erwartungsvoll.

»Wieso kümmerst du dich noch um mich? Ich bin doch nur noch ein abgebrannter Scheiterhaufen.«

»Ich behandle einen Menschen nicht nach seinem Erfolg oder Misserfolg.«

»Liebst du mich?«, fragt der Mann plötzlich.

Stille. Als wollte sie sich selbst die Auskunft verweigern. Doch dann fallen schnelle, drängende Sätze: »Ich habe dich die ganze Zeit geliebt. Aber ich wollte meine Liebe nie preisgeben, solange du ein reicher Mann warst und oben geschwebt bist. Jetzt stehst du auf dem harten Boden wie ich, jetzt muss ich dir nichts mehr verheimlichen.«

Er presst ihre Finger an seine Lippen und bedeckt sie mit hastigen Küssen, als wollte er sich selbst damit ersticken. »Mir ging es genauso«, sagt er mit tonloser Stimme. »Ich hatte mir geschworen, keine Angestellte zu lieben ... Ich wollte keine vorgetäuschte Liebe. Ich wollte dich nicht bedrängen mit meiner Liebe, ich wollte dich nicht unter Druck setzen ... Aber manchmal war ich so verzweifelt. Jetzt ... bin ich nicht mehr dein Chef. Jetzt darfst du alles über mich wissen.«

Die Befreiung aus seiner Gefühlsunterdrückung versetzt ihn in einen fiebrigen Rausch. Er lacht und zittert, hält ihre Hand fest und klammert sich an sie, als müsste er alles auf einmal tun, was er sich in der Vergangenheit nicht getraut hat. Den geschundenen Finger spürt er gar nicht mehr.

Anqi beugt sich immer weiter zu ihm herunter. Im nächsten Moment fließen ihre Lippen im Dunkel zusammen. Sie bleiben eine lange Weile in diesem Zustand, als wollten sie durch ihre Münder zusammenwachsen, um sich nie wieder zu trennen. Dann pressen sich ihre Körper so heftig gegeneinander, als wollten sie sich verschlingen. Um Dais verletzte Hand zu schonen, schmiegt Anqi sich an seine rechte Seite.

»Ich musste tief fallen, um dich zu finden. Aber ich bin froh, dass ich dich gefunden habe, meine liebe Anqi«, flüstert er ihr leise ins Ohr.

»Niemand geht lebenslang auf einer geebneten Straße. Du wirst wieder aufstehen und aufsteigen«, sagt sie voller Zärtlichkeit. Doch die bevorstehende Trennung bedrückt sie und lässt sie verstummen. Umso entschiedener erwidert sie seine Liebkosungen, um sich seinen Körper Zentimeter für Zentimeter einzuprägen.

Als der heftige Atem allmählich wieder flach wird, und sie ermattet nebeneinanderliegen, die Glieder noch immer verschlungen, verkündet sie ihre Entscheidung: »Du sollst dir keine Sorgen machen. Solange du untertauchen musst, werde ich Geld für uns beide verdienen.«

»Lass mich bei dir bleiben und an nichts als deine Liebe denken. Erinnerst du dich? Letztes Jahr war ich zu Silvester bei dir, diesmal sollst du zu mir kommen«, bettelt er wie ein kleiner Junge und küsst sie. »In sieben Tagen ist Neujahr. Außerdem hat es keinen Zweck, unterzutauchen. Ich möchte nicht mein Leben im Untergrund fristen.«

»Du musst aber untertauchen, ich will dich doch lebend«, sagt sie und streichelt sein Haar. »Ich verdiene Geld, damit du dich verstecken kannst, und irgendwann sind wir für immer zusammen.«

»Wenn du nur wüsstest, wie ich dich liebe, meine Königin.« Vor lauter Dankbarkeit fängt der Mann an zu schluchzen. Der Tag hat so viel Stärke von ihm verlangt, dass er sich nicht mehr halten kann. Dass Anqi ihn schützen will, rührt ihn zu Tränen.

»Zusammen werden wir alles meistern. Dann werden wir viele, viele schöne Silvester gemeinsam verbringen, mein Geliebter«, flüstert sie leise.

27

Ein Mann auf der Flucht

Sieben Jahre lang bleibt Dai Xingkong untergetaucht. Sieben Jahre dauert seine Odyssee, bis er wieder ans Licht kommt.

Nach der Schließung des Betriebs kann er sich in seiner Ersatzwohnung gerade drei Tage lang verstecken, dann poltert es schon so laut an der Tür, dass Dai vor Schreck fast aus dem Fenster gesprungen wäre. Irgendjemand schreit »Wasserrohrbruch« und hämmert noch lauter, aber Dai sieht kein Wasser. Weder an der Decke noch an den Wänden. Zum Glück öffnet sich die Wohnungstür des Nachbarn, und danach herrscht Ruhe. Ob der Mann wirklich ein Späher der Gangster war, wird Dai nie erfahren.

Anqi hat tagsüber viel zu erledigen und ist meistens nicht da. Als sie abends mit Einkäufen zurückkehrt und von dem Vorfall erfährt, wird sie unruhig. Sie beginnt nach einem neuen Versteck für ihren Geliebten zu suchen.

Dais alter Freund Howard liegt im Krankenhaus. Er hat die Operation am Bein gerade hinter sich und muss noch eine Weile gepflegt werden. Als er von Dais Not erfährt, bietet er ihm seine Wohnung an.

Anqi verkleidet Dai und sich selbst, soweit es nur geht, und bringt ihn noch am selben Abend in Howards leere Wohnung auf dem Campus der Uni.

Auch der Wachmann Hou Yudong erweist sich als loyal. Als er von dem Anschlag der Gangster in der Zentrale erfährt, besorgt er alles, was Dai zum Überleben braucht, und bleibt eine Woche lang nachts in seiner Nähe.

Nach vierzehn Tagen kehrt Howard in seine Wohnung zurück, immer noch ziemlich schwach und gehunfähig. Dai ist glücklich, dass er wieder etwas für Howard tun kann. Er kocht, putzt, kehrt den Boden und pflegt den Kranken. Und vor allem reden sie viel miteinander. Manchmal die ganze Nacht durch. Howard ist zu seiner Forschernatur zurückgekehrt und hat wieder viele Ideen, was Forschung und Hightech angeht und was er machen kann. Dai geht es genauso. Als Unternehmer hatte er bei sich und anderen manche Idee unterdrückt, weil er von ihrer Wirtschaftlichkeit nicht überzeugt war. Aber nun hat er keinen Betrieb mehr und kann wieder träumen. So ist auch er wieder geistreich und fantasievoll bei ihren Gesprächen. Erst wenn die Morgendämmerung kommt, werden sie müde. Dann werfen sie sich, ohne sich auszuziehen, auf das große Bett und schlafen wie in der alten Zeit nebeneinander ein.

Bald versucht Howard mit Hilfe von Dai wieder einige Schritte zu gehen. Als er wieder fest auf den Beinen steht, bauen sie einen Altar auf zum Lobe Chinas und ihrer Ahnen. Lebenslange Bruderschaft schwören sie sich. Dabei trinken sie eine Schale *Huilongjiu*-Schnaps »auf die Wiederkehr der Drachen«. Damit ist der neue Schwur besiegelt.

Zwei glückliche Monate gehen schnell vorbei. Dann erhält Howard einen verdächtigen Anruf, und Dai muss erneut flüchten. Diesmal wechselt er nach Dapeng, ganz im Osten von Shenzhen.

Dapeng ist ein alter, sehr bescheidener Stadtteil mit niedrigen Häusern, umgeben von einer Mauer und Türmen. Der Ort stammt aus der Ming-Zeit und war ursprünglich als Garnisonsstadt für die Grenzschutztruppen gebaut worden. Inzwischen wohnen Bauern und Fischer dort, und die alten Häuser sehen ein wenig verkommen aus.

In dieser kleinen Siedlung, die von Shenzhen durch steile Berge, Meeresbuchten und den großen Containerhafen getrennt ist, hat Hou Yudong seine Kindheit verbracht, und dort lebt seine Familie noch immer. Als Dai von Howard weg will, holt Hou ihn eines Nachts ab und versteckt ihn bei seiner Familie.

Die alte Stadt ist eine Sehenswürdigkeit, und manchmal sieht Dai aus seiner Dachkammer Fremde, die durch die engen Gassen schlendern und ihren neugierigen Blick in die offenen Wohnungen werfen. Aber als einige »Touristen« zum zweiten und dritten Mal in seiner Gasse auftauchen und die Köpfe lange zusammenstecken, beschließt Dai, sich noch am selben Tag nach einem neuen Versteck umzusehen.

Der treue Wachmann Hou Yudong hilft ihm erneut. Er bringt Dai nach Kanton zu seinem Cousin. Der ist Hafenarbeiter. Er hat ein gutes Herz, verdient aber nicht viel Geld und wohnt auch entsprechend in einem billigen Viertel. Da die Umgebung für Dai fremd ist, will Hou von nun an sein Leibwächter sein. In Kanton traut Dai sich zwar auf die Straße, aber sein blasses Gesicht mit Brille fällt im Arbeiterviertel sofort auf. Hou folgt ihm durch die engen Straßen, um ihn zu schützen.

Eines Tages gießt jemand aus einem Imbiss einen Eimer schmutziges Wasser auf die Straße, was nichts Ungewöhnliches ist. Aber ist es Zufall, dass der Eimer gerade geleert wird, als Dai ins Bild kommt, sodass seine Hose durchnässt wird? Wütend dreht er sich um, doch Hou spricht schlichtend auf alle ein und schiebt ihn fort. Ein paar Tage später, als Dai nach tagelangem selbst auferlegtem Hausarrest wieder ein wenig frische Luft schnappen will, fällt wie zufällig ein rosa Frauenschlüpfer von einer Wäscheleine herunter und landet auf seinem Kopf. Und dann hört er Männer und Frauen hinter einer Tür merkwürdig lachen. Doch sein Leibwächter lässt wieder nicht zu, dass er stehen bleibt und dem Ursprung des Lachens nachgeht.

Da Dai sich nicht mehr sicher fühlt, zieht das Duett wieder um. Von nun an geht die Reise sprunghaft durchs ganze Land. Ein halbes Jahr lang genießen sie den Schutz von Sun Da'an und wohnen in einer noblen Villa in Changsha. Dai bleibt meistens in der Wohnung, und Hou kümmert sich um den Alltag.

Als Hou eines Tages vom Einkaufen zurückkommt und einen Mann um die Villa herumschleichen sieht, verlässt das Paar die Provinz Hals über Kopf.

Danach tauchen Dai und sein treuer Wächter in einem abgelegenen, armen Dorf in Sichuan auf, wo die Familie des Leibwächters herstammt. Dort fällt Hou mit seiner braunen Haut überhaupt nicht auf. Aber Dai kommt den Bergbewohnern mit seinem Akzent und seiner zerbrechlichen Figur sofort fremd vor.

Doch die Leute sind freundlich und nehmen ihn auf. Dai gibt sich als Pflanzenforscher aus. Die Dorfbewohner glauben auch, dass er ein Gelehrter ist und eine Menge Tinte verbraucht hat, und bringen ihm ständig seltene Pflanzen, damit er etwas zu forschen hat. Doch ein halbes Jahr später kommen zwei Kader zu Hous Verwandten und stellen Fragen über Dais Herkunft. Es klingt, als vermuteten sie in dem Fremden einen Spion.

Noch in der Nacht verschwinden Dai und Hou aus dem Dorf. Diesmal verschlägt es Dai sogar nach Ürümqi, weil er auf der Flucht vor seinen Verfolgern bewusst in einen falschen Zug gestiegen ist. Blitzschnell hat er die Gefahr gerochen. Seine Peiniger sind tatsächlich in seiner Nähe und haben Hou Yudong schon entdeckt, als Dai noch auf der Bahnhofstoilette ist. Der Leibwächter sitzt schon im Zug und wartet auf seinen Herrn. Doch Dai steigt nicht ein.

Dafür aber die Gangster. Als der Zug abfährt und sie merken, dass Dai nicht an Bord ist, stürzen sie sich auf Hou und foltern ihn systematisch. Doch sie kriegen nichts aus ihm heraus. Daraufhin schlagen sie ihn bewusstlos, schneiden seine Beine mit dem Messer auf und setzen ihn in Shanxi in einem Wald aus, damit die wilden Hunde ihn finden und auffressen. Der Geruch des Blutes, glauben sie, wird sie auf seine Spur bringen. Aber zum Glück wird der Schwerverletzte von einem vorbeigehenden Bauern entdeckt und gerettet. Nachdem er geheilt ist, kehrt er nach Shenzhen zurück und arbeitet wieder als Wächter.

Von da an ist Dai allein auf der Flucht. Hätten Freunde, Bekannte, aber auch viele warmherzige Fremde ihm nicht geholfen, wäre er sicher vor Hunger gestorben oder von seinen Feinden zerstückelt worden.

Doch der junge Mann ist nicht nur durch das Land gehetzt, um sein Leben zu retten. Von Anfang an hat er sich ein Ziel gesetzt, das ihn durch alle Erniedrigungen und Gefahren begleitet: Er will wieder ehrlich werden und den inländischen Wohnungskäufern ihr Geld zurückgeben. Er hat die verzweifelten und schreckverzerrten Gesichter der Demonstranten vor seinem Büro nicht vergessen. Er weiß jetzt, dass er mit seinem gescheiterten Turmbau die Existenz dieser Menschen aufs Spiel gesetzt und sie an den Rand des Abgrunds getrieben hat. Ein tiefes Schuldgefühl treibt ihn voran.

Als junger Mann hatte er mit leeren Händen begonnen und war schnell zum Milliardär aufgestiegen. Nun hat er all seinen Besitz verloren und steht wieder mit leeren Händen da. Aber er ist immer noch nicht älter als 35, als seine Firma zusammenbricht, und er glaubt fest an ein Comeback.

Und er weiß auch schon, was er tun muss. Seine Fähigkeit, sein Talent sind Computerprogramme. Anqi hat ihm einen Laptop besorgt, und von Howard erhält er einen ersten Auftrag zum Programmieren. In jeder ruhigen Minute arbeitet Dai an neuen Programmen.

Im dritten Jahr seiner Flucht findet Dai in Nanking Zuflucht bei einem ehemaligen Schulfreund. Dort geht er wie sonst selten auf die Straße, arbeitet die ganze Nacht und schläft tagsüber.

Doch eines Tages macht er eine Ausnahme. Er verkleidet sich als Handwerker und begibt sich bei hellem Tageslicht ins Volkskrankenhaus Nummer Drei. Er will einem Patienten einen Besuch abstatten, der ebenfalls einen harten Schicksalsschlag erlitten hat. Es ist kein anderer als Hao Tianbao, sein früherer Konkurrent, der ehemalige Direktor von *Sanmu.*

Sanmu ist in den letzten Jahren so reich geworden, dass seine Steuern die Haupteinnahmequelle der Stadt Nantong bilden. Direktor Hao hat nicht nur den Betrieb weiter ausgebaut, auch seine Macht über die Stadt wuchs von Jahr zu Jahr, sodass der Stadtrat sich immer mehr beiseitegedrängt fühlte.

Doch offiziell war *Sanmu* immer noch ein städtischer Betrieb, bei dem die Funktionäre der Stadtregierung das letzte Entscheidungsrecht hatten. Als Hao Tianbao wieder einmal im Alleingang entschied, eine Konkurrenzfirma aufzukaufen, um weiter zu expandieren, war das einigen Kadern zu viel. Sie beschlossen, den Betrieb zu privatisieren, und boten ihn auf dem Markt zum Kauf an. Das heimliche Ziel dieses Manövers war die Demütigung des ungehorsamen Unternehmer-Genossen Hao Tianbao. Man wollte ihn vom hohen Ross herunterzerren und durch die Privatisierung entmachten.

Dass Hao Tianbao seine ganze Lebenskraft in die heruntergewirtschaftete ehemalige Schnapsfabrik investiert hatte, zählte jetzt plötzlich nicht mehr. Niemand erinnerte sich daran, dass er im ersten Jahr, als er die Fabrik übernahm, persönlich einen großen Krug auf den Rücken genommen und durch die Stadt geschleppt hatte, um den Schnaps zu verkaufen. Es war ein kalter Winter gewesen. Er rutschte auf dem vereisten Pfad aus und brach sich sein linkes Bein. Kaum war das Bein geheilt, machte er sich erneut auf den Weg, um den Ladenhüter zu verkaufen und die Firma mit etwas Startkapital zu versorgen. Erst seine Idee, Heilmittel, Kräuterlikör und andere Produkte zu produzieren, hatte dem Betrieb die kaum noch erhoffte Wende gebracht. Weil er das dritte Kind seiner Eltern war und für die Firma sein Leben eingesetzt hatte, gaben ihm die Bewohner der Stadt den respektvollen Beinamen *Pinming Sanlang* – »der dritte Herr, der sein Leben riskiert«.

Hao Tianbao war ursprünglich als Kader bei *Sanmu* eingesetzt worden und bekam auch nur das Gehalt eines Kaders. Was er verdiente, war nicht mehr als der Lohn eines Fabrikarbeiters in Shenzhen. Es war klar, dass er zwar ein reiches Unternehmen führte, aber in der eigenen Tasche kein Geld hatte. So ein armer

Teufel werde bei der Privatisierung schon kein Angebot machen können, dachten die Funktionäre im Stadtrat.

Aber Direktor Hao hatte bei den Banken und bei den Leuten in der Firma, die seine Leistung zu schätzen wussten, eine Menge Kredit und konnte trotz allem ein Angebot vorlegen. Daraufhin wurde die Stadtregierung sehr misstrauisch. Wo habe er so viel Geld her? Komme das wirklich von einem Kredit? Oder habe er womöglich einen Teil des Betriebsvermögens beiseite geschafft?

Alsbald wurden Hao Veruntreuung und Zweckentfremdung des staatlichen Kapitals vorgeworfen. Das Disziplinarkomitee schickte Beamte zur Untersuchung in den Betrieb. Doch Direktor Hao gewährte ihnen keinen Zutritt. Der Stadtrat geriet in Zorn.

Inzwischen gab es zwei weitere Kaufinteressenten. Hao erhöhte sein Angebot und schlug damit die Konkurrenten. Daraufhin erfolgte eine Anklage wegen Steuerhinterziehung und Untreue. Gleich am nächsten Morgen, noch vor Tagesanbruch, machte sich die Polizei auf den Weg, um Hao zu verhaften.

Doch dieser hatte auch Freunde in der Stadtregierung und wurde eine Stunde vor der geplanten Verhaftung gewarnt. Die Nachricht traf ihn jedoch so hart, dass der erfolgreichste Mann der Stadt aus dem Bett fiel und nicht mehr aufstehen konnte. Da wusste er noch nicht, dass ein Schlaganfall seine Beine gelähmt hatte.

Nach einer Woche Gefängnis verschlechterte sich sein Zustand. Er schien allmählich verrückt zu werden und wusste manchmal nicht, wer er war. Seine vier wichtigsten Manager tauchten nach der Verhaftung des Chefs unter und ließen sich nicht mehr aufspüren. Da die Führung nicht mehr da war, wusste die Belegschaft nicht weiter und hörte prompt mit der Produktion auf. Der Betrieb rutschte bergab. Sein Marktpreis ebenfalls.

Schließlich erlaubte der Stadtrat dem schwerkranken Kader, mit einer Kaution das Gefängnis zu verlassen und sich zur Behandlung ins Krankenhaus zu begeben. Seine Familie brachte ihn nach Nanking ins Volkskrankenhaus Nummer Drei. Der Direktor ist ein alter Freund des Patienten und bürgt für eine gute Behandlung.

Während Hao im Krankenhaus liegt, verkauft der Stadtrat den Betrieb zu einem Schleuderpreis an einen völlig unbekannten Bewerber. Bald wird in der Öffentlichkeit bekannt, dass der Käufer ein Schwindler ist und überhaupt nicht daran denkt, *Sanmu* weiterzuführen. Er ist nur an dem Rezept des Volksgetränks *Kraft mehren* interessiert.

Als Dai das Krankenzimmer betritt, sitzt der Patient in seinem Bett und schaut zum Fenster. Er fällt augenblicklich in einen Starrezustand, als er den Besucher bemerkt. Sein Gesicht wirkt abgestumpft und gefühllos, sein Blick ist gläsern. Man könnte meinen, dieser Mann sei geistesgestört. Der Anblick erfüllt Dai mit Mitleid.

Als die Krankenschwester gegangen ist, nimmt Dai die Arbeitermütze ab und fragt vorsichtig: »Kennst du mich noch? Ich bin Xingkong.«

Hao richtet seine Augen auf Dai, gibt aber kein Zeichen des Wiedererkennens. Beide haben sich in den guten Jahren immer wieder auf Konferenzen oder auf Banketten getroffen. Aber das ist lange her. Außerdem hat sich Dais Äußeres sehr geändert. Zwar ist er noch immer blass wie früher, aber in der Kleidung eines Arbeiters sieht er fast wie ein drittklassiger Clown aus.

Dai streicht sich das Haar aus der Stirn. An dieser Bewegung erkennt ihn Hao wieder. Er zeigt ein kleines Lächeln.

»Ich möchte mich bei dir entschuldigen, für damals, als wir *Sanmu* verleumdet haben«, sagt Dai.

Der Alte seufzt. »Wir sind beide unsere Unternehmen los. Außerdem ist der Prozess eingestellt, da du deinen Laden zugemacht hast. Wozu reden wir noch über Sachen, die längst Vergangenheit sind«, sagt er und winkt ab. Seine Augen wirken allmählich klarer, sein Scharfsinn scheint schnell zurückgekehrt zu sein, worüber Dai sich sehr freut.

Dai fragt nach Haos Wohlbefinden. Wie er gehört hat, soll Hao bereits ein halbes Jahr im Krankenhaus verbracht haben. »Ist eine Entlassung in Sicht?«, fragt Dai vorsichtig.

Bitterkeit zieht wie ein Spinnennetz über Haos Gesicht. Der Mann, der Mitte fünfzig ist, sieht wie ein Siebzigjähriger aus. »Sobald ich aus dem Krankenhaus entlassen werde, beginnt der Prozess gegen mich. Wozu soll ich noch gesund werden, wenn ich nur geschlachtet werde?«, seufzt der Mann, der sein Leben für seine Firma riskiert hat.

»Die Zeiten ändern sich. Du hast Nantong durch deine Firma landesweit bekannt gemacht. Du hast deiner Stadt viel Reichtum hinterlassen. Irgendwann wird dir die Partei dankbar sein. Man wird dich verehren. Dann kannst du ein neues Unternehmen aufziehen und ihnen noch mal zeigen, wer du bist«, sagt Dai.

Aber Hao schüttelt den Kopf. »Du hast es besser, junger Mann. Du warst nie ein Kader, und du musst auch die Fessel eines Kaders nicht tragen. Aus dir kann noch viel werden. Ich bin ein erschossener Hase. Ich werde noch ein paarmal zucken. Und das ist dann alles.« Sein Gesicht wirkt stumpf und gleichgültig wie ein Stück Holz, als die Krankenschwester erscheint. Binnen Sekunden hat sich Hao wieder in einen unzugänglichen kranken Mann verwandelt.

»Gib nicht auf«, flüstert Dai beim Abschied. Um Hao aus seinen düsteren Gedanken zu locken, fügt er hinzu: »Wenn ich wieder aufgestanden bin, möchte ich dich wieder als Konkurrenten haben. Also, versuch es noch mal, Großer Bruder!«

Im vierten Jahr seiner Flucht hat Dai bereits ein kleines Kapital erarbeitet. Um schneller Geld zu verdienen, beschließt Dai, heimlich in Shanghai eine Firma zu gründen.

Zu dieser Zeit arbeitet Dais Ex-Marketingleiter Fu Laurence bei einer britischen Firma in Shanghai. Er erweist sich als liebenswürdiger Gastgeber und bietet ihm eine provisorische Unterkunft in seiner Wohnung an, was für Dai eine große Hilfe ist.

Eines Tages kommt er strahlend nach Hause, drückt Dai zwei Schlüssel in die Hand und erklärt, er habe eine bessere Unterkunft für ihn gefunden. Die Wohnung eines Reichen stehe seit einiger Zeit leer. Dai könne dort ungestört leben und arbeiten, mindestens ein Jahr lang.

Die Wohnung befindet sich in einem der Hochhäuser direkt hinter dem Bund und hat einen schönen Ausblick auf den Fluss und den Fernsehturm »Perle des Ostens«. Auch die Ausstattung der Wohnung lässt vermuten, dass der Besitzer sehr wohlhabend ist. Bei genauem Hinschauen hat Dai den Eindruck, dass die Wohnung von einer weiblichen Person gestaltet ist und einen guten Geschmack zeigt. Neugierig schnuppert er an einer Dose, die im Bad herumliegt. Sie gehört gewiss einer schönen Frau. Wenn er nur wüsste, an wen der Duft ihn erinnert!

Als Nächstes schraubt Dai den Deckel der Creme zu und richtet sich für die Arbeit ein. Er sucht sich einen Tisch und einen Sessel aus, setzt sie zusammen, und schon beginnt er an seinem Laptop zu arbeiten.

Gegen elf Uhr abends ist er tief in seine Arbeit versunken, da hört er plötzlich jemanden an die Tür klopfen. Dann dreht sich ein Schlüssel im Schloss. Erschrocken versteckt er sich hinter der Wohnzimmertür. In der Eile schafft er es gerade noch, ein dickes Buch als Notwehrwaffe zu greifen.

Der Eindringling ist eine Frau, und sie ist anscheinend allein. Jedenfalls hört er nur ein Paar Stöckelschuhe auf dem Parkett. Dann geht der Kronleuchter an. »Hallo, ist jemand da?«, fragt eine weibliche Stimme. Dais Herz springt bis zur Kehle. Die Stimme gehört niemand anderem als Jian Roula.

Die Frau spaziert ins Wohnzimmer, wirft ihren Trenchcoat auf eine Stuhllehne und geht auf den Laptop zu. Dai kann aus seinem Versteck ihren Rücken sehen. Er durchquert eilig das Wohnzimmer und versucht, ins Badezimmer zu flüchten. Erschrocken fährt die Frau hoch. »Ach, du bist doch da.«

Aber Dai gibt keine Antwort, sondern schließt sich im Bad ein. Er hat lange keine Frau mehr aus der Nähe gesehen. Jetzt schämt er sich für sein Äußeres. Vor dem Spiegel sieht er sich prüfend an. Rote Hasenaugen von der Nachtarbeit. Lange, zottelige Haare. Wilder Bart wie beim Urmenschen, und das Gesicht ist angeschwollen. Als er den Arm hebt, glaubt er sogar, dass er nach Schweiß riecht.

Und Roula? Sieht so strahlend aus wie eine Prinzessin auf Inspektionsreise. Wie kann er sich vor ihr blicken lassen!

Seine Assoziation mit der Märchenprinzessin klingt zwar absurd, kommt der Realität aber nahe. Denn Roula hat einen Aufstieg erlebt, von dem viele Frauen nicht einmal zu träumen wagen. Nachdem sie *Tenglong* verlassen hatte, arbeitete sie als Fotomodell und Schauspielerin, gewann bei einem Gesangswettbewerb den ersten Platz und wurde über Nacht im ganzen Land zur Berühmtheit. Danach bekam sie so viele Aufträge, dass sie jeden dritten Tag im Fernsehen zu sehen war. Auch in der Popmusik ist sie eine Größe, seit sie zwei CDs mit eigenen Songs auf den Markt gebracht hat. Zhejiang-TV bot ihr eine Stelle als Moderatorin für eine Wirtschaftssendung an, und sie wurde zu einer der bekanntesten Frauen in China.

Seit sie beim Fernsehen ist, wird Roula als Leitbild der neuen Gesellschaft gefeiert. Man nennt sie eine der talentiertesten Frauen des Landes, Künstlerin, Unternehmerin, eine Schönheit mit unbändiger Lust auf Männer und unwiderstehlicher Anziehungskraft. Wo sie auftaucht, ist sie von Männern umgeben. Gut angezogenen Männern. Männern mit Intelligenz im Gesicht. Dass sie schon so viele Liebhaber, darunter auch mächtige Kader bis hin zum Politbüromitglied, gehabt haben soll, das schadet ihrem Ruf keineswegs. Im Gegenteil, sie wird zum Inbegriff der Begierde.

Während Dai sich im geschlossenen Badezimmer rasiert, erscheint ein Kellner aus einem Nobel-Restaurant an der Wohnungstür und liefert einen großen Karton ab. »Ich komme gerade von meiner Sendung. Willst du nicht eine Kleinigkeit mir essen? Ich gehe danach und lass dich in Ruhe«, ruft Roula ins Bad. Dann hört er das leise Klirren von feinem Geschirr.

Dai weiß nicht, was er noch tun soll, um Roula aus dem Weg zu gehen. Nachdem er seinen Bart zum Teufel geschickt und sein Haar gekämmt hat, öffnet er lautlos die Tür.

»*Wow,* du bist reich und glücklich geworden«, sagt Roula. Das ist jetzt die populäre Standard-Begrüßung bei der Begegnung mit Menschen, die dicker geworden sind. »Und ein Künstler bist du obendrein.« Damit meint sie sein langes zotteliges Haar. Sie sagt alles ohne Spott, nur mit einem intimen Vergnügen, so als hätte es zwischen ihnen nie ein Zerwürfnis gegeben. Mit einer graziösen Handbewegung bittet sie ihn zu Tisch.

»Was hast du vor?«, fragt Dai trocken. Seinen Blick richtet er auf den Tisch. Denn er fürchtet, wenn er in seinem Zustand die schöne Roula anstarrt, wird er irgendwann schwach werden und wieder die Kontrolle über sich verlieren.

»Nichts. Ich wollte nur meinem Gast meine Aufwartung machen«, sagt Roula und setzt sich ihm gegenüber.

»Ist das deine Wohnung?«, fragt Dai verblüfft.

»Ja. Für Gäste«, sagt sie und schenkt ihm und sich Wein ein. »Jetzt gehört sie mindestens ein Jahr lang dir. Wenn du Startkapital für deine Firmengründung brauchst, kann ich dir behilflich sein.« Sie scheint bestens informiert zu sein.

Eine solche Unterstützung von Roula hat Dai nicht erwartet. Seine Ablehnung bröckelt. Doch er will es nicht zugeben. Um nicht zu unfreundlich zu wirken, nimmt er ein wenig Essen zu sich.

Das Essen schmeckt hervorragend, und während Dai es genießt, plaudert Roula vergnügt über ihre Arbeit und ihre Abenteuer. Dai scheint nicht ganz bei der Sache zu sein. »Können wir nicht parallel existieren? Wir sind zwei Berge am Fluss, aber jeder an einem anderen Ufer. Kommen wir zusammen, werden Hochwasser oder Erdbeben hervortreten. Es ist besser, dass wir uns nicht wiedersehen«, sagt er plötzlich, als führe er ein Selbstgespräch.

»Bin ich denn so unattraktiv, dass du noch nicht mal eine Mahlzeit mit mir einnehmen willst?«, stößt Roula ein stachliges Lachen hervor, um zu kaschieren, dass sie gekränkt ist. »Andere Männer haben all ihre Beziehungen eingesetzt, um mich kennenzulernen und mir ihre Visitenkarten mit beiden Händen zu überreichen. Noch heute warten sie vergebens auf meinen Anruf.«

»Nein nein. Du bist attraktiv. Sehr attraktiv«, sagt Dai und seufzt unmerklich. Er fühlt sich dieser Frau niemals gewachsen. »Hast du dir gewünscht, mich wiederzusehen?«, versucht er dem Gespräch eine andere Wendung zu geben.

»Du hast mich zu einer erfolgreichen Frau gemacht. Da hast du natürlich was bei mir gut«, sagt sie, aber es klingt nicht ganz ehrlich.

Dai will nicht undankbar sein. »Du bist die tüchtigste Frau, die ich je getroffen habe«, sagt er, »und die bezauberndste dazu.«

»Na endlich. Warum nicht gleich so? Lass uns auf unser Wiedersehen anstoßen.« Doch Roula ist klug und hat Dais Stimmung bereits erfasst. »Ich weiß schon, es genügt dir, mich alle fünf Jahre einmal zu sehen«, sagt sie, und dann klingen die Gläser, und sie trinken aus.

»Aber wieso musst du immer so leben? Immer so sprunghaft?«, rutscht die Frage dennoch aus ihm heraus, als er zwei Gläser Wein im Bauch hat.

»Du redest wie meine Oma«, sagt Roula belustigt.

Sie zieht ihr Haar kokett vors Gesicht und wieder zurück. »Habe ich jemand geschadet? Habe ich dir geschadet?«, fragt sie dann ernst. Als Dai nur die Stirn runzelt und keine passende Antwort gibt, fügt sie hinzu: »Das heißt wohl nein, ja? Weißt du, ich möchte so leben, wie ich will, aber ich will dabei auch niemandem schaden. Als ich gemerkt habe, dass ich dir nicht gut getan habe, hatte ich nichts dagegen, dass du dich von mir getrennt hast. War es nicht so?«

»Schon gut«, sagt Dai beschwichtigend. Er weiß genau, dass es anders gewesen ist, aber er möchte nicht schon wieder mit Roula streiten. Er kennt ihre Streitkunst und weiß, dass jeder Streit mit ihr immer im Bett endet. So eine Szene möchte er nicht wiederholen. »Erzähl mir etwas von deinem Leben. Du musst viel erlebt haben.«

Diesen Wunsch erfüllt Roula gern. In den Jahren beim Fernsehen ist sie eine hervorragende Unterhalterin geworden. Es dauert nicht lange, und Dai beginnt zu lachen. Die Nacht schreitet unbekümmert fort. Die Flasche ist leer. Eine neue kommt auf den Tisch.

Als Dai am nächsten Morgen aufwacht, ist Roula nicht mehr in der Wohnung. Nur das Bett, in dem sie die Nacht verbracht haben, duftet nach ihr. Dai nimmt das seidene Kissen, das sie benutzt hat, zwischen die Hände. Es fühlt sich zart und glatt an, wie ihre Haut. Er steckt die Nase hinein und saugt den Duft ein. Es ist ein Duft, der ihn erregt, auch wenn der Verstand das nicht einsehen möchte.

Während er noch so da kniet, Roulas Kissen ans Gesicht gedrückt, schämt er sich schon für sein Verhalten. Er springt vom Bett herunter, räumt auf, dann nimmt er seine Siebensachen und geht. Er schwört sich, diese Wohnung nie mehr zu betreten. Und er hält daran fest.

28

Die Rückkehr des Drachen

Nach Dai Xingkongs Flucht entwickelt sich Anqi rasch zur Unternehmerin. Dai hat ihr einen Anteil des Warenlagers überlassen, um wenigstens einen Teil der Schulden bei ihrem Vater begleichen zu können. Aber er hat ihr auch gezeigt, wie man Geschäfte macht.

Ihr Vater will schon lange, dass sie sich selbständig macht. Früher hatte sie es nicht eilig, Geschäftsfrau zu werden, aber jetzt braucht sie dringend Geld, viel Geld, und sie beschließt einen wagemutigen Schritt.

Mit Unterstützung ihres Vaters steigt die junge Frau in den Stahlhandel ein. In der Sonderwirtschaftszone wird immer noch mit rasendem Tempo gebaut, und der Hunger nach Baumaterialien ist groß. Anqi wird ihren Stahl schnell los. Mit dem verdienten Geld reist sie im Land herum und sucht nach einem noch billigeren Anbieter. Als sie ihn gefunden hat, kauft sie ihm noch mehr ab. Dann versucht sie, die Ware im Süden loszuwerden. Es dauert nicht lange, da hat sie so viel zu tun, dass sie eine eigene Handelsfirma eröffnet und eine Sekretärin einstellt.

Aber ihre Neigung zur Kunst und Kultur hat sie nicht vergessen. Schon als sie noch bei *Tenglong* war, wollten einige Galerien sie als Werbe- und Marketingchefin engagieren, doch sie lehnte alle Angebote ab und blieb bei Dai. Nun, nachdem sie mit dem Stahl ein wenig Geld verdient hat, kommt sie auf die Idee, selbst eine Galerie in Shenzhen zu eröffnen. Sie erinnert sich noch gut daran, wie ihr die Kultur hier gefehlt hat.

Auf ihren Geschäftsreisen besucht sie immer auch Künstler.

Wenn ihr ein Werk gefällt, kauft sie es dem Künstler ab oder bietet ihm einen Galerievertrag an. Als sie eine kleine Sammlung zusammen hat, macht sie eine Galerie in dem neu errichteten Chinesischen Kunstzentrum in der Innenstadt von Shenzhen auf. Die Eröffnung fällt nicht besonders auf. Denn alle in dieser neuen Stadt träumen von Reichtum und Geld, die Kultur wird vernachlässigt.

Doch allmählich beginnt sich das Klima zu ändern. Denn inzwischen gibt es viele Reiche in der Küstenstadt, die sich außer mit Gold auch mit Kunst schmücken möchten. Sogar Geschäftsleute aus Hongkong und Ausländer besuchen hin und wieder Anqis Laden. Zwar ist der Gewinn noch klein, aber Anqi glaubt, dass ein großes Geschäft in der Kunst steckt. Aufgeben will sie jedenfalls nicht.

Doch dann wird sie beim Stahlgeschäft von einem Geschäftspartner reingelegt und verliert nicht nur all ihr Geld, sondern macht auch Schulden. Aber sie lässt sich nicht unterkriegen. Um Kapital zu sammeln, bietet sie ihrem alten Freund Kai an, in ihr Geschäft einzusteigen. Er willigt ein und gibt ihr eine gewisse Summe. Auch von ihrer Freundin, der Pfauenfarmbesitzerin Lulu, kommt Unterstützung. Von Freunden gestärkt, macht Anqi einen neuen Start. Jedesmal, wenn sie etwas verdient hat, legt sie einen Teil für Dai beiseite. Dann versucht sie erneut, noch mehr Geld zu verdienen.

Auf ihren Geschäftsreisen besucht sie Dai manchmal heimlich. Sie verbringen einen oder zwei Tage zusammen, und wenn sie nicht gerade ihren Liebeshunger stillen, dann sprechen sie über ihre Arbeit und ihre Zukunftspläne. Manchmal schneidet sie ihm auch die Haare oder turnt mit ihm, damit er körperlich fit bleibt. Jedes Treffen tut ihnen beiden gut. Dai gibt seiner Geliebten nützliche Tipps für ihre Geschäfte, und sie bringt ihm Sachen, die er dringend braucht: neue Handys, Software, Bücher und manchmal auch Kleidung.

Aber kaum haben ihre Körper wieder die gleiche Temperatur

erreicht, muss er flüchten oder sie weiterreisen. Sie haben nie viel Zeit miteinander, aber die Liebe und das Vertrauen zwischen ihnen sind inzwischen so stark, dass das Band zwischen ihnen nicht mehr zu brechen ist. Beide wissen, dass sie zueinandergehören.

Im Frühjahr 2003 bringt Anqi ihm eine erstaunliche Nachricht: Boss Xiao, der Chef von *DreiAcht*, ist zu einem der zehn besten Unternehmer des Jahres gewählt und vom neuen Staatspräsidenten in Peking empfangen worden.

»Im Leben gibt es immer Überraschungen«, sagt Dai. »Boss Xiao ist kein besonders gebildeter Mann. Aber er hat es geschafft, die Nummer eins zu werden. Und die neue Führung in Peking ist noch aufgeschlossener und moderner.«

Aber Anqi hat noch eine andere, viel bessere Nachricht: Der Banditenchef Zhao hat sich nach Kanada abgesetzt.

Der schwarze Unternehmer hat sich mächtig geärgert, als Dai verschwunden ist. Er will sich rächen und schickt ein paar Männer los, um Dai aufzuspüren und ihm mindestens einen Arm abzuschneiden. Seine Männer haben Dai mehrmals fast in den Fingern, doch dann ist er wieder spurlos verschwunden.

Zugleich hat der skrupellose Zhao aber eine Methode gefunden, wie er Kapital aus Dais Hinterlassenschaft schlagen kann. Eines Nachts schickt er eine große Truppe zu Dais halbfertiger neuer Zentrale und besetzt sie. Es gibt keinerlei Widerstand. Die Baustelle wird nicht bewacht, und der Eingang ist nur mit ein paar Holzlatten vernagelt. Die Besetzung verläuft reibungslos. Dann schleppen Zhaos Männer Bretter heran und errichten Hunderte von Pritschen und anderen Schlafstellen.

Schon am nächsten Tag beginnt die Vermietung der Unterkünfte. Strom gibt es gar nicht im Haus, und Wasser nur in den unteren Stockwerken. Aber in Shenzhen gibt es genug Illegale und Arbeitssuchende, die sich keine normale Wohnung leisten können und auf der Straße schlafen müssen. Da die »Miete« in der Bauruine nicht hoch ist, finden sich bald genügend Bewohner ein. Tagsüber sieht man kaum jemanden in der Nähe des Turms, aber abends flackert überall das schwache Licht der Kerzen in den Fenstern des immer noch von Baugerüsten umgebenen Hochhauses und bereichert die Stadt mit einem bizarren Anblick. Wenn jemand nachts hier vorbeigeht, kann er die Menschen da drin scherzen und lachen hören. Nur wenn man weiter zurücktritt und in den Nachthimmel schaut, sieht man, dass oben das Dach fehlt und riesige Löcher zwischen den Stockwerken klaffen. Da glaubt man schnell, man hätte ein Hochhaus für Geister gesehen, und schleicht sich so schnell wie möglich davon. Doch die »Untermieter« sind Zhao dankbar, dass er ihnen diese billigen Kommune-Unterkünfte verschafft hat.

Nach zwei Jahren kommt mal ein Wagen mit Polizisten gefahren, die die illegalen Mieter vertreiben sollen. Doch Zhaos Männer verwehren ihnen den Zutritt und schlagen sie in die Flucht. Der Stadtrat beschließt, das Haus zu versteigern.

Nachdem es einen neuen Besitzer gefunden hat, schickt Zhao seine Männer zum Eintreiben der letzten Miete los, dann gibt er das Haus auf. Er ist schon lange genug im Geschäft und weiß genau, wo seine Grenze ist. Als die Polizei zum zweiten Mal anrückt, mit großem Aufgebot diesmal, treffen die Ordnungshüter nur auf die ahnungslosen Wanderarbeiter. Es ist ein leichtes Spiel für sie, die armen Schlucker aus dem Haus zu jagen.

Aber die Polizei will dem Gangsterboss jetzt an den Kragen. Zu oft hat er sie gefoppt und gedemütigt. Es wird ein Haftbefehl ausgestellt. Zhao ist darauf vorbereitet und hat sich nach der Räumung der Hochhausruine sofort abgesetzt. Da er sich die Finger in vielen Fällen persönlich nicht schmutzig gemacht hat, hat die Polizei nur unzureichende Beweise gegen ihn. Außerdem hat er sich verschiedene Referate der Stadtregierung mit Spenden für Parks und Kindergärten verpflichtet, und so zeigt sich die Stadt bei der Verfolgung des Gangsters nur halbherzig. Doch der erlassene Haftbefehl wird nicht zurückgezogen.

Als Zhao merkt, dass eine Rückkehr in die Stadt nicht ohne

Risiko für ihn wäre, lässt er sich in der Nachbarprovinz Fujian nieder und baut von dort aus ein neues Netz auf. Sein Gesicht hat er sich verändern lassen, den Namen ebenfalls. Das Geschäft in Shenzhen lässt er von seinen Vertrauten verwalten.

Doch eines Abends sieht er ein Polizeiauto vor seinem Haus parken. Er ergreift die Flucht und geht nach Jiangxi. Als er erfährt, dass die Polizei von Shenzhen ihn um jeden Preis hinter Gitter bringen will, besorgt er sich einen falschen Pass und flüchtet nach Kanada. Er hat dort viel Geld investiert, und seiner Einwanderung steht nichts im Wege. Wer genügend Geld mitbringt, ist gern gesehen, und ein Auslieferungsabkommen gibt es nicht.

Als Dai die Geschichte hört, nimmt er Anqi bei der Hand, zieht sie zur Tür und stürmt mit ihr ins Freie. Es ist Sommer, die Luft in Shanghai ist hitzig und stinkt. Doch Dai genießt jeden Atemzug. Denn von nun an muss er sich nicht mehr verstecken. Er ist wieder ein Mann, der unter Menschen gehen kann. Noch am selben Abend fährt das Paar mit der Fähre nach Pudong, um im Jinmao Tower, dem höchsten Haus Shanghais, Dais neue Freiheit zu feiern.

Von nun an geht Dai regelmäßig joggen, um sein Übergewicht abzubauen und die verlernte Geschicklichkeit zurückzuerlangen.

Dennoch bleibt er weiterhin vorsichtig. Auf der Straße trägt er immer eine Sonnenbrille. Solange er seine Schulden nicht abgetragen hat, will er weder freiwillig noch gezwungen ins Rampenlicht der Gesellschaft geraten. Sonst könnte es böse Szenen geben.

Da Dai Xingkong keine Insolvenz beantragt hat, war zunächst kein Insolvenzverwalter eingeschaltet worden. Die Investitionsbank will ihr Geld zurück und schickt zwei Detektive los, um Dai aufzuspüren. Auch die Shenzhener Polizei sucht nach Dai. Denn eine Baufirma hat *Tenglong* wegen einer offenen Rechnung verklagt. Aber Dai ist wie ein ins Meer gefallener Stein und lässt sich nicht finden.

Stadtparteisekretär Fu Yiren ist wütend, als die Polizei den Gesuchten nach einem Jahr noch immer nicht liefern kann. Dass Dai die Mitgliedschaft in der Konsultativkonferenz entzogen wird, beruhigt ihn kaum. Dafür lässt er unter einem Vorwand Dais Wohnung am Dufthonigsee beschlagnahmen. Es werde sich schon eine Verwendung dafür finden, sagt er zu seinem Wirtschaftsreferenten.

Was er damit genau gemeint hat, ist nicht bekannt. Dass er zwei Jahre später deshalb in die Provinz Jilin versetzt wurde, weil in der Wohnung ein junges Mädchen gefunden wurde, das sich die Pulsadern aufgeschlitzt hatte, ist nur ein Gerücht.

Der ehemalige *Tenglong*-Turm wird auf Betreiben der Investitionsbank versteigert. Der Stadtrat ist einverstanden, er kann ja nicht dulden, dass die Straßenlandschaft von Investitionsruinen befleckt wird. Der Turm mit seinen neunundvierzig Stockwerken wird zum Schleuderpreis an einen Immobilieninvestor verkauft. Mit dem Erlös werden zunächst angebliche Steuerrückstände beglichen. Was übrig bleibt, gehört der Investitionsbank. Die anderen Gläubiger, etwa die Lieferanten von *Tenglong*, bekommen kaum etwas ab. Und die Käufer der Eigentumswohnungen gehen vollkommen leer aus.

Der neue Besitzer des Turms baut bis zur 53. Etage, um von den unglücklichen »Vierzigern« zur glückverheißenden »drei« zu wechseln. Als er dies geschafft hat, setzt er ein Dach auf den Rohbau. Zwei Jahre nach der Versteigerung ist der Bau fertig. Verschiedene Unternehmen ziehen ein, und das Bürohaus geht in Betrieb. Zu dieser Zeit hat Dai bereits eine Firma in Shanghai eröffnet, deren einziger Zweck nur die Schuldenrückzahlung ist.

Fang Shunmen, der Produktpirat aus Hunan, hat sich nach der Ermordung Buddhas eine Zeit lang sehr zurückgehalten. Aber es geschieht nichts. Das Attentat mit den roten Skorpionen bleibt ohne Folgen. Als ein paar Monate später die *Tenglong*-Filiale in der Nachbarstadt geräuschlos geschlossen wird, lädt er sein Gefolge zu einem Gelage ein und feiert seinen Triumph.

Sein Geschäft blüht, und er hat bald mehr Firmen als Finger. Da er regelmäßig Schulen und Straßenbauprojekte finanziell unterstützt, ist er ein angesehener Unternehmer in seiner Stadt. Den alten Fälschungsbetrieb kann er bald aufgeben, ja es bleibt ihm gar nichts anderes übrig, denn *Tenglong* und *Sanmu* gibt es ja nicht mehr. Man kann sagen, der Wolfsfleck legalisiert seine Unternehmen buchstäblich. Nach der Jahrtausendwende erhält er immer wieder Auszeichnungen als hervorragender Unternehmer. Zur Krönung seiner Leistungen für die Gesellschaft wird er zum Mitglied der Konsultativkonferenz Hunan ernannt.

Im Jahr 2000 avanciert Sun Da'an zum Vizegouverneur der Provinz Hunan. Ein paar Jahre später geht seine Tochter Doudou nach Deutschland, um Musik zu studieren. Da sie noch recht jung ist, wird sie von ihrer Mutter begleitet. Aber Sun bleibt lebenslang ein ehrgeiziger Kader und hat keine Langeweile daheim. Nachdem seine Frau mit der Tochter gegangen ist, legt er sich eine Geliebte zu, lässt sie aber immer im Verborgenen bleiben.

Seinen alten Freund Dai hat Sun nicht vergessen. Als er hört, dass Dai eine neue Firma gründen will, lädt er ihn nach Changsha ein und versucht, ihn mit Steuererleichterungen zu locken. Dai ist sehr dankbar dafür. Aber er will nicht nach Hunan. Die Provinz ist rückständig im Vergleich zu den Küstenstädten, und der Bedarf an seinen Produkten könnte entsprechend klein ausfallen. Außerdem will er sich nicht erneut zu stark an eine einzelne Person in der Politik binden.

Am 24. Dezember 2003 erscheint eine Anzeige in der viel gelesenen Tageszeitung *Nanfang Dushi*: Private Gläubiger der ehemaligen *Tenglong*-Baugesellschaft aus Shenzhen sollen sich bis Ende März 2004 bei der Firma *Gerechtigkeit* in Shanghai melden und ihre Ansprüche geltend machen. Nach fünf Jahren harter Arbeit hat Dai Xingkong einiges Geld erwirtschaftet. Anqi leistet ebenfalls einen Beitrag, und so wollen sie die ehemaligen Wohnungskäufer in Raten für ihren Verlust entschädigen.

Die Anzeige entwickelt sich schnell zu einer Sensation. Denn Immobilienverlierer gibt es wie Sand am Meer in der neuen Gesellschaft. Dass sie entschädigt werden, kommt selten vor, und Gerechtigkeit ist eine seltene Perle.

Schnell eilen die ersten Reporter herbei, aber an der angegebenen Adresse findet sich nur eine junge Dame, die zwar bestätigt, dass es mit der Schuldenbegleichung seine Richtigkeit habe, dass die Auftraggeber aber für Interviews nicht zur Verfügung stünden. Niemand erkennt die ehemalige Werbeleiterin der Firma *Tenglong*.

Gleichzeitig gründet Dai in Shanghai die Firma *FutureSoft*, die seine und Anqis Zukunft bestimmen wird. Um weiter im Hintergrund bleiben zu können, lässt er Ding Buto als Firmengründer bei der Handelskammer eintragen, der sich inzwischen wieder zu ihm gesellt hat. Auch innerhalb der Firma bekleidet Dai keine leitende Stelle, sondern fungiert nur als Berater. Außerhalb der Firma tritt er nirgendwo auf. Kein Mitarbeiter verrät seinen Namen nach außen.

Als sein alter Freund und Konkurrent Rao Bihui davon hört, bietet er Dai ein hohes Gehalt an und will ihn als einen seiner Geschäftsführer anheuern. Doch Dai lehnt ab. So bleibt Rao nichts anderes übrig, als Dai stattdessen einige gut bezahlte Aufträge zu geben, um von seiner Intelligenz und schöpferischen Arbeit zu profitieren.

Ende 2005. Ganze sieben Jahre sind vergangen, seit Dai die Flucht ergreifen musste. *FutureSoft* verdient gut, Dai ist von vierzig tüchtigen, zufriedenen Mitarbeitern umgeben.

Auch die eingegangenen Entschädigungsansprüche hat er innerhalb von zwei Jahren erfüllt. Als die letzten Ratenzahlungen rausgehen, setzt Dai die dunkle Brille ab, tritt ans Fenster und lacht in die Sonne. Nun muss er keine Rache, keinen Anschlag, keinen Mord mehr fürchten. Er ist wieder ein freier Mann und fühlt sich so leicht wie eine Feder, die sich beim kleinsten Wind erhebt und schwerelos am Himmel schwebt. Wie schön ist das Leben!

Im Winter 2005 verlegt Dai den Firmensitz wieder nach Shenzhen. Die Odyssee ist zu Ende.

Am 31. Dezember, als in einem neuen Bürogebäude im Stadtteil Longgang die neue Firmenzentrale eröffnet wird, erblickt ein paar Straßen weiter ein kleines Mädchen das Licht der Welt.

Als die Angestellten erfahren, dass ihr Chef soeben Vater geworden ist, brechen sie in spontane Hochrufe aus. »Es lebe Dai Xingkong, der wiedergekehrte Drache, und seine Familie« rufen die Leute. Sein Beschützer Hou Yudong überreicht ihm als Geschenk einen mit Leckerbissen gefüllten Korb. Dai hat den treuen Mann nicht vergessen. Kaum ist er nach Shenzhen gewechselt, hat er Hou zum Sicherheits-Chef seiner Firma gemacht und bezahlt ihm ein Abendstudium.

Nach der Feier eilt Dai nach Hause. Das Hausmädchen kommt zur Tür und will wie gewöhnlich seine Anzugsjacke entgegennehmen. »Herr Professor Sheng hat angerufen«, verkündet sie mit bedeutsamem Blick.

»Howard?«, sagt Dai. »Das ist schön!«

Aber er denkt gar nicht daran, sich auch nur eine Sekunde im Vorzimmer aufzuhalten. Er rennt polternd durchs Wohnzimmer und reißt die Schlafzimmertür auf. Erst hier wird er leise wie eine Katze und tritt behutsam ans Bett, um seine Frau zu küssen.

Anqi, noch sichtlich geschwächt durch die Geburt, wendet ihm müde den Kopf zu. Ein mattes, aber stolzes Lächeln umspielt ihre Lippen.

Dai ist sehr aufgeregt. »Großartig. Wunderschön. Frauen sind das größte Wunder, mein Liebling«, stottert er.

Das Baby hat eine rosafarbene, zerknitterte Haut und schlummert gemütlich auf dem Bauch der Mutter. Aber es scheint die Veränderung im Zimmer bemerkt zu haben, auf einmal zieht es eine Schnute und macht einige winzige Bewegungen mit den Fingern. Zärtlich streckt der Mann die Hände aus und hebt behutsam das Baby hoch.

»Ich habe gewusst, dass unsere Tochter unbedingt heute zu uns kommen wird, wo die Firma nach Shenzhen zurückkehrt!«, triumphiert er. »Sie wird bestimmt ein kluges Mädchen, genauso wie ihre Mutter.«

»Hoffentlich verliert sie später den Vaterspeck und wird schlank wie eine Weidenrute«, meint Anqi und grinst.

Aber der Vater ist bereits tief ins Zwiegespräch mit der Tochter versunken. Er legt das Bündel an seine Brust, zwinkert mit den Augen, krabbelt mit den Fingern herum und macht kleine Drachenlaute. Als das Baby gluckert und quiekt, beginnt der Vater vor Freude zu tanzen.

»Wenn Mama mir irgendwann noch ein Töchterchen schenkt, dann bauen wir zusammen ein Unternehmen auf, wie es das in China noch nicht gegeben hat«, sagt er. »Eine von euch studiert in Amerika und die andere in Deutschland!«

»Ich sehe, du hast deinen Appetit auf die Welteroberung wieder zurückerlangt«, sagt Anqi, während draußen die ersten Böller für 2006 krachen. »Aber wir dürfen nur ein Kind bekommen.«

»Nein. Zwei zwei zwei«, sagt Dai rhythmisch tanzend. »Seit dem Tod meines Bruders bin ich das einzige Kind meiner Eltern. Du bist auch ein Einzelkind. Nach den neuen Gesetzen dürfen wir zwei Kinder haben, mein Herzchen. Dann wird unsere Familie ein richtiges Tischlein mit allen vier Beinen.« Damit wendet er sich an seine Tochter und sagt: »Das ist eine babyleichte Regel, nicht wahr?«